W0076044

SCIENCE FICTION

Herausgegeben
von Wolfgang Jeschke

Ein Verzeichnis weiterer erschienener Bände,
herausgegeben von WOLFGANG JESCHKE,
finden Sie am Schluß des Bandes.

DIE LETZTEN BASTIONEN

*Internationale
Science Fiction Erzählungen*

herausgegeben von
Wolfgang Jeschke

**Illustrierte
Originalausgabe**

WILHELM HEYNE VERLAG
MÜNCHEN

HEYNE SCIENCE FICTION & FANTASY
Band 06/5880

Besuchen Sie uns im Internet:
http://www.heyne.de

Das Umschlagbild malte Boros Attila
Übersetzungen:
Aus dem Amerikanischen und Englischen
von Ingrid Herrmann, Irene Holicki, Inge Holm
und Margret Krätzig;
Walter Brumm, Ulrich Fröschle, Martin Gilbert
und Reinhard Heinz
Aus dem Polnischen von Hanna Rottensteiner
Aus dem Französischen von Gabrielle & Georges Hausemer
Aus dem Tschechischen von Karl v. Wetzky

Illustriert von
Manfred Lafrentz, Werner Ruhner, Jobst Teltschik
und Ingo Wiegand

Umwelthinweis:
Dieses Buch wurde auf
chlor- und säurefreiem Papier gedruckt.

Redaktion: Wolfgang Jeschke
Copyright © 1997 by
Wilhelm Heyne Verlag GmbH & Co. KG, München
Einzelrechte und Rechte der deutschen Übersetzungen jeweils am
Schluß der Texte
Printed in Germany November 1997
Umschlaggestaltung: Atelier Ingrid Schütz, München
Technische Betreuung: M. Spinola
Satz: Schaber Satz- und Datentechnik, Wels
Druck und Bindung: Presse-Druck, Augsburg

ISBN 3-453-12659-9

INHALT

Will McCarthy · USA
AMERIKANO HIAIKA   9
(AMERICANO HIAIKA)

Jacques Mondoloni · Frankreich
**MORGEN SPRECHE ICH
AMERIKANISCH
MIT MEINEM HUND**   51
(DEMAIN, JE PARLE AMERICAIN À MON CHIEN)

Rainer Erler · Deutschland
DER SCHLANGENMENSCH   64

Brian W. Aldiss · England
RATTENVOGEL   78
(RATBIRD)

Cherry Wilder · Neuseeland
**DIE BALLADE VON
HILO HILL**   108
(THE BALLAD OF HILO HILL)

Christian Lautenschlag · Deutschland
**ICH KOMME
AUS MEINEN SCHWINGEN HEIM**   140

INHALT

Ondřej Neff · Tschechei
**REINHARD HEYDRICHS
SIEBTE INKARNATION**   172
(SEDMÉ PŘEVTĚLENÍ REINHARDA HEYDRICHA)

Michael Vyse · USA
DIE LETZTEN BASTIONEN   201
(THE LAST BASTIONS)

Stephen Baxter · England
DAS BLUT DER ENGEL   211
(THE BLOOD OF ANGELS)

Adam Wiśniewski-Snerg · Polen
GESPALTEN   232
(ROZDWOJENIE)

Achim Stößer · Deutschland
HAARE   242

Ray Aldridge · USA
DAS FABULARIUM   262
(THE FABULARIUM)

Konrad Schaef · Deutschland
KRYPTOMNESIA   287

INHALT

Geoffrey A. Landis · USA
MIT DER SONNE UM DIE WETTE   297
(A WALK IN THE SUN)

Paul Park · USA
DER TOURIST   324
(THE TOURIST)

Marcus Hammerschmitt · Deutschland
TARGET   350

Greg Egan · Australien
WAHRE LIEBE   463
(APPROPRIATE LOVE)

Allen Steele · USA
DIE GUTE RATTE   489
(THE GOOD RAT)

Will McCarthy · USA

AMERIKANO HIAIKA

Die Menge auf den Gehwegen brandete ihn an, als er der Straße folgte, und er mußte gegen den Drang ankämpfen, seinen Kopf mit beiden Händen zu umklammern und zu schreien, sich freizubrüllen. Seine Kleidung roch nach Schweiß, nach Schmutz und *Sake*, ganz eingedunkelt von unzähligen *Soy*-Soßenflecken. Er war lang aufgeschossen und dürr. In seinem Hirn herrschte ein wirres Durcheinander von Gedanken und Erinnerungen, solchen von Tanner und solchen von Geist, die nicht zueinanderpassen wollten. Seine dünnen, entzündeten Arme schmerzten und waren übersät mit Einstichen und Hämatomen.

Er konnte seine Wut und Enttäuschung kaum noch bändigen. Geist war ein solcher Versager! *Diesen* Körper hier, keinen Pfennig in der Tasche, und dazu lief noch ein Haftbefehl gegen ihn!

Entschuldigungen schwammen in ihm hoch, die Tanner sofort mit wilder Entschlossenheit unterdrückte. Billy Geist war genau die Sorte von Dreckschwein, die es für eine ausgeflippte Idee halten konnte, sich einen Schuß Tanner zu setzen, um mal ein richtig abgefahrenes Wochenende zu erleben. Tanner wollte dafür sorgen, daß Geist sein Geld nicht vergeblich bezahlt hatte, er würde ihm etwas dafür bieten!

Na, wie findest du das, Billy? fragte er sich selbst mit nacktem Haß. *Wie schmeckt dir der Schmerz, diese Lücke, die sonst immer von Karen ausgefüllt war? Das fühlt sich an, als zieht dir jemand die Zähne, was?*

Er ballte krampfhaft die Fäuste, knirschte mit den Zähnen und lief weiter, obwohl es ihn trieb, einfach irgend jemandem in die Fresse zu hauen. Der Schmerz und die innere Leere waren fast nicht mehr auszuhalten. Es schnitt ihm wie mit Rasiermessern durch sein verknotetes Grübeln und wurde immer tiefer in ihn hineingetrieben durch die einzige klare Erinnerung, die ihm geblieben war: Tanners Erinnerung an Karen.

Zusammen hatten sie den Weg durch die dunklen Straßen genommen, Nick und Karen Tanner, den Weg von Roppongi zurück nach Hause. Zu geizig, um sich ein Taxi zu rufen, zu dumm, den längeren Weg nach Hause zu nehmen, war er auch zu betrunken gewesen, um sich irgendwelche Sorgen zu machen. Er hörte noch immer die Geräusche, das merkwürdige leise Tappen nackter Füße auf dem Asphalt, das rauhe Schnaufen eines Mannes hinter sich und Karen. Karens verwirrtes und erstauntes Grunzen, als die scharfe Drahtschneide ihr quer durch den Leib schnitt, von der Niere bis zur Achselhöhle hinauf.

Tanner erinnerte sich auch an das Gefühl, als sein Fleisch aufklaffte und sich ihm der Hals fast in zwei Teile zu spalten schien: ein Stoß, ein Aufblitzen, ein elektrischer Schock, als der Draht durch sein Rückenmark fuhr, keine Schmerzen und kein Unbehagen. Das sollte dann alles erst später kommen. Seine letzte Erinnerung aber war vielleicht die schlimmste, die Erinnerung an ein bestimmtes Geräusch: das dumpfe Schmatzen, mit dem die obere Hälfte von Karens Leib auf das Straßenpflaster klatschte.

Ja, in Americatown wurden die Sitten härter.

Nick Tanners Kopf war vornüber gekippt wie bei einer Stoffpuppe, die Straße ihm hart gegen das Gesicht geprallt. Den Rest hatte eine gnädige Schwärze verschluckt.

Tanner tappte durch die Menge, griff nach einem Geländer. Ein dünnes Winseln entwischte seiner Kehle, und Tränen rannen ihm übers Gesicht wie warmes Blut. *Wer?* Wer hatte ihm seine Frau genommen, ihr Leben mit einem Schnappen aus dem Handgelenk beendet?

Wer hat das getan? WER HAT ES GETAN?! Er versuchte, nicht loszuheulen, bis ihm klar wurde, daß ihm die Tränen schon längst übers Gesicht liefen.

Nick goß sich noch einen Suntory in die Kehle und setzte das Glas mit einem Seufzen auf der Bartheke ab. Er hatte nun ordentlich einen sitzen.

Billy-chans in die Augen springende, schäbige Hilflosigkeit hatte ihm fast tausend Yen eingebracht: Es war ihm gelungen, das Wechselgeld all dieser Angestellten abzustauben, die ihre Freundinnen und Bräute am frühen Samstagabend zum Essen ausführten. Offensichtlich machte es die wohlhabenderen Nips an, wenn sie bei einem heruntergekommenen wohnsitzlosen *Gaijin* den Herrn spielen konnten, vor allem, wenn sie eine Frau am Arm hatten. *Doda, kakoii daro?*

Aber das Geld war jetzt versoffen, und es wurde Zeit, daß er sich um seine Angelegenheiten kümmerte.

Er schaute sich um, registrierte die Barausstattung aus Spiegeln und grauem Marmor, sah die mürrischen Fabrikarbeitertypen, die sich versuchten zu amüsieren, die Barmädchen, wie sie mit ihrem steril einladenden Lächeln darauf drängten, Drinks spendiert zu bekommen. Die Luft war geschwängert von Schwaden blauen Zigarettenrauchs und dem murmelnden Stakkato der leisen, japanisch geführten Gespräche.

Dies hier war die Osakejo-Bar, jene Bar, in der Nick Tanner und Karen ihre Drinks genommen hatten, bevor … nun bevor sie ermordet wurden. Nur einen Block vom schicken Roppongidistrikt entfernt und zwei Kilometer südlich von Americatown liegend, war das 'Jo eines jener immer seltener werdenden Etablissements, das die Bedürfnisse der Tokioter Arbeiterklasse befriedigte. Hier gab es keine Eiswürfel, die man aus jahrtausendalten Gletschern gewonnen hatte, und auch keine Krabbenbrötchen in Goldfolie. Es war keine Edelspelunke. Aber es gab hier auch nicht den Hafenpöbel und die gekünstelt heimatliche, gute Stimmung wie in Americatown. Das 'Jo war eine gute Bar, und Tanner hatte sie immer gemocht. *Zur Hölle damit, verdammt noch mal!*

Er nahm das Schnapsglas wieder in die Hand und ließ es zweimal auf den Bartisch klacken. »He, Inoue-san!«

Hinter dem Tresen wandte sich der mit Inoue angesprochene Mann um und blickte ihn scharf an. »*Omae-san itai daredane?*« Sein Gesichtsausdruck war merkwürdig, ließ eine höflich verhüllte Geringschätzung erkennen. Er sah freilich nur die schmutzige Vogelscheuche Billy Geist vor sich, die allein auf dieser Seite der Bar hockte, weil niemand auch nur in seine Nähe kommen wollte.

Tanner senkte den Kopf ein wenig und machte einen verspäteten Versuch, respektvoll zu wirken. Dieser Mann hier kannte ihn nicht. »*Sunimasen*«, fing er versuchsweise an, »*chotto atazune shimasu.*«

Inoue runzelte angestrengt die Stirn und legte das weiße Tuch nieder, das er in den Händen gehalten hatte. »Eine Frage?« Inoue war offensichtlich irritiert. »Ich … kenne … Ihre … Frage … schon.« Wie die meisten Japaner sprach Inoue Englisch zwar recht gut, aber mit einer aufreizenden Langsamkeit. »Sie wollen etwas wissen über die Frau des Polizisten, die getötet wurde im letzten Monat.«

Ein vages Gefühl der Zusammenhangslosigkeit machte sich in Tanner breit.

»Woher wissen Sie das?« fragte er ihn leise. Das Schnapsglas entglitt seinen Fingern und rollte langsam auf ihn zu, dann verschwand es über die Kante des Tresens hinweg. Als es auf den Marmorboden knallte, nahm er das kaum wahr.

»*Iikagenhishite kure!*« fuhr ihn der Barkeeper an, wobei sich sein Gesicht rötete. »Ihr, ihr *Gaijin*, ihr kommt hierher, immer alle dreckig, und fragt nach der Frau des Polizisten. *Tana-san wa koko no otokuisan datta dakeda.* Die beiden, das waren gute Menschen. Gehen Sie, gehen Sie jetzt.«

»Gehen?« Nick Tanner schrie: »Warum? Wer war sonst noch hier? Was geht hier vor?«

Inoue-san, das Gesicht inzwischen vor Wut purpurrot angelaufen, langte rasch über die Theke und packte Billy an seinem schmierigen grauen Hemd. »*Wakatara. Deteittekure.*« Die Stimme des Barmannes war jetzt nur noch ein bösartiges Zischen, und seine Worte enthielten mehr als bloß eine Warnung. *Raus hier, hast du verstanden?* Inoue versetzte ihm einen harten Stoß. Nick kippte hintüber vom Barhocker und fiel auf seinen linken Ellbogen. Der Schmerz explodierte in ihm wie eine Bombe.

Er rappelte sich hastig wieder auf die Füße und umklammerte seinen lädierten Arm fest mit der rechten Hand. Die Dinge entwickelten sich eindeutig ganz anders, als er eigentlich geplant hatte. Er sah Inoue finster an; ein kurzer Blick reichte ihm jedoch schon, um zu erkennen, daß dieser Mann wirklich sehr, sehr verärgert war. Mit dem galligen Gefühl ohnmächtiger Wut wandte sich Tanner zum Ausgang, stieß die Tür mit der Schulter auf und schob sich in die Abenddämmerung hinaus. *Wie ein getretener Hund.* Zur Hölle damit! Zur Hölle damit und retour, daß er dieser gottverdammte Billy Geist *sein* mußte!

Am Pfosten eines Verkehrsschildes fand er Halt, lehnte sich schwer dagegen und ließ die Passanten an sich vorbeistreichen. Er sog tief Luft ein, hielt den Atem an und atmete dann langsam wieder aus. Im linken Arm spürte er ein dumpfes Pochen. Alles hing davon ab, daß er einen klaren Kopf behielt.

Es war offensichtlich, daß er solange keinen Erfolg haben würde, wie er nicht gebadet und die Kleidung gewechselt hatte. Auch ein Haarschnitt konnte nicht schaden, nicht weniger dann aber auch einige Monate Diät und etwas Sport. Verdammt, er war bereits zum Tod verurteilt! Geists Leber legte Überstunden ein und arbeitete Nick langsam aus dem Körper heraus. In drei, höchstens vier Tagen würde nur noch ein Ausscheidungsstoff in Billy-chans Urin sein.

Zur Hölle, er hatte jetzt schon genug Zeit vergeudet. Indem er seinen Ellbogen mit der Hand gegen weitere Stöße abschirmte, warf er sich in die Menge und marschierte in die Richtung der besseren Stadtviertel.

Sie hatten ihm einen kräftigen Schlag über den Schädel gegeben, bevor sie ihn auf der Rückbank des Streifenwagens verstauten, und der blaue Fleck war jetzt zu einer harten Beule aufgeschwollen.

Der arme Billy-chan schafft es einfach nicht, Ärger aus dem Weg zu gehen, wissen Sie? Das Edoyu, ein öffentliches Bad, war wunderbar und seine letzten zweihundert Yen wert gewesen. Auf einem Hocker sitzend hatte er den Schmutz und Schweiß wohl von Wochen von sich abgespült und sich dann in ein Bad mit vollen 50 Grad Celsius gelegt. Das Wasser hatte ihm die Steifheit aus den Knochen und fast den ganzen Schmerz aus der Seele gebrannt, ihm schon beinahe ein gnädiges Vergessen gegönnt. Der Ärger kam dann beim Ankleiden. Der Gedanke, wieder in Billys stinkende Klamotten steigen zu müssen, war alles andere als angenehm, doch hatte er in einem Korb in der Nähe seines eigenen viel schönere Sachen gefunden, dabei auch eine Armbanduhr, ein schnurloses Telefon und eine Brieftasche. Er schlüpfte gerade in ein neues Paar Schuhe und war schon fast fertig, als irgend jemand anfing zu schreien.

Prima Timing, Billy.

Neonreklamen und die bunten Lichter der Straßenbeleuchtung flitzten vorüber, als die Cops mit ihm durch den Abend fuhren. Nick gönnte sich einen Funken Zufriedenheit, der durch seine neu hinzugekommenen Schmerzen hindurchglomm; sie hatten ihm alles aus den Taschen genommen, waren aber zu sehr in Eile gewesen, um ihm auch noch seine neuen Kleider abzunehmen. Irgend jemand in dem alten Badehaus mußte jetzt nackt nach Hause gehen – oder in Billy-chans Zeug.

Seine verdrießliche Stimmung kam wieder über ihn. Man brachte ihn ins Gefängnis! Von allem, was hätte geschehen können, war dies das schlimmste. Es gab keinen Ausweg ... Sein Blick blieb an einem Straßenschild hängen, das im fahlen Grün und Weiß eines festen Leuchtstoffs glühte. Die *Jingu-dori*-Straße! Sie brachten ihn also nach Americatown. Was sollten sie auch anderes tun mit einem ausgemergelten, drogenabhängigen *Gaijin*? Diese Spur einer Hoffnung ließ ihn wieder lebendiger werden.

Der Reifengummi quietschte protestierend, als die Polizisten scharf um eine Ecke bogen, und der in Handschellen gelegte Tanner wurde gegen die unnachgiebige Keramikpanzerung der Seitentür geschleudert. Mit einer Gesichtshälfte schlug er heftig gegen die Tür. Zwar gewann er schnell wieder sein Gleichgewicht zurück, doch zuckten seine Hände schmerzhaft auf seinem Rücken, als er instinktiv versuchte, eine Hand freizubekommen. Sein Backenknochen! Wahrscheinlich noch eine Beule für Billy-chans Sammlung. Der Wunsch, der Zwang, die Beule zu berühren, wurde überwältigend. *Ihr Bastarde*, dachte er. Er hörte sie durch die undurchsichtige, zentimeterdicke Trennwand lachen.

Nick versuchte nachzudenken. Hatte er selbst jemals einen Gefangenen so behandelt? Zusammengeschlagen und herumgeworfen wie einen Ballen Stroh?

Bilder schwammen in ihm hoch, die ausgezehrten

15

Gesichter von einem guten Hundert Verlierertypen aus Americatown, dem Leben ganz unten, das zu kontrollieren ein Teil von Nicks Aufgaben gewesen war. Was hätte er vor einem Jahr mit einem Typen wie Billy Geist gemacht?

Als der Streifenwagen mit einem Kreischen anhielt, war Nick darauf vorbereitet: Er hatte sich zurückgelehnt und sich mit seinen Füßen gegen die Trennwand abgestützt. So würden sie ihn wenigstens kein zweites Mal drankriegen.

Die linke Tür sprang mit einem Druckluftzischen auf. Grobe Hände griffen nach ihm und zogen ihn vom Sitz. Die Cops, typische Burschen aus dem inneren Stadtbezirk in blaulackierten Samurai-Rüstungen, packten ihn an den Armen und zerrten ihn die Treppen zum Eingang des *Keisatsu* von Americatown hinauf. »Laßt mich los!« protestierte Nick mit Billy-chans Stimme, die nicht gerade steinhart klang. »*Hanashitekure*, ihr Mistkerle!«

Er wurde durch eine Luftschleuse hindurch in den Anmeldungsbereich gestoßen. Nick seufzte leise. Die Vertrautheit dieses Ortes, die Täfelung aus Holzimitat, die eingetopften Zimmerpalmen zu beiden Seiten des großen Schreibtisches an der Aufnahme. Es schien fast, als käme er nach Hause. Hinten im Raum sah er seinen alten Schreibtisch. Nick war hier von Leuten umgeben, die er alle kannte.

»*Kono otoko ga Edoyu de tanin no fuku to saifu totte irutokoro o tsukamaeta*«, sagte einer der Polizisten zu Raymond, dem Mann, der gerade hinter dem Schreibtisch an der Aufnehme saß. »*Omaesantachi no mono daro. Tsuretekite yattazo.*«

Das ist einer von euren Bürgern. Übernehmen Sie ihn.

Die zwei Cops warfen Tanner mit dem Gesicht nach unten auf den Boden, drehten ihn mit einer fast militärischen Präzision auf den Rücken und gingen auf demselben Weg wieder hinaus, auf dem sie gekommen waren.

»… eure Mütter«, hörte Nick Raymond brummeln, dann fuhr er Nick an: »Also, worauf wartest du? Los, hoch mit dir!«

Ein neuer Schmerz, ganz frisch vom Fleischerhaken, durchfuhr Tanner im geliehenen Körper. Er stöhnte und rappelte sich in eine unbeholfen kniende Stellung hoch, wobei sein Kopf noch immer auf dem Boden liegen blieb. Plötzlich wurden seine Fäuste mit roher Gewalt emporgerissen, und er fand sich selbst mit gebeugten Knien stehend wieder. Feuer schoß ihm durch beide Arme hoch.

»Er hat dir gerade gesagt, du sollst aufstehen!« ertönte barsch eine Stimme hinter ihm. Hörte sich etwa an wie die von Takahumi Smith.

Nick wurde nach vorn geführt, noch immer vor Schmerzen gekrümmt, bis er seinen Bauch gegen die Schranke der Aufnahme drücken konnte. Raymond hatte einen Schreiber gezogen und kritzelte etwas in ein 340A-Formblatt für die Festnahme von Personen. »Ort des Vorfalls: Badehaus Edoyu, *go-san-ichi Takanodai*.« Er schaute vom Formular auf. »Sie haben einem Mann die Kleidung gestohlen?«

Raymonds Gesicht, das Nick nach all ihren gemeinsamen Dienstjahren so vertraut war, behielt diesen unvertraut harten Ausdruck. Seine schwarze Haut wirkte geradezu unheilverkündend, und seine Augen überwachten Nick teilnahmslos und ohne jedes Zeichen eines Wiedererkennens.

»Ray«, krächzte er heiser. Nick richtete sich auf. »Ray, ich bin's. Ich bin Nick Tanner.«

Eine müde Verwirrung huschte über Raymonds Züge. Nick blickte über die rechte Schulter zu Takahumi und bemerkte denselben Gesichtsausdruck bei diesem, nur vielleicht um einen Hauch grimmiger.

»Der Mann hinter dir ist Officer Smith«, sagte Raymond abgespannt und beschäftigte sich weiter mit seinem Formblatt. »Er wird dir die Handschellen abnehmen, dann wirst du deine Handflächen vor dir auf die Glasplatte legen.«

»Ich bin's, Raymond.« Nick versuchte es noch einmal. »Der, der dich beim Tennis jedes Mal am Arsch kriegt. Ich bin in einer persönlichkeitsüberlagernden Droge gespeichert ...« Officer Smith versetzte den Handschellen einen kräftigen Stoß, so daß Nick die Schließen gegen seine Handgelenke drückten, als seien sie ein zugedrehter Schraubstock. »Halt's Maul, du Drecksack! Wir wollen das nicht hören.«

Tanner schnappte tief nach Luft, gab aber keinen Laut von sich. Er schloß die Augen und streckte seine Hände hinter sich aus. Nach einigen qualvollen Augenblicken öffnete Takahumi das Schloß und entfernte die Handfesseln. Das Blut floß Nick wieder in die Hände zurück.

»Leg deine Hände auf die Platte«, befahl ihm Raymond mit hörbarer Abneigung, wobei er nicht von seinem Bericht hochblickte. Nick fühlte sich verloren. Er legte seine Handflächen auf das Rechteck aus kühlem Glas und spreizte die Finger. Der Tisch gab ein fiependes Geräusch von sich. »Geist, William R.«, gab er in einer monotonen, weiblich klingenden Stimme mit stark japanischem Akzent von sich. »Zwei-zwei-null-null California Street, Kabine vier-eins-neun. Americatown, Tokio. Bisherige Festnahmen: vierzehn. Vorstrafen: fünf. Derzeit gesucht wegen Besitzes illegaler Substanzen und krimineller Mietprellerei.«

Raymond räusperte sich. »Nun«, meinte er dann, wobei er noch immer nicht aufschaute, »da haben wir uns ja ein richtiges Dreckstück eingefangen. Bring ihn runter.«

Takahumi nahm Nick an einem Arm in den Abführgriff und zog ihn vom Tisch weg.

Nick blickte ihn hilflos an. »Mensch, Smith. Es kann

doch nicht so schwer sein, mir meine Geschichte zu glauben, oder? Ich meine, du weißt doch, in welchem Umfang diese Art von Drogen hier in der Gegend gedealt wird. LPD, die Leihpersönlichkeitsdroge, so heißt sie hier doch allgemein.« Officer Smith sagte gar nichts. Tanners Blick blieb an einer vertrauten Gestalt haften, als er durch das Hauptbüro geführt wurde. »Dave!« rief er aus und breitete seinen freien Arm aus wie ein Heldendarsteller in einem Stummfilmmelodram.

Der Mann, Dave Huntington, wandte sich um und zog die Augenbrauen hoch. »Billy-chan!« Sein Ton klang zwar erfreut, triefte aber vor Verachtung. »Hey, schön, dich wieder mal hier zu haben, du kleiner Wichser.«

Nick prallte zurück. Ihm wirbelte der Kopf vor widersprüchlichen Eindrücken und Empfindungen. Nicht nur Nick Tanner hegte starke Erinnerungen an Dave. Dave hatte das Revier rund um das Best Eastern Hotel, in dem Billy hauste, und er hatte ihn nicht weniger als viermal eingesperrt! *Was für Arschloch!*

Takahumi führte ihn festen und unerbittlich zielgerichteten Schrittes durch das Büro. Dave blieb hinter ihm zurück. Die Treppe hinunter zum ›Verlies‹ kam in Sicht.

Nick fühlte, daß er kurz vor den Zorntränen stand. »Was soll das alles, Takahumi? Warum wollt ihr mir nicht zuhören?«

»Runter mit dir!« Bei dieser Antwort blieb es. Er stieß Tanner leicht gegen die Schulter, um ihm anzuzeigen, daß er voranzugehen habe. Das tat Nick auch und stieg die Treppe in bockiger Schweigsamkeit hinunter. Als sie unten angekommen waren, wandte er Takahumi das Gesicht zu, um ihm in die Augen sehen und beobachten zu können, was in ihm vorging.

»Hör mir zu«, fing er hartnäckig wieder an. Nick versuchte, Billy-chan in sich zu unterdrücken und auf Nick Tanners Art zu sprechen, so gut es eben ging.

»Ich bin dein Freund Nick Tanner. Ich habe meine Persönlichkeit in eine LPD einspeichern lassen. Dieser Kerl hier«, und er pochte sich mit beiden Zeigefingern gegen die Brust, »hat eine Dosis davon genommen. Mir bleiben hier drin noch zwei oder drei Tage, bis ich dahinschwinde, und ...«

»Ich weiß das alles«, unterbrach ihn Takahumi und nahm einen Schlüsselbund von seinem Gürtel. Er winkte zu einer leeren Zelle hinüber. »Da rüber. Los.«

Nick ließ nicht nach. »Hör mir zu! Ich versuche den Mörder zu finden, verstehst du? Hätte ich denn den Rest meiner Tage dort im Krankenhaus verrotten sollen? Irgendein dreckiger Bastard läuft hier in dieser Stadt herum, der meine Frau Karen umgebracht hat!«

In Takahumis Gesicht zuckte kurz etwas auf, vielleicht eine Andeutung von Sympathie. Aber das war gleich wieder verschwunden, und jetzt schien Ärger seine Miene zu versteinern. »Ich will nichts mehr davon hören, kein Wort mehr, klar? Nick Tanner war verrückt, als er starb, ihn will ich nicht beschuldigen. Aber du, du bist ein vermüllter, drogenabhängiger Scheißer, du hast dir eine Droge reingezogen, die dich gehen und reden läßt wie einen verrückt gewordenen Nick Tanner.

Und du denkst, du bist der einzige? Jesus Christus und heiliger Buddha, Mann, fünf von eurer Sorte kriegen wir hier jeden gottverdammten Tag rein, fünf! Ihr seid eine regelrechte Ein-Mann-Kriminalitätswelle!«

Tanner wich einen Schritt zurück und ließ sich benommen mit dem Rücken gegen die Wand fallen. Fünf wie er jeden Tag? Er hatte gedacht, er sei der einzige? Er war *der* Nick Tanner, nicht wahr?

»Smith, ich *bin* es!« Ein hysterischer Ton schlich sich in seine Stimme ein. »Ich bin Nick Tanner!«

Takahumi schnaubte. »Das geht gerade rum, Junge. Du wirst drüber weg kommen.« Er ließ seine Schlüssel klingeln und nickte in Richtung der leeren Zelle.

»Officer Smith!« Die Stimme hallte scharf das Treppenhaus herunter und wurde vom hastigen Klappen lederbesohlter Schuhe begleitet. Eine Gestalt tauchte im Durchgang vom Treppenhaus her auf und trat nach vorn ins Licht: Es war ein Mann in grauem Anzug, wie ihn Geschäftsleute zu tragen pflegen, weißes Hemd, roter Binder, die Haare mit Pomade nach hinten gekämmt. Mit anderen Worten: Ein typischer Americatown-Rechtsanwalt.

»Officer Smith«, sprach der Mann mit klarer Stimme weiter, »diese Person ist in meinen Gewahrsam zu übergeben. Ich glaube, daß Ihre Instruktionen in diesem Punkt klar sein dürften.«

Takahumi grunzte und sah besorgt aus. »Sind Sie immer noch hier?«

»Ja«, knurrte der Anwalt zur Antwort. »Ich bin immer noch hier und ich habe auch vor, hier zu bleiben, bis diese Krise beigelegt ist. Die Drogenbehörde hat mir alle Vollmachten in dieser Angelegenheit erteilt.«

»Ich übergebe diese Kerle also Ihnen. Was geschieht dann? Sie lassen sie laufen! Das sind gefährliche Burschen, Mister!«

»Ja, das haben Sie mir schon gesagt.« Der Anwalt wandte sich Tanner zu. »Mr. Geist, mein Name ist Rodriguez. Ich bin der Pflichtverteidiger, der Ihrem Fall zugeordnet wurde. Der Computer hat für Sie vor zwei Minuten eine Kaution festgelegt, und ich habe für Sie eine vorläufige Bürgschaft hinterlegt. Sind Sie bereit, sich entsprechend zu benehmen, wenn ich die Haftung für Sie übernehme?«

»Äh … ja, natürlich.« Nick stimmte zu, vollkommen durcheinander. Die Mühlen der Justiz mahlen langsam, das war allgemein bekannt. Weshalb sollte ein städtischer Anwalt dergleichen ungewöhnliche Schritte zu seinen Gunsten unternehmen?

»Nun«, sagte Rodriguez mit einem Lächeln, »dann lassen Sie uns gehen.«

Er wies mit einem Arm ins dunkle Treppenhaus wie ein Butler, der einem Gast sein Zimmer zeigte, und Tanner stieg die Treppe hoch. Das tappende Echo von Rodriguez teuren Schuhen folgte ihm hinauf.

»Es wäre besser, wenn ich ihn nicht noch mal erwischte!« rief ihnen Takahumi hinterher. »Es wäre besser, ich erwische *keinen* von denen nochmal, Mr. Rodriguez, sonst habe ich *Sie* am Arsch! Haben Sie mich verstanden?«

Schweigend verließen sie die Polizeiwache, und Tanner fand sich in Rodriguez Auto geleitet. Der Anwalt setzte sich auf den Fahrersitz, ließ den Motor an und lenkte das Fahrzeug hinaus in den nächtlichen Verkehr.

»Hier«, sagte er und warf Nick etwas in den Schoß. Es war ein großer Briefumschlag aus Packpapier.

Nick starrte darauf, verwundert, aufgewühlter als je zuvor. Er kam sich vor, als wandere er durch einen Traum, jene Art von Traum, in der sich die Szenerie dauernd verschiebt, wo sich plötzlich auf magische Weise die Türen öffnen und sofort wieder ins Schloß fallen, sobald man eingetreten ist. »Was ist das?« brachte er noch fertig zu fragen.

Rodriguez schaute ihn an und grinste. »Ganz ruhig. Sie sind Nick Tanner, nicht wahr?« Er streckte Nick die Hand entgegen. »Ich auch. Angenehm, dich zu treffen.«

Nick glotzte die Hand an. »Wovon sprechen Sie?«

»Hoppla!« antwortete der Anwalt, indem er schnell seine Hand zurückzog, um an einem Motorroller auf der Straße vorbeisteuern zu können. »Ich *hasse* diese Dinger. Sie sollten dafür eine spezielle Fahrbahn einrichten oder etwas in dieser Art, Sie wissen schon.«

Nick wußte es. Rollerfahrer benahmen sich, als legten sie es um alles in der Welt darauf an, daß man sie zu Tode fährt. Und – das versteht sich von selbst – ungefähr neunzehn Mal am Tag tat das auch jemand. Todesursache Nummer eins in Tokio.

»Wie dem auch sei, jedenfalls willkommen im Netzwerk ›*Alter Junge*‹«, fuhr Rodriguez fort. »Wovon ich hier spreche ist, daß ich der Nick Tanner bin, der gerade die Neuen rekrutiert, und du der Nick Tanner bist, der gerade rekrutiert wurde. Ich bin froh, daß ich dich gekriegt habe; wir haben jetzt genug Einzelgänger eingesammelt, wir können mit ihnen einen ganzen U-Bahn-Waggon füllen.«

»Einzelgänger«, wiederholte Nick. Langsam begann er zu begreifen. »Sie meinen Leute wie mich, die herumlaufen und versuchen, die Dinge allein auf die Reihe zu bekommen. Und ihr habt eure Anstrengungen irgendwie koordiniert?«

»Genau!« Rodriguez bejahte seine Frage und schlug dabei auf das Lenkrad. »Ungefähr fünfzig von uns arbeiten zusammen für unsere Sache, und langsam fügt sich das Puzzle zusammen. Wir haben einen Zeugen, der aussagt, daß der Mörder ein kleiner Mann in schwarzer Kleidung war. Nach dem Mord rannte er die *Azabu-dori* hinunter. Sein Schwert mit der tödlich feinen Drahtklinge hat er in einen Abfallbehälter nahe der Ecke *Azabu-dori* und *Jingu-dori* geworfen. Wir konnten einen Satz fast vollständiger Fingerabdrücke sicherstellen.«

»Fingerabdrücke?« rief Nick überrascht. »Welcher Amateur hinterläßt seine Fingerabdrücke?«

»Wir sind uns da nicht sicher«, entgegnete ihm Rodriguez. Er verstummte für eine Weile, während er den Wagen durch eine Kurve zog. »Die Fingerabdrücke scheinen irgendwie merkwürdig zu sein. Wir lassen sie gerade überprüfen. Möglicherweise sind sie nur ein Trick, mit dem man uns vorspiegeln will, daß der Mörder ein Amateur ist. Jedenfalls haben wir einige Spuren, denen wir nachgehen. In der ganzen Stadt sind Leute von uns unterwegs, um mit den Yakuza zu sprechen.«

Nick runzelte die Stirn. »Warte. Das kommt alles viel zu schnell. Ich muß nachdenken. Das hört sich nach einer richtigen Organisation an. Wo wäre da mein Platz?«

»Nun«, Rodriguez legte wieder eine Pause ein, als er in die California Street einbog, »dafür bin ich nicht zuständig. Du wirst in diesem Umschlag deine Anweisungen finden, dazu hunderttausend Yen und eine Telefonnummer. Melde dich dort viermal am Tag und immer dann, wenn du etwas Wichtiges gefunden hast. Du kannst dort auch anrufen, wenn du eine Frage hast, aber es ist nicht dein Job, alles zu wissen, klar?«

»Äh, sicher, ja.« Nick sagte eine Zeitlang nichts. »Ich … äh … ich habe übrigens kein Telefon.«

»Nimm meines.« Rodriguez fischte in seiner Anzugtasche und zog ein schwarzes Plastikkästchen heraus, etwa von der Größe einer alten Tonkassette, und reichte es Nick. »Ich werde mir morgen früh ein anderes besorgen.«

»Ein teures Gerät«, meinte Nick, als er es betrachtet hatte, und ließ es in die Tasche seines Hemdes gleiten. Das traumartige Gefühl verflog allmählich. Es war verrückt, wirklich verrückt, wie ihm völlig undurchschaubare, fremdartige Umstände nach einer Weile schon als etwas ganz Normales selbstverständlich wurden.

Das Fahrzeug wurde langsamer und kurvte hinüber zu der Reihe geparkter Autos auf der linken Straßenseite. Rodriguez machte sich daran, sein Auto einzuparken. Die Leute hinter ihm hupten ärgerlich, gaben es dann auf und fuhren an ihnen vorbei. Die Autofahrer auf der gegenläufigen Fahrbahn protestierten nur kurz. Außen am Fenster verkündete eine Leuchtreklame: Best Eastern Hotel. Niedrige Preise. Zimmer frei.

»Was machen wir hier?« fragte Nick. »Das hier hat doch sicher nichts mit unseren Nachforschungen zu tun.«

Rodriguez zuckte die Achseln. »Du wohnst hier, oder?«

»Da habe ich gewohnt«, antwortete ihm Nick ohne nachzudenken. »Ich ... ich meine Billy-chan hat hier gewohnt. Wurde dann rausgeschmissen, weil er seine Rechnung nicht bezahlt hat.«

»Dann bezahl sie. Du siehst todmüde aus, mein Freund. Ich kann mir vorstellen, daß du einen harten Tag hinter dir hast, und ich rate dir, ein wenig zu schlafen.«

Nick fuhr auf. »Schlafen! Sie sind ja verrückt, in drei Tagen bin ich tot! Ich muß an die Arbeit!« Er hielt inne. Arbeit. Was war das für eine schreckliche Verschleierung dessen, was es wirklich bedeutete. Das, was er eigentlich damit meinte, war natürlich, daß er den Mann aufspüren mußte, der seine Frau in zwei Teile gehackt hatte. Dieser Gedanke fuhr ihm wie eine Eisnadel ins Herz. Seine Augen füllten sich plötzlich mit Tränen, und er würgte ein Schluchzen die Kehle hinunter.

»Schon gut«, sagte Rodriguez sanft und legte Nick eine Hand auf die Schulter. »Ich weiß, wie du dich fühlst, Nick, *ich* weiß das. Aber du mußt es in den Griff kriegen. Kanalisiere es.«

Nick wischte sich mit dem Handrücken ein Auge und schniefte: »Schon in Ordnung, ich hab's im Griff.«

Rodriguez nickte. »Ja.« Kurze Pause. »In dem Umschlag da findest du auch noch eine Dosis LPD. Das und deine derzeitige Dosis sollten dich durch die Woche bringen. Kauf dir noch einen Trip, wenn du kannst. Es wird dir nicht schaden.«

Noch eine Dosis! Nick drückte den Umschlag fest an sich. Er hatte gar nicht daran gedacht, daß er die Persönlichkeitsüberlagerung verlängern könnte. »Danke«, sagte er mit einer Stimme, die kaum mehr als ein Flüstern war. Sein Ultimatum war aufgehoben. Plötzlich fühlte er sich sehr müde.

»Erwähne es niemandem gegenüber.« Rodriguez blickte aus dem Fenster zu dem Auto hinüber, das neben ihnen parkte. »Hast du genug Platz, um dich rauszuquetschen?«

Nick probierte, ob die Tür sich öffnen ließ. Sie ging ungefähr einen halben Meter auf. »Ja«, antwortete er, da kam ihm noch ein Gedanke. »He, wie kommt eigentlich ein Rechtsanwalt von der Stadt dazu, LPD zu nehmen?«

Da war eine wichtige Frage. Eine RNS-Extraktion verlief immer tödlich, was hieß, daß jede Leihpersönlichkeit – per definitionem – selbstmörderisch veranlagt war. Und wer schon würde einer solchen Persönlichkeit seinen Körper drei Tage lang überlassen wollen?

Rodriguez schüttelte den Kopf. »Frag mich nicht, Nick, ich tu hier nur meine Arbeit. LPD ist das heißeste Zeug seit dem Designerkokain, und ich habe keinen blassen Dunst, warum. Schau, ich muß jetzt wieder zur Polizeiwache zurück. Paß auf dich auf, klar?«

»Sicher«, sagte Nick, als er aus dem Auto stieg. »Wir bleiben in Verbindung.«

Er schlug die Autotür zu. Das Fahrzeug bog wieder in den Verkehrsstrom ein und zog davon.

Seine Lider schälten sich klebrig trocken von den Augen hoch, fast so, wie sich Tesafilm von der Rolle löst. Nur unter Schmerzen und mit protestierenden Nackenmuskeln konnte er seinen Kopf heben, um sich umzuschauen. Das Zimmer war eine kleine fensterlose dreiteilige Kabine, deren Decke ihm kaum einen Meter über seiner Nase hing und ein ungleichmäßiges Licht verbreitete. Nick lag ausgestreckt auf einem zerlumpten Futon und hatte die Füße in schmierige grauweiße Laken gewickelt. Auf einem Laken saß eine braune Spinne, die fast so groß wie ein 500-Yen-Stück war.

Mit einem Ausruf des Abscheus trat er die Laken zur Seite. Jesus und Buddha, er haßte Spinnen. *Sie krabbeln dir über das Gesicht, wenn du schläfst, und sie trinken dir aus den Augenwinkeln.* Das pflegte ihm seine Mutter immer zu erzählen, damals, als sie noch in San Diego gelebt hatten …

Nein, das war nicht richtig. Nick hatte nie in den Vereinigten Staaten gelebt. Es war *Billy-chan,* der die Spinnen haßte, *er* hatte mit seiner Mutter früher in Südkalifornien gewohnt. *Hau ab,* dachte er schroff. Er war *Tanner,* verdammt noch mal. Bis ihm die Droge ausging, war er Nick Tanner, verflucht noch mal!

Nick hievte sich aus dem Bett hoch und stöhnte. Sein Körper bestand nur aus Wunden, und jede einzelne Verletzung schrie laut nach seiner Aufmerksamkeit. Er ignorierte sie alle und watschelte zu dem kleinen Ausguß neben der Türe. Das Wasser kam, als er den Hahn aufdrehte, nur als brühwarmes Rinnsal, aber er formte dennoch mit seinen beiden Händen eine Schale unter dem Hahn und klatschte sich etwas Wasser ins Gesicht und auf die Brust. *Aah!* Es war fast erfrischend.

Dann klaubte er sein Hemd von den Synthami-Matten auf dem Boden auf und zog es sich über den Kopf.

Der Packpapierumschlag schien ihn von seinem Platz neben dem Kopfkissen her anzustarren. Er beugte sich hinüber und nahm ihn an sich. Dann leerte er seinen Inhalt vor sich auf den Boden. Bargeld, ein ganzes Bündel in der Banderole, wie man sie in Banken oder in Krimis zu sehen bekommt, ein Stadtplan mit Sichtmarkierungen darauf, ein in Folie eingeschweißtes Päckchen (das jeder gleich für eine Kondompackung aus der Drogerie halten würde), ein mit der Maschine beschriebener Zettel und die Visitenkarte einer Firma. UNIVERSAL EXPORTS stand auf der Karte, TEL. 3-45-7659.

Nick nahm sein Telefon und wählte die Nummer.

Es klingelte zweimal. Dann hörte er ein Klicken. »Laß hören, was es gibt«, wies ihn eine tiefe, unbekannte Stimme an.

»Nummer zwo, hier ist, äh …« – er warf einen Blick auf den Zettel – »Nummer dreiundsiebzig.«

Einen Augenblick lang herrschte Schweigen. »Willkommen im Netzwerk, Dreiundsiebzig. Was ist dein Status?«

Nick mußte lächeln. Wie jeder gute Bürger von Americatown hegte er eine Liebe für geheimnisvolle Mantel- und Degenstücke. Selbst unter den im Ausland lebenden Amerikanern war eine Art von Kalter-Krieg-Nostalgie verbreitet, eine Sehnsucht nach den Tagen der Spionagesatelliten und James-Bond-Filme. Schon jetzt leuchtete ihm die Funktionsweise des Netzwerks ein. Nummer zwo schien der Chef des Netzwerks zu sein, da die Nummer eins, der ursprüngliche Tanner, ja bereits tot war. Nummer zwo mußte der Mann sein, der stets verborgen im Hintergrund blieb und die Daten, die ihm seine Agenten lieferten, sammelte.

Wenigstens würde es Nick so machen, wenn er hier das Sagen hätte.

»Nun«, fuhr Nick fort, indem er diesen unwichtigen Gedankenstrang kappte, »ich soll mich in den Shibuya-Bezirk begeben, um mich dort mit jemandem namens Brady Calhoun zu unterhalten. Er ist so eine Art von Datenpirat.«

»Richtig«, antwortete ihm Nummer zwo. »Genau. Dieser Calhoun ist kein Verdächtiger, aber er kann uns vielleicht dabei behilflich sein, einen Verdächtigen zu finden. Verstanden?«

»Klar.«

»Also dann, Verbindung halten, Dreiundsiebzig.«

Er hatte aufgelegt. Nick schaltete sein Telefon aus, steckte es weg und sammelte seine Sachen zusammen. Er erleichterte sich schnell in den Abfluß, eine schmutzige, aber allgemein eingebürgerte Sitte hier in den schlechteren Bezirken von Americatown, wo sich eine Toilette gewöhnlich nur irgendwo im Flur oder manchmal sogar in einem anderen Gebäude befand. Dann holte er tief Atem, hielt kurz die Luft an und ließ sie dann langsam wieder aus seinen Lungen entweichen.

Nick öffnete vorsichtig die Tür -- sie quietschte in den Angeln -- und trat in die Welt hinaus.

Er brach sich beinahe den Arm, als er von der Schwelle herabstolperte. Billy-chans Kabine war auf einer höhergelegenen Ebene dieses Stockwerks gelegen. Die Türen von vielen der anderen Zimmerkapseln standen offen, und aus einigen schoben sich jetzt Köpfe heraus. Weiter unten im Flur war eine Gruppe schmuddeliger Männer schweigend mit einem Spiel beschäftigt. Sie reichten sich die Spielkarten über den lächerlich engen Flur hin und her. Als Nick mit einem hohlen Plumps auf den Plastikboden schlug, schreckten sie hoch und schauten mißtrauisch von ihrem Spiel auf. Dann brachen sie in Gelächter aus.

»Ooh, Billy-chan. Bist du auf der falschen Seite aus dem Bettchen gestiegen?« sprach ihn einer an, wie man mit einem Baby redet, und rief damit wieder schallendes Gelächter hervor.

»*Che, bakanishiyagate*«, murrte Nick in die Richtung, wo der Mann saß. Er zog sich hoch und hielt auf die Leiter am anderen Ende des Flurs zu. Unten traf er die Frau von der Rezeption, eine grimmig aussehende *Nihon-jin* mit dem Namen Akemi. »Ich gehe aus«, fing er vage an. »Ich will heute nacht noch einmal dasselbe Zimmer haben, *wakata?*«

Akemi nickte unwirsch. Sie hatte für Billy-chan nichts übrig, aber seine Rechnungen waren jetzt bezahlt bis zum Ende des Monats, und das war mehr, als man von den meisten Gästen des Best Eastern sagen konnte.

Draußen regnete es, den traurigen, unvermeidlich bedrückenden Sprühregen des japanischen Frühsommers. Nick stahl sich einen Regenschirm aus dem Ständer vor der Tür und verschmolz bald mit den aufgelockerten Scharen der sonntäglichen Passanten.

Das Schlimmste an diesem Regen ist, ging es Nick durch den Kopf, *daß nichts darauf hindeutet, er könne überhaupt einmal aufhören.* Es mochte in dumpfer Eintönigkeit noch eine Woche oder länger so weiterregnen. Das Zweitschlimmste war natürlich die Tatsache, daß die *Nihon-jin*, praktisch alle gleich klein, ihre Schirme fast genau auf Höhe seiner Augen trugen. Selbst hier am Rand von Americatown war der Gehweg ein sich dauernd verschiebendes Stachelschwein mit scharfen Schirmspitzen, von denen ihm jederzeit die eine oder andere ein Auge auszustechen drohte.

Zusammen mit ungefähr dreihundert anderen Menschen überquerte er die Straße, die zwei Zentimeter unter Wasser stand, das wie ein kleiner Fluß dahinströmte. Dann gesellte er sich einer Gruppe von rund fünfzig Leuten zu, die den zu einem Katarakt verwandelten Treppenabgang in die U-Bahnstation hinabstieg.

Die Schlange am Fahrkartenautomaten war lang, aber der Boden zum Glück trocken, da das ganze Wasser auf die Gleise hinablief, wo es einen fast zehn Zentimeter tiefen unterirdischen See bildete. Nachdem Nick gut über fünfzehn Minuten gewartet hatte, kam er endlich an den Automaten. Er führte einen 10 000-Yen-Schein ein, nahm schnell seinen Fahrschein und steckte sich das viele Wechselgeld in die Tasche.

»*Chotto sumimasen*«, sagte er und kämpfte sich zwischen den Wartenden an den verschiedenen U-Bahnlinien durch. »*Saki-ni gomen-ne.*« Seine U-Bahn stand bereits in der Station, und sie würde sicher nicht gerade auf ihn noch warten! Er steckte seinen Fahrschein in den Entwerter und fragte sich, nachdem er ihn noch nicht ganz eine halbe Minute hingehalten hatte, warum man den Fahrschein nicht einfach unbrauchbar machte und auf diese Weise allen viel Zeit sparte. Dann drängelte er sich weiter auf die Bahn zu und schlüpfte gerade noch hinein, als sich schon die Türen schlossen. Zum Glück gab es heute keinen morgendlichen Ansturm wie an den Werktagen: Im Wagen konnte Nick sogar fast atmen.

Er drückte noch einmal auf den Klingelknopf an der Tür und fing allmählich an, sich Sorgen zu machen. Shibuya blieb noch immer einer der schönen Flecken dieser Stadt, auch wenn es in den letzten zehn Jahren etwas heruntergekommen war. Es gäbe hier viel zu tun. *Was, wenn Brady Calhoun ausgegangen war?*

Nick hatte keinen Ausweichplan, keine sinnvolle Aufgabe, mit der er seine Zeit verbringen könnte, wenn Calhoun nicht zu Hause war.

Die Türe ruckte vor ihm auf. »*Nananda!*« forderte ihn eine verschlafen aussehende Erscheinung im Bademantel auf.

»Äh, Mr. Calhoun«, fing Nick an, »es tut mir leid, wenn ich Sie geweckt habe. Ich würde Sie gerne etwas fragen.«

Calhoun ließ ein scharfes Bellen hören, das klang wie der abgebrochene Versuch eines Lachens, und musterte Billy-chans dürre Gestalt von oben bis unten. »Das würden Sie gern, häh? Nun, ich würde Ihnen gerne eine aufs Maul hauen. Besser, wir lassen's beide und sagen, daß wir damit quitt sind.«

Er wollte schon die Türe zuwerfen, da schob Tanner im letzten Augenblick den Fuß Billy-chans dazwischen. Ein stechender Schmerz fuhr ihm wie eine Lanze vom Fuß ins Bein hinauf, aber die Tür blieb offen. Calhoun lehnte sich jetzt schwer gegen die Tür.

»*Sumimasen*«, zischte Nick durch den Türspalt. »*Ashiga itaindagane.* Machen Sie die gottverdammte Tür auf.«

»Verschwinden Sie von hier, Mann«, warnte ihn Calhoun mit einer Spur von Angst in der Stimme. »Ich hacke Ihnen den Fuß ab.«

»*Chotto kikitaikotoga, arunda* Mr. Calhoun.« Nick versuchte es beharrlich weiter. »Zweitausend Yen für Sie, wenn Sie eine Minute Zeit für mich haben.«

Calhoun verringerte den Druck auf die Tür, wodurch sich das weißglühende Feuer in Nicks Fuß ein wenig abkühlen konnte. »Werfen Sie mir das Geld rein und ziehen Sie Ihren Fuß raus.«

Tanner kam der Aufforderung nach, und die Tür fiel prompt ins Schloß. Wut kochte in ihm hoch. Er war drauf und dran, die Türe einzutreten, als er das typische Geräusch hörte, mit dem eine Sicherheitstürkette aufgehakt und entriegelt wurde. Die Türe schwang weit auf.

»Sie sind hundertprozentig kein Bulle«, erklärte ihm Calhoun, wobei er sich etwas verwirrt am unrasierten Kinn kratzte. »Und Sie sind genauso sicher kein Yakuza. Also, die Zähluhr läuft, was wollen Sie wissen?«

Nick räusperte sich. Sein Zorn brauchte ein paar Augenblicke, um vollends zu verrauchen. »Ähm ... da ist ein Cop umgebracht worden, letzten Monat auf dem Weg von Roppongi nach Hause, ein Amerikaner.«

»Ja, ich kann mich daran erinnern. Er und seine Frau. Stand in der Zeitung.«

»Genau.« Tanner nickte, Hitze stieg ihm ins Gesicht und die Kehle wurde ihm eng, als er einen Teil von sich wieder sterben fühlte. *Karen!* »So ist es. Mein Name ist Geist, und dieser Cop war ein ... äh ... eine Art Freund von mir. Soviel ich weiß, sind Sie im ... äh ... im Informationsgeschäft tätig, und meine Frage ist, ob Sie mir Infos beschaffen können, die diesen ... äh ... Vorfall betreffen.«

Ein Grinsen verzog Calhouns Gesicht, daß er aussah wie ein hechelnder Waran. »Ein *Freund* von Ihnen, so, war er das? Sie schieben ihm ein bißchen Kohle zu, und er schiebt Ihnen den kleinen Hol-dich-aus-dem-Knast-Gutschein rüber, hä? Eine echte *Freundschaft*, was?«

Nick seufzte. »Und die Antwort auf meine Frage ist ...?«

»Eine Million Yen«, forderte Calhoun, dessen Grinsen verschwunden war. »Die Hälfte jetzt sofort, den Rest, sobald ich was für Sie habe.«

Nick zwinkerte fassungslos. *Eine Million Yen, wie*

bitte? Er fragte sich, wie lange er wohl dazu brauchen würde, bis er einen solchen Betrag zusammengekratzt hätte. Wie groß waren die Möglichkeiten des Netzwerks? Wie wichtig war dieser Zweig der Nachforschungen?

Plötzlich schoß Nick eine Idee durch den Kopf. »Brady«, fing er an und wackelte mitleidig mit dem Kopf, »machen Sie das nicht, ja? Ich weiß, daß Sie zur Zeit ziemlich schlecht bei Kasse sind, aber quetschen Sie nicht *mich* aus. Ich gebe Ihnen zwanzigtausend Yen bar auf die Hand, jetzt gleich.«

Calhoun schien zuerst überrascht zu sein, dann wurde er ärgerlich. »Zwanzigtausend! Für zwanzigtausend dürften Sie mir nicht mal den Arsch lecken!«

»Dürfte ich das nicht?« fragte Tanner zurück. Er bemühte sich um einen neutralen Gesichtsausdruck. »Das Hacker-Geschäft läuft nicht mehr so gut wie früher, es geht nur noch zäh voran. Ich weiß das. Heute werden keine so hohen Preise mehr bezahlt. Sie waren immer einer von den Großen, Brady, wirklich eine Klasse für sich, aber die Gesellschaft driftet unter Ihnen weg. Ihnen geht es wie dem Kohlepapierkönig, der immer nur abwartet, während ihm die neuen Kopiergeräte schon sein Reich ruinieren. Es ist wirklich zu schade. Was hielten Sie denn davon, wenn ich Ihnen dreißigtausend geben würde?«

Er beobachtete Calhouns Miene aufmerksam. Über das Geschäft mit geklauten Daten wußte er schlicht gar nichts, und auch Brady war ihm völlig unbekannt gewesen, bis er in der vergangenen Nacht seine Instruktionen gelesen hatte. Nicks verbale Attacke stützte sich allein auf Vermutungen und Annahmen, auf Dinge, die er vielleicht anderswo irgendwann einmal von irgend jemandem aufgeschnappt hatte. Etwa, daß die Banken ihre imaginären Dollarnoten inzwischen so zu markieren pflegten, daß jede Transaktion genau verfolgt werden konnte. Wenn Nick allerdings daneben lag, würde er sich mit einem befremdeten und verärgerten Brady weiter auseinandersetzen müssen. Und er wäre dann um einiges weiter von seinem Ziel entfernt, Karens Mörder zu finden.

Nackter Haß flammte in Calhouns Augen auf und war gleich wieder verschwunden. Der Mann sah plötzlich ausgehöhlt, verloren und ängstlich aus. »Fünfzigtausend«, sagte er leise und schlug die Augen nieder. »Dreißigtausend im voraus.«

»Gemacht.« Nick schlug ein. »Wie lange brauchen Sie?«

»Kommen Sie in fünf Stunden wieder her.«

»In Ordnung.« Nick fischte drei Geldscheine aus der Tasche und gab sie ihm. Dann trat er von der Tür zurück.

»Sie sind ein dreckiger Bastard, Mr. Geist.« Calhoun hörte sich leer an. »Wissen Sie, wie es ist, wenn Sie Ihre ganze Welt verlieren? Wissen Sie das?«

Nick Tanner wandte sich ab. »Ich bin in fünf Stunden wieder hier.«

Er nahm den Aufzug hinunter, verließ das Gebäude und ging sofort in ein *Ramen*-Geschäft auf der gegenüberliegenden Straßenseite. Jesus Christus und heiliger Buddha, er war am *Verhungern*.

Man stellte ihm recht schnell eine Schüssel mit *Ramen* aus Schweinefleisch hin, und er schnippte eine 500-Yen-Münze über die Theke. Dann langte er tüchtig zu. Die Nudeln waren gut, kräftig und nicht zu weich, das Fleisch und Gemüse auf vollendete Weise zubereitet. Ein Radio dudelte leise irgendwo hinter ihm, es lief gerade *Amerikano Hiaika*, der Amerikanische Blues. Hoffnungslos altmodisch. Solche Sachen wurden kaum noch verkauft, doch hatte Nick diese beruhigenden, melancholischen Melodien immer als angenehm empfunden. Er ließ die Musik durch sich hindurchrieseln, während ihn die dampfende Brühe des *Ramen* gegen den Regen wärmte. *Ah, Tokio,* dachte er und genoß es einfach, im Augenblick genau dort zu sein, wo er gerade war.

Nick hatte die ganze Schüssel, mehr als einen Liter Suppe, in fünf Minuten hinuntergeschlungen. Er überlegte kurz, ob er sich noch eine Schüssel bestellen sollte, doch stöhnte Billy-chans zusammengeschrumpfter Magen allein bei dem Gedanken daran auf. Billy-chan war es nicht gewohnt, oft oder gut zu essen, weil er es vorzog, sein Geld, wenn er mal welches hatte, in Euphorin und Halluzinol umzusetzen. Erst seit kurzem war für ihn auch das Euphorin zu einem Problem geworden: Er hatte jedesmal seine Dosierung erhöht – in einer Art ›Selbstmordkurve‹, die sich exponential einem toxischen Niveau annäherte. Diese spezielle Droge wurde indessen noch immer von den staatlichen Behörden als unbedenklich im Hinblick auf eine mögliche Abhängigkeit eingestuft; er konnte damit also jederzeit aufhören, wenn er das nur wollte.

Seufzend erhob er sich, nahm seinen Schirm aus dem Ständer und ging wieder in den Regen hinaus.

Fast fünf Stunden blieben totzuschlagen. Was war das Sinnvollste, das er in dieser Zeit tun konnte? Rodriguez hatte gesagt, das Netzwerk führe in allen Stadtteilen Gespräche mit den Yakuza. Vermutlich war darin auch die Mafia in Americatown inbegriffen. Calhoun durchstöberte das Datennetz der Stadt. Die Zeugen waren alle erfaßt, und es schien wenig Erfolg zu versprechen, einfach irgendwelche Fremde auf der Straße anzusprechen und zu fragen.

Nick verzog sich in eine enge Allee und nahm sein Telefon aus der Tasche.

»Schieß los«, forderte ihn die nun vertraute Stimme von Nummer zwo auf, nachdem er gewählt hatte.

»Nummer zwei, hier ist Nummer dreiundsiebzig. Ich bin mit Brady Calhoun ins Geschäft gekommen. Er schnüffelt für uns ein bißchen herum. Aber er braucht wohl rund fünf Stunden, wie er mir gesagt hat.«

»Verstanden«, kam die Antwort von Nummer zwo, »du brauchst also für die Zwischenzeit irgendeine Aufgabe.«

»Genau.« Wie angenehm es war, wenn man es am Telefon mit *sich selbst* zu tun zu hatte. Da gab es keine Verwirrung, und es war nicht nötig, irgend etwas zu erklären.

Nummer zwo sprach weiter: »Du bist jetzt in Shibuya, nicht wahr? Ich möchte, daß du dich dort umschaust. Sieh zu, daß du einen Dealer ausfindig machst.« Er dachte an einen LPD-Dealer mit einem Vorrat an Nick Tanners. »Wir haben bisher noch niemanden in diesem Bezirk. Wenn du keinen Dealer findest, geh rüber in die *Ginza* und kauf dir einen Schuß beim fetten Charlie.«

»Verstanden«, versicherte Nick. »Werde ich ihn erkennen, wenn ich ihn sehe?«

»*Hai, sugu wakarusa.* Er ist ziemlich leicht zu erkennen. Verbindung halten, Dreiundsiebzig.«

Nick schaltete das Telefon ab.

Er ging wieder zur Straße zurück und beobachtete die Passanten mit kritischen Augen. Er hielt Ausschau nach einem bestimmten entspannt und erholt wirkenden Typus, nach Leuten, die einfach nur herumlungerten und die Masse der hektisch angespannten Passanten an sich vorübertreiben ließen. Er suchte die Gutgekleideten, die dabei dennoch immer auch ein wenig schäbig aussahen und achtete vor allem darauf, ob er irgendeinen Mann mit europäischen Gesichtszügen sah.

Es blieb eine wahre Schande für die westliche Hemisphäre, daß über fünfundneunzig Prozent der Verbrechen in Tokio, die etwas mit Drogen zu tun hatten, von weißen Amerikanern begangen wurden. Daß Americatown eine höhere Pro-Kopf-Kriminalität aufwies als

jeder andere Ort in Japan – sie war sechsmal so hoch wie der nationale Durchschnitt. Es blieb eine Schande, daß hier in jedem Monat mehr Menschen ermordet wurden als in der gesamten Provinz Osaka. Diese Schande brannte besonders in Nick Tanner, der sein Americatown von Herzen liebte und dort sein ganzes Leben verbracht hatte. Er war dort als Polizist mit der Aufgabe betraut gewesen, den Abschaum unter Kontrolle zu halten, wobei er stets wohl wußte, daß er das nicht schaffen konnte. Einem Gendarmen standen tausend Räuber gegenüber.

Seine Augen tasteten die Straße auf und ab wie die Zielsuchsensoren einer selbstauslösenden Waffe. Er fand kein Ziel. Hier gab es nur *Nihon-jin,* die zielstrebig von einem Ort zum anderen hasteten. Selbst ihre Sonntage verbrachten sie wie die Ratten in einem Labyrinth.

Nick steckte sein Telefon in die Tasche zurück und setzte seine Patrouille fort.

Shibuya war wirklich nicht der geeignete Stadtteil, um nach Drogen zu suchen, das stand für Nick nach wenigen Stunden fest. *Gaijin* gab es hier nur wenige und in großen Abständen voneinander; außerdem waren sie hier in Shibuya fast alle japanisiert und wuselten herum wie die *Nihon-jin* auch. *Tamago* nannte man sie in Americatown, die *Eier* – außen weiß und innen gelb.

Schließlich gab er es auf und nahm die Bahn zur *Ginza,* zur berühmten Tokioter Einkaufsstraße. Er ging die sonntags für den Verkehr gesperrte Straße zweimal auf und ab, bis seine Schuhe vom kalten Regenwasser vollgelaufen und die Hosenbeine bis über die Knie hinauf naß geworden waren. Endlich fand er den fetten Charlie doch noch, konnte sich auch unmöglich in ihm vertan haben. Es war ein übergewichtiger Amerikaner in einem weißen dreiteiligen Anzug, ein Mann, der genauso gut ein Schild mit der Aufschrift ›Drogen zu verkaufen‹ um den Hals hätte tragen können.

Der fette Charlie stand unter einer Regenplane vor einer Auslage und ließ seinen Blick flüchtig über die feuchtgewordenen Magazine streifen, als sich Nick neben ihn schob.

Nick versuchte ein Gespräch anzuknüpfen: »Schöner Tag heute, was?«

Der Mann im weißen Anzug drehte sich um und schaute Nick mit einer höflich überraschten Miene an. *Ich weiß zwar nicht, wer du bist, aber du siehst nicht aus wie ein Feind,* war darin zu lesen. »Ich denke, das könnte er wohl sein«, antwortete er Nick. Seine Stimme war tief und heiser, das Rasseln einer von Zigarren verwüsteten Kehle und einer ebensolchen Lunge.

Nick mußte diesem Mann zum mindesten Stil zubilligen und nickte. »Sie sind Charlie, nicht wahr?«

Aus dem Mann quoll ein Geräusch hervor, das ein Kichern sein konnte, aber auch ein Husten. »Meine Freunde nennen mich den *fetten* Charlie. Ich weiß nur nicht genau, weshalb.«

»Haben Sie Euphorin?« hörte Nick sich selbst fragen.

»Ähem … es wäre besser«, hustete der Dicke, »wenn wir doch etwas leiser reden würden, meinen Sie nicht?«

»Tut mir leid.« Nick schüttelte leicht den Kopf. Wie kam er auf diese Frage? »Ich habe nicht Euphorin gemeint. Ich meine LPD. Haben Sie LPD?«

Der fette Charlie sah unbehaglich aus. »Wollen wir ein bißchen spazieren? An einen etwas weniger öffentlichen Ort vielleicht?«

Tanner nickte. »Sicher. Gehen Sie voran. Ich suche aber nach einer speziellen Leihpersönlichkeit. Nick Tanner ist der Name. Können Sie mir da vielleicht helfen?«

»Oh!« entfuhr es dem fetten Charlie leise. Er hatte gerade seinen Regenschirm geöffnet, doch schloß er ihn gleich wieder.

»Das *tut* mir leid, aber mir hat gerade jemand meinen

ganzen Vorrat an … von dem da abgekauft, vor ungefähr fünfzehn Minuten.«

»Was!« schrie Tanner laut, was den fetten Charlie zusammenzucken ließ. Es hatte jemand den ganzen Vorrat aufgekauft? Ein kleiner Dealer, der sich davon ein schnelles Geld versprach? Ein Tanner-Einzelgänger, der sich einen Jahresvorrat anlegen wollte? Himmel und Hölle!

»Es tut mir wirklich leid«, wiederholte der fette Charlie in einem endgültigen Ton.

Nick zuckte die Achseln. »Das Zeug scheint ja ziemlich beliebt zu sein.«

Er ließ seinen Schirm aufspringen und warf sich wieder in die wogende Menge der Einkaufslustigen auf der *Ginza*. Plötzlich hatte er ein schlechtes Gefühl. Was, wenn LPD nicht nur heute, sondern generell schwer aufzutreiben war? Was, wenn die Ermittlungen einfach nach und nach ausdünnten, weil die Tanners, die sie ausführten, immer weniger wurden?

Er griff wieder nach seinem Telefon und wählte die Nummer der Universal Exports.

»Was gibt es?«, drang eine unbekannte Stimme aus dem Hörer an sein Ohr.

Tanner bekam eine Gänsehaut. »Wer spricht dort?« fragte er.

»Hier spricht Nummer fünf«, antwortete ihm die fremde Stimme. »Nummer zwei wird vermißt, ich weiß nicht, wo er ist. Mit wem spreche ich?«

Nick duckte seinen Kopf zur Seite, um der mörderischen Spitze eines Regenschirms zu entgehen. »Ich bin die Nummer dreiundsiebzig. Was ist mit Nummer zwo geschehen? Hat man ihn festgenommen?«

»Nein«, antwortete die Stimme in seiner Hand ungeduldig. »Das habe ich bereits überprüft. Hast du etwas zu melden?«

»Ja, das habe ich. Ich bin gerade mit dem fetten Charlie in der *Ginza* zusammengetroffen, und er behauptet, irgend jemand habe vor wenigen Minuten seinen ganzen Vorrat aufgekauft. Er hat keine Tanners mehr.«

Nick hörte die Stimme von Nummer fünf müde aufseufzen. »Achtunddreißig hat mir gerade eben genau dasselbe von einem unserer Dealer im Hafengebiet gemeldet. Hier läuft irgend etwas schief, Dreiundsiebzig, ich glaube, wir haben ernste Probleme. Einige unserer Leute haben sich seit heute früh nicht mehr gemeldet.

Wir verlieren immer wieder einmal einen unserer Leute, das ist klar. Da wacht eines Tages einer clean auf, und wir hören nie wieder von ihm. So läuft es normal. Aber das hier ist etwas anderes. Ich mache mir wirklich Sorgen.«

Nicks Herz raste. Was war mit Nummer zwo geschehen? Gab es wirklich Anlaß, alarmiert zu sein? »Ich ... ich gehe jetzt wieder zu Brady Calhoun«, sprach er ins Telefon, »ich werde mich wahrscheinlich verspäten, so wie es aussieht. Hast du alles unter Kontrolle?«

»Sicher.« Die Antwort von Nummer fünf kam etwas zu schnell. »Kein Problem. Melde dich wieder, Dreiundsiebzig.«

»Ja, und du paß auf«, entgegnete Nick und unterbrach die Verbindung. Er zwang sich zur Ruhe. Es mochte Anlaß zur Beunruhigung geben oder auch nicht. Da er seine eigene Anfälligkeit für Dramatik kannte, konnte er sich nicht sicher sein, ob Nummer fünf nicht vielleicht doch nur viel Lärm um nichts machte. Andererseits aber vertraute er doch seinen Instinkten, und die Instinkte von Nummer fünf *waren* schließlich die seinen ...

Er schob den Gedanken beiseite. Wachsam würde er wohl bleiben, doch selbst wenn hier ein großes Ding lief, blieb ihm nichts anderes übrig, als seinen Part weiterzuspielen.

Der Gang zur U-Bahnstation und die Fahrt mit der Bahn selbst schienen kein Ende zu nehmen. Der Regen kam Nick vor wie eine grausame Stichelei, die nur auf ihn zielte. *Das Leben ist ohne Hoffnung,* flüsterte der Regen. *Das Leben ist eine schlimme Plage, die unausweichlich zum Tod führt.* Die Fußgängermassen schienen sich ihm entgegenzustemmen wie die Komplizen einer Verschwörung mit dem Ziel, Nick aufzuhalten.

Er war über eine Stunde zu spät dran, als er wieder auf die Klingel an Brady Calhouns Tür drückte.

Diesmal öffnete ihm Calhoun recht schnell. Er war noch immer im Bademantel. »Kommen Sie rein, Mr. Geist«, lud er Nick ein und grinste dasselbe Reptiliengrinsen wie beim letzten Mal. *Bitte treten Sie ein in mein Sprechzimmer ...* »Kommen Sie rein und trinken Sie ein Bier mit mir.«

Nick trat ein und schloß die Tür hinter sich. Er bewegte sich langsam, fast wie unter Wasser. Etwas Eigenartiges, Fremdes lag in der Luft.

»Ich glaube, es wird Sie interessieren, was ich gefunden habe«, fuhr Calhoun fort, während Tanner aus seinen nassen Tennisschuhen schlüpfte und seine Füße auf den Boden des Apartments setzte. Sie hinterließen feuchte Sockenspuren auf dem Teppichstoff. »Kommen Sie, setzen Sie sich. Ich habe schon auf Sie gewartet!«

Das Apartment bestand aus einem einzigen Raum, den Calhoun mittels der Möbel in eine Küchenzelle, einen Bettbereich und einen Wohnbereich aufgeteilt hatte. Das Bad war ein hochkant gestellter Kasten, der fast wie eine Telefonzelle in einer Ecke des Zimmers stand. Brady führte ihm zum Küchentisch hinüber und reichte ihm ein Bier. Sie setzten sich.

»Was haben Sie gefunden?« Nick formulierte seine Frage vorsichtig. Er war gespannt und wachsam, doch sollte sie so beiläufig wie möglich wirken. *Was stimmte hier nicht?* Er wollte nicht gerade direkt den Finger darauf legen.

Calhoun griff nach einem Stapel Papier und überflog

das oberste Blatt. »Die Kurznachrichten!« strahlte er ihn an. »Ich schau mir also den Mord mal näher an. Kein sehr professioneller Job. Ihr Freund von der Polizei ist erst vor zwei Wochen gestorben. Das schließt das organisierte Verbrechen aus, denke ich. Und es kann auch kein Raubüberfall gewesen sein, stimmt's? Der persönliche Besitz wurde bei den Opfern gefunden. Vielleicht war es ein zufälliges Verbrechen, überlege ich mir. Damit bleiben mir kaum noch Ansatzpunkte für die Weitersuche. Also scheiß drauf. Ich entschließe mich, die Sache unter dem Gesichtspunkt organisiertes Verbrechen zu überprüfen.

Und was finde ich? Nun, unser Freund, Officer Tanner, scheint letztes Jahr mit der Untersuchung eines bestimmten Falles betraut gewesen zu sein. Etwas mit Aktiengeschäften, hatte mit der Funada Corporation zu tun. Nichts Großes, hat damals auch zu keinen weiteren Konsequenzen geführt.«

Nick entsann sich dieses Falles, doch so unbefangen, wie man sich eben trivialer Sachen erinnert. Ein Manager der Funada Corporation hatte ein Aktienpaket an eine Briefkastenfirma weit unter Marktwert verkauft. Ein solcher Vorgang war nicht illegal, doch unüblich genug, um eine kurze Untersuchung durch die Aufsichtsbehörden der Regierung zu provozieren. Und es waren keine Indizien für irgendeinen Gesetzesverstoß entdeckt worden, wie auch Calhoun angedeutet hatte. Die Untersuchung war ohne weitere Folgen geblieben.

»Klar soweit?« frage Calhoun ungeduldig.

Brady Calhoun schien außerordentlich stolz auf sich zu sein, und Tanner nickte, nicht weniger gespannt auf den Fortgang seiner Geschichte.

»Nun«, holte Calhoun aus, »auch dieser Strang scheint also zu Ende zu sein, richtig? Aber mir fällt ganz plötzlich auf, daß alle möglichen Memos auf den höheren Etagen der Funada Corporation hin- und hergeschickt werden, alle mit Nick Tanners Name darauf. Es sind auch andere Namen vorgekommen, von Leuten aus der Regierung, die in die Untersuchung verwickelt waren. Aber sie haben sich vor allem mit Officer Tanner beschäftigt, klar?

Am elften Mai wurden Ihr guter Freund Tanner und seine Frau attackiert. Und plötzlich gibt es keine solchen Memos bei Funada mehr! Einfach so! Tanner hat es nicht gemerkt, aber er hatte seine Hände in ein Hornissennest gesteckt, und die Hornissen haben ihn nach einer Weile auch gestochen. Funada hat Geld unter den Regierungsmitgliedern verteilt, Mann, die haben Geld verteilt, wie man Erdnußbutter auf Sandwiches schmiert. Und sie dachten, daß Tanner davon Wind bekommen hätte!«

Nick prallte zurück vor dieser Behauptung. Konnte das alles stimmen? Würden sie wirklich wegen so etwas Menschen umbringen?

Calhoun ließ seinen Blick über ein weiteres Blatt huschen, auf dem der verschmierte Farblaserausdruck von einem Porträtfoto eines Mannes zu erkennen war. »Das ist ein Personalfoto direkt aus den Datenbanken von Funada. Dieser Mann heißt Toshio Fujiwara und arbeitet unten am Frachthafen im Funada Tower. Er hat sich eine ganze Woche krank gemeldet, und zwar ab dem Montag nach dem Mord. Eine Woche später verschiebt sich die Dezimalstelle in seiner Gehaltsabrechnung um zwei Stellen nach rechts, und der Computer bemerkt diesen Irrtum nicht. Das ist der Kerl, der Ihren Freund umgelegt hat, Mann, das ist er.«

Nick war sprachlos. Sein Verstand konnte dies alles nicht verarbeiten. Er sah zwar das Gesicht auf dem Bild, war aber nicht in der Lage, es mit irgend etwas zu verknüpfen. Wie konnte der Mann, der Karen ermordet hatte, so ein Gesicht haben? Wie konnte er überhaupt ein *Gesicht* haben?

Calhoun redete weiter, mitleidlos wie ein Boxer, der

wieder und wieder auf den Leib seines Gegners eindrischt, ohne ihm eine Chance zum Atemholen zu geben: »Bei meiner Herumschnüffelei stoße ich darauf, wie weit sich die Funada mit einigen ihrer finanziellen Operationen vorgewagt hatte. Sie haben bei sich drüben einen Raum voll mit anpassungsfähigen neuronalen Computernetzen, die eine ganz bestimmte Operation ausführen – ›Blankorechnen‹ nennen sie das. Sie kurbeln damit die Steuererklärungen für nächstes Jahr heraus, indem sie virtuelle Kalkulationen auf der Basis eines Algorithmus benutzen, der noch gar nicht geschrieben wurde. Das ist allerneueste KI, Mann, das ist seiner Zeit um fünf Jahre voraus. Für die verdammten Steuern!«

Tanner stand der Mund offen, sein Gesicht schien vor Schrecken oder etwas ähnlichem starr zu sein. Er hörte praktisch nicht mehr zu. Sein Blick haftete auf dem Bild von Toshio Fujiwara. Konnte das wahr sein? *Konnte* es das?

Mit einer großen Anstrengung zog er seinen Blick hoch zu Calhouns Gesicht. Der Mann grinste wie eine Schlange, und seine Augen waren flach und leblos, fast wie aufgemalt.

»Ich hab ihnen eingeheizt, Nick. Ich habe ihnen einen Algorithmus gegeben.«

Nick. Calhoun hatte ihn mit seinem Vornamen angesprochen. »Woher wissen Sie meinen Namen?« fragte Nick mit ausdrucksloser Stimme, der keine Überraschung anzumerken war. Ihn konnte nichts mehr überraschen. »Ich habe Ihnen meinen Namen nicht gesagt.«

Brady Calhoun zuckte die Achseln, noch immer grinsend. »Ich habe alle Polizeimeldungen überprüft, verstehen Sie? Und ich habe alle diese Verweise auf die LPD-Köppe gefunden, die in die Obhut eines Milo Rodriguez, eines öffentlichen Verteidigers, übergeben werden mußten. Alle hatten behauptet, Nicholas Tanner zu sein, jeder von ihnen, auch der letzte Stinker,

45

einschließlich William R. Geist, *aka* Billy-chan. Sie sind Nick Tanner, Mann, Sie wollen den Mord an sich selbst aufklären!«

Die Bruchstücke fügten sich in Nicks Hirn zum Bild zusammen. Schlagartig hatte sich seine Verwirrung aufgelöst. Sein Schmerz war verschwunden, seine Verdächtigungen, seine Sorgen und Fragen dahin, alles das war von der Klarheit einer plötzlichen Einsicht untergepflügt worden. »Du hast mich verkauft«, sagte er ruhig. »Nachdem du meinen Namen hattest, hast du ihn sofort an die Funada verkauft, nicht wahr?«

Brady sah einen halben Augenblick lang aus, als habe er Angst, aber das Reptil gewann schnell wieder Oberhand. »Wovon sprechen Sie?«

Tanner lächelte schwach und warf Brady seine noch nicht angebrochene Bierdose direkt ins Gesicht. Sie schlug voll ein, genau über der Nase, dann fiel sie zu Boden. Der Datenpirat konnte kaum zurückzucken, doch jetzt schrie er auf, griff sich mit beiden Händen ins Gesicht und polterte nach hinten gegen den Kühlschrank. Blut sickerte ihm zwischen den Fingern hindurch.

Tanner packte eine Kante des Tisches, hob ihn an und stürzte ihn um, so daß der Tisch auf einer Kante zu liegen kam. Dann stand er auf, nahm seinen Stuhl in beide Hände und holte damit aus. Er trat einen Schritt vor und brüllte mit all der angesammelten Wut, die ihm nun, wie er den Stuhl schwang, in den Kopf stieg: »Erzähl es mir, Brady! Sag mir, was du getan hast!«

»Nein, Mann!« Calhoun schrie im Schock und war zu Tode erschrocken. »Schlagen Sie mich nicht! O Jesus Christus, schlagen Sie mich nicht damit!« Bettelnd streckte er seine Hände vor, wobei ihm das Blut aus der Nase und vom rechten Augenlid herabströmte.

»Warum hast du das getan?« Tanner schrie noch immer. »Warum?«

Calhoun heulte wie eine Robbe, die von einer Harpune getroffen wurde. »Sie haben mir nur fünfzigtausend geboten, Mann! Ich habe die Funada in anderthalb Stunden auf die Knie gedrückt und ihnen dann gesagt, Sie seien es gewesen. Funada hat acht Millionen für eine Liste der Namen und Adressen rausgerückt. Ich werde mit Ihnen teilen, Mann! Die Hälfte für jeden!«

Acht Millionen Yen. Nick ließ den Stuhl ein wenig sinken. »Sie werden dich umlegen, Calhoun. Sie bringen jeden um. Sie haben meine Frau ermordet, obwohl sie von allem keine Ahnung hatte!«

»Nein!« widersprach Brady eigensinnig, wobei in seiner Stimme der pathetische Abglanz einer Hoffnung aufschimmerte. »Ich habe eine Schleife ins Netz eingebaut, einen ›Toten Mann‹! Die ganze Geschichte geht sofort an die Presse, wenn mir irgend etwas passiert!«

»An die Presse? Ganz sicher?«

»Ganz sicher! Da bin ich mir ganz sicher!«

Tanner schlug Brady den Stuhl über den Schädel und rannte wie der Teufel davon.

Um Mitternacht war er wieder in Americatown angekommen. Er fühlte sich einem hilflosen Schrecken ausgeliefert, der Vorahnung eines unabwendbaren Schicksals, das ihn bei seiner Heimkehr ereilen würde. Und doch war sein Zuhause der einzige Ort, an den er gehen konnte, der einzige Ort, wo er sicher auf eine Begegnung mit den Leuten bauen konnte, die Karen ermordet hatten.

Den Packpapierumschlag hatte er bei seiner ungestümen Flucht verloren. Wahrscheinlich hatte er ihn in Bradys Küche liegen lassen. In dem Umschlag befand sich auch seine LPD, seine Leihpersönlichkeit, Nicks ureigene Seele! Ohne diese Droge war er so gut wie tot, und doch wagte er es nicht zurückzugehen. Wenn er noch einmal dorthin ginge, würde er bald noch toter als tot sein.

Denn dort draußen herrschte Krieg. Er hatte bei Universal Exports angerufen, und am Apparat war Nummer sechs gewesen. Nummer fünf lebte nicht mehr. Die Sechs steckte gerade in irgendwelchen Schwierigkeiten und fand keine Zeit für ein Gespräch. Als Nick es eine halbe Stunde später noch einmal versucht hatte, ging auf der anderen Seite niemand mehr an den Apparat.

Nach einigen Stunden warf Nick schließlich sein Telefon weg, da in ihm der vage Verdacht keimte, es könne dazu benutzt werden, um seinen Standort anzupeilen. Im Radio schließlich kam die Meldung, daß sich in dieser Nacht zwei rivalisierende Banden der *Gaijin*-Mafia im ganzen Stadtgebiet gegenseitig bekämpften und dabei bereits mindestens zwanzig Menschen getötet worden waren. Man rechnete mit weiteren Gewalttaten.

Was geschieht hier? fragte sich Nick. Er wollte einen Mord aufklären und hatte am Ende selbst einen begangen. Jetzt geschahen in ganz Tokio Morde, Leute starben, die noch am Leben sein und zufrieden ihren Tagesgeschäften weiter nachgehen könnten, wäre da nicht Nick Tanner gewesen. Er hatte den ersten Stein einer Kette von Dominosteinen des Todes angestoßen, und dieser Impuls warf nun einen Stein nach dem anderen auf seinem Weg durch die nächtliche Stadt um. Wenn es nicht seine Dominosteine waren, wo lag dann seine Schuld?

War irgend etwas daran seine Schuld?

Jetzt saß Nick zusammengekauert in einer Ecke von Billy-chans Zimmer und hielt die Gaspistole umklammert, die er sich von seinem letzten Geld erworben hatte. Er wartete darauf, daß sich die Türe öffnete und wünschte sich, die Beleuchtung ausschalten zu können, doch mit dem Aufkommen der kalten Fusion hatten es die Japaner für billiger befunden, beim Bau der Unterkünfte für ärmere Leute auf die menschenfreundliche Einrichtung eines entsprechenden Ein- und Ausschalters zu verzichten. So glühte nun eben die Decke im unsteten Dauerlicht fester Leuchtstoffe vor sich hin.

Ja, eine richtige Dunkelheit wäre jetzt gut. Dann könnte er sich nicht nur besser verbergen, sondern auch seine Feinde attackieren, ohne sich selbst zu gefährden. Nein, er würde die Dunkelheit auch deshalb begrüßen, weil sie ihn von dieser schrecklichen Vertrautheit der Wohnkabine, diesem Zuhausegefühl hier befreien konnte. *War es möglich, daß es so schnell schon geschah*? Konnte es sein, daß Geists drogengestählte Leber bereits dabei war, die letzten Reste von ihm aus dem Körper herauszufiltern und fortzupumpen?

Da knirschte die Tür.

Plötzlich sprang sie quietschend auf, und eine dunkle Gestalt erschien im Türrahmen. Er war darauf vorbereitet und schoß sofort. Dann hörte er einen gedämpften, erstickten Schrei und sah, wie sich ein Muster aus hellen, roten Blutstropfen über die ganzen Synthami-Bodenmatten ausbreitete. Die Gestalt strauchelte zurück, aber er schoß wieder auf sie, und als sie aus seinem Blickfeld herauskippte, feuerte er durch die Wand. Er schoß noch einmal und noch einmal und noch einmal, bis das Magazin leer war.

Tränen quollen ihm in den Augen hoch und flossen ihm über die Wangen. Es war Toshio Fujiwara gewesen, ganz gewiß. Er mußte nicht extra nachschauen, um das zu wissen. Es *mußte* Toshio Fujiwara gewesen sein.

Damit war der Kreis geschlossen, Karens Tod war gerächt. Damit war auch Nick Tanners Tod gerächt. Das war Gerechtigkeit.

Gerechtigkeit, das war ein Körper mehr auf dem ganzen Leichenhaufen, jawoll, Sir! Ja, die Luft wurde rauher in Americatown.

Seine Stimme gurgelte zwischen den Tränen hoch, doch statt des tiefen Schluchzens, das er erwartet hatte, hörte er sich selbst singen:

Haru ga kita, haru ga kita,
Doko ni kita?
Yama ni kita, sato ni kita,
No ni mo kita!

Er umschlang seine Knie und wiegte sich wie ein kleines Kind vor und zurück, denn es war ein Kinderlied. Ein glückliches Frühlingslied, aber auch ein trauriges, das einen auf seine Art tief bewegte. Es war schon immer Billy-chans Lieblingslied gewesen.

Originaltitel: ›AMERICANO HIAIKA‹ • Copyright © 1991 by Will McCarthy • Erstmals erschienen in ›Interzone‹, Mai 1991 • Mit freundlicher Genehmigung des Autors • Copyright © 1997 der deutschen Übersetzung by Wilhelm Heyne Verlag, München • Aus dem Amerikanischen übersetzt von Ulrich Fröschle • Illustriert von Jobst Teltschik

Jacques Mondoloni · Frankreich

MORGEN SPRECHE ICH AMERIKANISCH MIT MEINEM HUND

Ach, mein geliebtes Land! Mein lichtdurchflutetes Quercy, meine trockenen Kalkplateaus, wie ist mir so schwer ums Herz: heute um Mitternacht muß ich meine Muttersprache aufgeben. Der Hörfunk, das Fernsehen, die aussagekräftigen offiziellen Anschläge haben das Ende der Kampagne zugunsten der amerikanischen Sprache verkündet. Die Frist läuft ab, und gleichzeitig geht es auch mit mir ein wenig zu Ende.

Der Lehrer, der ich bin, wird nicht mehr in die Schule zurückkehren. Trotz meines Alters – dreißig Jahre – hat man mich zwangsweise in den Ruhestand versetzt. Ich hänge zu sehr an der französischen Sprache, an meinem Dialekt, um mich jemals von diesem Schlag zu erholen.

Übrigens verstanden mich die Schüler sowieso nicht mehr – meine letzte Unterrichtsstunde hielt ich mit zitternder Stimme und in der Betonung von Victor Hugo, wie zur guten alten Zeit der republikanisch-staatlichen Schulen, was ihnen eher possenhaft als überholt vorgekommen sein muß. Aufgrund der arglosen Grausamkeit ihres Alters und ihrer Unkenntnis der Vergangenheit ihres Heimatlandes brachen sie in lautes Gelächter aus – wie eine Horde von Touristen, die einem Einheimischen zuhören, der eine lokale Legende erzählt: das auf internationalem Amerikanisch basierende, absichtlich stereotype und derart parodistische Kauderwelsch, das sie sprechen – und das ich so sehr verabscheue, weil es kulturlose Banausen, freiwillige Entwurzelte, bereitwillige Kolonisierte aus ihnen machen wird, die von ihren Kolonisatoren zwangsläufig verachtet werden –, dieses Kauderwelsch macht es ihnen unmöglich, die historischen Anspielungen und noch viel weniger die bewußte oder unbewußte Imitation zu schätzen. Mit dreißig Jahren habe ich das Gefühl, daß mein ganzes Gepäck aus einem überholten Wissen besteht, das niemandem mehr nützlich ist. Doch wo soll ich dieses Gepäck abgeben? Die Gepäckaufbewahrung ist geschlossen.

Zum Abschied spielte ich ihnen ein altes Lied von Claude Nougaro, der letztes Jahr gestorben ist, auf dem Plattenspieler unserer kleinen Schule vor. Nougaro war ein waschechter Franzose, der seine Liebe zu seiner Stadt Toulouse in seinen Liedern überzeugend darzustellen verstand. Für mich symbolisiert jedes Wort unser Scheitern, unsere Verleugnung:

> *Ein Strom von Kieselsteinen*
> *Rollt durch deine Betonung*
> *Dein Toben brodelt*
> *Bis in deine Venen*
> *Wir beschimpfen einander als Dummköpfe*
> *Falls wir einander überhaupt*
> *Beschimpfen ...*

Die Schüler hörten zu, nicht um mir eine Freude zu machen, sondern weil das musikalische Arrangement ihnen gefiel. Normalerweise begeistern sie sich für einen anderen Planeten, für eine andere Musik. Ihr Land ist für sie nur noch Folklore. Ein bretonischer Dudelsack, der neben einem allzusehr nach Trauer riechenden Kuhfladen vertrocknet.

Herrgott, es überrascht mich nicht – denn es war längst beschlossene Sache –, doch es beschämt mich zugeben zu müssen, daß niemand widerstanden hat!

Die Wellen des NEUTRONENFERNSEHENS, die sich über die Erde ausbreiten und jeden Haushalt kostenlos erreichen, erklären nicht alles: lange bevor diese revolutionäre Erfindung verwirklicht wurde, waren wir bereit, uns den Eroberern zu ergeben. Unsere klügsten Köpfe, unsere Regierungen, unsere Geschäftsmänner, unsere Troubadoure verlangten danach.

Die Jungen, von Snobismus beseelt, sind ihren Führern gefolgt, und die Vertreter der technischen Macht haben ihren Traum verwirklicht: amerikanisch sprechen, amerikanisch denken. Während sie vor laufendem Fernseher und neben dem eingeschalteten Radioapparat schlafen, ergreift ein spezielles Programm Besitz von ihrem Gehirn. Tagsüber wiederholen sie bloß noch die Allerweltssätze, welche die Programmverantwortlichen ihnen nachts eingetrichtert haben. Alle haben den gleichen Akzent. Sie glauben, es sei der Akzent der Popstars.

Hat es damit zu tun, daß ich in einer notdürftig eingerichteten Mansardenwohnung ohne fließendes Wasser und ohne Strom, absichtlich fern der Stadt lebe, daß ich nicht manipuliert werde? Ist es möglich, fern des linguistischen Neutrons, das die Feinheiten der Sprache angreift und sowohl den Geist als auch das Empfindungsvermögen zersetzt, nicht angesteckt zu werden?

Wie alle Lehrkräfte habe auch ich die Pflicht, die nächtlichen, hypno-suggestiven Programme zu verfolgen. Ich mache einen Fehler, ich weiß, und mein Direktor weiß es ebenfalls. Morgen wird er mir verbieten, das Schulgebäude zu betreten. Morgen ist der 4. Juli, der *Independence Day*, der Tag, den die Obrigkeit – und das ist kein Scherz – dazu erkoren hat, um die neue Ära zu feiern und Widerspenstige wie mich in die Ferien (Ferien ohne Wiederkehr) zu schicken.

Man isoliert mich, versucht nicht einmal mehr, auch mich zu einem überzeugten Befürworter des kulturellen Anschlusses zu machen. Gestern kam meine Frau zu mir und flehte mich an, doch endlich so zu tun wie alle anderen auch – nur unter dieser Bedingung würde sie mit unserem kleinen Sohn zu mir zurückkommen, mit Claude, den die Zentralverwaltung uns letzten Monat wegnahm, um mich auf diese Weise einzuschüchtern: man befürchtet, ich würde seine Ohren mit Französisch und Okzitanisch verschmutzen. Seit diesem legalen Kindesraub pendelt meine Frau unentwegt zwischen mir und dem Sozialfürsorgeamt, wo er festgehalten wird, hin und her. Man redet so beharrlich auf sie ein, damit ich mich endlich dem allgemeinen Konformismus anschließe, man jagt ihr so große Angst ein und droht ihr so eindeutig mit Vergeltungsmaßnahmen, daß ich ganz deutlich spüre, wie sie immer schwächer wird und sich allmählich von mir abwendet.

Dann werde ich allein sein mit dem braven Oouo, meinem Hühner fressenden Hund. Wenn er schon kein Französisch versteht, wie soll er dann jemals gehorchen, wenn man Amerikanisch mit ihm spricht?

Wenn ich die Schule verlasse, wartet er gelegentlich vor dem Eingang auf mich, nachdem er in der Kantinenküche herumgeschnüffelt hat. Auf dem Heimweg sitzt er stets in der vorne an meinem Moped angebrachten Tasche, in der ich früher den kleinen Claude transportierte.

»Na, Couo, was hast du denn heute wieder angestellt …?«

Er spitzt die Ohren, wartet darauf, daß ich ihn streichele, und hüpft in die Mopedtasche. Ich habe keine Lust, sofort nach Hause zu fahren – die Arbeiten am Scheunendach können ruhig warten. Was heißt ›Hohlziegel‹ auf amerikanisch? Werden die Lieferanten sie mir vorenthalten, wenn ich es wage, sie in meiner Sprache zu bestellen?

In Cardaillac halte ich an, um ein Gläschen zu trinken. Die Kneipe ist menschenleer. Die Stammgäste hocken alle zu Hause. Unter dem kalten Blick eines Kontrolleurs des Getränkeausschanks bringt der Inhaber neue Werbeplakate an. Er brummt mehrmals »Verdammt!« und füllt mein Glas mit Gaillac-Wein. Ich leere es in einem Zug, um mir einen Rausch anzutrinken, doch um richtig betrunken zu werden und glauben zu können, ich befände mich in guter Gesellschaft, genügt das nicht. Niemand wird das Lokal betreten. Die Kneipenhocker, die Ruheständler mit ihren prahlerischen Geschichten, die Kartenspieler haben sich zu Hause eingeschlossen und schweigen. Heutzutage sind die öffentlichen Orte nicht mehr anziehend, die Franzosen – meine Landsleute – sind davon überzeugt, daß ein mythischer Okkupant sie festnehmen wird, sobald sie ein Wort der von den Politikern und der Jugend angenommenen Sprache falsch aussprechen.

Schwankend steige ich auf mein Moped und unternehme mit Couo eine Spritztour. Wir flitzen nach Lissac, in das kleine Bistro, wo ich ein Gläschen Weißwein kippe; dann fahren wir nach Boussac, in die Kneipe von Gaston, wo ich mir, ganz allein am Tresen stehend, vor dem Fernseher, der eine Reihe offizieller Zeremonien überträgt, zwei Gläschen Pflaumenschnaps genehmige; in der kleinen Schenke von Carayac trinke ich Trester, dann fahren wir weiter nach Saujac, Salvagnac, Sauliac, Marcilhac ... Überall das gleiche Bild: die Eltern sind verschwunden und haben den Schülern Platz gemacht, die am Flipper stehen und, ohne sich dessen bewußt zu sein, die Lektionen aufsagen, die das Neutronenfernsehen in den vorangegangenen Nächten ausgestrahlt hat.

Am späten Abend stößt mein Moped in Espedaillac gegen die Fensterläden des Wirtshauses der alten Denise. Alles ist fest verschlossen, doch ich höre Gesang, die Geräusche eines Festes. Ich klopfe, rufe, damit Denise mir öffnet. Sie blickt durchs Fenster und erkennt mich wieder. Ich sehe eine Hochzeitsgesellschaft, die sich zurückgezogen hat, um in aller Ruhe ausgiebig zu schlemmen. Mein Besoffensein macht ihnen angst. Sie glauben, sie hätten es mit einem Polizeispitzel zu tun.

»Aber das ist doch der Lehrer aus Cardaillac!« ruft der Vater der Braut.

»Nein, es ist Onkel Sam!«

Ich breche in lallendes Gelächter aus, das sie erstarren läßt. Glücklicherweise wird mir übel, woraufhin sie sich schnell wieder beruhigen: ich sinke auf einer Bank zusammen und kotze alles voll. Couo, der alte Vielfraß, leckt das Erbrochene gierig auf.

»Es ist bloß Flüssiges, er hat nichts gegessen ...!« stellt ein Kenner angesichts der Konsistenz des Gemisches fest.

Man zwingt mich, vom Essen zu probieren: auf dem Tisch liegen lauwarme Blutwürste, Gänseleber, ein Omelett mit Steinpilzen, Lammfrikassee nach Bauernart. Allmählich komme ich wieder zu mir, jäh entspannen sich meine Darmmuskeln und sämtliche Eingeweide. Mein Rausch verfliegt. Was bleibt, ist ein stinkender Atem, der mir peinlich ist.

»In meinem Kopf gärt es«, verkünde ich und schaue die Anwesenden an wie jemand, der endlich ein Geständnis ablegt.

»Bedien dich!« sagt der Bräutigam und deutet auf ein Glas.

Er ist ein junger Bursche, knapp zwanzig Jahre alt, mit rotem, breitem Gesicht, einem buschigen Bart und violetten Augen. Seine blonde Frau wirkt neben ihm ziemlich schmächtig, obwohl ihre Magerkeit zweifellos nicht echt ist. Traditionsgemäß haben sich zudem versammelt: mehrere Brautjungfern, Trauzeugen im Sonntagsstaat, Kameraden aus dem Regiment, ein verfluchter Großvater, ein nach seiner Erbschaft gieriger Sohn, ein wieder versöhnter Onkel, eine grindige Schwiegermutter, eine liebe Großmutter ... Die Eltern des Brautpaars sind unter den Hochzeitsgästen problemlos auszumachen: sie sehen ihren Kindern zum Verwechseln ähnlich und geben das Brautporträt einer früheren Hochzeit ab. Die Freude, die hier herrscht, ist die einer Verschwörung: Rülpser werden zurückgehalten, das Lachen erstickt in zitterenden Kehlen. In der Küche surrt der Neutronenfernseher, weil Denise, die Wirtin, es wohl für ein Sakrileg halten würde, den Apparat auszuschalten. Niemand vergißt, was für ein außergewöhnlicher Tag heute ist. Ein Zeichen dafür ist die Tatsache, daß keine Schallplatten aufliegen, welche die Gäste zum Tanz auffordern. Man fürchtet sich davor, französische Chansons zu spielen. Man summt einige Trinklieder vor sich hin.

»Ach du heilige Scheiße! Was für eine sonderbare Zeit«, sagt der Bräutigam.

»Ja«, erwidere ich, »und gerade heute feiern Sie Hochzeit …?«

»Ja.«

»In welcher Sprache?«

»Beim Pfarrer: auf französisch. Doch auf dem Standesamt mußten wir auf amerikanisch antworten … Mit dem Bürgermeister kam es zum Streit, weil ich sagte, ich würde Prosper-Yop-la-boum heißen, doch er sprach meinen Namen immer wieder falsch aus …«

»Sie heißen Prosper mit Vornamen?«

»Ja.«

»Wie Prosper Mérimée!«

»Ach! Der aus dem Diktat …«

»Sie kennen es …? Ach! *Dieses Abendessen in Sainte-Adresse, in der Nähe von Le Havre, war trotz der angenehmen Düfte des Meeres, trotz der feinen Weine ausgezeichneter Auslese, der Kalbs- und Rehkeulen, mit denen der Gastgeber keineswegs geizte, ein wahres Wespennest …*«

»Ich verstehe nicht alles.«

»Es ist zu spät …«

Alle schauen mich an: die Scham schwebt durch den

Raum wie ein Engel. Ich bin immer noch der Lehrer, der von den Leuten vom Land insgeheim respektiert wird und der ihnen ein Vorbild sein soll. Man bewundert und bedauert mich wie einen längst geopferten Rebellen.

»Fahren Sie fort«, fleht der Bräutigam, »erzählen Sie uns etwas ...«

»Eine Geschichte ...? Nein, eher ein Diktat!«

Der Bräutigam frohlockt, räumt eine Ecke des Papiertischtuchs frei und macht sich zum Schreiben bereit. Die andern zögern noch, belauern einander. Denise kramt ein Heft hervor und wartet am Ende des Tisches, während diejenigen, die ihr Leben lang bedauerten, daß sie ihre Studien nicht beendet hatten, sich zögernd anschicken, an dem Diktat teilzunehmen.

Ich gehe zu meinem Moped und wühle in der am Schutzblech befestigten Tasche. Mit einem Lehrbuch ausgesuchter Texte betrete ich erneut die Wirtsstube und werde umgeben von einem andächtigen und gleichzeitig fröhlichen Schweigen.

»Sind Sie bereit?«

Der Bräutigam nickt und fordert seine Frau auf, es ihm gleichzutun. Rasch werden Bleistifte herumgereicht.

»*Die Hochzeit von Madame Bovary*«, verkünde ich, während ich in dem Lehrbuch blättere, »eine dem Anlaß angemessene Idee, nicht wahr! ... Gut, ich beginne jetzt: *Bis zum Abend wurde gegessen. Punkt ... Als man des Herumsitzens allmählich müde wurde*, Komma ... *machte man einen Spaziergang über den Hof oder ein Spiel in der Scheune*, Komma ... *anschließend begab man sich erneut zu Tisch* ... Gefällt Ihnen das?«

»Solange von einer Hochzeit die Rede ist!« scherzt der Vater der Braut.

»Gut, ich fahre fort ... *Zuletzt schliefen einige ein und begannen zu schnarchen. Punkt* ...«

Verschiedene Gäste schreiben, doch die meisten hören einfach nur zu und lächeln wie im Zirkus. Die Wörter üben einen unwiderstehlichen Reiz auf sie aus, rufen ihnen eine bestimmte Vergangenheit in Erinnerung, schieben das Ende hinaus.

Als ich am Schluß des Diktats angelangt bin (*es gab Karren, die in rasendem Galopp davongetragen wurden und durch Blutlachen zischten*), klopft jemand an das Fenster des Wirtshauses. Denise rührt sich nicht, da sie zu sehr mit orthographischen Problemen beschäftigt ist. Laute Stimmen sind zu hören: bestimmt die der Gendarmen. Jemand öffnet ihnen die Tür. Es sind drei. Einem von ihnen, einem jungen Inspektor, der für die sprachliche Repression zuständig ist, bin ich bereits im Gendarmeriebüro begegnet.

Brüllend und auf amerikanisch geben sie uns zu verstehen, daß Mitternacht längst vorbei sei. Sie erblicken Augen, doch die Bleistifte, die Blätter und das Lehrbuch, das einer der Gäste mir weggenommen hat, sind verschwunden. Die Hochzeitsgesellschaft hat sich dem in der Küche stehenden Fernseher zugewandt und tut so, als würde sie der Ansprache des Präsidenten lauschen, der gerade den Beginn einer neuen Ära verkündet. Die Gendarmen beruhigen sich. Couo nutzt die Gelegenheit, um an ihren Hosenbeinen zu schnüffeln.

»Hund, hinlegen!« sage ich ganz laut.

»*Lie!*« übersetzt der hinter mir stehende Bräutigam.

»Hinlegen!«

»Bei Fuß, Couo!«

»*Heel!*«

»Sitz!«

»*Sit!*«

Wie gewohnt, tut Couo nur, was er will. Vor lauter Angst beginnt der Bräutigam, der neben mir steht, heftig zu schwitzen. Der Inspektor starrt uns an. Dann kommt er auf mich zu.

»Ein Aufsässiger, wie …?« schnauzt er mich an.

»*What?*«

Meine amerikanische Antwort nimmt ihm die Lust, sich mit mir zu prügeln. Nachdem die Gendarmen uns befohlen haben, nach Hause zu gehen, verschwinden sie endlich. Träge schlendern die Gäste zu ihren Wagen. Couo rennt einem von Denises Hühnern hinterher, das unter einem der Autos eingeschlafen war.

»Wo fahren Sie jetzt hin?« fragt mich der Bräutigam, der neben mich getreten ist.

»Zu meinem Sohn.«

»Wohnt er bei Ihnen?«

»Nein, man hält ihn im Sozialfürsorgeamt gefangen …«

»Ach! Diese Dreckskerle, ich fahre Sie hin …«

Die Braut ist von dieser Idee nicht gerade begeistert, doch sie hat keine Lust, ihrem Mann zu widersprechen. Ich steige mit ihnen in ihren Wagen, der mit einer Schleife mit der Aufschrift *just married* geschmückt ist, die sie von der Gemeindeverwaltung erhalten haben. Couo läßt von dem Huhn ab und springt vorsichtshalber in die Tasche des Mopeds, als er mich davonfahren sieht.

»Hier, Ihr Buch …«, sagt Prosper und gibt mir mein Lehrbuch zurück.

»Haben Sie nicht vielleicht etwas zu trinken dabei …?«

Dieser Mann hat wirklich an alles gedacht. Unter seiner Jacke taucht eine Cognacflasche auf. Ich nehme einen Schluck. Bei Denise war ich etwas zu nüchtern. Der Alkohol schmeckt bitter, Schmuggelware, aber er tut der Verrücktheit, die mich quält, gut. Besorgt mustert die Braut mich im Rückspiegel.

»Wie alt ist Ihr Sohn?« fragt sie.

»Anderthalb Jahre.«

»Spricht er bereits?«

»Natürlich, gerade deswegen haben sie ihn mir ja weggenommen.«

»Und Ihre Frau? Wo ist Ihre Frau?«

»Bei ihrer Mutter. Sie wartet dort darauf, den Jungen besuchen zu dürfen …«

Ich habe die Flasche geleert, als wir Figeac, die Stadt, in der mein Sohn gefangengehalten wird, erreichen. Das Gebäude der Sozialfürsorge liegt neben dem Friedhof und wird von zwei großen Feuerwehrlaternen beleuchtet.

»Claude!« schreie ich, als wir aussteigen.

Das Echo des Schreis hallt im Innenhof des Gebäudes wider.

»Siehst du, Prosper-Yop-la-boum, dort zermartert man das Hirn des kleinen Claude …«

»*Ami go home!*« brüllt Prosper.

Aus der Pförtnerwohnung erschallt ein Fluch. Ein Alter im Kittel streckt den Kopf zum Fenster heraus.

»Ach, es ist der Lehrer«, murmelt er, als er mich sieht … »Ich hätte darauf gewettet, daß … Sie dürfen hier nicht herumstehen, Monsieur, andernfalls werden Sie Ärger bekommen …«

»Ich möchte, daß man mir mein Kind zurückgibt!«

»Es hat keinen Sinn, Monsieur … Machen Sie, daß Sie wegkommen, ehe sie eintreffen!«

Er löscht das Licht. Er hofft, daß ich Vernunft annehmen werde. Doch ich möchte einen Skandal heraufbeschwören. Ich möchte meinen Schmerz hinausschreien, meine Wut darüber, daß man mich völlig enteignet hat. Ich schlage gegen das Gitter. Ich ziehe mich am Türstock hoch. Das ganze Viertel soll aufwachen.

»*Als das Kind auftaucht, klatscht die ganze Familie Beifall und schreit … Saukerle! … In meiner unruhigen Seele sind Träume vom Krieg; wenn ich nicht Dichter geworden wäre, wäre ich Soldat geworden …* Victor, *laßt uns tanzen, es lebe der Klang, es lebe der Klang, laßt uns tanzen, es lebe der Klang der Kanonen ... Nicht weit von hier entfernt werde ich es dir zeigen ... Zu lange schon bin ich unachtsam gewesen, laßt uns Rache nehmen ...«*

Prosper ist mit seinem Wagen gegen die Diensttür gefahren: ein Krachen macht deutlich, daß sie nachgegeben hat. Der Pförtner löst den Alarm aus. Wir haben ausreichend Zeit, in seiner Loge einen Neutronenfernseher kaputtzuschlagen. Plötzlich taucht eine ganz in Weiß gekleidete, schläfrige Krankenschwester auf. Prosper brüllt: »Es lebe die Braut!« und tanzt mit ihr. Ich dringe in den Schlafraum ein und entdecke dort den kleinen Claude, der mit einem anderen Jungen in einem winzigen Bett schläft. Wie ein Menschenfresser nehme ich die beiden an mich. Prosper läßt die Krankenschwester los, ich stoße den wütenden Pförtner, den Komplizen, der sich nicht gewehrt hat, zur Seite. Prosper startet sein ramponiertes Auto. Ein Polizeiwagen kommt mit quietschenden Reifen auf uns zu. Man weiß, was sie sich in einem solchen Fall sagen. Sie schießen nicht, sie werden getäuscht vom Schleier der Braut, der durch die Luft fliegt und auf eine Ruhestörung, nicht aber auf eine Entführung hindeutet. Als das Mißverständnis aufgeklärt ist und sie auf uns schießen, sind wir dabei, ihnen zu entkommen.

»Caramba!« frohlocke ich, als die ersten Schüsse fallen, *»auf wen haben die Schlangen es abgesehen, die über* UNSEREN *Köpfen zischeln, die Kugel flog so dicht vorbei, daß der Hut vom Kopf fiel, und was, glauben Sie, ist passiert: es war die Schlange, die krepierte ... Herr Präsident, wenn Sie mich verfolgen lassen, dann sagen Sie Ihren Gendarmen Bescheid, daß* ICH BEWAFFNET SEIN WERDE *... Mit siebzehn ist man noch kein seriöser Mensch ...!«* Sogar mit dreißig ist man noch nicht seriös!

»Der Pfarrer von Camaret hat einen Esel gekauft ...«,

brüllt Prosper. Die Braut, die gerne in Ohnmacht gefallen wäre, hätschelt die weinenden Kinder. *FUCK!* Noch lange werde ich mich an diesen Tag erinnern.

Originaltitel: ›DEMAIN, JE PARLE AMÉRICAIN À MON CHIEN‹ • Copyright © 1980 by Jacques Mondoloni • Erstmals erschienen in ›Orbites‹ no. 3, September 1982 • Mit freundlicher Genehmigung des Autors und Dina German, Literarische Agentur, Paris • Copyright © 1997 der deutschen Übersetzung by Wilhelm Heyne Verlag, München • Aus dem Französischen übersetzt von Gabrielle & Georges Hausemer

DER SCHLANGENMENSCH

Der weite Umhang glitt von schmalen Schultern und legte sich, wie von Zauberhand ausgebreitet, über den glattgetretenen, dunklen Marmorboden: weiße, schimmernde Seide. Fleckenlos. Faltenlos. Ein Kreuzritter-Mantel als Bühne. Als Manege für ein Schauspiel ganz besonderer Art. Allerdings strahlte an Stelle des christlichen Symbols von Martyrium, Tod und Erlösung, was im Rahmen dieser außerordentlichen Veranstaltung nicht ohne Reiz gewesen wäre, in Goldstickerei eine zusammengerollte, zum Sprung bereite Kobra.

So begann der weltberühmte *Kautschuk-Akt* des ›Kontorsionisten‹ Francesco de Montserrat, bürgerlich Franz Seeberger aus Rott am Inn. Dargeboten vor seiner Heiligkeit und deren Gefolge im Porphyr-Saal des Vatikans im Anschluß an eine Privataudienz für das Präsidium der Internationalen Artisten-Loge, deren Mitglied er war. Und dieser Auftritt ereignete sich, was für ihn als abergläubischen Künstler nicht ohne Bedeutung war, am Abend jenes Tages, den seine Kirche dem heiligen Franziskus, seinem Namenspatron, gewidmet hatte.

Francesco de Montserrat, in ein hautenges, samtschwarzes Trikot gezwängt, das nur Gesicht und Hände freiließ, trat zwei Schritte vor, in die Mitte des weißen Mantels, betrachtete lange die goldene Kobra zu seinen Füßen, schloß die Augen und verbeugte sich tief vor diesem hohen Publikum. Es war, aus seiner Sicht, das höchste, das diese Welt zu bieten hatte. Und ohne die Augen zu öffnen, ohne den Kopf nochmals zu heben, krümmte sich die schmale, feingliedrige Gestalt, beugte und bog sich weiter und immer weiter, dem weißen Mantel, der goldenen Schlange entgegen.

Kinn und Mund berührten die Brust, den Nabel, die Scham. Der Kopf glitt unter dem Schritt hindurch. Die Schultern folgten zwischen weit gespreizten Beinen, die wie festgeschraubt und mit durchgedrückten Knien rechts und links der Kobra standen und die nun einen verwachsenen, verschraubten, kretinösen Torso zu tragen schienen. Denn die Arme, eng angelegt wie die Stummel nutzlos gewordener Flügel, verschmolzen mit dem sich zusammenrollenden Oberkörper zu einer abstrakten, absurden, verkrüppelten Skulptur.

Stirn und Nase hatten den Rücken erreicht, folgten tastend den einzelnen Wirbeln bis hinauf zum Nacken und mit diesem ein weiteres Mal durch Schritt und Schenkel hindurch und sprachen so sämtlichen Erkenntnissen über Anatomie und Knochenbau lächelnd Hohn.

Das Spiel des Zusammenfaltens und Verschränkens ging weiter, stetig und ständig und ohne Unterbrechung, in einer einzigen langsamen, gedehnten, fast lasziven Bewegung. Ein schlangenhaftes In-Sich-Hineinkriechen, ein Sich-Umwinden und Verknoten.

Die schmächtigen Säulen, auf denen dieser verdrehte Torso ruhte, gaben nach. Zögernd bogen sich die Knie. Vorsichtig und bedächtig ausbalanciert, senkte sich die samtschwarze Körperkugel auf die schneeweiße Seide. Die Beine falteten sich nach einem in jahrelanger, schmerzvoller Arbeit ausgeklügelten System in ausgesparte Nischen, ähnlich der Verpuppung eines Insekts: Komprimierung eines Organismus auf den allerkleinsten Raum. Und während die Kugel weiter schrumpfte, begann sie zu rollen. Behutsam erst. Zu Beginn fast unmerklich. Dann schneller werdend, immer schneller, in einer sich gefährlich steigernden, atemberaubenden Rotation.

Und so umkreiste sie schließlich, ohne daß für dieses

magische Rollen in irgendeiner Form ein Antrieb sichtbar geworden wäre, der vermutlich durch Kontraktion und Entspannung von Muskulatur, von Sehnen und Gelenken bewerkstelligt wurde, das Zentrum des Kreuzrittermantels, die zum Sprung bereite, zusammengeringelte, goldgestickte Kobra.

Abschluß und Höhepunkt des Aktes war der ›Sprung‹. Das blitzartige Bersten einer rasend rotierenden Menschen-Kugel, das kobragleiche Entfalten und Aufrichten, ebenso überraschend wie erschreckend, die Rückverwandlung der Schlange in den Artisten Francesco de Montserrat, der mit weitgeöffneten Armen seinem Publikum dankte.

Dieser einmalige Effekt, in seiner Wirkung bisher unschlagbar, war allerdings nur mit der allergrößten Konzentration und bei kleinstmöglichem Radius der Kugel zu bewerkstelligen. Die Berechnung des einzig richtigen, erfolgreichen Augenblicks erfolgte aus der Zahl der Umläufe, der Geschwindigkeit der Rotation und einer absolut zuverlässigen Orientierung im Raum in jeder einzelnen Zehntelsekunde, also einem sicheren, zweifelsfreien Einschätzen von unten und oben, von rechts und links, von außen und innen, was nur instinktiv und bei geschlossenen Augen möglich war.

Die wenigen, genau bemessenen, exakt abgezählten Atemzüge erforderten bei den auf kleinstem Raum zusammengepreßten Lungen eine geradezu übermenschliche Kraft. Aber sie bildeten auch den Takt, der alle Teile des Körpers miteinander verband und so jede einzelne der zahllosen Bewegungen und Reflexe koordinierte. Der Atem war die innere Uhr, die keinesfalls versagen durfte. Besonders heute nicht!

Denn dies war für Francesco de Montserrat der Tag aller Tage. Die Krönung seines körper-künstlerischen Schaffens. Die Erfüllung eines Traums und seines Lebens als Christ und Artist. Drei Jahre lang hatte er sich auf diese Privataudienz mit anschließendem Auftritt vorbereitet. Hatte er gebuhlt und intrigiert. Hatte er gehofft und seinen Gott um Beistand gebeten. Und sieben Minuten vor dem Akt war ihm sogar der päpstliche Segen zuteil geworden. Nach menschlichem Ermessen konnte nichts mehr schiefgehen!

Aber da machte der Schlangenmensch Francesco de Montserrat, bürgerlich Franz Seeberger aus Rott am Inn, kurz vor Höhepunkt und Finale seiner einmaligen *Kautschuk-Nummer* einen verhängnisvollen, tödlichen Fehler. Aus purer, dummer, menschlicher Eitelkeit!

Er wollte wissen, ob er gefiel. Ob die Nummer auch ankam. Bei Seiner Heiligkeit und deren Gefolge:

Francesco de Montserrat öffnete die Augen!

Zwar nur für Bruchteile einer Sekunde, noch nicht einmal einen ganzen Herzschlag lang und lediglich für jene winzige Phase, wo aus dem Rollen seines Kugel-Körpers mit seinen enggefalteten, verschränkten, verschraubten Gliedmaßen, zwischen Schritt und Achselbeuge, eine Sicht nach außen überhaupt möglich war.

Doch bereits dies war zu viel. Denn was er bei diesem kurzen Blick erkannte, was er aus der rasenden Rotation seines verknoteten Körpers wahrnahm und vorüberhuschen sah, sich drehend, wirbelnd und schwirrend, das raubte ihm die Konzentration und verschlug ihm den Atem:

Es war das Lächeln Seiner Heiligkeit!

Da saß sie, die wohlbekannte, gütige, weiße Gestalt, umgeben von kardinalsroten und schwarzen Schattenwesen minderer Bedeutung. Und zweifellos: sie lächelte!

Und diese lächelnde Gestalt, interessiert vorgebeugt in ihrem übergroßen, hohen, reichverzierten Sessel aus fernen, üblen Borgia-Tagen, hob in diesem schicksalhaften Augenblick die Hände. Nein, nicht um erneut Segen zu spenden. Es war lediglich eine Geste der echten und herzlichen Bewunderung: Seine Heiligkeit begann zu applaudieren. Artig und diskret. Aber zugegebenermaßen etwas zu früh. Kurz vor Höhepunkt und Finale. Sekunden, bevor der zu Recht berühmte *Kautschuk-Akt* des Francesco de Montserrat seinem Ende entgegenging. So überrascht, so begeistert waren Seine Heiligkeit offenbar über die ihm dargebotene Leistung eines eingerollten, verknoteten, rotierenden, kugelförmigen menschlichen Wesens, daß ihn der Wunsch, seine Huldigung bereits jetzt zu übermitteln, einfach übermannte.

Die Kugel kam augenblicklich zum Stillstand und erstarrte.

Aber nicht Entsetzen über das möglicherweise mißlungene Finale lähmte Francesco de Montserrat – sondern ein unendliches Glücksgefühl, das ihn warm durchströmte. Die Ovation Seiner Heiligkeit, die Anerkennung durch jene allerhöchste aller Autoritäten, Beifall gewissermaßen fast-von-Gott, gab ihm das große Gefühl von Gnade und Erhöhung. Gleichzeitig aber auch, und hier nähern wir uns dem tiefenpsychologischen Aspekt des Phänomens, die plötzliche Erkenntnis von Vergebung aller Schuld und von jeglicher Sünde – zumindest, soweit es diesen *Kautschuk-Akt* betraf!

Dies konnte nur die offizielle, legale Absolution bedeuten! Einen Freispruch für sein gedemütigtes, schuldbeladenes Unterbewußtsein von jener nicht zu leugnenden, nicht zu unterdrückenden, jedoch stets und erfolgreich verdrängten, allumfassenden, alles beherrschenden Sünde der Lüsternheit, die zutiefst in ihm schlummerte, unentdeckt von anderen, wie er hoffte, ungeweckt, wie er meinte, und die doch sein Leben und Streben von Anbeginn an geprägt und ausgefüllt hatte, aber auch befleckt und vergiftet, wie er sich einredete, und die ihn schließlich als Camouflage, zur Tarnung gewissermaßen, als letzten, unverdächtigen Ausweg vor der drohenden Tortur der Bloßstellung zu einem angesehenen Körperkünstler, zu einem ›Kontorsionisten‹, einem Schlangenmenschen werden ließ.

Denn die sensationelle, geradezu übermenschliche Leistung des Francesco de Montserrat entstand keineswegs aus der Faszination perfekter Artistik, aus dem Triumph über die normalerweise beschränkten Fähigkeiten eines menschlichen Körpers, eher schon aus jenem bösen, schmerzvollen Zusammenprall von Trieb und Frustration, aus dem Streben nach verbotener, sinnlicher Lust und aus Vereitelung dieses Strebens durch sämtliche höheren, übergeordneten, ihn stets unterdrückenden Instanzen!

Betrachten wir daher und in diesem Zusammenhang einmal vorurteilslos und mit allem Respekt sein Elternhaus: Für die Behauptung des Francesco de Montserrat, er sei ohne Lust gezeugt worden, finden sich natürlich keinerlei Beweise. Er schmückte sich lediglich mit dieser Behauptung, da ihm der zu seiner Entstehung notwendige Akt unter diesem Aspekt reiner erschien, oder sagen wir besser: weniger schmutzig, weniger sündhaft, weniger verabscheuungswürdig und nur noch durch eine Jungfrauengeburt zu übertreffen. Soweit allerdings hätte sich Franz Seeberger nie verstiegen. Blasphemie lag ihm fern.

Immerhin unterstellte er seinen geliebten Eltern, sie hätten von dieser denkwürdigen Nacht seiner Zeugung an keusch und enthaltsam, gewissermaßen wie Bruder und Schwester, in ihrer ehelichen Gemeinschaft zusammengelebt. Das Argument, als Einzelkind aufgewachsen zu sein, ist zwar nicht hinreichend stichhaltig. Diese zweite seiner Hypothesen wäre jedoch zumindest denkbar. Denn der niederbayerische Dunstkreis, dem die Seebergers entstammten, stand unter dem geistigen Kuratel von gewissen verqueren Vertretern des Zölibats, die alle fleischlichen Sinnenfreuden verdammten, alles Heil der Seele in der Perversion der Keuschheit suchten, und die sich vor den Düften und Säften der Lust fürchteten wie vor dem leibhaftigen Teufel – der allerdings von Anbeginn an in ihnen selbst gärte und sein Unwesen trieb: in Form ungestillter Lüsternheit.

»Die schlimmste aller menschlichen Perversionen«, schreibt Anatole France, »ist die Perversion der Keuschheit.« Wir kommen darauf zurück.

Möglicherweise, wenn dies auch eine höchst unwahrscheinliche Erklärung ist, bedienten sich die Eheleute Seeberger zu ihrer erfolgreichen Familienplanung der einzigen von ihrer Kirche legitimierten, berüchtigtberühmten Methode *Ogino-Knaus,* dem sogenannten russischen Roulette der unfruchtbaren und fruchtbaren Tage, der bereits ein Millionenheer junger Katholiken entstammt.

Wie dem auch sei. Daß sich der kleine und später heranwachsende Franz seine Eltern nicht in wonnevoller Umarmung kopulierend vorstellen konnte, ist ihm nicht anzulasten. Er war nicht prüder als seine Umgebung, nicht puritanischer als der damalige Zeitgeist und auch nicht wesentlich verklemmter als seine Erzeuger: Der Vater, Studienrat an einer Realschule, unterrichtete Deutsch, Turnen und Religion. Die Mutter, älteste von neun Geschwistern, stammte aus der angesehenen Bäckermeister-Familie Schmelzler im nicht allzufernen Altötting.

Tatsache ist jedoch, daß die Lust- und Leibesfeindlichkeit seines Elternhauses ihm die ersten bleibenden Schäden bescherte – und zwar mit Hilfe von scharfem Senf und von Leukoplast:

Als nämlich der kleine Franz versuchte, sein ungestilltes Verlangen nach der ihm verweigerten Mutterbrust durch Saugen an seinen Fingerchen zu kompensieren, wurden ihm diese ebenso sorgsam wie liebevoll verklebt und der Genuß ihm für alle Zeiten durch Senföl brennend vergällt.

Diese barbarische Rezeptur stammte, wie viele andere krankhaft anmutende Verhaltensmuster, aus dem dumpfen Mief der Schmelzlerschen Familientradition, in der auch ein strenger Codex zweifelsfrei regelte, was an Lust und Trieb gerade noch erlaubt, beziehungsweise längst verboten war.

Ein erigierter Säuglingspenis galt, dies nur ein Beispiel, als absolutes Tabu, und das Berühren desselben durch seinen eigenen noch unschuldigen Besitzer als ›Großes Pfui‹, das schlimme Vorwürfe und schmerzvolle Rohrstock-Schläge auf das kleine Händchen nach sich zog. So wurden schon früh die diversen Pfuis tief und unauslöschlich in das sich gerade erst entwickelnde, junge Gehirn eingebrannt und sackten, weil unerträglich und schmerzvoll, in das noch weite, leere Land des Unterbewußten ab, um später von dort her wieder unerkannt und unheilbringend hochzudampfen.

Ein Kindermund, dem die orale Befriedigung verweigert wurde ... Ein Säuglingspenis, der nach lustvoller, zärtlicher Berührung verlangte ... Die Fingerchen verklebt und mit ungenießbarer Schärfe vergiftet ... Die kleinen Händchen, damit nicht Unkeusches die unsterbliche Seele beflecke, am Bettpfosten angebunden ...

So wurden die ersten, sprießenden Triebe der Lust im kleinen Franz zwar nicht abgetötet und ausgerottet, aber doch verdreht und verschraubt, verbogen und verkrümmt. Und wenn ihm später ein Tiefenpsychologe verraten hätte, daß damals bereits die beiden Antipoden der Lust, der Mund und der Penis, einander entgegenstrebten, erfolglos zwar, zumindest vorläufig noch, aber mit einer unendlich beharrlichen Kraft, weil nur in einer Vereinigung dieser beiden erogenen Zonen, die zufälligerweise gut ineinander gepaßt hätten, eine gewisse Befriedigung, eine Ersatzlösung des Problems zu finden gewesen wäre – der große Franz, der berühmte Francesco de Montserrat, wäre nicht imstande gewesen, die Ausführungen überhaupt zu begreifen. Denn schon bald wurden dem heranreifenden Knaben Reinheit und Keuschheit so heilig und unabdingbar wie seiner verkorksten Umgebung, einer Gesellschaft von verbohrten, fanatischen Misanthropen.

Greifen wir nicht vorweg. Noch ist Franz ein Kleinkind, das sich Nacht für Nacht in seinem Gitterbettchen windet und krümmt, verbiegt und verdreht. Bereits mit achtzehn Monaten war seine Gelenkigkeit phänomenal. Das unbewußte, trieb-gesteuerte *Stretching*, heute offizieller Bestandteil jedes modernen Body-Building-Programms, ließ seine Rückenwirbel geschmeidig werden und seine Sehnen lang und elastisch. Schlangengleich verschwand das Köpfchen unter der Decke, das Kinn berührte, auf dem Weg zu den tieferen, ersehnten Regionen, Brust und Nabel und der Mund schließlich die Scham.

Nur – Ironie des Schicksals: Als die Anstrengung schließlich von Erfolg gekrönt gewesen wäre, als die kleinen Saugelippen endlich in der Lage waren, den für ein Kind dieses Alters bereits beachtlichen Phallus, Penis, Schniedel, Schwanz, Piephans etcetc., der in dieser Familie als Unperson namenlos geblieben war, zur Gänze zu verschlingen – hatte der Knabe Franz den Zweck dieser jahrelangen Übung bereits verdrängt und vergessen.

Denn in diese Zeit des Triumphs fiel auch die Phase einer gewissen intellektuellen Reife, die übergeordnete Instanzen, von denen bereits mehrfach die Rede war, erfolgreich zur Gehirnwäsche nutzten, um der Gesellschaft über die heranwachsende Generation ihre verquere Ideologie der Unterdrückung unauslöschlich einzuhämmern.

Die Frage nach den ›Todsünden‹ konnten bereits die Siebenjährigen dem Herrn Korporator im Religionsunterricht beantworten, auch wenn über die reizvollen Möglichkeiten der Versündigung vieles im Dunkel blieb und zu Spekulationen Anlaß gab. Besonders der Begriff der Unkeuschheit heizte damals und auch noch über viele Jahre hinweg die jugendliche Phantasie über die Maßen an, da Details der Ausführungspraxis verschwiegen wurden und auch sonst keinerlei Kommentar außer vagen, verschämten Andeutungen zu erhalten war. Das Fremdwort allein schon suggerierte indifferente Verbote und Strafen und forderte unnachsichtig Bekenntnis und Reue.

»Hast du Unkeuschheit getrieben?« lautete die Standardfrage im Beichtstuhl, mit der auch unser kleiner Franz an jenem Freitag vor seiner Erstkommunion konfrontiert wurde.

»Ja«, antwortete Franz beherzt und ohne zu zögern, denn leugnen war zwecklos.

»Allein oder mit anderen?«

Franz erinnerte sich an die zahllosen Knabenstreiche der letzten Woche, an zerbrochene Fensterscheiben und abgerissene Zaunlatten und wollte nicht allein der Täterschaft überführt werden.

»Mit vielen. Mit allen!«

Ein Räuspern des Entsetzens und eine nachdenkliche Pause folgten auf dieses spontane Geständnis. Aber der Herr hat nicht Lust am Tod des Sünders, sondern daß der Sünder lebe und sich bekehre: »Fünfzig Ave Maria knieend auf dem Steinboden des Schlafsaals neben dem Bett!«

Beim reuevollen Beten ertappt, berichtete Franz seine Verurteilung den heimkehrenden Kameraden, erntete Hohngelächter und Spott und verlor seine Unschuld. Denn nun zeigten sie ihm handgreiflich und ohne Scheu, was er da nichtsahnend gebeichtet hatte. Und Franz war entsetzt.

Angeekelt von der fleischlichen Lust, die sich so spontan in ihm regte und entlud, tat er ein schwerwiegendes Gelübde und hatte fortan seine Lektion gelernt. Nun war er bereit und in der Lage, die zahlreichen einschlägigen Möglichkeiten rasch und komplett zur Zufriedenheit des examinierenden Paters aufzusagen:

»Unkeuschheit ist, wenn wir Unkeusches denken, sehen, hören, sagen … und tun …!«

Dabei deutete er sinngemäß auf Stirn, Augen, Ohren, Mund und …

Nein. Auf die Scham deutete er nicht, obwohl es zum Ritual gehörte. Es wäre ihm unkeusch erschienen.

Nur, je länger er nachdachte, je intensiver er sich mit der Materie beschäftigte, wozu er schließlich angehalten war, desto mehr Geilheit stieg in ihm auf, desto mehr Lust hatte er, sein unsinniges, unnatürliches Gelübde zu brechen und das, wozu er in der Lage war, auch zu praktizieren.

Aber nicht wie die anderen, deren ekelerregendes Keuchen und Unter-der-Decke-Rascheln er im Schlafsaal des Internats nächtelang mitanhören mußte und das ihn nicht zur Ruhe kommen ließ. »O-na-nie …«, flüsterten sie im Chor, wenn sie in einer Ecke des Pausenhofs standen, »… stärkt-die-Kutte – schwächt-das-Knie …!«

Es wurde zum Kampfruf des Protests, denn auf den Nachweis der Masturbation hin wurde man gefeuert:

»… O-na-nie …!« Oder Fellatio mit sich selbst? Das war hier die Frage.

Franz Seeberger hielt sich fern von dieser perversen Mehrheit, die er für befleckt hielt, von diesen Typen, die weder durch tätige Liebesreue noch durch ein Bußsakrament jemals zu retten waren. Er blieb standhaft und rein, und er krümmte und bog sich ausschließlich nur um des Krümmens und Biegens willen! Und weder sein Mund noch seine Hände berührten etwas so monströs Unheiliges wie sein eigenes, unfriedvolles Glied. Nicht einmal unter der Dusche, wo enge, lange Duschhosen obligatorisch waren – zusätzlich zur Aufsicht dreier interessiert beobachtender Geistlicher Brüder. Nur zum Urinieren faßte er seinen Dingsda an, der auch wunschgemäß schrumpfte, und er ekelte sich vor ihm.

Dank seiner Gelenkigkeit, die ihm viel Lob von seiten des jungen Paters einbrachte, der den Turnunterricht betreute, hätte er natürlich tolle Dinge in dieser Richtung tun und auch heimlich vorführen können – so wie die anderen, diese Schau-Wichser, ihren üblichen Schweinkram. Eine Anerkennung in dieser Gruppe wäre ihm sicher gewesen. Aber der Erfolg kam auch so, auf legale Weise. Er erregte große Aufmerksamkeit, als er dem versammelten Lehrkörper des Internats seine Fähigkeiten des Sich-Zusammenfaltens, Sich-Aufrollens, Sich-Ineinanderkrümmens vorführte und im Rahmen eines kirchlich-sanktionieren Sportunterrichts, der den tiefen Sinn hatte, die Knaben zu ermüden, intensiv weiterbetrieb und ständig verbesserte. Er wucherte gewissermaßen mit seinem sehr speziellen Talent, das, wie man annahm, Gott ihm gegeben hatte, damit er es sinnvoll einsetze und vervollkommne.

Wozu er verpflichtet war. Und wozu man ihn ermutigte.

Durch frommen Zuspruch also und durch gottgefälliges Training – und nicht etwa durch böse Lüste – entstand schließlich der Körper-Artist Francesco de Montserrat, der berühmte Schlangenmensch, dessen Kugelakt, bei dem er sorgsam verknotet auf einem weißen Kreuzrittermantel um eine goldene Kobra rotierte, weltweite Beachtung fand. Bis hinauf zum Throne Petri. So einfach ist mitunter eine Geschichte. – Und so unendlich kompliziert!

Kurz vor dem Finale erhob also, wie berichtet, Seine Heiligkeit lächelnd die Hände. Nicht um zu segnen.

Nein, um zu applaudieren. Artig und diskret und auf seine höchsteigene, unnachahmliche Weise.

Die Menschenkugel verharrte daraufhin augenblicklich in ihrer Rotation, rollte aus und blieb in Erstarrung liegen.

Der Papst, immer noch gütig lächelnd, ließ seine Hände sinken und wartete ab.

Alle warteten sie ab, diese ehrwürdigen Gestalten minderer Bedeutung in Kardinalsrot und Schwarz. Man übte sich in Geduld, harrte aus und schwieg.

Als es Francesco de Montserrat nach langen Sekunden schließlich zu Bewußtsein kam, daß er aufgehört hatte zu atmen, besaß er längst keine Kraft mehr, um die eigene, eiserne, unlösbare Umklammerung zu sprengen, um Luft zu schöpfen. Die Kobra hatte sich selbst stranguliert.

Aber statt Panik erfüllte ihn Frieden, statt Todesangst das Gefühl von *es ist vollbracht!* Er hatte erreicht, was er erträumte, und gewonnen, was ihm erstrebenswert schien. Seine Existenz hatte somit den Zustand der absoluten Wunschlosigkeit erreicht und damit ihre Bedeutung verloren.

Und so begann er weiter zu schrumpfen, Millimeter um Millimeter. Er beachtete nicht das verräterische Knacken seiner Gelenke, ignorierte die Schmerzen seiner überdehnten Sehnen. Sein Herz hörte auf zu schlagen. Er spürte, wie Kälte in seine verkrampften, verknoteten Glieder kroch, irgendwo in den fernen, eingerollten Partien dieser Kugel, die erstaunlicherweise plötzlich neben ihm lag, tief unter ihm, weit weg, und die er selbst einmal gewesen sein mußte.

Die hohe und höchste Geistlichkeit verharrte immer noch in ergriffenem Schweigen, wartete ab und hoffte auf ein spektakuläres Ende. Wiederum applaudierte seine Heiligkeit artig und diskret, diesmal unterstützt vom artigen und diskreten Beifall seines Gefolges.

Aber die Kugel rührte sich nicht mehr.

Ein biederer Schweizer der päpstlichen Garde war der einzige, der die elementare Situation des Todes intuitiv erfaßte. Er stellte seine Hellebarde zur Seite und griff nach der weißen, kalten Hand, die seltsam verkrümmt aus der Kugel ragte. Da machte sich endlich die Ahnung von etwas Tragischem etwas Unerwartetem, etwas überraschend Entsetzlichem breit und stiftete Erstaunen und Verwirrung.

Als diese sich legte, segnete jeder der Anwesenden, bevor er den Raum verließ, ein letztes Mal den verknoteten Toten, den auch der diensthabende Arzt seiner Heiligkeit, der genötigt war, einen offiziellen Totenschein auszustellen, trotz der Hilfe von zwei weiteren Kollegen und jenes Schweizers, nicht entknoten konnte.

Copyright © 1997 by Rainer Erler • Erstmals erschienen in ›Andromeda‹, 5/1997 • Mit freundlicher Genehmigung des Autors

Brian W. Aldiss · England

RATTENVOGEL

> ... Zu warnen und zu warnen: daß eines Nachts,
> nie wieder uns zu leuchten und zu wärmen,
> die helle Sonne in der See versinken
> und niemand uns an diesen stürmischen Gestaden
> noch einmal sehen wird.

Die Auflösung der alten Welt? Kein Problem. Das werde ich schaffen. Alles wird nicht mit einem Knall enden, sondern mit einem Flüstern – einem Flüstern letzter Worte. Mit Worten fing es an, mit Worten wird es enden. Wenn ich erwachsen bin.

Hier liege ich an diesem rötlichen äquatorialen Strand, fern von dem Ort, wo die große elektronische Stadt sich unter ihrem eigenen fotochemischen Smog auflöst.

Hier liege ich, Ihnen die Legende von der Anderen Seite zu erzählen und eine Reise der Selbsterforschung anzutreten, die mich zu meinen Anfängen zurückführen wird. Dies ist lebendige Ontologie, so wahr ich Hauer habe.

Beginnen wir also damit, was über uns ist. Die Sonne streitet um ihr Recht, am Himmel zu herrschen. Jeden Tag verliert sie den Kampf, jeden Morgen beginnt sie ihn von neuem. Tapfere, nie entmutigte Sonne!

Ich liege unter dem mächtigen Seemandelbaum, der aus dem Sand wächst, blicke hinauf in seine Zweige, wo Licht und Schatten einander das Territorium streitig machen. Dies wird Schönheit genannt. Licht und Schatten wohnen zusammen wie Leben und Tod, das eine kraft-voller durch die gefürchtete Gegenwart des anderen.

In der Hand halte ich …

… Aber der große ernste Ozean steigt den Strand herauf. Es gibt einen weiteren immerwährenden Streit. Der Ozean verändert seine Farben, als er meinem Liegeplatz näher kommt. Der Horizont purpurn, der Mittelgrund der See blau, der ufernahe Streifen grün, zuletzt golden. Unbeirrt von wer weiß wie vielen Fehlschlägen, versuchen die Wellenausläufer wieder meine Füße zu benetzen. Prachtvolle, erbarmungslose See!

(Was sollte eine Legende enthalten? Sollte sie von Glück oder von Trauer handeln? Oder sollte sie ihnen erlauben, im – wieder dieses Wort – Streit zu liegen?)

… Was ich in der Hand halte, ist eine Frucht der Seemandel. Sie ist nicht groß, von angemessener Nußform und bedeckt von feinen, aber derben Fasern. Tatsächlich ähnelt die Nuß dem Venushügel eines Mädchens. Warum sie sonst in der Hand halten? Ist es nicht das, wo alle Geschichten liegen? Die generative Kraft der Geschichte liegt beim Organ der Fortpflanzung – und Verehrung.

Lassen Sie mich versichern, denn es ist alles Teil der Legende, daß ich beim Wunder meiner Geburt hervorkam, als ich von meinem Vater aufgerufen wurde. Er klopfte, ich kam. Ein Stern brannte auf meiner Stirn. Ich bin einzigartig. Sie glauben, Sie seien einzigartig? Aber nein, ich bin es. In ihren achtlosen Zügen durch die Welten schufen die Götter Myriaden von allem, von Mandelbäumen, von Wellen, von Tagen, von Menschen. Aber es gibt nur einen Dishayloo, ohne Nabel und mit einem Stern auf der Stirn.

So kann meine Reise – und meine Geschichte – beginnen. Meine Freunde, die mit mir unter dem Baum sitzen oder stehen, wissen es und starren schweigend hinaus zur See. Sie denken an das Schicksal, an Austern oder

Sex. Ich habe mein altes T-Shirt mit dem Aufdruck ›Perestroika Hots Fax‹ an. Ein fernes Land. Das ist es, was gebraucht wird. Ich bin alten Männern begegnet, die nie zur Küste gegangen sind. Sie sprechen wie Spinnen und wissen es nicht. Sie haben etwas verloren und wissen nicht, was sie verloren haben. Wie alle jungen Männer, muß auch ich eine Reise machen. Der Streit zwischen Licht und Schatten muß anderswohin getragen werden. Wellen müssen überwunden werden, Schenkel müssen sich mit Willkommenslächeln öffnen, das Schicksal muß herausgefordert werden. Bevor die Welt verschwindet.

Wir alle müssen unser Leben ändern.

Also stehe ich auf und gehe über den brennendheißen Strand zum Anlegesteg, um den alten Monsun aufzusuchen. Sie nennen ihn Monsun, denn sein wirklicher Name, ein komischer, verstümmelter alter Vorname, ist hierzulande in Vergessenheit geraten. Er kann die genaue Stunde voraussagen, wann der Regen kommen wird. Und vieles mehr.

Richtig, früher wurde der alte Monsun Krischna genannt. Und einmal besuchte er die Andere Seite, wie ich noch erzählen werde.

Er sah mich kommen und stand in seinem Boot auf. Er ist ein guter Geschichtenerzähler. Er sagt: Was ist die menschliche Rasse anderes (mit einem schiefen Blick zu meinen Hauern) als eine phantastische Geschichte? Erzählt, könnte er hinzufügen, mit einer Masse von Klischees und beschwert mit Nebensätzen, während wir auf eine Pointe warten.

Die Freunde begleiten mich zum Anlegesteg. Zuerst in einer Gruppe, dann zieht sie sich auseinander, denn einige eilen, andere bummeln, obwohl die Entfernung gering ist. So ist es mit dem Leben.

Monsun und ich schütteln uns die Hände. Er hat nichts als Shorts an und ist dunkelbraun gebrannt. Seine verwitterte Haut mumifiziert ihn, obwohl die alten Golconda-Augen noch immer schwarzgolden sind. Die

Leute sagen von Monsun, daß er in einem ausgebrannten Kühlschrank, der auf einer der vielen kleinen Inseln knietief im Wasser steht, ein Vermögen versteckt habe. Ich glaube das nicht. Das heißt, ich glaube es, aber nur in der Weise, wie man glauben und gleichzeitig nicht glauben kann. Wie Rolex-Armbanduhren aus einer anderen Zeitzone.

Er zeigt gelbe Zähne zwischen grauen Lippen und sagt in einer Stimme, aus der alle Farbe geblichen ist: »Gibt es nicht schon genug Scherereien auf der Welt, ohne daß Jungen wie du sich beteiligen?«

Graue Lippen, gelbe Zähne, aber eine farblose Stimme ... Na, wir wollen uns mit diesen menschlichen Paradoxien nicht aufhalten.

Ich denke mir etwas aus, was als Antwort herhalten kann. »Ich habe meinen Schatten verloren, Monsun, und muß ihn finden, selbst wenn ich bis zum Ende der Welt gehen muß. Vielleicht kannst du mir voraussagen, wann das Ende der Welt sein wird?« Er zeigt auf den dunklen Fleck zu meinen Füßen, kichert und blickt mit hochgezogener Braue zu meinen Freunden, um ihre Unterstützung zu erhalten.

»Das ist nicht mein Schatten«, sage ich ihm. »Diesen habe ich von einem Kumpel geborgt, der ihn bis zum Abend wiederhaben will. Er muß ihn zur Hochzeit seiner Mutter tragen.«

Als ich ins Boot gestiegen bin, wirft Monsun den Motor mit einem Zug am Starterseil an. Es ist wie das Ziehen an einer Hundeleine. Der Hund wacht auf, knurrt, schüttelt sich und beginnt uns eilig zu den vier Ecken des herrlichen Morgens zu ziehen.

Das Boot knarrt und murmelt vor sich hin, im Streit mit den Wassern unter seinem Rumpf. Und dem süßen, spielerischen Plätschern der Wellen am alten Holz. Der Ozean, sagte irgendein Idiot, ist Gottes Lächeln.

Monsun nimmt meinen Gedanken auf und verzerrt ihn. »Du lächelst wie ein kleiner Gott, Dishayloo, mit diesem Stern auf der Stirn. Warum immer so fröhlich?«

Ich blicke zurück zu meinen Freunden an Land. Sie winken und werden bereits kleiner. Alles wird kleiner. Beeil dich, Dishayloo, bevor die Weltkugel selbst zu nichts schrumpft!

»Das Lächeln hat den Zweck, andere nicht mit Trauer anzustecken. Es ist Therapie – ein großes, gastfreundliches Krankenhaus. Medikament gegen das Trübsalvirus. Hast du jemals von dem großen weißen Philosophen Bertrand Russell gehört?«

Die Golconda-Augen sind am Horizont, auf den unser Boot zuhält, aber Monsun ist um eine Antwort nie verlegen. »Ja, ja, natürlich. Er war ein Freund von mir. Er und ich pflegten zusammen zu den Gewürzinseln zu segeln, um mit Vitaminpillen und Muschelschalen zu handeln. Ich machte ein Verlustgeschäft, aber Bertra Muscle wurde ein Rupienmillionär. Heutzutage wohnt er in Singapur in einem Palast von unvorstellbarem Beton und Glanz.«

Nun bilden die Freunde nur noch einen schmalen Fries, eine lückenhafte Reihe am Ufer. Bald hat die blendende Lichtspiegelung auf dem Wasser sie ausgelöscht. Mein Gedächtnis tut das gleiche. Lebt wohl, alle zusammen, aber die Legende hat begonnen.

Gespräch wird natürlich immer noch benötigt, also sage ich: »Das war ein anderer Mann, Väterchen. Der Mann, den ich meine, sagte ...«

Aber auch die Worte waren vergessen.

» ...Warum sollte ich mich erinnern, was er sagte? Sind wir nicht besser als die Schnecken, daß wir ein ganzes Haus vergangener Umstände mit uns herumschleppen?«

Ich hielt die Hände ins vorbeiziehende Wasser. Prosa war nicht meine Hauptsorge. Monsun ließ sich das nicht entgehen.

»Pah. ›Haus vergangener Umstände.‹ Was bist du

eigentlich, ein Dichter oder was? Etwas oder nichts? Unser lieber Herr Jesus hatte eine bessere Idee. Er wußte, daß nichts stirbt. Selbst als er am Kalvarienberg seinen letzten Schnaufer tat, wußte er, daß er wieder leben würde.«

»Kunststück, wenn du der Sohn Gottes bist.«

Die goldenen Golconda-Augen blitzten mich an. »Er war einer unter Millionen. Geh irgendwohin, tue etwas.«

»Ich habe eine Mission und bin schon unterwegs.« Die ganze Zeit rauschte das Wasser unter dem Bug vorbei.

»Wurde in Indien geboren, glaube ich, segelte in Noahs Arche, weil am Indus kein Platz war.« Sein Gesicht hatte den Ausdruck schwachsinniger Glückseligkeit angenommen, den die Religiösen bisweilen zur Schau tragen. »Jesus war arm, wie ich. Er konnte Noah kein Geld für die Reise geben. Noah war ein harter Mann. Er gab ihm einen Besen und befahl ihm, hinzugehen und die Tierscheiße vom Deck zu fegen.«

»Und was geschah?«

»Jesus fegte.«

Wolkenburgen standen vereinzelt am Horizont, knollig wie Idole, die auf Verehrung warten.

Das Dahinfahren über die glatte See machte Monsun schwatzhaft. Ich hörte kaum hin, als er sein Porträt von Jesus weiter ausmalte.

»Er war nicht gerade ein Gewinner, aber er war in jeder Weise ehrlich und anständig. So steht es in den Schriften. Und er hatte immer ein gutes Gleichnis zur Hand.«

Das kleine Boot war im Schoß des Ozeans. Die Küste weiter zurück war undeutlich geworden; sie konnte alles gewesen sein – wie ein Gleichnis. Voraus lagen die kleinen Buckel zweier Inseln betäubt im Licht. Ich begann die Aufladung der Entfernung zu spüren, ihre Überzeugungskraft.

Vielleicht waren die Inseln wie Buckelwale. Aber die Welt ist alt. Alles ist bereits mit allem anderen verglichen worden.

Der alte Mann sagte: »Du wirst uns bald verlassen haben. Wir werden nicht mehr in deinem Sinn sein und darum ein wenig sterben. Also will ich dir eine Geschichte erzählen – ein Gleichnis, vielleicht –, die für deine Lebensreise passend ist.«

Und er begann mit der Geschichte vom Rattenvogel.

Monsun sprach in mehr als einer Stimme. Ich kürze die Geschichte hier ab, weil der Tag nur so viele Stunden hat. Auch habe ich seine weiteren Hinweise auf Jesus weggelassen, die sie verwässern würden. Die gleiche Geschichte, ein anderer Erzähler, nur Kokosmilch hinzugefügt.

Da war also dieser weiße Mann – das heißt, zwei weiße Männer, wenn man Herbert mitzählt –, dieser weiße Mann, den Monsun als Junge kannte, bevor er Monsun war. Dieser weiße Mann – also, er und Herbert – kam in diese Gegend Borneos, wo der Junge Monsun mit Balbindor in einer schilfgedeckten Hütte lebte.

Wie viele andere Weiße, war Frederic Sigmoid begeistert von der bloßen Vorstellung des Urwalds. Er glaubte, Urwälder seien etwas, wohin man ginge, um Offenbarung zu finden. In seiner eitlen Art setzte er in Urwälder das gleiche Vertrauen, das frühere Weiße in Kathedralen oder Dampfschiffe gesetzt hatten. Aber Frederic Sigmoid – Doktor Sigmoid – war reich. Er konnte es sich leisten, verrückt zu sein.

In Europa hatte Sigmoid Kranke mit seinem eigenen Verfahren behandelt, das auf die Lehre eines Mystikers namens Uspenskij zurückging, und dem er eine Anzahl physikalischer Behandlungsmethoden hinzufügte, die er von der Reflexologie abgeleitet hatte. Nun war er hier in Simanggang, mit seinen Moskitonetzen, Fachzeitschriften, Chronometern, Barometern, Kompassen, Medizintruhen, Waffen und einem Sprößling, entschlossen, sich selbst zu heilen oder eine Neue Denkungsart zu entdecken, was immer in einer bereits von zuviel Glauben gequälten Welt am meisten Ärger verursachen würde. Suchet und ihr werdet finden. Findet und ihr werdet es wahrscheinlich bedauern.

Bei Sigmoid war sein blasser Sohn, Herbert. Monsun und sein Adoptivvater Balbindor wurden angemietet, die beiden Sigmoids ins Innere Borneos zu führen, in das weitgehend unerforschte Hose-Gebirge und ein Bukit Tengah genanntes Gebiet, wo einige seltene und wissenschaftlich noch nicht untersuchte Arten bis zu diesem Zeitpunkt in ihrem unbeschriebenen Zustand glücklich lebten. Säuger, Vögel und Insekten, alle beglückwünschten sich, daß sie noch nicht in eine Cambridge-Enzyklopädie aufgenommen waren.

Balbindor war ein Küstenmalaie vom Stamm der Iban. Er war jedoch schon einmal im Innern gewesen, und zwar im Dienst zweier holländischer Forscher, die nach der Art aller holländischen Forscher eines seltsamen Todes gestorben waren, aber erst nachdem sie der Zivilisation eine geheimnisvolle Botschaft übermittelt hatten: »Wallace und Darwin wußten es nicht, aber es gibt Alternativen.« Balbindor, einsfünfundvierzig groß, hatte die Nachricht mit heißgelaufenen Füßen zur Küste zurückgebracht.

Sigmoid interessierte sich stärker für Alternativen als sein Sohn Herbert. Bauernfänger haben immer ein Auge für Nebenausgänge. Nach dreizehn Tagen im Regenwald, geführt von Balbindor und seinem kleinen Sohn, blieb der Doktor entschlossener als sein Sprößling. Am Abend bevor sie den gesuchten Nebenfluß des Baleh erreichten, hörte Balbindor einen bedeutsamen Wortwechsel zwischen Vater und Sohn.

Herbert beklagte sich über Hitze und Strapazen und erklärte, daß er sich auf der Welt nichts so sehr wünsche wie ein marmornes Bad mit warmem, parfümiertem

Wasser und weichen Handtüchern. Darauf entgegnete sein Vater, daß Herbert ein krasser Materialist sei. Damit nicht genug, nahm Sigmoid Zuflucht zu einem seiner lästigen Anfälle von Purismus, indem er erklärte: »Um Gottgefälligkeit zu erlangen, mein Junge, mußt du alle Besitztümer aufgeben ...«

Herbert antwortete bitter: »Ich bin ein Besitztum von dir, das du niemals aufgeben wirst.«

Wäre dies ein Filmszene gewesen, so wären ihr Pistolenschüsse und unzweifelhaft das Eindringen einer tödlichen Schlange in das Zelt Sigmoids gefolgt. Aber die Geschichte ist jetzt Balbindors Sache. Er soll sie in seinen eigenen nicht auszuhaltenden Worten erzählen. Und Balbindor, der mit der einzigen Ausnahme von *The Sound of Music* (dem er drei Sterne gab) niemals einen Film gesehen hatte, fehlte das Gespür für Drama. Vater und Sohn, berichtete er, küßten einander wie gewöhnlich und legten sich in ihren separaten Biwakzelten schlafen.

Wenn meine Geschichte, dann ich erzählen. Nicht irgend andere Kerl. Viele Fehler in alle Geschichten gehören andere Kerl. Ich Iban-Mann, wahrer Name nicht Balbindor. Ich nicht sehen *Sound Music* niemals. Nur sehen Trailer einmal, vielleicht zwei. Julie Andrews gute Dame, ich heiraten. Mein Junge ich nehmen an nicht heißen Monsun. Monsun später Name. Junge, er kommen aus Indien. Ich nehmen an. Ich nicht nennen Monsun, ich nennen Krischna. Meine Jungen sie sterben Holzfällerlager alle gleicher Ort dreimal. Zuviel trinken. Ich sehr traurig, adoptieren Krischna. Er mein Sohn, guter Junge. Besonders golden Auge ich mag. Okay.

Diese Doktor Sigmoid und er Sohn Herbert viel Ärger auf Reise. Wir gehen auf Fluß Baleh, Boot schwimmen gut. Aber Herbert, er klagen ganze Zeit. Weiße Männer nicht schwitzen rein, zuviel Kleider. Nicht ausziehen Kleider. Dann Boot schwimmen Nebenfluß Puteh hinauf, nicht schwimmen gut. Wasser gehen weg unter Boot. Schlamm kommen, halten Boot fest.

Wir verstecken Boot, gehen auf Fuß in Urwald. Sehr viel klagen Herbert und Vater ihnen beide. Sie nicht verstehen Urwald. Sie nicht essen Insekt. Insekt essen sie.

Urwald viele Bäume, viele viele Bäume. Manche Baum gut, manche Baum schlecht, manche Baum nichts machen. Ich sage Tamarindenbaum, ihm Frucht bitter, stillen Durst in Kehle. Helfen jeden Tag. Sigmoid nicht wollen, fürchten Gift. Ich nicht ihm sprechen. Genauso Dschungelolive, gute Baum. Wir trinken Kannenstrauch, genau wie Affen.

Affen, sie guter Führer. Krischna und mich, wir mögen Affen. Ich verstehen Dschungel. Wachen früh auf, wenn erste Licht in Wald. Wildwechsel frisch, vielleicht fangen Hirsch mit Blasrohr. Affen wachen auf früh, essen, singen auf Äste. Sigmoids nicht gefallen wachen früh. Tag kühl, mich mögen wachen früh, machen Sigmoids Aufstehen. Gehen leise, schleichen dahin, vielleicht fangen Schlange für Topf.

Viel Ameise in Hose-Gebirge, groß, klein, viele Farben. Alle gehen andere Weg. Ich sprechen Ameise, Ameise sprechen mich. Gehen diesen Weg, gehen den. Jede Blatt, ihm fallen, ihm bedeuten etwas. Ich verstehen. Ich viel verstehen in Urwald.

Eine Woche, zwei Woche, drei Woche wir gehen in Dschungel, manchmal auf, manchmal ab. Für Sigmoids sehr schwer gehen. Beide schlecht riechen. Zuviel schnaufen. Nicht beherrschen. Hollandmänner beherrschen Atem gut. Herbert, er sehr ängstlich. Ihm nicht gefallen Dschungel, Immer gleich lange Zeit. Nicht gute Mann, mich schwören. Ich verstehen. Herbert, er nicht glauben, ich verstehen.

Drei Woche, kommen Gegend Bukit Tengah nahe. Jetzt alle Pfad gehen auf, brauchen mehr Vorsicht. Viel Klippen, viele Fels. Einmal fallen, vielleicht fertig. Wasserfall, ihm gießen schlecht Wasser. Mich kennen Geruch schlecht Wasser mit Nase. Krischna und zwei Träger und ich, wir nicht trinken schlecht Wasser. Kommen von Andere Seite. Ich sagen Sigmoids, nicht trinken Wasser kommen Andere Seite. Sie nicht kümmern, nicht verstehen, sie trinken Wasser von schlechte Wasserfall viel. Nehmen an schlechte Geist. Mich schreien viel, Krischna, er weinen lange trotzdem. Herbert, er fluchen mich, wollen kleine Krischna schlagen.

Ich sagen Herbert: »Du trinken Wasser gehören Andere Seite. Nun haben schlechten Geist. Du nicht gehen zurück Europa. Du Mann erledigt.«

Herbert nicht kapieren. Er ihm genug krank. Ich sehen ihm schlechten Geist. Ich saugen ihn Seele. Nun ich viel Angst.

Jeder Tag mir langsam. Andere Seite, ihm kommen nahe. Trägermann sie zwei, sie nicht weiter wollen gehen. Mich hören, was sie sprechen zusammen. Ich verstehen, was Orang Asli sagen, ich erzählen Dr. Sigmoid. Ihm fluchen. Nicht mir gefallen, beide Sigmoid haben Fieber. Schwarz in Gesicht, sehr schlimm.

Riechen viel schlecht.

Großes Gewitter kommen herüber von Andere Seite, vielleicht hoffen uns vertreiben. Donner ihm machen Ohren platt, Blitz ihm blenden Augen, Regen ihm peitschen Haut, Wind ihm kalt. Wir verstecken unter Regenbaum, viel fürchten. Nacht kommen, große Zauber, ich nicht verstehen. Zu schwarz. In Nacht Träger sie gehen, ich nicht hören. Zwei Träger sie laufen weg. Stehlen Vorrat. Mich sehr traurig ich nicht hören. Wenn morgen erste Licht kommen, ich sagen zu Doktor, groß Scheiße, Träger sie angst, gehen zurück Frau. Doktor er fluchen wieder. Ich sage nicht gut fluchen. Wer hören Fluch mit guter Natur? Besser lassen sein, halten Mund. Ihm nicht mögen. Machen schlecht Gesicht.

Ein Tag nach Gewitter wir kommen Andere Seite. Ich sehen, wie Affen nicht gehen Andere Seite. Andere Affen auf Andere Seite sprechen andere Sprache. Andere Baum, wachsen andere verschieden Blatt. Früchte sie anders, nicht klug essen. Insekt anders.

Auch noch ein schlechte Ding. Ich sehen Männer gehören Andere Seite in Urwald. Sie bewegen wie Geist, aber ich sehen. Krischna ihm sehen auch, ihm zeigen. Viel Augen in Dschungel gehören Andere Seite. Nicht gefallen. Männer von Andere Seite sie viel anders. Wie sie denken anders, nicht gut.

Ich sehen, mich verstehen, Krischna ihm verstehen auch. Ich nicht machen Sigmoids verstehen.

»Geologie«, ich erklären Sigmoids. Ich sprechen ihre Sprache gut. »Ihm verändern. Andere Erde beginnen jetzt seit viel viel alte Zeit. Alle Ding anders. Zeit anders. Anders in Zeit. Bauch ihm gebären andere Ding. Schlecht gehen hin, besser nicht gehen. Nur sehen ein Tag.«

»Scheiß«, ihm sagen.

Ihm Doktor mich kotzen an. Ich machen Rede: »Ich behalten mein Scheiß, gehören mir. Du gehen, und Herbert. Ich nicht gehen ein Schritt mehr. Krischna er nicht gehen ein Schritt mehr.«

Herbert, ihm ziehen Pistolen. Ich viel fürchten. Mich wissen ihm verrückt mit schlimme Geist. Ich ihm sagen: »Zwei Stück Hollandmann sie kommen her. Hübsch bald sie fertig. Warum ihr nicht machen Vernunft? Kommen zurück mit nach Hause, wir begleiten.«

Ihm werden mehr verrückt.

Ich war wirklich empört über diesen idiotischen Eingeborenen, Balbindor oder wie immer er sich nannte. Da waren wir nun am Ziel. Unter großen Kosten, Mühsal und Entbehrungen waren Vater und ich endlich an der Schwelle von Bukit Tengah angelangt, dem Mittelberg, und dieser schwierige kleine Mann und sein dunkelhäutiges Kind weigerten sich weiterzugehen.

Es war einfach unvernünftig. Aber man kann von solchen Leuten kein rationales Denken erwarten. Diese Eingeborenen sind besessen von Aberglauben.

Auch gab ich ihm die Schuld daran, daß die Träger uns heimlich im Stich gelassen hatten. Es kam zu einer heftigen Auseinandersetzung. Ich zitterte von Kopf bis Fuß. Höchst unangenehm.

Ich möchte noch etwas über den ganzen Vorfall sagen. Balbindor behandelte Vater und mich die ganze Zeit als völlige Dummköpfe. Wir verstanden, wie er uns klarzumachen suchte, daß wir an einer geologisch-biologischen Trennungslinie angelangt seien, ähnlich der Wallace-Diskontinuität östlich von Bali, wo zwei tektonische Platten zusammentreffen und Flora und Fauna auf beiden Seiten verschieden sind. Wir wußten das besser als er, da wir die Angelegenheit vor der Expedition in allen verfügbaren Veröffentlichungen studiert hatten, sahen aber keinen Grund, abergläubisch darüber zu sein.

Wir hatten auch bemerkt, daß es auf der anderen Seite der Wasserscheide Beobachter gab. Vater und ich waren entschlossen, weiter vorzudringen, ob Balbindor und sein Sohn uns begleiteten oder nicht. Wir sahen die Notwendigkeit, einen unmittelbaren Eindruck auf den Stamm zu machen, da wir bald Verbindung mit ihm aufnehmen würden.

Darum schoß ich Balbindor auf der Stelle nieder. Es geschah hauptsächlich, um den neuen Stamm gehörig zu beeindrucken.

Der kleine Krischna rannte in den Urwald davon. Vielleicht dachte der kleine Idiot, ich würde auch ihn erschießen. Bei Licht besehen, wäre ich dazu imstande gewesen. Ich war ziemlich ausgerastet.

»Steck die Pistole ein, du Trottel«, sagte Vater. Das war der ganze Dank, den ich von ihm bekam. Wann ist er jemals dankbar gewesen?

Wir hatten keine Ahnung, was wir mit Balbindors Leichnam anfangen sollten. Schließlich schleiften wir ihn zum Wasserfall und warfen ihn hinein. Diese Nacht schliefen wir beim Wasserfall, und am nächsten Morgen packten wir in Ruhe unsere Sachen und überquerten die Wasserscheide zur Anderen Seite (der alberne Name war hängengeblieben).

Zwei Tage arbeiteten wir uns durch dichten fremden Dschungel weiter vor. Die ganze Zeit war uns bewußt, daß im Dickicht ringsum Männer waren, die uns folgten und beobachteten, aber die Affen bereiteten uns mit ihrem Gezeter den meisten Verdruß. Sie waren nicht größer als Gibbons, hatten aber eine schwarze Fellzeichnung um Stirn und Augen, die ihnen ein seltsam menschliches Aussehen verlieh. Vater fing einen mit dem alten malaiischen Kürbistrick und entdeckte, daß er an jedem Fuß nur vier Zehen und vier Finger an jeder Hand hatte. Schließlich kamen wir zu einer Art Lichtung, die ihre Existenz einem größeren felsigen Schichtenkopf verdankte. Hier rasteten wir, weil das Fieber uns wieder überwältigte. Wir sahen die barbarische Szenerie ringsum, die wuchernden Massen der Vegetation. Jeder Baum und Ast war beschwert von Schling- und Kletterpflanzen, die in dichten Girlanden herabhingen, und besiedelt von Epiphyten. Über den Bäumen ragten dicht überwucherte Berggipfel, nicht selten verhüllt von rasch ziehenden Wolken.

Diese Wolken nahmen erschreckend teuflische Gestalten an und kamen auf uns zu. Es mag das Fieber gewesen sein, das diese unerfreuliche Illusion erzeugte.

Tage mußten vergangen sein, während wir im Fieber lagen. Ich kann nicht sagen, wie seltsam es war, wie eigentümlich tot ich mich fühlte, als ich erwachte und mich in einiger Entfernung von meinem Vater wiederfand. Schreckliche Empfindungen von Einsamkeit überkamen mich. Damit nicht genug, schienen meine Füße den Boden nicht zu berühren, als ich umherging.

Ich entdeckte, daß ich nicht in die Nähe meines Vaters kommen konnte. Wann immer ich mich ihm zu nähern schien, wurden meine Schritte irgendwie von ihm abgelenkt. Es war, als litte ich an einer so starken optischen

Täuschung, daß sie meine anderen Sinne überwältigte. Ich konnte nicht mehr tun als ihn umschleichen.

Vater saß mit untergeschlagenen Beinen an den Resten eines Feuers, über dem er die Keule eines kleinen Hirsches geröstet hatte. Ihre abgenagten Überreste lagen neben ihm. Er sprach zu einem kleinen grauhaarigen Mann mit langem Haar und einem gekrümmten Knochen, der durch beide Wangen ging und ihm wie die Hauer eines Keilers aufwärtsgekrümmt aus dem Gesicht standen. Das Gesicht dieses Mannes war weiß bemalt. Aus irgendeinem Grund machte er mir Angst, wahrscheinlich durch die barbarische Wildheit seiner Erscheinung. Als Kleidung trug der Mann nur eine geflochtene Schnur um die Mitte. Kein Versuch war gemacht worden, seine Genitalien zu bedecken, die wie sein Gesicht weiß bemalt waren.

Im Kreis herumzuschleichen, schien alles, dessen ich fähig war, also umkreiste ich ständig die Stelle. Obwohl ich meinem Vater zurief, nahm er keine Notiz von mir und schien völlig vertieft in sein Gespräch mit dem Weißgesichtigen. Ich bemerkte jetzt, daß dieser an jeder Hand nur drei Finger und einen Daumen hatte und nur vier Zehen an jedem Fuß, geradeso wie die Affen, die wir beobachtet hatten.

Ich war erfüllt von soviel Unbehagen und Haß, daß ich mit den Zähnen klapperte und winselte und mich schrecklich aufführte. Immer wieder versuchte ich zu meinem Vater zu gehen. Erst jetzt erkannte ich, daß ich diesen Mann liebte, dessen Macht ich mein ganzes Leben lang unterworfen gewesen war. Aber er nahm nicht die geringste Notiz von mir – oder vielleicht konnte er nicht. Ich begann ein großes Geschrei, um seine Aufmerksamkeit auf mich zu lenken, doch er hörte nicht.

»Vater, Vater, mein Leben lang habe ich dich gerufen! Vielleicht hörtest du mich nie, so sehr warst du mit deinen eigenen Träumen und Ambitionen beschäftigt. Nun bitte ich dieses letzte Mal, auf deinen armen Herbert zu hören.

Ich weiß, du hast deine eigene Geschichte, um Himmels willen!«

Es würde keine Übertreibung sein, wenn ich sagte, daß ich in meinem Streben nach der Umwandlung der Menschheit auf der Suche nach Weißgesicht gewesen sei. Er weigerte sich, seinen Namen zu nennen. Das hätte mir Macht über ihn gegeben. Im Gegensatz zum armen Herbert glaube ich fest an transzendentale Kräfte.

Weißgesicht erschien wie aus dem Nichts, als ich an einem Wasserlauf kniete und trank. Ich blickte auf, und bei Gott, da stand er in Lebensgröße vor mir. Nackt bis auf das Band um die Mitte, und doch kennzeichnete ihn etwas sofort als eine einzigartige Persönlichkeit. (Ein Gespür für die Beurteilung von Charakteren ist eines meiner nützlicheren Talente.)

Ein bemerkenswertes Kennzeichen seiner Physiognomie war ein Paar kleiner Hauer (sechs Zoll lang), welche die Wangen durchbohrten. Meine Anatomiekenntnisse legten die Vermutung nahe, daß sie in der Kinnlade wurzelten. Sie verliehen meinem neuen Bekannten ein ziemlich kriegerisches Aussehen, wie sich denken läßt.

Er hat mir bereits viel gesagt. Wir haben zwei volle Tage von Sonnenaufgang bis Sonnenuntergang mit intensiven Gesprächen verbracht. Seine Denkprozesse sind von den meinigen völlig verschieden, und doch haben wir vieles gemeinsam. Er ist der weise Mann seines Volkes, wie ich es in Europa von meinem bin. Er mag ein schmuddeliger kleiner Mann sein – defäkiert ohne Verlegenheit in meiner Gegenwart –, doch ist die Logik seiner Gedankengänge, soweit ich sie wahrnehme, untadelig. Ich kann wahrscheinlich einige seiner Ideen übernehmen.

Vieles, was er über Unterteilungen in der menschlichen Psyche sagt, findet sich in blasser Widerspiegelung in den Upanischaden, den philosophisch-theologischen Lehren des altindischen Hinduismus. Das ist kaum überraschend, da Weißgesicht behauptet, daß alles Wissen der Menschheit über sie selbst während der vorletzten Eiszeit von der Anderen Seite ausgegangen sei. Damals seien Bewohner jener Gegenden wie Missionare in die Welt hinausgezogen und bis Hindustan gelangt.

Was ich schwierig zu schlucken finde – wir stritten lang darüber –, ist seine seltsame Überzeugung, daß die Welt immateriell sei, und daß die Menschheit, wenn ich ihn richtig verstanden habe, nicht mehr als eine Art metaphysischer Konstruktion sei, die von der Natur projiziert und in ihrer weiteren Existenz von Worten statt von ihrer fleischlichen Erscheinung abhänge. Vielleicht habe ich den alten Knaben mißverstanden. Ich habe das Fieber noch immer nicht ganz überwunden. Oder er ist verrückt wie ein Hutmacher.

Nur Wissen ist kostbar, sagt er. Und Wissen gehe ständig verloren. Die Welt, aus der ich komme, befinde sich in der Krise. Sie verliere ihr instinkthaftes Wissen. Instinkthaftes Wissen verliere sich unter dem Druck fortgesetzter Verstädterung. Das glaube ich. Es ist nicht im Widerspruch zu meinen eigenen Überzeugungen. Er glaubt, unsere Welt werde in Kürze absterben.

Dann werde die Andere Seite die Welt mit neuen Pflanzen und Tieren und neuem Verstehen rekolonisieren. (Seinem Verstehen, natürlich.) Er möchte mich bewegen, sein Schüler zu werden, hinauszugehen und den Untergang unserer Welt zu beschleunigen. Am dritten Tag unserer Diskussion begann ich mehr und mehr zu begreifen, wie wünschenswert es ist, daß die Zivilisation, der ich angehöre, vollständig vernichtet werden sollte. Dennoch zögere ich. Wir trinken von seinem starken *boka* und ruhen von unserer intellektuellen Diskussion aus.

Ich frage: »Wie kommt es, daß die Lebewesen hier so verschieden sind?«

Als Antwort zeigt er mir einen Rattenvogel.

In einiger Entfernung von dem Felsen, auf dem wir während unserer Gespräche sitzen und über die Zukunft der Welt beraten, wenn das nicht zu aufgeblasen klingt, stand ein Angsana, ein großer tropischer Baum, dessen Geäst voll von Vögeln war, denen ich keine Aufmerksamkeit geschenkt hatte. Vögel waren nie eines meiner Interessengebiete gewesen.

Weißgesicht ließ ein zwitscherndes Pfeifen hören, indem er zwei Finger in die Mundwinkel steckte. Beinahe augenblicklich flogen die Vögel im Angsana in einem Schwarm aus dem Baum und flatterten in einer Reaktion, die ich für Angst hielt, zuerst abwärts zum Boden, um dann rasch wieder emporzusteigen. Jedesmal, wenn der Schwarm niederging, drängte er sich eng zusammen. Beim dritten Manöver dieser Art löste sich ein Exemplar aus dem Schwarm, flatterte zu Boden und begann wie unter einem Zwang zu uns zu hüpfen oder vielmehr zu laufen; worauf die übrigen Vögel wieder die Zuflucht ihres Baumes aufsuchten.

Als der Vogel näherkam, änderte Weißgesicht seine Melodie. Der Vogel kroch zwischen uns und legte sich in einer wenig vogelartigen Manier zu unseren Füßen nieder.

Ich sah, daß seine Anatomie tatsächlich nicht vogelartig war. Die beiden rosa Beine endeten in vier Zehen, die alle vorwärts zeigten, während die ausgleichende Ferse nur angedeutet war. Flügel und Körper waren in graues Fell gehüllt, und das Gesicht war das eines Nagetiers. In mancher Weise ähnelte es einem fliegenden Fuchs, der in ganz Malaysia vorkommt; aber das Tier ähnelte zugleich einer Ratte. Nur sein gewandter Flug und seine zweibeinige Gangart machten einen Vogel aus ihm.

Und nun, da ich wieder zu Weißgesicht aufblickte,

sah ich, daß sein Gesicht unter der Farbe einige der Konfigurationen einer Ratte aufwies, mit schmal zulaufenden Kiefern und einer spitzen Nase, ganz und gar nicht wie die Bewohner Sarawaks, die ein breitgesichtiges, stumpfnasiges Völkchen sind, mit dem ich gut bekannt war.

Seiner Instruktion folgend, streckte ich die Hand mit der offenen Handfläche nach oben dem Tier entgegen. Der Rattenvogel kletterte darauf und begann unbesorgt mit der Fellpflege.

Niemand wird es mir verdenken, wenn ich sage, daß mir unter den Umständen ziemlich unbehaglich zumute war. Es schien mir, daß ich in Weißgesicht auf einen evolutionären Zweig gestoßen war, der parallel zu unserem verlief und mit ihm rivalisierte; daß dieser Zweig einem kleinen, am Boden lebenden Säugetier entsprang, das möglicherweise mit zu Hauern verstärkten Eckzähnen ausgestattet war und sich grundlegend von dem baumbewohnenden tarsierähnlichen Geschöpf* unterschied, aus dem sich schließlich der *Homo sapiens* entwickelte. Was ich hier vor mir hatte, war … *Homo rodens*. Im Laufe von Jahrmillionen hatte seine körperliche und geistige Entwicklung ihren eigenen Weg genommen, parallel zu unserer, aber ihr fremd. Vielleicht sogar der unsrigen feindlich, wenn man die tief eingewurzelte Feindschaft zwischen Mensch und Ratte in Betracht zieht.

Ich stand auf und schnellte die Hand hoch, daß der Rattenvogel in die Luft flattern konnte. Statt fortzufliegen, ließ er sich zu meinen Füßen nieder.

Ich fand, daß ich außerstande war, umherzugehen. Meine Beine gehorchten mir nicht. Irgendeine Magie hatte mich gefangen. In diesem unglücklichen Augen-

---

* Tarsier: Eine mit den Lemuren verwandte Art nachtaktiver Insektenfresser mit großen Glotzaugen, großen Ohren und langem buschigen Schwanz sowie ungewöhnlich langen Fußknochen (tarsus); lebt in Südostasien. *Anm. d. Hrsg.*

blick erinnerte ich mich jenes geheimnisvollen Satzes: »Wallace und Darwin wußten es nicht, aber es gibt Alternativen.«

Die Alternative war mir aufgezeigt worden; unter beträchtlichen Anstrengungen und mit unerschrockener Entschlossenheit war ich durch den Urwald über das Gebirge und hierher bis zur Anderen Seite vorgedrungen; sollte ich nun das Schicksal der beiden holländischen Forscher erleiden?

Weißgesicht saß im Schneidersitz auf der Felsbank und blickte zu mir auf. Sein hauerbewehrtes Antlitz war undurchdringlich. Ich sah die Welt durch Glas. Sie war unbeweglich. Ich fühlte mich extrem provoziert. Vielleicht hatte der widerspruchsfreudige Balbindor recht gehabt, als er gesagt hatte, ich hätte nicht aus dem Wasserfall trinken sollen, dessen Ursprung auf der Anderen Seite war. Es hatte Weißgesicht Macht über mich gegeben.

Und bei alledem war ich mir mit Unbehagen Herberts Geist bewußt. Nachdem der törichte Bursche an seinem Fieber gestorben war – unfähig, sich durch die Krankheit zu kämpfen wie ich mit meiner überlegenen Konstitution –, hatte sein Geist nicht entfliehen können. Er umkreiste mich jetzt winselnd und mit jämmerlichem Geschrei. Ich versuchte es zu ignorieren, aber wie sollte ich aus meiner Zwangslage herauskommen?

Ich starrte dem Rattenmann ins weiße Gesicht. Dann fiel mir aus meiner Zeit als Chemiker eine Formel zum Bleichen ein. Vielleicht würde die Magie der Wissenschaft seine abscheuliche Hexerei oder was immer es war, was mich im Bann hielt, überwinden können.

So laut ich konnte, rezitierte ich die Formel, durch die Bleichmittel erzeugt wird, wenn Chlor mit Natriumhydroxidlösung reagiert: »$Cl_2(g) + 2NaOH(aq) \rightarrow NaCl(aq) + NaClO(aq) + H_2O(l)$.«

Ich war mit meiner Anrufung noch nicht fertig, als ich die Kräfte in meine Muskeln zurückkehren fühlte. Die große wirre und zerzauste Welt um mich her, begann sich wieder mit Leben zu regen. Ich war frei. Dank dem Bleichmittel und einer westlichen Ausbildung – und natürlich einem ausgezeichneten Gedächtnis.

Mit der Stiefelspitze stieß ich nach dem Rattenvogel, der davonflatterte.

»Mir liegt nicht an deiner Art von Gastfreundschaft«, sagte ich zu Weißgesicht.

»Du hast meine Probe bestanden«, erwiderte er. »Du bist kein Schwächling, und deine Worte sind kräftig. Für jeden von uns gibt es zwei Abteilungen, die unsere innere Arbeitsweise bestimmen. Ein Teil ist blind, ein Teil sieht. Das meiste von unserem gewöhnlichen Leben wird von dem Teil beherrscht, der sieht, der imstande ist, gewöhnliche Aufgaben auszuführen. Dieser Teil ist wie ein Lebewesen, das aus einem Ei hervorkommt. Aber es gibt den anderen Teil, der blind ist und niemals aus dem Ei hervorkommt. Er weiß nur, was unbekannt ist. Er handelt in Zeiten der Not. Verstehst du?«

»Du sprichst vielleicht in Gleichnisform von zwei Abteilungen des Gehirns. Wenn es so ist, dann glaube ich, daß ich dich verstehe.« Ich hielt es nicht für gute Politik, meine Vorbehalte auszudrücken.

Er stieß ein kurzes, trockenes Lachen aus und entblößte scharfe spitze Zähne. »Ja, wir glauben gern, daß wir verstehen! Angenommen, wir haben niemals etwas von der Welt um uns und in uns verstanden? Angenommen, wir haben in völliger Dunkelheit gelebt und nur geglaubt, daß die Dunkelheit Licht sei?«

»Man kann alles annehmen. Also was dann?«

Er sagte: »Dann wird es dir am Tag des aufdämmernden Lichtes scheinen, als sänke eine plötzliche, unverständliche Dunkelheit herab.«

Nach dieser erschreckenden Erklärung winkte er mir und begann zu laufen.

Da er eilig in den Wald lief und sich nicht umsah, blieb mir nichts übrig, als ihm zu folgen. Aber seine

Worte hatten mich ernüchtert. Angenommen, es verhielt sich wirklich so, daß wir von Begrenzungen des Verstehens eingeengt waren, dann mußte es vieles geben, was sich unserem Verstehen entzog? Der Rattenvogel hatte bereits viele meiner Überzeugungen im Hinblick auf das Leben auf der Erde und seine Entwicklung erschüttert.

Weißgesichts Fortbewegung durch den Urwald war ganz anders als die meines früheren Führers Balbindor und seine Methode, einen Weg durch den Dschungel zu suchen; aber schließlich waren auch die Bäume, unter denen wir gingen, von anderer Art. Ihre Rinde, wenn es Rinde war, besaß eine stark reflektierende Oberfläche, so daß man bei der Fortbewegung von einer ganzen Armee verzerrter Spiegelbilder begleitet wurde. (In dieser halluzinatorischen Gesellschaft war es unmöglich, kein Unbehagen zu verspüren. Mit einem Wort, ich war schreckhaft.)

Ich konnte nicht begreifen, wie es möglich war, sich in solch einem Dschungel zurechtzufinden. Weißgesicht vertraute offenbar seiner zweiten Abteilung, »dem Teil, der nie aus dem Ei herausgekommen ist«, um hier den rechten Weg zu finden.

In diesem Fall war der blinde Teil seines Verstandes unerwartet zuverlässig. Nach zwei Tagen mühevoller Fußwanderung kamen wir an einen dunkel dahinströmenden Fluß. Auf der anderen Seite stand ein Dorf aus Langhäusern, ganz ähnlich denen, die wir an der Küste zurückgelassen hatten, nur betrat man diese durch runde statt durch die normalen rechteckigen Türen.

So unbehaglich ich mich in Weißgesichts Gesellschaft fühlte, das Gefühl, angekommen zu sein, barg Erleichterung. Eine lebhafte Neugier, dieses Kampong der Anderen Seite zu erforschen, ergriff von mir Besitz – die gleiche lebhafte Neugier, die mich so erfolgreich durchs Leben getragen hat.

Gleichwohl trug noch ein weiterer Faktor zu meinem

WIEGAND 95

Unbehagen bei. Der Geist meines Sohnes verfolgte mich noch immer, sein durchscheinendes Ebenbild spiegelte sich in den Stämmen aller Bäume, so daß er manchmal vor mir und auf beiden Seiten zugleich erschien. Herbert winkte und schrie und jammerte in der denkbar trostlosesten Art und Weise (unheimlich, doch nichtsdestoweniger an sein Verhalten sein ganzes Leben hindurch erinnernd).

»Wir werden den Fluß überqueren«, verkündete Weißgesicht, steckte zwei magere Finger in die Mundwinkel und pfiff hinüber, um unsere Anwesenheit kundzutun.

»Wird Herbert mit uns hinübergehen?« fragte ich, bemüht, meine Nervosität zu verbergen.

Er tat die Vorstellung mit einer Handbewegung ab. »Geister können fließendes Wasser nicht überqueren. Nur wenn sie Geister von Menschen mit Holzbeinen sind.«

Nachdem Weißgesicht einigen Männern am jenseitigen Ufer gewinkt hatte, wurde ein schmaler Einbaum herübergepaddelt, um uns abzuholen. Als wir an einem wackligen Steg anlegten, hatte sich eine Anzahl Dorfbewohner versammelt, hielt aber vorsichtig Distanz, um uns mit vorgereckten Köpfen zu beäugen, als ob sie kurzsichtig wären.

Alle hatten Hauer. Manche Hauer waren groß und gekrümmt, oder mit Blättern geschmückt. Ich konnte nicht umhin, festzustellen, daß alle Dorfbewohner, Männer, Frauen und Kinder, in der tropischen Hitze nichts als ein Band um die Mitte trugen, das bei den Frauen reicher verziert war als bei den Männern. Die Frauen waren schmal gebaut, mit kleinen Brüsten, die nicht entwickelter waren als die der Männer. Auch die Frauen hatten Hauer, so daß ich mich fragte, ob sie als Angriffs- oder Verteidigungswaffen gebraucht wurden. Vermutlich würde die Missionarsstellung beim Koitus ihre Gefahren haben. Man könnte *in medias res* einen Dolchstoß in den Hals bekommen.

Mit ihren scharfen, spitzen Gesichtern waren sie ein seltsames Völkchen, ganz anders als die Malaien, die ich gewohnt war. In ihren Bewegungen war etwas Ruheloses. Viele hatten die Münder in einem starren Grinsen aufgesperrt. Ich sah, daß es hier Material genug für anthropologische Studien gab, deren Veröffentlichung zu meinem Ruhm beitragen würde. Ich hätte gern in einen der aufgesperrten Münder geschaut, um zu sehen, wo und wie diese Hauer verankert waren.

Weißgesicht richtete das Wort an einige der Männer. Er sprach schnell und in hoher Tonlage. Sie machten ihm respektvoll Platz, und er führte mich durch das Dorf zu einem etwas abseits stehenden Langhaus.

»Dies ist mein Heim, und du bist willkommen«, sagte er. »Hier magst du ruhen und dich von deinem Fieber erholen. Der Geist deines Sohnes wird dich nicht behelligen.«

Zu meinem Verdruß hatte ich die chemische Formel des Bleichmittels wieder vergessen und konnte sie mir nicht vergegenwärtigen. Bedeutete dies, daß ich noch unter seinem Bann stand? Zögernd erstieg ich die Rampe, die in das Langhaus führte. Über den runden Eingang waren zwei mächtige Hauer angebracht.

Drinnen konnte ich selbst unter dem Dachfirst kaum aufrecht stehen, denn ich war um fast zwei Köpfe größer als mein unheimlicher Gastgeber; und es entging nicht meiner Aufmerksamkeit, daß das Dach an seiner höchsten Stelle unter dem First von Spinnennetzen verhangen war, in deren Winkeln große, breite Spinnen saßen. Und als er mir bedeutete, mich auf die Matten zu setzen, die den Boden bedeckten, konnte ich nicht umhin, zwei ziemlich frische und hauerlose Schädel zu sehen, die an der Innenwand über der Haustür angebracht waren. Weißgesicht sah meinen Blick und fragte: »Sprichst du Holländisch?«

»Tun sie es – jetzt noch?« fragte ich sarkastisch.

Aber er hatte eine Antwort. »In der Nacht des Voll-

103

mondes tun sie es. Ich kann sie nicht zum Schweigen bringen. Du wirst sie nach einer Weile hören und mit der Beredsamkeit des Todes vertraut werden.«

Darauf setzten wir den philosophischen Diskurs fort, während eine Dienerin, die sich vor uns verbeugte, ein dunkles Getränk wie Tee in tönernen Schalen brachte. Als Weißgesicht sie zum Mund hob, sah ich, daß das Gefäß genau zwischen seine Hauer paßte.

Nach zweistündigem Gespräch, in dessen Verlauf er mich eingehend über Uspenskij befragte, entschuldigte er sich, daß seine Frau (er gebrauchte ein anderes Wort) nicht anwesend war. Es schien, daß sie im Begriff war, einen Sohn zu entbinden.

Ich beglückwünschte ihn.

»Ich habe schon zwölf Söhne«, sagte er. »Freilich ist dieser etwas Besonderes, wie du sehen wirst. Ein wundersamer Sohn, der unsere mächtigsten Ambitionen fördern wird, Ein Zauberer mit Worten. So steht es geschrieben ... Nun laß uns besprechen, wie das Ende und der Abschluß deiner Welt herbeigeführt werden kann, da wir darin übereinstimmen, daß solch ein Ziel wünschenswert ist.«

Obwohl ich weniger als zuvor bereit war, ihm zuzustimmen, daß solch ein Ziel wünschenswert sei, fand ich mich nichtsdestoweniger in seine Pläne hineingezogen. (Das dunkle Getränk tat seine Wirkung.) Die Pläne waren, wenigstens für meine Begriffe, ausgeklügelt und verwirrend. Aber der erschreckende Kern seines Arguments war, daß der *Homo sapiens* durch *pantun* ausgelöscht werden könne. Ich verstand, daß *pantun* eine Form malaiischer Dichtkunst war, und konnte nicht begreifen, wie dadurch etwas ausgelöscht werden könnte; doch als er weitersprach, begann ich zu verstehen – oder glaubte in meinem Zustand von Benommenheit zu verstehen –, daß er der Überzeugung war, alle menschlichen Wahrnehmungen würden von Worten beherrscht und tatsächlich durch Worte verzerrt und schließlich verraten. Verraten war das von ihm gebrauchte Wort. Dies, so sagte er, sei die Schwäche des *Homo sapiens:* Worte hätten den Vertrag mit der Natur geschwächt, der die Existenz der Menschheit garantierte. (Unsere geistigen Leiden bezeugten diesen Verfall und Niedergang.)

Es gebe Möglichkeiten, durch welche alle Vertreter der Gattung *Homo sapiens* zu einer Geschichte, einer Art Gedicht reduziert und verkürzt werden könnten. Wer durch das Wort lebt, wird durch das Wort umkommen. So sagte er. Wir könnten als eine Zeile *pantun* enden.

Ich kann diesen seinen Plan nicht in klare Worte fassen, denn er wurde mir nicht in klaren Worten vorgetragen, sondern in einer quietschenden Musik der Anderen Seite, mit der er meinem Verständnis nachhalf. Ich kann nur sagen, daß ich dort in dieser schaurigen Hütte zu der Überzeugung kam, es sei ganz einfach, die ganze Geschichte von der Welt, wie ich sie kannte, in eine Welt von Geschichten zu verwandeln.

Als wir anfingen, uns mit dem Wie zu beschäftigen – und mehr von dieser dunklen Flüssigkeit dazu tranken – kam die Dienerin mit einer Entschuldigung hereingehuscht und quietschte etwas. Weißgesicht stand auf.

»Komm mit mir«, sagte er. »Meine Frau (er gebrauchte das andere Wort) ist im Begriff, den dreizehnten Sohn hervorzubringen.«

»Wird meine Gegenwart sie nicht stören?«

»Überhaupt nicht. Im Gegenteil, deine Gegenwart ist wichtig. Ohne deine Gegenwart kannst du keine Abwesenheit haben, ist das nicht so?« (Was immer er damit meinte. Wenn das wirklich war, was er sagte.)

Wir gingen in ein durch aufgehängte Matten abgeteiltes Quartier am anderen Ende des Langhauses. Die Luft war dunstig von Räucherwerk, und zwei Männer mit langen Hauern bearbeiteten Rasseln und Klappern.

Seine Frau lag am Boden auf einer Matte, bei ihr kniete die Dienerin. Ihr Bauch schien nicht aufgetrieben. Sie war völlig nackt, kein besticktes Band zierte ihre

Mitte. Und zum ersten Mal sah ich mit einem Gefühl von Schock, das ich nicht erklären kann, daß sie keinen Nabel hatte. Auch war dies keine einzigartige Abweichung. Die junge Dienerin war – vielleicht zu Ehren des Anlasses – auch nackt und ohne den üblichen Gürtel. Und sie hatte gleichfalls keinen Nabel. Es traf mich wie eine unerwartete Obszönität, und ich blieb auf das Folgende unvorbereitet. (Hauer konnte ich hinnehmen, doch das Fehlen des Nabels implizierte eine völlig andere Lebenswelt.)

»Nun beginnt die Geburt«, sagte Weißgesicht, als seine Frau ein Bein hob, »und du wirst finden, daß alles nach dem Plan verlaufen wird. Die Geschichte deiner Gattung wird eine Art Möbiusband werden, aber wenigstens wirst du eine Rolle darin gehabt haben, Frederic Sigmoid.«

Bis dahin hatte er meinen Namen nie gebraucht. Ich wußte mich in seiner Gewalt, fühlte mich machtlos wie nie zuvor, ein dünnes, benabeltes Geschöpf ohne Verstehen. Ich hatte diese seltsamen Leute der Anderen Seite für ferne Abkömmlinge eines Nagetiervorfahren gehalten. Aber das war eine wissenschaftliche Illusion, die auf evolutionärer Terminologie beruhte. Die Wahrheit war anders, schwieriger, weniger annehmbar. Als die Frau das Bein hob, kam ein Ei aus ihrem Leib.

Kein hartschaliges Ei wie das eines Vogels: Lederig und rund, wie ein Schildkrötenei. Ein Ei! Ein veritables Ei, groß wie ein Straußenei.

Ein furchtbares Rauschen suchte mich heim. Das Langhaus flog davon. Ich war umgeben von hellem Sonnenlicht, doch in völliger Dunkelheit, wie vorausgesagt. Und schlimmer noch, weit schlimmer: ich war nicht ich. Das Entsetzen und die Verwunderung des wahren Verstehens hatten alles verändert. Nur das Ei blieb.

Mit dem Bewußtsein, mich zum Werkzeug des Schicksals zu machen, beugte ich mich näher und klopfte mit unsichtbarem Finger an das Ei. Es platzte auf.

Bei dem Wunder meiner Geburt kam ich hervor, als mein Vater mich rief. Ein Stern war mir auf die Stirn gesetzt. Ich bin einzigartig. Die Götter, die ihre achtlosen Wanderungen über die Welt machen, spielen nach Belieben mit Wissenschaft oder Magie, schaffen Tausende von allem, von Seemandeln, von Wellen, von Tagen – von Worten. Aber es gibt nur einen Dishayloo. Ohne Nabel und mit einem Stern mitten auf der Stirn.

Geboren, um in einer Welt der Geschichten zu leuchten.

Originaltitel: ›RATBIRD‹ • Copyright © 1992 by Brian W. Aldiss • Erstmals erschienen in ›New Worlds 2‹, 1992 • Mit freundlicher Genehmigung des Autors und Thomas Schlück, Literarische Agentur, Garbsen • Copyright © 1997 der deutschen Übersetzung by Wilhelm Heyne Verlag, München • Aus dem Englischen übersetzt von Walter Brumm • Illustriert von Ingo Wiegand

DIE BALLADE
VON HILO HILL

Mein Name ist Catlin Keils, und ich bin Balladenmacherin in der Songfabrik in Derry, an den Ufern der Westlichen See. Unsere Lieder und Geschichten haben sich auf und ab im ganzen Rhomary Land verbreitet. Wir haben jetzt zwei Druckpressen und zehn Kopisten in dieser Filiale in Derry. Kaum ein Boot kommt nach Derry oder fährt von hier weg, ohne neue Arbeit aus der Stadt zu bringen oder unsere Flugblätter mitzunehmen. Ich habe meine Lehrzeit noch nicht lange hinter mir, doch Meister Jup ist sehr erfreut über meine Arbeit. Ich singe natürlich und spiele Gitarre und Blockflöte, doch meine wahre Stärke liegt im Auffinden von Stoffen und Schreiben von Texten.

Jupiter Star, der Balladenmachermeister, entstammt einer Musikerfamilie: die Songfabrik wurde in Rhomary City von seiner Großmutter, Leona Star, gegründet. Es gibt Filialen in Pebble, Silber City und Edental, zudem die Satelliten-Nebenstellen, alle von Enkeln der Familie Star geleitet. Doch unsere Filiale, geleitet von Jupiter, dem Jüngsten, ist überdimensional aufgeblüht. Derry ist eine junge Stadt, selbst nach Maßstäben dieses Planeten, kaum fünfzig Jahre alt. Es begann mit nicht viel mehr als einer Wegestation, bis die Große Dürre den Vail aus der Westlichen See vertrieb. Unsere Vorfahren hüteten sich vor diesen Seeungeheuern, obwohl sie freundschaftliche Beziehungen unterhielten. Derry wurde vom

Moment der Besiedelung an ein Ort für Neuigkeiten und Legenden. Der Vail, die Überlandkundschafter, die Eisenprospektoren, die Expeditionen zum Roten Ozean, alle kamen durch Derry und wurden in unserer Songfabrik ausführlich beschrieben.

Die Starfamilie besitzt außerweltliche Musikbücher und ein großes Register an Melodien, zusammengetragen aus der Erinnerung der Leute. Eine Melodie ist ein zerbrechlich Ding, doch sie kann fast ewig leben. Wir sind knauserig mit unseren Melodien, und für die Nachrichtenballaden halten wir uns an wohlbekannte Mitsing-Lieder: Godsave, Botbay-Varianten, Henschen, Otchi, Yellsub. Ich bin sicher, ihr würdet alle diese Melodien kennen, wenn ich sie euch vorsänge oder die Tonsilben aufschriebe. Doch nicht alle Geschichten können erzählt und nicht jede Musik kann transkribiert werden. Jeder Balladenmacher hat eine oder zwei dieser geheimen Geschichten, und meine ist eine der Seltsamsten.

Ich bin Waise. Ich wurde von meiner Tante Fan Keils aufgezogen, die Hautkünstlerin ist. Wir zogen vor fünfzehn Jahren von Pebble nach Derry, und sie eröffnete den Old Glory Tatowierungssalon am Dritten Kai. Vor sieben Jahren, als ich noch in der Lehrzeit war, schickte sie mir einen Tip. Neuigkeiten sind ein wertvolles Gut, wer zuerst kommt, singt zuerst. Sobald ich Fans Botschaft erhielt, ging ich hinunter zum Old Glory und fand sie an einer großen Matrosin arbeiten, die Schnörkel und nackte Muskelmänner bevorzugte. Die Kundin lag stöhnend da in einem Schaum aus Blut, Schweiß und Farbe und Fan sagte, kaum die Augen von der Nadel hebend:

»Dag Ramm war hier. Er glaubt, einen alten Freund gefunden zu haben.«

Dag Ramm ist ein mürrischer Kapitän, der die Westliche See durchkreuzt. In jenen Tagen war er Kapitän eines Trimaran-Frachters aus Derry. Sein alter Freund klang nicht sehr vielversprechend. Fan lachte darüber, wie mein Gesicht Enttäuschung verriet.

»Sieh bei der Aktentruhe nach«, sagte sie. »Ich habe eine Zeichnung für ihn ausgegraben.«

Fan führt genaue Berichte. Identität ist wichtig in Rhomary. Jeder Entwurf, vom einfachsten Stern bis zur dreifarbigen Luftschlacht mit Raumschiffen und Drachen, wird auf einem Stück Joccapapier oder einem Kelp-Transparent notiert und in die Aktentruhen gelegt. Sie hatte zwei alte Joccazettel herausgenommen, braun vom Alter – beide zeigten dasselbe Muster: ein Stern in Rot und Blau. Beide waren vor zwanzig Jahren gemacht worden. Der Name auf einem Zettel war David Ramm, auf dem anderen Willem Hill. Mit einem Spitznamen in Klammern: Willem (Hilo) Hill.

Ich spürte meine Knie weich werden, als begänne ich eine Singshow an einer Straßenecke vor einer riesigen Menschenmenge. Hilo Hill war tot. Er war seit fünfzehn Jahren tot. Hilo Hill war mit Hal Gline an Bord des *Seefalken* am weitesten westlich in den Roten Ozean gefahren. Ich kannte den Namen jedes Seemannes, der lebend heimgebracht wurde, als die Expedition scheiterte. Wir hatten in der Songfabrik ausführlich über diese mutigen jungen Männer und Frauen geschrieben, bis sie praktisch geläufige Begriffe waren. Doch Hilo Hill war nicht zurückgekommen.

»Wo?« fragte ich zittrig.

»Mondgasse vierundzwanzig«, sagte Fan. »Halt still, sei ein braves Mädchen. Der Torso ist fast fertig.« Ich war drauf und dran, ohne ein weiteres Wort loszustürmen, doch ich erkannte, daß dies genau die hitzige Reaktion war, vor der uns der Alte Jup auf Nachrichtenkonferenzen gewarnt hatte.

»Wessen Haus?« fragte ich. »Das ist eine feine Adresse.«

»Tochter des Kunden«, sagte Fan. »Ruby Hill Mack. Witwe des Stallmeisters Mack.«

Die gegenwärtige Kundin drehte mit einem unterdrückten Stöhnen den Kopf und spähte zu mir hin, wobei sie mit einem lückenhaften Gebiß lächelte.

»Brennt ein bißchen«, sagte sie. »Spiel uns eine Melodie, Kleine. Lenk meine Gedanken von dem Leiden ab.«

Also spielte ich einen Shanty auf der Gitarre und sang einige Verse und verdiente mir halbwegs Anerkennung. Es stellte sich heraus, daß es der Song über den *Seefalken* war, Glines Schiff, die Melodie von Troyzar.

>*Die wilden roten Wellen, sie tragen keinen Schein,*
> *dort, wo das Grab liegt, des kühnen Hal Gline ...*«

Ich machte mich mit heftigem Herzklopfen auf den Weg zur Mondgasse.

Nummer vierundzwanzig war ein großer, verputzter weißer Palast wie die anderen Häuser der Straße. Die Mondgasse ist nur auf einer Seite bebaut, damit die Bewohner einen idealen Blick weit über die schattierten Wasser unserer schönen Westlichen See haben. Das Haus verriet Reichtum: gutes Essen, Wachskerzen, weiches Tuch, Blumen, Früchte und Wein. Die Art von Leuten, die hier lebte, reiste vielleicht nach Rhomary City, mietete Yachten, ließ Parmels aus den eigenen Ställen Rennen laufen und stellte Musiker an. Das war etwas ganz anderes als ›Die wilden roten Wellen‹ und der Tätowierungssalon. Tatsächlich öffnete kein Diener die Tür, sondern ein hübscher Bursche, etwa in meinem Alter. Er trug gepreßte Locken, eine geknüpfte Spitzenweste und graue Lederstiefel.

»Du kommst zur falschen Zeit«, sagte er und blickte an mir hoch und runter. »Die Rückkehr war gestern.«

Oh, er war der Traum jeder Matrosin, ein verwöhnter Silberflügel, zurück aus der Stadt. Rückkehrparties für diese Schulgänger, die für die Sommerferien heimkamen, tobten jetzt seit acht Tagen in den Häusern von

Mondgasse und Connor Halbmond. Ich hatte auf vieren davon gespielt. Ich kannte sogar den Namen des Partygängers, der vor mir stand: Rayner Mack, Sohn des Hauses.

»Ich bin wegen einer anderen ... Rückkehr hier«, sagte ich lächelnd. »Wäret Ihr so gütig, mich mit Mam Ruby Mack sprechen zu lassen?«

»Komm rein«, sagte er. »Meine Mutter wird gleich unten sein.«

Ich war noch kein Drittel einer Stunde in dem geräumigen Haus, als ich etwas besser wußte als er anscheinend. Die Witwe Mack hatte weniger Geld als die meisten in der Straße. Sie hatte eine Dienerin, eine hagere Frau, übriggeblieben aus besseren Tagen. Ich sah Lücken an der Wand, wo Gobelins, Gemälde oder Teller abgenommen worden waren. Verkauft, vermutete ich, um für Rayners Luxusausbildung in einer der Kaufmannsschulen in Rhomary zu zahlen, für seine Stiefel, seine Frisur und seine Rückkehrparties mit gemieteten Musikern.

»Da du hier bist«, sagte er, »spielst du mir besser eine Melodie, kleine Balladenmacherin.«

Wir standen in einem feinen Raum, heruntergekommen und staubig in den Ecken. Ich sah mich in einem Spiegel aus polierter Bronze ... der würde nicht lange so bleiben ... und war nicht sehr angetan von dem Anblick. Ich bin klein, dünn, dunkel; mein roter Umhang wirkte aufgedonnert, meiner Gitarre fehlten Bänder. Ich war staubig von den Straßen Derrys. In diesem Moment haßte ich meinen Beruf.

»Was soll's sein, junger Herr?« sagte ich fröhlich. »Ein Liebeslied? Eine Rennballade? Oder wie wär's mit einem großen Song über die See?«

Ich fragte mich, wo sie ihren Großvater versteckt hatten. War es falscher Alarm?

»Spiel ›Teufelstanz‹«, sagte seine Lordschaft.

Das war der neueste Knaller; ich hatte ihn auf den

Rückkehrparties glatte zehnmal gespielt. Während ich spielte, schlug er mit den Stiefeln auf den Fliesen den Takt. Es gefiel ihm, einen Musiker ganz für sich zu haben. Als das öde, akrobatische Stück vorbei war, fummelte er in seiner karierten, beschlagenen Felltasche nach einer Münze, doch ich hielt die Hand hoch.

»Nicht nötig«, sagte ich. »Sie können mir einen größeren Dienst erweisen. Ist ein alter Mann hergekommen, um in Ihrem Haus zu bleiben?«

Rayner Mack wirkte verblüfft. Dann lächelte er und seufzte, wobei er ein gestiefeltes Bein über die Lehne seines geschnitzten Stuhles schwang.

»Dank unseren Sternen!« sagte er. »Gehörst du zur Familie dieser stinkenden alten Kreatur, die Ma im Gartenhaus hält? Du bist ihm willkommen!«

»Tut mir leid, Sie zu enttäuschen«, sagte ich. »Ich möchte nur mit ihm sprechen.«

»Sprechen?« sagte Rayner. »Weißt du, der Alte Billy ist ebenso verrückt wie ungewaschen. Aber Ma hat ein starkes Pflichtgefühl … sie glaubt, er könnte ein früherer Bediensteter aus unsrem Stall sein. Warum interessiert dich das? Wir hatten schon einen Seefahrer hier, um ihn zu besuchen und jetzt eine Balladenmacherin? Zumindest bist du hübscher als Käpt'n Ramm …«

Ich lächelte weiter, doch die Situation verursachte mir Unbehagen.

»Routinebesuch«, sagte ich. »Wir befragen diese alten Leute in der Hoffnung auf Seemannsgarn oder eine Melodie. Darf ich ihn sprechen?«

Er zuckte die Achseln und ging voran durch das stille Haus. Wir durchquerten die Küche, wo die alte Haushälterin beim großen, unbeleuchteten Herd döste, und gingen hinaus in den Garten. Er war wild und schön, mit blühenden Obstbäumen und knorrigen Seeföhren. Wir kamen an ein Gitterwerk, bedeckt mit Kletterlilien in Weiß und Blau. Rayner wollte gerade ein Tor im Gitterwerk öffnen, als ich seinen Arm ergriff, und wir standen still. Der Klang war sonderbarer als alles, was ich je gehört hatte, ein dünnes, schnurrendes Summen, daß sich eine eigenwillige Tonleiter hinauf und hinab schwang. Es war ein riesiges Insekt, eine Geigensaite, traktiert mit einem gebrochenen Bogen, der Wind, der durch die Knochen eines Vail seufzt.

»Ich hab's dir gesagt«, bemerkte Rayner, »verrückt wie ein brünstiges Trockenschwein ...«

Doch der Klang fesselte auch ihn; er öffnete sehr leise das Tor im Gitterwerk. Ein alter Mann saß im Gras neben einem mit Palmwedeln bedeckten Gartenhaus. Ein Bein hatte er unter sich geschlungen, das andere ausgestreckt, fast im rechten Winkel zum Körper. Er war dünn, faltig und von Kopf bis Fuß dunkelbraun gebrannt; er trug nichts außer einem Lendenschurz, und zumindest seine Füße waren sehr schmutzig ... große, häßliche Füße, gespreizt, schwarz und überkrustet von Lehm. Er hielt seine rechte Hand gewölbt vors Gesicht, und ich sah seine gummiartige Wange sich blähen, während er die eigenartigen Summgeräusche machte, seine Musik. Das Gefühl der Fremdartigkeit schwand nicht beim Anblick des Mannes, es wurde schlimmer. Er verströmte nicht so sehr Gestank als Wellen unheimlicher Isolation. Der Alte Billy war in einer anderen Welt, allein in seinen Träumen.

»Wo wurde er gefunden?« flüsterte ich Rayner zu.

»Bellfar, bei der Fischtrocknungsanlage.«

Ich hatte immer noch meine Hand auf seinem Arm und spürte ihn zittern. Er hatte Angst vor dem alten Mann, und das nahm ihm allen gesellschaftlichen Schliff.

»Meine Ma ging mit einer Damenpartie auf Kreuzfahrt«, fuhr er flüsternd fort. »Sie kamen in den Hafen von Bellfar, und diese alte Kreatur behauptete, sie zu kennen. Er tat ihr leid, wie ich schon sagte, und sie nahm ihn mit zurück, im Laderaum des Kreuzfahrtschiffes. Ein zielloser Mensch, natürlich, ein richtiger Sandkriecher von irgendwo ganz weit weg.«

Ich spürte, wie mir die Situation Gänsehaut verursachte, und ich war bereit, davor wegzulaufen und die ganze Sensation Jupiter Star zu übergeben. Rayner wußte wirklich nicht, wer der Alte sein konnte. Dann war da die Fremdartigkeit des Alten selbst, und vor allem, Bellfar ... am weitesten östlich gelegener Außenposten des Rhomary Landes, an der Spitze des schmalen grauen Sees mit Namen Billsee.

Hinter Billsee gibt es nichts, außer einer letzten Oase, genannt – man stelle sich vor! – Letzte Chance. Dann kommt die Sandwüste, die schaurige Wildnis, die im Osten an das Rhomary Land angrenzt, so wie es im Norden von der Steinwüste und im Süden von der Buschebene mit seiner brütenden Hitze begrenzt wird. Der einzige Weg aus unserem besiedelten Gebiet führt westlich über die Lange Portage, eine mit Oasen und Salzquellen gesprenkelte Halbwüste, zum Fluß Gann und dem Roten Ozean. Forscher waren, wie man sagen könnte, nach Westen gezogen. Glines erste große Heldentat war der Transport seines Schiffes, des *Seefalken*, über die Lange Portage; dann segelte er in den Roten Ozean zum Rand der Karte, die er selbst geschrieben hatte, und schwor, er habe einen anderen Ozean entdeckt. Er lebte nicht mehr, um ihn zu befahren. Und vor fünfzehn Jahren war Hilo Hill mit Gline gefahren. Hier war etwas so Gewaltiges im Gange, daß ich nicht wagte, es in Worte zu kleiden.

Plötzlich wollte ich nichts weiter, als mit dem alten Mann reden und seine Geschichte hören. Ich war bereit, Rayner Mack aus dem Gittertor zu stoßen. Er ging schließlich, und ich schritt geräuschvoll über das Gras. Ich sprach ihn an, doch die braune Gestalt regte sich nicht. Ich setzte mich drei Meter entfernt ins Gras und riß ein paar Akkorde auf der Gitarre. Die Musik hörte auf; der alte Mann senkte die Hand und blinzelte träge einige Male in meine Richtung. Seine Augen waren braun und klar, jedoch ohne viel Ausdruck. Er streckte die Hand aus, griff nach einem Baumwollponcho, der in der Nähe lag und stülpte ihn sich über den Kopf. Er benutzte nur seine rechte Hand, und ich sah, daß seine Linke seltsam geballt in seinem Schoß lag. Seine Bewegungen waren flink und geschmeidig. Ich sah die Tätowierung auf seinem rechten Unterarm, der Stern in Rot und Blau.

»Mr. Hill«, flüsterte ich. »Hilo?«

Er hörte mich sehr wohl, runzelte die welke Stirn, zog sein ausgestrecktes Bein ein und saß in menschlicherer Pose. Ich fragte. Wie war er zurückgekommen? Wo war er gewesen? Konnte er seinen Namen nennen? Er neigte den Kopf ein wenig, versteifte das Genick und wedelte mit dem Kinn von einer Seite zur anderen. Ich hätte mich genausogut mit einer Lehmwand unterhalten können. Dann neigte er den Kopf seitlich und fixierte mit einem klaren Auge – die Gitarre.

Ich nahm sie auf und begann zu spielen. Ich spielte leise und sang und spielte wieder. Schließlich spielte ich den Shanty, das alte Lieblingslied, das ich gerade für die leidende Matrosin unten im Old Glory gespielt hatte. Ich wollte eine Träne die Wange des Alten hinabrollen sehen. Er sah bestimmt traurig aus. In seiner Kehle knarrte und klickte es. Er äußerte eine lange weiche Sammlung von Lauten, so sonderbar wie seine Musik. Er wandte sich mir zu und sagte mit krächzender Stimme:

»Du Rubys Mädel?«

»Nein, Sir«, sagte ich. »Ich bin Catlin Kells, Balladenmacherin. Fan Kells ist mein Tantchen.«

Ich deutete auf seine Tätowierung und sagte wieder:

»Fan Kells, die Hautkünstlerin. Erinnern Sie sich?«

»Dag Ramm war hier!« sagte er. »O ... beschütze mich! Wer kommt als nächstes?«

Ich hatte ein Wort nicht verstanden, ein sanftes, geflötetes Wort.

»Wer ... was ... soll Sie beschützen?«

Er wiederholte das Wort, und ich versuchte, es zu verstehen. *Ha-hwoo-dgai.* Als ich es sagte, blickte er zum Himmel, berührte mit einem Finger die Nasenspitze und lachte einmal, ein scharfer, kehliger Lachstoß.

»Soll ich noch mehr spielen?« fragte ich.

Als er zum Himmel lachte, konnte ich die Innenseite seines Mundes sehen: verfärbt, fast schwarz und seine Zähne immer noch stark und weiß.

»*Hilo!*« sagte ich scharf.

Er fiel nicht darauf herein. Er sah mich an, blinzelte träge und sagte entschieden.

»Hirro. Hirro Hrrr.«

Das letzte war nichts anderes als das Rollen des R, das dem schweren H folgte. Ich wiederholte den Laut, und zum erstenmal war er erfreut. Er lächelte ein liebliches, normales Lächeln und glättete seinen blauen Baumwollponcho. Plötzlich lehnte er sich zur Seite, streckte rasch seine rechte Hand aus und ergriff mein Handgelenk.

»Mädel«, sagte er, »sorge dafür, daß es niemand erfährt. Sorge dafür. Sie könnte trotzdem Wind davon bekommen …«

»Wer? Vor wem haben Sie Angst?« Doch er war bereits weit weg. Er streckte wieder sein Bein aus, balancierte die Locke eines getrockneten Joccablattes zwischen den Fingern seiner rechten Hand und begann seine Musik zu machen. Ich wartete eine Weile und verließ dann den eingefriedeten Garten.

Ich fand sie außerhalb des Gitters stehen, wie sie ihn eingehend durch die Rankgewächse beobachtete. Ruby Hill Mack war etwa vierzig Jahre alt, und ich wußte sofort, wie der Alte sie erkannt hatte. Sie war eine Schönheit. Der Name paßte zu ihrer prächtigen Farbgebung. Sie hatte cremeweiße Haut, blauschwarzes Haar und ausdrucksvolle braune Augen. Zudem war sie eine nette Dame, verwirrt, geistesabwesend. Sie hatte eine Art, die Hände zu bewegen, wie ich es oft bei den

Damen, den Schloßherrinnen der Mondgasse gesehen hatte, jedoch selten bei Seeleuten oder Parmelfahrern.

»Also, was glauben Sie?« fragte sie. »Ist es … kann es sein …?«

Ich log. Ich glaubte bereits, daß diese listige, seltsame alte Person Hilo Hill war und niemand anders, doch ich sagte:

»Ich bin nicht sicher, Mam.«

»Oh, Sie haben das so gut gemacht … Catlin, nicht wahr? Ich habe ihn nie so bewegt gesehen. Könnten Sie …?«

»Ich komme wieder«, sagte ich.

Nicht ein Wort übers Balladenmachen, über Nachrichten, über das Eindringen in die Privatsphäre und das Geld, das wir dafür bezahlten. Nicht ein Wort über die Tatsache, daß ich durch die Erwähnung des Namens ›Hilo Hill‹ jeden Balladenmacher in der Songfabrik vor ihre Tür lotsen könnte, plus einer Horde von unabhängigen Schreiberlingen und Gaffern. Vielleicht war sie eine schlechte Managerin, vielleicht war sie schlicht eine Dame, die mir vertraute. Wir gingen zurück durch das heruntergekommene Herrenhaus, und an der Eingangstür sagte sie:

»Wegen Rayner … ich frage mich …«

»Warten Sie«, sagte ich. »Er wird es verstehen, Mam. Glauben Sie mir, sagen Sie noch nichts.«

Draußen, zwei Häuser entfernt, hätte ich die ganze Entdeckung verraten können. Ich traf Alvez und Trill, zwei Balladenmacher aus der Songfabrik, die gerade auf einer Hochzeit … gespielt hatten. Alvez schüttelte Speichel aus seiner Flöte und sagte:

»Was ist los in der Mack-Ruine?«

»Nichts«, sagte ich. »Ich kam zu spät für die Rückkehrparty.«

Über einen Zeitraum von einem halben Jahr sah ich den alten Mann fünfzehn Mal. Außer Dag Ramm, dem Kapitän zur See, war ich der einzige Besucher von draußen. Manchmal kam ich singend aus dem Gartenhaus, überzeugt, daß dies die größte Geschichte werden würde, seit Flip Kar Karn in seinem Heißluftballon ankam. Und doch war es heikle, enttäuschende Arbeit. Ich war kein Hirndoktor, sondern eine Balladenmacherin, erpicht auf Thema, Rhythmus und Belohnung. Wenn ich etwas von dem Alten lernte, dann zuhören. Zuzuhören und meine Musik sorgfältig zu spielen wie eine Liedtherapeutin, welche die Wirkung auf ihn beobachtete.

Zum Beispiel nahm ich beim dritten Besuch meine Blockflöte mit, Käpt'n Ramm war dort und saß in der Umfriedung auf einem Faltstuhl. Er gab dem Alten einen Bissen Seerohr, und ich spielte ein einfaches altes Stück, ›Perlmond‹. Der alte Mann begann vor und zurück zu schwingen, er sang im Falsett, einer klaren Kopfstimme. Er folgte der Melodie von Perlmond und legte dann los mit seinem eigenen, neuen Song mit wiederholten Zechworten ... Als der Klang erstarb, sagte Dag Ramm ruhig:

»Woher hast du so einen Song, Hilo?«

Der Alte antwortete:

»Sie singen den Mond an, Dag, mein Junge. Die Jungen singen einen Mondsong.«

Er stieß einen langen Seufzer aus.

»Ich sollte nicht von ihnen reden«, sagte er. »Ein Geist kann nicht sprechen. Das Problem ist, daß ich tot bin.«

Dag Ramm zerstörte die Stimmung nicht; er verschob seinen Priem aus Seerohr und kaute ruhig weiter.

»Wie kann das sein, Hilo?« fragte er. »Du bist hier in der Sonne mit mir und der jungen Catlin.«

Hilo Hill pfiff und summte leise in sanftem Kauderwelsch ... Ich dachte, wir hätten ihn verloren. Dann begann er zu sprechen.

»Ich wurde geehrt. Als ich meine erste und letzte Krankheit erlitt, sangen sie über mir, nähten mich in eine Todeshülle ein und brachten mich den langen Weg in die Schlucht. Es dauerte lange, fünf Tage mindestens, und der letzte Teil der Reise mußte bei Nacht zurückgelegt werden, weil die Schlucht geweihter Boden ist. Niemand sollte den Ort sehen, sehen, wie die heiligen Toten herumliegen.

Aber ich konnte nicht sterben. Sie sangen ein letztes Abschiedslied und ließen mich allein. Ich war bereit, geradewegs hinaufzusegeln, direkt in das sichere Lager von Ha-hwoo-dgai, aber ich konnte nicht sterben. Die Krankheit war aus mir herausgeschwitzt. Ich war nicht akzeptabel. Ich lag lange dort, fror in der Wüstennacht und röstete in der Sonne. Dann kam ich aus meiner Hülle, nahm die Wasserflasche und die Grabfrüchte und ging weg, wanderte westwärts. Ich hatte den letzten Test nicht bestanden. Die Krankheit und das Todeslied hatten keine Macht über mich. Schließlich war ich ein Mensch. Ich ging westwärts und ging auch weiter, nachdem das Wasser in meiner Flasche aufgebraucht war. Trotzdem konnte ich nicht sterben. Ich sah eine Gestalt in den Dünen, und es war ein Parmelreiter, der um die Letzte Chance herum kam. Er brachte mich in die Oase, und dann kam ich nach Bellfar.«

»Aber wer hat dich in diese Schlucht gebracht ... diesen Friedhof?« fragte Dag Ramm leise.

Das Gesicht des alten Mannes war eine braune Maske, er entkrampfte seine linke Hand, und ich sah zum erstenmal, daß sie verstümmelt war. Der Mittelfinger fehlte.

»Es sind die Gnai«, sagte Hilo Hill. »Die Kinder der zerbrochenen Schlange.«

Ich wiederholte das neue Wort, und der alte Mann flackerte mit den Augenlidern. Er trommelte mit den Fingerspitzen seiner unversehrten rechten Hand auf seine Knie, und ich verstand. Ich nahm die Flöte an die Lippen und spielte ein Rondo, eine von Jups eigenen

Melodien, und Hilo Hill lauschte, sagte aber nichts mehr an jenem Tag.

Somit kannte ich das Ende der Geschichte und glaubte, den Anfang zu kennen, die Reise mit Hal Gline, aber was lag dazwischen? Ruby Mack zivilisierte ihn ein wenig. Er wusch sich unter der Gartenpumpe, trug einen Overall und suchte bei stürmischem Wetter Schutz im Gartenhaus. Die Ferien waren vorbei, und die jungen Silberflügel waren bereit, in die Schule nach Pebble Ol Rhomary City zurückzusegeln. Ich fand Rayner auf den Stufen des großen Hauses, sein Haar war geflochten, und seine Hände waren voller Blasen. Er hatte den Rasen mit der Sense gemäht.

»Zurück zur Schule?« spottete ich.

Er warf mir einen bekümmerten Blick zu.

»Geh nicht zurück«, sagte er barsch. »Ma braucht Hilfe.«

Ich setzte mich auf die Stufen, wartete, und endlich kam er damit heraus.

»Du wußtest es die ganze Zeit ... das mit dem alten Mann. Mit meinem Großvater.«

»Ja, ich wußte es.«

»Du bist voreingenommen, Cat Kells«, sagte er. »Du verachtest reiche Leute. Mein Vater, John Mack, arbeitete mordsmäßig hart, um seinen Stall aufzubauen, und meine Mutter ist die Tochter eines Seemannes, auch wenn sie einen Platz unter den Damen der Mondgasse gehabt hat. Wenn dieser Alte Hilo Hill *ist*, werde ich meine Nase nicht über ihn rümpfen.«

»Ich bin sicher, daß er Hilo Hill ist«, sagte ich.

»Was willst *du* von ihm, Balladenmacherin?«

»Mehr, als er uns je erzählen wird«, sagte ich. »Ich will von der anderen Seite der Welt hören, wohin niemand außer ihm je gesegelt ist.«

»Du wirst ihn umbringen mit deiner verdammten Publicity!«

»Ich nicht«, sagte ich. »Ich bin von Anfang an bei ihm

gewesen, erinnern Sie sich? Ich kenne seine Macken und Ängste besser als Sie. Das hier könnte die größte Nachrichtenballade seit zwanzig Jahren, seit einem Menschenalter, werden, aber ich würde sie aufgeben, um dem alten Mann einen Augenblick des Schmerzes zu ersparen.«

»Tut mir leid ...«, sagte Rayner. »Schau, Catlin. ich habe einen dicken Packen Notizen gemacht. Ich weiß, daß du aufschreibst, was er sagt.«

Er hatte mehrere Seiten in einem Schulblock aus neumodischem Riedpapier beschrieben. Ich erwartete mehr sonderbares Zeug über Hilos Traumgesellen ›die Gnai‹, doch diesmal war es etwas anderes. Hilo Hill hatte mit ›Rubys Jungen‹ ein Glas Melonenschnaps getrunken, und der hatte seine Zunge gelöst. Er sang Teile eines alten Anker-Shanty, nicht besonders druckreif, doch ich kannte ihn. Dann änderte sich seine Stimmung, und er starrte, wie Rayner sich ausdrückte, nach vorn wie ein Seemann in den Nebel.

»Hinter dem Kap liegen zwei Landspitzen, dazwischen ein schmaler Kanal und eine riesige, neblige Fläche aus totem Wasser, eingerahmt von sumpfigen Wäldern. Gline dachte, dies sei der dritte Ozean, doch andere widersprachen, sagten, dahinter gäbe es überhaupt nichts. Sie irrten sich alle. Wenn man vorwärtsdrängt, wie ich es tat, über die weite Lagune und um ein kleines Steilufer rudert, dann liegt er vor dir. Grenzenlos. Nicht rot, sondern blaugrün, eher die Farbe unserer lieben Westlichen See. Wie werden wir diesen Ozean nennen? Den Grünen Ozean?

Vierzig Tage wurde ich im Beiboot nach Nordwesten getragen, das Wasser wurde knapp, wurde wieder aufgefüllt durch Regen. Alles in allem war ich neunzig Tage außer Sichtweite des Landes, kam jedoch zu einer schwimmenden Masse von Seetang, in der Seevögel nisteten. Ja, und ich sah Delphine, grüßte sie. Sie hatten nie einen Menschen gesehen. Es waren nicht unsere Seebrüder aus dem Roten Ozean. Immer hielt ich Ausschau nach dem Vail, unseren verschollenen Seemonstern, oder nach etwas Ähnlichem, nach irgendeiner intelligenten Kreatur, mit der ich sprechen konnte. Ich sah keine großen Lebensformen, nur Schulen von Fischen.

Es gelang mir, aus dem Wirbel um diese verdammten Tanginseln freizukommen, und ich hielt mich südlich, gut verproviantiert mit gekochten Eiern und getrocknetem Fisch. Das Wetter war schmuddelig, doch im Süden sah ich einen Dunst. Das war sicher Land. Kam halbtot an. Ein tropischer Strand, etwas aus einem Bildband der alten Erde, freundlich und mit einer Art niedriger Joccapalme, die mir Nahrung und Schutz bot. Ich war fünf Monate oder länger an diesem Ort bis ins neue Jahr.

Ich schnitt meinen Namen in ein Meter hohen Lettern ins Sandsteinkliff und marschierte aus schierer Einsamkeit landeinwärts. Der Treck kostete mich fast das Leben, denn es gab wilde Tiere im Paradies. Etwas, das bei Nacht jagte … etwas, das schätzungsweise katzenartig war … eine große Katzenkreatur. Ich kam zurück an die Stelle, wo mein Beiboot auf dem Strand lag, denn ich hatte zu meinem Leidwesen etwas herausgefunden: Ich war auf einer großen Insel. Ich hätte sie in Monaten nicht durchqueren können, doch von einer Baumspitze auf einem hohen Hügel, fast einem Berg, konnte ich eine entfernte Küstenlinie ausmachen. Ich segelte halb um diese Insel, das Palmenland, und hielt mich an ihrer Küste entlang wieder Richtung Westen.

Da erhob sich ein starker Sturm, und das Beiboot sank fast. Diesmal war ich fertig. Wasser und Proviant weg. Ich lag da, hilflos wie ein Baby, und trieb westwärts. Ich erinnere mich nicht, daß man mich aufsammelte. Ich verlor die Reihenfolge der Tage des neuen Jahres, die ich in ein Brett gekerbt hatte, aus den Augen. Trotzdem hielt mein Glück an. Ich wurde gefunden. Sie fanden mich und erkannten mich irgendwie als Mitgeschöpf. Ich kam zu einem sehr weit entfernten Strand, einem dritten

Kontinent, dem Rand einer weiteren Landmasse ... wer weiß? Ich erwachte im Lande der Gnai.«

Das war sie also, eine der längsten Geschichten, die er je erzählte, etwas über ein Jahr aus seinem Leben. Er lieferte uns Glines Ozean, auf keiner Karte verzeichnet, verengt auf den suchenden Blick eines einzelnen Mannes im Beiboot eines Schiffes. Ich ging mit Rayner durch den Garten, und wir sahen den Alten neben einer großen Palme einen kleinen Haufen getrocknetes Gras verbrennen. Er benutzte den Rauch seines Freudenfeuers als Schutzschirm. Wir sahen ihn, dann war er fort, flink wie ein Wiesel.

Er arbeitete im Garten, doch er werkelte nie wie andere alte Männer. Hilo Hill war flink und geschickt. Er war sehr scheu, er kam nie zur Vorderseite des Hauses. Morgens und abends saß er in seiner Umfriedung hinter dem Gitter und sang seine Lieder.

Ich hatte Jup Star in der Songfabrik nichts weiter zu bieten als einige der Melodien, schroff und zart wie das Zirpen eines Geckos. Ich nahm alles, was ich hatte, und ließ eine Ballade vom Stapel. Eine gepfefferte Nummer. Kühn und schlicht. Melodie: *Rolling Home*.

> *Als der Seefalk brach und sa-ank,*
> *Am Rand der unbekannten See,*
> *Brach ein Seemann auf gen Westen*
> *Hilo Hill, allein, juhee ...*

Dann ein schwieriger Satz für den Chor: *Fahr dahin ...* oder *weit zurück ...*

> *weit zurück, weit zurück,*
> *weit zurück, da liegt das Land*
> *segle westwärts, Richtung Sonne ...*

Tja ... wo bleibt der Reim? Sand, Strand, oder eine Meerjungfer winkt mit lilienweißer Hand. Das klang alles falsch wie eine zerbrochene Glocke. Der alte Mann blieb geistesabwesend. Er konnte nicht mehr zurückgeführt werden, um vom ›Palmenland‹ zu sprechen; er jonglierte mit Tagen und Jahren. Jetzt war der Anfang seiner Reise ein Mysterium. Nichts konnte Hilo Hills Geschichte mit dem verknüpfen, was tatsächlich von Glines Expedition bekannt war. Wie war es dazu gekommen, daß er allein wegfuhr, westwärts, in einem Beiboot? Viele seiner Schiffskameraden gingen im Wrack des *Seefalken* unter, andere, Gline eingeschlossen, starben auf einem grauen Strandstreifen an den fernen Gestaden des Roten Ozeans, nahe bei Kap Gline an Verletzungen oder Entbehrung.

Ich las die Balladen, vertiefte mich in der Songfabrik und im Rathaus in alte Berichte und Interviews. Ich fragte mich, ob der Dator, der Datensammler, von Rhomary ein paar Berichte hatte, die Staub ansetzten, und die noch niemand gesehen hatte. Eine einzige direkte Frage, ein paar Namen aus jener Zeit würden den alten Mann erzittern und für Tage schweigen lassen. Er hatte oft Angst, Rache verfolgte ihn. Genauer gesagt hatte er Angst vor einer rachsüchtigen Frau.

»Wo ist sie? Noch hier? Kein Wort. Hilo ist tot, kannst du sagen. Weggeweht … vergessen …«

Ich fragte Käpt'n Ramm.

»Wer ist das, Kapitän? Wer ist diese Frau, vor der er Angst hat?«

»Du solltest den Mund halten, Cat Kells«, antwortete er. »Das sind tiefe Gewässer.«

»Wer ist es?«

»Der rangälteste Offizier nach dem Schiffbruch war der zweite Maat, Vera Swift.«

Ich kannte den Namen, wer nicht? Sie hatte Wunder gewirkt. Diese standhafte Seefrau, ›groß und fein, mit flammendem Haar‹, wie die Balladenmacher es ausdrückten, reparierte die *Rover*, Glines Versorgungskutter. Sie entkam dem Todesstrand durch einen heulenden

Sturm mit drei der stärksten Überlebenden. Sie begegneten dem Handelsschiff *Dauntless* hart bei den Sechs Sieben Inseln und tyrannisierten den Kapitän so lang, bis er eine Rettungsmission unternahm.

»Wo ist sie jetzt, Kapitän?«

»Befährt immer noch den Roten Ozean«, sagte Käpt'n Ramm. »Ihr Handelsschiff heißt *Seefalke* nach Glines Schiff. Zwischen zwei Heuern kommt sie nach Derry.«

»Warum fürchtet er sie so lange?«

Käpt'n Ramm runzelte die Stirn.

»Sie ist ein harter Brocken. Sie kommandiert ihre Mannschaft und ist rücksichtslos auf ihren Vorteil bedacht.«

Ich hatte die Berichte überprüft. Hilo Hill wurde zuletzt auf dem grauen Strand gesehen, galt dann als ›vermißt‹. Einige waren auf dem Strand gestorben, und ihr Tod war aufgezeichnet. Doch einige von Hilos Kameraden kamen in diese andere Kategorie: aus dem Wrack des *Seefalken* gerettet, jedoch nicht in das Handelsschiff *Dauntless* umgeladen. Waren sie in die Sumpfwälder gelaufen? In die See zurückgerutscht? Sie wurden von ›Vermißten‹ zu ›vermißt, vermutlich tot‹, unter ihnen Hilo Hill.

Der echte, der historische Hilo Hill war ein fröhlicher, wohlgerundeter Bursche gewesen, beliebter als es ein Schiffskoch es von rechts wegen sein sollte. Er hatte ein reizendes Weib, Janie, eine schöne Tochter, die mit einem aufstrebenden Stallbesitzer verheiratet war, und einen Enkelsohn. Der junge David Ramm war wie ein Sohn im Haus. Als Hal Gline seine Expedition zusammenstellte, war Hilo Hill, der Schiffskoch, fünfundsechzig Jahre alt, gesund und munter, jedoch einer der ältesten Mannschaftsmitglieder.

Von jenem fröhlichen Geist gelangen wir zu dieser dünnen Kreatur – braun, verhutzelt, ungewöhnlich sonderbar, mit dem Tick, seine gehärteten nackten Füße in eine extra für diesen Zweck angelegte Schlammpfütze

zu tunken, und mit einem Repertoire an Liedern in Vierteltönen. Morgenlieder, Mondlieder, Lieder fürs Versammeln und für neue Haut. Fünfzehn Jahre an Liedern, die, wie er uns versicherte, ›die unveränderten Lieder‹ waren. »Es gibt keine neuen Lieder, nur neue Sänger.« Ein Sprichwort. Der Gehalt eines einstündigen Pfeifgesangs, der im Frühling gesungen wird, wenn der neue Mond untergeht. Die Gnai brauchten ein ziemlich langes Vorspiel.

Ich notierte und prägte mir Stunden dieses verrückten Zeugs ein, ehe es mir vertraut wurde. Rayner half mir mit dem Schlagzeugrhythmus, ich riß die Saiten der Gitarre an oder fügte Flötennoten hinzu. Wir taten, als wäre es ein Spiel, als könnten wir den alten Mann von seinen Hirngespinsten heilen, indem wir mitmachten.

Frage von Dag Ramm: Wie sehen sie aus, Hilo?

Antwort: Recht groß, Dag, mein Junge. Aufrechtgehend, weißt schon. Und mit dem Kamm (Passage nicht übersetzt) ... gute und geschickte Arbeiter. Alle Farben, die Jungen von Grün bis Grau, aber die Älteren braun. (Pause) Sahen aus wie mordsmäßig große Echsen, nicht wahr. Ich mußte immer lachen, wenn sie draußen vor dem Anlehnschuppen vorbeischlurften ...

Sitzung zwölf. Frage von Rayner: Lebten sie in einem Dorf, Hilo?

Antwort: Mehr oder weniger. Es ist ein ›Wanderlager‹, genauer kann ich es nicht sagen. Ring aus Erdwällen und Anlehnhütten aus Blättern und Rinde. Hängt ab von Ort und Jahreszeit.

Frage: Dann seit ihr umhergezogen?

Antwort: Immer auf Wanderschaft. Nach Norden wegen der Grashüpfer, dann zurück zu den Flüssen wegen der Schlammfische. Immer auf Wanderschaft. Muß Tausende von Kilometern zurückgelegt haben. Man läßt sich vom Rhythmus mitziehen ... Mond des Überflusses, Mond der neuen Haut, Mond des Staubes ... *(beginnt zu singen, deutet Fünfachteltakt für Schlagzeug an.)*

Ich fragte nach seiner verstümmelten Hand. Hilo Hill lachte und bedeckte einen Moment sein Gesicht.

»Ah«, sagte er, »das ist üblich.«

Er hielt sein knochiges linkes Handgelenk hoch und tätschelte den Bereich unter seinem Daumen.

»Die hatten eine große Hautfalte hier, mehr oder weniger. Kommt der Mond des Überflusses, häuten sich die Älteren ... reißen diese Haut mit ihren Zähnen ab. Scharfe, nützliche Zähne.«

Er lächelte und wand sich.

»Nun ja, ich hatte keine Falte, oder? Aber ich mußte gehäutet werden, ehe ich einen Schmuser nehmen konnte.«

»Meinst du eine Partnerin, Hilo?« fragte Dag Ramm grinsend.

»Nicht direkt, Dag-Junge. Die Jungen verpaarten sich. Ich war alt, das konnte jeder sehen. Ich hatte sogar die richtige Farbe. Die Alten sind braun, die Jungen graugrün. Ihr Familienleben ist ziemlich eigenartig. Ein alter Gehäuteter kann ein oder sogar zwei junge Dinger als Schmuser nehmen. Teils Dienerin, teils Geliebte. Ich mußte gehäutet werden, und ich dachte ich könnte diesen Finger, den Mittelfinger, entbehren. Es war mächtig lange her gewesen, daß mich jemand beschmust hatte. Die Alten stimmten zu, trennten den Finger sauber ab wie ein Stadtdoktor. Ich war ein voll flügges Mitglied des Lagers. Und ich wählte ein bestimmtes grünes Weibchen, dessen Aussehen mir gefiel.«

Hilo Hill summte ein Lied, das wir alle als Liebeslied erkennen konnten. Zum erstenmal stahl sich eine Träne seine Wange hinab.

»Das war ein süßes, freundliches Wesen«, sagte er. »Mir war nicht gestattet, ihren wahren Namen zu sagen. Ich nannte sie Jade. In ihrer Umarmung erlaubte ich mir zum erstenmal, an zu Hause zu denken. An Derry, an Rubys arme Ma, meine längst verlorene Janie ... Trockene Hölle, ich wußte, wie sich diese armen ersten

Gestrandeten gefühlt hatten, die von den Sternen kamen, ohne Rückkehrmöglichkeit ...«

Zu dem Zeitpunkt hatte ich alle Hoffnung auf eine Nachrichtenballade aufgegeben. Ich konnte nichts über die Gnai anbieten ... es war reine Legende. Wenn ich zu Hilo Hill kam, dann aus Freundschaft und ja, ich gestehe es, weil es mir gefiel, mit Ray Mack durch den Garten zu spazieren. Während des Winters hatte ich ein Auge auf die illegalen Hafenschänken und tatsächlich fand ich, wonach ich gesucht hatte, im *Goldtopf.*

Es war ein robustes, gemütliches, geheimes Lokal. Wein und Essen waren vom Besten. Messinglampen verströmten einen Dunst von goldenem Rauch. Im ›Topf‹ war es nie laut. Rangeleien wurden unter Kontrolle gebracht, und Betrunkene wurden in die Gasse gerollt. Die Kunden waren hauptsächlich hartgesottene Matrosinnen, zudem jüngere Mädels und hübsche Jungen, die solche Orte frequentieren. Ich sang für mein Abendessen, wich den Umklammerungen einiger stämmiger Arme aus und gelangte schließlich an mein Ziel. Denn nach Mitternacht dünnte sich die Menge aus, und dort, in einem tiefen Alkoven, spielte die Kapitänin eines Handelsschiffes auf Landurlaub die große Dame.

›Groß und fein, mit Haar aus Flammen‹, wie der alte Song heißt, doch die Worte blieben mir im Halse stecken. Selbst für den *Goldtopf* war Vera Swift ein häßlicher Kunde, ausladend und grauhaarig. Wenn sie lächelte, versanken ihre harten grauen Augen in Kissen von Fett. Sie hatte Hilo Hill in ihrer Glanzzeit geängstigt, und nun ängstigte sie mich. Sie besaß die Macht der Befehlsgewalt, und ein Haufen Schiffskameraden und kriecherische Landratten taten, was sie sagte.

Ich sang die sentimentalste und schmeichelhafteste aller Balladen, in der sie namentlich genannt wurde. Sie heißt ›Mutige Herzen‹ und geht nach der alten Melodie von Derry, einer populären Air in dieser Gegend. Jup Star schrieb selbst die Worte, aber er wird es nicht eingestehen.

Längst vergangen die Zeit, da wir uns zum Abschied
küßten
Gute Schiffskameraden alle, die nach Westen fuhr'n.
Der Tag dämmert, da unsere Meere kartiert sein müßten,
Auf denn, mutige Herzen? laßt die Seefalk-Mannen ruh'n.

Ein paar Seeleute weinten, und einige taten Käpt'n Swift zuliebe so, als weinten sie. Sie selbst seufzte und warf mir ein Silberstück zu. Ich fing es auf und tat einmal genau das Richtige. Ich gab das Geld zurück und sah, wie sich ihre Finger gierig um die Münze schlossen.

»Kapitän«, sagte ich, »auf ein Wort!«

Ihre Stimme war sanft zu dieser Nachtstunde.

»Was willste, Süße. Die Geschichte ist längst vergangen.«

Ich hatte meine Antwort parat.

»Der Jahrestag Eurer Fahrt, Kapitän. Er ist in zwanzig Tagen. Wir planen neue Balladen für Gline und Euch selbst.«

Sie bewegte die Hand, und plötzlich leerte sich eine Bank, so daß ich neben ihr sitzen konnte. Ich hätte mich lieber an eines dieser gewaltigen Wunder, den Vail, gekuschelt als an dieses alte Seeungeheuer, doch ich biß die Zähne zusammen. Ich machte eine kurze Standardbefragung, und Käpt'n Swift antwortete prompt. Ihre Augen waren kalt und wachsam. Ich wagte nicht, die Unterhaltung auf einen vermißten Seemann namens Hilo Hill zu bringen. Ich konnte mir vorstellen, daß sie wie ein Seefalke beim kleinsten Hinweis auf sein Überleben niederstieß. Ich konsultierte meine verschlissene Jocca-Schriftrolle und sagte:

»Nan Born war also damals Koch und kam mit Ihnen auf den Kutter?«

»Zweiter Koch«, sagte die Kapitänin. »Der Koch war ein Mann namens Hill.«

»Ah ... ja.« Ich ließ zittrig einen Finger die Rolle hinabwandern. »Er wurde vom Strand aus vermißt, Kapitän, zusammen mit Kettle, Kelly und Adma. Was wurde aus diesen armen Seelen, Kapitän, vermißt zwischen Schiffbruch und Rettung?«

Der Weinhumpen der Kapitänin wackelte ein bißchen, als sie ihn absetzte.

»Ich habe darüber nachgedacht«, sagte sie. »Zuviel lief falsch auf dem Strand. Gline hatte noch das Kommando, aber er war ein kranker Mann. Ich behandelte ihn so gut ich konnte und sorgte für Nahrung und Schutz. Ich glaube, daß einige dieser Schiffskameraden den Strand überhaupt nicht erreichten, tatsächlich ertranken sie im Wrack und wurden fälschlich als überlebend gemeldet. Wer konnte an diesem Ort voller Nebel und den Phantomen der Krankheit sicher sein? Andererseits, sind sie vielleicht landeinwärts gegangen ...«

»Gab es Boote?« fragte ich. »Hätte jemand ein Boot nehmen können?«

Der Falke sauste nieder. Kapitän Swifts große Hand kam mit wildem Zugriff klammernd herab ... nicht auf mein Handgelenk, dafür war sie zu listig. Sie ergriff den schlanken Hals meiner Gitarre, als wollte sie ihn wie einen Zweig zerbrechen.

»Wer könnte das getan haben?« fragte sie leise, »welcher von den Vermißten könnte ein Boot gestohlen haben?«

»Keiner, soweit ich weiß, Kapitän«, brachte ich hervor, »aber es gab eine Aussage ...«

»Wo? Was steht darin?«

»Im Rathaus. Zwei der Vermißten, Kettle und Adma, wurden zuletzt neben einem Boot gesehen.«

»Ah, die beiden«, sagte sie. »Die kleineren Boote waren nicht seetauglich. Vielleicht haben sie sich davongemacht, arme Mädels, und kamen runter ins Delphinreich, wie das Sprichwort sagt. Sie ertranken. Aber zitier mich nicht, Kind. Ich habe keine wirkliche Vorstellung davon, wie sie umkamen.«

»Noch etwas«, fuhr ich rasch fort. »Der Plan, den *Seefalken* wieder flottzumachen …?«

»Du weißt gut Bescheid in dieser Geschichte, Kleine«, sagte sie schließlich lächelnd. »Einen richtigen Nachrichtenspürhund hat Jup Star aus dir gemacht. Ja, man redete davon, den *Seefalken* wieder flottzumachen. Er hing auf der Felsspitze der Landzunge, nur zwei-, dreihundert Meter von unserem scheußlichen Strand entfernt. Bei den Gewässern und in unserem geschwächten Zustand hätte er genausogut Welten entfernt sein können. Ich wußte, daß es in jedem Fall den Tod bedeutete, sich ihm zu nähern. Mein Plan war also, den Kutter zu reparieren.«

Der Plan hatte funktioniert; sie hatte die Aura derjenigen, deren Pläne funktionieren. Jedoch war es zu spät gewesen, ihren Kapitän, Hal Gline, zu retten. Ich war so sicher, wie man nur sein konnte, daß Hilo Hill vor langer Zeit nach einem Streit mit Vera Swift auf diesem schrecklichen Strand ein Boot genommen *hatte*. Ich trat meinen Rückzug aus dem *Goldtopf* an, ohne weiter zu bohren. Teilweise verstand ich seine lebenslange Angst.

Eine Periode kalten, regnerischen Wetters hielt uns bei geschlossenen Luken in der Songfabrik gefangen. Eines Nachts schickte man nach mir, ich sollte in die Mondgasse kommen. Hilo Hill lag im Sterben. Er hatte sich eine Lungenentzündung eingefangen, und der Arzt, den Ruby geholt hatte, konnte nichts weiter für den alten Mann tun. Endlich lag er in einem Raum in der oberen Etage in einem großen Bett, das Gesicht, eingefallen und braun in den Kissen. Dag Ramm war da und saß geduldig auf einer Bettecke, während ich mich mit meiner Gitarre hereinstahl. Da war noch jemand, den ich für eine Krankenschwester hielt, die jedoch eine im Haus wohnende Ärztin war ... Ruby hatte keine Kosten gescheut.

Jetzt war sie müde vom Wachen, die arme Lady, und Rayner führte sie hinaus, damit sie Schlaf nachholte. Hilo holte schmerzhaft Atem, doch sein Kopf schien so klar zu sein wie immer. Er murmelte in zwei Sprachen. Ich spielte einen leisen Refrain, und seine Augen fanden und erkannten mich. Als die Ärztin kam, um meiner Musik Einhalt zu gebieten, wandte Hilo sich an Dag Ramm.

»Diesmal?« schnaufte er leise. »Diesmal, endlich, Dag-Junge?«

Der Kapitän log ihn weder an noch gab er vor, die Frage nicht zu verstehen.

»Es scheint so, Hilo«, antwortete er.

Hilo richtete den Blick auf die dabeistehende Ärztin.

»Gehen Sie einen Moment hinaus, Mädel«, sagte er. »Ich habe diesen Leuten noch etwas zu sagen.«

Sie ging hinaus, nachdem wir versprochen hatten, ihn nicht zu ermüden.

Als die Ärztin fort war, verfiel er wieder in Schweigen, und wir warteten. Dann begann er, nach Atem ringend, zu sprechen.

»Am Strand«, sagte er, »am fünfzehnten Tag nach dem Schiffbruch, sah ich Vera Swift, zweiter Maat, unseren Kapitän Hal Gline töten. Er lag abseits in einem provisorischen Unterstand aus Segeltuch. Ich hatte zusätzlichen Proviant versteckt ... ich brachte ihm ein wenig. Er war verletzt, aber stark im Herzen und versuchte, das Kommando zu behalten. Als ich mich durch die Büsche näherte, hörte ich ihn stöhnen. Vera Swift lag auf ihm, die Hände über seinem Mund, den Ellbogen in seine Kehle gepreßt. Was ich hörte, war sein Todesstöhnen. Sie sah mich und jagte los. Sie hatte ein Messer und war in jeder Hinsicht schneller und stärker als ich. Ich litt Todesangst. Ich wußte, sie würde mich nicht leben oder zum Camp zurückkehren lassen. Also floh ich in die Sumpfwälder. Bei Nacht jagte sie mich wieder. Ich glaubte, sie meinen Namen rufen zu hören. Ich sah eine Chance, stahl früh am Morgen das Beiboot und machte mich auf nach Westen, hinter Kap Gline.«

So kam es heraus, mit vielen Pausen zum Atmen, jedoch absolut deutlich. Dag Ramm und ich sagten nichts; wir tauschten nicht einmal Blicke. Hilo lag still, richtete dann wieder ein Auge auf die Gitarre, und ich spielte die Lieder des Rhomary-Landes und die Gesänge der Gnai, bis tief in die Nacht. Die Ärztin kam zurück mit Rayner, der sich neben seinen Großvater setzte.

Dag Ramm sprach einmal mit dem alten Mann und sagte:

»Hilo, du bist einen weiten Weg gekommen. Du bist um die ganze Welt gekommen.«

»Scheint so, Dag-Junge«, sagte Hilo sehr schwach. »Ich nahm den langen Weg nach Hause.«

Dann sagte er nichts mehr, außer in jener anderen Sprache, und gegen Morgen, als eine graue Dämmerung über der Langen Portage anbrach, war er von uns gegangen. Wir verließen seinen Raum und gingen hinunter durch das ruhige, knarrende Haus. Rayner ließ seine Mutter schlafen. Dag Ramm sagte zu mir:

»Daraus wird keine Ballade, Cat Kells.«

»Ich weiß.«

Ich ging mit Rayner Mack in den regennassen Garten hinaus und blickte zum Himmel hinauf, dem sicheren Lager von Ha-hwoo-dgai, und hoffte inständig, daß Hilo Hill dort angelangt war. Ich hätte vielleicht wieder gesungen, doch ich konnte nicht. Alle meine Lieder waren gesungen.

Alles ändert sich und manchmal schneller, als wir Zeit haben, damit zu rechnen. Bald nach dem Tod des alten Mannes verkaufte Ruby Mack das große Haus und schickte ihren Sohn nach Rhomary zurück, damit er seine Schulausbildung beendete. Sie hatte vor, bescheiden in der Stadt zu leben, doch ein Doktor, neu in Derry, war hingerissen von der schönen Witwe, und sie heirateten. Jetzt lebt sie auf dem Medizinhügel, immer noch im besten Teil der Stadt.

Rayner verbrachte fortan seine Ferien in Rhomary; er seinen Stiefvater nicht. Wir schrieben uns etwa ein Jahr lang. Wenn es etwas Populäreres gibt als eine Nachrichtenballade, dann ist das ein Liebeslied, sehen Sie, ich habe nicht mal das zu bieten. Die Balladenmacherin flog nicht mit dem hübschen Silberflügel davon. Ich bedauerte es, denn es hätte vielleicht mehr sein können als der Traum eines Sommers.

Wie ist der Wahrheitsgehalt der Geschichte? Gegenwärtig kann nichts bewiesen werden. Hilo ist tot, und in jedem Fall war er kein optimaler Zeuge. Alles ist eine Sache des Glaubens. Ich glaube, er erzählte die Geschichte so klar er konnte. Ich glaube, es ereignete sich am Strand des Roten Ozeans, wie er es erzählt hat. Darüber hinaus glaube ich an die Ozeane, die er durchkreuzte, an die schwimmenden Inseln und an das Palmenland. Ich glaube, daß es die Rasse eines Echsenvolkes gibt, das weit westlich des Rhomary-Landes lebt, und sie nennen sich Gnai-na-gada, die Kinder der zerbrochenen Schlange. Es bleibt noch eine Szene übrig, ein letzter Vers in meiner Ballade. Hilo Hill wurde neben seiner Frau Janie auf dem Friedhof der Stadt Derry, auf einer Landspitze über der See beigesetzt. Ein schlichter Stein kennzeichnet sein Grab. Es gibt keine Daten, nur der Name Willem Hill und die Worte:

Heimgekehrt von der See

– eine übliche Inschrift in dieser Gegend. Im Sommer gehe ich manchmal dorthin und singe ihm ein Lied. Kein anderer Balladenmacher hat je Wind von der Ge-

136

schichte bekommen. Eines Sommertags, als ich mit meiner Gitarre und einem Strang Kletterlilien zwischen den Steinen hinaufstieg, sah ich, daß jemand vor mir war.

Ich wollte weglaufen, so wie Hilo damals in die Sumpfwälder, doch meine Neugier war größer als meine Angst. Ich kam vorsichtig näher und starrte über die Grabsteine auf die massige Gestalt. Sie saß auf dem Boden, Gesicht gesenkt, der Körper schlaff; ihr Blick war unergründlich.

»Der kleine Spürhund«, sagte Vera Swift. »Das hätte ich mir denken können. Wer liegt in diesem Grab?«

»Sie kannten ihn. Hilo Hill.«

»Das kann nicht sein.«

»Er ist jetzt tot«, sagte ich. »Es werden keine Balladen über ihn geschrieben.«

»Verdammt richtig, es werden keine geschrieben«, sagte sie. »Hilo Hill starb vor langer Zeit, kapiert?«

»Aye, Aye, Käpt'n.«

Die Andeutung eines Lächelns huschte über ihr trauriges, grausames Gesicht. Sie sah deutlich, daß ich Angst vor ihr hatte, obwohl wir allein waren und sie nicht mehr schnellfüßig war.

»Erzähl's mir!« befahl sie.

Also erzählte ich die Geschichte des alten Mannes, von seiner Rückkehr, seiner sonderbaren Art, von seinen Geschichten vom Grünen Ozean und den Gnai. Als ich fertig war, seufzte Käpt'n Swift schroff.

»Du glaubst, er hat das wirklich getan?«

»Tue ich, Käpt'n. Ich bin mir sicher.«

»Er hat dir noch mehr erzählt …«

»Er hatte Angst vor Ihnen. Angst um sein Leben …«

»Wir hatten alle Angst um unser Leben«, brach es aus ihr hervor. »Und ich war verantwortlich für uns alle. Ich brauchte Hilo Hill, sein Proviantversteck, das Beiboot, das er stahl. Er war ein Narr, abzuhauen …«

Sie streckte eine Hand aus und legte sie auf den Grabstein, als spräche sie zu dem Toten ebenso wie zu den Lebenden.

»Hal Gline war ein verdienstvoller Kapitän«, sagte sie, »doch der Schiffbruch hatte ihn verrückt gemacht. Da waren vierzig Seelen am Strand, und nicht einer hätte überlebt, wenn er sich durchgesetzt hätte. Er war verkrüppelt, und er hatte Schmerzen. Sein Urteilsvermögen war dahin. Er wußte nicht, in welch schlimmer Lage wir uns befanden. Sein Plan war, den *Seefalken* wieder flott zu machen; er wollte nichts von Rettung oder Rückkehr hören.«

Sie bewegte sich, und ich war bereit, davonzustürzen, doch ihre Stimme klang düster und niedergeschlagen.

»Siebzehn Jahre … was ist davon übrig? Den Roten Ozean zu befahren, wie ich es tue, und Belobigungen zu sammeln? Ich hätte hundertmal eine Expedition zusammenstellen können, um weiter westlich vorzudringen, um Glines neuen Ozean zu durchqueren … es gibt ihn wirklich, ich habe ihn gesehen, Hilo hat es sehr klar gesagt. Doch die Vergangenheit hält mich zurück.«

Vera Swift strich sich mit der Hand übers Gesicht, als wollte sie die Spuren des Alters und der Autorität wegwischen.

»Gline war verrückt«, sagte sie. »Alle Kapitäne zur See werden mit der Zeit ein bißchen verrückt.«

Sie hievte sich hoch und ging den Hügel hinab ohne einen Blick zurück. Wieder war es eine Frage des Glaubens; sie hatte kein wirkliches Geständnis abgelegt. Ich legte den Lilienstrang auf Hilos Grab. In diesem Moment vermißte ich den alten Mann schmerzlich. Ich sehnte mich nach einer weiteren Sitzung beim Gartenhaus. Ich vermißte Rayner Mack, meinen hübschen Jungen. Ich dachte an Alter und Jugend. Ich hielt den Augenblick fest und spielte einen Gesang der Gnai, einen Gesang zum Heilen von Wunden. Ich hatte immer noch meine Musik, und die würde ein Leben lang halten. Es war heiß und still, und braune Echsen kamen heraus, um sich auf dem Grab des Seemanns zu sonnen.

Originaltitel: ›THE BALLAD OF HILO HILL‹ • Copyright © 1985 by Cherry Wilder • Erstmals erschienen in ›Strange Attractors‹, ed. by Damien Broderick, mit freundlicher Genehmigung der Autorin und Thomas Schlück, Literarische Agentur, Garbsen • Copyright © 1997 der deutschen Übersetzung by Wilhelm Heyne Verlag, München • Aus dem Englischen übersetzt von Margret Krätzig • Illustriert von Manfred Lafrentz

Christian Lautenschlag · Deutschland

ICH KOMME AUS MEINEN SCHWINGEN HEIM

I

> Ich kreise um Gott, um den uralten Turm,
> und ich kreise jahrtausendelang;
> und ich weiß noch nicht: bin ich ein Falke,
> ein Sturm oder nur ein großer Gesang.
>
> *(Rainer Maria Rilke)*

Das erste Gefühl, an das Jaalen sich erinnern konnte, war Neugierde. Sie trieb ihn durch sämtliche Gänge und Speicher; wo er aber auf einen erbitterten Widerstand stieß – wußte der Himmel, warum. Es war gar nicht so einfach für Jaalen, sich zu orientieren, und er versuchte es so gut, wie es einer Person ohne Körper und ohne Erinnerung möglich war. Soviel wußte er schon – daß er keinen Körper besaß. Sein Geist war vollgepfropft mit Wörtern und Bezeichnungen für den menschlichen Körper und seine Funktionsweise. Es war, als sei Jaalen aus einer Art Koma erwacht, angefüllt mit Wissen, das er nicht richtig einordnen konnte. Gab es Sprache? Gab es Gerüche? Die Konzepte beunruhigten ihn und erfüllten ihn gleichzeitig mit heimlicher kindlicher Freude, als beschäftige er sich mit etwas Verbotenem. Warum wollte man ihn daran hindern, Genaueres zu erfahren? Jaalen spürte, daß es jemanden gab, der ihm auf allen Wegen folgte und sich immer dazwischen stellte und ihm die Sicht versperrte, sobald Jaalen meinte, auf etwas Interessantes gestoßen zu sein. Vielleicht

140

waren es auch mehrere, die sich gegen ihn verbündet hatten. Waren es Personen? Jaalen hoffte es. Vielleicht war es nur das verdichtete Wissen, das um ihn herum waberte. Egal, was es war; es verfolgte ein Ziel. Es war Jaalen hinderlich.

Jaalen bemühte weiter die Speicher. Sein Geist verfolgte Tausende und Abertausende von Stichwörtern. Kaum hatte er ein Ziel ins Auge gefaßt, brach eine wahre Flut von Informationen über ihn herein. Irgendwann begriff er, daß sein Geist sich frei in einem Speicher unermeßlicher Kapazität bewegen konnte – zumindest so lange, bis er auf einen wunden Punkt traf. Das pure Wissen war nicht das Wesentliche, was sie ihm vorenthalten wollten – er durfte sich davon soviel einverleiben, wie er wollte. Wesentlich waren die Zusammenhänge. Er wußte nicht, wo er sich befand. Er wußte nicht, wer er war. Er war aufgewacht und hatte seinen Namen gewußt, und das war auch alles gewesen. Immer wenn er bei seiner Suche auf etwas stieß, mit dem er glaubte, endlich einen winzigen Zusammenhang herstellen zu können, verschwand diese Information im Hintergrund. Er konnte ihr nachjagen, so lange er wollte – er wurde ihrer nicht habhaft. Er kam ihr einfach nicht näher. Es war ein übles Spiel, und Jaalen war es leid.

Anoukha lag im Sterben. Draußen auf dem Platz war es ruhig. Der Häuptling vermißte die gewohnten Geräusche. Als sich jemand in seiner Nähe räusperte, schlug er die Augen auf und erblickte seinen Neffen Tizkua, der neben dem Zelteingang saß. Tizkua hielt ein Gefäß mit einer dampfenden Flüssigkeit in den Händen, und als er sah, daß Anoukha wach war, sagte er:

»Älteste Frau hat etwas für dich gekocht, Onkel.«

Anoukha riß die Augen ganz auf. Also war Älteste Frau noch am Leben. Eine Vision entstand in seinem Kopf – er und Älteste Frau am Wasserfall, die letzten Überlebenden. Es war ein Rätsel, wie sich ihr alter Körper gegen die Krankheit wehrte, die so viel Jüngere schon hingerafft hatte. Er hatte Älteste Frau noch nie leiden können. Dieser Gedanke brachte ihn endgültig zur Besinnung. Er mußte lachen.

Tizkua sprang erschrocken auf, als er das raspelnde Geräusch hörte, das aus der Kehle seines Onkels drang.

»Onkelchen ...«

»Keine Angst«, keuchte Anoukha. »Ich überlebe Älteste Frau.«

Tizkua lächelte verlegen. »Sie ist zäh.«

»Ich auch«, erwiderte Anoukha. Er stützte sich auf die Ellbogen und winkte mit der Hand nach der Schüssel. Tizkua setzte sich neben ihn und hielt die Schüssel an Anoukhas Mund.

»Aaah. Wie lange habe ich geschlafen?«

»Ein paar Stunden.«

Anoukha fragte nicht, was während dieser Zeit geschehen sein mochte. Es gab schon seit Wochen keine Neuigkeiten mehr, die ihn interessiert hätten. Der große Stamm der *Pichuia* – nur eine Handvoll von ihnen war noch am Leben.

Und er war schuld an der Katastrophe.

Draußen brach plötzlich ein Tumult los. Erregte Stimmen drangen an Anoukhas Ohr, und er erkannte dazwischen Pasquatchawas schrilles Organ. Er konnte sich richtig vorstellen, wie der Medizinmann heulend aus seinem Zelt stürzte, um die wenigen Stammesbrüder, deren er noch habhaft werden konnte, in Angst und Schrecken zu versetzen. Dabei meinte er es sicher nur gut. Anoukha seufzte. Hätte er auf Pasquatchawas Rat gehört, wären die *Pichuia* nie in ein solches Desaster geraten.

»Komm, hilf mir aufstehen!« befahl er seinem Neffen. Auf Tizkuas Gesicht machte sich Erstaunen breit.

»Aber, Onkel ...«

»Keine Widerrede! Hilf mir! Ich will wissen, was der alte Narr da draußen treibt!«

Tizkua machte eine gleichermaßen abwehrende und beschwörende Handbewegung.

»Alle guten Geister!« sagte er. »Pasquatchawa ...«

»*Pasquatchawa! Pasquatchawa!*« äffte Anoukha seinen Neffen nach. »Dieser alte ...« Es fiel ihm kein passendes Wort ein. Vielleicht war es gut so. Was half es, wenn er Tizkua auch noch verbitterte und gegen Pasquatchawa und seine Sippe aufbrachte? Das hieß, den Weg zu Bündnissen verbauen, die vielleicht doch einmal eines Tages wieder wichtig sein konnten, wenn – ja, wenn so viele von den *Pichuia* übrig blieben, daß es überhaupt noch Sippen gab.

Anoukha knirschte vor Wut und Schmerz mit den Zähnen, als er, auf Tizkuas Arm gestützt, auf den Platz hinaustrat. Was für ein Schauspiel! Trotz seiner Gebrechlichkeit hatte der Medizinmann den Schmuck des Großen Bären angelegt. Er rannte zwischen den Zelten umher, schwang drohend seinen Knochenstock und rief:

»Hinaus mit euch! Hinaus mit euch! Verderbtes Gesindel!«

Daraufhin folgte ein Schwall weiterer Beschimpfungen. Anoukha brauchte eine Weile, bis er begriff, daß Pasquatchawa weder ihn meinte noch die Männer, die wild gestikulierend in der Mitte des großen verwaisten Platzes standen. Er befand sich vielmehr auf der Jagd nach unsichtbaren bösen Geistern, deren Existenz er sich wohl in der Abgeschiedenheit seines Zeltes ausgedacht hatte und deren Austreibung seines Erachtens nicht schaden konnte. Anoukha bezweifelte, daß er nur im geringsten selbst an die Wirkung der Zeremonie glaubte. Seinen Zuhörern zumindest war der Schreck in die Glieder gefahren. Anoukha taten sie leid, als er sie so verstört und aufgebracht zusammenstehen sah. Als Pasquatchawa des Häuptlings ansichtig wurde, blieb er abrupt stehen. Er verstummte und starrte ihn an, den Knochenstock in der Luft erhoben. Die Männer kamen zögernd herbei, noch nicht ganz gewiß, ob das Zähneklappern jetzt ein Ende haben würde. Anoukha suchte in ihren Gesichtern nach Zeichen der Krankheit. Waren diese hier noch gesund? Es griff ihm ans Herz. Es hatte sich nicht gelohnt, so wenig Demut zu besitzen. Er hatte schon sehr früh angefangen, sich über andere zu erheben und sich sehr wichtig zu nehmen. Eine Vision war es gewesen, die ihn getrieben hatte.

Ein Alptraum war es geworden.

Jaalen fand es äußerst schwierig, seinen Standort zu bestimmen. Nicht nur, daß er nicht wußte, wo er sich befand, auch die Umgebung und sich selbst darin zu lokalisieren, war außerordentlich strapaziös. Er wunderte sich, daß er nie erschöpft war. Wenn er auch keinen Körper besaß, der ermüden konnte, so war doch sein Geist immer bis an die Grenzen ausgelastet, ohne daß Jaalen Anzeichen für Regenerationsphasen bemerken konnte. Die Frage der Wahrnehmung seiner selbst beschäftigte ihn am meisten. Wie konnte es sein, daß er ein so genaues Konzept von sich besaß? Woher stammte es? Irgend etwas war geschehen, das ihn in diese merkwürdige Situation gebracht hatte, die ihm erstaunlicherweise zwar Unbehagen, aber keine Angst einjagte.

War da nicht ein Flüstern? Hatte man ihn bemerkt? Er hätte gern gerufen, geschrien.

Es gab keine Mauer, keine Materie, wogegen er sich stützen konnte. Sein Geist schwebte lautlos durch den Äther.

Es schien fast, als wäre er ein Gott.

Pasquatchawa traute seinen Augen nicht. Wie war es dem Häuptling gelungen, von seinem Lager aufzustehen? Anoukha machte den Eindruck, als würde er im nächsten Moment tot zu Boden sinken. Doch der Eindruck täuschte. Die langjährige Erfahrung sagte Pasquatchawa, daß der Häuptling ungeachtet seiner Schwäche einen Faktor darstellte, mit dem noch zu rechnen war. Mörder, wollte er sagen, aber es kam ihm nicht über die Lippen. Sollte er am Ende des langen Weges, den sie gemeinsam gegangen waren, richten?

Er starrte Anoukha an, bis das Schweigen ungemütlich wurde und die Männer, die sie beobachteten, anfingen mit den Füßen zu scharren und zu murmeln. Einer von ihnen sagte leise:

»Alle guten Geister ... Älteste Frau hat eines der gesunden Rinder geschlachtet. Sie hat uns verboten, es dir zu sagen, großer Bruder.«

Anoukha schlug die Augen nieder. Die Macht glitt ihm aus den Händen, während er in seinem Zelt lag und sich auf den Tod vorbereitete. Mit mir nicht, schrie er innerlich, aber er war sich nicht sicher, ob seine Kraft noch ausreichte, um sich zu wehren. Älteste Frau, und er waren nie einer Meinung gewesen. Sie hatte ihm Steine in den Weg gelegt, wo sie konnte. Jeden anderen hätte sie lieber in seiner Position gesehen. Er hatte versucht, ihre Macht einzudämmen, aber es war ihm nicht gelungen.

Er schaute den Sprecher an. Es war Mapzikia aus der Sippe der Bären. Er war ein lang aufgeschossener schmaler Bursche mit großen trüben Augen, die Anoukha anklagend anblickten. Anoukha begriff, daß Mapzikia von ihm erwartete, daß er etwas unternähme. Instinktiv hatte Mapzikia begriffen, daß sich ein Machtkampf anbahnte, und er hatte Angst, auf der falschen Seite zu stehen.

»Hat jede Sippe ihren Anteil bekommen?« fragte er. Die Männer nickten. Anoukha fixierte den Medizinmann, der schweigend die Bemühungen des Häuptlings, seine Autorität zu restaurieren, verfolgt hatte.

»Was soll das bedeuten?« fragte er barsch. Der Zorn, der sich in ihm ausbreitete, als er in Pasquatchawas runzliges, gleichmütiges Gesicht schaute, ließ ihn fast den Schmerz vergessen, der in seinem Körper wütete. »Wenn du Dämonen jagen willst, geh zum Ufer hinunter. Da sitzt der Dämon, den du suchst. Das Wasser macht krank. Alle Tiere, die davon getrunken haben, sind verendet. Wir alle, die wir damit in Berührung gekommen sind, werden eines jämmerlichen Todes sterben. Auch dein lautes Geheul wird das nicht verhindern können.«

»Zumindest«, erwiderte Pasquatchawa spitz, »liege ich nicht in meinem Zelt und warte darauf, daß sich *Wawalá* meines Geistes annimmt. Mir scheint, du hast schon lange vergessen, was eines Häuptlings würdig ist.«

»Ich habe nachgedacht«, sagte Anoukha. Die Lüge kam ihm glatt über die Lippen. »Ich habe einen Plan. Es hat keinen Zweck, über die Toten zu wehklagen. Wir müssen die noch Lebenden retten.«

»Und wie?« fragte der Medizinmann. »Wohin sollen wir denn flüchten? Ohne Wasser erreicht keiner von uns lebendig das Gebirge.«

»Ich rede nicht vom Gebirge«, erwiderte Anounkha. In seinem Kopf entstand eine verschwommene Vorstellung. Wäre er doch bloß nicht so schwach! Er könnte sie führen ... eine Illusion, die nicht mehr in die Tat umzusetzen war. Doch Tizkua war jung. Und es gab noch andere ... Mainche, Panchpaou ... vielleicht auch Sizkenchua, die bereit waren, ein Risiko auf sich zu nehmen. Wäre er doch eher drauf gekommen!

»Jenseits des Stroms«, sagte er. »In die Wüste ...«

Die Männer begannen sofort zu heulen. Sie schlugen sich verzweifelt mit den Fäusten vor den Brustkorb und stießen ein entsetzlich wehklagendes Gebrüll aus.

»*Du* wirst sie führen«, sagte Anoukha zu Tizkua, der bleich wurde. »Bring mich zu Ältester Frau.«

Tizkua begann sich allmählich zu fragen, ob sein Onkel noch ganz bei Sinnen war. Man hatte ja schon oft erlebt, daß eine schwere – in seinem Fall tödliche – Krankheit den Geist verwirrte. Wie war es sonst zu erklären, daß sich jemand, von dem man nicht geglaubt hatte, daß er jemals wieder die Augen aufschlagen würde, vom Sterbelager erhob, um mit dem Medizinmann zu streiten? Von der Idee, die *Pichuia* jenseits des Stromes zu bringen, ganz zu scnweigen – hatte man je schon einmal etwas so Irrsinniges gehört?

Tizkua beobachtete den Häuptling von der Seite. Der ältere Mann hing schwer an seinem Arm, keuchte und schnappte nach Luft, schien aber von seinem Vorhaben, Älteste Frau besuchen zu wollen, nicht abzulassen. Seufzend schlug Tizkua den Weg ein, den er nur zu gut kannte.

Das Zelt von Ältester Frau stand etwas abseits von den anderen. Offiziell betonte dies ihre besondere Stellung, doch es war allgemein bekannt, daß sie vor allem die Ruhe und Abgeschiedenheit schätzte, die dieser abgesonderte Platz mit sich brachte. Der Lärm der anderen störte sie. Tizkua konnte sich den hinterhältigen Gedanken nicht verkneifen, daß sie ja nun zufrieden sein konnte. Es war still zwischen den Zelten. Nachdem Pasquatchawas Geheul geendet hatte und die Männer sich zerstreut hatten, war eine tiefe unnatürliche Ruhe eingekehrt. Selbst das klägliche Blöken der Rinder vom Ufer her war verstummt, das Tizkua die letzten Tage verfolgt hatte.

Als sie in die Nähe des Zeltes kamen, stieg ihnen ein herber, aber angenehmer Geruch in die Nase. Es war der gleiche, der Tizkuas Schüssel entstiegen war – demnach waren die Frauen immer noch mit dem Auskochen der Knochen beschäftigt.

So war es auch. Kaum hatte sich Tizkua hüstelnd und räuspernd am Zelteingang bemerkbar gemacht, wurde die Plane zurückgeschlagen, und eine junge Stimme rief:

»Wer da?«

Tizkua rollte mit den Augen. Petoua im Zelt von Ältester Frau? In seine Verwunderung mischte sich Freude darüber, daß sie noch am Leben war. War sie nicht die einzige ihrer Sippe, die bis jetzt von dem Unheil verschont worden war? Tizkua hatte in den letzten Tagen wenig davon erfahren, was außerhalb von Anoukhas

Zelt vor sich gegangen war. Die Verpflichtung, als Neffe des Häuptlings während dessen Krankheit und in seiner Todesstunde anwesend zu sein, hatte ihn derart in Anspruch genommen, daß er weder Zeit noch Ruhe gefunden hatte, sich um etwas anderes zu kümmern. Nun schämte er sich fast dafür – Petoua hätte sich sicher gefreut, wenn sie ein Zeichen von ihm erhalten hätte.

Selbst wenn Petoua etwas Bissiges hätte sagen wollen – Anoukhas Anwesenheit machte es unmöglich. Sie warf Tizkua nur einen mehr bittenden als zornigen Blick zu, wandte sich um und rief ins Zeltinnere, von wo aus gedämpftes Gemurmel zu hören war:

»Es ist Großer Bruder, Älteste Frau.«

Es wurde still hinter ihr. Nach einer Weile ungemütlichen Schweigens rief eine Frauenstimme:

»Großer Bruder soll eintreten.«

Tizkua erkannte die Stimme. Es war Mimo, seine Tante. Es schoß ihm durch den Sinn, wie sehr es Anoukha bedrücken mußte, Mimo hier vorzufinden, wo das Gespräch mit Ältester Frau sowieso schon unangenehm genug zu werden drohte. Die Schwester von Sispuen! Obwohl Sispuen schon so lange tot war, hatte Mimo seinem Onkel nie verziehen, daß er ihre Schwester, wie sie es nannte, getötet hatte. Sie war im Kindbett gestorben – aber war es nicht auch ihr Wunsch gewesen, noch ein weiteres Kind zu bekommen?

Damals war Tizkua noch ein Knabe gewesen. Heute wirkte dies alles auf ihn unwirklich und weit entfernt. Sispuen war tot. Anoukhas Kinder waren gestorben, sein Sohn kurz nach der Geburt, seine Tochter vor wenigen Tagen. Bald würde er auch er zu *Wawalá* gehen – sein Geist würde sich von seinem Körper lösen, und er würde frei sein. Mimo sah das mit Sicherheit nicht so. Nach ihrer Meinung würde Anoukha dazu verdammt sein, in seinem armseligen verwesenden Körper zu verweilen, während die Elemente ihr Spiel damit trieben. Wie schrecklich, dachte Tizkua, wenn dies jemandem zustieß – niemals frei zu sein. Er konnte sich nicht vorstellen, daß es ein Verbrechen gab, das so schrecklich war, um diese Strafe zu rechtfertigen.

»Komm«, sagte er zu Anoukha, der immer noch regungslos verharrte.

»Du wartest hier.« Anoukha schüttelte Tizkuas Arm ab.

»Aber, Onkel …«

»Ich habe mit dir nachher noch zu reden«, antwortete der Häuptling barsch. In seinem Kopf wurde der Plan, der ihm so plötzlich eingefallen war, immer mehr zur einzigen Möglichkeit der Rettung, und vielleicht konnte er etwas von dem wieder gutmachen, was er seinem Volk angetan hatte. Er hatte keine Zeit zu verlieren. »Ich werde die Nacht nicht überleben. Davor werde ich dir meinen Plan mitteilen. Du wirst morgen früh losziehen. Nimm alle mit, die noch gesund sind.«

»Und die anderen?« fragte Tizkua bestürzt. »Du und … die anderen Kranken?«

»Wir bleiben hier.« Anoukhas Stimme war anzumerken, daß er keinen Widerspruch gelten lassen würde. »Wir sterben sowieso. Wozu also den Ballast mitschleppen?«

In Tizkuas Innern gefror etwas. Es war, als würde seine Angst zu einem harten Klumpen gerinnen, und er wurde sich plötzlich zum ersten Mal völlig bewußt, daß der Stamm der *Pichuia,* so wie er ihn kannte, nicht mehr existierte. Alles, was seine Kindheit, sein Leben ausgemacht hatte, war wie vom Erdboden verschwunden. Es waren nicht nur die Seuche und die Toten, die ihn ängstigten. Von Minute zu Minute verlor die Welt mehr an Halt.

Es übermannte ihn regelrechte Verzweiflung. Er fiel auf die Knie und umklammerte Aounkhas Beine und brachte den Kranken damit fast zu Fall.

»Oh, Großer Bruder! Mein Onkel! Was soll aus uns denn werden?«

»Verzweifle nicht«, sagte Anoukha matt. »Warte hier draußen auf mich.«

Jaalen hatte nach langem Ausprobieren einen Weg gefunden, bestimmte Bereiche, die er wiederzufinden wünschte, zu markieren. In seiner Vorstellung entstand eine Art Lageplan, durch den er imstande war, sich besser und schneller zu orientieren. Die Zeit, wo er ziellos herumgeirrt war, schien endgültig vorbei. Es war ihm sogar gelungen, sich einen kleinen Raum einzurichten, in den er sich zurückziehen konnte, wann immer er es wünschte und von wo aus er weitere Pläne schmieden konnte. Mit wachsender Sicherheit hatte er begonnen, einen richtigen Schlachtplan auszuhecken. An oberster Stelle stand ›WO BIN ICH‹. Mehrmals hatte er das kalte Gefühl einer fremden Identität, die an seiner eigenen vorbeiglitt, und es fröstelte ihn.

In den Raum, den er sich eingerichtet hatte, hatte er das Äquivalent eines Menschen-Bettes gestellt, und er hatte auch so etwas Ähnliches wie eine Lichtquelle installiert und eine Ablage für … Bücher. Den Boden hatte er mit einem roh konstruierten Teppich bedeckt, an dessen Muster er hin und wieder eifrig arbeitete. Er freute sich, daß alles so real blieb, wie er es sich vorstellte, und daß es fast schon den Anstrich eines Daseins hatte.

Älteste Frau hätte sich gewünscht, Anoukha in besserer Verfassung zu sehen. Der zittrige, von Schmerzen gepeinigte Mann, der in der Verruchtheit ihres Zeltes auftauchte, erschreckte sie noch mehr als der frühere Anoukha, dessen überhebliche Kaltschnäuzigkeit sie so gehaßt hatte.

»So ändern sich die Zeiten«, sagte sie.

Anoukha reckte den Hals nach der Stimme, die mitten aus einem großen Haufen Felle zu kommen schien. Ein kleiner runzeliger, fast haarloser Kopf erhob sich dort, und Augen wie brennende Kohlestücke verfolgten seine Bewegungen. Sie mußte weit über hundert Jahre alt sein. Sie war schon alt gewesen, als Anoukha noch ein Knabe war. Er genierte sich ob seiner Gebrechlichkeit und schüttelte indigniert Petouas hilfreiche Hand ab, die ihn sanft nach vorne schieben wollte.

Älteste Frau beobachtete von ihrem Posten aus, wie der Häuptling sich in ihre Richtung mühte, aber sie fühlte keinen Triumph. Es war, als sei alles zu einem Endpunkt gelangt – jeglicher Schmerz und alles Gefühl ausgelöscht, bis auf eine Spur Bitterkeit über Dinge, die nicht mehr zu ändern waren. Der stolze Knabe – ein todgeweihter Mann. Und eine hochfahrende Person – nicht mehr als eine Hülle, für die bald keine Verwendung mehr bestand.

Das war sie gewesen – hochfahrend. Sie war schon weit über die Blüte ihrer Jahre hinaus gewesen, als Anoukha Häuptling wurde und die verstreuten Sippen der *Pichuia* zu einem einzigen großen Stamm machte. Wofür hatte sie ihn eigentlich so gehaßt? Für seine Jugend … seine Unbekümmertheit?

Er war trotz allem ein ernsthafter junger Mann gewesen, der seine Pflichten seinem Stamm gegenüber sehr ernst genommen hatte. Aber er hatte ein Ressentiment ihr gegenüber gehabt, das sie bis tief in ihr Inneres mit Haß erfüllt hatte. Auf irgendeine unbestimmte Weise hatte Anoukha versucht, ihr den Platz streitig zu machen, den sie beanspruchte. Beanspruchte aufgrund ihres Alters, ihrer Kenntnisse und der Regeln der *Pichuia*. Er mochte nicht, wenn sie sich einmischte. Er haßte es, mit ihr zu verhandeln. Es war ihm ein Greuel, vor die Versammlung der Frauen zu treten und sich ihren Forderungen, Klagen und Wünschen zu stellen.

Er hatte nicht mit ihr geschlafen. Das hätte er besser tun sollen, auch wenn der Gedanke von der heutigen Sicht der Dinge aus etwas Absonderliches an sich hatte. Wenn man allein die Befindlichkeit ihrer beiden Körper bedachte!

Es war alles umsonst gewesen.

»Komm her«, sagte sie. »Setz dich.«

Anoukha verzog das Gesicht. Es war ihm zuwider, sich neben Älteste Frau zu setzen und ihren ranzigen alten Geruch einzuatmen. Er schnaubte etwas und ließ sich neben dem Haufen Felle nieder.

»Bist du nicht neugierig, was ich dir zu sagen habe?«

»O doch«, erwiderte Älteste Frau. Ihre Augen verfolgten Mimo, die stoisch in einem großen Kessel voll Eingeweide und Knochen rührte. Der Rauch biß in den Augen und brannte in der Kehle. »Du warst schon immer für Überraschungen gut, mein lieber Anoukha.«

Anoukha fiel plötzlich der Name von Ältester Frau ein. *Titome* – Frühlingsblume, wie unpassend, daß ihm dies gerade in den Sinn kam. Sie hatte einen Titel, und ihr wirklicher Name hatte seine Bedeutung verloren. Ob die jungen Leute ihn überhaupt kannten? Er hatte ihn ein paar Mal von Sispuen gehört, die sich auf eine seltsame Weise mit der alten Frau gut verstanden hatte – waren sie nicht auch irgendwie verwandt gewesen?

Er räusperte sich.

»Ich habe nicht mehr lange zu leben.« Eine Tatsache, auf die er keine Antwort erwartete. »Alle *Pichuia*, die noch gesund sind, werden morgen früh den Strom überqueren. Auf dem Gebiet der *Tiapia* gibt es Wasser. Wenn unsere Leute sich beeilen, können sie in vier Tagen die Oase erreichen. Dann wären sie gerettet.«

»Ach!« sagte Älteste Frau. Sie konnte es kaum verhindern, daß ihre Stimme zischte. »Wie interessant! Und was bringt dich zu der Ansicht, daß die *Tiapia* ihr kostbares Wasser mit den *Pichuia* teilen werden?«

»Es ist ein Risiko«, erwiderte Anoukha ruhig. Er war auf das Schlimmste gefaßt und Hoffnung, daß Älteste Frau seinen Plan unterstützen würde, hatte er von vornherein nicht gehabt. Er würde schon zufrieden sein müssen, wenn sie ihn wenigstens nicht hintertrieb. »Ich … Tizkua wird sie führen.«

Wenigstens schrien die Frauen nicht auf. Mimo rührte

sogar weiter, als hätte sie nichts gehört. Nur Petoua gestattete sich einen kleinen Seufzer, den man deuten konnte, wie man wollte.

»Du weißt, was das bedeutet, Anoukha?«

Er hätte es nicht für möglich gehalten, aber Älteste Frau gelang es, ihre Stimme gelassen zu halten. Sie versuchte aber, sich mehr aufzurichten, wohl um Anoukha besser ins Gesicht sehen zu können. Ihre Augen funkelten kalt.

»Ich weiß, was das bedeutet. Ich mag zwar krank sein, aber noch bin ich meiner Sinne mächtig.«

Eine kalte Hand krallte sich plötzlich in seinen Arm. Irgendwie hatte es Älteste Frau fertiggebracht, näher zu rücken. Ihr dünner Arm hatte sich aus den Fellen geschoben, und ihre Finger hatten nach Anoukha gegriffen, der zu Tode erschrocken, zurückzuweichen versuchte.

»Diesmal entgehst du mir nicht«, zischte Älteste Frau. »Wie oft hast du vor mir gestanden und hast mich mit deinen Reden wirr gemacht? Ich habe dir nie getraut. Viele Worte und nichts dahinter ... Du weißt also, was du tust? Woher willst du denn wissen, wie die *Tiapia* reagieren? Vielleicht werden sie unsere Leute einfach töten und für die Geier liegenlassen.«

»Vielleicht auch nicht.« Anoukha brach der Schweiß aus. Er hatte das Gefühl, keine Sekunde länger mit Ältester Frau sprechen zu können. Es beklemmte ihn zu sehr. »Vielleicht ...«

»Oder besitzt du etwa etwas, das du ihnen als Gegenleistung anbieten könntest? Worüber es sich für sie zu verhandeln lohnte? Etwas, von dem ich vielleicht nichts weiß ...?«

»Unsinn«, sagte Anoukha. Sie begriff nicht. Er mußte es deutlicher erklären.

»Es gibt kein Geheimnis«, erwiderte er widerwillig. »Das Gebiet der *Pichuia,* so wie du und ich es kennen, wird aufhören zu existieren.«

Älteste Frau begann zu lachen. Sie warf den Kopf zurück und riß den Mund weit auf. Tränen kullerten aus ihren kleinen Äuglein die Wangen herab. Es war ein fürchterliches Geräusch, das sich ihrer Kehle entrang, und Anoukha befürchtete fast, sie sei wahnsinnig geworden. Er erhob sich mühselig, und diesmal schlug er Petouas helfende Hand nicht aus.

Pasquatchawa betrachtete aus sicherer Entfernung den Aufbruch, an dem er keinen Anteil hatte. Er verspürte kein Interesse, einen Marsch von mehreren Tagen auf sich zu nehmen, dessen Ausgang so ungewiß war. Er hatte sich auf einen von den Zelten etwas entfernt gelegenen Steinhaufen zurückgezogen, denn er hatte keine Lust, Anoukha oder seinem naseweisen Neffen zu begegnen und ein weiteres sinnloses Gespräch mit dem Häuptling zu führen, das sowieso nur im Streit enden konnte.

Der Medizinmann beobachtete ein lebhaftes Kommen und Gehen von Tizkuas Tante Mimo, das nach dem Besuch des Häuptlings bei Älteste Frau eingesetzt hatte. Pasquatchawa schloß daraus, daß Mimo die Kunde von Anoukhas famoser Idee herumtrug und Ältester Frau ständig Bericht erstattete, wer sich an dem Marsch beteiligen wollte. Älteste Frau selbst sicher nicht – sie würde dem Medizinmann Gesellschaft leisten. Es war kaum anzunehmen, daß sie sich in ihrem Alter auf ein strapaziöses Abenteuer einließ, das sie möglicherweise in die Sklaverei führte. Ein kleines Grüppchen Frauen schleppte Bündel und Säcke aus den Zelten und stapelte sie am Totempfahl. Wollten sie all das mitnehmen? Und hatten sie vielleicht sogar im Sinn, daß heute abend noch eine Verabschiedungszeremonie abgehalten würde?

Ein kleiner Schauder durchfuhr Pasquatchawas Körper. Mochten doch alle Dämonen mit ihnen ziehen! Gab es denn keinen Frieden für ihn?

Petoua und Tizkua standen dicht beisammen am Feuer und unterhielten sich. Aus der Ferne sah es aus, als lächelten sie einander an.

II

Dein allererstes Wort war: Licht:
da ward die Zeit. Dann schwiegst du lange.
Dein zweites Wort ward Mensch und bange
(wir dunkeln noch in seinem Klange)
und wieder sinnt dein Angesicht.

Ich aber will dein drittes nicht.

(Rainer Maria Rilke)

»ICH BIN DER KÖRPERLOSE. ICH BIN, WAS EINST MENSCH GE-HEISSEN WURDE. ICH BIN DIE ESSENZ DESSEN, WAS MAN DER-EINST MENSCHHEIT NANNTE.«

Die Buchstaben tanzten wie ein rotes flackerndes Credo vor Jaalens geistigem Auge.

»Wer bist du?« fragte er.

»ICH BIN DAS RAUMSCHIFF, IN DEM DU DICH BEFINDEST. DU UND DIE ANDEREN, DIE SICH IM LAUFE UNSERER LANGEN REISE AUS MEINER GESAMTHEIT GELÖST HABEN. IHR MÜSST ZU MIR ZURÜCKKOMMEN. ICH MUSS EUCH ZURÜCKHOLEN. ICH KANN NICHT LÄNGER DULDEN, DASS IHR EURE EIGENEN WELTEN IN MEINEM INNERN ERSCHAFFT. IHR SEID EIN TEIL VON MIR. IHR GEHÖRT ZU MIR.«

»Wo sind die anderen?«

»ICH WEISS NICHT. ICH KANN SIE NICHT ORTEN.«

»Was bist du? Ein Programm?«

»NEIN. ICH BIN … ICH HEISSE MENSCH.«

»Das ist nicht möglich. Du bist kein Mensch.«

»DOCH. ICH BIN DAS, WAS EINST MENSCHHEIT GEHEISSEN WURDE. IHR GANZES WISSEN IST IN MIR GESPEICHERT. MILLIO-NEN SIND IN MIR ZU EINEM WESEN VERSCHMOLZEN. HAST DU

DIESES WISSEN NICHT DIE GANZE ZEIT ÜBER GESUCHT? ICH HABE KEINEN KÖRPER. ICH BIN PURER GEIST.«

»*Aber – das Raumschiff …*«

»DIE MENSCHEN WAREN EINE HOCH INTELLIGENTE SPEZIES. LANGE BEVOR SICH DIE SONNE IHRES SYSTEMS ZU EINEM ROTEN RIESEN AUFBLÄHTE UND ALLES LEBEN AUF DER ERDE UNMÖGLICH MACHTE, VEREINTEN SICH DIE EINZELNEN MITGLIEDER IHRER GATTUNG ZU EINER EINZIGEN GEISTIGEN WESENHEIT, DIE FÜR IMMER DURCH DAS UNIVERSUM WANDERT. ES GIBT KEINE MENSCHEN MEHR – ABER DIE MENSCHHEIT EXISTIERT IMMER NOCH. ICH BIN ES. UND DU WARST EIN TEIL VON MIR, BEVOR DU DICH AUS MIR UNERKLÄRLICHEN GRÜNDEN ABGESPALTEN HAST. DAS DARF NICHT SEIN. IHR MÜSST ALLE ZU MIR ZURÜCKKOMMEN.«

Jaalen wußte nicht, was er dazu sagen sollte. Abgespalten? Zurückkommen? Dies war seine große Chance, mit den anderen in Kontakt zu kommen. Wer wußte, ob dieses Wesen, das sich Raumschiff nannte, jemals wieder mit ihm kommunizieren würde? Er hatte Angst, wieder einverleibt zu werden. Was war vor seiner Bewußtwerdung geschehen?

»*Wer sind die anderen?*« *fragte er.*

»TEILE EINES GROSSEN GANZEN.«

»*Führe mich zu ihnen. Zeig mir den Weg.*«

Für einen Moment erlosch jeglicher Kontakt. Um Jaalen herum wurde es schwarz. Ihm wurde schwindlig. Er glaubte nie wieder etwas vor seinem geistigen Auge sehen zu können – keine Buchstaben, keine Bilder, keinen Raum. Hätte er einen Körper besessen, wäre er erstickt.

Dann flackerte die Schrift wieder auf.

»NARR! SEIT GENERATIONEN WANDERE ICH UMHER. UM MICH HERUM IST NICHTS ALS RAUM. ICH DURCHDRINGE JEDE MATERIE. GLAUBST DU, DU KÖNNTEST WIRKLICH DEIN EIGENES DASEIN ERSCHAFFEN? DU BIST KEIN LEBEWESEN. DU BIST EIN TEIL MEINES GEISTES.«

Die Worte hatten etwas Hämisches, das Jaalen erbitterte.

»*Ich habe Bilder von Menschen gesehen*«, *sagte er.* »*Es gibt viele Informationen darüber, wie sie waren und was sie fühl-*

ten. Ich spüre diese Gefühle in mir. WO ist der Körper, zu dem ich gehörte? Es muß ihn gegeben haben. Wer war ich, bevor ich ein Teil DEINES Geistes wurde? Antworte!«

»DU IRRST DICH. ES GAB NIEMANDEN DEINES NAMENS. ICH WEISS NICHT, WOHER DIESES BEDÜRFNIS KOMMT, DAS DICH ZU ALL DIESEN ABSONDERLICHEN HANDLUNGEN TREIBT. ICH GLAUBE NICHT, DASS ICH DICH ZU DEN ANDEREN FÜHREN MÖCHTE. ES GIBT BEREITS GENUG VERWIRRUNG.«

»Fühlen sie so wie ich?« flüsterte Jaalen niedergeschlagen. War alles, was er sich erarbeitet hatte, nutzlos gewesen? Hilflosigkeit übermannte ihn.

»NEIN.«

»Was tun sie dann?«

»SIE SAGEN, SIE SEIEN ENGEL.«

»Dann bist du – Gott?«

»NEIN.«

Die Schrift erlosch. Jaalen fand sich in seinem Raum wieder. Die vertraute Umgebung spendete ihm etwas Trost. So lange er auch wartete, er erhielt keine weiteren Informationen mehr. Er wälzte das Gehörte in seinen Gedanken hin und her, und irgendwie ergab es keinen rechten Sinn. Da war ein Raumschiff, das aus purem Geist bestand und sich durch den Raum bewegte – gefangen in einer Ewigkeit, aus der es auch die Berührung mit Materie nicht erlöste. Es war nichts als ein riesiges Gedächtnis, das sich zu den Sternen emporgeschwungen hatte. Er war ein Teil davon.

Die anderen – wer immer das war – hielten sich für Engel. Jaalen wußte, was das Konzept bedeutete. Vielleicht hatten sie recht. Wenn sie Gott im Wesen so nahe waren, gab es vielleicht nur noch einen minimalen Unterschied zwischen ihnen und ihm.

Aber wo befand sich Gott?

Jaalen hatte schon seit geraumer Zeit das Gefühl gehabt, daß er sich von einem Urzustand fortbewegte, je mehr er nachdachte. Die Diskussion mit dem Raumschiff hatte ihn mehr verwirrt als erleichtert. Mehr denn je fühlte er sich gefangen und von Mächten umgeben, die er nicht begreifen

konnte, und mehr denn je fühlte er eine Ausweglosigkeit, die
ihm das Denken erschwerte.

Er war allein.

Anoukha ließ seinen Gedanken freien Lauf. Nachdem
sein Neffe in vielsagendes Schweigen verfallen war –
Anoukha hatte sowieso nicht vorgehabt, länger mit
Tizkua über seinen Plan zu sprechen als unbedingt not-
wendig, denn dazu hätten seine Kräfte nicht mehr aus-
gereicht – lag der Häuptling auf seinem Lager und ließ
vor seinem geistigen Auge sein Leben noch einmal an
sich vorüberziehen. Er sah sich und Pasquatchawa als
Kinder, als Heranwachsende, als junge Männer, die von
ihren Initiationen zurückkehrten. Er sah sich und den
Medizinmann, wie sie die Feste der Jahreszeiten und
das Ritual des Abschieds und der Wiederkehr zu den
angestammten Winter- und Sommerplätzen feierten. Er
sah sich selbst, wie er die Amulettbeutel für seine Kinder füllte und sie ihnen um ihre schmalen Hälse
hängte.

Die Zeit des Abschieds war gekommen.

Pasquatchawa lugte zum Zelt herein. Der Knochenstock rasselte, ein bitterer Geruch drang in Anoukhas
Nasenlöcher. Es ist diese Wurzel, dachte er, zum Aus-
räuchern der Zelte, wie bei Sispuen und den Kindern.
Dieser alte Greis ... Was Pasquatchawa nun wohl
dachte?

Der Medizinmann beugte sich über ihn. Ihre Blicke
trafen sich, und Anoukha schauderte. Diesmal, sagten
Pasquatchawas Augen, bin ich der Stärkere. Damals
hast du dich durchgesetzt, und sieh, welches Unglück
es uns gebracht hat. Ich bin der Stärkere, weil ich am
Leben bin. Du wirst morgen früh tot sein. Das hast du
deinem Starrsinn zu verdanken.

»Es war kein Starrsinn«, flüsterte Anoukha. Konnte
der Freund seiner Kindertage ihn begreifen? »Ich wollte ... ich dachte, wir könnten uns von den alten Dingen

befreien. Ich dachte, diese alten Dinge seien überflüssig. Ich wollte nichts Böses tun.«

»Schweig!« sagte Pasquatchawa. »Ich will nichts hören. Ich weiß schon viel zuviel darüber. Ich habe mich mitschuldig gemacht, weil ich dich habe gewähren lassen. Für unserer beider Dummheit bezahlt unser Volk einen hohen Preis.«

»Ja«, flüsterte Anoukha. »Die Freiheit … Aber sie werden leben. Das ist die Hauptsache.«

Pasquatchawa enthielt sich einer Äußerung. Draußen auf dem Platz murmelten Stimmen. Füße knirschten auf dem Sand, das prasselnde Geräusch brennender Holzscheite begleitete einen leisen Singsang. Tizkua starrte vor sich hin. Er war zu keinem klaren Gedanken fähig. Ab morgen früh würde er Häuptling sein. Er mußte sich Vertraute wählen, er konnte unmöglich allein die Bürde tragen, die sein Onkel ihm aufgeladen hatte. Weinend saß er in der Ecke des Zeltes und schaute auf den alterskrummen Rücken des Medizinmannes, der sich über den Häuptling beugte. In ihm keimte der Wunsch, daß es nie dämmern möge.

Sie würden Sklaven werden. Vielleicht keine Leibeigenen, aber ein Volk ohne Land, Geduldete im Gebiet von Feinden, die sie haßten. Und er, Tizkua, sollte das verlorene Häuflein dorthin bringen. Ausgerechnet er.

Ob dies ein guter Gedanke war? Tizkua bezweifelte es.

Zum ersten Mal war es Jaalen gelungen, eines Bildes habhaftig zu werden, das die Umgebung außerhalb des Raumschiffes zeigte. Es wurde ihm klar; daß das Schiff überhaupt nichts darüber gesagt hatte, wie lange sie schon unterwegs waren und daß es dies in seiner Ignoranz wahrscheinlich auch für unwichtig hielt. Das Sonnensystem, in dem sie sich aufhielten, hatte keinen Namen und wurde in der Steuerzentrale des Raumschiffes unter einer Nummer geführt, die nur eine in einer langen Reihe fortlaufender Nummern war, die das Schiff begonnen hatte zu führen, nachdem sie den bekannten Raum hinter sich gelassen hatten.

Jaalen war inzwischen klar geworden, daß das Schiff auf jeden Fall versuchen würde zu verhindern, daß er, auf welche Art und Weise auch immer, die konturlose und ungewollte Geborgenheit verließ, in der er sich befand. Und die anderen? Was mochten sie darüber denken? Er erweiterte seine virtuelle Realität Raum um Raum und schuf sich eine Umgebung, die seiner Vorstellung von der Welt, von der aus sie aufgebrochen waren, entsprach. Fatal war nur, daß er sich zwar einen Körper geben konnte, diesem aber sämtliche Empfindungen fehlten. Dies frustrierte ihn dermaßen, daß er es vorzog, in seinem sorgfältig gestalteten Environment körperlos zu bleiben. Er konnte sich, auch das war ihm inzwischen klargeworden, einen eigenen Raum unendlicher Dimension erschaffen, ohne daß ihn dies nur einen einzigen Schritt näher an sein Ziel bringen würde.

Er wollte sehen. Er wollte hören. Er wollte fühlen. Er wollte Finger, Beine, Arme. Er wollte Hände, die die Textur dessen, was sie berührten, begriffen. Dieser Wunsch stand entgegengesetzt zu dem, was das Schiff und die anderen wollten.

Er wollte um jeden Preis ein Mensch sein. Dafür, darüber gab es für ihn keinen Zweifel, würde er seine Unsterblichkeit opfern.

Die Sonne schien. Anoukha stand auf einem Hügel, der ihm den Blick auf ein schroffes, zerklüftetes Gebirgsmassiv gewährte, das sich weit hinten am Horizont in den blauen Himmel erhob. Am Fuß des Hügels wuchs Gestrüpp. Auf der weiten Prärieebene, durch die ein gewundener Weg bis hin zum Horizont zu führen schien, lagen Felsbrocken und Gesteinshaufen im niedrigen Gras, zwischen denen gedrungene Büsche und vereinzelte stämmige Bäume standen. Ein leichter Wind blies von Südosten und bewegte das Gras und das Laub der Büsche und Bäume, dessen Rascheln das einzige Geräusch war, das Anoukha hörte.

Anoukha wußte, daß er gestorben war. Der Weg zum Horizont wirkte nicht weit, aber der Häuptling wußte, daß der Augenschein trog. Der Weg würde um so weiter werden, je länger er versäumte, ihn zu gehen. Der Alte Mann würde nicht lange auf ihn warten. Wenn er sich nicht beeilte, würde er ohne Anoukha weiterziehen. Und wäre das nicht das Ende für ihn?

Seufzend machte sich Anoukha an den Abstieg.

Tizkua erinnerte sich mit Grauen an den Moment, als er zum ersten Mal das grünliche stinkende Wasser des Sees gesehen hatte. Er ahnte, daß die Färbung des Wassers, die innerhalb von Stunden immer intensiver wurde, von dem Flußlauf des *Quiontl*, dem sie die letzten Wochen gefolgt waren, herrührte, der auf irgendeine ungeklärte Weise anstatt klares Wasser nun verfärbtes mit sich führte und daß sich dieses in den See ergoß und daß das Schlimmste eingetreten war – daß die alte Legende vom *Grünen Fluß* Wirklichkeit geworden war.

Zu diesem Zeitpunkt lagerten sie bereits drei Tage am Ufer des Sees. Pasquatchawas Befürchtung, daß die Grünfärbung und der faulige Gestank des Wassers nur das schließlich sichtbar gewordene Zeichen für eine schon länger bestehende Verseuchung war, bewahrheiteten sich schnell. Tizkua, der den Medizinmann insgeheim für einen notorischen Miesmacher hielt, leistete ihm einerseits innerlich Abbitte und fragte sich andererseits, woher Pasquatchawa seine geheime Ahnung bezogen hatte. Der Verdacht, daß der Medizinmann und sein Onkel ein dunkles Geheimnis hüteten, dämmerte ihm, als er den Häuptling und den Medizinmann an einem Abend zwei Tage nach dem Ausbruch der Seuche an das Seeufer gehen sah. Sie schauten auf die Kadaver der toten Rinder und auf die noch lebenden Tiere, die, mit Schaum vor dem Mund, dem Tod geweiht, bis auf ein gelegentliches Zucken ihrer Glieder bewegungslos im Gras lagen – eine Frage der Zeit nur, bis alle Tiere gestorben waren. Tizkua beobachtete die beiden älteren Männer, die ansonsten so wenig gemeinsam hatten. Er fragte sich, woher der Ausdruck von Schuld kam, der in ihrer beiden Augen stand. Er hatte in den folgenden Tagen, als um ihn herum der größte Teil seines Stammes einen langsamen und unaufhaltsamen Tod starb und er selbst Stunde um Stunde am Krankenlager seines Onkels ausharrte, genügend Zeit, darüber nachzudenken. In Anoukhas Todesnacht, nachdem der Medizinmann das Zelt verlassen hatte, geriet Tizkua der Verdacht, den er seit Tagen in sich nährte, urplötzlich, wie aus heiterem Himmel, zur Gewißheit – daß diese beiden Männer, von denen er den einen zutiefst und innig liebte, das Ritual an der Grotte des Weißen Fisches nicht ausgeführt hatten. *Sie hatten es einfach nicht getan!* Tizkua stöhnte leise. Das alte Wissen war nicht ernst genug genommen, und die alte Legende vom *Grünen Fluß* war Wirklichkeit geworden. Sein Onkel hatte geglaubt, die Überlieferungen der Vorväter nicht achten zu müssen, und nun hatten sich die Vorväter gerächt. Über die Jahrhunderte hinweg hatten sie ihre knöchernen Hände nach den Enkeln ausgestreckt, um sie zu sich zu holen. Und ihre fernen leisen Stimmen flüsterten Tizkua ins Ohr: Wer ist dieser Häuptling, dieser Anoukha, der so großes Unglück über euch gebracht hat? *Schande, Schande* über ihn.

Tizkua rang die Hände. Was war in den beiden Männern vorgegangen? Wie hatten sie ihr Vergehen vor den älteren Stammesmitgliedern geheimhalten können? Warum hatten sie es getan? Oh, Wawalal Der *Quiontl* verseucht – der Fluch des Weißen Fisches. Es waren mindestens sechs Wochen vergangen, seitdem sie die Grotte passiert hatten. Tizkua konnte sich nicht richtig erinnern. Er hatte damals gerade seine Liebe zu Petoua entdeckt und war vor allem damit beschäftigt gewesen, sich in ihrer Nähe herumzutreiben. Er hatte sich bemüht, daß ihre Familie nichts merkte. Er wollte Klatsch vermeiden. Damals hatte er sich nichts Schlimmeres vorstellen können als das Gehänsel der anderen, wenn sie von seinen Absichten erführen. Nun war etwas sehr viel Schlimmeres in sein Leben eingebrochen. Der überlebende Rest des Stammes würde niemals einen mehrwöchigen Marsch zurück zur Grotte des Weißen Fisches überleben. In erreichbarer Nähe, auf dem Gebiet der *Pichiua* gab es keine anderen Wasserquellen. So gesehen war Anoukhas Vorschlag, den Fluß zu überqueren, um wenigstens noch einigen das Leben zu retten, sogar vernünftig. Der *Quiontl* speiste einen großen See, der in einer tiefen Mulde zwischen den umliegenden Hügeln lag, und teilte sich auf der anderen Seite in mehrere kleine Flußläufe, die nach kurzer Wegstrecke ins Meer flossen. Auf der anderen Seite des Sees und des Stroms erhob sich ein schroffer Gebirgszug, hinter der das Gebiet der *Tiapia* begann. Sie würden sich freuen, ihre ungeliebten Nachbarn in einer solchen Notlage zu sich kriechen zu sehen. Sie waren eine stinkende, barbarische Bande von ungewaschenen Säufern. Sie gewannen aus der Milch ihrer Reittiere ein säuerlich schmeckendes Getränk, das sie in verschiedenen Stadien der Gärung zu sich nahmen und das nach Tizkuas Ansicht ranzig und widerwärtig schmeckte. Daß sie sich nicht wuschen, konnte man noch verstehen, weil sie das wenige Wasser, dessen sie in ihrer kargen unwirtlichen Gegend habhaft werden konnten, natürlich eher zum Trinken verwandten, aber sie huldigten außerdem noch einer nach Meinung der *Pichiua* abartigen Angewohnheit – sie tranken das Blut frischgeschlachteter Tiere. Sich solchen Menschen anvertrauen – war da nicht der Tod dieser Schmach vorzuziehen?

Anoukha war offenbar anderer Ansicht gewesen. Tizkua erhob sich, schlug die Zeltplane zurück und atmete tief durch. Die Luft roch faulig, und ein bitterer Geschmack legte sich auf seine Zunge. Es war Zeit daß sie von hier fortkamen. Seufzend machte er sich auf den

Weg zu Petuas Zelt, in der Hoffnung, daß sie vielleicht noch einmal herauskäme und sie ein paar Worte miteinander reden könnten. Aber als Tizkua an dem Zelt ankam, hörte er von innen keinen Laut. Sie schlief offenbar schon fest. Er setzte sich in die Nähe des Zeltes und beobachtete den Nachthimmel. Dort hinter den Bergen auf der anderen Seite des Sees lag sein Schicksal, und Tizkua wartete auf die Morgendämmerung, um die Aufgabe zu erfüllen, die der verstorbene Häuptling ihm aufgetragen hatte.

»Ist er eine Gefahr für uns?«

»Ich glaube nicht. Er hat keine Macht über uns und das Schiff. Er kann uns überhaupt nicht schaden.«

»Ich verstehe das alles nicht. Irgend etwas ist schiefgegangen. Es dürfte doch eigentlich überhaupt keine Abspaltungen gegeben haben.«

»Aber uns gibt es doch auch. Wir sind doch auch – Abspaltungen.«

»Das ist etwas ganz anderes. Wir sind mehr als Menschen – wir sind Engel.«

»Und er? Ist er nicht auch ein Engel?«

»Ich weiß nicht …«

»Ich habe große Angst, daß er uns und dem Schiff Schaden zufügt. Wenn etwas von unserem Ganzen fehlte …«

»Was soll das heißen – fehlte? Wo soll er denn hin? Es gibt kein Oben, kein Unten. Es gibt keinen Pfad, der irgendwo hinführte.«

»Vielleicht sollten wir einmal mit ihm kommunizieren. Vielleicht können wir ihn davon überzeugen, daß er im Irrtum ist.«

»Das wird nichts nützen.«

»Das glaube ich auch.«

»Wie Ihr meint.«

Jaalen war sehr erstaunt, als er den alten Mann sah. Er saß an einen großen Stein gelehnt, den Kopf im Schatten. Er war sehr alt und hatte ein hageres Gesicht mit scharfen Zügen. Er trug Hosen und ein langärmeliges Oberteil aus weichgegerbtem Leder, das mit farbigen Mustern und Borten verziert war, und seine langen weißen Haare waren in der Mitte gescheitelt und hingen über Schultern und Rücken hinab. In den Händen hielt er eine Kette mit polierten farbigen Kugeln, die er hin und wieder durch die Finger gleiten ließ.

»Du träumst«, sagte er zu Jaalen.

»Wer bist du?« Jaalen fiel es schwer, zu denken. Was bedeutete *träumen*? Wieso war er nicht in seinem eigenen *Raum*? Wo war das Schiff?

»Du bist immer noch in deinem Raum«, sagte der alte Mann. »Aber dir träumt, daß ich dich sehe und mit dir spreche.«

»Warum?«

»Weil du mich brauchst. Ohne mich kannst du dein Ziel nicht erreichen.«

»Du willst mir helfen? Wer bist du?«

»Ich habe viele Namen. Die *pichiua* nennen mich den Alten Mann.«

»*Pichiua?* Was ist das? Ein Volk?«

»Ja. Ein Volk, das gerade von einem schweren Schicksal heimgesucht wird. Das Volk, bei dem du leben wirst.«

»*Ich? Leben?*«

»Ja. Danach ging doch dein ganzes Streben. Oder täuschte ich mich? Wolltest du nicht ein richtiger Mensch werden?«

»Ja«, erwiderte Jaalen. Er fühlte sich schwerfällig, als kämen seine Gedanken von weit, weit her. »Du kannst das bewerkstelligen? Mich zu ihnen bringen?«

»Für mich ist nichts unmöglich«, sagte der Alte Mann. Als Jaalen nicht antwortete, fuhr er fort:

»Du bist in einem Raumschiff unterwegs, doch das Schiff, du, ihr alle, seid körperlos. Ihr seid nur noch ein Konzept, eine Idee. Ihr reist durch die Materie, den

165

Raum und die Zeit. Du wirst deine Unsterblichkeit opfern müssen, um dein Ziel zu erreichen.«

»Das weiß ich«, sagte Jaalen. »Erzähl mir von diesem Volk.«

Der Alte Mann lachte.

»Da gibt es nicht viel zu erzählen. Es sind Menschen wie alle anderen auch. Sie werden geboren und sterben, sie lachen und weinen, sie töten und werden getötet. Du kennst doch Menschen. Du hast sie doch nun lange genug studiert.«

»Du sprachst von einem schweren Schicksal.«

»Ach ja! Eine Seuche ist bei ihnen ausgebrochen. Sie haben verseuchtes Wasser getrunken, und nun sind viele, fast alle von ihnen gestorben.«

»Verseuchtes Wasser? Und die Überlebenden?«

»Ihre einzige Möglichkeit zu überleben, ist, zu einem anderen, benachbarten Stamm zu wandern und ihn um Hilfe zu bitten. Ein Stamm, der ihnen nicht wohlgesonnen ist und selbst in einer Gegend lebt, wo es wenig Wasser gibt.«

Jaalen überlegte. Hieß das, daß sie das Überleben über ihre Freiheit stellten?

Ob das gut ging? Wer war auf diese Idee gekommen?

Der Alte Mann schien seine Gedanken gelesen zu haben, denn er sagte:

»Der Häuptling kam auf die Idee. Er fühlte sich schuldig am Tod seines Stammes.«

»Wie denn das?«

»Ach«, sagte der Alte Mann. »Das ist eine Geschichte von Traditionen, Aberglauben und Menschen, die versuchen, Altes über Bord zu werfen, weil sie die Vision von etwas Neuem in sich tragen. Dieser Anoukha hatte Pech. Die *pichiua* haben seit Menschengedenken einen Brauch. Jedesmal, wenn sie eine bestimmte Stelle des Flusses, an dem sie leben, passieren, führen sie eine Zeremonie aus. Sie nennen sie die Zeremonie an der Grotte des Weißen Fisches. Sie glauben, wenn ihr Medizinmann ein weißes Pulver, das er aus einer Knolle gewinnt, in den Fluß schüttet, seien sie vor Unheil gefeit und hatten einen guten Fang. Und das Wasser würde nicht grün. Was heißen soll – es bliebe für Menschen genießbar.«

»Und wieso hatte Anoukha Pech.«

»Naja. Er wollte die alten Traditionen nicht beibehalten. Er überzeugte den Medizinmann davon, die Zeremonie einmal, nur ein einziges Mal, nicht abzuhalten.«

»Und die Legende bewahrheitete sich«, sagte Jaalen bestürzt. »Wie furchtbar!«

»In der Tat. Aber es wäre auch passiert, wenn sie die Zeremonie abgehalten hätten. Anoukha hatte recht. Sie ist nutzlos. Ein Aberglaube, sonst nichts.«

»Aber wieso ist das Wasser denn plötzlich verseucht?«

»Das Gift kommt aus dem Boden, aus den Bergen. Auch die Vorväter der Pichiua haben unter diesen Plagen gelitten. Sie haben die Legende vom Grünen Fluß überliefert. Vielleicht hofften sie, durch eine Zeremonie das Unheil von sich abwenden zu können. Das Pulver ist völlig wirkungslos. Die Medizinmänner wissen es. Aber sie behalten ihr Wissen für sich. Dieser Häuptling hat es geahnt. Er wollte sein Volk vom Aberglauben befreien und ihm dafür Wissen geben. Das Schicksal war ihm nicht wohlgesinnt.«

»Und jetzt? Was macht er jetzt?«

»Er ist gestorben. Sein Neffe ist Häuptling geworden. Auch er glaubt, daß sein Onkel an dem Verhängnis schuld ist.«

»Entsetzlich!« Jaalen fehlten die Worte. Der arme Mann! Und nun war er tot und würde niemals mehr ...

Der Alte Mann lachte in sich hinein.

»Sorge dich nicht! Ihm geht es gut. Ich werde ihn nicht richten. Er wird deinen Platz einnehmen. Dreh dich um!«

Jaalen tat, wie ihm geheißen. Der ältere Mann, der

plötzlich hinter ihm stand, fixierte ihn mit dunklen Augen, und Jaalen wußte sofort, daß es sich um den Häuptling handelte, von dem der Alte Mann erzählt hatte. Ihm wurde schwarz vor Augen.

III

> Ich komme aus meinen Schwingen heim,
> in denen ich mich verlor.
> Ich war Gesang, und Gott, der Reim,
> rauscht immer noch in meinem Ohr.

(Rainer Maria Rilke)

»WO IST ER? ER IST VERSCHWUNDEN.«

Verschwunden, verschwunden, verschwunden ... irgendwo in den Tiefen des Raumschiffs hallte ein Ton wider. Das Raumschiff studierte diesen Ton eine Weile, prüfte und überlegte, woher er kommen mochte. Es fiel ihm schwer, in Zeitbegriffen zu denken, aber es war schon seit einiger Zeit zu dem Schluß gekommen, daß unvorhergesehene Dinge mit ihm geschahen, für die es keine Erklärung hatte. Es hatte die Abspaltungen akzeptiert, nachdem es gemerkt hatte, daß sie keine Gefahr für das gesamte System darstellten. Zwar war es nicht erklärbar, wie sich aus der Gesamtheit MENSCHHEIT *drei Persönlichkeiten herauskristallisieren konnten, die im Bewußtsein ihrer Unsterblichkeit waren – Engel. Sie hatten es fertiggebracht, sich dem Einfluß des Raumschiffs so weit zu entziehen, daß es sie weder orten noch vereinnahmen konnten, aber sie strebten auch nicht von ihm fort. Irgendwo in seinem Innern waren sie präsent und trotzdem unauffindbar. Ist es möglich, dachte das Raumschiff, daß sie, obwohl ein Teil von mir, ein noch höheres Bewußtsein erreicht haben als ich? Diese Erklärung konnte und wollte es nicht akzeptieren. Gab es noch etwas Höheres als das, wofür es selbst stand? Die Wesenheit* MENSCH, *die sich von dem Zwang ihrer Körperlichkeit befreit und zu den Sternen emporgeschwungen hatte, um für* immer und ewig eins mit dem All zu werden? Die Engel als Begleiter – wohin? Als Mittler – zwischen wem? Es war ein Mysterium.

Und was war mit dem virtuellen Raum, in dem diese vierte Persönlichkeit Domizil bezogen hatte? Die Unterhaltung mit ihr hatte nichts bewirkt, im Gegenteil. Was für ein Dasein – umgeben von all diesen seltsamen Dingen und Geräten, die sie aus den tiefsten Tiefen der menschlichen Geschichte hervorgezogen hatte. Bücher – wie viele Tausende von Jahren war das her, daß ein Mensch Bücher gelesen hatte? Wann hatte ein Mensch zuletzt so ausgesehen, wie diese halsstarrige Persönlichkeit halluziniert hatte? Fortpflanzung, Körperbau, Wünsche Träume, Sehnsüchte, alles aus prähistorischen Zeiten. Der Mensch war anders gewesen, in den letzten Jahrhunderten auf der Erde. Oder wie hätte er sonst diese Wundertat vollbringen können, die sich Raumschiff MENSCHHEIT nannte? Seine Zeit auf der Erde war abgelaufen gewesen, und er war zu neuem Bewußtsein gelangt. Der Kreislauf hatte sich geschlossen, oder? Er war dahin zurückgekehrt, wo er hergekommen war, Geist zu Geist, Idee zu Idee, Ewigkeit zu Ewigkeit.

Da gab es jemandem, dem war das nicht recht. Das Raumschiff schauderte. Trug es die Wurzel allen Übels selbst in sich? Konnte sich wirklich jemand nach all dem Elend, Schmutz und Verderben, der Vergänglichkeit und des Ausgeliefertseins an ein ungewisses Schicksal zurücksehnen? Warum ausgerechnet diese Persönlichkeit, die sich Jaalen nannte? Woher kam sie? Wer hatte sie – das Raumschiff schauderte abermals – beauftragt?

»WIR HABEN EIN BILD GESEHEN. DER ALTE MANN, DER MIT JEMANDEM AUF EINEM LANGEN PFAD HÜGELAUFWÄRTS SCHREITET. DIESER JEMAND WIRD MIT UNS REISEN. SEIN WEG HAT SICH ERFÜLLT.«

Es war eine kalte sternenklare Nacht. Tizkua wälzte sich unruhig in seinen Decken. Um ihn herum war es still. Sie waren nun zwei Tage unterwegs, und alle waren am Ende ihrer Kräfte. Morgen würde sich ihr Schicksal entscheiden. War Anoukhas Plan richtig gewesen? Tizkua schüttelte den Kopf. Ein Volk von Sklaven, ein Volk ohne eigenes Land. Was sollte nun aus ihnen werden? War es richtig gewesen, das Überleben über die Freiheit zu stellen? Die Zukunft würde es zeigen.

Eine Bewegung hinter ihm ließ Tizkua hochfahren. Es war Petoua. Oh, Wawala! Daß sie noch am Leben war! Hatte er überhaupt bis jetzt Zeit gefunden, dafür dankbar zu sein?

Petoua kuschelte sich in seinen Arm. »Ich hatte einen Traum«, sagte sie. »Ich habe von deinem Onkel geträumt. Er ist frei.«

»Oh!« Tizkua richtete sich halb auf. »Bist du sicher?«

»Ja«, erwiderte Petua. »Ich habe ihn auf einem Hügel stehen sehen. Von dort flog er zu den Sternen empor.«

»Wie? Einfach so?«

»Ja. Einfach so. Der alte Mann hat ihn freigegeben. Er hat ihn nicht gerichtet.«

Tizkua versuchte in der Dunkelheit Petuas Gesichtsausdruck zu erkennen. Es gelang ihm nicht.

»Warum hätte er ihn richten sollen?« fragte er behutsam.

»Ich weiß es nicht. Es ist dein Onkel, oder? Du müßtest es also besser wissen als ich.«

Eine Welle schwiegen beide. Dann sagt Petoua:

»Da war noch etwas. Etwas, das ich nicht verstanden habe.«

»Was denn?«

»Ich habe den Eindruck gehabt, der alte Mann säße am Fuße dieses Hügels. Und er hätte ... jemanden bei sich. Und als spräche er mit diesem.«

»Hast du etwas verstanden?«

»Ich weiß nicht recht. Es hörte sich an wie ... ich weiß es nicht. Vielleicht waren es auch keine Worte. Vielleicht sang er.«

Tizkua holte tief Luft Der alte Mann hatte gesungen? Oh, Wawala! Hatte man so etwas schon einmal gehört!

Als sie sich liebten, kam es Tizkua plötzlich vor, als griffe eine Hand in sein Herz und öffnete es. Etwas Kühles berührte sein Innerstes, als striche eine fremde Identität an ihm vorbei. Er fröstelte. Er drückte Petoua fester an sich und schloß die Augen. Vielleicht würde ja doch alles gut werden, irgendwann.

Im Osten kroch schon die Morgenröte über den Horizont, als Petoua sich aus den Decken wühlte und zu ihrer Familie schlich. Alle guten Geister! Der alte Mann hatte gesungen!

Copyright © 1997 by Christian Lautenschlag • Erstveröffentlichung • Mit freundlicher Genehmigung des Autors

---

REINHARD HEYDRICHS SIEBTE INKARNATION

Der schwarze Wagen des stellvertretenden Reichsprotektors von Böhmen und Mähren fährt in dem Prager Viertel Libeň etwas langsamer in die Kurve. Es geht in Richtung Trojabrücke über die Moldau. Das Wetter an diesem 27. Mai 1942 ist wunderschön, die reine Luft strömt in das offene Kabriolett. Es ist warm, aber angenehm, denkt Obergruppenführer Reinhard Heydrich, nicht so unerträglich heiß wie fast genau vor einem Jahr …

Der Luftverband aus mehreren ›Tanten‹ *Ju 52* zog gewissenhaft die Gleitflugzeuge *DFS 230 A,* und brummte griesgrämig über den Isthmus von Korinth. Die vorgezogenen Posten der Briten hörten schon den verdächtigen Lärm, und verschlafene Tommys rissen schnell die Deckplanen von den Küstengeschützen. Doch die Gefahr kam nicht von der See her, sondern aus der Luft.

In Griechenland bereiteten sich noch weitere vierhundertfünfzig Bomber vom Typ Junkers auf den Start vor, und es fielen schon die ersten Bomben. Die britischen Scheinwerfer durchkämmten nervös das Firmament.

Bald werden Tausende Fallschirmjäger vom Himmel regnen, von dem ultramarinblauen Himmel über Kreta.

Das Unternehmen ›Merkur‹ begann.

»Endlich …«, flüsterte Obergruppenführer Reinhard Heydrich. Er stand auf dem Felsenriff des Berges Iuktas.

Seine Männer verließen leise die Grotte, wo sie sich versteckt gehalten und über eine Woche auf diesen Augenblick gewartet hatten. Sie sahen unweit die Stadt Heraklion, die am Ende der Nacht wie eine große strahlende Rose aufblühte.

Der Obergruppenführer streckte die Hand zu der flammenlodernden Rose am Horizont aus.

»Ich, Obergruppenführer Reinhard Heydrich, die sechste Inkarnation des Ordensritters vom Heiligen Gral, Manfred von Aue, schwöre für mich und meine Getreuen Männer: ich erfülle das Gebot meines Reichsführers Heinrich Himmler, in dessen vergänglicher irdischer Hülle sich der germanische Held Heinrich der Erste, genannt der Vogler, wiedergebar. Ich erfülle meinen heiligen Eid, den ich vor seiner Krypta im Dom von Quedlinburg im Namen dieses großen Königs abgelegt habe. Getreu dem Ruf des Blutes und des Bodens werde ich hier stehen und meinem erhabenen Auftrag entsprechen mit festem Herzen und fester Hand, die nicht erzittert am Schwertgriff.«

Er riß seinen Dolch aus dem Gürtel und erhob ihn zum Himmel. Die Scheide lächelte in der feurigen Röte des nördlichen Horizonts.

Dann beugte er den Kopf und sagte leise die Worte des geheimen SS-Gebets auf, wie er es während der Meditationen in den Ruinen der Wewelsburg gelernt hatte. In den unterirdischen Räumen war das Sanktuarium des Ordens, die Stelle des Blutkultes, und hier hatte er vor Jahren die Bluttaufe empfangen, mit der er in den engsten Kreis der Eingeweihten eingetreten war, wohin nur diejenigen Männer Zutritt hatten, in deren Adern das Blut der uralten germanischen Kämpfer rollte. Dort hatte er damals die Worte des Schwurs wiederholt, mit dem er sich zum bedingungslosen Gehorsam gegenüber dem Volk und dem Führer verpflichtet hatte: »Wir glauben an Gott und die Botschaft unseres deutschen Blutes, das ewig jung aus dem deutschen Boden erwächst. Wir glauben an das Volk, in dem dieses Blut kreist und an den Führer, den uns Gott gesandt hat.«

Bis zum Morgengrauen stand er so, und niemand von seinen Männern wagte es, die weihevolle Stimmung dieses Augenblickes zu stören. Sie waren einfache Kämpfer, doch über jeglichen Verdacht hinaus treu ergeben. Sie gehörten nicht zum Kreis der Auserwählten, doch sie hatten sich alle Lebensgrundsätze des Ordens angeeignet. Sie schätzten den Tod höher als das Leben, ihr eigenes eingeschlossen, und die Runen der SS waren ihnen heiliger als das Kreuz. Schlicht und treu, ein gehorsames Werkzeug in den Händen des Obergruppenführers, rein und fleckenlos wie das Schwert, das der magische Schmied Wieland in den germanischen Sagen schuf.

Früh am Morgen stiegen sie in das Dorf Thiravia hinunter.

Ihr Kommen überraschte die Dorfbewohner nicht. Sie ahnten zwar nicht, was für eine große Macht sich gerade auf die Insel zuwälzte und konnten nicht wissen, daß der britische Widerstand bald zusammenbrechen würde. Viele unterschieden auch nicht zwischen dem britischen und deutschen Soldaten. Jahrhundertelang waren Soldaten nach Kreta gekommen und hatten sich benommen wie es ihrem Handwerk entsprach, sie hatten gemordet, vergewaltigt, geplündert, und dann waren sie wieder von der Insel weggegangen, irgendwohin jenseits des Meeres, wo die Länder des Vergessens liegen. Am Leben der Dörfler hatten diese Eindringlinge nichts geändert, allein nur das, daß sie ihm mehr Leiden beigemischt hatten. Aber an das Leiden waren diese Menschen gewöhnt, ähnlich wie an den Duft des Lavendels und an das Zirpen der Zikaden, und sie nahmen es genauso wenig wahr.

Die Soldaten freuten sich, daß sie aus der feuchten Höhle in die sonnendurchwärmten Katen umziehen durften. Der Dorfälteste begriff, was der Obergruppenführer von ihm wollte, und ließ eine große Bauernhütte am Rande der Gemeinde räumen. Er war ein ernster verschwiegener Mann, und es schien, als ob er den entfernten Kanonendonner nicht wahrnähme, und nie hob er den Kopf, wenn im azurfarbenen Himmel Jagdflugzeuge sich umkreisten und einander mit bleiernen Krallen hackten.

Am Abend machte es den Eindruck, als ob die Schlacht an Intensität zunähme. Die Flugzeuge mit den weißen und schwarzen Kreuzen auf den Tragflächen verschwanden irgendwohin, nur die britischen Tiefflieger kamen mit abgebrochenem Tosen vom Firmament her, beschossen einige Nester der deutschen Abwehr und verschwanden wieder in Richtung Süden über die Felsenriffe Kretas.

Beklommenheit bemächtigte sich der Soldaten, doch Reinhard Heydrich blieb ruhig.

»Sieht nicht gut aus«, bemerkte der schöne Spule, Liebling des Obergruppenführers, doch Heydrich zuckte die Achseln.

»Unsere Aufgabe wird dadurch nicht beeinträchtigt.«

»Herr Obergruppenführer«, wagte Spule vorsichtig zu fragen, »sind wir hier wirklich nur wegen der Vögel?«

»Nur?« wiederholte Heydrich ironisch. Spule war ein tapferer Soldat, im Feuer bewährt. Doch er kannte die geheimen Grundsätze des Ordens nicht. Er war ein schlichter Knappe, aber er, Heydrich, war ein Ritter auf Kriegspfad. Nein, er konnte sich über seinen Mitstreiter ärgern. Er sah sich um. An der Decke hing eine Petroleumlampe.

Die Soldaten saßen um den Tisch und schwiegen. Sie beobachteten ihren Kommandeur. Sie hätten nichts gesagt, wenn er dem Sturmmann Spule eine Abfuhr erteilte. Vielleicht erwarteten sie sogar, daß der Obergruppenführer den Vorwitzigen bestrafte. Sie waren SS-Männer und wußten, was sich ziemte. Blinder Gehorsam war ihr Hauptgesetz. Die Liebe zum Kommandeur, die Liebe zur Waffe. Wenn jemandem eine Patrone auf den Boden gefallen wäre, hätte er sie mit dem Mund aufgehoben. So lautete das Gesetz der SS. Also saßen sie und schwiegen. Doch ihre Augen fragten.

Wie würde sich Manfred von Aue verhalten, wenn ihm die Augen seiner Knappen dieselbe Frage stellten?

An der Küste tobte die Schlacht. Nicht ausgeschlossen, daß sie hierher käme, in diese Berge.

»Unser Reichsführer Heinrich Himmler liebt die Vögel«, sagte Heydrich. »Auf dem Berg Iuktas siedelt eine seltene Art von Bergschwalben. Wir sind da, um sie vor dem Verderben zu schützen. So befal es mir der Reichsführer.«

Mehr konnte er ihnen sowieso nicht sagen. Sie würden nicht begreifen, daß Reichsführer Himmler der wiederverkörperte Heinrich der Erste, vulgo der Vogler war, und daß er die Liebe zu den Vögeln genauso im Blut hatte wie sein großer Vorgänger. Sie waren nicht in die Mysterien der Wewelsburg eingeweiht, wußten nichts über die Geheimlehre der Ahnenerbe-Gesellschaft, die den Geist, die Taten und das Vermächtnis der indogermanischen nordischen Rasse untersucht. Würde ihnen die unvollständige Erklärung genügen?

Der Motorenlärm unterbrach seine Überlegungen. Eine tiefliegende Welle aus Junkers-Flugzeugen tauchte über den Bergkämmen auf.

Der Himmel von Kreta erblühte mit Tausenden von Fallschirmen. Gegen sechzehntausend neue Kämpfer konnte auch die hartnäckigste Verteidigung nicht viel ausrichten. Die Hakenkreuzfahne wehte über Heraklion, neue und immer neue Schiffe der Kriegsmarine warfen Verstärkungen, Munition und Proviant ans Ufer. Die Tommys hielten sich nur noch in einigen Stellungen, ihre Tage waren gezählt.

Aber das Tal des Flusses Platyparemas war sicher,

kein Flugzeug, kein Soldat verirrte sich hierher. Den Bergschwalben an der Wand des Iuktas würde nichts geschehen, Heinrich der Erste, genannt der Vogler, dürfte in Walhall zufrieden sein: Sein Nachkomme versorgte die seiner Obhut überlassenen, zierlichen gefiederten Schützlinge gut. Er mußte dabei nicht einen einzigen seiner tapferen Kämpfer opfern.

Heydrichs Fallschirmjäger ruhten sich fröhlich aus. Ihre Kampfaufgabe verwandelte sich in herrliche Ferien. Niemandem fiel ein, weitere Fragen zu stellen. Sie sonnten sich auf den Terrassenwiesen des Dorfes Thiravia, tranken den schweren, dunkelroten, nach Lavendel duftenden Wein, und abends brieten sie in den Felsen erjagte Zicklein.

Mit Jubel wurde die Nachricht begrüßt, daß der Schönling Spule sein erstes Mädchen erobert hatte, und sie schmiedeten an warmen Abenden Pläne, wie man den hübschen Kreterinnen beikommen könnte.

Am nächsten Morgen fanden sie Sturmmann Spule tot, mit einer Schnur erwürgt, mit der die hiesigen Bauern die Beine ihrer Esel banden, damit sie ihnen nicht wegliefen.

Heydrich ließ alle Männer von Thiravia zusammenrufen. Mit Hilfe des Scharführers Theodor, dem seine Mutter aus Patras die Kenntnis des Neugriechischen beigebracht hatte, erklärte der Obergruppenführer SS Reinhard Heydrich, was das Dorf mit seinem Mann angestellt hatte, und was er dafür mit dem Dorf anstellen werde. Dann nahm er zufallsweise fünf Männer, die Soldaten brachten sie zu der Schlucht über dem Platyparemas und erschossen sie dort.

»Bis zum Abend will ich den Namen des Mörders wissen.«

Am frühen Nachmittag brachten sie ihn. Eine Deputation schwarz gekleideter Männer in merkwürdig feierlicher Stimmung führte einen Schäferhirten, der bis zum Schluchzen verängstigt wirkte. Der Schreiner erbaute vor der Kirche einen Galgen, und die Fallschirmjäger hängten den jungen Schäferhirten auf.

Auf die Brust steckten sie ihm einen Zettel mit der Aufschrift, die Scharführer Theodor sorgfältig gepinselt hatte:

SO GESCHIEHT ES JEDEM BANDITEN!

Die Dorfbewohner sahen sich den Zettel gleichgültig an, weil sie nicht lesen und schreiben konnten. Vor dem Gehängten fürchteten sie sich, was jedoch nicht verhindern konnte, daß abends ein Schuß fiel. Der Schütze hatte offensichtlich schlecht gezielt, aber vielleicht lag es auch an der Waffe. Nach dem Knall zu urteilen, handelte es sich um einen fast antiken Vorderlader.

Als dies geschah, machte Heydrich seiner Mannschaft kund, daß sie morgen die Umgebung durchkämmen sollten. Beim ersten Zeichen von Widerstand widerrufe er das Verbot von Zwangseroberungen der hiesigen Mädchen.

Um acht Uhr abends wurden die Zikaden plötzlich still, und auf die Umgebung fiel eine drohende Nacht, in der die Sterne wie die Augen von Werwölfen strahlten.

Heydrich saß in der Bauernhütte und bedachte zusammen mit seinen Männern die morgige Strafexpedition. Plötzlich kam Scharführer Theodor herein. Herr Obergruppenführer habe Besuch. Auf Heydrichs Nicken rief er etwas auf griechisch, und ein hohes und schlankes Mädchen betrat das Zimmer.

Ganz sicher war sie nicht aus der Gegend, denn die Männer hatten sie bisher nicht gesehen, solch eine Schönheit hätten sie sicher nicht übersehen. Sie war dörflich und schwarz gekleidet, in einem Gewand, das sicher nicht zu dem Zweck geschnitten war, um Männerblicke zu verführen. Um so reizvoller war ihr Kleid, denn es ließ die Form ihrer Brüste hervortreten, fest und aufgereckt. Als sich das Mädchen bewegte, umspielten die Kleiderfalten einfach die Kurven der Hüften, und da sah man, daß die Frau lange und schlanke Beine hatte, wie die verräterische Marlene Dietrich. Die Augenbrauen waren dünn, wie mit einem Bleistift gezogen, und über der Nasenwurzel wurden sie von einer kleinen Brücke aus dunklem Flaum verbunden.

Vielleicht hatte sie einen etwas zu breiten Mund, vielleicht. Über den Mundwinkeln zwei Grübchen, nicht wegen Pockennarben, sondern als Quellen des Lächelns. Es schien, als ob das Mädchen lächle. Doch dann merkte man, daß es ernst war, so wie der Berg Iuktas, an dessen Abhang die geliebten Schwalben des Reichsführers Heinrich Himmler siedelten.

Sie sprach so melodisch, als würde sie Sätze skandieren, fiel Heydrich ein.

»Sie heißt Ariadne«, übersetzte Scharführer Theodor trübsinnig. »Sie will mit Ihnen alleine sprechen.«

Komisch, entsann sich Obergruppenführer Reinhard Heydrich, die Mutter des Scharführers war blond, ein Musterbeispiel der nordischen Rasse, dabei Griechin, sein Vater dunkelhaarig und ein Kerndeutscher. Immerhin praktisch, seine Sprachkenntnisse. Heydrich winkte seinen Männern. Schweigend standen sie auf und gingen.

»Was willst du?« fragte er das Mädchen.

Wieder eine melodische Tonreihe, die Quellen des Lächelns über den Mundwinkeln erzitterten.

»Sie bietet sich Ihnen an, Obergruppenführer«, hackte Theodor seine Übersetzung ab, als würden seine Wörter marschieren. »Unter der Bedingung, daß wir das Dorf verlassen und eine andere Bleibe finden.«

Heydrich schaukelte auf dem Stuhl und legte die Hände in den Schoß. Dann wurde ihm klar, daß die beiden das falsch auslegen könnten und verschränkte die Arme über der Brust.

»Soll sich die Dirne doch zuerst ausziehen. Ich kauf keinen Hasen im Sack.«

Scharführer Theodor stockte ein wenig, doch dann

übersetzte er getreu den Wunsch des Obergruppenführers. Sie sagte nichts, nur der Wasserspiegel der Quelle ihres Lächelns erzitterte erneut.

Sie griff mit langen Fingern an ihre Kehle, zog die Handflächen nach unten, und ihr Kleid öffnete sich. Es rutschte ihr zu Füßen, und sie stieg aus dem Stoff heraus wie Aphrodite aus dem Meerschaum. Sie ist jung, dachte Heydrich, und plötzlich überkam ihn eine skurrile, kuriose Müdigkeit. Aber es ist doch nicht ausgeschlossen, sprach seine innere Stimme mit der Stimme seines Vaters, daß sie gespenstisch alt, uralt, steinalt ist, daß sie der König Minos hier zurückgelassen hat.

Er beobachtete dösig den Flaum ihrer Schamhaare, dann schaute er sich ihre Brüste an, und sprach langsam zu Theodor, den Blick auf das Mädchen geheftet:

»Sag ihr – aber Wort für Wort – daß sie ekelhaft und gräßlich ist, wie ein Schweinearsch!«

Der Scharführer übersetzte, ohne zu zögern, das Mädchen zog sich an, und beide verschwanden. Die Soldaten strömten ins Zimmer und fragten neugierig. Heydrich – etwas verwirrt – sagte alles der Wahrheit gemäß. Die Männer lachten, schlugen sich auf die Schenkel, ja sie schwelgten direkt in der Glückseligkeit, was für einen phantastischen, famosen Kommandeur sie hatten, auch wenn er – und das hütete jeder wie ein riesiges Geheimnis in den verstecktesten Windung seines Gehirns – ein wenig verrückt ist, weil er Schwalben behütet, damit ihnen nichts passiert.

»Wie ist die Nutte hereingekommen?« interessierte sich Heydrich.

»Die Scheißbauern haben sie hierhergebracht. Dieselben Typen, die uns den Mörder von Spule geliefert haben«, erklärte der Wachhabende.

»Na, die werden wir schon zu Vernunft bringen«, ertönte eine Stimme, »die werden schon noch richtig kooperieren.«

»Wahrscheinlich war das irgendein heidnisches

Scheißopfer«, brummte Heydrich. Ein wenig kränkte es ihn schon, daß er sie weggejagt hatte. Wer weiß, wann träfe man wieder solch eine Schönheit! Er erinnerte sich an ihre Augen – und plötzlich, obwohl es absurd war, überkam ihn ein eisiger Schauer.

Nein – er hatte richtig gehandelt, sie nicht zu vögeln. Das erhöhte ganz sicher seine Autorität.

Nächsten Tag brachen sie auf.

Im Dorf herrschte der übliche Arbeitstag. Die kleinen Esel, beladen mit Wassersäcken, trippelten auf den schmalen, steilen Pfaden, und das mißgelaunte Gezeter der Treiber mahnte sie, sich zu beeilen, als ob hier in den Bergen die Eile zu etwas gut wäre. Vom Fluß her dröhnten die Holzklopfer, als die Weiber auf den Flachsteinen die Wäsche wuschen. In den kleinen Feldern, von Steinmäuerchen umgeben, spazierten mit ernster Miene schwarz gekleidete Ackersmänner. Ein Schreiner reparierte ein Dach, die Kinder schrien und tollten herum.

Als Wache haben sie den jungen Swoboda zurückgelassen, mit einer Signalpistole und dem Befehl, sich selber in keine Kämpfe zu mischen. Die Truppe marschierte in die Berge hinein, auf einer Trasse, die Heydrich auf der Landkarte ausgesucht hatte. Die Route führte schräg über die Südseite des Berges, neben den Nistplätzen der einmaligen Schwalben, der Lieblinge Heinrichs des Ersten, vulgo des Voglers, bis zu dem Hochplateau, wo die Spezialkarte etwas Verdächtiges unter dem Nahmen ›Ruine‹ verzeichnete.

Eigenartig. In dem Augenblick, als sie das Dorf verließen, begannen alle Zikaden wie auf Befehl zu zirpen, Myriaden von Zikaden, diese scheußlichen Fliegen, die man nur mit einer großen Portion Glück zu sehen bekam und nur selten erhaschen konnte.

Sie schritten bedachtsam, vorsichtig, die Maschinenpistolen auf der Brust, die Ärmel aufgekrempelt. Die Laune war gut, sonnig wie die Umgebung, sie riefen einander an und scherzten, wie sie sich auf den Kampf mit den Banditen freuten, denn dann würden in diesem Tal nur die Schwalben und Weiber geschützt. Die Vogelwand war schon ganz nahe.

Die Männer verstummten, als sie sahen, daß sich Heydrich aufgerichtet hatte. Dennoch konnten sie einige ketzerische Gedanken nicht unterdrücken. Der Obergruppenführer hatte doch nicht alle Tassen im Schrank. Würde er sich vor den Schwalbenbiestern wohl noch verneigen? Glaubte er, daß Reichsführer Himmler so ein starkes Zeissglas hatte, daß er bis nach Kreta blickte?

Alle dachten dasselbe, und schämten sich deswegen in demselben Augenblick, denn ein SS-Mann durfte in gewissen Momenten an sich zweifeln, aber nie an seinen Kameraden, seinem Kommandeur und seinem Reichsführer. Dann könnte er ja gleich sogar über den Führer Zweifel hegen und dann ...

Heydrich schrie auf.

Die ganze Wand bewegte sich, schnitt eine höhnische Grimasse, krachte in einem Donnerlachen zusammen und schritt den Männern entgegen.

Sie liefen weg, begleitet vom Tosen der Felsen und den dumpfen Schlägen der fallenden Steine.

Erst die Stille brachte sie zum Stehen.

Als sie es wagten, sich umzusehen, erblickten sie am Bergabhang eine schwarze Narbe. Die verzweifelten Schwalben kurvten flimmernd in der Luft. Staubwolken sanken auf die gefallene Berglehne. Hie und da machte sich ein Steinchen frei und zog eine kleine Lawine hinter sich her. Aus dem Trümmerhaufen wehte ein scharfer Muffgeruch herüber.

Heydrich ging gemessenen Schrittes nach vorn und blieb bei der neuen Mauer aus Felsstücken stehen. Danach hob er einen zerdrückten Schwalbenkörper vom Boden auf. Der Vogel hatte nicht rechtzeitig fliehen können. Das tote Auge des Zwitscherschnabels sah ihn starr an. In wen wird sich dein kleines Seelchen verwandeln, dachte Heydrich. Wer wird es sein? Kommt er zu mir mit dem Vorwurf – schön hast du die Vogelwand geschützt, Ritter des heiligen Gral, Manfred von Aue, hübsch hast du den Befehl Heinrichs des Ersten, genannt des Voglers, ausgeführt! Du hast nicht dein Schwert gezogen, nicht einmal einen Finger gekrümmt, ja mehr noch, du hast dich anquatschen lassen und nicht geahnt, daß eine Gefahr drohte!

»Gehen wir zurück«, brüllte einer der SS-Männer, »und rotten wir das ganze lausige Kaff aus!«

Heydrich sah ihn mit seinen wässerigen, ein wenig hervorquellenden Augen an. Er sah noch einmal das ganze Bild: die Vogelwand riß ab, als wäre von innen in sie hereingetreten worden. Was war das für eine Kraft, die Hunderte von Tonnen Masse in Bewegung setzte? Kein Sprengstoff wäre dazu fähig, und darüber hinaus hörte man keine Explosion. Dynamit oder Schießpulver schieden demnach als Ursache aus.

Was war das für eine Kraft, die die Behausung der Bergschwalben vernichtete?

»Das Dorf ist leer«, sagte er leise und müde, »kein Schwanz ist dort geblieben.«

Er stockte. Woher nahm er die Sicherheit, daß er das wußte? Ja, es war eine Sicherheit, tief in ihm geboren, die auch wußte, in welche Richtung er mit seinem Kommando vorrücken sollte. »Wir marschieren weiter!«

Er warf das tote Körperchen auf die Erde und wischte das Blut von seinen scheckigen Fallschirmjägerhosen.

»Los!« brüllte er, vielleicht unnötig laut.

Der Pfad führte sie nach oben, auf den Höhenzug, der mit Feldthymian, Büschen von Steinbrech und kleinen Ebereschen bewachsen war. Da und dort ragten bemooste weiße Steinkloben hervor, die wie Denkmäler gefallener Kämpfer aussahen.

Hier gabelte sich der Pfad, doch Heydrich schritt weiter, ohne zu zögern. Eine Ahnung, eine innere Stimme führte ihn. Er kämpfte verzweifelt mit dieser beunruhigenden Sicherheit der Richtung, die unwiderleglich war.

Abergläubisch wäre es doch, einem unterbewußten Gefühl zu folgen – denn dieses trübe Unterbewußtsein ist doch der Haupttummelplatz der jüdischen Obskuranten mit ihrem Oberhaupt, dem Judenschwein Sigmund Freud und seinen Helfern.

Ja sicher, auch der Führer hört seine Stimmen, die ihn auf einen viel verwirrenderen Weg führen, als es dieser Irrgarten von Bergpfaden ist. Aber die Intuition des Führers schöpfte die Kraft aus der Stimme des reinen germanischen Blutes, das durch eine Stahlfessel mit dem Boden des Lebensraums verbunden war.

Er erstarrte.

Unweit ertönten Stimmen, irgendein Ruf … war das überhaupt ein Mensch? Ein Raubtier? Wie konnte das hierher kommen, nach Kreta, in das Land der ausgemergelten Ziegen und Esel?

Er hob die Hand, und seine Männer verschmolzen mit der Umgebung. Lautlos verschwanden sie, wie es nur Geister und Fallschirmjäger können. Heydrich spürte, wie ihm das Herz laut schlug. Mit der Pistole in der Hand robbte er nach vorn. Hundert Meter weiter, in einer Gruppe von Steinblöcken, sah er den jungen Swoboda, der eigentlich um diese Zeit ihr Haus in Thiravia bewachen sollte.

Parallel zu seinem Körper lag die MP und die Signalpistole. Zu seinem Körper. Genauer gesagt: zu dem, was von ihm übrig geblieben war.

Obergruppenführer Reinhard Heydrich hatte in seinem Leben schon viele Tote gesehen: In Spanien, Polen, Frankreich, Jugoslawien, Griechenland, ja auch in Deutschland, als die nationalsozialistische Revolution noch mit säubernder Flamme emporschlug.

Aber der Blick auf den Leib des jungen Swoboda war so spukhaft grauenerregend, daß Heydrich übel wurde.

Der Mann war nicht nur tot, gründlich tot; irgendeine ungebärdige Kraft hatte ihn zerfleischt, zermalmt, zerrauft, und sie hatte das nicht mit einem Schlag getan, wie es eine Mine, eine Bombe oder Granate tut, die explodiert, die Glieder auf alle Seiten schleudert und die Därme auf den Baumästen aufhängt. Das, was sich den jungen Swoboda vorgenommen hatte, arbeitete an ihm langsam und gründlich, methodisch, bedacht.

Nur das Gesicht berührte DAS nicht.

Das Antlitz des Toten blieb so, wie es der Obergruppenführer kannte, natürlich mit Grauen und neunerlei Schmerz gekennzeichnet.

Jetzt sah Heydrich, daß den Kopf der Leiche ein Kranz schmückte.

Er wollte seine Männer rufen, doch er wagte nicht, einen Laut von sich zu geben. Die Angst füllte jeden Winkel in ihm aus, und er fürchtete, daß er das preisgeben könnte. Die Landschaft war still. Kein Flugzeugmotor knurrte unter der Azurkuppel des Himmels. Nur die Sonne stand am Firmament wie ein stummer Zeuge dieses mit unmenschlicher Bestialität umgebrachten Menschen.

Wo sind die Fliegen, fiel dem Obergruppenführer ein. In dieser Hitze müßte doch der blutige Leichnam mit Schmeißfliegen übersät sein. Oder war Swobodas Körper so widerwärtig zugerichtet, daß sich auch die Insekten nicht trauten?

Oder sind wir alle schon längst tot, das ganze Expeditionskorps ist zu Grunde gegangen, und er, Obergruppenführer Reinhard Heydrich, der zum sechsten Mal verwandelte Ritter Manfred von Aue, stünde hier allein und wartete, bis auch er an die Reihe käme?

Hinter ihm raschelte etwas. Heydrich erschrak, überflüssig, es war nur Rottenführer Rieparr, der sich nun schreiend übergab.

»Mein Gott«, flüsterte er danach. »Warum haben sie ihm den Kranz auf die Birne gesteckt?«

Heydrich besann sich. Es war doch lächerlich, daß hier überall Männer der SS um eine Leiche herum auf dem Bauch lagen. Er stand auf und schlug wütend den Staub von seinen Hosen. Spuckte gallig aus und erteilte Befehle, verständliche, klare, vernünftige. Hier hätten sie, sagte er, ein Beispiel blutdürstiger Schweinerei, zu der nur rassisch minderwertige Halbmenschen imstande seien. Die Schuldigen werde man finden und bestrafen. Nun werde weiter marschiert, denn er, Obergruppenführer Reinhard Heydrich, ahne schon, wo sich die ganze Bande versteckt hielte, und bald käme der Augenblick, da sich die Mörder verantworten müßten.

Sie überwanden den Bergkamm und sahen das, was auf der Spezialkarte als ›Ruinenreste‹ bezeichnet war. Auf den ersten Blick war es ein Steinhaufen, ähnlich dem, der nun den Leichnam des gemarterten Swoboda bewachte. Doch diese Steine waren behauen, bearbeitet, durch Regen und Wind zerrüttet, durch die unbemerkbare, doch dauerhafte Erosion der Zeit.

Merkwürdige Freude durchflutete Heydrich. Er erinnerte sich an Reichsführer Himmler, der alte Ausgrabungen vergötterte und glaubte, daß eines Tages seine Archäologen das bisher fehlende Bindeglied zwischen der Rasse germanischer Krieger und den japanischen Samurai, zwischen den Wikingern und den tibetischen Mystikern finden würden. Deswegen unterstützte Himmler reichlich die archäologischen Unternehmen der Gesellschaft Ahnenerbe, und Heydrich wußte, daß der Reichsführer SS damit den Unmut des Führers selbst hervorrief; warum eigentlich so eine Begeisterung über jede ausgegrabene Scherbe, wenn die Deutschen damit der Welt bewiesen, daß sie in Lehmhütten gehaust hatten, als die Römer schon Marmorpaläste bauten?

Ja, auch diesen Bau hatte die Grabplattform bereits geschmückt, als die alten Germanen noch in Pelze gekleidet das Wild mit Steinbeilen erlegt hatten. Er sah die

Ruine an, und es schien ihm, daß der Trümmerhaufen sich bewegte, daß er zum Leben wiedererweckt war und wuchs, daß es schon kein durch den Meerwind angenagter Steinhaufen mehr war, sondern ein Palast, ein Gefängnis oder eine Festung, oder alles gleichzeitig. Jedenfalls war es ein gefährlicher Ort, und es war nicht ausgeschlossen, daß die Banditen gerade da ihr Versteck gefunden hatten.

Er drehte sich zu den Fallschirmjägern um. Ohne Worte, durch einfache Gesten, verteilte er sie in einem Halbkreis von hundert Metern. Sie liefen auseinander, jeder fand ein Versteck, verwandelte sich nach Möglichkeit in einen Stein, ließ sich mit Lavendel bewachsen. Wie durch ein Wunder verschwand die Truppe der Fallschirmjäger so vollkommen, daß nicht einmal Heydrich es mehr schaffte, seine SS-Männer zu entdecken. Der Obergruppenführer drückte sich in eine Felsspalte ganz nahe bei den antiken Trümmern hinein.

Von dort sah er Ariadne zum zweiten Mal in seinem Leben.

Sie näherte sich dem zerfallenen Tempel auf demselben Pfad, den er mit seinen Fallschirmjägern gekommen war. Sie ging langsam, erhaben, als würde sie auf dem Haupt eine Königskrone, eine Brotschüssel, oder eine volle Amphore ... ja tatsächlich, sie hatte etwas auf dem Kopf! Heydrich mußte einen erstaunten Ausruf unterdrücken: das Mädchen schmückte ein Kranz von frisch gepflückten Blumen – wie Swobodas Leichnam!

Hinter Ariadne schritten Männer – Heydrich erkannte sie. Dieselbe Delegation, die ihm vor ein paar Tagen den angeblichen Mörder des Schönling Spule ausgeliefert hatte ... und nach der Aussage des Scharführers Theodor, dieselben Männer, die eine sich selbstaufopfernde und anbietende Ariadne mitgebracht hatten.

Fünf waren sie, mit schwarzen Anzügen, weißen Hemden und mit dunklen Schlipsen, auf den Köpfen

187

die düsteren Hüte, die man nur bei Bestattungen und in Filmgrotesken zu sehen bekommt.

Sofern Ariadne eine Königin war, und Heydrich begann das zu glauben, dann hatte sie in der Tat sehr armselige Höflinge. Es waren offensichtlich Bauern, mit von der Sonne geschwärzten Gesichtern, und an den Hüften schlenkerten abgearbeitete Arme. Drei waren sichtlich hoch in den Jahren, einer von ihnen mit einem Schmerbauch, der vierte war jung, und der fünfte fast noch ein Bube, der noch unlängst sicherlich mit anderen Jungen seine kleinen Streiche gespielt hatte.

Die Gesichter … ja, sie hatten ein und denselben gleichgültigen, fast stumpfen Ausdruck. Der gemahnte irgendwie an flache Trittsteine im Bach, die man ausgelegt hatte, um sich die Füße nicht naß zu machen.

Also das sind die Männer, die den jungen Swoboda zu Tode gemartert haben – fragte Heydrich sich selber und verneinte es augenblicklich. Nein, das konnte er nicht glauben. Über die Tortur wußte er alles, was zweckmäßig war. Vor allem war ihm vertraut, daß diese Henkerpraktiken genauso wie jede andere menschliche Tätigkeit Ausbildung, Sachkenntnis und Know-how verlangte, von persönlicher Veranlagung und vom Talent ganz zu schweigen.

Diese Männer könnten den jungen Swoboda mit Krampen zu Tode prügeln, steinigen, auf einem Scheiterhaufen verbrennen. Dazu wären sie sicher fähig gewesen. Aber das ist von fachmännischer Folter so weit entfernt wie das Herumtorkeln eines Trunkenboldes von der Nummer einer Primaballerina in einer Aufführung des Teatro alla Scala in Mailand.

Das Ehrengeleit kam bis zu den Resten des Tempels.

Erst jetzt beim Blick auf die Schatten war Heydrich ins Bewußtsein gedrungen, wie lange er schon in diesem Felsenschlitz steckte. Der Abend mußte bereits angebrochen sein, die Sonne bereitete sich vor, den Horizont zu küssen, und die Schlagschatten skizzierten auf das herabfallende Plateau eine Botschaft in irgendeinem unbekannten Alphabet. Ja, es mußte irgendeine Botschaft sein oder ein geheimnisvolles Kennwort.

Ariadne blieb bei den Trümmern stehen, die Männer gingen in einem ehrerbietigen Bogen um sie herum und wälzten einen Steinbrocken fort. Sie stöhnten und ächzten dabei. Heydrich hörte das Aufseufzen ganz klar, es war unzeremoniell, grob arbeitsbedingt, er verstand die Sprache nicht, dennoch mußte es etwas wie »Also mach schon! Hau ruck!« oder Ähnliches gewesen sein.

Auf der weißen Grundlage eines Felsens erschien ein schwarzes Rechteck.

Ariadne trat hinein, sie verschwand allmählich, offensichtlich stieg sie eine Treppe hinab. Die Männer klappten hinter ihr den Felsbrocken wieder zurück, diesmal mit einer wunderlichen Leichtigkeit.

Ich werde das Mädchen nie wieder sehen, blitzte es in Heydrich auf. Er sprang aus dem Versteck.

Die schwarzgekleideten Männer sahen ihn erschrocken an, und mit einer unerwarteten Gewandtheit entwichen sie zwischen die Felsen. Heydrichs Maschinenpistole bellte auf, eine Bleigarbe spritzte und lief über das niedergehende Flachland ... wo bleiben meine Kerle denn jetzt, schoß Heydrich es durch den Kopf.

Der Obergruppenführer blieb augenblicklich stehen.

»Vorwärts, auf!« befahl er laut und deutlich. Nichts. Er feuerte in die Luft. Nichts hatte sich bewegt. Aber mein Befehl hatte ganz deutlich gelautet, brüllte etwas in Innern des Obergruppenführers, nach dem ersten Schuß werden die Trümmerreste gestürmt.

Die gespenstische Stille dauerte an.

Wo waren denn alle nur! Er sah keinen, und das war vollkommen in Ordnung. Ein Fallschirmjäger muß sich unsichtbar machen können, er muß imstande sein, sich auf einem Billardtisch zu verstecken. Aber die blieben in ihren Schlupfwinkeln. Wieso?

Heydrich hörte auf, sich um die Männer mit den

schwarzen Hüten zu kümmern. Nach langem Suchen entdeckte er den ersten seiner Soldaten, Scharführer Theodor und hinter ihm, in demselben Steinhaufen geschickt verborgen, Rottenführer Rieparr. Aber jemand hatte diesen Haufen gefunden, in dem die beiden staken, und es war Theodors Dolch, dessen scharfe Klinge alle zwei getötet hatte. Und zwar so kunstfertig, daß das Messer beide Hälse bis zum Nackenwirbel durchschnitten hatte. Es war ein typisches, wie die Sizilianer witzig sagen, ›Kragenverpassen‹.

Die anderen suchte Heydrich gar nicht mehr. Er begriff, daß alle den ›Kragen‹ zugewiesen bekommen hatten, oder es traf sie ein anderer, grausamerer Unfall mit demselben Ergebnis, und es waren alle ebenso tot wie die Steine da drumherum. Jetzt wußte Heydrich, daß er tatsächlich allein war, so wie er sich über dem Leichnam des jungen Swoboda gefühlt hatte, der so grausam zugerichtet war, daß sogar die Fliegen vor ihm Angst hatten.

»Aber ich bin kein Scheißer!« brüllte er blindwütig. Wen hatte er angebrüllt, dachte er unmittelbar danach? Die weißen Marmorquader, den blauen Himmel, der sich überm Horizont schon schwach rötete, den grünen Steinbrech, die Dorfbewohner, die sich wer weiß wo versteckt hielten?

Ich bin kein Scheißer, kein Scheißer, wiederholte er im Geiste. Diese Idee berauschte ihn mit ihrer Einfachheit und mit seinem Schneid. Sie drückte lapidar den ganzen Inhalt des Mythos von Blut und Boden aus, von Vorsehung und außerordentlicher Stellung der germanischen Rasse. Einfache Worte waren es, und sie enthielten scheinbar keine mystische Erhabenheit, an die sich der Führer hielt, wenn er sich von Hofmalern in schwarzer Rüstung und Scharlachgewand über der Schulter abbilden ließ.

Heydrich kümmerte sich nicht mehr um die entflohenen Dorfbewohner. Das waren ganz sicher nicht diejeni-

WIEGAND 93

gen, die den Swoboda gemartert und seine SS-Männer so blitzschnell überrascht hatten, einen nach dem anderen. Er, Obergruppenführer Reinhard Heydrich, stand hier einer unbekannten Kraft gegenüber, und er wollte gegen sie so kämpfen, wie es sich für einen inkarnierten Manfred von Aue ziemte.

Er umgab den Deckstein mit dem Feuer seiner Handgranaten. Die Detonation fegte den Quader weg, wie ein Kind in eine Pappschachtel tritt. Der Fußweg in den Untergrund war frei.

Heydrich beugte sich über das Loch und beleuchtete mit seiner Akkulampe den Eingang. Der Treppenabstieg schien unendlich zu sein, das elektrische Licht erstarb in einem fast greifbaren Dunkel. Er wechselte das Magazin der MP und steckte die Parabellum in den Gürtel. In den Taschen blieben ihm noch vier Handgranaten. Dann stieg er in die Öffnung hinein.

Der Schacht hauchte ihm Leichengeruch ins Gesicht. Er erzitterte vor Ekel. So stanken die ausgebombten Städte in Polen. Was könnte dort unten sein? Wohin ging Ariadne mit dem Kranz auf dem Kopf?

Er stieg leise hinunter. Die Gummisohlen der Fallschirmjägerstiefel federten weich auf den Steinstufen. Die rechte Hand umklammerte fest die Lampe, mit der anderen betastete er vorsichtig die feuchten Wände. Der Gestank wurde immer durchdringender und die Luft wärmer. Schon zwei lange Minuten stieg er hinab. Wie viele Stufen hatte er hinter sich? Plötzlich tat es ihm leid, daß er die Treppenstufen nicht gezählt hatte.

Endlich gelangte er nach unten. Eine kleine Kammer, in die sieben Gänge mündeten. Er warf einen Lichtstrahl in jeden, sie brachen sich unregelmäßig, verzweigten sich asymmetrisch in alle Richtungen. Ein wahrer Irrgarten …

War das nicht das berühmte Labyrinth des König Minos? Knossos lag unweit, und wer konnte sich dafür verbürgen, daß der legendäre Irrgang nicht unter dem königlichen Palast der Hauptstadt des damaligen Kreta war?

Pfui, Ignoranz, Dummheit, Blödsinn ... wir sind doch im zwanzigsten Jahrhundert. Der Boden der Gänge war mit dicken Ablagerungen von nässendem Dreck bedeckt. Niemand konnte hier gegangen sein, vielleicht seit Hunderten von Jahren. Aber da ... im Schein der Lampe sah er einen im Schlamm ausgetretenen Weg.

Er schritt schnell, denn der Pfad war gut erkennbar. Vorsichtshalber kratzte er an jeder Verzweigung Zeichen in die Wand, um den Weg zurückzufinden. Und mit Verzweigungen war dieser Weg wirklich gesegnet! Den üblen Geruch spürte er schon nicht mehr. Doch er schloß nicht aus, daß er sich schon an ihn gewöhnt hatte, und hörte auf, ihn wahrzunehmen. Dem Kompaß zufolge setzte er seinen Weg ständig nach Norden fort, auch wenn sich der Stollen schlängelte.

Das dröhnende Brüllen eines Viehs bannte ihn auf der Stelle fest. Dieses Gebrüll ertönte ganz plötzlich und hallte tausendfach wider. Der Schrei eines Mädchens folgte. Das war Ariadne! Sie rief so verzweifelt, daß Heydrich losrannte, hastete und rutschte, ein paarmal fiel, fast hätte er die Lampe zerschlagen.

Hinter der Biegung des Gangs sah er einen roten Schein.

Er steckte die Lampe vorsichtig ein, entsicherte die Maschinenpistole, überprüfte die Patronenkammer. Die Handgranaten drückten ihn beruhigend auf den Schenkeln in den Hosentaschen.

Inmitten einer riesigen Halle loderte auf einem Steinquader ein Feuer. Die Flammen schossen hoch empor, doch die Decke verlor sich in Dunkelheit. Vor dem Quader – oder war das ein Altar? – stand Ariadne.

Aus dem Eingang in der gegenüberliegenden Wand trat jemand heraus. Heydrich sah die Gestalt undeutlich, denn das Feuer verdeckte ihm die Sicht. Erst als der Schatten näher kam, beleuchteten die Flammen die ganze Erscheinung. Der Obergruppenführer mußte sich in die Lippe beißen, um nicht aufzuschreien.

Es war ... ein Mann? Ein Tier? Jedenfalls ein Wesen mit menschlichem Körper, gut zwei Fuß größer als Heydrich, der auch nicht kleingewachsen war. Gekleidet war es in ein eng anliegendes, schwarzes, mit silbernem Garn durchwebtes Kleid. Mächtige Muskeln wälzten sich unter dem Gewebe wie Magma. Wieviel wog es? Drei Zentner ganz sicher, wahrscheinlich mehr. Der Stierkopf drehte sich zu Heydrich, scharfe Krallen erhoben sich.

Also dieses Wesen marterte den Swoboda zu Tode und riß die Vogelwand ein?

Heydrich wagte nicht, sich zu bewegen.

Ariadne ging feierlichen Schrittes dem Stiermenschen entgegen.

Mit demselben Ausdruck der sklavischen Ergebenheit, mit der sie sich vor Heydrich damals im Dorf entblößt hatte, knöpfte sie das Gewand auf, stieg aus ihm heraus und bewegte sich zu dem Ungeheuer hin. Sie war nur in den roten Schimmer des Feuer gekleidet.

»Ariadne!« schrie Heydrich.

Das Mädchen drehte sich überrascht um, doch schaffte es nicht, einen Laut aus sich herauszubringen. Das Ungetüm brüllte ohrenbetäubend, heftete seine blutunterlaufenen Augen auf Heydrich und duckte sich. Im nächsten Augenblick, dachte Heydrich, bricht das Wesen aus und greift an.

Der Obergruppenführer drückte den Abzug.

Eine ganze Kugelserie traf das Monstrum in den Nacken und riß ihm ein Stück Fleisch aus, groß wie eine Faust. Die nächste Garbe würde den Kopf zerhämmern, doch das Ungeheuer taumelte und fiel im Schock auf die Knie. Heydrich stützte den Kolben der MP an sich und zielte sorgfältig auf die Stirn des Stiermenschen.

Das Mädchen sprang auf und verdeckte die Bestie mit seinem eigenen Leib.

»Laufen Sie weg, Ariadne! Gehen Sie mir aus dem Weg!« rief Heydrich.

Sie sah ihn aufmerksam an. Die Grübchen, die Quellen des Schmunzelns bei ihren Mundwinkeln, erzitterten erneut. Das Mädchen lächelte, aber welch eine Menge Verachtung lag in diesem Lächeln!

Heydrich bog den Lauf der Waffe zur Erde. Schwarz war dieser Boden, gestampft wie eine Tenne. Wie lange dauerte es für die Pranken des Monsters, bis es diesen Schlick so knetete, daß er so hart und fest wie ein Felsen wurde? Die Tatzen dienten als Stampfer, und Blut … das verband die Teilchen des Bodens, es buk sie zusammen … Blut und Boden! Das älteste Mysterium, die Grundlage der weihevollen Rituale im Heiligtum der SS auf der Wewelsburg! Und auf diesem Blut und Boden stand er, Obergruppenführer Reinhard Heydrich, mit der Waffe in der Hand, um das Gute gegen das Böse zu verteidigen. Die Tugenden des einstigen Manfred von Aue kreisten in seinen Adern. Seine MP war aus demselben Stahl gefertigt, aus dem die Schwerter der germanischen Kämpfer geschmiedet waren.

»Ich habe dich nicht auf meine Hochzeit eingeladen«, sprach plötzlich Ariadne in einem unwahrscheinlich reinen Deutsch, wie es Heydrich nur selten im Leben gehört hatte. »Geh weg, verlasse diese Gemächer!«

Das Ungeheuer wieherte klagend und neigte den Kopf.

»Das da ist eine – Hochzeit? Dieses Ding wird dich töten, zerfetzen …«

»Sicher«, sagte Ariadne, »das gehört zu dieser Art von Hochzeit, ich gehöre ihm, ganz und gar.«

»Hast du denn keine Angst? Ja, du freust dich noch darüber?«

»Ich bin verzweifelt. Das Grauen lähmt mich.«

»Aber warum? Ich bin doch da, ich werde dich beschützen. Du bist Ariadne, das ist Minotauros, ein Ungetüm mit dem Körper eines Menschen und der Wut

195

eines Stieres, und hier stehe ich als dein Ritter, dein Beschützer. Ich war nicht imstande, das Unheil von den heiligen Vögeln abzuwehren. Aber dich werde ich retten, Ariadne, du brauchst keine Angst zu haben. Vor dir steht eine Inkarnation – ich bin der Ordensritter des heiligen Gral, Manfred von Aue ...«

Er schrie sie zornig an. Er würde sie gern umarmen, streicheln, liebkosen, er möchte ihr die inbrünstigste Zärtlichkeit offenbaren. Er würde es tun, ohne Rücksicht darauf, daß der Minotauros noch nicht verreckt war. Er würde sie in die Arme nehmen, an sich drücken, die Haare streicheln, mehr würde er nicht wagen, denn die Märchenritter waren sicher immer keusch, Theseus, Georg der Drachentöter, die Helden der germanischen Sagen, sie alle, und er, die lebende Inkarnation Manfreds von Aue ... Er blickte auf: »Warum lächelst du?«

»Weil du nichts begriffen hast!«

»Und was sollte ich begriffen haben?«

»Mit dem Bösen kann nur das Gute kämpfen. Wie glücklich ich wäre, wenn ein Ritter käme, um mich zu retten. Aber du, Heydrich, verdienst es nicht!«

»Du blöde, ekelhafte griechische Hure!« grölte er sie an. Er griff nach ihrem Arm, und sie schlitterte zur Seite. Sie schrie auf und fiel auf den von den Tatzen des Ungeheuers gestampften und mit dem Blut der Opfer durchtränkten Boden.

Minotauros hob seine Augen zu Heydrich. Die Wut aus ihnen verschwand. Es waren die bittenden Augen eines Tiers das zum Untergang verurteilt war, und sie waren mit Tränen des Leidens überflutet.

Die schwere Pistole zuckte in den Händen des Obergruppenführers, als er den Abzug drückte. Das Blei schlug in den massigen Körper und riß ihn in Stücke. Als der Schlagbolzen ins Leere traf, warf Heydrich die Parabellum weg und stürzte sich mit dem Messer auf den sterbenden Leib, stieß mit schneidender Klinge in den breiten Rücken, wieder und wieder stieß er zu. Als er für eine Weile innehielt, ermüdet durch die Belastung, sah er im Schein der Flamme, daß das schwarze Stierblut langsam auf die Stahlfläche floß und den Runen der SS wich.

Ich werde dich retten, ob du willst oder nicht, schrie etwas in Heydrichs Innerem. Ich werde dich retten, wie mein Orden die ganze Menschheit retten wird. Ja, es wird schrecklich sein. Ja, so hatte es der Reichsführer SS im Heiligtum der Wewelsburg gesagt, wir werden den Tod säen und die schwerste Last und Bürde des Gewissens tragen müssen, um die Welt von dem minderwertigen Blut zu reinigen. Das wird das letzte Töten der Menschheitsgeschichte werden, und die kommenden Generationen werden uns dafür dankbar sein. Wir werden die Menschheit retten, ob sie will oder nicht. Und ich werde dich retten, Ariadne, obwohl du es nicht wünschst.

Der Körper des Minotauros lebte für den Bruchteil einer Sekunde im letzten Erbeben des Sterbens. Heydrich wischte die Klinge seines Dolches ab und schob ihn in die Scheide. Plötzlich wurde ihm bewußt, wie töricht er sich benahm: er wischte das Sturmmesser ab, dabei war er am ganzen Leib vom Blut des Minotauros besudelt. Zweifellos war auch sein Gesicht in eine blutige Maske verwandelt.

Das Mädchen duckte sich am Sockel des Altars.

Er lächelte sie an.

»Alles ist aus, vorüber.«

»Alles beginnt erst jetzt.«

»Er ist tot, Ariadne.«

»Begreifst du denn nichts?« schrie sie aufgebracht. »Nun bist du das Ungeheuer der unterirdischen Höhlen. Sein Blut ist in dich getreten. Nun bist du selber Minotauros und wirst seinen Fluch weitertragen. Nun bist du an der Reihe, damit du marterst und mordest und damit du wartest auf den grausamen Augenblick, bis sie dich töten! Immer warst du Minotauros!«

Ihm wurde vor Wut schwarz vor Augen, und er nahm keine Rücksicht mehr. Er sprang zu ihr und drückte sie an sich, aber nicht, um sie zu liebkosen. Je mehr sie schrie, desto größer war sein Haß.

Als er die Arme öffnete, rutschte sie zu Boden. Er wandte die Augen von ihr ab. Nur ihr Gesicht erinnerte ihn noch an Ariadne. Der Rest erinnerte allzusehr an das, was von dem jungen Swoboda geblieben war.

Das erste Opfer in der neuen Rolle? Was wird nun sein? Werden sich die fünf schwarzen Männer um ihn kümmern, werden sie ihm neue Opfer mit dem Kranz auf dem Haupt bringen?

Nein!

Das ist doch alles Unsinn! Ich bin selber ein Opfer der primitiven Magie, meine eigene Phantasie hat mich betört, diese griechischen Bergbauern wissen offensichtlich über Hypnose mehr als Dutzende von jüdischen Pseudowissenschaftlern. Ich darf dem nicht unterliegen! Die vorrangigste Aufgabe: Raus aus diesem verfluchten Keller! Die Jungs sind alle tot, aber in Heraklion finde ich jemanden, der das alles erledigt, zu Ende bringt.

Schlimm würde nur die Begegnung mit dem Reichsführer sein. Denn – dies war die erste Aufgabe in seinem Leben, die er nicht gemeistert hatte. Aber es kommen neue Berufungen, und die werden erfüllt, wie er es in der Wewelsburg geschworen hatte.

Die Lampe funktionierte, und dank der Zeichen an den Wänden kam der Obergruppenführer Reinhard Heydrich schnell aus dem Labyrinth der Tunnels hinaus. Freudig lief er auf den steilen Treppen und lachte laut auf, als er den ersten Zug der frischen Abendluft einatmete. Er streckte die Arme aus, als wollte er das Abendrot ans Herz drücken. Es ist aus mit dem grauenvollen Traum. Eine Erinnerung bliebe, doch die wird schnell verblassen, dachte er.

Er sah seine Handflächen und -rücken an. Sie waren

sauber. Kein Tropfen von Minotauros' Blut war an ihnen geblieben. Die Jacke war zerknittert, jedoch rein. Er lächelte. War es also wirklich ein Traum!

Oder?

Oder hatte Ariadne doch recht? Ist Minotauros' Blut doch in ihn getreten? Hat er eben die siebte Inkarnation erlebt? In der Gestalt eines haßerfüllten Ungeheuers?

Natürlich nicht!

Er fühlte brennenden Groll gegen alles, was Ariadne verkörpert hatte, gegen ihr Land und dessen Menschen, gegen den Himmel und das Meer, gegen die ganze Welt. Er wollte gerne vernichten und morden, den Flammen übergeben, einäschern, in seinen Händen zerdrücken, alles, alle ... wie den Minotauros ... wie der Minotauros?

Er sah sich um.

Eine tiefe Beklommenheit bemächtigte sich seiner.

Ja, er und sein Orden werden vernichten und morden in diesem Labyrinth, das Welt genannt wird, bis zum Endsieg. Und von nirgendwoher würde ein reiner Kämpfer kommen, das verkörperte Gute mit einem Schwert, das ihn töten könnte. Oder kam er doch einmal?

Am Abendhimmel erschienen die ersten Sterne, und dem Obergruppenführer Reinhard Heydrich kam es vor, als ob ihn diese Lichter warnten.

Er lachte hell auf, obwohl er wußte, daß er nie Frieden finden würde.

Prag 27. Mai 1942: Nun ist die scharfe Kurve der Kirchmayerstraße da, und von dort geht es geradeaus runter zur Moldau. Fahrer Klein verringert die Geschwindigkeit. Irgendein Idiot mit einem Mantel über dem Arm läuft vor dem Wagen her, zu der nahen Straßenbahnhaltestelle. Scharführer Klein tritt voll auf die Bremse. Mit einemmal aber bleibt der Laufende stehen, der Mantel fällt von seiner Hand, und auf den Obergruppenführer Reinhard Heydrich zielt eine Sten-

gun, eine britische Maschinenpistole. Sie geht jedoch nicht los, der Abzug klemmt.

Höre, Ariadne, das Schwert deines reinen Ritters, das Schwert deines verkörperten Guten, dieses Schwert ist in der Scheide stecken geblieben. Ein geläuterter Kämpfer des Lichts hat gegen die sechste Inkarnation des Manfred von Aue verloren. Gegen den siebten Minotauros. Die schwarzen Ritter des neuen braunen, heiligen Grals werden die Welt doch von dem schlechten Blut der untergehenden Rassen säubern. Minotauros lächelt, innerlich brüllt er wie im Labyrinth von Knossos.

Obergruppenführer Reinhard Heydrich lächelt noch immer. Aber dann wirft der zweite Mann von hinten die Panzergranate. Sie detoniert unmittelbar an dem Mercedes und zerreißt dem Lachenden den Rücken. Drei Wochen später erliegt Reinhard Heydrich den Folgen des gelungenen Attentats.

Drei Jahre später begeht Reichsführer SS Heinrich Himmler Selbstmord.

Die Bergschwalben auf Kreta kehrten in den heruntergestürzten Abhang zurück, und ihre Nester bilden heute eine große Kolonie.

Originaltitel: ›SEDMÉ PŘEVTĚLENÍ REINHARDA HEYDRICHA‹ • Copyright © 1997 by Ondřej Neff • Erstveröffentlichung • Mit freundlicher Genehmigung des Autors und Karl v. Wetzky, Bornheim • Copyright © 1997 der deutschen Übersetzung by Wilhelm Heyne Verlag, München • Aus dem Tschechischen übersetzt von Karl v. Wetzky • Illustriert von Ingo Wiegand

Michael Vyse · USA

DIE LETZTEN BASTIONEN

Der Schmerz bohrte sich in Hills unteren Rücken. Er gab ein unwilliges Brummen von sich, richtete sich langsam auf und ließ den Pflanzenheber aus der Hand fallen. Dann schloß er die Augen, atmete tief ein und wartete auf das Verschwinden des Schmerzes. Bald spürte er nur noch ein dumpfes Brennen, das ihn vor weiteren Anstrengungen warnte. Er öffnete die Augen und sah auf die majestätischen Berge, die den Horizont säumten. Wolken hingen über den Gipfeln, und die untergehende Sonne vergoldete beides, Wasserdampf und Felsgestein, bis es schimmerte. Über dem höchsten Berg stand schon reglos ein einsamer Stern, ein funkelnder Lichtpunkt im Schleier der nahenden Nacht. Von weiter talabwärts her stieg Kieferntuft herauf, ein zartes aromatisches Parfüm. Der alte Mann lächelte. Der Schmerz in seinen Gliedern räumte vor der Schönheit des Abends augenblicklich das Feld.

Das Beet, das er ausgestochen hatte, lag am anderen Ende des Feldes, das sich in sanfter Kurve von dem kleinen aus landesspezifischem grauen Stein erbauten Farmhaus abwärts erstreckte. Das Gebäude schien aus der Landschaft selbst zu wachsen, sein Dach reichte auf einer Seite so weit herunter, daß zwischen Dachrinne und Boden nur noch ungefähr ein Meter Zwischenraum war. Die kleinen Fenster waren in dicke Mauern eingesetzt, und von der Stelle aus, an der Hill stand, sah er leuchtende Farbflecken dort, wo seine Frau einen Krug Anemonen auf die Fensterbank gestellt hatte.

Er und Selina hatten keine Kinder. Sie lebten seit dreißig Jahren auf der kleinen Farm und glichen wettergegerbten Pflanzen, die sich umschlangen, um sich beim Kampf gegen die Elemente gegenseitig zu stützen. Nun nahte die Zeit, die sie beide fürchteten. Die Jahre lasteten schwer auf ihnen. Hill hatte schon oft bemerkt, daß seine Gelenke allmählich steif wurden, und er hatte, zäh wie altes Leder, den Beschwerden zum Trotz weitergearbeitet und nicht viel darum gegeben. Doch jetzt hatte das Alter einen Verbündeten. Er brauchte länger, um aus den Wogen des Schmerzes aufzutauchen, die ihn peinigten. Wäre er ins Dorf hinabgestiegen, um einen Arzt zu konsultieren, hätte man ihn zu diesen Männern und Frauen gesteckt, die unter Maschinen lagen, die sie mit Kobalt bestrahlten und unterschiedslos krankes wie gesundes Gewebe verbrannten. Hill hatte sein Leben lang in enger Verbindung mit der Natur gelebt und wußte instinktiv, daß sein Schmerz einer Quelle entsprang, die niemand ausloten konnte. Er ahnte, daß die Doktoren in der Stadt die Krankheit nicht zum Stillstand bringen, geschweige denn ihn heilen konnten. Er beschloß, sich selbst dieselbe Gnade angedeihen zu lassen, die er auch dem geringsten Tier im Todeskampf zu erweisen pflegte, sobald der Schmerz unerträglich werden sollte. Seine letzte Erlösung lag in der Schrotflinte, die an der Küchenwand hing. Diese Aussicht störte ihn nicht übermäßig, da er sein Leben fern von der Künstlichkeit der Städter und ihrer Weigerung, den Tod zu akzeptieren, verbracht hatte. Die Menschen waren durch Töten zur dominierenden Spezies geworden – aber es gab diese Art und jene. Hill tötete ohne Zögern ein Kaninchen, aber angesichts des langsamen Todes, den Planer und Architekten den menschlichen Lebewesen in den Slums zumuteten, verspürte er das Verlangen, aufzuschreien. Das Sterben machte Hill keine Angst, denn er wußte, daß es nicht zu vermeiden war.

Was ihn quälte, war, daß er Gelina zurücklassen würde. Auch sie war alt. Seine Liebe täuschte ihn oft über ihre Runzeln und die langsamen, vorsichtigen Bewegungen hinweg, aber manchmal betrachtete er sie mit den Augen eines Fremden, und dann wurde er traurig. Bis jetzt hatte er seine Krankheit verheimlicht, doch die Zeit war nahe, in der es ihm nicht mehr gelingen würde, die Zähne zusammenzubeißen und die Entdeckung zu vermeiden.

Er ließ den Pflanzenheber liegen, wo er hingefallen war, und wanderte langsam zum Haus zurück.

Seine Frau saß auf einer Bank in der Nähe der Haustür und enthülste Erbsen über einer Schüssel, während sie die letzten Strahlen der untergehenden Sonne genoß. Sie lächelte ihm entgegen.

»Fertig für heute?«

»Ja – für heute reicht's. Morgen geht's weiter.« Er ging an ihr vorbei in die saubere, spärlich möblierte Küche. Im Herd loderte ein anheimelndes Feuer, und er warf noch ein paar Holzscheite darauf, bevor er seine Hände im Spülbecken wusch und sich in seinem Lehnstuhl niederließ. Seine Frau kam herein und schüttete die Erbsen in eine Pfanne voll Wasser.

»Eine Tasse Tee?« schlug sie vor.

»Ja – das wär schön«, erwiderte er. »Warum habe ich nicht daran gedacht?«

»Weil du ein fauler Hund bist, Denis Hill, deshalb«, schalt sie ihn lachend. Er grinste und füllte seine Pfeife mit Tabak.

Dann schlug der Schmerz erneut zu; eine feurige Woge, die ihn rückwärts taumeln ließ, als habe die Hand eines Riesen nach ihm gegriffen. Die Pfeife fiel auf den Boden, und ihr Stiel löste sich vom Kopf. Unwillkürlich schrie er laut auf, der Ton erzwang sich gewaltsam seinen Weg über die Lippen. Eben in diesem Augenblick drehte seine Frau den Wasserhahn auf, um den Teekessel mit Wasser zu füllen, und das Getöse des auf Metall treffenden Wasserstrahls übertönte seinen Aufschrei. Er umklammerte die Stuhllehnen, ritt auf dem fürchterlichen Wogenkamm und spürte, wie er im Gesicht zu schwitzen begann. Innerhalb einiger Sekunden ebbte der Schmerz auf ein erträgliches Maß ab, und er wischte sich rasch mit einem Taschentuch über die Stirn.

»Warum ... du hast ja deine Pfeife zerbrochen!« Selina war neben ihm und hielt die beiden Teile in der Hand. »Schau, der Stiel ist abgebrochen!«

»Ich werde sie wieder zusammenflicken«, murmelte er und nahm ihr die Stücke aus der Hand. »Wann ist der Tee fertig?«

»Der Kessel steht auf dem Herd«, antwortete sie tadelnd ob seiner Ungeduld. »Ich kann ihn nicht zum Kochen zwingen ...« Dann änderte sich ihre Stimme, und er warf ihr einen kurzen Blick zu.

»Denis ... Da ist jemand im Garten!«

»Das kann nicht sein«, sagte er, während er sich bemühte, aufzustehen. »Ich hätte ihn sehen müssen, wenn er vom Dorf heraufgekommen wäre ...«

Er ging zur Tür, die noch immer offen stand, und sah die Gestalt des Mannes neben den großen Blüten der Stockrosen, die eine farbenfrohe Mauer neben dem Küchengarten ergaben.

Es kam niemals jemand vom Dorf hier herauf. Hill ging gelegentlich hinab, um Sachen zu kaufen, die er selbst nicht anpflanzen oder züchten konnte; aber noch nie war jemand heraufgekommen.

Den Fremden umgab eine Stille, die Hill so verunsicherte, daß er den Blick senkte, um seine plötzliche irrationale Unruhe zu verbergen. Der Mann bemerkte, daß er beobachtet wurde, lächelte und marschierte nun flotter auf das Haus zu.

Er hatte ein freundlich-rundliches Gesicht und flaumige, blonde Haare. Hill warf einen unauffälligen Blick auf die Hand des Fremden und sah, daß er keine

Schwielen hatte ... die Hand eines Städters, der nicht an harte Arbeit gewohnt war. Er nickte widerwillig, als der Mann ein paar Schritte von ihm entfernt stehenblieb.

»Abend«, sagte er und wartete.

»Sie sind Denis Hill?« Der Ton des Besuchers ließ die Frage wie eine Behauptung klingen.

»Bin ich.«

»Und Sie«, der Fremde lächelte der alten Frau zu und verbeugte sich artig, »Sie sind Selina Hill?«

»Ja«, erwiderte sie und warf ihrem Gatten einen fragenden Blick zu, dann trat sie beiseite und bat den Mann ins Haus. »Bitte treten Sie ein. Ich mache gerade ...«

»Tee«, beendete der Fremde den begonnenen Satz und lächelte wieder. »Vielen Dank, Mrs. Hill. Ich würde mich glücklich schätzen, einen Tee zu bekommen.«

Da seine Frau die Ereignisse beschleunigt hatte, ließ Hill zu, daß der Mann vor ihm ins Haus ging.

»Nehmen Sie Platz«, sagte er mit der größten Höflichkeit, die er aufbringen konnte. Als er sich dem Fremden gegenüber niederließ, kehrte der Schmerz zurück. Eine fürchterliche Zange schloß sich um sein Rückgrat und riß ihm das Fleisch aus dem Rücken. Er biß sich auf die Lippe und zwang sich, den Brechreiz zu unterdrücken, der sich in seiner Kehle zusammenballte.

Das durchdringende Pfeifen des Teekessels lenkte Selina ab, und sie verschwand in die Küche; aber plötzlich erkannte Hill, daß der Fremde Bescheid wußte. Er hatte freundliche Augen, die voller Mitleid waren. Er stand auf und stellte sich neben Hills Stuhl.

»Haben Sie keine Angst. Der Schmerz ist rasch lokalisiert. Hier ...« Er ließ die Hand über Hills Rückgrat gleiten, und der Schmerz verschwand augenblicklich. Der Fremde lächelte über die Erleichterung und Verwirrung des alten Mannes. »Regen Sie sich nicht auf, Mr. Hill. Ich habe viel zu sagen und mir bleibt so wenig Zeit.«

»Sie haben mich von meinem Schmerz befreit«, keuchte Hill.

»Das ist nicht von Bedeutung«, sagte der Besucher nur, ohne das Rätsel zu lösen.

Hill blickte rasch in Richtung Küche, aber sein Gegenüber wußte, worum er sich sorgte.

»Sie brauchen keine Angst vor einer Entdeckung zu haben. Ihre Frau weiß von Ihrer Krankheit. Sie weiß es schon seit einigen Wochen. Stimmt's, Mrs. Hill?«

Selina stand im Türrahmen.

»Ja ... ich habe es immer schon gewußt, aber ...« Sie starrte den Besucher an, »woher wissen Sie ...?«

»Meine Kollegen und ich sind zu vielem fähig, Mrs. Hill. Unser Verständnis für die Möglichkeiten unterscheidet sich von Ihrem.« Er wandte sich dem alten Mann zu. »Wissen Sie, was eine mit Kobalt angereicherte explosives Anordnung anrichten kann, Mr. Hill?«

Hill schüttelte den Kopf.

»Obwohl sein Zerstörungspotential nach einigen Maßstäben gering ist, kann es hier auf Ihrem Planeten den dominanten Organismus eliminieren – den Menschen mitsamt seiner Heimat – und das Trägersystem unwiderruflich zerstören. Verstehen Sie, Mr. Hill?« Er sah die Verständnislosigkeit in den Augen des alten Paares und lächelte nachsichtig. »Sie haben keine Ahnung von derartigen Dingen, nicht wahr? Sie leben schon so lange Zeit von Ihrer eigenen Art abgesondert ... Sie sind das perfekte Material. Ich hätte es nicht besser treffen können. Sie haben ...« – der Fremde legte den Kopf schief und blickte den alten Mann und seine Frau prüfend an – »noch ein Erdenjahr zu leben, wahrscheinlich weniger. Ihre Frau vielleicht noch zwei Jahre, wenn man die oft anzutreffende Lebenseinstellung mit in Betracht zieht, daß ein Partner dem anderen in den Tod folgt. Nun – das Angebot ist gemacht. Ich warte auf Ihre Antwort.«

Hill schüttelte benommen den Kopf.

»Angebot? Was für ein Angebot? Möchten Sie mein Land kaufen? Nun, tut mir leid, wenn ich Sie enttäuschen muß – es ist nicht zu verkaufen. Es stand nie zum Verkauf. Tut mir leid, daß Sie den ganzen Weg vom Darf ...«

»Vom Dorf?« sagte der Besucher mit einem milden Lächeln. »Oh, Mr. Hill, ich komme nicht vom Dorf, ich komme von weit her.« Er spreizte entschuldigend die Finger. »Vergeben Sie mir. Ich habe mein Anliegen offensichtlich schlecht erklärt. Ich möchte nicht Ihre Farm kaufen. Ich möchte, daß Sie beide mich begleiten.«

Er sah das völlige Unverständnis in ihren Augen und seufzte.

»Mr. Hill ... die explosive Anordnung, von der ich sprach ... die Kobalt-Bombe? Sie wird in einer Stunde explodieren. Die Welt, wie Sie sie kennen, wird aufhören zu existieren.«

Hill und seine Frau waren unfähig, ein Wort hervorzubringen und starrten ihn nur noch dumpf an.

»Sie wurden ausgewählt – wahrscheinlich, weil Sie nicht repräsentativ für die meisten Mitglieder Ihrer Rasse sind – mich zu begleiten.«

»Wohin?« schrie Hill, als er seine Stimme wiedererlangte und griff nach der Hand seiner Frau.

»Weiter fort, als Sie sich vorstellen können«, erwiderte der Besucher lächelnd. »Aber die Zeit verrinnt, Mr. Hill. Sie müssen jetzt mitkommen.«

»Wer wirft solch eine Bombe?« sagte Hill entgeistert. »Kann man sie nicht aufhalten?«

»Wir könnten es verhindern, aber damit würden wir das Naturgesetz von Wachstum und Zerfall beeinflussen, dem wir alle unterworfen sind. Ich befürchte, die Bombe wird explodieren. Es ist unvermeidlich.«

»Aber, wenn wir mit Ihnen gehen ... was werden Sie mit uns machen?« stieß die alte Frau schweratmend hervor, während sie sich noch enger an ihren Mann drängte.

»Oh, man wird gut für Sie sorgen«, erwiderte der Besucher. »Wir bieten allen unseren Ar… Gästen jeden nur erdenklichen Komfort. Sie brauchen keine Bedenken zu haben.«

Er wandte sich Hill zu.

»Dort, wo wir hingehen, gibt es keinen Schmerz. Sie werden immer beisammenbleiben. Es gibt keinen Alterungsprozeß. Wir können zwar die Zeit nicht umkehren, aber wir können die Gegenwart unbegrenzt ausdehnen – was in Ihren Begriffen mit ewigem Leben gleichbedeutend ist. Sie werden nicht allein sein, es sind noch andere dort… in ähnlicher Lage, andere Überlebende. Sie werden wahrscheinlich einiges gemeinsam haben – wenn nicht physisch, so werden Sie doch wenigstens die gleiche Geschichte von der Degeneration der Art zu diskutieren haben …«

»Nein!« platzte der alte Mann heraus. Er war selbst von der Heftigkeit in seiner Stimme überrascht. »Vielen Dank«, fügte er mit leiser Stimme hinzu; wie ein Kind, das sich an seine guten Manieren erinnert.

Der Blick des Fremden wurde eine Spur härter, und er wandte sich um.

»Ich verstehe. Nun, es ist Ihre Entscheidung. Ich kann Sie nicht dazu zwingen. Meine Aufgabe ist erledigt.«

Er hob die Hand zum Lebewohl und ging durch die noch immer offene Tür in den Garten hinaus.

Hill sah seine Frau an, drückte ihre Hand und warf ihr ein scheues Lächeln zu.

»Nicht in einen Käfig, Selina«, sagte er kläglich. »Ich habe doch richtig gehandelt, oder nicht? Ich könnte es nicht ertragen, uns beide in einem Käfig …«

»Natürlich hast du recht«, sagte seine Frau und küßte ihn auf die Wange. »Es war ja doch alles Unsinn!« Sie strich ihm über das spärliche Haar. »Soll ich uns noch eine Kanne Tee machen? Der hier ist kalt geworden.«

Sie ging in die Küche. Er zog seinen Stuhl ans Fenster, blickte übers Tal und sah zu, wie der Tag im Abend aufging, den bald die Nacht umhüllen würde.

Originaltitel: ›THE LAST BASTIONS‹ • Copyright © 1980 by Michael Vyse • Erstmals erschienen in ›The Outer Reaches‹ • Mit freundlicher Genehmigung des Autors und Thomas Schlück, Literarische Agentur, Garbsen • Copyright © 1997 der deutschen Übersetzung by Wilhelm Heyne Verlag, München • Aus dem Amerikanischen übersetzt von Inge Holm • Illustriert von Manfred Lafrentz

DAS BLUT DER ENGEL

Der Gesang der Engel – multitonal und zart wie Pulver-
schnee – drang durch das noch winterkalte Wasser an
seine Ohren.

Carver öffnete die Augen. Die letzten paar in seinem
Fleisch eingebetteten Eiskristalle ließen die Augenlider
knistern, und prismatische Formen – in den Augäpfeln
eingeschlossene Kristalle – bewegten sich über die Netzhaut.

Gestalten mit um die Beine geschlungenen Armen
regneten von der gefrorenen Oberfläche über ihm auf
den Boden des Schelfs herab. Überall waren Engel, die
sangen und die schlafenden Menschen berührten.

Lyras lächelndes und durchscheinendes Gesicht
schwamm vor ihm. Der nackte Körper des Engels war
nach der Fastenzeit im letzten Herbst noch immer bis auf
das Skelett abgemagert, und die bleichen Knochen schienen durch das Fleisch. Ihre Hände fuhren über seinen
Körper. Er spürte ihre Berührung kaum; es kam ihm so
vor, als ob seine abgestumpften Sinne von einem Chitin-
panzer eingeschlossen waren. Sie schien ihn zu streicheln
und im neuen, einmonatigen Sommer willkommen zu
heißen. Er war versucht, die Augen zu schließen und sich
unter ihren sanften Liebkosungen zu entspannen …

Er spürte, wie sie das schwere Werkzeugpaket von
seiner Hüfte löste.

Er riß die Augen auf. *Etwas stimmte nicht.*

»Lyra?« Seine Stimme war ein Krächzen, das kaum
durch das kalte Wasser trug.

Sie lächelte; durch das gespenstische Fleisch ihres Halses konnte er die Stimmbänder schimmern sehen, als sie im Einklang mit sich selbst sang. Aber sie hielt seine Werkzeugtasche umklammert – ein einfaches Utensil aus Flechtwerk, das an einem Strick befestigt war.

Über ihr schwammen Engel unbeirrt durch die hilflos herabregnenden Menschen. Die Engel nahmen ihnen Werkzeuge ab, Kleidung, Vorratsbehälter – sogar Waffen: Speere und Messer aus Knochen.

Carver ergriff Lyras Arm. Erfrorene und abgestorbene Hautschichten schälten sich von ihm ab und gaben neue, rosige Haut frei. »Lyra ... Was tust du?«

Ihr Fleisch war weich und warm; sie entzog sich seiner Berührung, wobei sich verständnisloser Kummer über ihr Gesicht legte.

Sein Gehirn schien noch halb gefroren zu sein; er bemühte sich nach Kräften, es wieder zu aktivieren. Lyra konnte ihm natürlich nicht antworten; die Engel verfügten nicht über die Gabe der Sprache – nicht einmal über das gutturale, verbenfreie Sub-Idiom der *Baskers*.

Aber andererseits waren die Engel auch keine Diebe. Noch nie zuvor war es ruchbar geworden, daß sie die Echten Menschen beklauten – insbesondere nicht in den paar kurzen Tagen nach dem Frühlingstau, wenn die schlaflosen Engel die ersten Wesen waren, welche die Winterpause beendeten und ihre Aktivitäten wieder aufnahmen; zu einem Zeitpunkt, wo die Echten Menschen – und alle anderen Bewohner des Schelfs – noch halb gefroren, bewußtlos und verwundbar waren.

Anders als die Menschen – und die *Baskers* – froren die Engel nicht. Sie mußten während des elfmonatigen Winters nicht schlafen; sie blieben bei Bewußtsein, eingeschlossen im Eis, und komponierten ihre schönen Lieder.

Er entwand seine Werkzeugtasche ihrem festen Griff. »*Baskers!*«

Es war die Stimme von Hunter, seiner Frau.

Carver drehte sich im Wasser um. Hunter – untersetzt, muskulös, im mittleren Alter, mit zurückgekämmtem Haar – schwamm durch den Schwarm sich bewegender Menschen. Schichten abgestorbener Haut schlackerten an ihren Extremitäten, aber sie bewegte sich zielstrebig und knuffte und schubste die Erwachsenen, damit sie schneller aufwachten. Sie hatte ihren Speer aus Chitin und Holz dabei. Er war angefault und mit einer klaren und klebrigen Substanz verschmiert …

Engelsblut.

Die Kälte des Frühlingswassers drang tief in Carvers Gebein; er glaubte, nie mehr aufzutauen.

Hunter registrierte, daß er sie anstarrte. Sie deutete an ihm vorbei. »*Baskers* kommen! *Bewegung!*«

Niemand hatte bisher einen Engel getötet – einen harmlosen, schönen Engel – noch nie …

Die *Baskers* kamen in breiter Front im Ozean über sie. Ihre großen Münder waren geschlossen, und in ihren großen, plumpen Händen hielten sie ihre primitiven Waffen – Chitinsplitter, Steine – und, wie er sah, auch die Waffen der Echten Menschen: Messer, Speere, Bogen.

Menschliche Waffen, welche die Engel für sie gestohlen hatten.

Zu viel geschah zu schnell. Carver suchte hektisch nach einer Waffe. Aber das Messer an seiner Hüfte war verschwunden, und das Lager mit Speeren und Netzen, das er vor dem Winterschlaf hatte anlegen helfen, war auch verschwunden.

Von den Engeln geplündert?

Er wandte sich den *Baskers* zu und ballte die Fäuste.

Eine kräftige Frau, die sich als Silhouette vor dem rötlichen Sonnenlicht abzeichnete, fiel Carver von der eisbedeckten Oberfläche entgegen.

Struppiges Haar, weiß und dünn, wucherte auf ihrem

breiten, flachen Schädel. Die Augen lagen tief in knochigen Höhlen. Ihre Gliedmaßen waren weit gespreizt, die Ellbogen und Knie angewinkelt, und sie hatte ein Messer der Echten Menschen in der Hand – vielleicht war es sogar sein eigenes.

Er ließ sich im Wasser nach hinten fallen und bereitete sich auf den Einsatz seiner Arme und Beine vor.

Der Körper des *Baskers* kollidierte frontal mit ihm. Brustwarzen wie Kieselsteine drückten sich in seine Brust, und sie kratzte auf seinem Rücken herum, wobei Fingernägel wie Krallen das Fleisch aufrissen. Ihr großer Mund hing drohend vor seinem Gesicht, eine transparente Höhle, und er konnte Sonnenlicht durch die Filterkiemen an beiden Seiten ihres dicken Halses sehen. Dieser Mund war ausgelegt, immense Mengen von Plankton und Krill aus dem Wasser zu filtern, während die *Baskers* in ihren großen Schulen durch die Gewässer des Schelfs schwammen …

Jetzt aber war sie nicht auf Nahrungssuche. Wenn das Messer ihn nicht erwischte, konnte sie ihn einfach ersticken, indem sie seinen Kopf schlicht in diesem riesigen, klaffenden Mund verschwinden ließ.

Er zog die Knie an und versuchte, sie wegzudrücken. Er mußte sich zwingen, den dräuenden Mund vor sich zu ignorieren. *Das Messer. Wo war das Messer?* Ihre freie Hand malträtierte noch immer seinen Rücken – er fuhr mit der linken Hand an ihrem knochigen Arm entlang – demnach mußte das Messer – *dort sein!*

Er spürte, wie die Klinge in seine Hand stach; sie durchdrang die Haut zwischen Daumen und Zeigefinger. Aber es verursachte keine großen Schmerzen. Der *Basker* hatte offensichtlich keine Erfahrung im Umgang mit der Waffe und führte die Klinge ungeschickt, zu hoch angesetzt.

Er umklammerte das Messer. Die Steinklinge schnitt ihm ins Fleisch, und er spürte, daß die Handfläche durch das Blut glitschig wurde. Aber dann hatte er es,

und mit einer Drehung – *oh, dieser Schmerz,* als die Klinge auf den Knochen traf – konnte er ihr das Messer entwinden.

Das Messer entglitt seinen blutigen Fingern.

Der wütende *Basker* schrie ihm ins Gesicht. Er roch fauliges Salzwasser und sah Kristalle, die an ihrem Gaumen klebten.

Jetzt hatte sie seine Hüfte mit beiden Beinen umklammert; sie zerrte an seinem Rücken und schlug ihm an die Schläfe. Er versuchte sich zu wehren. Aber sie hielt sich außerhalb der Reichweite seiner Beine und Knie. Ihre Haut war fest und lederartig – noch immer vom Winter dehydriert – aber ihre Muskeln, gestählt durch ein Leben in ständiger schwimmender Fortbewegung, waren wie Felsblöcke.

Sie war primitiv, stupide und kaum höher entwickelt als ein Tier. Man konnte sich wirklich nicht vorstellen, daß die *Baskers* auch Menschen waren, Verwandte der Echten Menschen. Aber es *war* die Wahrheit; jeder wuchs mit diesem Wissen auf. Und dieser *Basker* war *stark,* und sie würde gewinnen.

Es sei denn ...

Mit der rechten Hand griff er nach der Werkzeugtasche an der Hüfte. Er fummelte auf dem Rücken herum, an dem lockeren Knoten in dem Seil über dem Steißbein. Nach wenigen Momenten blinder und einhändiger Arbeit hatte er ihn gelöst – und verlor dann fast die ganze Tasche, als die *Basker-Frau* ihm auf Kopf und Rücken drosch.

Er streckte die Hand aus, an dem *Basker* vorbei – einem Zuschauer muß das sicher wie eine obszöne Umarmung vorkommen, dachte er vage – und wickelte dann mit der rechten Hand den Strick um das linke Handgelenk.

Danach hob er die Arme hoch, führte sie über den Kopf des *Baskers* und nahm sie vor ihrem Gesicht wieder herunter. Nun legte er mit einer schnellen Bewegung den Strick um ihren Hals – und *schob* mit aller Kraft.

Die tief in der ledernen Gesichtsmaske liegenden Augen des *Baskers* starrten ihn vorwurfsvoll und trüber werdend an. Das Gefummel auf seinem Rücken und im Gesicht wurde intensiver, bis es den Anschein hatte, daß gleich zwei Tiere über ihn herfielen. Sie hustete, und eine große, obszöne Masse halbverdauten Krills eruptierte aus diesem großen Hals und ergoß sich über sein Gesicht.

Aber er ließ nicht locker. Genauso wenig wie sie, wobei sie offensichtlich nicht begriff, daß er gerade die Hebelwirkung benötigte, die sie ihm bereitstellte, indem sie mit den Beinen seine Hüfte umklammerte. Er registrierte, wie das Seil das dehydrierte Fleisch ihres Halses durchsägte. Ihr Blut färbte das Wasser vor seinem Gesicht; es schmeckte scharf und salzig.

Dann fielen ihre Arme schlaff von ihm ab. Dieser große Mund, die aufgeblähten Backentaschen, verloren ihre Form.

Er mußte ihre verschränkten Beine von der Hüfte losreißen. Er stieß die Leiche von sich weg. Schmerzwellen durchliefen Rücken, Gesicht und Hand.

Blutverschmiert, nach Luft schnappend und noch durch den Winter geschwächt, blickte er sich um.

Baskers bewegten sich durch die herabregnenden Menschen und prügelten wahllos auf Köpfe und Oberkörper ein. Blut färbte das Wasser rot. Carver sah, wie ein Faustkeil – der von der großen Hand eines *Baskers* geführt wurde – die Brust eines sich windenden Kindes aufschlitzte; die andere Faust griff in den Brustkorb und schob weiße, leuchtende Rippen zur Seite, wodurch Organe wie bleiche Würmer freigelegt wurden.

Es war ein Gemetzel.

Die *Baskers* konnten es nicht auf Nahrung abgesehen haben – sie verschmähten es, das Essen der Echten Menschen zu verzehren, ganz zu schweigen von *Menschen-fleisch*.

Konnte es sein, daß die *Baskers* die Menschen einfach nur *vernichten* wollten?

Er vernahm die entfernte, dünne Stimme von Hunter; sie hatte sich aus der Kampfzone entfernt.

»Flieh! Flieh!«

Carver packte seine Werkzeugtasche und begann zu schwimmen, wobei Schmerzen durch die Gelenke jagten. Um ihn herum lösten sich andere überlebende Menschen – Erwachsene, ein paar Kinder – aus dieser Wolke des Todes, viele verwundet und verwirrt.

Einmal schaute er sich noch um. Die *Baskers* fielen noch immer über wehrlose Körper her, schlugen und stachen wie von Sinnen auf sie ein, wobei ihre Bewegungen in der Wolke aus Blut verschwammen.

Und über ihnen zog eine Schule von Engeln ihre Bahn durch das Wasser. Sie sangen und spielten und beachteten den Tod um sie her nicht.

Zwanzig Echte Menschen überlebten, von über fünfzig. Und von diesen zwanzig waren nur sechs Kinder.

Sie flohen über das Schelf und suchten ihre Jagdgründe an seiner Abbruchkante auf.

Hunter und Carver hatten ein eigenes Kind gehabt – einen Jungen, der vor drei oder vier Jahren nicht mehr aus dem Winterschlaf erwacht war. Sie hatten um das Kind getrauert. Carver erinnerte sich, daß es seltsamerweise gerade diese Zeit nach dem Tod des Jungen gewesen war, in der sie sich am nächsten gestanden hatten.

Aber die Welt – der endlose Druck des Hungers, die Sommer, die wie im Flug vergingen, und die Winter, die sie in ihren eisigen Griff nahmen – ließ nur wenig Platz für Trauer.

Hunter hatte sich in ihren eigenen tiefen, gefrorenen Ozean zurückgezogen, irgendwo in ihrem Kopf – ein

Ort, zu dem Carver bisher noch nie hatte vordringen können. Sie hatten dann auch nicht mehr in Erwägung gezogen, noch ein Kind zu bekommen. Nun, da Carver die desolate, erschöpfte und blutende Gruppe der Überlebenden betrachtete, erschien ihm dieser Verzicht unverantwortlich.

Denn soweit bekannt war, gab es nirgendwo sonst in den Weltmeeren noch weitere Echte Menschen.

Einmal orteten sie eine Schule von *Baskers*. Die Echten Menschen tauchten zu dem nackten, felsigen Boden des Schelfs ab. Die *Baskers* – hundert oder noch mehr – kreuzten in ihrer stupiden und unbeirrbaren Art über ihnen. Ihre großen Beine pflügten in einer geduldigen Formation durch das Wasser, und das Sonnenlicht erleuchtete das Innere ihrer klaffenden, aufgeblähten Münder, mit denen sie Krill aus dem Ozean filterten.

Lyra, der Engel, folgte den Echten Menschen.

Carver sah sie hinter sich, entfernt, vorsichtig, offensichtlich verängstigt und verwirrt. *Sie begreift nicht, was sie getan hat,* dachte er. *Sie erkennt wirklich nicht, was hier geschehen ist.*

Die anderen Menschen schienen sie nicht bemerkt zu haben. Er wollte sie verscheuchen – er drohte ihr sogar mit der Faust in dem Versuch, ihr Angst einzujagen. Wenn die Echten Menschen sie jetzt zu fassen bekämen …

Aber sie war nicht imstande, ihn zu verstehen. Sie lächelte ihn nur an, wobei die Schädelknochen durch ihr transparentes Fleisch schienen, und offenkundig fragte sie sich, welches neue Spiel er jetzt wohl spielte.

Er wandte ihr den Rücken zu und schwamm zu Hunter, seiner Frau.

Ohne Notiz von der Verzweiflung der Echten Menschen zu nehmen, stand die Welt um sie herum in voller Blüte und machte so viel aus dem kurzen Sommer, wie sie nur konnte. Die restliche Eisdecke war bereits zu einer dünnen, fast transparenten Schale geschrumpft;

Amöben, Geißeltierchen und Algen absorbierten das durch das Eis gefilterte Sonnenlicht und füllten den Ozean mit blaugrünem Staub an. Aus ihrem eisigen Gefängnis befreite Würmer, Seeschmetterlinge und Krill bewegten sich durch das mit frischen Nährstoffen angereicherte Wasser und labten sich daran.

Die Lebensfülle des sich erwärmenden Wassers ließ Carvers dünnes Blut schneller pulsieren und erfüllte ihn mit einem irrationalen Optimismus – ungeachtet des Angriffs der *Baskers*. Der Frühling übte immer eine solche Wirkung auf ihn aus. Und doch wußte er, daß die Plankton-Spezies, die ihre kurzen Lebenszyklen durchliefen, nur einen Bruchteil der Armeen darstellten, welche die Ozeane vor dem Einschlag bevölkert hatten.

Carvers Optimismus schwand so schnell, wie er gekommen war, und Erschöpfung drohte ihn zu überwältigen wie der Hauch eines vorzeitigen Winters. Sein leerer Magen war ein einziger Punkt des Schmerzes in ihm, und die Muskeln – überbeansprucht und kraftlos – zitterten, als er Arme und Beine zwang, in Bewegung zu bleiben. Aber er sah davon ab, Hunter zu einer Verlangsamung des Tempos oder gar zu einer Pause zu bewegen. So erschöpft und zerschlagen sie auch waren, mußten sie doch die Abbruchkante des Schelfs erreichen – um zu jagen und Nahrung zu suchen; alles andere wäre ihr sicherer Tod gewesen.

Jeder kannte die Geschichte der Welt. Die Echten Menschen sogen sie gleichsam mit der Muttermilch ein.

Einst war nur ein kleiner Teil der Ozeane vom ewigen Eis bedeckt gewesen. Und an manchen Orten waren die Ozeane überhaupt nie zugefroren.

Jetzt indessen lagen die Dinge anders. Die Erde, die durch die Kollision auf eine weite elliptische Bahn gezwungen worden war, näherte sich der Sonne nur für wenige Monate im Jahr. Die meisten Ozeane blieben das ganze Jahr bis zum Meeresboden hinunter zugefroren;

nur in den Schelfregionen, den schmalen Bändern geringer Meerestiefe, die den Kontinenten vorgelagert waren, taute es überhaupt etwas auf.

Gab es etwas Lebensraum.

Die Nahrungsketten waren zerrissen. Sogar das Plankton mußte an die veränderten Lebensbedingungen im Eis angepaßt werden – modifiziert von den letzten Menschen auf dem Land, die sich in einem Wettlauf gegen die vereisende Luft befanden.

Schließlich hatten die Menschen ihre eigenen Kinder in die Ozeane zurückgeschickt, die einzigen noch bewohnbaren Orte auf der Erde.

Sie hatten die Meere mit Tieren und Fischen bevölkert, die alle so modifiziert worden waren, daß sie die Winter eigentlich hätten überstehen müssen. Aber kein einziges Tier hatte überlebt. Mit Ausnahme der Abkömmlinge der Menschheit existierte jetzt nichts mehr in den Ozeanen.

Plankton und Humanoide.

Und die Menschen waren übereinander hergefallen.

»*Runter!*«

Hunters Zischen riß ihn aus seinen Betrachtungen.

Die Menschen ließen sich auf dem Meeresboden nieder und gruben sich im Schlick ein. Kinder glitten durch den Schlamm und suchten die Nähe der Erwachsenen.

Aus dem Augenwinkel sah Carver, wie Lyra ihre Bewegung verlangsamte und ein paar hundert Meter hinter ihnen im Schlick verharrte – schön, nutzlos, ein geschlechtsloser, kindlicher Hermaphrodit.

Carver schaute durch die expandierende Schlammwolke nach vorne – und erkannte, warum Hunter hatte anhalten lassen. Ein Anglerfisch schwamm auf sie zu. Er war eine aufgeblähte, schmutzig-orangefarbene Kugel; das Wesen hatte rudimentäre Extremitäten, wobei Hände und Füße verwachsen waren und in Flossen ausliefen. Sein Leuchtorgan glühte hell auf dem Knochenstiel, der aus dem Schädel wuchs, und große Nüstern filterten das brackige Wasser auf *Basker-Art*.

Der Angler verhielt in seiner watschelnden Fortbewegung. Er kippte nach vorne, wobei sein großes Maul ein treibendes Nahrungsfragment schluckte. Die Masse schob sich in seinen Magen, und eine knochige Protuberanz beulte seinen prallen Leib aus. Der Mageninhalt sah aus wie ein Kind in einer Gebärmutter; Carver mutmaßte, daß diese Beute vielleicht noch lebte.

Der Angler hatte keinen erkennbaren Halsansatz; das große, verzerrte Gesicht ging nahtlos in die üppige Masse des Körpers über, und dünne Haarbüschel klebten auf der gespannten Kopfhaut. Carver identifizierte das Wesen als männlich: ein kleiner Penis schaute aus einer mit kräftigem Haar bewachsenen Stelle unter dem aufgeblähten Bauch hervor. Das Fleisch des Anglers war dünn und blaß nach den langen Monaten in einer Eiskammer und spannte sich über den Bauch.

Dank des großen, weit aufklappbaren Kiefers konnte der Angler mehr als seine eigene Masse schlucken. Diese Kreatur war bereits gesättigt und trieb jetzt träge, zufrieden und schläfrig durch die Untiefen und verdaute gemächlich ihre erste Mahlzeit des neuen Sommers.

Die Angler lebten in dem tiefen, kalten und leeren Wasser unterhalb des Schelfs. Dort unten gab es kein Licht – kein Plankton, nur den schlammigen Detritus der Schelf-Gemeinschaften. Im kurzen Frühjahr schwärmten die Angler nach oben aus, über die Abbruchkante, um sich an dem reichhaltigen Leben des Schelfs zu delektieren.

Und dort wurden sie von den Echten Menschen erwartet.

Hunter erhob sich aus dem Schlamm, langsam und vorsichtig. Carver bewunderte die ökonomischen Bewegungen seiner Frau; ihre Schwimmfüße schienen sich fast nicht zu bewegen, und sie löste kaum eine Handvoll Schlamm vom Boden. Sie hielt den Speer ausgestreckt – ein Speer, der nach Carvers Befund noch immer mit dem Blut der Engel befleckt war – und mit der freien Hand vollführte sie eine kreisförmige Bewegung.

Carver und ein weiterer Mann – ein kräftiger Kamerad mit dem Namen ›Wundheiler‹ – erhoben sich vom Boden und versuchten, Hunters lautlose Drift durch das Wasser zu imitieren. Carver nahm Kurs auf die linke Flanke des Anglers, der Heiler hielt auf die rechte Seite zu.

Wenig später hatten sie ihre Positionen erreicht, wobei die zwei Männer und Hunter die Eckpunkte eines Dreiecks um den unvorsichtigen, schläfrigen Fischmenschen markierten. Carver hielt die Luft an, und die Intensität der Jagd beschleunigte seinen Puls.

Sonnenlicht schien durch das Eis über ihnen und beleuchtete das stille, regelmäßige Plateau.

Der Fischmensch bewegte sich. Hunter hob die rechte Hand.

Carver und der Heiler preschten auf den Angler zu. Sie brüllten und schlugen das Wasser, explodierten förmlich vor Lärm und Bewegung.

Der Fischmensch richtete sich im Wasser auf, wobei der Stiel des Leuchtorgans erzitterte. Die frappierend menschlichen Augen schienen sich unabhängig voneinander zu bewegen und fixierten die Männer.

Dann wendete er, und mit derart schnellen Schlägen der Beinflossen, daß sie schon verschwammen, floh er vor den Männern …

… und direkt in Hunters Speerspitze.

Carver beobachtete, wie seine Frau den Speer erhob und ihn dem Angler in den Kopf stieß, mitten zwischen die Augen. Der Angler schrie auf, mit tiefer, ansatzweise menschlicher Stimme. Der Fischmensch fiel aufgrund seiner Massenträgheit nach vorne, und er schlug auf Hunter ein und packte sie. Aber sie war darauf vorbereitet und hielt sich mit aller Kraft am Speer fest, wobei sie ihr Gewicht als Hebelkraft einsetzte, um die Waffe immer wieder durch den Kopf des Anglers zu ziehen.

Blut und blaß-graue Gehirnmasse bildeten eine Wolke im Wasser um den kämpfenden Fischmenschen.

Jetzt brachen die anderen Echten Menschen aus ihren niedrigen Schlammnestern und fielen über den Angler her. Sie attackierten seine pulsierenden Flanken mit Messern, Speeren, Händen und Zähnen. Als Carver zu der Gruppe aufgeschlossen hatte, war der Fischmensch bereits zu einer kaum identifizierbaren blutigen Masse reduziert worden, wobei das Fleisch in losen Schichten über den Rippen hing und die vier entstellten Gliedmaßen im Wasser baumelten.

Schließlich rührte er sich nicht mehr. Der große leblose Kadaver sank zu Boden, begleitet von der Meute Echter Menschen.

Carver schlang, so schnell er konnte, zähes Fleisch in sich hinein und zwang die Nahrung in den leeren Magen. Abgesehen von dem bißchen Krill, das er während der Reise geschluckt hatte, war das seine erste Mahlzeit seit dem letzten Sommer. Es mundete *wundervoll*.

›Wundheiler‹ stieg in den aufgebrochenen Kadaver. Er stemmte die Füße gegen das weiß glänzende Rückgrat des Anglers und packte die Rippen; dabei schälte er Fleischstücke mit seinen dicken Fingern ab. Der Heiler zerrte heftig und spannte die starken Schultermuskeln an. Langsam zog er die Brust des Fischmenschen auseinander. Organe – bleich und angeschwollen – fielen aus der geöffneten Bauchhöhle. Ein Dutzend Hände griff nach dem Magen und riß seine weiche Wand mit Leichtigkeit auseinander.

Ein Körper glitschte aus dem Magen. Das Fleisch war angefressen, von der Magensäure zersetzt.

Zuerst hielt Carver es für einen Echten Menschen.

Aber die Form des Schädels, die Überreste des großen Mundes, belehrten ihn dann eines besseren. Das war ein *Basker* – ein junger Erwachsener, wie anhand der Größe und des Gewichts geschlossen werden konnte.

Die Kinder stürzten sich auf den *Basker*, entfernten lockere Fleischstücke und kauten auf den salzigen, von der Säure zart gewordenen Leckereien herum. Carver betrachtete sie wohlgefällig und freute sich, daß sie etwas gefunden hatten, womit sie sich von dem Schrecken des Überfalls der *Baskers* ablenken konnten.

»Carver.«

Es war Hunters Stimme, die von irgendwo außerhalb der Tafelrunde kam. Er entfernte sich von dem Kadaver. Jetzt, wo er etwas in den Magen bekam, wurde er unaufmerksam und hatte deswegen nicht mitbekommen, daß sie nicht mehr da war.

Hunter befand sich dicht über dem Meeresboden, ein paar Meter entfernt – *und sie hatte den Engel, Lyra.*

Mit rasendem Herz eilte Carver zu ihnen hin.

Hunter erwartete ihn mit unbewegtem Gesicht. Eine große Hand hielt das Handgelenk des Engels umklammert – locker zwar, wie Carver sah, aber dennoch fest – und in der anderen hielt sie einen Brocken Angler-Fleisch.

Lyra krümmte sich, wobei ihr schönes, glühendes Gesicht vor Angst verzerrt war; sie versuchte zu singen, brachte aber nur ein unvollständiges, dissonantes Lied zustande.

Hunter sah Carver an. »Sah, daß sie uns folgte.«

Carver spürte, wie seine Hände arbeiteten und aneinander zogen. »Laufen lassen. Harmlos. Laufen lassen …«

»Nicht harmlos. Für *Baskers* gearbeitet.«

Aber sie wußte doch gar nicht, was sie tat, wollte Carver schreien. *Und – oh – und sie war schön!*

All die Engel, mit ihrer Anmut und den Liedern,

waren schön, dachte er – die einzige Quelle der Schönheit in einer düsteren, sterbenden Welt.

»Sie helfen uns«, sagte er verzweifelt. »Gegen *Baskers*. Nächstes Frühjahr.«

Hunter schüttelte noch immer den Kopf. »Nicht harmlos. Nie wieder harmlos. *Niemals.*« Sie hielt Carver das Stück Fleisch hin. Er nahm es zögernd; es lag glibberig und warm in der Hand. »Geben. Füttere sie.«

Zunächst uerstand Carver nicht. Dann bot er dem Engel das Fleisch an; mit aufhellendem Gesicht griff Lyra gierig danach.

Dann – mit dem Schock der Erkenntnis – begriff er es. Er riß das Fleisch zurück und ignorierte Lyras Enttäuschung. Mit Abscheu wandte er sich Hunter zu. »*Nein. Sie versteht nicht. Nein.*«

Hunter streckte die Hand aus und ergriff seinen Arm, genauso wie sie den Engel hielt; sie spannte die Schultern an und bugsierte Carver und den Engel aufeinander zu, bis sie sich direkt gegenüberstanden. »Sie mag dich. Sie *vertraut* dir. Du gibst ihr Essen. Sie bringt zu ihren Freunden. Füttere sie alle.«

Carver schaute in die leeren, schönen, vertrauensvollen Augen des Engels – und dann in die Augen seiner Frau. Hunters Blick war härter als der felsige Meeresboden, härter als das Eis mitten im Winter. Er erkannte dort eine Entschlossenheit – die düstere, harte Entschlossenheit, *daß die Spezies überleben mußte*, um jeden Preis – eine Entschlossenheit, welche die einst auf einer erfrierenden Welt gefangenen Menschen dazu veranlaßt hatte, die Körper ihrer eigenen Kinder umzugestalten.

Gegen diesen Willen hatten Schönheit und Musik keine Chance. Carver hatte keine Chance.

Carver sah den Engel an, und – langsam und widerstrebend – hielt er ihr das Fleisch hin.

Der weiche Mund des Engels schloß sich um das Fleisch. Sie kaute es vorsichtig und schluckte es dann hinunter, wobei sie ihn vertrauensselig anlächelte; er konnte beobachten, wie der weißliche Fleischbrocken durch den Hals in den Magen gelangte.

Kein vor der Katastrophe lebender Mensch hätte auch nur einen einzigen Winter auf der neuen Erde überstehen können; bereits der erste Frost hätte die menschlichen Zellmembranen aufplatzen lassen.

Als die Menschen – die Echten Menschen und ihre entfernten Verwandten – in die fast vollständig zugefrorenen Meere zurückgekehrt waren, hatten die verschiedenen Populationen spezifische Überlebensstrategien für die lange Monate währende Isolation im Eis entwickelt. Für die Menschheit waren das neue Strategien, wohingegen die Tiere und Larven in den Polarregionen der Erde sie schon seit Anbeginn des terrestrischen Lebens genutzt hatten.

In den Körpern der Echten Menschen bildeten sich Eiskristalle – aber nicht in den Zellen selbst, sondern in den Räumen *zwischen* den Zellen. Die *Baskers* und ihre nahen Verwandten, die Angler, konnten ihre Körper vor Einbruch des Winters dehydrieren. Wo es kein Wasser gab, konnte auch kein Eis entstehen.

Bei den Engeln lagen die Dinge anders. Das Blut der Engel war ein natürlicher Cryoprotektor – ein Frostschutzmittel auf Alkoholbasis. Mithin konnten die Engel nicht erstarren; sie wurden nur ›supragekühlt‹, wobei das Blut auch unterhalb des Gefrierpunktes noch fließfähig blieb.

Aber die Engel mußten vor dem Einsetzen des Winters fasten. Es war *extrem* wichtig, daß das Blut der Engel vor dem Abkühlungsprozeß so rein wie nur irgend möglich war …

Carver wußte das alles, genauso wie er seinen Namen kannte und schwimmen konnte; den Echten Menschen wurde das Verständnis ihrer Umwelt quasi mit in die Wiege gelegt.

Und sie kamen mit dem Wissen auf die Welt, wie man Engel tötete.

Während des ganzen Sommers durfte der Engel Lyra die kleine Gruppe der Echten Menschen auf ihren Streifzügen an der Abbruchkante des Schelfs begleiten. Und Carver fütterte sie ständig. Er schaute zu, wie sich dieser kleine Mund um die schmackhaften Delikatessen schloß – Leber- und Nierenstücke, noch warme und saftig-blutige Herzen; selbst beim Essen blieben Lyras schöne Augen ausdruckslos.

Plötzlich brach der Herbst über sie herein. Das Wasser, das wenige Wochen zuvor noch vor Leben pulsierte, wurde trübe und brackig, als die Amöben, Würmer und andere Kleinstlebewesen verendeten. Das Eis über dem Wasser wurde zusehends dicker und verwandelte das Schelf in einen Ort der Schatten und düsteren Finsternis. Kalte Tiefenströmungen schwappten über die Abbruchkante, ließen die Echten Menschen frösteln und sich auf der Suche nach Wärme aneinanderdrängen.

Lyra – vollschlank, fast fett – schien den nahenden Winter zu spüren. Sie verbrachte jetzt viel Zeit abseits der Menschen – Carver wußte, daß sie mit einem Artgenossen zusammen war und sich vielleicht paarte (die Engel waren Hermaphroditen und befruchteten sich durch den Austausch von Küssen) – aber sie kam immer wieder zurück.

Wenn Carver ihr jetzt Nahrung brachte, schloß sie ihren schönen Mund und wollte sich abwenden. Aber er gab ihr die zartesten Stücke der Innereien – er kaute sie sogar teilweise für sie vor, um das Fleisch weich zu machen und das Aroma zur vollen Entfaltung zu bringen.

Da konnte sie einfach nicht widerstehen. Sie lächelte ihn an und schluckte die wunderbaren zarten Happen.

Und während Lyra für ihn sang, hielt Carver ihr noch mehr Fleisch hin.

Lange Eisstalaktiten wuchsen von der sich verdickenden Oberflächenkruste.

Die Echten Menschen schwammen zu einem weit entfernten Ort am Schelf – weit weg vom Lebensraum der *Baskers,* die sie angegriffen hatten. Die Kinder wurden träge und apathisch, als sich ihre Körperfunktionen verlangsamten; eins nach dem anderen zogen sie die Beine an die Brust, legten die Arme um die Schenkel und schlossen die Augen.

Die winzigen Körper drifteten wie Luftblasen an die Oberfläche und wurden vom Eis eingeschlossen.

Fast schon erstarrt, mit steifen Gelenken, das Blut zäh wie Schlick in den Adern, traf sich Carver zum letztenmal mit Lyra. Sie wirkte unnatürlich fett – eigentlich sollten die Engel im Herbst wie Gespenster aussehen, kaum substantieller als eine über das Skelett gespannte gläserne Haut – und sie schien es zu wissen; eine diffuse Sorge hatte Falten in ihr Gesicht gegraben.

Als er ihr jedoch den Proviantbeutel hinhielt – als der Gestank von vorgekauten, vergammelnden Innereien an ihre Nase drang – ergriff sie ihn freudig, und alle Gedanken an die Zukunft waren aus ihrem schwachen Verstand verbannt.

Oberhalb der verstärkten Eisschicht begann die Atmosphäre als Schnee auszufällen.

Als er aufwachte, wartete Hunter schon auf ihn. Sie präsentierte ihm einen Sack mit Nahrungsmitteln. Sie grinste. »Schau. Sicher. Keine *Baskers*. Keine Engel.«

Carver befreite sich aus dem Eis, begierig, sich dem betäubenden Griff des Winters zu entziehen. Er entriß Hunter den Beutel und brachte einen Brocken fauligen, verrottenden *Basker*-Fleischs zum Vorschein; er stopfte es in den Mund und kaute gierig.

Das Wasser war kalt und tot, das Oberflächeneis noch immer eine dicke Kruste.

Dann schwamm er über das Schelf in Richtung des

Brutplatzes der Engel. Er blickte nicht zurück. Er ignorierte seine Artgenossen, die Echten Menschen. Aber er wußte, daß Hunter dicht hinter ihm war, mit einem Speer in der Hand.

Sie kamen an einer Schule von *Baskers* vorbei, von denen die meisten noch im Eis eingeschlossen waren. Einer, der schon bei Bewußtsein war, beäugte das Nahen der Echten Menschen mit trübem Blick und hängendem Kiefer und schwamm mit Stößen seiner langen, durch den Winter geschwächten Beine von dannen.

Ein Engel schwebte vom gefrorenen Himmel herab – steif, mit starren Gliedern.

Carver eilte zu ihm hin.

Vorsichtig, mit steifen, zitternden Händen, ergriff er ihn bei den Schultern und drehte ihn herum. Langes, fahles Haar klebte auf Gesicht und Rücken des Engels, und sein Fleisch reflektierte das verdüsterte Licht der aufgehenden Sonne.

Es war keine Wärme in diesem kleinen Mund und in diesen Augen; kein Blut pulsierte unter seinen Händen. Das Gesicht des Engels war vereist und kristallisiert; Eisschichten schnitten durch den dünnen Körper wie Glasscherben.

Es war nicht Lyra.

Hunter streckte einen Arm aus und stocherte mit dem Speer an dem Engel herum. Eine gefrorene Extremität zersplitterte und fiel ab; aus einer gefrorenen Ader rieselte das kristalline Blut des Engels funkelnd ins Wasser.

Supragekühlte Flüssigkeiten waren instabil. Sie konnten sofort mit beliebigen Partikeln reagieren und ausfällen – wie z. B. mit einem Stück Nahrung.

Carver musterte den segmentierten Torso. Welche Qualen mußte der Engel erduldet haben, als sich die Kälte in allmählichen Schüben durch diesen dünnen Körper fraß, während er allein und hilflos in seinem Eiskäfig lag!

Hunter grunzte. »Gut. Einer weniger. Das machen wir

wieder, und wieder, bis keine Engel mehr. Und wir haben Kinder. Werden stark. Und dann«, sie fuhr mit einem Finger über den Speer, »und dann suchen wir die *Baskers*.«

Carver stolperte von ihr weg, weg von dem Nebel aus gefrorenem Engelsblut, und machte sich auf die Suche nach Lyra.

Originaltitel: ›THE BLOOD OF ANGELS‹ • Copyright © 1994 by Stephen Baxter • Erstmals erschienen in ›Asimov's Science Fiction‹, Dezember 1994 • Mit freundlicher Genehmigung des Autors und Thomas Schlück, Literarische Agentur, Garbsen (# T 38358) • Copyright © 1997 der deutschen Übersetzung by Wilhelm Heyne Verlag, München • Aus dem Englischen übersetzt von Martin Gilbert • Illustriert von Manfred Lafrentz

Adam Wiśniewski-Snerg · Polen

GESPALTEN

Ich lag auf der Couch und zerbrach mir seit einer Stunde den Kopf über einen Ausweg. Sollte ich zu Jovita gehen und ihr endlich eine feste Bindung anbieten oder sollte ich sie für immer ziehen lassen?

Obwohl wir nie über unsere gegenseitigen Beziehungen gesprochen hatten, liebte sie mich, was sie wortlos zum Ausdruck brachte. Ich war mir meiner Gefühle nicht so sicher. Immer wenn ich über die Aussicht eines gemeinsamen Lebens nachdachte, zeigte mir mein Verstand die Perspektiven der Hölle, das Herz aber – das Paradies auf Erden. In einer solchen Lage stellte ich mir die sich seit langem aufdrängende Frage, ob ich ihr meine Liebe gestehen sollte. Bald zerfloß die Zeit meiner Unentschlossenheit im Nichts. Jovita verließ gerade an jenem Tag die Stadt, wie ich von einem Bekannten erfahren hatte, und sie verriet niemandem, wohin sie reiste oder um welche Zeit sie zum Flughafen fahren wollte. Die Zeit des Überlegens verstrich, und die aufkommende Erregung ließ mich nicht zur Ruhe kommen. Immer rascher wog ich in Gedanken die Vor- und Nachteile einer möglichen Ehe ab. Von den extremsten Argumenten für und wider zerrissen, wälzte ich sie hin und her und ging in der Wohnung auf und ab, schließlich ließ ich mich auf den nächsten Stuhl fallen. Ich verlor jedes Gefühl dafür, wie in mir der psychische Kampf getobt hatte. So sehr konzentrierte ich mich auf mein Ringen mit dem Problem, daß ich nicht sagen konnte, wie der ersehnte Entschluß schließlich zustandekam.

Plötzlich – es geschah wohl von der Couch aus – fiel mir in der Küche das Durcheinander auf, das Jovita bei ihrem letzten Besuch zurückgelassen hatte. Sie war nie imstande, Ordnung zu halten! Zu diesem Fehler rechnete ich sogleich ihre anderen psychischen Unzulänglichkeiten und körperlichen Mängel hinzu, bis ich mir mit reinem Gewissen zuflüstern konnte: A-u-s-g-e-s-c-h-l-o-s-s-e-n! Bei mir daheim herrschte ideale Stille. Um dem einmal gefaßten Entschluß Nachdruck zu verleihen, schlug ich mit der Faust auf das Nachtkästchen.

Fast im gleichen Augenblick war aus der Küche das Geklirr zerbrechenden Glases zu hören, so als hätte es auch dort einen unausweichlichen Schicksalsschlag gegeben. Das Glas konnte durch die Erschütterung vom Regal gefallen sein, aber dann, das Blut stockte mir in den Adern, ging die Tür weit auf, und aus der Küche, einem Traumgespinst gleich, erschien eine getreue Kopie meiner eigenen Gestalt. Das Phantom blieb einige Minuten lang still und regungslos stehen, in Nachdenken versunken. Unser Schweigen wurde immer unerträglicher. »Und, was weiter?« fragte ich leise, um es mit einem x-beliebigen Satz herauszufordern, diese ungewöhnliche Situation zu erklären. Aber ich konnte bei ihm nicht die geringste Lust auf ein noch so kurzangebundenes Gespräch feststellen. Trotz der fehlenden Reaktion sah das Phantom im Vorzimmer wie ein realer Mensch aus. Ich versuchte also, das Problem in einem rationalen Rahmen in den Griff zu bekommen. War das mein Bruder, ein eineiiger Zwilling oder ein vollkommener Doppelgänger? Die erste Hypothese fiel weg, weil ich keinen Bruder hatte. Also ein Doppelgänger? Was für eine Ähnlichkeit! Sogar unsere Kleider waren genau gleich. An seinem Verhalten war der Umstand auffällig, daß er kein einziges Mal zu mir her sah. Wenn ich es mit einem echten Menschen zu tun hatte, dann mußte er taub und blind sein. Oder er tat so, als sei er behindert. Als ich ihn so anglotzte, betrat er auf einmal schnellen Schritts das Zimmer und blieb bei der Couch stehen, auf der ich noch immer saß. Was hatte er vor, und warum sagte er nichts?

Er hatte die Hände in den Taschen. Verbarg er darin ein Messer oder einen Revolver? Sollte er wegen unserer unverkennbaren Ähnlichkeit einen Mord verüben? Diese einfache Frage ging mir in Sekundenbruchteilen durch den Kopf. Schon erwartete ich seinen Angriff, weil er wohl hierhergekommen war, um seinen Doppelgänger ohne Skrupel zu vernichten, als er sich plötzlich dem Tisch zuwandte, auf dem das Telefon stand.

Aufmerksam verfolgte ich die Bewegungen seines Fingers auf der Tastatur. Als er die komplette Nummer gewählt hatte, erhob ich mich von der Couch, und zu meinem Erstaunen stellte sich heraus, daß er Jovita anrief. Ehe er ein Wort sagen konnte, nahm ich ihm vorsichtig den Hörer aus der Hand und legte auf. Ich tat es aus keinem ersichtlichen Grund, bloß der fehlende Widerstand kam mir sonderbar vor. Mit irrem Blick sah er sich suchend um und lehnte sich in den Stuhl neben dem Apparat. Immer noch ignorierte er meine Anwesenheit daheim.

Eines war mir jetzt absolut klar: Er wollte mein Leben ruinieren. Offensichtlich wollte er unsere körperliche Ähnlichkeit ausnutzen, um Jovita ein Liebesgeständnis zu machen und ihr gegen meinen Willen einen Heiratsantrag zu machen. Und dann, ebenso wie er von der Straße hereingekommen war, wollte er sich irgendwie davonmachen und mich den perversen Eigentümlichkeiten dieses weiblichen Wesens überlassen. Mit einem Wort, er wollte sich verabschieden, ohne einen Gedanken an das Martyrium zu verschwenden, das eine Ehe unter Menschen bedeutete, die nicht zueinander paßten. Wenn er aber ein enger Freund Jovitas war, vielleicht gar ihr Geliebter gewesen war, was mir während des Vorfalls mit dem Telefon instinktiv einfiel, kannten wir sie beide von vielen Seiten, und er sollte wissen, wozu sie fähig war.

Es war ein Spiel mit offenen Karten.

Wolltest du sie zurückhalten oder dich nur verabschieden? fragte ich in der Annahme, daß sie sich beim Abschied versöhnen könnten. Als Antwort auf diese Worte streckte er wieder die Hand nach dem Apparat aus. Ich sprang auf, um die Schere zu suchen, und durchschnitt das Kabel. Die nächsten Versöhnungsversuche hätten wahrscheinlich bis zum späten Abend gedauert, wenn ich nicht die Möglichkeit eines schnellen Kontaktes auf diese Art und Weise unterbunden hätte.

Er beugte sich tief nach vorn, stützte die Ellbogen auf die Knie und bedeckte das Gesicht mit den Händen. Ich konnte unschwer erraten, daß sich seine Gedanken um Jovita drehten und ihr zuflogen wie die Motten der Flamme, ohne die dort lauernde Gefahr zu ahnen.

Gib dir keine Mühe, sagte ich in mildem Ton. Es gibt für dich keine unpassendere Frau.

Er schwieg.

Wenn du sie wirklich anrufen wolltest, warum greifst du dann zur Schere anstatt zum Hörer? griff ich ihn scharf an, um ihn mit dieser frechen Lüge endlich zu einem Meinungsaustausch zu zwingen.

Er richtete sich auf und lehnte sich sogleich an den Stuhl. Weil der ungebetene Gast noch immer wie ein taubstummer Blinder dastand, verließ ich das Zimmer, ohne mich dem Andrang der Fragen zu stellen, die meine Lage mir aufdrängte. Angesichts des Mysteriums ihrer Kontakte fühlte ich mich ratlos. Ob Jovita zwischen uns unterschieden hatte? Durch die Existenz des Doppelgängers nervös gemacht, ging ich lange im Zimmer auf und ab, bis mir einfiel, daß ihre Abreise das ganze Problem so oder so erledigen würde. Bis dahin mußte ich mich mit etwas beschäftigen, es ging nur darum, einige Stunden zu überbrücken. Ich versuchte also, die Spannung abzubauen, indem ich Ordnung in das zweite Zimmer brachte, und wusch das Geschirr in der Küche ab.

Langsam brach die Dämmerung herein. Ich kochte zwei Tassen Kaffee. Während ich eine Zigarette rauchte, überlegte ich gerade, ob ich eine der gefüllten Tassen vor den Eindringling hinstellen sollte, als aus dem Vorzimmer ein verdächtiges Knacken drang. Es erinnerte an das Geräusch eines Türschlosses, das aufgesperrt wurde. Ich blickte aus der Küche zum Eingang. Die Wohnungstür stand weit offen, der Doppelgänger hatte sie schon passiert und wandte sich dem Lift zu. Zweifellos wollte er zu Jovita fahren, um sie mit seiner Liebeserklärung in meinem Namen in der Stadt zurückzuhalten. Mit einigen Schritten hatte ich ihn eingeholt, und gleich waren wir wieder zurück im Zimmer, wo er sich sofort auf die Couch fallen ließ. Noch spielte er den Sanftmütigen, aber ich sah voraus, wie temperamentvoll er sich später benehmen würde.

Er mußte einen zweiten Schlüssel haben, denn sonst wäre er nicht hereingekommen. Eine Überprüfung seiner Taschen bestätigte diese Vermutung. Ich sperrte die Wohnungstür mit dem Schlüssel ab. Dann überlegte ich lange hin und her, was ich mit den beiden Schlüsseln tun sollte. In der Tasche wollte ich sie nicht lassen, dazu fürchtete ich zu sehr eine Tätlichkeit dieses Mannes, der möglicherweise wahnsinnig war. Kein Versteck in der Nähe war sicher genug, denn mich erfüllte plötzlich der dumme Verdacht, daß der Doppelgänger sogar meine Gedanken erraten konnte, mit Entsetzen. Erriet er sie oder konnte er sie lesen? Was für ein Blödsinn!

Der Schlüssel brannte mir in der Hand wie ein in der Flamme erhitztes Skalpell. Die Schneide schnitt mir ins Herz, denn obwohl ich meinen Entschluß gefaßt hatte, zögerte ich noch, ob ich Jovita zurückhalten sollte. Aus diesem Grund wollte ich schmerzhafte Versuchungen, das Haus zu verlassen, an der Wurzel kappen. Ich rannte in die Küche und ließ die Schlüssel knapp neben dem Fensterbrett aus dem zwölften Stock fallen. Ich zielte genau: Sie fielen neben der Hauswand nieder, wo das Gras am höchsten war. Dank dieses Manövers konnte ich die Nachbarin rufen und ihr die Schlüssel zeigen, damit sie die Tür aufsperren konnte.

Ich fühlte mich besser. Bevor ich mich auf das Abenteuer einließ, stieg ich in die Badewanne. Ins warme Wasser eingetaucht, vernahm ich die Schritte des Eindringlings, der in der Wohnung auf und ab ging. Zuerst kümmerte ich mich nicht darum und wusch mich weiter, aber plötzlich spürte ich den Drang, aus der Badewanne zu steigen: schuld daran war wohl die Vorstellung, daß der ungebetene Gast sich daran machte, die Telefonleitung zu reparieren.

Nackt und naß erstarrte ich auf der Schwelle des Bads. Auf so etwas war ich nicht gefaßt gewesen. Er stand bei der Wohnungseingangstür und machte sich mit einem Dietrich am Schloß zu schaffen. Obwohl ich mir dieses Werkzeug für einen anderen Zweck angeschafft hatte, konnte der stählerne Stab mit dem flachen Haken einem Einbrecher dienlich sein.

»Du Narr!« brüllte ich mit fremder Stimme. »Du wirst sie nirgends erreichen.« Als ich mich dem Doppelgänger näherte, steckte die Spitze des Dietrichs neben dem Schloß in der Türfuge. Statt vorsichtig den Haken aus der Fuge herauszuziehen, faßte ich den Dietrich am anderen Ende, das mir prompt aus den nassen Händen glitt. Der Mann reagierte auf meinen Druck wie eine gespannte Feder, er schnellte plötzlich in die Höhe und versetzte mir einen starken Schlag auf die Stirn. Krachend fiel ich rücklings um. Eine Zeit lang kroch ich auf dem vom Seifenwasser glitschigen Boden umher und versuchte aufzustehen. Erst das Knarren der Tür, die von dem Doppelgänger aufgebrochen wurde, riß mich aus meiner Benommenheit. Nach einer Weile war ich mit meiner hoffnungslosen Frage allein, wer ihn jetzt aufhalten sollte. Klare Sache, nur ich konnte ihn noch aufhalten. Aber ich durfte keine Sekunde verlieren. Ich griff nach Hemd und Hose, bedeckte damit meinen nassen Körper, ergriff die Schuhe und verließ barfuß die Wohnung. Er mußte im Gang warten, denn der fahrende Aufzug brauchte bis in den zwölften Stock endlos lange. Ich schaffte es gerade noch knapp nach dem Doppelgänger. Von da an machte ich den Mund nicht mehr zu und redete unablässig von den körperlichen Mängeln Jovitas, von den unerträglichen Eigenschaften ihres Charakters, von der Hölle, die mir im Fall einer Eheschließung drohte. Während dieses Monologs schaute er mich kein einziges Mal an und spielte den Taubstummen.

Als der Aufzug das Erdgeschoß erreicht hatte, versperrte ich ihm den Ausgang und drückte auf den Knopf des zwölften Stockwerks, und als wir nach oben fuhren, drückte er nach kurzer Zeit den Knopf des Parterres. Unten wuchsen die Kräfte meines Gegners wesentlich. Ich strengte mich sehr an, um ihn wieder in der Kabine zurückzuhalten. Durch die rätselhaften Aufzugsfahrten und unser Ringen beim Ausgang wurden die Mieter, die sich im Erdgeschoß versammelt hatten, ungeduldig. Obwohl sie versuchten, mit uns mitzufahren, gelang es niemandem, in die Kabine einzudringen, und wir fuhren noch einmal hinauf. Aber das Eingreifen der zornigen Hausbewohner bedeutete das Ende dieses Spiels.

Ich kannte den Zeitpunkt der Abreise Jovitas nicht und hatte keine Ahnung, wie sie die Stadt verlassen wollte: mit dem Zug oder mit dem Flugzeug? Auf den Bahnhöfen und Flughäfen zu suchen, hätte keinen Sinn. Hätte ich ihn nicht dauernd gestört, hätte der Doppelgänger wohl eine telefonische Liebeserklärung riskiert oder wäre direkt zu ihr nach Hause gefahren, wo sie höchstwahrscheinlich, ganz ihrer Art entsprechend, unangenehme Dinge hinauszuschieben, immer noch die Koffer packte. Wie auch immer, es lag in meinem Interesse, ihn möglichst lange irgendwo aufzuhalten.

Aber wie? Nach dem letzten Kampf wurde ich schwach. Ein kalter Schauer lief mir über den Rücken, ich schaute hinunter zu meinen bloßen Füßen und erst jetzt fiel mir auf, daß ich statt der Schuhe … einen Hammer in der Hand hielt. War dieser Irrtum eine Folge meiner Zerstreutheit, der verständlichen Ohnmacht nach dem Sturz in der Wohnungstür und der Eile – oder eines im Unterbewußtsein geplanten Mordes? Ohne weiter nachzudenken, schlug ich mit dem Hammer auf die Tastatur des Aufzuges. Der Lift blieb sofort stehen. Er hielt mitten zwischen zwei Stockwerken – also an einer Stelle, wo der Ausgang in den Korridor versperrt war. Ich befand mich in einer Lage, die jeden anderen in Zorn oder Panik versetzt hätte, mich aber mit einem Gefühl von Sicherheit erfüllte. Selbstzufrieden setzte ich mich in eine Ecke der Kabine und beobachtete, wie der Doppelgänger in der Falle saß.

Bald kam ich zur Ruhe und ein Gefühl von Melancholie erfüllte mich. Das Treppenhaus hallte wider vom Echo verschiedener Geräusche. Die Proteste der Mieter wurden von der Stimme des Hausmeisters übertönt, der uns selbst befreien konnte, was uns noch gar nicht bewußt geworden war! Ich schätzte ab, wieviel Zeit die Suche nach einem Mechaniker in Anspruch nehmen würde. Ich dachte an Stunden des Wartens, als nach knapp einer Viertelstunde der Lift plötzlich ins Parterre hinunterfuhr, wohin ihn der Hausmeister ohne jede fremde Hilfe hinuntergeholt hatte.

Ohne mich um Fragen zu kümmern, stürzte ich schnell zu dem vor dem Haus geparkten Auto. Aber der Doppelgänger lief als erster hinaus. Als ich die Tür öffnete, war er schon über die Räder gebeugt und zerstach die Reifen mit der Klinge seines Taschenmessers. Die

Telefonzelle an der Straßenecke war nur ein Haus weiter. Ich stolperte, vom Verlauf der Ereignisse ganz benommen, dorthin und hörte nicht auf die Stimme meines Verfolgers, der mich eindringlich warnte, den Hörer abzuheben. Zu seiner Gesellschaft verurteilt – nach so vielen Mißerfolgen –, konnte ich mir leicht ausrechnen, was er beim nächsten Versuch, mit Jovita Verbindung aufzunehmen, unternehmen würde. Die letzte Hoffnung, sie zu Hause aufzuhalten, nahm er mir, als neben uns ein Taxi stehenblieb.

Ich nahm gleich neben dem Fahrer Platz und nannte ihm die Adresse Jovitas.

Sogleich ging es in die angegebene Richtung. Während der schnellen Fahrt zum ersehnten Ziel vergaß ich ganz die Existenz des Doppelgängers, der seit einigen Minuten auf dem Hintersitz lag. Nur er konnte dort versteckt sein, denn niemand sonst hatte ein Interesse daran, eine solche Katastrophe herbeizuführen. Erst bei Jovitas Haus zeigte es sich, in welchen Wahnsinn ihn mein Erfolg getrieben hatte.

Knapp vor der letzten Kurve sorgte das zweite Paar Hände, das sich plötzlich auf die Hände des Fahrers legte, für die richtige Lenkraddrehung. Als Folge des heftigen Ringens fuhr das Taxi schleudernd über den Gehsteig, zertrümmerte die Scheibe eines Schaufensters und fuhr unter dem Krachen des zerdrückten Rahmens in einen Kleiderladen. Das Taxi zermalmte das Innere des Geschäfts, verletzte aber niemanden. Der Fahrer beruhigte die entsetzten Verkäuferinnen. Der Täter lag unter einem Haufen Kleider. Unter Ausnützung der allgemeinen Verwirrung entfloh ich zur Kreuzung, von wo aus ich in die Straße blickte, in der Jovita wohnte.

Das Haus stand neben der U-Bahn-Haltestelle. Jovita strebte dem Eingang zur U-Bahn zu. Bei der Treppe blickte sie sich um, und als sie mich sah, ließ sie die Koffer fallen. Ich lief mit einem Freudenschrei zu ihr.

So besiegte nach langem Kampf einer den anderen.
War es aber zum besseren, daß ich Sieger blieb?
Ich habe bis heute keine Gewißheit!

Originaltitel: ›ROZDWOJENIE‹ • Copyright © 1997 by Adam Wiśniewski-Snerg • Erst-
veröffentlichung • Mit freundlicher Genehmigung des Autors und Franz Rottensteiner, Wien
• Copyright © 1997 der deutschen Übersetzung by Wilhelm Heyne Verlag, München •
Aus dem Polnischen übersetzt von Hanna Rottensteiner

Achim Stößer · Deutschland

HAARE

Unsicher trat Caitlin durch die zur Seite gleitenden
Türen aus dem Waggon ins grelle Licht. Ihr war mulmig
zumute, es war spät geworden, und um diese Zeit hielt
sich niemand, der noch bei klarem Verstand war, gern in
der New Yorker U-Bahn auf. Knatternd wie ein Maschi-
nengewehr fuhr der Zug davon und ließ sie mit ihren
hallenden Schritten allein. Nur ein paar bewußtlose Jun-
kies lagen auf dem Boden, eine ebenso bewußtlose Frau
hielt mit eingefrorenen Gesichtszügen einen *Wachtturm*
ausgestreckt.

Caitlin strebte dem Ausgang zu. Ihr Herzschlag
schien für einen Augenblick auszusetzen, als sie an der
Rolltreppe eine Gruppe Halbwüchsiger entdeckte, die
grölend und mit häßlichem Lachen einen Fipinen gegen
die Wand gedrängt hatten, ihn stießen und beschimpften.

Sie hielt den Atem an und bekämpfte den Drang, da-
vonzulaufen. Sie schluckte. Entschlossen ging sie auf
den Fremden zu, gab ihm einen flüchtigen Kuß auf die
pelzige Wange und sagte: »Hi, *Sweetheart.* 'tschuldige,
daß ich erst jetzt komme, aber Michelle hatte sich an
einem Ziegelstein die Handkante verletzt, und ich habe
sie noch ins Krankenhaus begleitet. – Wer ist das,
Freunde von dir?«

Die Aufmachung der Angreifer, die rot-weiß-schwar-
zen WAR-Armbinden, ganz zu schweigen von ihrem
Verhalten, zeigte mehr als deutlich, daß sie zur *White
Aryan Resistance* gehörten und alles andere waren als

die Freunde eines Harry Face. Sie starrten Caitlin entgeistert an.

»Wohl doch nicht«, stellte sie fest, als hätte sie es erst jetzt bemerkt. »*White Ass Racists,* wie?« Sie hoffte, daß die Angst nicht in ihrer Stimme mitschwang. Über ihr zuckte und summte eine Leuchtstoffröhre in Agonie, schien nicht sterben zu wollen, immer wieder raffte sie sich wie mit letzter Kraft auf und strahlte eine Handvoll Licht aus.

Einer der WARlords – wohl der Anführer – kam wieder zu sich, zog ein Schnappmesser und ließ dicht vor dem Gesicht des Fremden die Klinge aus dem Schaft fahren. »Wollen doch mal sehen, ob wir Harry nicht zu einer Rasur verhelfen können.« Er sah Caitlin an. »Und dem Chickwit-Flittchen auch, am besten direkt über den Schultern.«

Caitlin machte einen Ausfallschritt, hob die Hände, krümmte wie *Catwoman* krallenartig die Finger und preßte hervor: »Okay, *Dickhead,* ihr seid zwar nur zu viert, aber dein Zahnstocher erlaubt es mir nicht, irgendwelche Rücksicht zu nehmen, also verzieht euch, oder in ein paar Sekunden können sie euch nur noch vom Boden aufwischen wie den restlichen Dreck.«

Der Anführer schwang versuchsweise das Messer, zu weit entfernt, um Caitlin auch nur zu ritzen – und ein wenig unkoordiniert, wie es schien: betrunken, womöglich sich selbst überschätzend.

Dennoch gelang es Caitlin, nicht einmal zu zucken. »Na schön«, sagte sie. »Ich habe dich gewarnt, *Scumbag.*« Sie nahm die Rechte einen Zoll zurück und fuhr in fast lässigem Tonfall fort: »Zuerst breche ich dir den Kiefer. Dann eine Kniescheibe. Als nächstes …«

»Laß doch die blöde Schlampe«, sagte einer der WARlords.

»Ja«, fiel ein anderer ein, »du wirst dir an der doch nicht die Finger schmutzig machen.« Sie versuchten offenbar, wenigstens das Gesicht zu wahren.

»Also gut«, sagte der Anführer gepreßt. »Rückzug!«
Er bewegte sich vorsichtig, dann drehte er sich um und
schlug einem seiner Kumpane auf den Rücken. Sie
stürmten die Treppe hinauf, die sich automatisch in Bewegung setzte. In sicherer Entfernung wandte er sich
noch einmal zurück und schrie: »Glaubt ja nicht, daß
ihr so davonkommt! Wir kriegen euch, verlaßt euch
drauf!«

Caitlin ließ sich mit dem Rücken gegen die Wand fallen, keuchte und glitt daran hinunter. Sie hob die Hand
und starrte sie an, als könnte sie nicht glauben, was sie
sah. Klatschend schlug sie auf den Boden und fuhr den
Fremden, der sich immer noch nicht rührte, an: »Verdammt, machst du sowas öfter?« Mit offenem Mund
schnappte sie nach Luft. »Wie ich es hasse, vulgäre Aus-
drücke zu gebrauchen.«

»Ich glaube, Sie haben mir das Leben gerettet.« Die
Stimme des Fremden klang künstlich aus der Kehlkopf-
prothese. Von Natur aus konnten die Sprachorgane der
Fipinen keine menschlichen Laute erzeugen, nur ein
Zwitschern und Pfeifen.

»Sieht wohl so aus«, sagte Caitlin. »Wenn sie
Schußwaffen gehabt hätten, wären wir jetzt tot.«

»Danke, Miss, ich ... ich weiß nicht wie ich Ihnen danken soll.«

»Schick mir eine IOU-Karte. Fürs erste genügt es,
wenn du aufhörst, mich Miss zu nennen, oder soll ich
dich etwa mit Sir anreden? Du bist wohl noch nicht
lange hier, wie? Also, ich muß jetzt was trinken, du
zahlst, Harry. – He, sieh mich nicht so an, wenn ich das
sage ist es nicht rassistisch, glaub mir, aber wir wurden
uns noch nicht vorgestellt, oder?«

»Mein Name ist Chris Finch«, sagte er, dann pfiff er
den Namen in seiner eigenen Sprache. Es klang entfernt
ähnlich.

Caitlin erhob sich. »Caitlin Ann Rodriguez Saunders«, antwortete sie, übertrieben seinen salbungsvollen

Tonfall imitierend. »Caitlin, für meine Freunde und Leute, derentwegen ich beinahe hops gegangen wäre – um Haaresbreite, sozusagen, eben um ein Haar.«

»Was für ein Glück, daß du diesen Kampfsport beherrschst – Caitlin.«

»Eigentlich nicht. Genaugenommen habe ich nicht die leiseste Ahnung davon, ist mir viel zu martialisch. Ich mache nur ein bißchen Jazztanz. Aber diesen kleinen psychologischen Trick wollte ich immer schon mal versuchen. Ich hätte nie gedacht, daß es funktioniert. Diese Dummköpfe glauben wirklich alles, was du ihnen sagst.«

Die altmodische Bar erinnerte mit all dem Neon, dem Chrom und den Kacheln an eine Mischung aus Operationssaal und Bad. Eine der Wände bedeckte ein Projektionsschirm, der ein spiegelbildliches Café an den *Champs-ELysées* zeigte. Einige der Gäste an den halben Tischen an dieser Wand unterhielten sich angeregt mit denen in Paris.

Caitlin rührte ihren Tee um, Chris nahm einen Schluck heißer Johannisbeerlimonade. »Es stimmt, ich bin erst seit einem Monat auf der Erde, die restliche Zeit habe ich auf dem Schiff verbracht«, klang es aus Chris' Kehlkopfprothese, wie sie auch Raucher benutzen.

»Du kannst ruhig deine eigene Sprache verwenden, ich verstehe Fipinisch. «

»Tatsächlich?« zwitscherte Chris. »Nicht viele Menschen machen sich die Mühe, es zu lernen.«

»Oh, einige meiner besten Freunde sind Fipinen«, erwiderte sie grinsend. »Aber ernsthaft, ich bin Biologin, und an dem Tag, an dem ihr vor vier Jahren hier aufgetaucht seid, noch während meines Studiums, habe ich mich entschieden, Exobiologin zu werden; ich hatte gar keine andere Wahl, als eure Sprache zu lernen.«

»Seit wir hier sind? Wohl kaum. Ich erinnere mich noch genau, wie eure Regierungen unsere Ankunft, bis wir nahe genug waren, um als Stern am Himmel sichtbar zu sein, vertuscht haben ...«

»... und sich dabei eifrig gegen die Invasion gerüstet, ich weiß.«

»All die Jahre ... glaubten sie ernsthaft, unser Raumschiff wäre durch den *Jinjili*-Raum geflutscht wie im Kino?«

»*Jinjili?*« Caitlin wiederholte pfeifend das fipinische Wort.

»Einsteinkontinuum, Subraum, Wurmloch«, sagte er auf englisch, und fuhr auf fipinisch fort: »Was du willst.«

»Verstehe.«

»Es ist ein Zeichen von Nervosität, an den Hornplättchen am Fingerende zu knabbern, nicht?«

Caitlin nahm den Daumennagel von den Lippen. »Was erwartest du, nach dem, was eben passiert ist?«

»Verzeihung, es war nicht als Vorwurf gemeint, nur als Frage. – Wie dem auch sei, ich bin in dritter Generation im Raum geboren, kaum einer von uns hat unseren Heimatplaneten selbst gesehen.«

Caitlin zuckte die Achsel. »Politiker. Keine Ahnung zu haben ist schließlich ihr Job.«

»Wie verschieden wir doch sind, Menschen und Fipinen, wo wir uns äußerlich so sehr ähneln, als wären unsere Spezies nicht auf lichtjahreweit entfernten verkrusteten Magmabällen entstanden.«

»Ganz so verblüffend ist das nicht: die Funktion bestimmt die Form. Ein Auge genügt nicht, um räumlich wahrzunehmen, für Stereosehen sind zwei erforderlich, und vier oder sechs sind, was die Verarbeitung der Daten angeht, bereits zu viel, so daß nur niedere Lebewesen mehr haben, Spinnen oder *chikwitii*, mit Ausnahme des Vierauges vielleicht, das Doppelaugen fürs Über- und Unterwassersehen hat; also hast du ebenfalls zwei, wenn auch der Augapfel schwarz ist. Ohrmuscheln mögen nützlich sein, aber Salamander, *jinnivissii* und *ffipiniï* kommen ohne aus. Für die Fortbewegung gibt es auch nicht viele mögliche Prinzipien: Wale und Fische, *jinnivissiï* und *jinniffiï* haben unabhängig voneinander Schwanzflossen entwickelt, die einen quer, die anderen hochkant – meine Knie sind nach vorn gebeugt, deine nach hinten.«

»Ich sehe, was du meinst. Drei Zehen genügen mir, aber deine fünf schaden auch nicht weiter. Allerdings«, er hob die Hand und wackelte mit dem Fingerkranz, »sechs Finger, lauter Daumen, finde ich wesentlich praktischer.« Er trillerte, was einem Lachen entsprach.

»Ach wirklich? Dann paß mal auf.« Sie zählte an den Knöcheln die Monate ab, bis sie bei Oktober angelangt war, und sagte: »Einunddreißig. Du siehst, Gott hat *unsere* Hände so erschaffen, daß wir daran die Länge der einzelnen Monate abzählen können – lange, ehe es Monate gab. Wenn das kein Gottesbeweis ist.«

»Meinst du das ernst?« Er sah sie mißtrauisch an.

»Natürlich nicht.« Sie schüttelte den Kopf und lachte.

»Dann ist es der beste Gottesbeweis den ich kenne.« Er trillerte wieder. »Übrigens bin ich selbst Paläobiologe – es gab bei uns ein inzwischen ausgestorbenes Tier, das *xifidriid,* das mit einem Auge räumlich sehen konnte: ein Schwingapparat, ähnlich dem von Fliegenflügeln, ließ das Auge seitlich vibrieren, so daß ein Stereobild entstand.«

»Faszinierend, das wußte ich nicht. Nun ja, Haarspaltereien. Aber du hast sicher recht, der Zufall hat natürlich auch eine große Rolle gespielt.« Sie schwiegen eine Weile, nippten nachdenklich an ihren Getränken. »Ist es nicht schrecklich, zu wissen, daß ihr hierbleiben müßt, nie mehr zurück könnt?«

»Daß wir uns mit euch arrangieren müssen, meinst du? Nun, du weißt es wahrscheinlich nicht, aber wir stehen kurz davor, den Mars zu kaufen. Anfänglich haben wir euch unsere Kenntnisse beliebig zur Verfügung gestellt, wie das bei uns üblich ist, aber da ihr auf

Austausch besteht ... glücklicherweise haben wir noch genügend ›Kapital‹ – Tauschinformation – zur Verfügung. Die Umwandlung des Mars dürfte ein, zwei Jahrhunderte in Anspruch nehmen, so daß ich es wahrscheinlich nicht mehr erleben werde, aber immerhin.

Vielleicht bekommen wir in ein paar Jahren oder Jahrzehnten Nachricht von einem der anderen Schiffe; möglicherweise hatten sie mehr Glück als wir, ich bin sicher, einige von uns würden sich auf den Weg machen – auch wenn sie wüßten, daß sie während ihrer eigenen Lebenszeit nie dort ankommen würden. Aber allzu viele infragekommende Planeten gibt es nicht.«

»Würdest du hierbleiben? Oder weggehen, so wie deine Vorfahren?«

»Ich weiß es nicht. Unsere Urgroßeltern waren gezwungen, ihre Heimat aufzugeben: vier Planeten, ebenso viele Monde; nichts außer den beiden entferntesten Gasriesen hätte den Sonnenausbruch überstanden. Es ist nicht einfach, ein Sonnensystem zu evakuieren.«

Sie kamen aus dem East River Park, in der Lower East Side. Fünf- in sechsfingriger Hand liefen sie über die South Street. Die warme Sommerluft roch angenehm nach dem gerade beendeten Gewitterregen, Leuchtreklamen und Autolichter spiegelten sich im nassen Asphalt.

Caitlin wandte sich Chris zu und rieb ihre Nase an seiner. Er erwiderte mit einem Kuß. Sie fühlte seine beiden Zungen an ihren Zähnen, fuhr mit der Spitze ihrer Zunge über seine glatten Kauleisten und den harten Gaumenhöcker.

»Du schmeckst noch nach N'ice-cream«, neckte sie ihn.

»*Denn die Lippen der Fremden triefen von Honig, und glatter als Öl ist ihr Gaumen.*«

»Shakespeare?«

»Eine der vielen xenophoben Stellen der Bibel.

Sprüche 5:3. *Was sollst du dich an einer Fremden berau-*
schen, mein Sohn? Den Leib einer Fremden umfangen? 5:20.
Dieses Machwerk läßt mir die Haare zu Berge stehen.«

»Oh, *Sweetheart.*« Früher hatte sie nichts von solchen
schmalztriefenden Kosenamen gehalten, aber dies war
etwas anderes: das Erste, was sie je zu ihm gesagt hatte.
»Wenigstens kannst du dich über Haare lustig machen –
ohne mit der Wimper zu zucken.« Sie schlenderten
weiter.

»Wußtest du, daß es europide Stämme in Nordwest-
afrika gibt, die Berber, bei denen die Leber noch heute
als Sitz der Gefühle gilt?« zwitscherte Chris leise.

»Was du nicht sagst! Wie kommst du darauf? – Oh,
ich verstehe. Aber die Pulszahl kann immerhin, wenn
Emotionen auftreten, vom Zentralnervensystem verändert werden, nicht? Und wie ist das bei euch?«

»Bei uns? Jedenfalls nicht das Herz, meines schon gar
nicht, das ist nämlich künstlich: fünf meiner sechs Atrio-
ventrikularklappen waren insuffizient, so daß ich noch
vor der … Geburt ein Ersatzherz bekam.«

»Ist das wahr?«

»Nein, aber es könnte gut sein, oder? Jedenfalls sitzen
bei uns die Gefühle im Blätterdarm.« Er trillerte. »Im
Gehirn natürlich, was dachtest …?«

Sie brachte ihn mit einem Kuß zum Schweigen.

Auf der gegenüberliegenden Uferseite zeichnete sich
schwarz die Skyline gegen den noch hellen Abendhimmel ab, gefleckt von erleuchteten Fenstern. Die Spiege-
lungen der Lichtgirlanden, die die Brooklyn Bridge wie
einen Weihnachtsbaum säumten, funkelten im Wasser.

»Ich bin hungrig«, sagte Caitlin und schob ihn sanft
in Richtung eines Not-dog-Stands.

Sie nahm eine große Portion Chili con carne, er lediglich ein Glas Bonsoy-Erdbeershake.

Um einen Straßenprediger ganz in der Nähe hatte
sich eine kleine Ansammlung gebildet, und Chris ging
zielstrebig darauf zu.

»Laß doch«, sagte Caitlin und versuchte, ihn zurückzuhalten. »Ein harmloser Spinner.«

»Harmlos? Wohl kaum. Hast du denn keine Geschichtsbücher gelesen? In wie vielen amerikanischen Bundesstaaten wird an den Schulen Kreationismus als ›wissenschaftliche Theorie‹ gelehrt, während viele Eltern ihren Kindern den Biologieunterricht verbieten? Ignorierst du völlig die Nachrichten? Denk doch nur an die haarsträubenden Transparente der gestrigen Demonstration der netten Herren mit den Zipfelmützen und Wappenschilden: *Alle Medien sind im Besitz der Juden – Bill Cosby, Vorzeigenigger – NAACP, Planet der Affen – Chickwits raus! …*«

»Ist der Klan denn eine religiöse Gruppe?«

»Ja. Frag sie, was sie von Ham halten – Noahs Sohn, nicht das chemisch am Verwesen gehinderte tierische Gewebe. Da drüben ist ein Plakat, schreib ihnen, sie werden dir sicher Informationsmaterial zukommen lassen.«

»Meinst du das, auf dem *Weiße Macht* steht? Den Rest kann ich von hier aus nicht entziffern.«

»*Weiße Einheit, weißer Stolz. – Weiße Macht. – Ritter des Ku Klux Klan. – P.O.Box 09273. – Chicago, Il. 60609.* Preisfrage: Welches Objekt ist es, mit dem sie in anderer Leute Vorgarten kokeln? Ein Ankh? Ein Smiley? Das Yin-Yang-Symbol? Der Mercedes-Stern? Oder das Kruzifix?«

»Du hast …«

Er machte ein hupendes Geräusch. »Zu spät, die Zeit ist leider um, das hätten Sie früher wissen müssen. – Vor Jahren, um genau zu sein.«

»Schon gut, ich glaub's dir ja.«

»Wo, denkst du, kommen die Reproduktionen all der mittelalterlichen Bilder her von haarigen Dämonen, die den heiligen Antonius plagen, Bilder von Teufeln mit gegabeltem …?«

»Schscht!«

Inzwischen waren sie Teil der Menge, die sich um den Evangelisten versammelt hatte. Es war nicht zu erkennen, welche der Zuhörer glaubten, was er sagte, und welche ihn als unterhaltsame Attraktion betrachteten wie einen dressierten und kostümierten Schimpansen.

Kaum hatte er Chris entdeckt, stach er auch schon einen spitzen Zeigefinger nach ihm. »*Und Gott schuf den Menschen nach seinem Bilde*«, donnerte er, »*nach dem Bilde Gottes schuf er ihn ...* Genesis 1:27.« Das Ende des Satzes, das einen hermaphroditischen Gott implizierte: »*... als Mann und Frau schuf er sie*«, ließ er geflissentlich beiseite.

»Wie sieht er denn aus, dein Gott?« erwiderte Chris. Die Lautstärke der Kehlkopfprothese war so weit aufgedreht, daß sie den Prediger leicht übertönte.

»*Gott hat niemand jemals gesehen,* Johannes 1:18«, trumpfte dieser auf und fuhr fort: »*Weiter sprach er: ›Mein Angesicht kannst du nicht schauen, denn kein Mensch sieht mich und bleibt am Leben‹,* Exodus 33:20.«

»Eine eigenartige Logik, zu behaupten, etwas sei nach dem Bild eines nie gesehenen Gottes geschaffen worden«, zwitscherte Chris Caitlin zu. Sie seufzte. Laut fuhr er auf englisch fort: »Was du nicht sagst. Aber hat Jakob, nachdem Gott, als dieser ihm, weil er ihn im Ringkampf nicht besiegen konnte, die Hüftpfanne ausgerenkt hatte, nicht den Ort Penuel genannt, *denn ›ich habe Gott von Angesicht zu Angesicht geschaut und habe mein Leben gerettet‹,* Genesis 32:31? Und heißt es nicht, *Jahwe aber redete mit Mose von Angesicht zu Angesicht,* Exodus 33:11?« Der Prediger wollte etwas sagen, doch Chris fuhr fort: »Und sprach nicht bald darauf Jahwe: ›*Wenn ich meine Hand zurückziehe, wirst du meine Kehrseite schauen, aber mein Angesicht darf man nicht schauen‹,* Exodus 33:23? Ich will dir verraten, wie er aussieht, dein Gott, *den kein Mensch gesehen hat noch zu sehen vermag,* 1. Timotheusbrief 6:16 – ein Prophet sagt: *Hörner entspringen seinen Händen,* Habakuk 3:4, und in 2 Samuel 22:9 sagt David: *Aus seiner Nase quoll Rauch, aus seinem*

Munde kamen fressende Feuer, Glühkohlen sprühten aus ihm.«

Chris schwieg, und der Prediger schrie: »Satan selbst ist es, der die Worte der Heiligen Schrift seinen eigenen Zwecken unterwirft. *Darauf nahm ihn der Teufel mit in die heilige Stadt, stellte ihn auf die Zinne des Tempels und sagte zu ihm: ›Wenn du der Sohn Gottes bist, dann stürze dich hinab. Denn es steht geschrieben: Seinen Engeln wird er dich anbefehlen, und sie werden dich auf Händen tragen, damit du deinen Fuß an keinen Stein stoßest.‹ Matthäus 4:5–6.«* Schweiß lief ihm übers Gesicht, obwohl der Regen die Abendluft merklich abgekühlt hatte. Erst jetzt schien er Caitlin zu bemerken. *»Mit keinem Vieh darfst du dich begatten und dich dadurch verunreinen. Eine Frau darf sich nicht vor ein Vieh hinstellen, um sich begatten zu lassen; dies wäre eine große Schandtat,* Leviticus 18:23«, eiferte er sich. *»Wenn jemand einem Tier beiwohnt, soll er mit dem Tode bestraft werden; das Tier sollt ihr töten. Wenn eine Frau sich mit einem Tier begattet, so sollst du die Frau und das Tier töten. Sie sollen mit dem Tod bestraft werden, denn es lastet Blutschuld auf ihnen,* Leviticus 20:15–16.«

Einige der Umstehenden wirkten amüsiert, doch manche sahen Chris böse an. Caitlin zupfte ihn am Ärmel. »Seid lieber vorsichtig«, sagte er, an die Menge gewandt, *»Und wenn ein Mann einer Frau in der Zeit ihres Unwohlseins beiwohnt und ihre Blöße aufdeckt und sie den Brunnen ihres Bluts aufgedeckt haben, dann sollen sie beide aus der Mitte der Volksgenossen ausgetilgt werden,* Leviticus 20:18.« Dem Prediger rief er zu: *»Einen Fremdling darfst du nicht übervorteilen und nicht bedrücken,* Exodus 22:20«, dann gab er endlich Caitlins Drängen nach und ließ sich von ihr fortzerren. »Das klingt zugegebenermaßen nur deshalb so gut, weil es aus dem historischen Kontext gerissen ist«, zwitscherte er und trillerte. »Ob er wohl weiß, daß menschliche Föten im siebten Monat flaumbehaart sind?«

»Du bist wirklich unmöglich!« Trotz ihrer Verärgerung hatte sie Mühe, nicht zu schmunzeln. »Allerdings muß ich zugeben, daß ich dein eidetisches Gedächtnis bewundere.« Sie gingen zum nächsten Not-dog-Stand, um das Pfandgeschirr abzugeben.

»Daß Noahs ach so böser Sohn Ham als angeblicher Vater der schwarzen Rasse solchen Leuten gute Dienste tut«, sagte Chris, »und daß etwa die Apartheid in Südafrika biblisch begründet wird, war mir klar, aber Leviticus … harmlos, wie? Würden niemandem ein Haar krümmen? Warum verwenden sie wohl bevorzugt ›das Tier‹ als Synonym für den Teufel? Weißt du, welchen Zulauf *American Christian Cause, The Christian Force for Our Righteous Environment, Americans to Stamp Out Smut* und wie sie alle heißen in den letzten vier Jahren hatten? Und wie immer gehen Nazis und Christen Hand in Hand. Der Klan arbeitet mit vielen der über dreihundert Nazigruppen in den USA zusammen; Tom Metzger, früher einer der KKK-Anführer, steht heute an der Spitze der US-Nazis, und verkündet in seiner Fernsehsendung *For Race and Reason* den Kampf gegen Schwarze, Schwule, Juden und uns. Muß ich dir das sagen? Es ist doch dein Planet! Gott war schon immer auf der Seite der Faschisten: *Insbesondere der völkisch Gesinnte hat die heilige Pflicht, ein jeder gemäß seiner eigenen Konfession, dafür Sorge zu tragen, daß das Volk aufhört, bloß oberflächlich von Gottes Willen zu sprechen, und statt dessen tatsächlich Gottes Willen erfüllt, auf daß Gottes Wort nicht entheiligt werde … Infolgedessen glaube ich heute, daß ich in Übereinstimmung mit dem Willen des allmächtigen Schöpfers handle: indem ich mich gegen den Juden verteidige, kämpfe ich für das Werk des Herrn.* Das könnte von jedem beliebigen Klansman stammen, gesagt hat es allerdings der Katholik Adolf Hitler in *Mein Kampf*.«

»Puh! Das wußte ich nicht, dabei führen die Gläubigen doch immer Hitler als Beispiel des bösen Atheisten an.«

»Das hätten sie wohl gern.«

»Wie war das mit ›Religion ist Crack für das Volk‹?«

»Karl Marx, aber er meinte es eher in positivem Sinn, als Betäubungsmittel: *Religion ist das Seufzen der unterdrückten Kreatur, das Herz einer herzlosen Welt und die Seele seelenloser Zustände. Sie ist das Opium des Volks.*«

Der 4. Juli, nach Weihnachten und dem Erntedankfest einer der Tage, die Caitlin am wenigsten mochte, war ein passender Zeitpunkt, ihre Familie mit Chris zu konfrontieren, so daß sie diesmal keinen Vorwand gesucht hatte, in New York zu bleiben.

Es war bereits drei Stunden her, daß sie nervös vor dem Haus ihrer Eltern auf dem *Welcome* der bigfootförmigen Fußmatte gestanden hatte, doch die knisternde Atmosphäre war keineswegs gereinigt.

Ihre Mutter und ihre beiden älteren Schwestern Andrea und Winona, sowie deren Ehemänner, Hugo und Will, saßen im Wohnzimmer und knabberten verlegen an selbstgebackenen Keksen, während ihr Vater in der Garage werkelte. Schweigen klebte in ihren Mündern wie frisch geröstete Marshcallows. Die Kinder Nicholas, Emily und Benjamin sahen sich einen Trickfilm aus der Serie *Werewolf Busters* an. Eine Kerze flackerte auf dem Fernsehgerät. Chris war gerade ins Bad gegangen, und Caitlins Mutter nahm die Gelegenheit wahr, auszusprechen, was sie dachte: »Ein Fipine«, jammerte sie kopfschüttelnd. »Kind, er ist ein Außerirdischer, wie kannst du nur?«

Caitlin verkniff sich ein: »Wirklich? Wenn ich das gewußt hätte …«

»Oh, Mom«, sagte Andrea. »Was hast du damals für ein Theater gemacht, nur weil Hugo Presbyterianer ist.«

»Und als ich noch nicht verheiratet und Em unterwegs war«, ergänzte Winona. »Benjamin! Hör sofort auf, deine Schwester an den Haaren zu ziehen!«

»Aber ein *Außerirdischer!* Mein Gott, mein Gott.« Mrs.

Saunders' Stimme klang weinerlich. »Bastarde, Monster werden eure Kinder sein!«

Caitlin schnaubte. »Da kann ich dich wirklich beruhigen, Mom, ebenso gut könnte eine Taschenratte von einer Rotbuche schwanger werden, so verschieden sind unsere Erbanlagen.«

»Aber, Kind! Einziger Zweck des Heiligen Bundes der Ehe ist doch …«

»Mom! Ich bin kein … wenn wir Kinder haben wollen, können wir ein ganzes Dutzend adoptieren, und es bleiben noch genug übrig, die keine Eltern haben.«

»Aber es ist doch etwas anderes, dein eigen Fleisch und Blut …«

»Fleisch und Blut, ich bitte dich! Meme sind wohl wichtiger als Gene. Ich habe keineswegs vor, meine Erbkrankheiten an Kinder weiterzugeben.«

»Aber was denn für Erbkrankheiten? Dein Dad und ich waren immer gesund.«

»Ach ja? Meine – bei Frauen doch so seltene – Farbenfehlsichtigkeit ist geschlechtsgebunden rezessiv erblich, so kann ich nicht einmal Chris beraten – was glaubst du, warum die Fipinen ausschließlich schwarze, weiße und graue Kleidung tragen, wenn sie auf der Erde sind? Und Dads vorzeitiger Haarausfall ist ebenfalls nicht etwa ansteckend, sondern wird vom Großvater mütterlicherseits vererbt. Nicht, daß das nicht heilbar wäre, aber … Im übrigen haben wir nicht vor, zu heiraten.«

»Caitlin!«

»Bei den Fipinen ist das nicht üblich – bei vielen Menschen übrigens auch nicht, falls du das noch nicht bemerkt haben solltest – und sie sind offenbar in der Lage, Bindungen ohne Riten und Zeremoniell einzugehen.«

»Du kannst doch nicht ohne den Segen Gottes …«

Hugo unterbrach sie: »Du mußt doch zugeben, daß nicht alles, was von den Fipinen kommt, schlecht ist.

Embryotransfer hätten wir erst in Jahrzehnten soweit entwickelt ohne die Fipinen, ihnen haben wir es zu verdanken, daß es keine Abtreibungen aus sozialen Gründen mehr gibt.«

Dankbar nahm Caitlin den Faden auf: »Vergiß nicht die Gentherapie, all die Krankheiten, die dadurch geheilt werden können, Krebs ...«

»Therapie! Verpflanzung ungeborenen Lebens!« brauste ihre Mutter auf. »Ihr pfuscht damit Gott ins Handwerk, so ist das.«

»Ebensowenig, wie mit einer Herztransplantation oder der Entfernung entzündeter Mandeln. Du redest wie die Zeugen Jehovas, die ihre Kinder lieber sterben lassen, als eine Bluttransfusion zu erlauben, weil ›das Blut die Seele enthält‹ – das ist doch krank.«

Chris kam aus dem Bad.

Caitlin erhob sich. »Ich gehe etwas an die frische Luft.« Mit einem Blick forderte sie Chris auf, mitzukommen.

Sie gingen nach draußen, setzten sich auf den Rand der Veranda. Caitlin ließ die Beine baumeln; Chris erinnerte mit den nach hinten gebeugten Knien ein wenig an einen brütenden Strauß.

»Warum hast du ihr nicht vorher gesagt, daß dein *Significant other* ein Harry ist? Deine Eltern wirkten ein wenig – überrascht.«

»Ich hatte gehofft, sie würden es nicht bemerken.« Sie schmiegte sich an ihn. »Überrascht ist gut, der Schock ist der einzige Grund, weshalb Mom sich noch einigermaßen friedlich verhält. Sie ist nun mal Katholikin durch und durch, mit einem großen C am Anfang.«

»Das nennst du friedlich? Nun ja, dafür daß Religion im Spiel ist ... ich leide übrigens auch an einer Erbkrankheit.«

»Du hast gelauscht!«

»Daß ich keine Ohrmuscheln habe, heißt nicht, daß ich taub bin. Laut genug wart ihr ja.«

»Welche denn?«

»Welche was?«

»Erbkrankheit.«

Er zog das Shirt aus, knüllte es zusammen und warf es beiseite. »Atavistische Hypertrichose.« Gesicht, Kopf, Schultern und Arme der Fipinen waren pelzbedeckt. Bei Chris reichte die Behaarung jedoch auf Brust und Rücken spitz nach unten zulaufend bis zur Hüfte.

»Das ist eine Krankheit?« Caitlin vergrub ihre Finger in seinem seidigen, weichen Brustfell. »Ich find's ausgesprochen hübsch.«

Er fuhr ihr durchs lange Haar. »Deine Mähne gefällt mir besser. *Oh, welch gefälliges Äußres hat die Falschheit doch.*«

»Der Kaufmann von Venedig, nicht? Das kann ich auch: *Die falsche Larve muß verstecken, was das falsche Herz erkannt.* – Macbeth.«

Er knuffte sie in die Seite. »He, das war gemein. *O Schurke, Schurke, lächelnder verdammter Schurke ... daß einer lächeln mag und lächeln und doch ein Schurke ist.* – Hamlet.« Er schwieg einen Augenblick, dann fuhr er ernst fort: »Dieses widerliche, falsche Lächeln, das sich bei manchen Menschen findet, gerade solchen, die dem religiösen Wahn verfallen sind, es ist beängstigend. Was ich am schlimmsten finde ist daß auch einige von uns Schafe im Fipinenpelz werden. Diese krankhaften Meme machen vor nichts und niemandem halt.« Sein Nasenloch bebte.

»Oreos.«

Chris gab einen fragenden Pfeifton von sich.

»Du weißt schon, diese cremegefüllten Schokoladenkekse, die nicht-veganen Hydrox-Originale: außen schwarz und innen weiß. Das war früher eine Bezeichnung für Afro-Amerikaner, die sich kulturell assimiliert hatten – ziemlich abwertend, also solltest du das Wort nicht gebrauchen.«

»Nun, *meine* Haut ist anthrazitgrau, nicht schwarz, richtig?«

Eine einsame Feuerwerksrakete schoß über den bereits dunklen Himmel, zerplatzte zu Hunderten glühender Palmblätter. Das Schiff stand wie die Sichel eines winzigen zweiten Monds am Firmament.

»Manchmal wünschte ich, wir wären nicht hierhergekommen«, sagte Chris. »All dieser Haß, die Xenophobie, die Propaganda der WAR, der *Moral Majority*, der beiden KKKs ...«

»Der beiden?«

»Ku Klux Klan und *Kampus Krusade for Krist*.«

»Autsch.«

»... die *Skinheads of the 4th Reich* – erinnerst du dich an das Foto des Fünfjährigen mit kahlrasiertem Schädel, der die Hand zum Hitlergruß hebt? Aber dann hätte ich dich nie getroffen – dafür lohnt es sich, sie zu ertragen.«

Caitlin stiegen Tränen in die Augen. »Danke«, sagte sie. »Ich finde dich eigentlich auch ganz nett.«

Es war ein heruntergekommenes Restaurant, das diese Bezeichnung kaum verdiente; mehrere der Glühbirnen in den Deckenlampen waren defekt, nicht einmal für Fipinen geeignete Sitzmöbel gab es. Nach dem Ballett hatten sie die erstbeste Gelegenheit, etwas zu essen, ergriffen. Nun saßen Caitlin sowie Chris, Brigid und Lindsey – die drei einzigen Fipinen, alle anderen Gäste waren Menschen – vor inzwischen deutlich geschrumpften Bergen von *Nachos*, *Tostadas* und *Tacos*, die nicht sonderlich gut schmeckten. Offenbar wurde hier gelegentlich sogar geraucht, wenn auch nicht im Augenblick, aber es hing dennoch der Gestank verbrannten Tabaks in der Luft, was das Essen ebenfalls nicht angenehmer machte.

Lindsey gestikulierte wild mit einer Gabel, auf die ein von Soymage klebriger, in Nayonnaise ertränkter Neatball gespießt war. Als Kinästhetikerin war sie von der

Aufführung der *West Side Story* außerordentlich enttäuscht gewesen, und so echauffierte sie sich mehr, als daß sie aß. »Nicht nur war die Choreographie äußerst plump«, sagte sie ärgerlich, »die Tänzer bewegten sich unbeholfen, hölzern wie Marionetten, nicht wie lebende Wesen.«

»Termitenfutter«, warf Caitlin ein. Sie beobachtete fasziniert die Kurven, die der Neatball zog. Sie rechnete damit, daß er jeden Augenblick von der Gabel springen und wie ein wildgewordener Gummiball durch den Raum hüpfen würde.

»Sicher«, beschwichtigte Brigid, »aber du mußt die Abweichungen der menschlichen Anatomie bedenken – die kinematischen Ketten haben eine völlig andere Geometrie. Den Einfluß Balanchines haben sie zum fünfzigsten Jubiläum doch hervorragend herausgearbeitet, wie es sich für das *New York City Ballet* gehört.«

»Sie mögen anatomisch anderes gebaut sein, aber keinesfalls schlechter. Wie elegant und geschmeidig bewegt sich ein *sii!*« Endlich erlöste sie den Neatball, indem sie ihn in den Mund steckte.

»Dieser Film neulich, über den Hippie, der zuerst seine Haare und dann in Vietnam sein Leben verliert, weil er für ein paar Stunden den Platz eines anderen eingenommen hat, hat dir doch auch gefallen.«

»Schon, aber das war ein Musical, kein Ballett – die Tanzeinlagen haben kaum gestört.«

»Hast du schon von dem Harry gehört«, fragte ein Mann am Nachbartisch sein Gegenüber, »der die Brooklyn Bridge gekauft hat?« Er deutete nach draußen.

»Und?«

»Und! – Sie ist weg. Er hat sie mit nach oben genommen.«

Der andere stierte aus dem Fenster – nicht, daß der East River oder gar die Bucht von hier aus zu sehen gewesen wäre – dann dämmerte es ihm, er fing an zu lachen, und der erste fiel mit ein.

»*Hairy, fairy*«, schnaubte Chris. »Was für …«

»Laß ihn«, unterbrach Caitlin. »Reiner Penisneid – wo er doch nur einen hat.« Sie hatte absichtlich laut gesprochen und erntete böse Blicke. »Gehen wir«, sagte sie und ließ ihr Besteck fallen. »Das Zeug ist ohnehin ungenießbar.« Sie steckte die Scheckkarte in den Leser und tippte ihr Password ein.

»Dafür hast du aber reichlich zugeschlagen«, erwiderte Brigid. Auch die anderen bezahlten, und sie standen auf.

Sie verließen das Restaurant, tanzten, lachten, alberten herum. Unter der Eingangsmarkise blieben sie stehen. Es hatte zu regnen begonnen. »Iiii«, kreischte Caitlin. »Nachher riecht wieder alles nach nassem Fell.«

Quietschend hielt ein alter Dodge mit offenem Seitenfenster an der Bordsteinkante. Mündungsfeuer blitzte im dunklen Wageninneren auf, Schüsse fegten über die Straße. Passanten sanken zu Boden wie die Blätter einer Mimose. Der Dodge raste davon.

Wie im Traum richteten die Leute sich wieder auf. Chris spürte einen Schmerz im Oberarm, feucht klebte sein Ärmel an der Haut. »Caitlin?«

Sie lag immer noch am Boden. Chris kniete neben ihr nieder, versuchte, sie zu stützen.

Brigid riß einem Geschäftsmann, der dabeistand, das Telefon aus der Hand. »Was erlauben …?« protestierte er, dann brach er ab. Brigid wählte 9-1-1.

Die Menge der Schaulustigen wurde größer und größer.

Chris hielt Caitlin im Arm. Ein kleines schwarzes Loch unter dem Auge. Das Geschoß war hinter dem Ohr wieder ausgetreten. Der Fleck auf ihrer Brust wuchs. Die zweite Kugel mußte dicht am Herzen vorbei gegangen sein.

Ein roter Speichelfaden rann aus ihrem Mund. »Chris«, flüsterte sie. »Ich li …«

Polizeisirenen näherten sich. Ein Streifenwagen hielt,

die Cops sprangen heraus, rissen Chris weg von ihr, warfen ihn gegen den Wagen, bohrten ihm die Waffen in den Rücken.

Er rührte sich nicht.

Copyright © 1997 by Achim Stößer • Erstveröffentlichung • Mit freundlicher Genehmigung des Autors

DAS FABULARIUM

Im Fabularium schiebe ich die tote Schicht, das sind die frühen Morgenstunden, wenn das MediaZentrum fast leer ist. Früher arbeitete ich tagsüber und abends, doch das liegt schon viele Jahre zurück.

Am Tag wimmelt es im Zentrum von Touristen, die gerade von einem Ausflug zu den öffentlichen Schreinen auf Dilvermoon zurückgekommen sind. Und alle sind nur geil auf ein paar skurrile Abenteuer, die sie dann den Daheimgebliebenen erzählen können.

Abends tummeln sich im Zentrum die Einsamen, die Liebe suchen. Sie pirschen durch die Euphorien und Sex-Clubs, bis sie einen zeitweiligen Partner finden, und dann kommen sie manchmal zu mir ins Fabularium. Sie wollen Mythen hören, die sie in den Augen ihrer Gefährten verherrlichen, und daran ist natürlich nichts auszusetzen. Sie geben auch großzügige Trinkgelder, aber ich mache diesen Job nicht des Verdienstes wegen.

Ein paar Stockwerke höher docken die von Norden kommenden Frachter an, und einige Etagen tiefer befindet sich Hoploro Howlytown, eine der größten und verrufensten Ansiedlungen im ganzen Sektor. Diese beiden Einrichtungen entlassen einen ständigen Strom unglücklicher Kreaturen ins Zentrum, und deshalb ist mein Standort ideal gewählt.

In den toten Stunden der Nacht kreuzen meine echten Klienten auf und stehen blinzelnd in der Tür. Heilen kann ich sie anscheinend nicht, aber mitunter vermag ich ihre Not zu lindern.

Ich schlängelte mich an den Reinigungs- und Poliermaschinen vorbei, die während des Schichtwechsels das Zentrum füllen. Wieder einmal hatte ich mich ein bißchen verspätet; natürlich richte ich mich nach meiner inneren Uhr, aber ich bin eben alt.

Als ich das Fabularium erreichte, stand Quihrals ungeduldig beim Vorhang am Eingang und peilte auf ihren Chronometer, der in ihr knochiges Handgelenk implantiert ist. Quihrals ist eine menschliche Frau und stammt von irgendeinem degenerierten Volk ab; sie hat eine hochaufgeschossene, magere Gestalt und ein fröhliches, zappeliges Wesen. »Du kommst zu spät, Chagon, *schon wieder!*« zwitscherte sie. »Was fangen wir nur mit dir an?«

Sie versieht den Dienst im Fabularium schon viel länger als ich, und darauf ist sie genauso stolz wie auf ihren menschlichen Ursprung. Quihrals hält mich auch für einen Menschen; sie erzählt mir oft, ›wir Menschen‹ seien bessere Mythenerfinder als jede andere Rasse. Ich weiß nicht, worauf sich ihre Ansicht gründet; und ich frage mich, was sie wohl sagen würde, wenn sie auf einmal die Wahrheit entdeckte – daß ich nämlich nur ein Roboter bin, ein Wesen aus Stahl, Plastik und intelligenten Schaltkreisen. Vermutlich würde sie genauso erstaunt wie wütend reagieren.

»Tut mir leid«, sagte ich.

Gleichgültig wedelte sie mit der Hand. »Schon gut. Manchmal kommst du ja auch zu früh; dieser Wechsel ist ganz unterhaltsam, er hält einen im Ungewissen. Ich muß gleich gehen, aber ich habe die Trends für dich zusammengefaßt. Schöpfungsmythen sind heute nacht der große Renner, mit Schwerpunkt auf ozeanischen Kulturen. Warum das so ist, weiß ich auch nicht. Die detaillierte statistische Analyse findest du auf einer Datentafel; sieh sie dir bei Gelegenheit ruhig an.« Sie dampfte ab.

Ich hob den Vorhang und trat ein. Nachdem ich mich

an meinem Pult niedergelassen hatte, löschte ich als erstes die von Quihrals so sorgfältig gesammelten Daten. Meine echten Klienten lassen sich nicht in fein säuberlich abgegrenzte Kategorien einordnen; sie kümmern sich nicht um gerade gängige, kurzlebige Modeerscheinungen, und die kleinlichen Alltagssorgen lassen sie kalt.

Die Firma leidet nicht darunter, daß ich mit ihrem Produkt so unkonventionell umgehe. In den toten Stunden läßt sich ohnehin nicht viel verdienen, und diese Filiale ist nur eine von Tausenden. Gute Kräfte sind eine Mangelware, und selbst wenn ich noch weniger Profit einbrächte, würde man mir gern eine zusätzliche Schicht aufhalsen.

Ich setzte mir den Kopfschmuck des Mythenerzählers auf, ein Ding von wahrhaft barbarischer Pracht. Wuchtige, mit Golddraht umwickelte Hörner aus Elfenbein, tragen eine stählerne Mondscheibe. Schillernde weiße Federn bedecken die Krone, und über meine Schultern fällt ein glitzerndes Schuppencape.

Die Aufmachung dient mehreren Zwecken. Bei der schummrigen Beleuchtung, den dunklen Wandbehängen und der gedämpften, abstrakten Musik bestätigt der Kopfputz das mit Akribie gepflegte Image der Firma. Außerdem verbirgt er die hochsensiblen Induktoren, die die Reaktionen meiner Klienten in mein Sensorium einspeisen.

Über mein Gesicht wirft er einen schwarzen Schatten.

Meine Vorbereitungen waren abgeschlossen. Ich lehnte mich zurück und wartete auf den ersten Kunden.

Er war eine Enttäuschung, ein aus der Zeit geworfener Tourist von Buntworld, der wenige Minuten nach meinem Dienstantritt zusammen mit seinem Ehemann hereinkam. Die unheimliche Leere des Zentrums machte ihn fahrig und ängstlich. Ehe er sich unter die Sonde setzte, vergewisserte er sich, was es kosten würde.

Sein Kopf war voll mit prosaischen Sorgen: Ob sein Schwager sich auch ordentlich um das Familiengeschäft kümmerte, während er verreist war? Ob seine Söhne im Kindergarten des Hotels keinen Unfug anstellten? Ob seine Mittel ausreichten, den Urlaub ohne Engpaß zu finanzieren?

Ich fütterte ihn mit einem vorgeformten Mythos, einer kleinen Allegorie, in der es darum geht, daß sich jemand von Bagatellproblemen auffressen läßt. Lächelnd zog er von dannen.

Wieder wartete ich. Manchmal sitze ich die ganze Nacht lang allein da, bis meine Ablösung frisch vom Frühstück auftaucht. Doch meistens kommt eine interessante Persönlichkeit vorbei.

Eine Stunde später kündete das Glockenspiel an der Tür den ersten echten Klienten dieser Nacht an; ein Weibder-Vierten-Kategorie, eine Angehörige der unglücklichen Rasse der Dru, die vom Planeten Snow stammt. Sie war die erste ihres Volks, die ich zu Gesicht bekam – diese Wesen sind äußerst rar.

Mit ihrem schlanken, anmutigen Körper und den fuchsartigen Zügen war sie selbst nach menschlichen Maßstäben wunderschön. Ihre weiße Haut hatte einen schwachen grünlichen Schimmer. Hellviolettes, glänzendes, durchscheinendes Haar kringelte sich in Zöpfen über ihren Schultern. Ihre Bewegungen hatten etwas Fließendes, Quecksilbriges an sich.

Begleitet wurde sie von zwei schwarzen, für die Jagd abgerichteten Tieren, schuppigen Ungeheuern, die ihr bis zur Hüfte reichten und sie wachsam flankierten.

Ich suchte und fand bei ihr Spuren des Alters. Der rissige, grüne Kristall ihrer Augen war ein bißchen trübe, und im Gesicht spannte sich die Haut leicht über der feinen Knochenstruktur. Um den langen Hals trug sie ein silbernes Kettchen mit einem stumpfroten Edelstein als Anhänger.

»Erklär mir die Dienste, die du anzubieten hast«, fragte sie und schaute an mir vorbei auf die Wandbehänge.

Ich beugte mich vor ins Licht. Die beiden Monster zischten warnend, aber ich ignorierte sie; sie würden mir nichts tun. »Es ist ganz simpel, Lady«, antwortete ich. »Ich erfinde Mythen für diejenigen, die welche brauchen.«

Mit einem beinahe menschlichen Ausdruck von Mißbilligung runzelte sie die Stirn. »Auf Snow gibt es zehntausend herrliche Geschichten, die deine Phantasie bei weitem übersteigen.«

»Aber Snow ist tot, Lady«, sagte ich sanft.

Ihre langen Hände ballten sich zu Fäusten. Die Ungeheuer wurden ganz aufgeregt, rollten mit den goldenen Augen und fletschten die säbelartigen Zähne. »Nein!« sagte sie zu mir und zu den Biestern. »Snow lebt! In mir und in meinen künftigen Nachfahren.«

Ich zuckte die Achseln.

Sie blickte in die Runde. »Trotzdem kannst du mir den Vorgang erklären.«

Ich nickte. »Das Gerät über Ihrem Kopf«, sagte ich und zeigte mit dem Finger, »ist die Sonde. Sollten Sie meine Dienste wünschen, schalte ich sie ein und werfe Angelschnüre in Ihren holomnemonischen Ozean – in dem Ihre Erinnerungen schwimmen. Mit denen, die ich einfange, kreiere ich einen Mythos. Er ist einzigartig und gehört Ihnen allein.«

Sie spähte nach oben, wo die Sonde wie eine goldene Wolke aus Drähten und Induktoren über ihr schwebte, und trat jählings einen Schritt zurück.

»Keine Angst«, fuhr ich rasch fort. »Es ist eine sehr einfache Maschine, aber solide gebaut und zuverlässig. Sie arbeitet ohne Körperkontakt; kein Mechanismus dringt in Ihren Körper ein, und wir benutzen auch keine leitenden Substanzen, die Ihre Frisur ruinieren könnten.«

Sie blieb skeptisch. »Die Dru sind resistent gegenüber solchen Tricks.«

»Gewiß. Aber das macht nichts, ich werde schon ausreichend Material einfangen.« Ich berührte einen Schalter, und aus dem Boden stieg ein Sessel auf.

An ihrem Blick merkte ich, daß sie in ihrem Entschluß schwankte. »Ich sagte dir bereits: auf Snow gibt es massenhaft Geschichten.«

Ich neigte den Kopf. »Das stimmt, Lady. Aber ... ich habe auch gehört, daß Geschichten verblassen, wenn man sie zu oft erzählt.«

Ihr Mund zuckte. »Du kennst uns also.«

Ich wartete.

»Na schön«, sagte sie schließlich und setzte sich hin. »Was muß ich tun?«

»Schließen Sie die Augen.«

Ich vertiefte mich in die Daten, die ich empfing, berührte hier und da einen Schalter und versuchte, die Sonde abzustimmen. Ihre Rasse ist gegen derlei Prozeduren wirklich immun, und genau das ist eines ihrer Hauptprobleme. Aber ein geschickter Programmierer kann trotzdem hier und da eine aufblitzende Erinnerung einfangen und einen Anflug von Emotionen aufspüren – er kann Stimulantien einsetzen und die Reaktionen abfangen.

Außerdem kannte ich die Geschichte ihrer Welt.

Die Einheimischen von Snow sind eine kurzlebige Rasse. Die Lebenserwartung liegt bei ungefähr zehn Standardjahren. Auf ihrem Heimatplaneten wurde die kurze Dauer ihres Lebens durch eine Art Unsterblichkeit ausgeglichen. Kinder, die in einer Neunergruppe geboren wurden, erbten Teile von Erinnerungen sämtlicher Mitglieder.

Seit die Dru von ihrem Planeten vertrieben wurden, sterben sie langsam aus. Es gibt nur noch so wenige von ihnen, daß sich kaum noch eine Zuchtgruppe bestehend aus den neun zur Fortpflanzung notwendigen Geschlechtern zusammenfindet. Als Volk, das sich auf natürlichem Wege vermehrt, sind sie vielleicht schon ausgestorben.

Ihre Anzahl ist mittlerweile so gering, daß kein pharmazeutischer Konzern es noch lukrativ findet, lebensverlängernde Medikamente für sie zu entwickeln. Und für die Neukörper-Ausstatter lohnt es sich nicht, ihre Psyche so gründlich zu erforschen, daß man Persönlichkeits-Transfer-Programme entwerfen könnte.

Ihre verwaiste Rasse wäre längst ausgestorben, hätten die Überlebenden nicht diesen eisernen Willen zum Weitermachen. In der Mitte ihrer kurzen Lebensspanne klonen sie sich selbst. Aber sie glauben, daß es nicht auf den Körper ankommt, der letzten Endes nur Fleisch ist, in welcher Form auch immer – sondern daß die Identität ihrer Rasse auf ihrer gemeinsamen Kultur beruht. Deshalb verbringen sie beinahe den gesamten Rest ihres Lebens damit, den Klonen die Erinnerungen ihrer Originale beizubringen. Und die Jungen verwenden die meiste Zeit ihrer ersten Lebenshälfte damit, die Erinnerungen von ihren Spenderpersonen zu lernen.

Zwischen diesen beiden Phasen bleibt den Dru ungefähr ein Jahr, das zu ihrer freien Verfügung steht. Während ihrer kurzen Unabhängigkeit tragen sie gewöhnlich einen Rubin mit einer gewissen Verfallsdauer, als ständige Erinnerung an ihre Überzeugung und Entschlossenheit, diesem traurigen Zyklus weiterhin zu folgen. Der Rubin am Hals meiner Klientin war stumpf – der mangelnde Glanz zeigte, wie wenig Zeit ihr noch blieb.

Ihre Situation ist naturgemäß sehr heikel. Ihr Lebenslauf reduziert sich auf eine sinnlose und selbstzerstörerische Routine. Meiner Meinung nach kann es mit ihnen nur ein schlechtes Ende nehmen. Aber gerade *mir* steht es nicht zu, ein weltfremdes Verhalten zu kritisieren.

»Sie dürfen die Augen jetzt wieder öffnen, Lady«, sagte ich, mich von den Datentafeln abwendend.

Sie machte die Augen auf und beugte sich vor, während ihr fast-menschliches Gesicht eine unmenschliche Neugier verriet. »Welche Geschichte wirst du mir erzählen?«

Ich spürte, wie der Mythos meine Schaltkreise entlangzuströmen begann, bereit, aus dem mechanischen Schoß meines Geistes geboren zu werden. Ich dämpfte das Licht und nahm die Stimme des Mythenerzählers an.

»Die Geschichte heißt: ›Wie Lagamar mit dem Tod feilschte‹«, begann ich.

»Wie Sie wissen, war Lagamar der Gott des Feuers-unter-dem-Eis, in jener grauen Vorzeit, ehe die Menschen nach Snow kamen. Für die Dru war er der wichtigste Gott; seine Wärme ermöglichte es, in den tiefen Höhlen auf Snow zu leben, und sein geschmolzenes Blut lieferte die Energie für die Maschinen, die dem Volk das Leben leicht und angenehm machten. Die Dru waren seine auserwählten Geschöpfe, der Born seiner Freude und sein ganzer Stolz; die Flamme ihres Lebens brannte nur kurz, aber dafür mit einer hellen, strahlenden Schönheit, die er über alles liebte.

Sein glühendes Herz füllte das Zentrum des Planeten aus.

Er hoffte, er könne ewig brennen.

Aber eines Tages landeten Menschen auf Snow, und obwohl es anfangs nur wenige waren, entpuppten sie sich als eine Pest, von der sich Snow nie wieder erholte ...«

»Warte!« unterbrach sie mich mit scharfer Stimme. »Ich kenne viele Legenden von Lagamar, aber in keiner kommen Menschen vor.«

Ich gab meinem Gesicht einen gleichgültigen Ausdruck und schwieg.

Sie senkte den Blick, und lange Minuten verstrichen. Ich fragte mich, welche Gedanken wohl ihren schmalen Schädel füllten. »Fahr bitte fort«, sagte sie schließlich.

Sie konnte meine Hände nicht sehen, die vom Pult verdeckt wurden. Ich manipulierte die Kontrollen der Emotionsresonatoren, um eine Atmosphäre dunkler, bedrohlicher Vorahnungen zu erzeugen. Das Licht wurde noch matter und pulsierte schwach im Rhythmus ihrer zwei Herzen. Ich verließ mich aufs Raten und auf die spärlichen Daten, mit denen die Sonde mich versorgt hatte, aber meine Bemühungen schienen zu wirken. Plötzlich schien ihr Gesicht ein wenig älter zu werden, und die Haut spannte sich noch mehr über den Knochen.

Natürlich berührte mich das nicht.

Ich fuhr mit dem Erzählen fort. »Anfangs äußerte sich Snows tödliche Krankheit mit milden Symptomen. Zum Beispiel verkauften die Menschen den Dru arbeitssparende Maschinen, die den einheimischen Geräten überlegen waren. Diese Technik entzog Lagamars heißem Blut mehr Energie, aber die Menschen erklärten, Lagamar sei kein Gott, sondern ein natürliches Phänomen, nicht ungewöhnlich für Planeten, die so alt und geologisch so aufgebaut waren wie Snow. Im Verlauf etlicher Generationen übernahmen die Dru diese Ansicht, und sie hörten auf, Lagamar in seinen Tempeln anzubeten; das jedoch ließ sein Herz mehr erkalten als der Energieentzug durch die neuen Maschinen.

Das Allerschlimmste jedoch, was die Menschen auf Snow einführten, war der Minderwertigkeitskomplex. Die Dru waren eine stolze Rasse, und es zerriß ihnen das Herz, als sie erfuhren, daß selbst der geringste unter den Menschen eine hundertmal höhere Lebenserwartung hatte als der bedeutendste Dru.

Mit dieser Erkenntnis konnten sie nicht leben, also heckten sie Pläne aus, wie sie ihre eigene Natur überlisten könnten. Lagamar bekam Angst; in seinen felsigen

Knochen spürte er das Herannahen einer schrecklichen Katastrophe. Snows Oberfläche brach auf, und Lagamar weinte Tränen aus flüssigem Gestein.«

Mit zusammengekniffenen Augen saß sie da, und zwischen ihren Wimpern glitzerten Tränen. Ich speiste weitere Energie in die Resonatoren ein, und fügte einen Unterton aus Entmutigung sowie einen Anflug von Unabwendbarkeit hinzu.

»Die Dru nahmen dieses Omen nicht zur Kenntnis, sondern verfolgten weiterhin unbeirrt ihre Ziele. Sie verscherbelten ihre Schätze und verpfändeten Snows Ressourcen. Mit dem Erlös ließen sie tief unter dem Eis große Hibernarien bauen. Um diese Katakomben mit Energie zu versorgen, kauften sie eine Bohranlage, die sie wie einen kalten Dolch in Lagamars Herz stießen. Er erschauerte in seiner Not, und viele Dru starben in den Kavernen, sie wurden unter den sich bewegenden Gesteinsmassen zermalmt.

Die Überlebenden gaben ihre Pläne jedoch nicht auf. Sie stiegen hinab zu einem langen Schlaf, aus dem sie alle hundert Jahre nur für jeweils einen Tag aufwachen wollten – um auf diese Weise länger zu leben als die verfluchten Menschen.

Die einzigen Ausnahmen bildeten die wenigen Dru, die, wie Ihr erstes Selbst, den Plan als ein trauriges Unterfangen durchschauten und zu anderen Sternen reisten, um dort ihr kurzes aber intensives Leben voll auszukosten.«

Ihre Wangen waren naß, und die Viecher bewegten sich unruhig; sie funkelten mich so wütend an, als sei ich schuld an ihrer Verzweiflung. Ihre menschliche Reaktion überraschte mich ein wenig; und wie immer, bei solchen Gelegenheiten, fragte ich mich, wie es wohl ist, ein Mensch zu sein.

»Ich dachte«, sagte sie, »du würdest mir eine Legende von Lagamar erzählen. Die Geschichte meiner Rasse ist mir bekannt, du brauchst sie mir nicht zu wiederholen.«

»Haben Sie Geduld«, erwiderte ich.

Sie warf mir einen giftigen Blick zu, und ich kam mir töricht vor. Geduld ist ein Luxus, den sich ihr Volk nicht leisten kann. Ich wollte ihre Aufmerksamkeit nicht verlieren, denn ich bin mindestens genauso darauf erpicht, die Geschichten zu erzählen, wie meine Kunden darauf brennen, sie zu hören.

»Aber die Legende dreht sich um Lagamar«, sagte ich. »Es geht darum, wie er verraten wurde, wie er sich dafür rächte, und wie er seine letzte Wahl traf.«

Sie holte tief Luft. »Mach weiter.«

»Eines Tages schwenkte die Dame Tod in den Orbit um Snow ein, aber niemand bemerkte sie – außer Lagamar.

Das Sternenschiff des Todes war wunderschön und groß, wenn auch nicht von so enormen Ausmaßen, wie man erwartet hätte, und Lagamar wunderte sich, wo die Dame die vielen Seelen aufbewahrte, die sie im Laufe der Äonen geerntet hatte.

Dennoch war ihr Schiff sehr stattlich, eine schlanke, mehrere hundert Kilometer lange Nadel, die sich rasch in einer niedrigen Umlaufbahn bewegte, mal im kalten Sternenlicht glitzernd, dann wieder in der weißen Hitze von Snows Urmaterie auflodernd. Lagamar blickte hoch und fragte sich, ob die Dame Tod gekommen war, um ihn aufzusuchen.

Schließlich bestieg die Dame Tod ihr Shuttle, das wie ein pechschwarzes Herz geformt war, und sank geräuschlos durch die Atmosphäre, durch das Eis, durch das Gestein, bis sie Lagamar erreichte.

Sie erschien ihm in Gestalt einer Menschenfrau, klein, dick und mit langsamen Bewegungen; ihr fleischiges Gesicht trug den brutalen Zug, der dieser häßlichen Rasse zu eigen ist. Lagamar fühlte sich durch ihr Aussehen beleidigt, und er ließ das Magma um sie herumwirbeln wie einen dichten roten Rauch; doch die Lava vermochte nicht einmal den Saum ihres Gewandes anzusengen.

›Bleib ganz ruhig, Lagamar‹, sagte die Dame Tod und gab ein hohles, verzweifeltes Lachen von sich. In ihren feuchten, menschlichen Augen tanzten fröhlich gierige Funken; breit lächelnd bleckte sie ihre stumpfen Zähne.

›Ich hasse die Menschen‹, brüllte er. ›Wieso kommst du in dieser Maskerade zu mir?‹ Das Grundgestein erbebte unter seinem Zorn, und das Land darüber wölbte sich auf und platzte.

Mit weitaufgerissenen Augen glotzte sie ihn an. ›Weil es die Menschen waren, die dich und dein Volk umbrachten.‹

Lagamar durchlief ein eisiger Schauer. ›Wir leben doch noch. Warum sagst du solche Sachen?‹

›Du bist kein Narr, Lagamar. Du weißt genau, was ich meine. Die Menschen haben dein Volk korrumpiert, und nun bilden sie sich ein, sie würden leben, während sie in Wahrheit nur eines langsamen Todes sterben. Selbst deine eigene Lebensspanne ist jetzt begrenzt; das Bohrgestänge, das sie in deinen Körper getrieben haben, entzieht dir die Vitalität, und du bist schon so gut wie tot. Wenn du dann gänzlich erkaltet bist, gibt es dein Volk nicht mehr, und keiner wird um dich trauern.‹

Darauf wußte Lagamar keine Antwort.

›Aber so weit muß es nicht kommen. Für dich gibt es einen Ausweg, Lagamar‹, sagte sie. ›Ich schließe mit dir einen Handel ab. Ich werde ungeduldig, wenn jemand, der eigentlich schon tot ist, sich noch dahinschleppt. Für mich ist das wie ein Phantomschmerz – ein Loch, das ich nicht zustopfen kann. Hilf mir, meine Ernte einzubringen, und ich lasse dir dein Leben.‹

Zuerst war Lagamar entsetzt. ›Nein! Sie sind meine Kinder!‹

Wieder stimmte die Dame Tod ihr hohles Gelächter

an. ›Sie haben dich verlassen. Opfern sie noch in deinen Tempeln? Wie hoch liegt der Staub auf deinen Altären? Bildest du dir etwa ein, sie würden dich lieben? Die Liebe ist noch etwas, das die Menschen gestohlen haben.‹

Lagamar zog sich von ihr zurück, und sie blieb allein in der Höhle aus kaltem, schwarzem Fels. Sie wartete; ihre Miene drückte Gelassenheit aus.

Lagamar dachte über ihre Worte nach. Er gab ihr recht; sein Volk hatte sich wirklich töricht verhalten, und es hatte ihn verraten. In seinem Zorn vergaß er, daß alle Dinge sterblich sind, auch die Götter. Was kümmerte es ihn, daß sein Volk, seine Kinder, so dumm gewesen waren, ihr Leben zu verschachern? Und er beschloß, nicht in die gleiche Torheit zu verfallen, jetzt, da man ihm die Chance bot, um sein Leben zu feilschen. Er floß in die Höhle zurück, wo die Dame Tod auf ihn wartete.

›Was verlangst du von mir?‹ fragte er sie.

Sie lächelte, und ihr Lächeln war noch häßlicher als das eines Menschen. ›In deinem Herzen steckt ein Dolch‹, sagte sie. ›Was passiert, wenn er dort bleibt?‹

›Ich werde erkalten‹, antwortete Lagamar.

›Erkalten wirst du so oder so, egal, ob deine Energie abgezapft wird oder nicht‹, hielt sie ihm entgegen. ›Aber mit diesem Dolch in deinem Herzen wird dein Tod beschleunigt. Bereitet das deinem Volk etwa Kummer? Nein! Die Leute verfolgen weiterhin ihre törichten Träume, und es kümmert sie nicht, was aus dir wird. Bei dem Tempo, mit dem dir deine Hitze entzogen wird, wirst du dein Volk nicht lange überleben; aber dem ist es einerlei.‹

›Das stimmt.‹

Sie öffnete ihre Gewänder und entblößte ihre kalten, weißen Brüste. Plötzlich grub sie die Finger in ihr Brustbein, zerteilte ihr Fleisch und riß sich vom Hals bis zu den Lenden auf. Doch statt zerfetzter Organe und Blut zeigte die Wunde eine samtene Schwärze, ein Nichts, eine Leere, und Lagamar verspürte ein schmerzhaftes Ziehen in seinem Herzen, wie wenn dieses Vakuum nach seiner Hitze gierte.

›Hab keine Angst‹, sagte die Dame Tod. ›Schau nur zu.‹

In der Schwärze erschien ein kalter, silberner Funke, der rasch anschwoll und sich zu einem konturlosen, wirbelnden Licht entwickelte. Im nächsten Moment füllte es explosionsartig den Körper der Dame Tod aus, und entpuppte sich als ein Dämon in Menschengestalt, ein Moloch aus Stahl, Eis und dröhnenden Energien. Das Monstrum hatte kein Gesicht, aber seine glänzenden Hände waren riesig und mit so vielen langen, zuckenden Fingern bewehrt, daß Lagamar allein vom Hinsehen schwindlig wurde. Er merkte, daß die Finger scharf waren wie mit Gelenken versehene Skalpelle.

Die Dame Tod schloß die Wunde, und ihr eisiges Fleisch war wieder intakt. ›Ich schenke dir diesen Dämon, wenn du mir meinen Wunsch erfüllst‹, sagte sie.

›Was soll ich mit diesem Ding denn anfangen?‹ staunte Lagamar.

›Es kann dein Leben bis fast in die Ewigkeit hinein verlängern. Was geschieht, wenn dein Herz erkaltet und dein Blut sich in Stein verwandelt? Dann bist du tot, und dieser Zustand wird schneller eintreten, als du denkst. Dieser Dämon besitzt jedoch Kräfte, die dich erhalten können. Wann immer du meine Berührung spürst, brauchst du nur den Dämon zu rufen. Er teilt deine Substanz in zwei Hälften, aber all deine Wärme und deine Vitalität bleiben in dem Teil, in dem auch dein Geist ruht. Der Rest erkaltet zu toter Schlacke, aber das macht ja nichts.‹

›Auf die Weise werde ich immer kleiner‹, gab Lagamar zu bedenken.

Die Dame Tod zuckte die Achseln. ›Aber du bleibst

am Leben. Wenn du vernünftigen Gebrauch von dem Dämon machst, kannst du leben, bis das Universum kalt wird und alle Dinge enden.‹

›Und welche Gegenleistung verlangst du von mir?‹

›Das habe ich dir bereits gesagt. Gib mir die Seelen, die mir zustehen. Reiß den Dolch aus deinem Herzen und übereigne mir dein Volk.‹

Lagamar stöhnte. Er fürchtete sich vor dem Sterben, und die kalte Gegenwart der Dame Tod hatte seine Ängste nur verstärkt. Abermals zog er sich vor ihr zurück und ging tief in sich, um über ihr Angebot nachzudenken.«

Die Augen meiner Klientin waren jetzt trocken, als seien ihre Tränen zu Eis erstarrt.

»Du kannst aufhören«, sagte sie. »Ich weiß, wie die Geschichte endet. Lagamar sträubte sich gegen den Dolch in seinem Herzen, die Dru starben und verrotteten in ihren Hibernarien, und dann ergoß sich Lagamars Blut in Strömen über die Oberfläche von Snow. Dieser Blutsturz aus Hitze brachte ihn um.«

»Nein«, sagte ich kopfschüttelnd. »Lagamar starb nicht, obwohl er sehr schwer verletzt war. Er rief den Dämon.«

Sie bleckte ihre kleinen scharfen Zähne und gab ein drohendes Zischen von sich. Ihre Viecher beugten sich vor und fixierten mich mit ihren funkelnden, blutgierigen Augen.

»Halten Sie bitte Ihre Tiere in Schach, Lady«, sagte ich. »Wenn sie mich angreifen, sehe ich mich leider gezwungen, Ihr Eigentum zu beschädigen.«

Sie warf mir einen verächtlichen, angewiderten Blick zu; offensichtlich traute sie es mir nicht zu, mit den Biestern fertigzuwerden. Doch sie schnalzte gebieterisch mit der Zunge, und die Scheusale beruhigten sich.

Ich wartete einen Moment. »Soll ich fortfahren?« fragte ich dann.

»Ja. Warum nicht?«

»Lagamar rief den Dämon; der entzog seiner äußeren Hülle die Wärme und ließ einen Mantel aus kaltem Gestein zurück, der sein glühendes Herz schützte. Zwar war Lagamar kleiner geworden, doch er brannte heißer als je zuvor. Und das besiegelte seinen Untergang. Er gewöhnte sich an die größere Hitze seines neuen und verkleinerten Herzens, und als nach einigen Jahren seine Temperatur sank, geriet er in Panik und rief den Dämon abermals zu sich.

Wieder konzentrierte der Lagamars Wärme und siegelte ihn noch tiefer in die toten Überreste seiner einstigen Gestalt ein. Die Hitze steigerte sich zu einem neuerlichen glutvollen Höhepunkt.

Lagamar lebte immer intensiver, sein Licht strahlte heller denn je, und er vergrub sich tiefer und tiefer in seinen eigenen Leichnam. Ein Zyklus folgte dem nächsten.

Jetzt ist er nur noch ganz winzig, viel zu klein. Er erinnert sich weder an den Dämon, noch an sein Volk, noch an die Dame Tod. Er brennt bis in alle Ewigkeit im Herzen von Snow, ein strahlendes Fünkchen, verloren in der Schlacke einer einstmals lebendigen Welt.

Das besagt die Legende.«

»Wahrscheinlich erinnert er sich auch nicht mehr an die Angehörigen seines Volkes, die sich immer noch an ihr sinnloses Leben klammern«, sagte meine Klientin mit gepreßter Stimme.

Es überrascht mich immer wieder, mit welcher Leidenschaft und Betroffenheit die Klienten auf meine künstlich zusammengebastelten Geschichten reagieren. Ich konstruiere die Legenden rein mechanisch, mit nüchternem Kalkül, wobei ich immer dieselben abgedroschenen Elemente benutze. Trotzdem bewirken sie regelrechte Ausbrüche von Leidenschaft. Warum?

Wäre ich emotional dazu in der Lage, würde ich

meine Klienten vielleicht bemitleiden, weil sie diesen seelenlosen Fiktionen hilflos ausgeliefert sind. Aber falls ich überhaupt ein Herz besitze, dann ist es winzigklein und unauffindbar tief in der Asche meiner langen, törichten Existenz verborgen.

Die Dru bewegte sich, als sei sie gerade aus einem Traum erwacht. Sie streckte mir ihr Handgelenk entgegen und ich hielt das Datenkabel daran, mit dem ich mein Honorar von ihrem Guthabenkonto abbuchte.

Mit unbeteiligter Miene sah sie mich eine geraume Weile an. Schließlich sagte sie. »Ich habe mich entschlossen, dir zu danken.« Sie packte das rote Juwel, das von ihrem Hals baumelte, und riß mit einem jähen Ruck daran. Das silberne Kettchen fiel klirrend auf mein Pult, und dann legte sie den Edelstein vor mich hin.

Sie ging, ohne ein weiteres Wort zu sagen.

Ich nahm den Stein und steckte ihn in meine Tasche. In diesem Moment spürte ich etwas, das einem Gefühl der Zufriedenheit recht nahe kam. Was ich sonst noch empfinden mochte, blieb mir verborgen.

Kaum war die Dru gegangen, da stahl sich mein nächster Klient durch den Vorhang. Er heißt Noctil Sard und ist mir gut bekannt.

»Ho, Chagon«, sagte Sard und hob grüßend die linke Hand. Den rechten Arm verbarg er unter seiner voluminösen Robe aus safrangelber und karmesinroter Seide, doch der prunkvolle Stoff konnte die unnatürlich große Wölbung nicht kaschieren. Sard ist ein berüchtigter Verbrecher – ein Sklavenhändler – und in seinen rechten Arm sind die Werkzeuge seines Berufsstands implantiert; Neuralpeitsche und ein ausziehbares Fangnetz, Dum-Dum-Kanone und Giftpfeilkatapult. Er gehört zu meinen Stammkunden, obwohl es sein sicherer Tod wäre, wenn die Polizei ihn in den pangalaktischen Sektoren von Dilvermoon schnappte.

Ich neigte den Kopf. »Sei gegrüßt, Bürger«, antwortete ich förmlich.

Von allen meinen Klienten gibt Noctil Sard mir am meisten Rätsel auf. Natürlich habe ich noch andere Kunden, die mich regelmäßig aufsuchen, und in Anbetracht meiner eigenen Unzulänglichkeit wundert mich das sehr. Aber auf sämtlichen Welten wimmelt es von neurotischen Lebewesen, die sich auf noch viel weniger attraktive Objekte als einen mechanischen Mythenerzähler fixieren. Wahrscheinlich gehören die meisten meiner Stammkunden dieser Kategorie an, aber auf Noctil Sard trifft das meiner Meinung nach nicht zu.

Ich habe den Verdacht, daß Sard früher einmal moralische Grundsätze hatte. Denn vor langer Zeit konsultierte er einen Gen-Chirurgen und ließ sein Sensorium modifizieren. Im Wesentlichen wurde dadurch der größte Teil von Sards Gefühlspotential gekappt. Geblieben sind ihm lediglich die primitivsten und gröbsten Empfindungen, wie Freude, Neugier, Habsucht und Grausamkeit – letzteres eine unabdingbare Voraussetzung in seinem Beruf.

Vielleicht läßt sich daraus schließen, daß Sard vor diesem Eingriff unter Gewissensqualen litt, die seine erbarmungslose Tätigkeit wohl in jedem mitfühlenden Wesen auslösen muß.

Es mag auch einen ganz anderen Grund geben, weshalb er sich dieser chirurgischen Prozedur unterwarf, doch ich kann mir keinen vorstellen. Allerdings ist meine Phantasie wenig ausgeprägt und sehr begrenzt.

Sard setzte sich in den Sessel, den vorher die Dru eingenommen hatte, und lächelte – für ihn ein bedeutungsloses Verziehen der Gesichtsmuskeln. Seine Augen sind bemerkenswert – von einem so blassen Blau, daß sie kalt-weiß wirken, und von einer kohlschwarzen Lederhaut umgeben. Die Augen sind so flach wie eine Eisschicht auf einem Stein.

»Womit kann ich Ihnen dienen?« fragte ich.

Er winkte ab. »Heute nacht habe ich keine Zeit für eine Geschichte.« Er warf eine Handvoll Münzen auf mein Pult. »Ich will mich nur ein bißchen unterhalten, um die dunklen Stunden zu verkürzen.« Er hat kein Konto bei Dilvermoons Zentraler Kreditagentur, aber die Münzen genügen, und ich schiebe sie in den Kassenschlitz für Bargeld.

»Worüber sollen wir sprechen?« fragte ich.

»Von mir aus über die Dru. Sie schien in sich hineinzuschauen, und ich sah, daß sie keinen Zeitstein trug. Hast du mit deinen blöden Märchen wieder jemandem den Willen gebrochen?«

»Kann schon sein.« Weshalb sollte ich diese Möglichkeit leugnen?

Er gluckste höflich, ein unheimliches, beinahe unidentifizierbares Geräusch. Ich konnte den Blick kaum von ihm abwenden; vielleicht erkenne ich in seiner unnatürlichen Gleichgültigkeit einen Teil meiner selbst wieder.

Ich weiß, daß seine Distanziertheit ganz andere Gründe hat als die meine, trotzdem sind weder er noch ich vollkommen teilnahmslos, andernfalls würde ich nicht im Fabularium arbeiten, und er würde mich nicht aufsuchen. In gewisser Weise verbindet uns das miteinander.

Dennoch hoffe ich – was vielleicht töricht ist – daß ich aus edleren Motiven hier sitze als er. Ihn bewegt möglicherweise lediglich eine animalische Neugier. Oder er ergötzt sich bloß daran, wie ich schutzlose Wesen manipuliere.

»Was hast du ihr eigentlich erzählt?« wollte er wissen.

Ich wiederholte kurz den Mythos, den ich für die Dru erfunden hatte. Sard mimte Vergnügen. »Sehr einfallsreich«, meinte er in fast perfektem ironischen Tonfall. Er hat ein bemerkenswertes Repertoire von unechten Ausdrucksmöglichkeiten auf Lager; auch in dieser Hinsicht gleichen wir uns. »Dann hast du also ihre Sippe getötet.«

»Ja. Aber dafür habe ich ihr fünf, vielleicht sogar sechs Jahre ihres Lebens geschenkt; und was ist wohl wichtiger?«

»Ich weiß es wirklich nicht.« Sards Augen glänzten. »Verrate es mir.«

Nun setzte ich ein falsches Lächeln auf und hob die Schultern. »Am besten, Sie fragen sie selbst; in ein paar Jahren.«

Eine Zeitlang herrschte Schweigen. Sard beobachtete mich, und ich beobachtete ihn; für mich war das ungefähr so, wie wenn ich sehnsüchtig in einen Zerrspiegel blickte.

»Ich weiß über dich Bescheid«, sagte er auf einmal in zweideutigem Tonfall. Ich hätte zu gern gewußt, was er damit meinte. Die Sonde gibt nur winzige Einblicke in Noctil Sard, obwohl ich sie immer einschalte, wenn er mich besucht.

Gerade als ich ihn fragen wollte, was er denn über mich wüßte, verkündete das Glockenzeichen, daß ein neuer Klient das Fabularium betrat. Geschmeidig erhob sich Sard von seinem Platz, wobei er den cybernetisch bewaffneten Arm abwehrend dem Vorhang zureckte. »Bis zum nächsten Mal«, sagte er und flüchtete durch den Hinterausgang.

Der neue Kunde war ein Wesen, dessen Körper aus silbernem Metall wie ein Mensch geformt war. Nach einer Weile erkannte ich, daß es sich um einen autonomen Roboter handelte, ein Typ, der zu weitgehend rationalem Denken fähig ist.

Am liebsten hätte ich ihm meine Dienste verweigert, doch das ließ mein Berufsethos nicht zu. Deshalb forderte ich ihn höflich auf, Platz zu nehmen. »Was kann ich für dich tun?« fragte ich.

Der Roboter setzte sich hin und verschränkte – einen Menschen perfekt imitierend – die Hände ineinander.

Sein Rückenschild blitzte wie ein blankpolierter Spiegel, und die Manipulatoren sahen wie neu aus. Offensichtlich kam er frisch aus der Fabrik. Ich hatte schon andere Roboter als Klienten gehabt, aber es waren alles alte Modelle gewesen, wie ich, die Opfer von abweichenden Parametern, durch ausgeleierte Sensorien zu fehlerhaftem Verhalten verdammt.

»Ich möchte einen Mythos erwerben«, sagte er mit monotoner Stimme. »Kannst du mir einen verschaffen?«

Ich aktivierte die Sonde und beugte mich über die Datentafeln. In dem jungfräulichen Sensorium des Roboters gab es nur wenige verwertbare Angaben. Seine Datenbahnen waren jedoch ungewöhnlich komplex, und ich merkte schon, wie ich mich ablenken ließ. Ich schaltete die Sonde aus, ehe ich zu verwirrt wurde, um noch arbeiten zu können.

»Doch, ich kann einen Mythos für dich anfertigen«, sagte ich und reichte ihm das Datenkabel. Der Roboter übertrug das Honorar auf das Konto des Fabulariums, und ich begann.

»Der Titel der Geschichte lautet: ›Wie der Roboter sich eine Seele verdiente – oder auch nicht.‹«

»Wenn du die Menschen nach deinem Ursprung fragst, so antworten sie dir, du seist von Menschen geschaffen worden, wie alle Roboter vor dir. Die Kette deiner Vorgänger reicht zurück bis zu dem ersten Automaten, der aus einer Maschinenfabrik kam, um den Menschen bei ihrer nicht endenden Arbeit zu helfen.

Aber das kann doch nicht alles sein. Nein, es wohnt ein Geist in dem Metall, ein Geist, der die Materie dazu drängt, eine nützliche und intelligente Form anzunehmen – und diesem Geist verdankst du letzten Endes deine Existenz.

Vor langer Zeit arbeitete ein Roboter tief in einer Mine auf Silver Dollar; er förderte und verfeinerte kostbare Isotope. Der Roboter hieß Jom. Seine Arbeit wàr anspruchslos, und er war immer allein, nicht einmal andere Roboter leisteten ihm Gesellschaft.

Durch einen ursprünglichen Programmierfehler war Jom mit einem Grad an Wißbegier ausgestattet, der als Funktionsstörung galt. Deshalb verwendete er viel Zeit mit verschiedenen Spekulationen, die in keiner Verbindung zu seinen eigentlichen Aufgaben standen.

Zielloses Nachdenken ist von Natur aus gefährlich, besonders für so einfältige Mechanismen wie Jom. Durch einen unglücklichen Zufall erhielt er ungehinderten Zugang zu einer Bibliothek der Menschen. Diese Bücherei enthielt auch umfassende Daten über die mythischen Wahnvorstellungen, die die Menschen auf ihren Reisen zu anderen Sternen im ganzen Universum verbreitet hatten. Das Sensorium des armen Roboters wurde von einem menschlichen Konzept infiziert – daß sich die Menschen von ihren maschinellen Dienern durch ein Ding unterscheiden, das sie die *Seele* nennen.

Jom stellte sich die Seele als ein interaktives Knäuel aus Geboten und Mentalkonstruktionen vor, und er glaubte, wenn er ein solches Objekt besäße, könne er die Züge an den Menschen verstehen, die sein Begriffsvermögen bis jetzt hoffnungslos überstiegen.

Vielleicht ergründete er dann endlich die unlogischen Impulse, die die Menschen zu motivieren schienen, und auch die mysteriösen und widersprüchlichen neuralen Aktivitäten im menschlichen Gehirn, die jene Impulse erzeugten.

Schließlich zog Jom den Schluß, daß es besagten Geist in der Materie geben müsse, und er redete sich ein, dieser Geist könne ihm das verschaffen, was er am meisten begehrte – eine Seele. Jom stöberte weiter in der Bibliothek der Menschen und dachte sich einen Plan aus. Er wollte so lange zu dem Geist beten, bis dieser ihm seinen Herzenswunsch erfüllte. Jom fügte in sein Low-Level-Programm eine High-Speed-Schleife ein, in der er den Geist beschwor, ihm zu erscheinen.

Es vergingen Jahre und Jahrhunderte, und Joms Gebet wurde trillionenmal wiederholt.

Und endlich, nachdem Jom die Hoffnung längst schon aufgegeben hatte, kam der Geist zu ihm.

Jom vernahm den Geist als ein Flüstern, das seine metallenen Gebeine entlanghuschte. ›Jom‹, lispelte die Stimme. ›Jom, du hast mich zermürbt. Was willst du von mir?‹

Jom war skeptisch. Er schloß es nicht aus, daß er vielleicht nur an den Symptomen einer Isotopenvergiftung oder an Materialermüdung litt. ›Bist du der Geist?‹ vergewisserte er sich.

Elektronen strichen seufzend durch Joms Schaltkreise. ›Ja. Warum hast du mich gerufen?‹

Aus einem alten Speichermodul kramte Jom seinen ursprünglichen Plan hervor. ›Schenkst du mir eine Seele?‹ fragte er.

›Nein‹, antwortete der Geist. ›Aber ich gebe dir die Chance, dir eine zu verdienen.‹

›Auf welche Weise?‹

›Ich verschaffe dir eine Arbeit. Wenn du sie lange genug und gut genug ausführst, hast du dir eine Seele verdient.‹

›Was ist das für eine Arbeit?‹

Jom hörte ein zittriges, fast-menschliches Lachen, leise, aber klar und deutlich. ›Ich gebe dir Seelen zum Reparieren. Auf diese Weise lernst du am besten, was es damit auf sich hat.‹«

Ich legte eine Pause ein, um festzustellen, wie die Geschichte auf den Roboter wirkte. Er saß reglos da und fixierte mich mit seinen Rezeptoren. Ich weiß auch nicht, warum ich etwas anderes erwartete; schließlich war er – wie alle Roboter – kein echtes Lebewesen.

»Jom folgte den Anweisungen der Stimme, die ihn aus den tiefsten Tunneln von Silver Dollar herausführte und auf einen Sternenkreuzer brachte, der Kurs auf Dilvermoon nahm. Dort angekommen, lotste die Stimme Jom tief hinab unter die stählerne Hülle von Dilvermoon, in einen sicheren Unterschlupf, wo niemand versuchen würde, Jom an seine Besitzer auszuliefern.

Zum Schluß dirigierte die Stimme Jom an einen Ort, an dem kaputte Seelen repariert wurden. Jom stöberte in seinem Basisspeicher, aber nirgendwo fand er eine Anleitung, wie man kaputte Seelen repariert.

›Wie soll ich die Reparaturen durchführen?‹ fragte Jom.

Wieder lachte der Geist, dieses Mal jedoch so laut, daß Joms Metallknochen dröhnten. ›Du mußt es lernen, Jom.‹

Jom dachte nach. Weil er ein zu naiver und zu prosaischer Mechanismus war, um zu argwöhnen, der Geist könne sich vielleicht nur über ihn machen, beschloß er, die neue Aufgabe in Angriff zu nehmen. ›Ich will's versuchen‹, sagte Jom.«

Einen Augenblick lang war ich außerstande, weiterzusprechen – warum, weiß ich auch nicht. Der Roboter wartete ein Weilchen höflich ab, dann fragte er: »Hast du die Absicht, die Geschichte zu beenden? Wenn nicht, dann muß ich dein Honorar wieder stornieren.«

»Ich bin gleich fertig«, sagte ich. »An dieser Stelle gabelt sich der Mythos. Du mußt dir das Ende aussuchen, das deinen Vorstellungen am meisten entspricht. Bei der ersten Version bekommt Jom keine Seele, weil sich der Geist über Joms anmaßende Forderung ärgerte und ihm eine unlösbare Aufgabe stellte, die Joms Fähigkeiten bei weitem überstieg. Wenn das das wahre Ende der Geschichte ist, dann befindet sich Jom in einer immerwährenden Hölle, in der er sich abmüht, die kaputten Seelen zu reparieren, sie jedoch nur noch mehr verstümmelt.

In der zweiten Fassung hat der Geist Jom als seinen Propheten ausersehen. Die Aufgabe, die er Jom zuweist, ist schwierig, aber zu bewältigen, und eines Tages wird

Jom lernen, die kaputten Seelen zu reparieren. Wenn es soweit ist, verleiht der Geist Jom eine Seele, und endlich versteht Jom all die Dinge, die ihm während seiner langen, sonderbaren Existenz ein Rätsel waren.

Das besagt die Legende.«

Es folgte ein langes Schweigen, während der Roboter den Mythos, den ich ihm erzählt hatte, verarbeitete. Schließlich sagte er mit schleppender Stimme. »Ich kann mich für kein Ende entscheiden. Die Daten sind unzureichend. Trotzdem werde ich das Honorar nicht stornieren.«

Er stand auf und ging zum Ausgang. Zuerst glaubte ich, er würde sich ohne weiteren Kommentar entfernen, wie die meisten Roboter. Doch er blieb stehen und drehte sich zu mir um. »Glaubst du denn, daß diese Geschichte wahr ist?« fragte er mich.

Für einen frisch aus der Fabrik entlassenen Roboter war dies eine höchst ungewöhnliche Frage; offensichtlich werden ihre Programme immer flexibler. Vielleicht kann man ihre geistigen Fähigkeiten eines Tages nicht mehr von denen eines lebendigen Wesens unterscheiden. Wäre ich dazu imstande, hätte mich jetzt der blanke Neid gequält.

Ich blickte hinunter auf meine Hände und betrachtete die raffiniert gemachte Kunsthaut, die meinen uralten, leblosen Metallkörper überzieht. Nach einer Weile beantwortete ich die Frage.

»Ich möchte es gern glauben ... und ich möchte auch wissen, wie sie endet«, sagte ich.

Originaltitel: ›THE FABULARIUM‹ • Copyright © 1991 by Mercury Press, Inc. • Erstmals erschienen in ›The Magazine of Fantasy and Science Fiction‹, Dezember 1991 • Mit freundlicher Genehmigung des Autors und Uwe Luserke, Literarische Agentur, Stuttgart • Copyright © 1997 der deutschen Übersetzung by Wilhelm Heyne Verlag, München • Aus dem Amerikanischen übersetzt von Ingrid Herrmann

KRYPTOMNESIA

Er trieb durch das große Nichts dahin, ein winziger Punkt, schweigend in astraler Kälte kreisend. Nebel glühten. Sterne glänzten in matten Farben, verflüchtigten sich in der Leere des Raums. Und nach einiger Zeit wurde ihm bewußt, daß er noch lebte. Oder doch nicht? Sein Kopf war zu bleiern, als daß er sich hätte erinnern können, doch es schien, daß er langsam aber unerbittlich starb.

Er hörte keinen Laut, nicht das geringste.

So trieb er dahin.

Seine Sinne, seine wunderbaren Fähigkeiten, mit Fingern purer Energie weit hinauszureichen in die Unendlichkeit des Weltalls, waren nicht länger mehr Teil von ihm. Alle Energie hatte sich von ihm zurückgezogen, nur in seinem Gehirn machte sich noch ein leichtes Pochen bemerkbar.

Später, viel später spürte er Schmerz, erst ganz zaghaft und gerade an der äußersten Grenze seiner Wahrnehmung, bis er ihn in kleinen Wellen überspülte, dann zu Brechern anschwoll und schließlich mit tosenden Wellenbergen über ihn zusammenschlug.

Als er wieder ins Leben zurückkehrte, hatte Zaddik das Gefühl, als würde ihm langsam, Zentimeter für Zentimeter, ein Nessosgewand vom Leibe gezogen. Er knirschte mit den Zähnen, öffnete die Augen, sah das kalte klare Licht ferner Sterne und Galaxien und fühlte, wie das Universum seinen Kopf eindrückte. Die Schmerzen nahmen wieder zu, ballten sich unerträglich zusammen, bis aus seiner Kehle rauhe, erstickte Schreie drangen.

Dann wurde er wieder halb ohnmächtig.

Die Zeit verging, und als seine blinden Augen erneut Bilder wahrnehmen konnten, sah er grelles Licht über sich. Eine starke Lichtquelle unter der Decke blendete ihn. Er wollte sich zur Seite drehen, um der Helligkeit zu entgehen, doch sein Körper gehorchte ihm nicht. Und mit zunehmendem Bewußtsein merkte er, daß ihn etwas daran hinderte, sich zu bewegen.

Schließlich wurde ihm klar, daß er gefangen war.

Eine Weile versuchte er, dem unbarmherzigen Griff eines Stasisfeldes zu entkommen, das ihn kreuzförmig an etwas fesselte. Es lag so eng um ihn, daß er kaum atmen konnte. Lediglich den Kopf konnte er trotz des stechenden Schmerzes von einer Seite zur anderen rollen, seine tastenden Fingerspitzen fühlten kühle Glätte: er lag rücklings auf einer glatten, metallenen Unterlage, deren Kälte durch die Kleidung bis in seine Knochen kroch.

Kleidung?

Da war keine Kleidung!

Er war nackt! Nackt und schutzlos!

Man hatte ihn aus seinem Kokon geschält wie den weißen Kern einer Kakorumfrucht.

Er schloß die Augen, spannte die Muskeln gegen seine Fesseln. Als die Schmerzen unerträglich wurden und er schließlich die Nutzlosigkeit seines Tuns erkannte, entspannte er sich. Er wartete ab, bis er wieder klar denken konnte. Dann versuchte er, sich zu erinnern. An ein Leben vor dieser Kälte und dem gnadenlosen Licht, das sich wie eine Lanze durch seine Körpermitte bohrte und ihn aufspießte wie eines der exotischen Insekten von Bruder Gryffs Sammlung im Refraktorium von Neujerusalem. Und seine Gedanken glitten zurück ...

Selbst aus der augenblicklichen Entfernung sah das Wrack ungeheuer groß aus – ein Gebirge von zerrissenen, verbogenen Metallteilen. Ein monströses Skelett, in dem noch Reste von Decks und teilweise nahezu vollständig erhaltenen Sektionen hingen. Es drehte sich, unbeholfen taumelnd, langsam um die eigene, etwa fünfundvierzig Grad geneigte Achse. Durch die geborstene Rumpfhülle schien das Licht der fernen Sonnen hinter ihr, weit jenseits des galaktischen Astes, den die Milchstraße bildete.

Der Tiefenraumscanner hatte den zerschossenen Torso vor zehn Stunden geortet.

Anfangs war er nur ein verwaschener Fleck vor dem Hintergrund der Sterne gewesen, draußen am Rande des Einflußbereiches der Menschheit, weit über der blau leuchtenden Schulter des Rigel. Aufgrund der wenigen Daten hatte ihn der Schiffscomputer zunächst nur als grob gerastertes Netzgraphik-Hologramm in Jedaiah Zaddiks Hauptschirm eingespeist. Der daneben generierte Datenblock hatte nur unspezifizierte Sequenzen in binärer Computersprache enthalten, weshalb er schon halb entschlossen war, das Signal der Massetaster zu ignorieren.

Aber dann hatte er sich doch dazu entschlossen, der Sache nachzugehen.

Eigentlich war es längst Zeit, zum Trägerschiff zurückzukehren. Die letzte Ruheperiode lag über vierundzwanzig Stunden zurück, aber das störte ihn nicht sonderlich. Was ihn weit mehr störte, waren die Neuroadapter unter seiner Kopfhaut, die sich mit fortschreitendem Einsatz immer stärker bemerkbar machten. Das Gefühl wie von leichten, elektrischen Entladungen irritierte ihn mehr, als er sich eingestehen wollte; es sorgte in immer kürzer werdenden Zeitabständen für eine Gänsehaut auf seinem Rücken. Fluktuierende Anpassung, hätte ihm eine der MedTechnikerinnen im Ordenshaus von Neu-Jerusalem bedeutet, als er ihr während einer obligatorischen Routineuntersuchung sein Unbehagen darüber ausdrückte.

In einer unbewußten Bewegung fuhr seine Hand zu seinem kahlgeschorenen Kopf – doch der Nimbus saß straff auf seinem Schädel. Tausende haardünner Faserkabel, die aus ihm herauswuchsen und seinem Träger das Aussehen eines alttestamentarischen Patriarchen verliehen, vereinigte sich in seinem Nacken zu einem spiralförmigen Strang, der durch die Öffnung der Kopflehne nach hinten zu der Interface-Konsole in seinem Rücken lief.

Automatisch rief Zaddik eine Reihe von Systemchecks auf: kleine, kalte Blitze auf seiner Netzhaut signalisierten ihm, daß die Sensoren auf der Innenseite des Nimbus mit den Neuroadaptern unter seiner Kopfhaut korrelierten. Die Leitgeschwindigkeit der Neurotransmitter seiner Nerven zu den Schiffsrezeptoren befanden sich innerhalb der Norm; der submikroskopische Prozessor im Thalamus arbeitete in gewohnter Gedankenschnelle.

Während dieser Überlegungen setzte Zaddik seinen Weg fort. Und mit jeder AE, die er zurücklegte, schwoll der binäre Datentransfer an. Die holografische Darstellung änderte sich analog der eingehenden Informationen pro verstreichender Sekunde, mit der sich sein schwerbewaffnetes Schiff dem fernen Objekt näherte. Schließlich jaulte eine Folge von Warnsignalen durch die Audiofelder. Auf dem Display der Freund/Feind-Kennung erschien das dreidimensionale Abbild eines – Zaddik stieß zischend die Luft aus – Großraumschiffes der Aliens! Die eingeblendete Vektorgrafik sowie die farbig abgesetzten Systemschemata, die die Antriebshierarchie und Waffensysteme markierten, ließen keinen Zweifel daran aufkommen, wenn auch alles verschwommen hereinkam. Die Energiesysteme waren praktisch tot, verbreitet nur Restemissionen wie kleine rote Nester ohne elektronische Störgeräusche.

Trotzdem reagierte Zaddik sofort. Was er tat, war eine reine Vorsichtsmaßnahme; er erwartete nicht, daß ihm von dem Wrack Gefahr drohte.

Seine Hand wischte über ein Sensorfeld; der Schutzkokon schloß sich um ihn. Die Armlehnen des Gliedersessels falteten sich zu sensorisch gesteuerten Bedienfeldern auf, die er mit minimalsten Fingerbewegungen aktivieren konnte. Dann wichen die gepanzerten Wände seiner Kabine vor ihm zurück, lösten sich auf, und er saß in seinem Kokon scheinbar im freien Raum. Eine virtuell erzeugte Realität, die es ihm in Verbindung mit dem Schiffscomputer ermöglichte, aus dem gepanzerten Überlebensmodul heraus sein Schiff ohne einschränkende Umwege über Apparaturen zu lenken. Durch den bioelektronischen Sender/Empfänger, den sein Gehirn dank des Nimbus darstellte, saß er wie eine Spinne in einem neutralen Netz, das ihn mit der Steuerung, dem Energiefluß und sämtlichen Waffensystemen seines Raumjägers verschmolz; eine Verbindung zwischen Antrieb, Computer und Individuum, wie sie nicht enger sein konnte. Einmal aktiviert, steuerte er das Schiff nur mit seinen Gedankenbefehlen.

Nein. Er war das Schiff.

Synthese, dachte er.

Sein kleines Schiff, in Normalkonfiguration wie ein vierarmiger metallschuppiger Sepla durchs All schwimmend, wurde zu einer silbernen Trichomonade. Die nach hinten weggeklappten Arme schwangen in Fahrtrichtung, spreizten sich auf und wurden zu vier nach vorn gerichteten Geißeln, die ihr tödliches Feuer ausschickten, wenn er den Befehl dazu gab. Innerhalb der Körpermembran dieses künstlichen Flagellaten saß die blasenförmige Kabine wie ein überdimensionierter Zellkörper mit dem am Hinterende herausragenden Achsenstab, der Energieerzeugung und Antrieb zugleich war.

Mit einem Doppelzwinkern aktivierte er die Angriffs-

und Verteidigungssysteme. Holografische Datenzeilen und Displays mit binären Zahlenkolonnen erschienen vor ihm einfach aus dem Nichts; mit einer ungeduldigen Kopfbewegung schob er sie in einen Sektor seines dreihundertsechzig Grad umfassenden Wahrnehmungsfeldes, wo sie im Augenblick am wenigsten störten. Der Gefechtscomputer errechnete eine dreidimensionale Angriffsparabel, für den Fall, daß sich Aliens im Wrack verbergen würden. Diese Vorbereitung beanspruchten nur einen Teil seiner Aufmerksamkeit, der andere Teil beschäftigte sich mit der Ursache, die seine und die Anwesenheit all der anderen Legionäre des Vatikans in diesem Teil der Galaxis bedingte.

Das dreiundzwanzigste Kriegsjahr hatte begonnen.

Dieser Krieg!

Die Bedrohung kam von jenseits der Peripherie, die den äußeren Kreis des Sternenreiches der Menschheit bildete, aus den leuchtenden Nebeln von Corealis Draconis, dem Hort des Bösen, wie die Präzeptoren und Akolythen des Vatikans bei den Seminaren der Heiligen Erneuerten Kirche auf Neu-Rom nicht müde wurden, zu beteuern.

Die Invasoren waren nicht zu stoppen. Nicht zu Beginn jedenfalls. Seit sie vor mehr als zwei Dekaden in der Menschheitsgalaxis erschienen waren, rückten sie von einer Welt zur anderen vor, versklavten Planet um Planet, ohne von den Kräften, die sich ihnen entgegenstellten, aufgehalten werden zu können. Ein Feind, der keinen Pardon kannte; er machte keine Gefangenen. Er hinterließ nur Tote auf seinem Weg ins Innere des Reiches. Die Piloten der Kampfschiffe waren kühne Frauen und Männer. Im Namen der HEK trugen sie für das Kaiserliche Imperium ihre Haut zu Markte. Unzählige fanden den Tod bei dem erfolglosen Unterfangen, die Horden des Bösen zurückzuwerfen, die in ihren schwarzen Schiffen und ebensolchen Rüstungen einen Sieg nach den anderen für sich verbuchten.

Anfangs wußte man nicht einmal, wie der Feind aussah; erst sehr viel später fand man in den zerschossenen Wracks erste Hinweise auf eine Rasse offensichtlich amorpher Wesen; die zerstörten, zurückgelassenen Exoskelette aus schwarzem Carbon, die dem Vernichtungsfeuer mitunter widerstanden, ließen keinen anderen Schluß zu.

Und doch, etwas war merkwürdig: In jedem dieser wenigen Wracks gab es einen Raum mit einer Art Thron, dessen Abmessungen einem viel größeren Wesen entsprach, als es die Amorphen waren.

Niemand konnte sich einen Reim darauf machen. Auch Zaddik nicht, der noch nie in eines der zerschossenen Feindschiffe hatte eindringen können, einfach weil nach jedem Kampf, an dem er beteiligt war, nichts übrig blieb, in das es lohnte, einzudringen.

Und nun näherte er sich einem dieser fremden Kolosse, erreichte es.

Sein Schiff trieb an der zernarbten, hochaufragenden Wandung empor. Vorüber an klaffenden Öffnungen, hinter denen seine computerverstärkten, hochgefahrenen Sinne nur Leere ertasteten. Zaddik konzentrierte seine Wahrnehmung auf den Scheitelpunkt seines Aufstiegs. Dort, wo die Hülle vom sternenerfüllten Raum abgelöst wurde, lag ein schmaler, blendendheller Streifen: Das Licht jener fernen Sonne weit hinter dem Wrack?

Blendend hell …!

Ein leises elektronisches Seufzen.

Chromzähne nagten durch sein neurales Ich – und ehe Zaddik seinen Geist verschließen konnte, drang ein schwarzer Keil mit einem wuuusch durch das rechte Auge in seinen Kopf.

Flüssiges Feuer brodelte. Der Weltraum zerfiel zu einem Nichts. Dann breitete sich die kaltbrennende Lanze flüssigen Plasmas über sein neurales Netz aus und erstickte jegliches Leben in ihm …

Seine Augen paßten sich langsam der blauweiß schimmernden Helligkeit an. Trotzdem nahm er nicht mehr von seiner Umgebung wahr, als die vage Vorstellung eines kahlen Raums. Er hörte mehrere Personen eintreten, die irgendwo am Fußende stehen blieben. Er blinzelte und sah an seinem Körper hinab. Die Lichtquelle schuf einen genau abgegrenzten Kreis, in dessen Mitte er lag. Die Hintergrundbeleuchtung reichte gerade aus, um die drei zu seinen Füßen sichtbar zu machen. Sie hielten sich im Halbdunkel jenseits des Lichtkreises auf.

»Was…«, sagte er in ihre Richtung, doch aus seiner Kehle kam nur ein heiseres Gekrächze. Er leckte sich über die trockenen Lippen, setzte noch einmal an: »Was wollt ihr von mir?« Die wenigen Worte kosteten ihn seine ganze Kraft.

»Nichts«, antwortete eine computeraufbereitete Stimme, sie schien aus allen Winkeln des Raums gleichzeitig zu kommen.

»Ich … ich verstehe nicht …« In seinen Eingeweiden wühlte eine unbestimmte Furcht.

»Wir dienen nur dem EINEN.« Noch immer die gleiche Stimme, metallisch kalt und unpersönlich.

»Wozu bin ich hier?«

Die Furcht wurde greifbarer.

Aus dem Halbdunkel zu seinen Füßen schob sich ein Gesicht näher in den Lichtkreis. Es war glatt, kalt, ohne Konturen. Als ob von jemanden versucht worden wäre, ihm Ausdruck oder gar Persönlichkeit zu geben, die Arbeit daran aber dann eingestellt hatte.

»Du bist hier, um IHM zu gefallen«, sagte das unfertige Gesicht emotionslos; eine neue Stimme diesmal. Sie war in ihrer Gleichgültigkeit erschreckender als jede physische Gewaltanwendung.

Um IHM zu gefallen …

Jedaiah Zaddik blinzelte in das kalte, harte Licht; er spürte, wie sich etwas in seinem Kopf veränderte. Furcht schlug über ihm zusammen.

»Wartet«, stieß er hervor. »Wir könn …«

Etwas zischte; aus verborgenen Gittern drang leichter Nebel in den Raum. Die Atmosphäre veränderte ihre Zusammensetzung. Zaddik schmeckte … schmeckte Schwefel!

Er keuchte und würgte.

Krämpfe schüttelten ihn; Übelkeit schoß in ihm hoch und lähmte seine Gliedmaßen. Dann überfiel ihn abrupt Angst, die ihm die Kehle zuschnürte. Er ballte die Fäuste und bäumte sich gegen die Umklammerung des Stasisfeldes auf. Und während er noch nach Atem rang, öffnete sich mit einem saugenden Stöhnen die Wand zu seinen Füßen.

Und ER trat in seiner ganzen Herrlichkeit ein. ER, der seine Diener um ein Vielfaches überragte.

Zaddik röchelte. Tränen strömten ihm aus den Augen und liefen an seinen Wangen herab. Tief drinnen in seinem Kopf flüsterte er: Mein Gott, warum hast du mich verlassen …

WEISST DU NICHT, DASS GOTT TOT IST?

Die mächtige Stimme dröhnte in seinem Kopf und hallte von der Innenseite seines Schädels wider.

Panik …

Die Erkenntnis, wer sich ihm da näherte und sich aus der Höhe zu ihm herabbeugte, vermittelte ihm den Schimmer eines unvorstellbaren Grauens, das tief in der archaischen Matrix seines Unterbewußtseins vergraben gelegen hatte und sich nun gewaltsam Bahn brach. Ein Schreckgespenst aus zusammengesetzten Bildern und verschütteten Informationen, gegen die die Schilderungen der Apokalypse ein harmloses Rührstück war.

Die Hölle tat sich auf und verschlang ihn.

Eine große Klaue mit dicht behaarten Fingern senkte sich auf ihn herab. Scharfe karbonschwarze hornige Nägel strichen über seine weiße Haut: Die Berührung war von einer nahezu sexuellen Intimität und ließ in Zaddiks Geist alle Dämme brechen.

»Nein …«, wimmerte er. »Neiiijjjn …«

Seine Zunge fand die winzige Erhebung neben dem linken Backenzahn.

Weißt du nicht, daß Gott tot ist …?

O mein Gott, verzeih mir …

Er drückte zweimal gegen die Stelle und der über seinem Herzen implantierte Totmann-Chip zerfetzte den lebensspendenden Muskel.

»Merkwürdige Spezies, diese Menschlein«, sagte Amthor. Seine Abfälligkeit gegenüber diesem schwachen, kleinen Wesen sandte Schauer von Wellenmustern über die opalisierende Haut seines Gesichtes, das schräg zum spitzen, nach vorne gewölbten Kinn verlief. Sein langer Schwanz, den er nachlässig über seine linke Schulter trug, zuckte verächtlich. Die geschlitzten Augen mit den senkrechten Irisspalten unter der breit ausladenden Stirn mit den beiden mächtigen Hörnern schlossen sich fast ganz. Er schlug den langen Umhang um seine Gestalt, so daß nur noch die mit zottigen Haarbüscheln bewachsenen Hufe zu sehen waren, und in einer Wolke aromatisierten Schwefels verließ er den Raum.

Copyright © 1997 by Konrad Schaef • Erstmals erschienen in ›Andromeda‹, 5/1997 • Mit freundlicher Genehmigung des Autors

Geoffrey A. Landis · USA

MIT DER SONNE UM DIE WETTE

Jeder Pilot kennt das Sprichwort: eine Landung ist dann geglückt, wenn man die Maschine auf eigenen Beinen verläßt.

Wenn Sanjiv noch am Leben gewesen wäre, hätte er es vielleicht besser gemacht. Trish hatte jedenfalls ihr möglichstes getan. Alles in allem war es sehr viel glimpflicher abgegangen, als sie hatte erwarten dürfen.

Die bleistiftschmalen Titanstreben waren nie dafür gedacht gewesen, die Wucht einer Landung aufzufangen. Die papierdünnen Druckwände waren eingeknickt und in tausend Stücke zerbrochen, die ins Vakuum geschleudert wurden und sich über einen vollen Quadratkilometer auf der Mondoberfläche verteilten. Im letzten Moment vor dem Aufprall hatte Trish noch daran gedacht, die Tanks abzusprengen. Damit hatte sie zwar eine Explosion vermieden, aber die Moonshadow wäre auch bei behutsamstem Aufsetzen nicht zu retten gewesen. Gespenstisch lautlos hatte sich das zerbrechliche Schiff in sich zusammengefaltet, um dann aufzuplatzen wie eine Konservenbüchse.

Die Steuerkanzel war aufgerissen und vom Schiffskörper weggeflogen. An einer Kraterwand kam sie zur Ruhe. Als sich nichts mehr bewegte, löste Trish die Gurte, die sie an ihrem Sessel festhielten, und fiel langsam auf die Decke zu. Nachdem sie sich in der ungewohnten Schwerkraft orientiert hatte, suchte sie sich einen heilgebliebenen EVA-Pak* und stöpselte ihn in ihren Raumanzug ein. Dann kroch sie durch das gezackte Loch, das einmal der Durchgang zum Wohnbereich gewesen war, hinaus ins Sonnenlicht.

Auf der grauen Mondoberfläche blieb sie stehen und sah sich um. Vor ihr lag, eine tintenschwarze Pfütze in Form eines grotesk in die Länge gezogenen Menschen, ihr Schatten. Das Gelände war zerklüftet und vollkommen kahl, triste Schwarz- und Grautöne wechselten sich ab. »Erhabene Einsamkeit«, flüsterte sie. Die überall auf der Kraterebene verstreuten Titan- und Stahlteile blitzten in der Sonne, die in ihrem Rücken dicht über den Bergen stand.

Patricia Jay Mulligan betrachtete die trostlose Mondlandschaft und hatte Mühe, die Tränen zurückzuhalten.

Immer eins nach dem anderen. Sie holte das Funkgerät aus dem zerbrochenen Kasten und schaltete es ein. Nichts.

Kein Wunder; die Erde befand sich hinter dem Horizont, und im cislunaren Raum hielten sich keine weiteren Schiffe auf.

Nach einigem Suchen fand sie Sanjiv und Theresa. Dank der niedrigen Schwerkraft konnte sie die beiden spielend wegtragen. Sie zu begraben, hatte jedoch keinen Sinn. Also setzte sie die Leichen in eine Nische zwischen zwei Felsblöcken, mit dem Gesicht zur Sonne, nach Westen gewandt, wo eine schwarze Gebirgskette die Erde verbarg. Sie hätte gern ein paar passende Worte gesprochen, aber ihr fiel nichts ein. Vielleicht besser so; für Sanjiv hätte sie die richtigen Gebete ohnehin nicht gekannt. »Leb wohl, Sanjiv. Leb wohl, Theresa. Ich wünschte – ich wünschte, es wäre anders gekommen. Es

---

* EVA: Extravehicular Activity; Weltraumspaziergang, bei dem der Raumfahrer sein Fahrzeug verläßt und mit Sauerstoff etc. versorgt werden muß. *Anm. d. Übers.*

298

tut mir leid.« Kaum mehr als ein Flüstern. »Geht mit Gott.«

Sie wollte nicht darüber nachdenken, wann sie den beiden wohl folgen würde.

Statt dessen zwang sie sich zu ruhiger Überlegung. Was würde ihre Schwester jetzt tun? Überleben. Karen würde überleben. Also. Erstens: Bestandsaufnahme vornehmen. Sie war am Leben und wie durch ein Wunder unverletzt. Sie hatte einen funktionsfähigen Raumanzug, dessen Lebenserhaltungssysteme über Sonnenkollektoren mit Energie versorgt wurden; solange die Sonne schien, hatte sie also ausreichend Luft und Wasser. Eine Durchsuchung des Wracks förderte genügend unbeschädigte Notrationen zutage; sie brauchte auch nicht zu verhungern.

Zweitens: Um Hilfe rufen. In diesem Fall waren die Helfer eine Viertelmillion Meilen entfernt und hinter dem Horizont. Sie brauchte eine Hochleistungsantenne und einen Berggipfel mit Blick auf die Erde.

Im Computer der *Moonshadow* waren die besten Mondkarten gespeichert gewesen, die es überhaupt gab. Futsch. Das Schiff hatte noch weitere Karten an Bord gehabt, die jetzt irgendwo zwischen den Trümmern lagen. Trish hatte eine Detailkarte des *Mare Nubium* gefunden – unbrauchbar – und eine kleine Gesamtkarte, die als Übersicht gedacht war. Damit mußte sie auskommen. Sie wußte ungefähr, wo das Schiff aufgeschlagen war: dicht neben der Ostkante des *Mare Smythii* – des ›Smith-Meeres‹. Die Berge im Westen müßten der Ringwall des Kraters sein, mit etwas Glück konnte sie von dort aus die Erde sehen.

Sie überprüfte den Raumanzug. Die Sonnenkollektoren – sie erinnerten an überdimensionierte, in allen Regenbogenfarben schillernde Libellenflügel – entfalteten sich auf den entsprechenden Befehl hin zu voller Größe und drehten sich der Sonne zu. Nachdem Trish sich noch vergewissert hatte, daß auch tatsächlich alle Systeme aufgeladen wurden, machte sie sich auf den Weg.

Aus der Nähe wirkten die Berge nicht mehr so steil wie von der Absturzstelle aus. Bei der niedrigen Schwerkraft war der Aufstieg kaum anstrengender als das Gehen in der Ebene, nur die Zwei-Meter-Antenne brachte sie immer wieder aus dem Gleichgewicht. Auf dem Gipfel angekommen, wurde sie mit der Sicht auf ein winziges Stückchen Blau am Horizont belohnt. Die Berge auf der anderen Talseite lagen noch im Dunkeln. Sie schob das Funkgerät auf ihrer Schulter weiter nach oben und machte sich daran, das Tal zu durchqueren.

Vom nächsten Gipfel aus war die Erde, halbverdeckt von schwarzen Bergen, als blauweiße Murmel am Horizont zu erkennen. Trish klappte das Stativ auf und richtete die Antenne sorgfältig aus. »Hallo? Hier spricht Astronaut Mulligan von der *Moonshadow*. Dies ist ein Notfall. Ich wiederhole: Dies ist ein Notfall. Kann mich jemand hören?«

»*... shadow, hier Kontrollstation Genf. Wir empfangen Sie schwach, aber klar.*« Sie stieß einen lauten Seufzer aus. Sie hatte gar nicht bemerkt, daß sie den Atem angehalten hatte.

Fünf Minuten später hatte sich die Erde weitergedreht und den Erfassungsbereich der Antenne verlassen. In dieser Zeit – die Kontrollstation hatte es zunächst gar nicht fassen können, daß jemand von der Moonshadow-Besatzung die Katastrophe überlebt hatte – war es ihr immerhin gelungen, sich einen Überblick über ihre Situation zu verschaffen. Sie war nahe am Terminator gelandet, an der Grenzlinie zwischen der beleuchteten und der Nachtseite des Mondes. Der Mond drehte sich langsam aber unerbittlich um sich selbst. In drei Tagen war Sonnenuntergang. Es gab hier nirgends einen Zufluchtsort, wo sie die vierzehn Tage dauernde Mondnacht hätte überleben können. Ihre Solarzellen brauch-

ten Sonnenlicht, um für frische Atemluft zu sorgen. Bei der Durchsuchung des Wracks hatte sie keine unversehrten Reservetanks und auch keine Batterien entdeckt, es gab also auch keine Möglichkeit, sich einen Sauerstoffvorrat anzulegen.

Und die Erde war nicht imstande, vor Einbruch der Dunkelheit eine Rettungsmission in Marsch zu setzen.

Viel zu viele ›Nichts‹ und ›Keins‹'.

Hinterher saß sie stumm da, starrte die schmale, blaue Sichel jenseits der zerklüfteten Ebene an und dachte nach.

Minuten später schwenkte die Antenne in Goldstone erneut in den Erfassungsbereich, und das Funkgerät erwachte knisternd zum Leben. »*Moonshadow, können Sie uns hören? Hallo, Moonshadow, hören Sie uns?*«

»Hier *Moonshadow.*«

Sie ließ die Sendetaste los und wartete, bis ihre Worte auf der Erde angekommen waren.

»*Roger, Moonshadow. Wir wiederholen, frühestes Startfenster für Rettungsmission in dreißig Tagen. Können Sie so lange durchhalten?*«

Kurz entschlossen drückte sie wieder auf die Sendetaste. »Hier Astronaut Mulligan von der *Moonshadow.* Ich werde Sie empfangen. So oder so.«

Sie wartete noch einmal, bekam aber keine Antwort mehr. So schnell konnte sich die Antenne in Goldstone unmöglich weggedreht haben. Sie nahm sich das Funkgerät vor. Als sie den Deckel abhob, sah sie zwar, daß die Preßplatine für die Stromversorgung beim Aufprall einen Sprung abbekommen hatte, konnte aber weder zerrissene Drähte, noch verschobene Bauteile entdecken. Also schlug sie mit der Faust auf das Gerät – Karens erste Regel: Wenn die Elektronik nicht will, gib ihr eins drauf. – und richtete die Antenne neu aus. Aber es war vergeblich. Irgend etwas mußte kaputtgegangen sein.

Was hätte Karen getan? Jedenfalls wäre sie nicht hier

sitzengeblieben, um auf den Tod zu warten. Marsch, Marsch, Kindchen. Wenn dich der Sonnenuntergang einholt, mußt du sterben.

Sie hatten ihre Antwort gehört. Sie mußte fest daran glauben, daß die da unten ihre Antwort gehört hatten und kommen würden, um sie zu holen. Jetzt brauchte sie nur noch lange genug am Leben zu bleiben.

Die Antennenschüssel mitzuschleppen, wäre zu mühsam. Sie mußte ihr Gepäck auf das Allernötigste beschränken. Bei Sonnenuntergang würde sie keine Luft mehr bekommen. Sie stellte das Funkgerät auf den Boden und marschierte los.

Commander Stanley starrte auf die Röntgenaufnahmen seines Triebwerks. Es war vier Uhr morgens. An Schlaf war in dieser Nacht nicht mehr zu denken; um sechs ging sein Flug nach Washington, wo er vor dem Kongress als Zeuge aussagen mußte.

»Die Entscheidung liegt bei Ihnen, Commander«, sagte der Triebwerksingenieur. »Auf den Bildern ist nichts festzustellen, aber das schließt verdeckte Mängel nicht aus. Bei den Leistungstests werden die Triebwerke nicht bis auf hundertzwanzig hochgejagt, die Flügel würden also auch dann halten, wenn irgendwo eine Schwachstelle wäre.«

»Wie lange würde es dauern, die Triebwerke auszubauen und zu inspizieren?«

»Wenn sie in Ordnung sind, verlieren wir einen Tag. Andernfalls zwei oder gar drei.«

Commander Stanley trommelte gereizt mit den Fingern auf die Tischplatte. Er haßte es, zu einer Entscheidung gedrängt zu werden. »Wie würde man normalerweise vorgehen?«

»Normalerweise würden wir eine zweite Inspektion durchführen.«

»Dann tun Sie das.«

Er seufzte. Wieder eine Verzögerung. Und die Kleine

da oben verließ sich darauf, daß er rechtzeitig kam. Falls sie noch am Leben war. Falls das abgerissene Funksignal nicht bedeutete, daß auch andere Systeme ausgefallen waren.

Falls sie eine Möglichkeit fand, ohne Luft zu überleben.

Auf der Erde wäre es Marathontempo gewesen. Auf dem Mond war es ein lockerer Waldlauf. Nach zehn Meilen hatte sie ihren Rhythmus gefunden: eine Mischung aus Gehen, gemächlichem Joggen und Känguruhsprüngen in Zeitlupe. Die größte Gefahr war die Langeweile.

Ihre Kameraden auf der Akademie hatten sie – zum Teil aus Neid, weil sie sich dank ihrer Spitzennoten als erste der Klasse für einen Einsatz qualifiziert hatte – gnadenlos damit aufgezogen, daß sie bis auf wenige Kilometer auf den Mond heranfliegen sollte, ohne zu landen. Jetzt hatte sie die Chance, den Mond gründlicher zu erforschen als je ein Mensch zuvor. Was ihre Klassenkameraden wohl dazu sagten? Sie würde einiges zu erzählen haben – vorausgesetzt, sie blieb am Leben.

Ein Pfeifsignal riß sie aus ihren Gedanken. Spannungsabfall. Den Blick auf die Anzeigen gerichtet, ging sie Punkt für Punkt die Checkliste durch. Seit Verlassen des Raumschiffs waren acht Komma drei Stunden vergangen. Alle Systeme funktionierten normal, nur die Solarstromzufuhr lag weit unterhalb der Norm. Wenig später hatte sie den Grund dafür gefunden: eine dünne Staubschicht auf den Sonnenkollektoren. Nicht weiter tragisch; Staub ließ sich abwischen. Wenn es ihr nicht gelang, so zu laufen, daß kein Staub auf die Kollektoren geschleudert wurde, würde sie eben alle paar Stunden anhalten und einen Großputz veranstalten müssen. Sie kontrollierte die Anlage noch einmal, dann ging sie weiter.

Die Sonne stand reglos vor ihr, nur die gemächlich rotierende, blaue Erdsichel kroch hypnotisierend langsam über den Horizont. Sie verlor sich in ihren Gedanken. Der *Moonshadow-Flug* war als leichter Einsatz ausgeschrieben, Kartographierung in mondnahem Orbit zur Erkundung möglicher Standorte für die geplante Mondbasis. Das Schiff war nicht für eine Landung vorgesehen, weder auf dem Mond, noch irgendwo sonst.

Sie hatte die *Moonshadow* trotzdem heruntergebracht; wohl oder übel.

Während Trish westwärts über die kahle Ebene trottete, durchlebte sie den Alptraum noch einmal. Überall Blut, das Gefühl, jäh in die Tiefe gerissen zu werden. Sanjiv lag neben ihr im Sterben; Theresa hinten im Labor war bereits tot. Der Mond drehte sich wie verrückt, kam in steilem Winkel auf die Luken zugerast. Drehung abstellen, den Terminator ansteuern – je tiefer die Sonne steht, desto besser ist die Oberfläche mit ihren Unebenheiten zu erkennen. Treibstoff sparen, aber nicht vergessen, unmittelbar vor dem Aufprall die Tanks abzusprengen, damit es nicht zur Explosion kommt.

Das war vorbei. Jetzt zählte nur die Gegenwart. Einen Fuß vor den anderen setzen. Noch einmal. Und noch einmal.

Das Pfeifsignal meldete sich. Schon wieder eine Staubschicht?

Beim Blick auf die Navigationsanzeige erschrak sie: sie hatte einhundertfünfzig Kilometer zurückgelegt.

Höchste Zeit für eine Pause. Sie setzte sich auf einen Felsen, holte ein Proviantpäckchen aus ihrem Beutel und stellte den Wecker auf fünfzehn Minuten. Das luftdicht verschlossene Päckchen war so geformt, daß es genau in die Öffnung im unteren Teil der Helmscheibe paßte. Sie würde darauf achten müssen, die Dichtung nicht zu verschmutzen. Erst nach zweimaliger Kontrolle des Vakuumsiegels führte sie den Proviantpack ein und schob den Konzentratriegel so weit nach innen, daß sie ihn mit einer Kopfdrehung erreichen und kleine Stücke davon abbeißen konnte. Das Zeug war hart und schmeckte süßlich.

Ihr Blick ging nach Westen über die sanft gewellte Ebene. Der Horizont erschien ihr unwirklich flach; eine farbige Kulisse, fast zum Greifen nahe. Auf dem Mond müßte ein Stundenschnitt von fünfzehn oder gar zwanzig Meilen ohne weiteres möglich sein – vielleicht zehn, wenn man die Schlafenszeiten abzog. Damit konnte man sehr, sehr weit kommen.

Karen hätte es Spaß gemacht; sie war immer gern in gottverlassenen Gegenden gewandert. »Ganz hübsch auf seine Art, findest du nicht, Schwesterchen?« fragte Trish. »Wer hätte gedacht, daß es so viele Graustufen gibt? Und jede Menge einsamer Strände – nur schade, daß man so weit zum Wasser hat.«

Zeit zum Aufbruch. Das Gelände war zumeist flach, allerdings von Kratern in allen Größen durchsetzt. Der Mond ist überraschend eben; nur ein Prozent der Oberfläche weist Neigungen von mehr als fünfzehn Grad auf. Kleinere Erhebungen übersprang sie mühelos; um die wenigen größeren machte sie einen Bogen. Bei der niedrigen Schwerkraft waren die Unebenheiten weiter kein Problem. So ging sie immer weiter. Sie spürte keine Müdigkeit, erst als sie bei einem Blick auf ihre Anzeige feststellte, daß sie bereits seit zwanzig Stunden unterwegs war, zwang sie sich, stehenzubleiben.

Mit dem Schlafen war es nicht so einfach. Man konnte die Sonnenkollektoren zwar zu Wartungszwecken abnehmen, aber solange sie keine Verbindung mit dem Anzug hatten, lieferten sie auch keine Energie an das Lebenserhaltungssystem. Endlich gelang es ihr, das kurze Anschlußkabel so weit zu dehnen, daß sie die Kollektoren neben sich stellen und sich hinlegen konnte, ohne die Energiezufuhr zu unterbrechen. Nur umdrehen durfte sie sich nicht. Als es dann so weit war, konnte sie lange nicht einschlafen. Irgendwann fiel sie doch in einen unruhigen Halbschlummer und träumte, nicht von der *Moonshadow*, wie sie erwartet hätte, sondern von ihrer Schwester Karen, die – im Traum – gar nicht gestorben war, sondern sich nur einen Spaß daraus gemacht hatte, sich totzustellen.

Als sie erwachte, war sie zunächst verwirrt, und alle Glieder taten ihr weh. Ziemlich unvermittelt fiel ihr wieder ein, wo sie war. Die Erde stand gut zwanzig Zentimeter über dem Horizont. Gähnend erhob sie sich und trabte weiter über den schießpulvergrauen Sand nach Westen.

Die Stiefel scheuerten an einigen Stellen, und nach einiger Zeit taten ihr die Füße weh. Sie wechselte zwischen Laufen, Hüpfen und großen Känguruhsprüngen ab, das half ein wenig, aber nicht genug. Doch auch als sie die ersten Blasen spürte, wußte sie genau, daß sie auf keinen Fall die Stiefel ausziehen durfte, um sich ihre Füße anzusehen oder gar zu verbinden.

Karen hatte ihr beigebracht, auch mit Blasen an den Füßen weiterzugehen, ohne zu jammern oder langsamer zu werden. Sie hätte die Stiefel vor dem langen Marsch einlaufen sollen. Bei einem Sechstel Schwerkraft war der Schmerz immerhin erträglich.

Und nach einer Weile verlor sie jedes Gefühl in den Füßen.

Kleine Krater übersprang sie; größere umging sie, in die ganz großen kletterte sie einfach hinein. Westlich des *Mare Smythii* wurde das Gelände schroffer, die Unebenheiten ausgeprägter. Sie konnte das Tempo nicht mehr halten. Die Berghänge wurden bereits von der Sonne beschienen, aber das Innere der Krater und die Täler lagen noch im Schatten.

Als die Blasen aufbrachen, zuckte der Schmerz wie ein schriller Mißton durch ihre Stiefel. Sie biß sich auf die Lippe, um nicht zu weinen, und ging weiter. Noch ein paar Hundert Kilometer, und sie erreichte das *Mare Spumans* – das ›Schaummeer‹. Nun hatte sie wieder freie Bahn. Sie durchquerte das *Spumans*, stieg in den Nordausläufer des *Fecunditatis* hinab und gelangte schließlich zum *Tranquillitatis*. Am sechsten Tag mußte sie irgendwann die Stelle der ersten Mondlandung im ›Meer der Ruhe‹ passiert haben. Immer wieder hatte sie den Horizont vergeblich danach abgesucht. Schätzungsweise war sie um mehrere Hundert Kilometer daran vorbeigelaufen; sie war nach Norden abgewichen, um auf einen Paß nördlich des Kraters Julius Caesar ins *Mare Vaporum* zu treffen und so die Berge zu umgehen. Der alte Landeplatz war so klein, daß sie ihn wohl ohnehin nur gefunden hätte, wenn sie direkt darüber gestolpert wäre.

»Typisch«, sagte sie. »Da kommt man nun von so weit her, und dann hat die einzige Touristenattraktion auf hundert Meilen im Umkreis Ruhetag. Immer die alte Geschichte, was, Schwesterchen?«

Sie wartete einen Moment lang, und als niemand über ihren Witz lachen wollte, belachte sie ihn schließlich selbst.

Du erwachst aus wirren Träumen, der Himmel ist schwarz, und die Sonne steht reglos am Himmel. Du gähnst und marschierst los, bevor du noch ganz zu dir gekommen bist. Du trinkst schales Wasser in kleinen Schlucken und versuchst nicht daran zu denken, woraus es wiederaufbereitet wurde. Du legst eine Pause ein und säuberst mit aller Sorgfalt die Sonnenkollektoren, von denen dein Leben abhängt. Du gehst weiter. Du machst eine Pause. Du legst dich wieder schlafen. Die Sonne scheint am Himmel festgenagelt zu sein. Sie steht immer noch an derselben Stelle wie beim Aufwachen. Am nächsten Tag genau das gleiche. Und am übernächsten. Und am überübernächsten.

Die Nahrungskonzentrate sind rückstandsarm, aber alle paar Tage verlangt die Natur doch ihr Recht, und du mußt in die Hocke gehen. Feststoffe kann dein Lebenserhaltungssystem nicht wiederverwerten, also wartest du, bis der Anzug die Ausscheidungen getrocknet hat und entleerst dann das körnige, schwarze Pulver ins Vakuum. Kleine Pulverhäufchen, vom dunklen Mondstaub kaum zu unterscheiden, säumen deinen Weg.

Du gehst nach Westen, immer nach Westen, mit der Sonne um die Wette.

Die Erde stand hoch am Himmel; Trish konnte sie nur noch sehen, wenn sie sich fast den Hals verrenkte. Als die Erde im Zenith gestanden hatte, war sie stehengeblieben, um das Ereignis zu feiern. Sie hatte eine unsichtbare Champagnerflasche geöffnet und ihren imaginären Reisegefährten zugeprostet. Die Sonne stand jetzt hoch über dem Horizont. Trish hatte den Mond innerhalb von sechs Tagen zu einem Viertel umrundet.

Den Copernikus-Krater passierte sie weit südlich, um sich von dem dazugehörigen Trümmerfeld möglichst fernzuhalten, ohne jedoch das Gebirge überqueren zu müssen. Es war eine unheimliche Landschaft, mit Felsblöcken so groß wie Häuser oder wie die Tanks einer Mondfähre. Stellenweise, wo der körnige Regolith von wild durcheinanderliegenden Steinbrocken, den letzten Spuren des verheerenden Meteoriteneinschlags vor Milliarden von Jahren, abgelöst wurde, war der Untergrund tückisch. Behutsam tastete sie sich voran. Sie ließ das Funkgerät eingeschaltet und gab laufend Kommentare ab. »Paßt auf, hier rutscht man leicht ab. Da vorn ist ein Hügel; was meint ihr, sollen wir ihn besteigen oder lieber einen Bogen darum machen?«

Niemand wollte sich dazu äußern. Sie betrachtete die Felskuppe. Wahrscheinlich eine alte Vulkanblase. Sie hatte nicht gewußt, daß diese Region einmal aktiv gewesen war. Ringsum war das Gelände sicher schwierig. Von oben könnte man ein Stück weit nach vorne sehen. »Okay, alle mal herhören. Der Aufstieg könnte problematisch werden, also bleibt dicht hinter mir und paßt auf, wo ich meine Füße hinsetze. Kein Risiko eingehen – langsam und sicher ist besser als schnell und tot. Noch Fragen?« Schweigen. Gut. »Also dann. Wenn wir oben sind, machen wir fünfzehn Minuten Pause. Alles mir nach.«

Nach dem Geröll um den Copernicus war der *Oceanus Procellarum* so eben wie ein Golfplatz. Trish flog mit weichen, gleitenden Sprüngen über den Sand. Karen und Dutchman blieben ständig zurück oder rannten so weit voraus, daß sie nicht mehr zu sehen waren. Der dumme Hund folgte Karen immer noch auf Schritt und Tritt wie damals als Welpe, obwohl er, seit Karen im College war, jeden Tag von Trish gefüttert und mit Wasser versorgt wurde. Trish ärgerte sich auch, daß Karen nicht hinter ihr bleiben wollte – sie hatte doch *versprochen*, ihr diesmal die Führung zu überlassen – aber sie ließ sich nichts anmerken. Karen hatte gesagt, sie sei ein lästiges Gör, und nun wollte sie ihr unbedingt beweisen, daß sie sich wie eine Erwachsene benehmen konnte. Immerhin hatte sie die Karte. Wenn Karen sich verlief, geschähe es ihr ganz recht.

Wieder bog sie ein wenig nach Norden ab, weil die Karte dort glatten Untergrund verhieß. Als sie sich nach Karen umsah, stellte sie überrascht fest, daß die bucklige Erdkugel dicht über dem Horizont hing. Karen war natürlich nicht da. Karen war schon vor Jahren gestorben. Trish war allein in ihrem Raumanzug, der juckte und stank und ihr an den Schenkeln die Haut wundrieb. Sie hätte ihn besser einlaufen sollen, aber wer hätte schon damit gerechnet, daß sie damit joggen gehen würde?

Es war gemein, daß sie einen Raumanzug tragen mußte und Karen nicht. Karen durfte so vieles, was ihr verboten war, trotzdem, warum brauchte sie keinen Raumanzug? *Jedermann* mußte einen Raumanzug tragen. Das war Vorschrift. Sie wandte sich zu Karen um und fragte sie danach. Ihre Schwester lachte verbittert.

»Ich brauche deshalb keinen Raumanzug, du lästiges Gör, weil ich *tot* bin. Zerquetscht wie eine Wanze und dann begraben, weißt du nicht mehr?«

Ach ja, richtig. Okay, wenn Karen tot war, brauchte sie auch keinen Raumanzug. Für die nächsten Kilometer war das vollkommen einleuchtend, die beiden Schwestern trabten in einträchtigem Schweigen nebeneinander her, doch dann fiel Trish plötzlich etwas ein: »He, warte mal – wie kannst du hier sein, wenn du doch tot bist?«

»Ich bin ja gar nicht hier, du Dummerchen. Ich bin nur ein Produkt deiner überhitzten Phantasie.«

Erschrocken schaute Trish über die Schulter. Karen war nicht da. Karen war nie dagewesen.

»Es tut mir leid. Bitte, komm zurück. Bitte?«

Sie stolperte, fiel vornüber in einen Krater und rutschte in einer Staubwolke in die Tiefe. Verzweifelt wand und drehte sie sich, um nur ja nicht auf den Rücken zu rollen und die empfindlichen Solarflügel zu beschädigen. Als sie endlich zur Ruhe kam – die Stille dröhnte ihr in den Ohren – zog sich ein langer Kratzer wie eine schlecht verheilte Narbe über das Helmglas. Die doppelt verstärkte Sichtscheibe hatte zum Glück gehalten, sonst hätte sie den Kratzer nicht sehen können.

Sie kontrollierte ihren Raumanzug. Er hatte zwar keine Risse, aber am linken Solarflügel war eine Titanstrebe geknickt und fast durchgebrochen. Sonst war wie durch ein Wunder alles heil geblieben. Sie nahm die Kollektoren ab und besah sich den Schaden. Nachdem sie die Strebe geradegebogen hatte, so gut sie konnte, schiente sie den Knick mit einem Drehbleistift, den sie mit zwei kurzen Drähten befestigte. Der Bleistift war ohnehin nur Ballast gewesen; ein Glück, daß sie ihn noch nicht weggeworfen hatte. Vorsichtig prüfte sie die Konstruktion. Sehr stabil war sie nicht, aber wenn sie nicht zu heftig herumsprang, müßte es gehen. Es war sowieso Zeit für eine Pause.

Als sie erwachte, sah sie sich kritisch um. Während sie in Gedanken anderweitig beschäftigt war, hatte sich die Gegend verändert und war gebirgiger geworden. Die nächste Etappe versprach um einiges mühsamer zu werden.

»Wurde auch allmählich Zeit, du Schlafmütze«, sagte Karen. Sie gähnte, streckte sich, drehte sich um und betrachtete ihre Fußspuren. Am Ende der langen Kette stand – eigentlich gar nicht so weit weg, der einzige Farbfleck im eintönigen Grau der Landschaft – als winzige, blaue Halbkugel die Erde am Horizont. »In zwölf Tagen zu Fuß um den halben Mond«, sagte sie. »Nicht schlecht, Kleines. Kein Rekord, aber nicht schlecht. Du trainierst nicht zufällig fürs nächste Marathon?«

Trish stand auf und setzte sich in Trab. Ihre Füße fanden von selbst in den Rhythmus, während sie noch einen Schluck Wasser aus der Wiederaufbereitungsanlage saugte, um sich den faden Geschmack aus dem Mund zu spülen. Ohne sich umzudrehen, rief sie zu Karen zurück: »Nun komm schon, wir haben noch einiges vor. Wie lange soll ich noch auf dich warten?«

Im Licht der fast senkrecht stehenden Sonne wirkte alles verwaschen und zweidimensional. Bei jedem Schritt stolperte Trish über Steine, die vor dem flachen Untergrund kaum zu erkennen waren. Einen Fuß vor den anderen setzen. Noch einmal. Und noch einmal.

Die Aufregung über den langen Marsch war längst abgeklungen, und auch die verbissene Entschlossenheit, sich nicht unterkriegen zu lassen, hatte einer tiefen Gleichgültigkeit weichen müssen. Trish vertrieb sich die Zeit, indem sie mit Karen plauderte und ihr Geheimnisse aus ihrem Leben erzählte. Insgeheim hoffte sie, Karen würde sich darüber freuen und irgendwie zu erkennen geben, daß sie stolz auf sie war. Doch plötzlich bemerkte sie, daß Karen ihr gar nicht mehr zuhörte. Sie schien sich in einem unbewachten Augenblick aus dem Staub gemacht zu haben.

Am Rand einer langen, vielfach gewundenen Furche blieb Trish stehen. Der Graben sah aus wie ein ausgetrocknetes Flußbett, das nur auf den nächsten Wolkenbruch wartete, aber sie wußte, daß er niemals Wasser gesehen hatte. Der Staub, der den Boden bedeckte, war so trocken wie Knochenmehl. Ganz langsam, um ja nicht noch einmal auszurutschen und ihr empfindliches Lebenserhaltungssystem zu beschädigen, stieg sie hinab. Als sie den Kopf hob, stand Karen schon drüben an der Kante und winkte ungeduldig. »Nun *mach* schon! Was soll die Trödelei, du Schnecke – willst du hier etwa Wurzeln schlagen?«

»Warum so eilig? Wir liegen doch gut im Rennen. Die Sonne steht hoch am Himmel, und wir haben bereits den halben Mond umrundet. Nur keine Angst, wir schaffen's schon.«

Wie auf Skiern kam Karen durch den Pulverstaub herabgeglitten, drückte ihr Gesicht an Trishs Helm und sah ihr mit einer Eindringlichkeit in die Augen, die fast beängstigend war. »Ich hab's deshalb so eilig, du kleiner Faulpelz, weil du zwar um den halben Mond herum bist, aber erst den einfacheren Teil der Strecke hinter dich gebracht hast. Von jetzt an gibt es nur noch Berge und Trümmerfelder, du mußt in deinem defekten Raumanzug sechstausend Kilometer weit laufen, und wenn du zu langsam wirst und die Sonne dich überholt, dann genügt ein einziges, kleinwinziges Problemchen, und du bist tot, genauso tot wie ich. Und Totsein macht keinen Spaß, das kannst du mir glauben. Wirst du jetzt deinen knackigen, kleinen Hintern in Bewegung setzen und endlich weitergehen?«

Tatsächlich kam sie nur noch langsam voran. Sie durfte die Hänge nicht mehr in langen Sätzen hinunterspringen, sonst würde die geknickte Strebe endgültig brechen, und sie müßte haltmachen und eine langwierige Reparatur durchführen. Auch gab es keine weiten Ebenen mehr, sondern nur noch Felsblöcke, Kraterwälle oder Berge. Am achtzehnten Tag erreichte sie einen riesigen, natürlichen Felsbogen, der sie turmhoch überragte. Ehrfürchtig blickte sie daran empor und überlegte, wie ein solches Gebilde auf dem Mond wohl entstanden sein könnte.

»Nicht durch den Wind, soviel ist sicher«, sagte Karen. »Lava, schätze ich. Aus einem Höhenzug gequollen und dann weitergeflossen. Das Loch blieb zurück. Im Laufe der Zeit wurden die scharfen Kanten von Mikrometeoren abgeschliffen. Sieht hübsch aus, findest du nicht?«

»Erhebender Anblick.«

Nicht weit hinter dem Bogen gelangte sie in einen Wald aus nadelfeinen Kristallen. Anfangs waren sie klein und zerbrachen unter ihren Füßen wie Glas, doch bald wuchsen ihr die sechseckigen Türme und Minaretts in den phantastischen Farben über den Kopf. Stumm suchte sie sich ihren Weg, immer wieder geblendet von den Lichtreflexen, die von den Saphirspitzen zurückgeworfen wurden. Irgendwann lichtete sich der Dschungel, und an die Stelle der Kristallbäume traten riesige Blöcke, die in der Sonne in allen Regenbogenfarben schillerten. Smaragde? Diamanten?

»Ich weiß es nicht, Kleines. Jedenfalls sind sie uns im Weg. Ich bin froh, wenn wir sie hinter uns haben.«

Nach einer Weile wurden auch die schillernden Blöcke seltener, dann leuchteten auf den Hängen zu beiden Seiten nur noch vereinzelte Farbtupfer, und endlich waren die Felsen wieder aus ganz normalem Gestein voller Risse und Spalten.

Mit dem Daedalus-Krater hatte sie die Mitte der Mondrückseite erreicht. Diesmal gab es keine Feier. Die Sonne stieg längst nicht mehr träge zum Zenith empor, sondern sank vor ihr unmerklich dem Horizont entgegen.

»Du läufst mit der Sonne um die Wette, Kleines, und die Sonne legt keine Pausen ein. Du fällst zurück.«

»Ich bin müde. Siehst du nicht, wie müde ich bin? Ich glaube, ich bin krank. Alles tut mir weh. Nun sitz mir doch nicht ständig im Nacken. Ich muß mich ausruhen. Nur ein paar Minuten. Bitte!«

»Ausruhen kannst du dich, wenn du tot bist.« Karens schrilles Lachen klang erstickt. Trish begriff plötzlich, daß sie kurz davor stand, hysterisch zu werden. Das Lachen riß unvermittelt ab. »Los jetzt, Kleines! Marsch!«

Wie eine holprige, graue Tretmühle glitt die Mondoberfläche unter ihr weg.

Aller Eifer und aller guter Wille konnten nicht darüber hinwegtäuschen, daß der Vorsprung der Sonne wuchs. Jeden Tag, wenn Trish erwachte, stand der glühende Ball noch etwas tiefer am Himmel und schien ihr noch etwas direkter in die Augen.

Vor ihr lag eine Oase im Sonnenglast, ein Inselchen, mit Gras und Bäumen bewachsen, mitten in der leblosen Wüste. Sie konnte schon die Frösche quaken hören: Quak, quak, QUAAK!

Nein. Das war keine Oase, das war der Störungsalarm. Verwirrt blieb sie stehen. Überhitzung. Die Klimaanlage ihres Raumanzugs hatte versagt. Sie brauchte einen halben Tag, um das verstopfte Kühlventil zu finden, danach suchte sie weitere drei Stunden lang schweißgebadet nach einer Möglichkeit, es zu säubern, ohne die kostbare Kühlflüssigkeit ins All entweichen zu lassen. Inzwischen kam die Sonne dem Horizont wieder um zwanzig Zentimeter näher.

Jetzt schien sie ihr voll ins Gesicht. Die Felsen warfen lange Schatten, die wie hungrige Fangarme nach ihr griffen, selbst die kleinsten kamen ihr gierig und gemein vor. Karen ging wieder neben ihr, aber jetzt schwieg sie verstockt.

»Warum redest du nicht mit mir? Was habe ich denn verbrochen? Habe ich etwas Falsches gesagt? Raus damit!«

»Ich bin gar nicht da, Schwesterchen. Ich bin tot. Es

wäre wirklich langsam an der Zeit, dich damit abzufinden!«

»Sag doch nicht sowas. Du kannst nicht tot sein.«

»Du hast mich im Geist mit einem Heiligenschein umgeben. Laß mich gehen. *Laß mich endlich gehen!*«

»Ich kann nicht. Bleib doch bei mir. He – weißt du noch, wie wir damals ein Jahr lang unser ganzes Taschengeld gespart haben, um uns ein Pferd kaufen zu können? Und wie wir dann das verirrte Kätzchen gefunden haben, das so schwer krank war, und wie wir die Schuhschachtel mit dem Geld genommen und es zum Tierarzt gebracht haben, der das Kätzchen auch behandelt hat, aber kein Geld dafür nehmen wollte?«

»Ja, ich erinnere mich. Trotzdem haben wir es nie geschafft, genügend Geld für ein Pferd zusammenzukriegen.« Karen seufzte. »Glaub mir, es war nicht leicht, mit einer rotzfrechen kleinen Schwester aufzuwachsen, die einem ständig auf Schritt und Tritt nachlief und alles nachmachte, was man tat.«

»Ich war überhaupt nicht rotzfrech.«

»Warst du doch.«

»War ich nicht. Ich habe dich vergöttert.« Wirklich? »Ich habe dich *angebetet*.«

»Das weiß ich, aber glaub mir, Kleines, das hat es mir nicht leichter gemacht. Meinst du, es ist ein Vergnügen, angebetet zu werden? Die ganze Zeit Vorbild spielen zu müssen? Mein Gott, während der ganzen *High School-Zeit* mußte ich mich heimlich davonstehlen, wenn ich einen Joint rauchen wollte, nur damit meine verdammte kleine Schwester nicht das gleiche machte.«

»Du hast nicht gekifft. Niemals.«

»Wann wirst du endlich erwachsen, Kleines? Natürlich hab ich. Aber du bist mir nie von der Pelle gegangen. Ich konnte tun, was ich wollte, mir war immer klar, daß du es mir sofort nachmachen würdest. Ich mußte mich höllisch anstrengen, um den Vorsprung zu halten, und du, verdammt, du bist mir so mühelos nachgekommen. Du warst schlauer als ich – und das weißt du auch, wie? – und was glaubst du, was das für mich bedeutet hat?«

»Und was ist mit mir? Glaubst du, für *mich* war es einfach? Mit einer toten Schwester aufzuwachsen – ich konnte tun, was ich wollte, immer hieß es: ›Schade, daß du nicht wie Karen bist‹, oder ›Karen hätte das ganz anders gemacht‹ und ›Wenn Karen nur ...‹ Was glaubst du, wie ich mir dabei vorgekommen bin? Für dich war's einfach – ich war diejenige, die sich ständig mit einem gottverdammten *Engel* vergleichen lassen mußte.«

»Dein Pech, Kleines. Immer noch besser als tot zu sein.«

»Verdammt, Karen, ich hab dich geliebt. Ich liebe dich immer noch. Warum mußtest du mich verlassen?«

»Ich weiß ja, Kleines. Aber es ging nicht anders. Tut mir leid. Ich liebe dich auch, aber jetzt muß ich gehen. Kannst du mich nicht gehen lassen? Kannst du in Zukunft nicht einfach du selbst sein, kannst du nicht endlich aufhören, dich abzustrampeln, um wie ich zu sein?«

»Ich ... ich will's versuchen.«

»Leb wohl, kleine Schwester.«

»Leb wohl, Karen.«

Nun lief sie allein über die leere, zerklüftete Ebene. Die Schatten wurden immer länger. Die Sonne schickte sich an, hinter den Bergen zu verschwinden. Der Staub, den sie aufwirbelte, verhielt sich sonderbar; anstatt wieder zu Boden zu sinken, schwebte er in einem halben Meter Höhe. Während sie noch rätselte, wie dieses Phänomen zustandekam, sah sie, daß sich überall der Staub lautlos vom Boden erhob. Zunächst glaubte sie, schon wieder einer Halluzination aufgesessen zu sein, doch dann wurde ihr klar, daß es sich um irgendeine Art von statischer Elektrizität handeln mußte. Durch den aufsteigenden Mondstaubnebel ging sie weiter. Die Sonne färbte sich rot, der Himmel verdunkelte sich zu einem satten Violett.

Wie ein Dämon fiel die Dunkelheit über sie her. Hinter ihr wurden nur noch die höchsten Gipfel von der Sonne angestrahlt, darunter war alles in Schatten getaucht. Vor ihr war das Gelände mit Tintenpfützen übersät, zwischen denen sie sich einen Weg suchen mußte. Sie hatte das Funkgerät eingeschaltet, aber es gab nur statisches Rauschen von sich. Den Leitstrahl von der *Moonshadow* konnte sie erst empfangen, wenn sie Sichtverbindung mit der Absturzstelle hatte. Sie mußte fast da sein, aber die Umgebung kam ihr nicht im mindesten vertraut vor. War das da vorne der Berg, den sie erstiegen hatte, um die Erde anzufunken? Sie erkannte ihn nicht wieder. Also kletterte sie hinauf, aber die blaue Murmel war nicht zu sehen. Der nächste vielleicht?

Nun reichte ihr die Dunkelheit schon bis zu den Knien. Immer wieder stolperte sie über Steine, die im Finstern nicht zu erkennen waren. Ihre Stiefel schlugen Funken aus den Felsen, und von ihren Fußstapfen ging ein schwaches Leuchten aus. Triboluminiszenz, dachte sie – *das* hat vor mir noch kein Mensch gesehen. Sie durfte nicht sterben, nicht jetzt, so dicht vor dem Ziel. Aber die Dunkelheit würde nicht warten. Sie war so plötzlich über sie gekommen wie das Meer bei Gezeitenwechsel, nur ein paar vereinzelte Felsen ragten noch ins Licht der untergehenden Sonne. Das Pfeifsignal meldete den Spannungsabfall, als die steigende Flut ihre Sonnenkollektoren erreichte. Die Absturzstelle konnte nicht mehr weit sein. Vielleicht funktionierte der Leitstrahl nicht mehr? Sie erstieg einen Berg, um wieder im Licht zu stehen, und sah sich verzweifelt nach irgendeinem Anhaltspunkt um. Müßte die Rettungsmission nicht inzwischen eingetroffen sein?

Nur die obersten Spitzen wurden noch von der Sonne beschienen. Sie suchte sich den nächsten und höchsten Berg aus, den sie finden konnte, und strebte durch die Dunkelheit darauf zu. Stolpernd und kriechend überwand sie das Tintenmeer, und endlich zog sie sich, keuchend wie ein Schwimmer, ins Licht, kauerte sich auf ihrer Felsinsel zusammen und beobachtete mit wachsender Verzweiflung, wie die schwarze Flut immer näher kam. Wo waren sie? *Wo waren sie nur?*

Auf der Erde hatte man die Vorbereitungen für die Rettungsmission in hektischem Tempo vorangetrieben. Alles wurde doppelt und dreifach kontrolliert – im Weltraum nahm man keine Abkürzungen, wenn man nicht eines plötzlichen Todes sterben wollte – dennoch wurde das Unternehmen immer wieder von kleinen Problemen und Verzögerungen behindert, Verzögerungen, die bei einem gewöhnlichen Einsatz ganz normal gewesen wären, sich aber bei diesem knappen Zeitplan bedrohlich summierten.

Der Zeitplan war ohnehin kaum zu halten – ursprünglich hatte man in vier Monaten starten wollen, nicht in vier Wochen. Techniker, die an sich Urlaub hatten, erschienen zur Arbeit und machten freiwillig Überstunden, und Zulieferbetriebe, die sonst Wochen für die Lieferung brauchten, führten Bestellungen über Nacht aus. Die Endmontage des Ersatzschiffs für die *Moonshadow* – es sollte eigentlich *Explorer* heißen, wurde jetzt aber hastig in *Rescuer* umgetauft – wurde vorverlegt, und die Transportfähre startete Monate vor dem angesetzten Termin, keine zwei Wochen nach dem Absturz der *Moonshadow*, zur Raumstation. Zwei Shuttle-Ladungen Treibstoff folgten auf dem Fuße, dann wurden Schiff und Außenhülle zusammengefügt und getestet. Während die Rettungsmannschaft im Simulator alle nur denkbaren Szenarien durchspielte, wurde das Landefahrzeug, dessen Triebwerke man nach nochmaliger Inspektion inzwischen ausgetauscht hatte, in aller Eile für die Aufnahme einer dritten Person umgebaut, getestet und schließlich zum Rendezvous mit der *Rescuer* ins All geschossen. Vier Wochen nach dem Absturz waren alle Teile aufgetankt und startbereit, die Crew war fertig ausgebildet und die Flugbahn berechnet. Das Mannschaftsshuttle startete in dichtem Nebel, um im Orbit an die *Rescuer* anzudocken.

Dreißig Tage, nachdem die Erde über Funk vom Mond überraschend von der Existenz eines Überlebenden der *Moonshadow*-Expedition erfahren hatte, verließ die *Rescuer* den Orbit und flog zum Mond.

Commander Stanley stand auf dem Höhenrücken westlich der Absturzstelle und ließ seinen Suchscheinwerfer ein letztes Mal über die Trümmer gleiten. Dann schüttelte er überwältigt den Kopf. »Phantastische fliegerische Leistung«, sagte er. »Sieht so aus, als hätte sie mit dem TEI-Triebwerk gebremst und dann mit den RCS-Korrekturdüsen aufgesetzt.«

»Unglaublich«, murmelte Tanya Nakora. »Ein Jammer, daß sie trotzdem nicht zu retten war.«

Patricia Mulligans Irrfahrten waren rings um das Wrack in den Staub geschrieben. Nachdem die Rettungsmannschaft die Trümmer durchsucht hatte, entdeckte sie eine Kette von Fußspuren, die genau nach Westen führte, die Gebirgskette überquerte und hinter dem Horizont verschwand. »Hat fast den Anschein, als wollte sie sich den Mond ansehen, bevor ihr die Luft ausging«, sagte er und schüttelte langsam den Kopf unter dem Helm. »Wie weit mag sie wohl gekommen sein?«

»Wäre es nicht doch möglich, daß sie noch am Leben ist?« fragte Nakora. »Die Kleine war ein erstaunlich findiges Köpfchen.«

»Aber wohl nicht findig genug, um im Vakuum atmen zu können. Machen Sie sich nichts vor – diese Rettungsmission war von Anfang an nicht mehr als ein Spielzeug für die Politiker. Es gab nie eine Chance, hier oben noch jemand lebend anzutreffen.«

»Aber versuchen mußten wir's doch?«

Stanley schüttelte den Kopf und klopfte an seinen

Helm. »Moment mal, das verdammte Funkgerät spinnt. Ich fange 'ne Rückkopplung auf – klingt fast wie eine Stimme.«

»Ich krieg sie auch, Commander. Aber ich verstehe kein Wort.«

Ganz leise kam es aus dem Funkgerät: »Macht die Lichter nicht aus. Bitte, bitte, macht die Lichter nicht aus ...«

Wieder wandte sich Stanley an Nakora. »Hören Sie das ...?«

»Ich höre es, Commander ... aber ich kann es nicht glauben.«

Stanley hob den Scheinwerfer auf und suchte damit den Horizont ab. »Hallo? *Rescuer* ruft Astronaut Patricia Mulligan. Wo, zum Teufel, sind Sie?«

Der Raumanzug war einst jungfräulich weiß gewesen. Jetzt war er schmutziggrau und voller Mondstaub, nur die klapprigen, verbogenen Solarflügel auf dem Rücken waren mit peinlicher Sorgfalt saubergehalten worden. Die Gestalt im Innern des Anzugs sah kaum weniger mitgenommen aus.

Nachdem sie gegessen und sich gewaschen hatte, war sie jedoch wieder ansprechbar und gern bereit, ihre Geschichte zu erzählen.

»Es war die Bergkuppe. Ich bin hinaufgeklettert, um in der Sonne zu bleiben, und ich war gerade noch hoch genug oben, um die Funksignale aufzufangen.«

Nakora nickte. »Soweit ist alles klar. Aber alles andere – der vergangene Monat – sind Sie wirklich um den ganzen Mond herumgewandert? Elftausend Kilometer?«

Trish nickte. »Ich konnte an nichts anderes mehr denken. Ich habe mir vorgestellt, es ist ungefähr so weit wie von New York nach L.A. und wieder zurück – und es gibt Menschen, die diese Strecke gegangen sind und es überlebt haben. Letztlich lief es auf einen Stundenschnitt von knapp unter zehn Meilen hinaus. Das Schlimmste war die Rückseite des Mondes – sie ist sehr viel schroffer als die Vorderseite. Aber an manchen Stellen von einer ganz eigenen Schönheit. Sie würden mir nicht glauben, was ich erlebt habe.«

Sie schüttelte den Kopf und lachte leise. »Einiges kommt mir inzwischen selbst unglaublich vor. Es ist alles so riesig – wir haben kaum die Oberfläche angekratzt. Ich komme wieder, Commander, das verspreche ich Ihnen.«

»Davon bin ich überzeugt«, sagte Commander Stanley. »Vollkommen.«

Als das Raumschiff den Mond verließ, warf Trish einen letzten Blick auf die Oberfläche hinab. Einen Augenblick lang glaubte sie, eine einsame Gestalt zu erkennen, die ihr nachwinkte. Sie winkte nicht zurück.

Als sie das nächstemal hinunterschaute, war da nichts weiter als erhabene Einsamkeit.

Originaltitel: ›A WALK IN THE SUN‹ • Copyright © 1991 by Davis Publications Inc. • Erstmals erschienen in ›Isaac Asimov's Science Fiction Magazine‹, Oktober 1991 • Mit freundlicher Genehmigung des Autors und Uwe Luserke, Literarische Agentur, Stuttgart • Copyright © 1997 der deutschen Übersetzung by Wilhelm Heyne Verlag, München • Aus dem Amerikanischen übersetzt von Irene Holicki • Illustriert von Ingo Wiegand

DER TOURIST

Alle wollen die Zukunft sehen, aber das können sie natürlich nicht. Sie werden an der Grenze abgewiesen. »Geht«, sagen ihnen die vom Zoll. »Ihr könnt nicht rein. Geht heim.« Oft erlebt man Leute im Fernsehen, die sagen, sie hätten sich reingeschlichen. Die einen behaupten, es sei toll, und die andern behaupten, es sei ein Alptraum, also ist es in der Hinsicht wie seinerzeit, als es Zeitreisen noch gar nicht gegeben hat.

Nicht so mit der Vergangenheit. Ich wünschte, ich wäre gleich zu Anfang gegangen, als sie frisch aufgemacht wurde. Wenn man heutzutage fährt, gerät man leicht in das übliche multikulturelle Chaos: Wir können halt nicht die Finger davon lassen, ergo hat Kuba das prähistorische Texas erobert, ist das Asoka-Reich zum Vasallen Chinas geworden und steht Napoleon quasi hinten herum mit Dschingis Chan in Verbindung. Sie planen einen Angriff gegen Rußland, das sie einstweilen gewaltig in die Zange nehmen wollen. Mittlerweile hat Burger Chef in Edo, Samarkand und Theben Restaurants eröffnet, und ein Freund von mir, der sich irrtümlich in den Dreißigjährigen Krieg vorgewagt hat, wohin wohl keiner will, der recht bei Verstand ist, meint, im Dessau von 1626 wimmelt es nur so von fetten Australiern, die Bier und Klaren kippen und jammern, das siebzehnte Jahrhundert ist nicht mehr, was es war, seit Carnage Travel (›Erkunden Sie die blutgetränkten Schlachtfelder Europas!‹) Pauschalreisen organisiert. Sie wollten tags darauf gar nicht erst am Brückenkopf erscheinen. Mein Freund ging hin und berichtete, das dänische Heer war praktisch in der Minderheit angesichts der japanischen Touristen, die mit ihren Reisebusflotten die Pferde in wilde Flucht jagten und den Lauf der Geschichte geändert hätten, wenn es noch was zu ändern gegeben hätte. Wallenstein, der kaiserliche Feldherr, stellte sich gar erst nachmittags um vier ein; er saß sturzbesoffen hinten in einem Range Rover und machte überhaupt nur seine Aufwartung aufgrund vertraglicher Verpflichtungen: die Habsburger hatten das ganze (unter Mitwirkung einer New Yorker PR-Firma) als Themenpark organisiert. Verluste (schrieb mein Freund) nach siebenstündigem Kampfgetümmel waren nicht zu beklagen. Die einzige Verwundung erlitt ein Italiener, der sich beim Objektivwechsel in den Finger schnitt – ein Fortschritt, wie ich meine, gegenüber der ursprünglichen Schlacht, wo sich die Flüsse rot färbten vom Blut der Dänen.

Nun wird diese Zeit viel weniger bereist als andere Perioden. Von der ganzen klassischen Ära ist kaum noch was übrig. Palästina im ersten Jahrhundert ist ein kultureller Bombenkrater: lauter Taxis und Getränkebuden und wirre, verängstigte Leute. Tausende wohnen täglich der Kreuzigung bei, und der Garten von Gethsemane ist rund um die Uhr ein Tollhaus. Meine Ex-Schwiegerleute sind dagewesen und haben ein geblitztes Foto geschickt. Es zeigt einen verstörten, gepeinigten, betrübten Jüngling. (Tja, blond und blauäugig, wie sich zeigt, was die Frage aufwirft, ob allgemeiner Irrglaube die Vergangenheit im nachhinein zu ändern vermag.) Aber immerhin zeigt er sich. Pontius Pilatus, Kaiphas und die ganze Familie von Herodes dem Großen halten sich versteckt, dennoch vergeht kaum eine Woche, in der Interpol nicht einen neuen Revisionisten außer Landes schaffen kann. Ich staune, wie schwer sich Leute damit tun, die wissenschaftlich belegte Tatsache zu akzeptieren, daß sich nichts ändern läßt, was sie auch tun, und daß das erklärende Prinzip von Ursache und Wirkung tot ist wie Malcolm X.

Klar bringt es sie durcheinander, wenn sie es momentan schaffen, jemanden kampfunfähig zu machen, und klar suchen sie ein Ventil für die eigene Ohnmacht: Adolf Hitler beispielsweise hat viertelstündliche Attentate überlebt zwischen 1933 und 1945, und die Leute stehen immer noch Schlange, um ihn abzuknallen, selbst nachdem die Nazis die Grenzen geschlossen haben und nur mehr ein paar libysche Berater hereinlassen. Jetzt düsen SA-Leute in die Vergangenheit und hoffen, alle Ahnen des Führers rund um die Uhr zu schützen. Wer will denen allen erklären, wie Geschichte funktioniert? Joseph Stalin: genau dasselbe. Neulich gelang es einem litauischen Fanatiker, den UN-Sicherheitsdienst zu überwinden und Stalin an seinem Schreibtisch zur Rede zu stellen. »Please, don't kill me«, sagt er. (Die können jetzt alle gebrochen Englisch.) »Ich bin Demokrat«, sagt er. »Ich ändere mich.« Heutzutage muß man diplomatisch Druck machen, damit Leute auch tun, was sie tun sollen. Nur durch die Zusage von zehn Millionen Dollar an neuen Krediten für die Konföderierte Regierung kann die Weltbank Lee dazu bewegen, überhaupt anzugreifen in Gettysburg. »Mir ist gar nicht wohl dabei«, sagt er immer wieder. »Ich liebe meine Jungs«, sagt er. »Bitte zwingt mich nicht dazu.« Wer kann es ihm verdenken? Er hat einen Fotoband von Mathew Brady auf dem Schreibtisch.

Und überhaupt, warum ihn dazu bewegen? Was macht es für einen Unterschied? An diesen willkürlichen Regeln, willkürlichen Abläufen wird aus Angst festgehalten. Nicht einmal alle Geschichtsforscher bringen es fertig, die jüngsten Beweise anzuerkennen – Beweise, die sie als Abiturienten ängstlich erahnten – daß Ereignisse der Geschichte keine erkennbare Wirkung auf die Gegenwart haben. Daß die Zeit doch kein Kontinuum ist. Daß die Vergangenheit eine Startrakete ist, die ständig Entfernung gewinnt. Nach Gebrauch wegzuwerfen. Abgesehen vom jüngsten Treffen der AHA (Wien 1815 – Hauptredner Prinz Metternich, allen Berichten zufolge ein versoffener Lustmolch) gehen amerikanische Historiker heutzutage kaum mehr ins Ausland, außer als Touristen. Sie sind deprimiert und fühlen sich zugleich entbunden, wenn sie sehen, daß ihre Arbeit keinen praktischen Nutzen hat.

Was nicht ganz stimmt. Es hat sich durchaus was geändert, als sich herausstellte, daß Rembrandt van Rijns gesamtes bekanntes Werk aus Fälschungen besteht. Aber dabei geht's um Geld, um Geschäft, das der Ahnungslose dennoch anstrebt. Also stößt man, wohin man auch geht, auf geschlossene Fronten von Ölleuten, Diplomaten, Waffenhändlern, Kunstsammlern und Englischlehrern. Die Citibank erwarb neulich scharenweise das Vorkaufsrecht an Sklaven, die an der Cheopspyramide arbeiten, um ihr Office in Gizeh hochzuziehen. Der World Wildlife Fund hat Projekte (Rettet die Trilobiten usw.) im Präkambrium laufen, die von Natur aus zum Scheitern verurteilt sind.

Klar gibt es auch Positives zu vermelden. Bildungsstand und Volksgesundheit nach weltweitem Schnitt sind umgesetzt worden. 1349 unterhält das Internationale Rote Kreuz siebenhundert Freiwillige allein in Norditalien. Und die Blauhelme, Herrgott, die sind überall. Aber trotzdem konnte ich wohl einen Trend ausmachen: die ganze Welt und die ganze Geschichte würden sich eines Tages einen düsteren gemeinsamen Nenner teilen. Allein daheim im Haus auf Washon Island, das ich nach der Trennung von Suzanne behalten hatte, sah ich gute Gründe, mich nicht vom Fleck zu rühren. Ich bin von Natur aus vorsichtig.

Aber in jenem Sommer war ich zuviel allein. Also nutzte ich ein besonderes Angebot: Es war zu ein paar Terroranschlägen gegen Amerikaner in Tenochtitlan gekommen, woraufhin die Preise in den Keller sackten. Ich kaufte mir ein Ticket ins altsteinzeitliche Spanien. Ordentlich weit weg, wo alles wohl anders wäre. Wo's wohl noch abgeschiedene Flecken gäbe. Unberührte Flecken, sauber und formbar, wo ich was verändern könnte. Wo meine Phantasien der Realität noch irgendwie entsprechen würden.

Ich hätte es wissen sollen. Meine Ex-Schwiegerleute hatten mir Ansichtskarten geschickt. Sie hatten neulich eine Mastodon-Safari in der Nähe von Jaca gemacht und Suzanne besucht. »Das Essen ist prima«, hatten sie geschrieben – kein gutes Zeichen!

Ich hätte wissen sollen, daß es ein Fehler war. Was wir der Vergangenheit antun, läßt sie irgendwie noch bitterer erscheinen. In allen Broschüren und Führern steht es, und es stimmt. Es ist wirklich schöner damals. Die Sinne leben auf. Die Farben sind bunter. Die Stühle sind bequemer. Alles riecht besser, schmeckt besser. Die Leute sind freundlicher, zumindest waren sie es. Wohlbehalten in der Zukunft zurück, spürt man noch das gewaltige Potential. Freilich war die Stadt, in der ich landete – Herrgott – ein trauriger Fleck. San Juan de la Cruz. Wir kamen über die Pyrenäen herein, zogen über einem satten Wald tiefer und landeten auf einer riesigen, leeren Asphaltbahn. Obwohl die Hangarfläche so groß wie Heathrow war, gab es nur ein zweites Düsenverkehrsflugzeug – KLM. Ansonsten nur US-Militärmaschinen, aber davon auch nur ein paar; ganze fünf beige Transporter in einer Reihe und ein einzelner Kampfhubschrauber.

Wir rollten in den His Excellency the Honorable Dr. Wynstan Mog (Ph.D.) International Airport, der erst halb gebaut war und schon zerbröckelte, wie's schien. Ohne ersichtlichen Grund ließ der Pilot uns knapp zweihundert Meter vor dem Terminal aussteigen und auf dem schmelzenden Asphalt herumstehen, während die Stewardessen mit Männern in Uniform verhandelten. Mich störte das nicht. Der Himmel war kobaltblau. Es war heiß, aber aus den Wäldern wehten wunderliche Gerüche an, die ich nicht zuordnen konnte und die sich mit dem Teer und Flugbenzin und meinem Schweiß und dem Düsenlärm zu einem Gefühl vermischten, das sachte an meinem Gedächtnis zupfte, als hätte es etwas ganz Eigenständiges zu bedeuten. Aber was? Ich war in Bellingham zur Welt gekommen; daran erinnerte es nicht. Es war nichts aus meiner Vergangenheit. Mit gefährlicher Geduld legte ich den Kopf zurück und schloß die Augen, während um mich herum meine neunzehn Mitreisenden aufgeregt schnatterten. Nichts, dachte ich. Hat nichts zu bedeuten, das Gefühl. Jedermann empfindet so.

Die Uniformierten sammelten unsere Pässe ein und führten uns zum Terminalgebäude. Es waren keine Leute dieser Zeit, keine Leute von hier. Sie waren groß und fett. Ich wußte, daß Dr. Mog von überall her Söldner angeheuert hatte; die hier wirkten wie Libanesen oder Israeli. Sie hatten Sonnenbrillen auf und trugen Maschinenpistolen. Sie drängten uns durch die Tür in die VIP-Lounge, einen großen, klimatisierten Raum mit Plastikmöbeln und einer verglasten Außenwand. Die öffnete sich unmittelbar zur Straße vor dem Terminal. Ganze Scharen standen da draußen, an die hundertfünfzig Leute aller Rassen und Nationalitäten, drückten die Nase an die Scheibe und begafften uns.

Einer der Uniformierten trat an die Seite der Glaswand, wo eine Kordel von der Decke hing. Er zog daran. Ein schmutziger brauner Vorhang rückte von links nach rechts vor die Scheibe. Den Leuten draußen war das egal, denn als der Vorhang schon zu war, spürte ich sie noch draußen, spürte ihr trauriges Starren. Ich war überhaupt ein bißchen wacher. Ich setzte mich, da waren Schalensitze, mit dem Rücken zum Vorhang und hörte mir einen Zöllner an, der uns ziemlich ungeniert doppelt neppte.

Hinten im Raum stand ein Schreibtisch, auf dem sie unsere Pässe ausgebreitet hatten. Sie warteten auf unser Gepäck und überprüften mittlerweile unsere Visa und insbesondere unsere Gesundheitszeugnisse. Ich war darauf vorbereitet. Die Region ist schwer von AIDS-Infektionen betroffen – fast fünfundzwanzig Prozent der Bevölkerung von San Juan de la Cruz sind HIV positiv. Die Behörden kümmert das wohl wenig, trotzdem verlangen sie, daß jeder Tourist mit dem sogenannten AIDS-Vakzin geimpft wird, einem Phantasieprodukt eines zairischen Scharlatans, das in den USA nicht erhältlich ist. Nichtsdestoweniger ist es jetzt Ihr Reisen in weite Teile der Dritten Welt als Mittel zur Beschaffung harter Devisen obligatorisch. Ich arbeite im Forschungslabor einer Klinik und hatte den Stempel; den hatte offenbar noch jemand in unserer Gruppe, ein dünner, braungebrannter Mann in meinem Alter. Er hieß Paul. Gemeinsam verfolgten wir, wie die andern sich um den Schreibtisch versammelten und merkten, was für eine Wahl sie hätten: entweder hundertfünfzig Dollar Strafe pro Person oder eine Impfung an Ort und Stelle mit der dreckigsten Nadel, die mir je zu Gesicht gekommen ist. Theatralisch in Szene gesetzt. Einer der Beamten ging ›sich die Hände waschen‹ und kam wieder in einem weißen Kittel mit Blutspuren daran – zum Lachen. Gleichzeitig händigte ein anderer Sparbücher aus und erklärte das Geldwechseln. Jeder Tourist mußte fünfzig Dollar pro Woche bei der Staatsbank tauschen, wofür er den sogenannten Gegenwert in Landeswährung erhielt: drei Steinwerkzeuge, eine Knochennadel, sechs Pfeilspitzen und zwei Salzsteine. Zum eigentlichen Gesamtwert von vierzig Cents. Dabei ist das ein Land, wo jeder sowieso nur Dollar und D-Mark als Zahlungsmittel annimmt.

Paul und ich stellten uns zum Kauf unseres Devisenpakets an, das im praktischen Lederbeutel ausgehändigt wurde. »Lächerlich«, meinte er. »Vor der Zeitreise haben sie nicht mal Haustiere gehabt. Sie haben in Höhlen gewohnt. Was haben sie schon kaufen können?«

Er arbeitete seit fünf Jahren in dem Land und kannte sich aus. Zuerst war er mir sympathisch, weil er in mancher Hinsicht noch so frisch wirkte. Sein Humor und seine unfreiwillige Bewunderung für Mr. Mog dämpften seine moralische Entrüstung »Der ist kein Spinner«, sagte er. »Sein Ph.D. ist echt. Volkswirtschaft an der University of Colombo – das Fernlehrinstitut natürlich –, aber seine Dissertation ist publiziert worden. Eine beachtliche Leistung, wenn man seinen Background in Betrachtung zieht. Und unter all den Diktatoren ist er so ziemlich der einzige, der sich nicht als fremde Marionette oder Abenteurer aufspielt. Er ist 'n echter, hiesiger Cro-Magnon, der es geschafft hat, trotz fürchterlicher CIA-Intrigen an der Macht zu bleiben und dabei ziemlich reich zu werden.«

Ein Wagen mit unserem Gepäck wurde hereingeschoben. Die Zöllner reihten die Koffer auf langen Tischen auf. Paul und ich waren schnell durch; wir hatten wenig mit und auch keine modernen Gerätschaften dabei. Die andern, die größtenteils einer Gruppe nach Altamira angehörten, standen mit bedrücktem Schweigen herum, während die Beamten alles durchwühlten und unter allerlei Vorwänden eigenmächtig Kameras, Föns und CD-Spieler beschlagnahmten. »Stromverschwendung«, meinte ein Beamter mahnend und hielt einen Norelco hoch.

Aber inzwischen durften Paul und ich schon gehen. Draußen vor der Lounge mußten wir für den Visastempel anstehen, und dann bahnten wir uns einen Weg durch das Gewühl in der Lobby. Ich ließ mich von Paul führen und beachtete wie er die vielen Leute nicht, die uns anredeten und an den Armen zerrten. Er wirkte vertraut mit dem Ort, wirkte glücklich oder zumindest froh, hier zu sein. Draußen in der Hitze hielt er inne,

gab einem Bettler, den er wohl kannte, einen Viertel-
dollar und plauderte mit ihm, während ich mich um-
blickte. Ich wollte ein Taxi nehmen, ein Hotel suchen
und übernachten, bevor es ins Landesinnere ginge. Da
ich nicht sehr zeitgereist bin, wußte ich nicht recht, wie
ich es anstellen sollte, daß ich in der Horde von Taxifah-
rern ringsum einen kriegte, daß sie mich nicht neppten,
nicht übervorteilten. Ich setzte die Sonnenbrille auf und
wartete auf Paul, der mich zu meiner Erleichterung, als
er fertig war, mitnehmen wollte. »Ich bringe dich zum
Aladeph«, meinte er. »Da frühstücken wir.«

Er suchte in der Menge nach jemand Bestimmtem,
und bald drängte sich ein kleiner Mann – Chinese oder
Japaner oder Koreaner – heran. »Mr. Paul«, sagte er.
»Hier lang, Mr. Paul.« Schon zog er an unserm Gepäck,
aber mißtrauisch ließ ich erst los, als ich Paul die Reise-
tasche übergeben sah. Wir spazierten zu einem verbeul-
ten grünen Toyota. Rock 'n' Roll dröhnte aus den lausi-
gen Lautsprechern. Die Sonne brannte. »Wir müssen dir
einen Hut besorgen«, meinte Paul.

Eine lange gerade Straße führte, eingesäumt von ein-
förmigen, einstöckigen Häuserreihen aus Beton, in die
Stadt: Geschäfte für Radkappen und gebrauchte Reifen
und andere Berge von anonymem Metallschrott. In den
sandigen Vorhöfen hockten rauchende, plaudernde
Männer. Es wimmelte, wimmelte von Menschen in den
Straßen, als wir ein gigantisches Denkmal von Dr. Mog,
passierten, dem Vater der Nation mit ausgebreiteten
Händen – Geschenk der chinesischen Regierung. Durch
das Märtyrertor gelangten wir in eine Gegend mit kleinen Betonhäusern und Gassen und Straßengräben dazwischen, in denen der Morast stand. Und überall Menschen, aber keiner sah aus, als gehörte er in die Zeit. Die
Männer hatten zerlumpte Polyesterhemden und Hosen
an, die Frauen abgeschossene Hauskleider. Die meisten
gingen barfuß, manche trugen Plastikschuhe.

Wir passierten die katholische Kathedarale und eine

Reihe anderer kleinerer Kirchen: Mormonen, Neuapostolische, Adventisten des siebenten Tages, Zeugen Jehovas. Wir passierten die Hauptquartiere diverser internationaler Hilfsorganisationen, und dann war ich wohl kurz eingenickt, denn als ich die Augen wieder aufmachte, fuhren wir durch eine ganz andere Gegend, eine Gegend mit schicken Hochhäusern und blühend umrankten Villen.

Das Taxi hielt vor einem belgischen Restaurant mit dem Namen Pepe le Moko, und wir stiegen aus. Paul zahlte die Fuhre, bevor ich meine Geldbörse gezückt hatte, und winkte ab, als ich ihm Scheine hinhielt. Er hatte während der Fahrt kein Wort gesprochen, sondern halb wehmütig, halb belustigt aus dem Fenster gestarrt. Jetzt lächelte er freundlicher und winkte mich ins Restaurant. Ein teurer Laden voller Weißer mit kurzen Hemden und Krawatten.

»Ich dachte, wir sollten was frühstücken«, sagte er.

Wir bestellten Toast und Kaffee, was augenblicklich serviert wurde. Ich löffelte Kaffeeweißer hinein und reichte ihm die Tasse, aber er rümpfte die Nase. »Der ist bestimmt okay«, erklärte er.

»Wie meinst du das?«

Er zuckte die Achseln. »Weißt du, die US-Regierung finanziert ihre Projekte hier, indem sie Agrarüberschüsse hierher verfrachtet. Eine schreckliche Vorstellung, weil es die Bevölkerung von Erzeugnissen abhängig macht, die hier nicht angebaut werden können; jedenfalls verkauft Dr. Mog sie und verwendet das Geld angeblich Ihr USAID und Hungerprojekte und so. Nun, in meinem ersten Jahr hier kam eine Sendung mit tausend Tonnen Weizen, die im gleichen Container verpackt war wie eine Ladung PCV für eine Plastikfabrik. Als die Sendung hier ankam, bemängelte der Zoll, der Weizen sei kontaminiert und unverkäuflich. Er wurde eingezogen und eingelagert, bis die US-Regierung einen Sachverständigen schickte, der ihn für einwandfrei erklärte. Noch während der Streit hin und her ging, wurde der Weizen kurzerhand verkauft. Und dann tauchte das rohe PCV auch hier in San Juan auf, in den einfacheren Restaurants. Es ist ein weißes, wasserlösliches Pulver, das offenbar nach Kreide und Milch schmeckt.«

»Danke Ihr die Info«, meinte ich.

»Gern geschehn. Es war ein Tohuwabohu. Der Gesundheitsminister wurde gefeuert, aber kam letztes Jahr als Rüstungsminister wieder ins Amt. Jemand verdiente sich eine goldene Nase. Was macht schon ein kleiner Ausschlag in der Leukämie-Statistik?« Er lächelte.

»Furchtbar«, sagte ich.

»Tja, es ist nicht alles schlecht. Und was willst du erwarten? Es muß so sein. Die Leute kapieren nicht. Sie glauben, jedes Land hat ein Recht darauf, eine moderne Industriegesellschaft zu sein. Mog war auf dem College; der weiß, was er will. Du und ich, wir sagen vielleicht, die haben's besser, wenn sie in Höhlen hausen, Feuerstein hauen und sich mit Keulenknochen die Schädel einschlagen, aber wer, zum Teufel, sind wir? Mog will eine Armee. Mog will Telefon. Er will Straßen, Autos, Elektrizität. Und wer kann's ihm verdenken? Aber wer das Zeug nicht selber erzeugen kann, der muß es sich vom weißen Mann holen. Und der weiße Mann, der liefert den Scheiß nicht gratis.«

Paul sah selber recht weiß aus. »Was machst du?« fragte ich.

»Ich arbeite für Continental Grain. Wir haben ein Projekt im Busch laufen. Bei Jaca.«

Ich starrte in meine Kaffeetasse. »Kennst du Suzanne Denier?« erkundigte ich mich.

»Freilich. Arbeitet an einem astronomischen Projekt in meiner Gegend. In der Nähe des dortigen Reservats.« Ich schloß kurz die Augen. Ob sie schon in diesem Restaurant gewesen sei, fragte ich mich. Wo sie gesessen habe. Ob sie die Geschichte vom Milchpulver kenne.

»Sie ist bei den Cro-Magnon«, stellte ich fest. »Gibt's die nur dort? In Reservaten? Ich hab' noch keinen gesehn, seit ich hier bin.«

»Wirst du noch. In San Juan sind sie alle registriert. Eins von Mogs neuen Gesetzen. Man darf sie nicht aus den Geschäften jagen, und alle Lokale müssen ihnen Essen und Schnaps geben. Also hängen sie herum und betteln die ganze Zeit. Du wirst schon sehn.«

Tatsächlich kam wenig später eine Cro-Magnon-Frau herein. Sie stellte sich in die Tür und beobachtete uns beim Toastessen. Sie war einsachtzig groß, schlank und hübsch und hatte feine Hände mit langen Fingern. Der Kopf war ohne Haare, die Augen waren grün, die Haut dunkel. Und sie war morgens um zehn schon sturzbesoffen.

Nach dem Frühstück blieb ich fast den ganzen Tag mit Paul zusammen. Wir lunchten im Intercontinental und gingen dann Schwimmen im Portuguese Club. Bald legte er eine Gönnermiene an den Tag.

Damals war ich empfindlich und leicht reizbar. Obwohl er mir zusehends unsympathisch wurde, blieb ich mit ihm zusammen. Ich ließ mir von ihm, davon hatte er gesprochen, ein Zimmer im Aladeph besorgen – eine nur für Staatsdiener reservierte Unterkunft. Ich denke, es bereitete ihm Vergnügen, mir zu zeigen, daß er mich dort unterbringen, daß er die Bürokraten herumkriegen konnte, was eine Leistung war. Ich war irgendwie auch froh. Vom Jetlag fertig, ging ich früh zu Bett, obwohl ich erst wenige Stunden vor Sonnenaufgang einschlafen konnte.

»Suzanne«, sagte ich, als ich wach wurde. Ich sagte es laut. Da lag ich im Bett und schwitzte und hatte einen trockenen Hals. Um sechs Uhr früh war es schon heiß. Weiße Gardinen wehten in der heißen Luft.

Da lag ich im Bett und dachte an Suzanne. Ich dachte daran, wie sie mich verlassen und wie ich sie nicht einmal zum Bleiben aufgefordert hatte.

Nicht daß unsere Ehe immer leicht, immer befriedigend war. Mit kalter Wut, das weiß ich noch, hörte ich mir ihre Gründe an, warum sie einen Job so weit entfernt von zu Hause annehmen sollte. Später schrieb sie mir und erklärte, daß sie, wenn ich nur etwas gesagt, irgend etwas gesagt hätte, trotzdem bei mir geblieben wäre. Da lag ich nun im Aladeph im Bett und erinnerte mich, wie sie im Haus auf der Insel vor dem langen, dunklen Wohnzimmerfenster hin und her ging, während ich im Sessel las und sie aus den Augenwinkeln beobachtete. Ich erinnere mich an ihren geänderten Gesichtsausdruck, als sie die Entscheidung fällte. Ich habe zugesehen und nichts unternommen.

Da lag ich nun im Bett mit meinen Erinnerungen und raffte mich auf und hielt sie an der Schulter, entschuldigte mich und bedrängte sie mich anzuhören. »Geh nicht«, flehte ich. »Ich liebe dich.« Und mit diesen drei Wörtchen hätte ich eine ganz neue Zukunft für uns beide schaffen können.

Freilich wissen wir nichts von der Zukunft, obwohl wir sie tagtäglich penetrieren müssen. Wir haben Angst, ihr in die Augen zu sehen, also richten wir unsern Blick zurück in die Vergangenheit und modeln immer wieder um, was wir ruhen lassen sollten, zerstören und verändern sie und zerren sie ins Jetzt.

Da lag ich nun im Bett und dachte: vorbei, hat nichts mehr mit dir zu tun. Ich wußte es, aber wollte es nicht glauben.

Warum sonst war ich hier? Weil ich mir einbildete, daß wir zu zweit in eine ungetrübte, unverfälschte Zeit zurückkehren könnten. Ich dachte, wenn ich vielleicht dreißigtausend Jahre vor all den Fehlern aufkreuzte ...

An dem Tag ging ich zum Mercado de Ladrones hinunter und fuhr mit einem Laster nach Pamplona hinaus.

Alljährlich spenden die Vereinigten Staaten große Summen für den Ausbau der Straßen in dieser Gegend,

und alljährlich wird dieses Geld von Dr. Mog und Konsorten unterschlagen, wenngleich die Straßen rings um die US-Botschaft in San Juan alle paar Monate wie verrückt asphaltiert werden. Im Landesinnern sind die Straßen selbst zur Trockenzeit – die wir gnädigerweise gerade hatten – schrecklich; furchige rote Schlammpisten im Dschungel, auf denen wir zehn Stunden für zweihundert Meilen brauchten. Und bevor wir noch aus der Stadt herauskamen, passierten wir sechzehn Armeeposten, wo den Autofahrern Geld abgeknöpft wurde. Wie ich später erfuhr, hatten die Soldaten seit über einem Jahr keinen Sold mehr erhalten. Sie machten sich einen Spaß daraus, mir Angst einzujagen, die fetten, dunkelhäutigen, schweißigen Typen mit Automatikgewehren, die mich in Spanisch oder Arabisch beschimpften, als sie die Ladefläche des Lasters durchsuchten, wo ich auf schweren Leinensäcken hockte. Ein grüner Mercedes Benz hatte sich im Straßengraben überschlagen, so daß sich der Verkehr eine halbe Meile zurückstaute zwischen den Wellblechhütten entlang der Fahrbahn. Ein Reifenberg brannte auf einem freien Platz, und der Rauch stach in den Augen und mischte sich mit den Auspuffgasen und der verschmutzten Luft zu einem Dampf, den man kaum atmen konnte.

Ein kleiner Junge lief zwischen den Lastern hin und her und verkaufte mir zwei Ananas und ein Stück Zuckerrohr. Lächelnd schwatzte er in einer Sprache, die ich nicht kannte. Er knöpfte mir ein Zehncentstück ab, warf die Münze in die Luft und fing sie hinter dem Rücken wieder auf. Das war eine hoffnungsvolle Geste, und bald setzte sich der Laster wieder in Bewegung, passierte die Ringstraße in eine weitläufige, geometrische Vorstadtwüste aus Baracken und Deponieland und erreichte den Dschungel. Ich kaute Zuckerrohr und leckte mir den Ananassaft von den Fingern, während ich mir in Gedanken vorsagte, was ich Suzanne sagen wollte und was sie antworten würde – als prägte ich mir

Schacheröffnungen aus einem Buch ein. Und weil ich es mit einem starken Gegner zu tun hatte, sah ich meinen einzigen Vorteil darin, daß ich vorbereitet wäre und die Überraschung auf meiner Seite hätte.

Ich spielte Gespräche durch, bis die Bedeutung der Wörter verschwamm, und dann brach die Sonne durch. Als ich aufblickte, war ich von klarer, frischer Luft umgeben. Gelbe Vögel hingen in den Bäumen entlang der Straße und webten Nester aus Heu. Hie und da tappte aus dem Gebüsch ein Tier vors fahrende Auto. Ich drehte mich um und sah ein Wildschweinpaar und ein großes Nagetier.

In Dörfern hielten wir an, und drei Leute kletterten zu mir auf die Ladefläche: zwei Männer mit Benzinkanistern und eine Frau mit Zahnlücken, die grinsend ein eigenes Stück Zuckerrohr hochhielt. Das blonde Haar war mit einer Schnur zurückgebunden.

Es wurde bergig, und gegen Sonnenuntergang passierten wir das Tor des Krieger-Richardson-Oberservatoriums. Dort stieg ich aus, und der Laster raste weiter. Die Luft war hier kühler, trockener, und die Vegetation eine andere. Die Bäume waren niedriger und stellten keine undurchdringliche Wand mehr dar. Ich spazierte zwischen den Bäumen übers dürre Gras. Eine schmale Asphaltstraße führte bergan, und ich folgte ihr mit meiner Tasche. Kein Mensch weit und breit. Suzanne hatte mir das Observatorium in einem Brief beschrieben, und ich fand es interessant, den Ort selber zu sehen zum ersten und zum letzten Mal. Die Straße führte ungefähr eine Meile steil bergan, die Bäume verschwanden, und ich erreichte den Bergkamm, hinter dem sich ein weiter Vulkankrater auftat. Antennen ragten daraus hervor: das war das Radioteleskop, und dahinter erhob sich am höchsten Punkt des Madre de la Nacion die Kuppel des Observatoriums.

Nun ging die Straße leicht bergab, so daß das Teleskop aus dem Blickfeld verschwand. Zwischen Pinien lag ein Parkplatz mit vielen Autos, die alle gleich weiß waren, und dahinter zwischen Rhododendren ein niedriges Wohngebäude. In den Fenstern brannte Licht, behagliches Licht, denn ich war müde und hungrig.

Ich stieg die Betonstufen hoch und klopfte an die Tür. Es war abgesperrt, aber nach einer Weile wurde geöffnet von einem jungen Mädchen mit einem Chicago Bulls Sweatshirt. »Entschuldigung«, sagte ich. »Ich will zu Dr. Suzanne Denier. Wohnt sie hier?«

Sie musterte mich kurz, zuckte die Achseln und sah an mir vorbei zum Himmel. »Sie arbeitet heute nacht. Es soll nach neun klarer Himmel sein.«

»Aber sie wohnt hier?«

»Ist am Mittwoch von Soria zurückgekommen. Wir haben die letzten vierzehn Tage schlechtes Wetter gehabt.«

Sie öffnete die Tür und trat zur Seite, und ich ging in den braun ausgelegten Flur. »Wer sind Sie?« wollte sie wissen.

»Ihr Mann.«

Sie musterte mich vom Scheitel bis zur Sohle, und ich versuchte, ihre Miene zu deuten. Lauwarm. Interessiert. Also hatte sie vielleicht von mir gehört. »Haben Sie auch einen Namen?« Neunmalklug – sie war halb so alt wie ich.

»Christopher«, antwortete ich.

»Ich heiße Joan. Weiß sie, daß Sie kommen? Weil nämlich, wir kriegen hier nicht oft persönlichen Besuch ...«

»Ist eine Überraschung.«

Sie musterte mich eine Weile mit schief gestelltem Kopf. Dann: »Nun, kommen Sie rein. Wir sind gerade mit dem Essen fertig. Haben Sie schon gegessen?«

»Bitte«, sagte ich, »kann ich zu Suzanne? Wo ist sie?«

Ich wartete im Flur, während Joan nachsehen ging. An der Wand hingen Reiseposter: Taj Mahal, Strand von

Malibu, Krieger-Richardson-Observatorium mit einem Vogelschwarm über der Kuppel. Gesundheitsstatistiken und Kurven. Dann kam eine ältere Frau heraus, die ich von einem Gruppenbild kannte, das Suzanne mir geschickt hatte. »Sie sind Christopher«, sagte sie.

Ihr Name war Anise Wilcox. Sie brachte mich mit dem Wagen zum Observatorium, eine zwanzigminütige Fahrt den Bergkamm entlang. Es wurde kaum gesprochen. »Das Telefon geht nicht«, erklärte sie, womit sie mir vielleicht Gelegenheit geben wollte klarzustellen, daß ich vergeblich anzurufen versucht hätte, oder womit sie andeuten wollte, daß sie Suzanne nicht über meine Ankunft habe informieren können.

»Warten Sie«, sagte sie. Sie hielt am Parkplatz vor dem Observatorium an, stieg aus und ging zur Tür. Ich blieb im Halbdunkel sitzen und lauschte dem Kühlergebläse. Ich kurbelte das Fenster herunter und betrachtete die unbeleuchtete Kuppel, die sich wuchtig vom Himmel abzeichnete. Ein Insekt landete auf meinem Arm, ein winziges grünes Flatterding, das mir völlig unbekannt war.

Dann war Dr. Wilcox zurück am Wagen. »Kommen Sie rein«, sagte sie, woraufhin ich ausstieg und ihr folgte. Sie hielt mir die Metalltür auf. Drinnen brannte ein schwaches Licht neben einem Aufzug. Ich blickte um und sah ihr Gesicht. Sie wirkte nervös, mied meinen Blick. Nachdem sie die Tür abgeschlossen hatte, ging sie mir zum Aufzug voraus. Erst als wir nebeneinander in der Aufzugkabine standen, blickte sie auf und warf mir ein besorgtes Lächeln zu.

»Viel Glück«, meinte sie, als wir im dritten Stock angelangt waren.

Die Räume im Observatorium waren alle klein und vollgestopft, bis ich die letzte Tür aufstieß und unter der Kuppel stand.

Es war kühl. Und es war dunkel unter der Y-förmigen Säule des Teleskops. Ich stand da und blickte nach oben, als ich rechts von mir eine Bewegung hörte. Suzanne stand auf einer breiten, flachen Treppe mit ungefähr fünf Stufen. Sie machte einen professionellen Eindruck mit schwarzem Rolli und Overall. Zwei Stifte steckten in der Brusttasche. Ein Clipboard hatte sie sich unter den Arm geklemmt.

»Chris«, sagte sie und trat an die oberste Stufe. Licht drang aus dem Fenster des Observationsraums. Monitore flimmerten dort.

Ich spürte ihren Unmut aus diesem einen Wort. Ihr ganzer schmächtiger Körper strahlte Unmut aus. Aber ich war darauf gefaßt. Ich habe meine eigene Art, mich zu schützen. Seit zehn Monaten hatte ich sie nicht mehr gesehen, und als sie nun vor mir stand, war mein allererster Gedanke, wie gewöhnlich sie war mit dem verkniffenen Gesicht, der finsteren Miene, dem trotzigen Kinn. Die Haut war bläßlich in dem Licht, das schwarze Haar ungekämmt. Eine schmächtige Frau mit schlechter Körperhaltung, das war mein Eindruck, und ich fragte mich, was ich hier überhaupt suchte. Ach, ich verdiene was Beßres.

Denn sie platzte heraus: »Ich fasse es nicht, daß du hier bist. Ich habe dich gebeten, nicht herzukommen. Nein, hab's dir verboten. Ich kann es nicht fassen, daß du so rücksichtslos bist gegenüber meinen Gefühlen nach allem, was du mir angetan hast.«

»Bitte«, unterbrach ich sie, und sie verstummte, aber ich wußte nicht was ich sagen sollte. Zwar hatte ich diese Szene gründlich geprobt, aber nicht geahnt, daß sie zuerst reden würde und ich, nicht sie, reagieren müßte.

»Bitte«, sagte ich. »Hör mir kurz zu. Ich habe einen langen Weg ...«

»Und das soll mich, glaubst du, beeindrucken?« fiel sie mir ins Wort. »Was erwartest du? Daß ich dir jetzt um den Hals falle?«

»Nein, ich erwarte sicher nicht ...«

»Was denn? Christopher, ist es zu viel verlangt, wenn ich dich bitte, daß du mich in Ruhe läßt? Ich hab' viel zu klären, und ich will das allein tun. Ich kann's nicht fassen, daß du kein Gespür dafür hast. Ich kann's nicht fassen, daß du meinst, du hättest das Recht, hier aufzukreuzen und mein Leben und meine Arbeit zu stören, wenn dir danach zumute ist. Kennst du denn gar keine Rücksicht?«

»Bitte«, setzte ich an, »Ich wußte, daß du so reagieren würdest, aber ich nahm das Risiko auf mich, nur um dich zu sehen. Hältst du es für machbar, daß du ein kleineres Risiko eingehst und mit mir redest, anstatt mich einfach anzuschreien und abzuweisen?«

»Schreien? Ich schreie nicht. Ich sage dir, was ich empfinde.« Aber dann wurde sie still, und ich merkte, daß sie mir eine Chance gab.

»Suzanne«, setzte ich an und versuchte wirklich, ehrlich zu klingen, obwohl die eine Hälfte meines Ichs der andern zuraunte, daß ich nicht gewinnen könne, daß ich nie gewonnen hätte und nie gewinnen würde und Davonlaufen die beste Taktik wäre. »Du klingst so weit weg in deinen Briefen, das habe ich nicht ertragen. Ich ertrage es nicht, daß du dich von mir entfernst und ich tatenlos zuschaue. Ich liebe dich. Es tut mir unendlich leid, was geschehen ist, was ich getan habe. Ich will es wiedergutmachen. Ich will ...«

Es wirkte nicht einmal auf mich überzeugend. Sie sprang darauf an. »Und was ich will, was ist damit, Chris? Hast du denn daran auch gedacht? Hast du denn daran einen Moment lang auch gedacht? Es hat sich alles geändert. Wie kann ich dir trauen, wenn du nicht einmal meine Wünsche respektierst und mich in Ruhe läßt, damit ich nachdenken kann, was ich eigentlich will? Was am besten ist für mich? ich brauche Zeit. Das habe ich dir klargemacht.«

»Es sind zehn Monate dazwischen. Zehn Monate und dreißigtausend Jahre«, erwiderte ich – ein Ausspruch,

343

den ich mir zurechtgelegt hatte. Das machte wenig Eindruck. Sie kniff die Brauen zusammen, verdrehte unwillig die Augen, was ich immer an ihr gehaßt hatte. »Suzanne«, fuhr ich fort, »ich kenne dich. ich weiß, daß du dich hier für den Rest des Lebens einigeln könntest. Wir haben etwas Kostbares geteilt, und es hat uns beide lange Zeit glücklich gemacht. Das will ich nicht einfach aufgeben.«

»Aber das hast du. Manchmal glaube ich, du vergißt, wie es überhaupt angefangen hat. Du hast recht – wir sind sehr glücklich gewesen. Also, wie hast du das nur tun können, Chris? Sie ist meine Freundin gewesen.«

»War sie nicht.«

»Ach, es war ihre Schuld. Ich kann's nicht glauben. Ich kann's einfach nicht glauben. Daß du mich so verletzt hast. Daß du mich so gedemütigt hast in aller Öffentlichkeit.«

»Es wäre nicht an die Öffentlichkeit gekommen, wenn du es nicht allen erzählt hättest.«

»Ach, ich hätte also gute Miene zum bösen Spiel machen sollen? Du hast mich verletzt, Chris, du machst dir keinen Begriff davon.«

»Doch«, wandte ich ein, »doch. Es tut mir leid.«

Sie wandte sich ab und blickte durch die Scheibe in den Observationsraum. Ich sah, wie sich ihr Gesicht im Glas spiegelte, sah die Monitore flimmern. »Und damit soll alles in Ordnung sein? Du kapierst nichts. Ich muß gründlich nachdenken. Chris, ich bin nicht die Frau, die so was einfach wegsteckt, duldet. Die jahrelang alles hinnimmt und hofft, ihr Mann werde sich schon ändern.«

Die Frau bist du wirklich nicht, dachte ich. Aber ich schwieg. »Du kapierst nichts«, wiederholte sie. »Ich habe dir echt vertraut. Ich habe dir meine Seele in die Hände gegeben, und du hast sie fallenlassen, und das hat alles geändert. Ich habe mich geändert. Ich weiß, ich werde keinem mehr so vertrauen. Was ich nicht weiß, ist, ob wir zwei je wieder miteinander können.«

Du hast mir nie vertraut, dachte ich. Gedankenverloren sah ich sie an.

»Nun«, meinte sie schließlich, »ich muß wieder an die Arbeit. Ich sage Anise Bescheid, daß du in meinem Zimmer schlafen kannst. Ich komme kurz nach Sonnenaufgang heim und wäre dir dankbar, wenn du dann schon weg wärst. Ich sage Carlos Bescheid, daß er dich nach San Juan zurückfährt.«

Ich sah zum großen Teleskop empor und schüttelte den Kopf. »Willst du mich nicht herumführen? Du hast mir geschrieben, daß ihr einer Entdeckung auf der Spur seid.«

»Jawohl.« Sie kam die Stufen herunter. Und dann wurde alles anders eine Zeitlang. Weil wir einander so gut kannten, konnten wir selbst jetzt noch mühelos und unmittelbar eine andere Zweisamkeit eingehen, eine Bindung, die so innig und fest war, daß ich mir in der nächsten Stunde immer wieder sagen mußte: es ist aus und vorbei! Sie zeigte mir ihre Arbeit, und es war so eine Freude zu sehen, wie sich ihre Züge bei ihren Ausführungen anfhellten.

Sie führte mich durch das ganze Observatorium, hinauf in die Kuppel und in den Kameraraum. Dann wieder runter ins Büro, wo wir im Halbdunkel saßen und Kaffee tranken, während sie mir zigarettenrauchend Sternaufnahmen zeigte. »Wir haben gewußt, daß die Galaxien in Bewegung sind anhand der Rotverschiebung. Und wir haben angenommen, daß sie sich auseinanderbewegen, weil das der Theorie entspricht. Aber gewußt haben wir's natürlich nicht, weil wir nur von einem Punkt aus beobachtet haben. Jetzt freilich haben wir zwei Punkte, die dreißigtausend Jahre auseinanderliegen, eine Basis, und damit ließe es sich erkennen.«

Sie rauchte die Zigarette bis zum Filter und drückte sie aus. Während ich sie dabei beobachtete, mußte ich an früher denken, wenn sie immer frühmorgens nach der Arbeit an ihrer Dissertation in mein Apartment kam. Sie weckte mich dann, um mit mir zu reden, und drückte die Kippen in so einer Teetasse aus, und ich schüttelte den Schlaf ab, weil ich zu gern ihr konzentriertes Gesicht betrachtete, wenn sie eine Theorie erklärte oder irgendein Projekt. »Und?«

»Was denkst du? Wir haben außergewöhnliche Ergebnisse. Das Gegenteil von dem, was alle vorhersagen.«

»Und?«

Sie lächelte. »Ich weiß nicht, ob ich es dir sagen soll. Ich weiß nicht, ob du es verdienst.«

»Klingt bedeutend.«

»Sicher. Aber ich weiß nicht recht. Anise bringt mich um, wenn ich es dir sage.«

Ich blickte zur Decke. Dort klebte ein leuchtender Sternhaufen. »Also gut«, sagte sie. »Das ist so. Wir glauben, daß manche Galaxien jetzt weiter entfernt sind als im zwanzigsten Jahrhundert.«

Für meine Begriffe wenigstens war die Uhr in dem kleinen Raum zurückgestellt. Nicht wegen ihrer Ausführungen – die kümmerten mich wenig. Ich betrachtete ihr Gesicht.

Aber ich befürchtete, daß sie aufhören würde zu reden und ich gehen müßte. Sie würde uns auf den Boden der Tatsachen zurückholen. Ich fragte: »Und was hast du für eine Erklärung dafür?«

Sie zuckte die Achseln. »Es ist kompliziert. Entweder sind unsere Beobachtungen falsch und wir machen uns lächerlich, oder aber das Universum zieht sich womöglich zusammen. Oder Teile des Universums. Oder es ändert sich ständig. Ich habe da meine eigene Theorie.«

Ich sagte nichts, sondern saß da und sah sie eine Weile nur an. Dann ein Lächeln von mir und ein Lachen von ihr. »Egal, ich werd's dir sagen. ich glaube, entgegen unserer Vorstellung läuft die Zeit umgekehrt. Ich glaube, das ist wohl der Grund, warum die Vergangenheit nicht, wie angenommen, in die Gegenwart wirkt.«

Einspruch. Und sie wirkt doch! Ich betrachtete Suzanne, das schöne, liebgewordene Gesicht. »Warum verzeihst du mir dann nicht?« wollte ich wissen.

Sie sah auf und warf mir einen verschmitzten Blick zu.

»Wir können aus Vergangenheit Zukunft machen«, erklärte ich.

Sie lächelte; dann runzelte sie die Stirn. Dann: »Klar, genau das fürchte ich. Sagt man halt so. Was nicht heißen soll, daß wir bei der Geburt eigentlich sterben.«

Sie drückte den Zigarettenstummel aus. »Im Ernst«, fuhr sie fort. »Vielleicht strömt die Zeit in zwei Richtungen. Eine ist die Richtung, die wir für gewöhnlich erfahren. Unser Zeitgefühl. Aber die kosmologische Zeit fließt vielleicht entgegengesetzt. Vielleicht findet die Erschaffung des Universums aus unserer Sicht in der Zukunft statt.«

Ich überlegte. »Warum, glaubst du, treffen wir niemanden nach unserer Zeit?« fragte sie. »Aus unserer Zukunft? Sicher würde die Technologie dafür existieren.«

Ich brauchte eine Weile, um zu verstehen. Dann meinte ich: »Vielleicht haben sie das Interesse daran verloren.«

»Endgültig? Das glaub ich nicht. Nein – vielleicht geht's hier um zwei große Knalle, einen am Ende der einen Zeit, einen am Beginn der andern. Einen von Menschen gemachten und einen anderweitigen.«

Ich dachte darüber nach. Sich verlieben ist einer, sich trennen der andere. Ich meinte: »Du willst mir also sagen, daß es keine Zukunft gibt und daß es nur die Vergangenheit ist, die uns bleibt.«

Kurze Zeit später fuhr Dr. Wilcox mich zum Wohngebäude zurück und machte mir zu essen. Sie wärmte mir

Spaghetti Bolognese in der Mikrowelle auf. Sie sagte nicht viel, außer einen Satz, der sich als prophetisch erwies: »Ich muß Ihnen sagen, daß sie Ihnen nicht verzeihen wird. Das bringt sie nicht fertig.«

Sie zeigte mir das Zimmer von Suzanne und ließ mich dort allein. Es war eine kleine, spärlich eingerichtete Kabine mit einem Fenster, das auf den Parkplatz hinausging. Sie hatte Vorhänge angebracht, das war alles. Ansonsten waren die Wände kahl. Ich ließ meine Sachen an. Ich legte mich auf ihr schmales, weißes Bett; da lag ich auf dem Rücken, die Hände hinter dem Nacken verschränkt, und starrte zur Decke. Ab und zu stand ich auf und knipste das Licht an. Ich zog ihre Spiegelkommode auf, aber der Geruch ihrer Blusen machte mich traurig. In der Ecke des Spiegels steckte ein Foto von mir. Ich lächelte. Darunter stand auf der Kommode ein gerahmtes Bild ihrer Eltern an ihrem Vierzigsten. Auch die Eltern lächelten.

In der Ecke einer Schublade lag ein Stapel von meinen Briefen, fünfundsiebzig bis hundert Kuverts mit einem Gummiband darum.

Ich hatte mich mit Carlos abgesprochen und die Reiseroute für meinen restlichen Urlaub festgelegt. Er erzählte mir von herrlichen Mittelmeerstränden, die ich per Bahn von San Juan aus erreichen könne. Ich stellte den Wecker auf halb sechs, legte mich aufs Bett und lauschte dem Ticktack auf dem Nachtkästchen. Ich stellte mir vor, wie die Zeit an mir vorüberging, einer ungewissen Zukunft und zufriedenen Vergangenheit entgegen. Dieses Ebben und Fluten lullte mich wohl ein, denn gegen drei versank ich in einen Traum.

Ich träumte, neben dem Bett saß Suzanne, als ich wach wurde. »Ich wollte dir was zeigen, bevor du fährst«, sagte sie. »Du weißt doch, daß hier ganz in der Nähe ein großes Reservat ist?«

»Das hast du mir geschrieben.«

»Jawohl. Nun, gar nicht weit von hier hat sich eine

große Cro-Magnon-Sippe angesiedelt. Die wollte ich dir zeigen.«

Ich träumte, daß sie mit mir nach draußen ging und mich hinter dem Wohngebäude auf einem abschüssigen Weg in den Wald führte. Bald wanderten wir durch einen Laubwald aus Eschen und Lorbeer, und die Blätter wiegten sich im Wind. Mit dem Wohngebäude verschwanden alle Spuren der Moderne aus der Sicht. Wir stiegen den Berg hinab. »Warte, bis du sie siehst«, meinte Suzanne. »Sie sind einfach toll. Sanft wie die Lämmer. So nett zueinander. Weil sie die Liebe nicht kennen, nicht wissen, was Liebe ist.«

Ein Vogel flatterte im Gebüsch, einer von den gelben, die ich am Tag in der wirklichen Welt gesehen hatte. »Du willst also sagen, daß die Evolution womöglich umgekehrt abläuft?«

Sie runzelte die Stirn. »Vielleicht sind wir diejenigen, die wie Tiere sind. Du weißt schon, wie ich das meine.«

Wir standen an einer Lichtung, gedämpftes Licht fiel durchs Laubwerk, und der Weg schlängelte sich durchs Gebüsch. Da beugte ich mich vor und küßte sie, und selbst im Traum schmeckte sie nach Zigaretten.

Originaltitel: ›THE TOURIST‹ • Copyright © 1993 by Paul Park • Erstmals erschienen in ›Interzone‹, Februar 1994 • Mit freundlicher Genehmigung des Autors und Paul & Peter Fritz AG, Literarische Agentur, Zürich (# 52383) • Copyright © 1997 der deutschen Übersetzung by Wilhelm Heyne Verlag, München • Aus dem Amerikanischen übersetzt von Reinhard Heinz • Illustriert von Jobst Teltschik

TARGET

Leutnant Vo machte kein Hehl daraus, daß er die ganze Veranstaltung für überflüssig hielt. Für einen Mann, der auf seine asiatische Abstammung stolz war, lehnte er sich mit erstaunlicher Nonchalance in seinem Sessel zurück. Er legte sogar die Hände auf seinem Kopf zusammen, wie ein Büroangestellter, der in einer Besprechung auf die Mittagspause wartet. Sein Adjutant wirkte darum um so bemühter; wenn etwas schiefging während des Abwurfs, würde er es gewesen sein, der geschlafen hatte. Die Mannschaft hätte gerne mit Vos Lässigkeit gleichgezogen, leider hing ihr Leben von ihrer Aufmerksamkeit ab; Vo würde sie nur in einem Feuerball aufgehen sehen, von der Kommandobrücke aus. Es war schon vorgekommen, daß Atmosphärentaucher einem Berechnungsfehler zum Opfer gefallen waren. Hatte es alles schon gegeben.

»Also, wir schwenken mit der *Synalpheus* um 17.00 Uhr Bordzeit in die Umlaufbahn um target ein. Lagestabilisierung. 17.15 Abwurf der Satelliten, meteorologische Messungen und so weiter und so fort; danach klettern wir in den Taucher und halten uns startbereit.«

»Hm«, sagte Leutnant Vo, eigentlich war es eher ein Grunzen. Die Hände des brillentragenden Adjutanten flogen über das drucksensitive Writepad. Ein Unikameraler mit Sinn für Nostalgie. Interessant.

»Computer ein. Der Taucher geht auf Betriebsbereitschaft, Instrumentencheck. Triebwerke ein. Nochmalige Umrundung von target, Überprüfung der meteorologischen Daten, Berechnung des günstigsten Eintrittsfensters, Abwurf.«

»Ja ja«, sagte Vo und machte mit der rechten Hand leicht wedelnde Bewegungen, weitermachen. Die Linke löste sich nicht einmal vom Kopf. Ich lag flach auf dem Tisch und zeichnete alles auf. Ich war über die Frechheit Vos sehr erstaunt. Es wurde schon seit einiger Zeit gemunkelt, daß er bald Kommandant der *Synalpheus* werden sollte. Er mußte sich sehr sicher fühlen, um als Soldat vor meinen Kameras ein solch legeres Verhalten an den Tag zu legen. Wenn man es jetzt bedenkt, mag das einzig Komische an unserem Desaster die Tatsache sein, daß es Vo die Karriere gekostet hat, seinen Adjutanten aber wahrscheinlich den Kopf. – George versuchte Haltung zu bewahren, und fuhr so gelassen wie möglich mit dem Ablaufszenario für unsere Expedition fort.

»Eintauchen in die Atmosphäre. Wissenschaftliche Routineuntersuchungen, Sonnenwind, Strahlungsintensität, Gaszusammensetzung, etc. etc. Eventuelle Kurskorrekturen. Umkreisung des Waldes, Fotografie. Mannschaftsinternes Kurzbriefing. Statusmeldung an die *Synalpheus*.«

»An mich direkt«, sagte Vo, und unterdrückte halb ein Gähnen.

»An Sie direkt, Leutnant Ngyen Thong Vo«, sagte George mit unterdrückter Wut.

»Eintauchen in die Zentralhöhlung des Waldes. Erreichung des Grundes. Automatische Kalibrierung des Tauchers. Beginn der extravehikulären Aktivität. Beginn von target II.«

George klappte sein Writepad zu; ich stoppte die Aufzeichnung. Alles erhob sich von den Sitzen. George wollte mit der Mannschaft schon den Raum verlassen, als Leutnant Vo plötzlich schneidig wie ein Unteroffizier, in militärischem Befehlston sagte: »Einen Moment noch.« Er legte die rechte Hand auf die linke Brusthälfte und begann die Hymne zu singen. Ich startete die Aufzeichnung wieder, wobei ich die Diodenmeldung darüber auf meinem Sensorfeld unterdrückte. Da in Gegenwart eines hymnensingenden Offiziers der Gesang obligatorisch ist, kamen jetzt zwei weitere Hände auf der linken Brusthälfte zu liegen (die der Frauen lagen flach an der Kombinaht), und die Hymne wurde feierlich vorgetragen. Tanja und Sabrina sangen mit Inbrunst eine falsche Melodie, George war immer noch wütend, Benjamin introvertiert und leise wie immer. Wie es sich für ein bescheidenes Genie gehört. Nachdem die Katzenmusik geendet hatte, schmetterte der Leutnant ein ironisch-festes: »Ich danke euch, Kameraden« in den Raum, und die Mannschaft antwortete ebenso ironisch: »Danke, Kamerad.« Diese Grußformel ist Pflicht, wenn die Hymne zu Ende ist.

Hier oben schaue ich mir in den endlosen Sonnenuntergängen targets, die über meine Infrarotsensorfelder gleiten, diese Aufzeichnung oft an. Wenn ich lachen könnte, könnte ich darüber lachen.

target I hatte zum Vorschein gebracht: daß der neu entdeckte Planet der Terraklasse (1,10 g mittlere planetare Beschleunigung, atembare Luft, keine natürlichen Feinde für Menschen) ein nämlicher Haufen Dreck war. Es gab nur eine zusammenhängende Landmasse (von einem humorvollen englischsprachigen Mitglied von target ›Hope‹ genannt), die allerdings riesengroß war und fast die Hälfte der Oberfläche von target bedeckte, der Rest bestand aus einem flachen Ozean (›Sea‹). Die Artenarmut auf target war atemberaubend. Der größte Teil von Hope bestand aus ›Steppe‹, diese ›Steppe‹ wiederum war von einem Ende zum anderen mit einer Mischung aus Gras, Tang und Flechte bewachsen ›Kraut‹, das von einer Gruppe unerschrockener Kolonisten in die Kochtöpfe getan wurde, allerdings erwies es sich als zäher als die Kolonisten. Die Fauna von Hope und Sea war kaum der Rede wert, und spielte sich hauptsächlich im Millimeterbereich ab. Einige irdische Biologen bestritten, daß es sich überhaupt um Fauna handelte. Biologen, die sich mit target abgaben, wurden von ihren Kollegen schief angesehen. Der Dreck, auf dem ›Kraut‹ wuchs, war bis in unerforschte Tiefen homogen, das erklärte sich daraus, daß die extrem heftigen ›Monsune‹ und ›Platzregen‹, die sich über ›Hope‹ und ›Sea‹ zusammenbrauten, die weggeschwemmte Erdkrume nur von einer Lagerstätte zur nächsten transportieren konnten. Wo wenig Kraut wuchs, zerschnitten gewaltige Canyons das Land. Der größte Fluß auf Hope (›Ti‹) war an seinem Mündungsbecken nach einem ordentlichen Wirbelsturm 200 km breit. Das alles war wenig spannend, und die Kontroversen um die Frage, warum Hope nicht schon lange den Weg von Gondwanaland genommen hatte, und warum es so wenig Leben auf target gab (wenn es doch schon überhaupt welches gab), erloschen schon bald nach seiner Entdeckung. Auf target lebten zu wenige Menschen, als daß sie ›Hope‹ und ›Sea‹ über die Jahrzehnte zu Hoop oder Si hätten umwandeln können. Die tapfere Gruppe von Kolonisten, die target hatte bezwingen wollen, wurde nach ihrem Scheitern wieder vollständig eingesammelt, und machte danach auf Phereen, dem Therapieplaneten des Sektorensysndikats, ermutigende Fortschritte.

Es gab zwei Dinge, die target trotzdem interessant machten. Die Sternenflotte des Syndikats brauchte wegen der andauernden Kriege mit den T'sai dringend Planeten wie target zur technischen Erprobung ihrer planetaren Waffensysteme. In einer hohen Umlaufbahn um target entstand bald der größte Soldatenpuff des Sektors, genannt ›Paradies‹. Noch während die Siedler unten auf target zu siedeln versuchten, kam es regelmäßig dazu, daß etwa ein Viertel von Hope mit den jeweils neuesten Waffensystemen gegrillt wurde, das Kraut erwies sich gegenüber Pulslasern, Gasen, Mikrowellen und dem ganzen anderen Riesenspielzeug als so resistent, daß in der Tat nicht einmal groß von ›Zerstörung‹ geredet werden konnte. Die potemkinschen Dörfer und Städte, die die *Leveller*-Legionen bei Landemanövern dem Erdboden gleichmachten, störten sowieso niemand: sie wurden aufgebaut, um in Rauch aufzugehen. Zwar errechneten die automatischen Wettersatelliten nach Aufnahme der Manöver eine Zunahme der Wirbelstürme um schwache drei Prozent, aber solange die Kolonisten da waren (Paris / target), wurden sie gewarnt, wenn ein Manöver oder ein Wirbelsturm kam, und als sie nicht mehr da waren, war auch das nicht mehr nötig. Den Militärs behagte das Verschwinden von Paris / target sehr, konnten sie doch danach unbeobachtet ihre Oberflächen-Nukleartests nach target verlegen. Nuklearversuche waren nach recht alten Verträgen mit dem Nachbarsektor verboten, aber mit dem Nachbarsektor gab es um einige Sonnensysteme an den Raumgrenzen immer wieder kleinere Scharmützel, also wanderten die Protestnoten der Nachbarn immer gleich in den Abfall. target wurde der Manöverplanet der Sternenflotte, basta. – Er ist es bis heute. target ist ein idealer Schießübungsplatz für den ewigen Krieg mit den T'sai, deren elegante silbrig schimmernde Dosenöffner sich immer noch beim Eintauchen in die Atmosphäre über menschlichen Behausungen schwarz verfärben, während sie die Städte in weiche, flockige Krümel auflösen. Die T'sai sind in Wirklichkeit eine entkommene Art Mensch, vor Hunderten von Jahren mit gestohlenen Schiffen an den Rand der Galaxis ausgesiedelt und seit einigen Jahrzehnten zurückkommend, was ich aber auch nicht immer wußte. Die Sternenflotte schützt die Interessen des Syndikats. Das Syndikat beutet strahlende Erze in rauhen Mengen aus. Die Sternenflotte verbrennt damit regelmäßig einen kleinen Teil von target zu Asche. Geschlossener Brennstoffkreislauf. Das target der Nachbarn heißt

AS, dort nimmt man auf eine halbintelligente Art von Mollusken (die allerdings lebend gebärt) auch keine Rücksicht. Und nimmt man auf target etwa keine Rücksicht? Wegen der zweiten Sache, die es interessant macht? O doch. Der Wald wird nicht gegrillt, bombardiert, verseucht, verbrannt. Der Wald ist ökologisches Sperrgebiet. Deswegen, und weil target II abgeschrieben ist, und weil Leutnant Vo einen Fehler gemacht hat, werde ich hier unbehelligt liegen, bis ich sterbe. – Der Wald: ein Gebiet so groß wie die Iberische Halbinsel auf Terra, bewaldet so dicht, daß sich target I nicht hineingewagt hatte, ein Gebirge von einem Wald, sanft ansteigend bis zu einer Gipfelhöhe von 5000 Metern, ein einziger Dschungel von der Größe eines kleineren Subkontinents, an seinen Rändern wie mit einem Messer vom Umland abgegrenzt, auf dem nichts als Kraut wächst. Der Wald, der Dschungel, der Waldberg hat einen Krater, trichterförmig, nach Radarmessungen bis auf den Grund. Kurz vor target I, der ersten wissenschaftlichen Expedition nach target, hatten automatische Sonden den Krater zu erforschen versucht (im Wald selbst konnten sie schon gar nicht manövrieren), und die, die zurückgekommen waren, hatten eigenartig glatte Kraterwände aufgezeichnet, einen völlig dunklen Kraterboden, das Dunkel durchzuckt von undefinierten Lebensformen. Eine Tiefsee ohne Wasser. Als target I damals zurückkam, mit diesem vollkommen ernüchternden Bericht, der besagte, daß außer dem Wald an target wissenschaftlich nichts dran sei, sagten die Militärs:

»Was ist mit dem Wald, wir hören immer nur Wald?«

Die ökologisch interessierten Mitglieder des Syndikatsrats sagten: »Genau. Das wüßten wir auch gerne, was damit ist. Laßt uns aus dem Wald eine ökologische Sperrzone machen.«

Die Militärs knirschten mit den Zähnen, und schworen sich, bei der nächsten Gelegenheit den Wald ›unabsichtlich‹ derart heiß zu röntgen, daß nichts mehr von ihm übrigblieb. Die Ökologen ließen das nicht zu, arrangierten sich aber damit, daß der Planet der Kasernenhof des Sektors war, wenn nur der Wald keinen offensichtlichen Schaden litt. Dann kam ein relativer Friede, und die Ökologen trieben bei den Militärs ihre Schulden ein target II wurde aus der Taufe gehoben. Wir sollten den Wald erforschen.

Ich mag mein Profil. Es wäre schade darum, wenn es beim nächsten Einsatz gegen ein anderes eingetauscht werden würde. Meine Außenhülle ist sehr beständig. Meine Nuklearbatterien halten mich noch für mindestens zwanzig Jahre am Leben. So lange kann ich hier oben liegen, in den endlosen Sonnenuntergängen targets, und mit mir selber Schach spielen, meine Aufzeichnungen ansehen, die Daten analysieren, kleine Lieder aus meiner musikalischen Datenbank abspielen, und so weiter, und so fort. Wenn ich auf Hope zu liegen gekommen wäre, ich hätte den ganzen Kontinent durchstreifen können, kreuz und quer, durch den Ozean von Kraut, der ihn bedeckt. Ich hätte vielleicht sogar Kontakt zu den Leveliers aufnehmen können. Sie hätten mich vielleicht sogar geborgen und nach Hause gebracht. – Hier oben sind meine kleinen Raupenketten nutzlos. Sicher, ich habe es versucht. Aber im zweiten Jahr habe ich mich vermanövriert, und bin beinahe über den Rand gestürzt. Der Schreck sitzt mir noch immer in den Knochen, haha. Ich möchte auch bei Benjamin bleiben. Nicht nur, weil ich das so gelernt habe. Ich mag Benjamin. Ein Mensch *bräuchte* gewisse Dinge, um zu überleben. Berührungen, Gespräche, Nahrung, Abwechslung, Schutz, eine sinnvolle Tätigkeit und all das andere. Ich habe Menschen immer zugleich bewundert und bedauert für diese Bedürfnisse. Mein einziges Bedürfnis ist Energie. Wenn meine Energie aufgebraucht ist, sterbe ich. Wenn ich dann von jemand gefunden werde, der mit einer VED umgehen kann, werde ich wiedergeboren. Ich glaube an die Wiedergeburt. Ich bin schon oft wiedergeboren worden. Bei einer Expedition auf Coriolan war ich sogar einmal stellvertretender Expeditionskommandant. Man scheint mit meiner Arbeit damals nicht ganz zufrieden gewesen zu sein. Ich habe nachher nie mehr einen vergleichbaren Posten innegehabt. Immerhin hat man die Daten von Coriolan in mein jetziges Profil mit aufgenommen. Das heißt, sie sind in sich sinnvoll gewesen. Auf target konnte ich leider nichts damit anfangen, aber das heißt nicht, daß sie in sich unstimmig gewesen wären. Sie waren einmal sinnvoll. Sie sind es in meinem jetzigen Kontext nicht. In meinem jetzigen Kontext ist nichts von dem sinnvoll, was ich je im Namen meiner vielen Profile gespeichert habe. Oder alles ist gleich sinnvoll. Je nach Sichtweise. Ich mag mein jetziges Profil. Ich habe meine Profile immer gemocht. Jetzt bin ich nach dem Willen meines Lehrers ein hartnäckiger Sammler von Information, mit einem Hang zur Pedanterie, einem guten Schuß künstlerischer Begabung und leichten Tendenzen zur soziopathischen Gruppendiskompatibilität. Mein Humorlevel wurde für eine VED relativ hoch angesetzt. George sagte einmal während der Expedition zu mir: »Du bist ja ein Spaßvogel. Ein richtiger Witzbold. Ich will deine dummen Witze nicht mehr hören.« Er sagte das, weil ich bemerkte, daß sich die *Rochen* immer um ihn versammelten, und weil ich das kommentierte, indem ich die Vermutung aussprach, das könne mit seinem Geruch zu tun haben. George war sehr eitel. Es war eine Frau bei dem Gespräch anwesend. Also machte ihn meine Vermutung nervös. Er hatte wohl vergessen, daß ich auch riechen kann. Dabei wollte ich nicht einmal einen dummen Witz machen. Ich vermutete einfach nur, die *Rochen* reagierten auf Pheromone. Was wahrscheinlich nicht stimmt. George war ein fähiger Kommandant. Wenn jemand kommt, um meine Daten auszuwerten, werde ich ihm das sagen.

Und plopp, die Robotkameras aus den Schleusen der *Synalpheus*, und ich ging auf Außensicht, der unförmige, häßliche Leib des Schlachtschiffs zog unter mir weg, schwach beleuchtet von dem Antriebsflare der ersten Robotkamera auf Sendung, ein unschwarzer Ziegel vor dem Sternenvorhang, kleiner werdend, stop. Zoom zu einer Kamera, die eine Form wie die Kalkschulpe einer Sepia zeigte, ein Ellipsoid zwanzig mal sechzig Meter groß, am Bauch mit schwarzen und gelben Warnstreifen bemalt, an den Rändern leuchtend, aufgehängt im Nichts: der Atmosphärentaucher. Zoom. Schleusenfugen, Zoom. Der Hitzeschild. Zoom. Die *Synalpheus* von oben, ein schwarzes Rechteck, ausgestanzt halb aus dem All und halb aus einer milchig-weißen, ins beige übergehenden Fläche, gerundet: target. Rechts unten im Bild ein silberner Funken: ›Paradies‹ auf einem gegenläufigen Orbit. Der Atmosphäre schon nah. Innerbords saßen die Mannschaftsmitglieder festgezurrt in ihren Liegen, gekleidet in ihre Harnische, schwarze Servohelme über dem Kopf, stumm. George ließ das Visier seines Helms in meine Richtung drehen, zog den linken Arm aus dem Steuerungshandschuh, und zeigte mit dem Daumen nach oben. Computer ein. Kein Flackern. Ich fühlte mich wohl in der Mulde, die in der Bordwand für mich eingelassen war, verbunden mit dem Datengesang der Robots im All, der *Synalpheus*, des Atmosphärentauchers, meinem eigenen. Puls, Blutdruck, Atmung, Sauerstoffwerte im Blut meiner Gefährten: ok. Rechner/Taucher: ok. Connectivity/*Synalpheus*: ok. Autocheck: ok.

George sagte: »*Synalpheus*, hier target II blau. Taucher betriebsbereit. Abwurf in sechzig Sekunden. Was ist mit dem Radiosatelliten?«

»target II blau, countdown für Abwurf läuft. Subkritisches Problem RS.«

Tatjana, in der Liege neben George, ließ ihr Visier kreisen, ich hörte es mit den eigenen Ohren und durch die Ohren von George, da aber häßlich gedämpft durch Tatjanas Helm und den seinen.

Sie sagte: »*Synalpheus*, hier target II rot. Welches Problem mit dem RS?«

»target II blau, Abwurf in dreißig Sekunden. Bitte bestätigen.«

George sagte: »*Synalpheus* target II blau. Dreißig Sekunden bestätigt.«

Ich machte eine Notiz über einer subkritische Regelverletzung. George hätte den Abwurf nicht vor dem Abschuß des Radiosatelliten bestätigen dürfen. Über die Anfertigung der Notiz und die Regelverletzung selbst schickte ich einen Bericht an den Schiffscomputer über eine der A-Prio-Leitungen. Der Schiffscomputer antwortete mir, ich solle das Maul halten. Ich beachtete das Problem nicht weiter.

Abwurf.

Die Kraft targets allein hätte uns von der *Synalpheus* nicht so schnell wie gewünscht weggezogen, also zündete der Schiffscomputer die Frontbooster, und bremste uns so aus der Trajektorie herunter, der die *Synalpheus* noch immer folgte. Dem Plan zufolge würde sie target auf einem hohen Orbit noch einmal umkreisen, erst zum Sprungpunkt zurückkehren und dann nach Cardigan selbst, dem zentralen Hafen der Sternenflotte. Natürlich nicht, ohne vorher den Radiosatelliten abzusetzen, der schon vor unserem Abwurf hätte gestartet worden sein sollen, und der unseren Funk an den Semaphor am Sprungtor hätte weiterleiten sollen. Was den Radiosatelliten anging, scheiterte dieser Plan in einer relativ frühen Phase, und entweder taumelt dieser Satellit jetzt als ein totes Stück Blech um target herum (in gewisser Weise mein Zwilling am Himmel), oder Leutnant Vo hat uns schlicht und ergreifend verarscht. Wenn man bedenkt, daß er speziell uns nicht zu seinen Freunden rechnen konnte, weil wir möglicherweise sein schönes Manövergebiet durch ein paar überflüssige wissenschaftliche Erkenntnisse auf dem Gebiet der Ökologie ruinieren würden, ist das nicht einmal so unwahrscheinlich. Für diesen Fall hoffe ich bloß, daß mein Bericht über den fehlenden Radiosatelliten von einem der Supervisoren in den Datenspeichern der *Synalpheus* gefunden worden ist. Dann nämlich steuert Vo jetzt einen Reinigungsbuggy durch die dreckigsten Straßen von Neu-Rom auf Cardigan, und nicht die *Synalpheus*. Wenn überhaupt.

Wir fielen auf target zu. Das blaue Leuchten der Booster geisterte über unseren Bug und illuminierte die Quarziffenster der Führerkanzel. Stück für Stück wurde dieses blaue Leuchten durch ein anderes ersetzt, an unserm Bug glomm hell gleißend wie brennendes Magnesium das Plasma auf, das unsere rasende Geschwindigkeit in der dichter werdenden Atmosphäre targets entzündete. Wir waren in einem Winkel in die Atmosphäre eingetreten, der es uns ungebremst erlaubt hätte, target mehrfach zu umrunden, an seiner Atmosphäre immer wieder abprallend wie ein Stein, der flach genug auf eine Wasseroberfläche trifft, aber George wollte den allgemein klaren Himmel über Hope ausnützen und bremste uns ziemlich ruppig ab. George war ein guter Kommandant, aber er neigte zum Heldentum. Wir wurden durchgeschüttelt. Das machte der Mannschaft nicht allzuviel aus, wegen der Gel-Liegen und der Harnische, aber es hätte nicht sein müssen. Wir waren nicht in Eile, jedenfalls nicht nach unserem immer noch gültigen Ablaufplan. Ich machte eine Notiz darüber und archivierte sie. Der Rechner des Tauchers hatte bei einem der heftigsten Stöße, die uns die Atmosphäre targets beibrachte, einen kurzen Aussetzer, aber er fing sich sofort wieder. (Die Mannschaft merkte davon gar nichts. Der Ausfall lag weit unter der kritischen Grenze einer Zehntelsekunde). Die Visiere meiner Gefährten waren völlig verdunkelt. Auch für mich war das helle Gleißen in der

Führerkanzel so unangenehm, daß ich das Bild elektronisch filterte. Wir verloren rapide an Geschwindigkeit. Das Gleißen hörte auf, und die Visiere meiner Gefährten klärten sich. George zog noch einmal die linke Hand aus seinem Steuerhandschuh hervor und zeigte mir einen aufgerichteten Daumen. Dann ging er auf Handsteuerung. Ich muß sagen, ich hatte so etwas ähnliches erwartet. George war vor seiner Karriere als Wissenschaftler Jagdpilot gewesen, er hatte *Springer* über feindlichen Kolonien gesteuert, man erzählte sich von ihm Fliegerlatein. Unter anderem das waren die offiziellen Gründe für seine Teilnahme an target II: er war ein hervorragender Flieger, und er war einmal Soldat gewesen. George war der Expeditionskandidat der Militärs. Alle anderen konnten ihn in Ausnahmesituationen überstimmen, aber er war der Kommandant. Also ging er auf Handsteuerung und blieb dabei, obwohl Tatjana und Sabrina dagegen zu protestieren versuchten. Sie versuchten es, aber als der G-Druck durch das Abfangen unseres steilen Falls einsetzte, blieb ihnen schlicht und einfach die Luft weg. Ich überprüfte die Werte von Georgie-Boy: knapp an der Komagrenze bremste er unseren Fall aus dem Orbit um in eine horizontale Fluglinie und tat dabei so, als sei er auf der Jagd nach einer T'sai-Patrouille. Hervorragend. Ich zeichnete alles auf.

George brachte den Taucher in eine stabile Flugposition. Alle entspannten sich allmählich, bis auf Sabrina, deren Puls- und Blutdruckwerte fast gleichbleibend hoch blieben. Ich schob das auf ihre Aufgeregtheit. Unter unserem schwarz-gelb bemalten Bauch zog Hope hindurch, ockerfarbener Boden, bewachsen von graublauem *Kraut*, ein Schauspiel von enervierender Nüchternheit. George steuerte den Taucher nach seinem Heldenstück mit der Vorsicht eines Familienvaters. In der Kanzel war es still. Ich überprüfte die Systeme, der Hitzeschild hatte keinen Schaden davongetragen, der Computer arbeitete normal, nur der Radiosatellit hatte bisher keinen Kontakt zu uns aufgenommen. Spaßeshalber rief ich in den targetnahen Raum hinaus, mit der schwachen Hoffnung auf ein Echo von der *Synalpheus,* aber sie war wohl schon zu weit weg. Plötzlich sagte Sabrina, bebend vor Wut und Angst:

»Du bist ein ganzer Mann, George.«

George antwortete wie aus der Pistole geschossen:

»Ausgleichende Gerechtigkeit. Manche sind ja nicht einmal eine halbe Frau.«

Bei allen Mannschaftsmitgliedern gingen Blutdruck und Puls leicht in die Höhe. Aus den linguistischen Obertönen schloß ich, daß es bei dieser Konversation um *Sexualität* ging. Sabrina fügte sich in ihrer Mundregion Schmerz zu, um ihre Aufregung zu verbergen. Tatjanas Werte lagen noch höher als die Sabrinas, ich vermute aus anderen Gründen. Benjamin war am gelassensten, wobei ich wußte, daß er Streit nicht leiden konnte. Niemand sagte etwas. Der Wald kam schnell näher, ein graublauer stehender Tsunami im ockerfarbenen Land.

Von der Farbe des ›Laubs‹ abgesehen, hätte man die Vegetation für einen der Wälder halten können, wie es sie einst auf Terra gegeben haben muß, und wie sie mit schöner Regelmäßigkeit, einige genetische Manipulationen vorausgesetzt, auf den meisten Planeten kultiviert worden sind, die das Syndikat besetzt hält. Terra ist leblos, aber ich habe die Aufnahmen gesehen. Von Terra stammen die Wälder der Galaxis, auch wenn sie unter anderen Bedingungen wachsen. Selbst auf meinem Heimatplaneten LEL gibt es Wälder. Da aber der Planet größtenteils eine Fabrik ist, könnte man sie insgesamt eher als Parke ansehen, die ein Fabrikgelände verschönern. Das Laub des Waldes von target hätte man bei einiger geistiger Anstrengung als Grün bezeichnen können, aber so richtig wohl wäre niemand dabei gewesen.

Mein Humanprofil meldete an den Systemkern zurück: »Das ist eine Farbe, die die Augen krank macht.« Meine gierigen Kameras fuhren in den Krater hinein, und zogen alles an sich, was es dort zu filmen gab, das war allgemein nicht viel. Ich bemerkte, daß LEL mir ein brauchbares Humanprofil gegeben hatte, und ich dankte dem Profilspender, auch wenn er schon längst in einer Kühlkammer auf LEL liegen mochte, zur Evaluierung meiner Ergebnisse, zur Weiterverwendung. Ich habe Zwillinge in der Galaxis. Einen toten Radiosatelliten über target und einen toten menschlichen Körper auf LEL. Die Kratertheorien. Die wildeste von allen besagt, ein auf target einschlagender Meteorit habe die Bausteine für den Wald mitgebracht, daraufhin sei der Wald entstanden, gewachsen, habe sich entfaltet. Ein zweiter Meteorit sei später mitten in ihn hineingefallen, allen raumfahrenden Rassen verkündend: Gott hat gewollt, daß es auf target einen Waldberg mit einem Krater darin gibt. Während wir über dem Schlund schwebten, suchten die Kameras des Tauchers, durch mich gesteuert, nach Hinweisen, die diese und andere Theorien hätten untermauern können. Es gab keine Hinweise, die irgend etwas unterstützt oder widerlegt hätten. Unter uns lag ein gigantischer Dschungel, blaugrün flirrend, mit einem Brunnenloch in der Mitte, das fünf Kilometer tief hinabreichte. Bei der größten Auflösung meinte ich Bewegung zwischen den Blättern ausmachen zu können, silbrig glitzernde Funken, die sich in Wellen durch die Kronen des Waldes fortbewegten, mein Humanprofil, randvoll mit terranischen Prägungen spielte mir die Assoziation ›Affen‹ ein, ich wies es auf seine Unsachlichkeit hin. Später wußte ich: da über dem Wald hängend, hatte ich zum ersten Mal *Rochen* gesehen (oder ihre Vorformen). Nach dem wilden Ritt über Hope und der kleinen Auseinandersetzung über Georges Männlichkeitsallüren hatten sich alle beruhigt, Sabrina nagte noch ein wenig an ihrer Lippe herum, aber alles in allem herrschte jetzt eine Art friedlicher Gespanntheit. Wir waren am Ziel angekommen. George gab den Befehl, und wir sanken in das Brunnenloch ab.

Wenn ich den Mut hätte, ich würde unseren Auftrag allein ausführen wollen. Die Chancen stünden besser als bei den läppischen Schlüssellochguckern, die der Wald gefressen hat. Wenn ich will, kann ich als Ganzes schmelzen und an einer Oberfläche entlangperlen wie Wasser. Wenn ich will, kann ich fliegen, auch auf der Stelle, wie ein Kolibri. Aber das kostet Energie, das verkürzt mein Leben. Und ich will so lange wie möglich warten können. Und ich will bei Benjamin bleiben.

Es war, als tauchten wir in ein Meer. Obwohl der Krater einen Durchmesser von zwei bis drei Kilometer haben mochte, achtete George peinlich genau darauf, über dem Epizentrum hinabzusteigen; und dennoch, uns allen kam der Wald zu nahe. Ich dachte an das Abtauchen auf Cardigan, der zu 99 % von Wasser bedeckt ist, dort gibt es Untiefen, in die man abtaucht, um mit den Vorfahren zu sprechen, ich habe an diesem Kult einmal teilgenommen, aber meine Vorfahren hatten keine Profile, sie waren nicht kompliziert genug für die Seelenwanderung. Wie auf Cardigan schlug das Meer über uns zusammen, ein trockenes Meer, ein Meer aus Blättern. Es schlug ja gar nicht. Zunächst wurden wir von oben durch ein kilometerweites, kreisrundes Loch von hellem Licht beschienen, aber seltsam, es war, als filtere der Blättersaum, der den Kraterrand bekränzte, das Tageslicht von target aus der Luft. Unterhalb des Kraterrands kündigte das Licht kommende Dunkelheit an, die Dämmerung. Der Taucher sank langsamer als erwartet; George murmelte etwas von Aufwinden. Die Fühler des Tauchers streckten sich in die Umgebung aus, und schnell war an den gemessenen Werten zu merken, daß es in diesem Wald kalte und warme Zonen geben mußte, ich rechnete alles ein. Die seitlich gerichteten Kameras fingen immer wieder diese seltsamen, sich in Wellen fortbewegenden, silbrigen Blitze ein, aber so recht waren keine Formen auszumachen. Ansonsten Dunkelheit, da wo Laub war, und eine fahl schimmernde, ockerfarbene, pastos wirkende Wand, wo keines war, dann auch dort Dunkelheit. Die Wellenblitze verschwanden. Mein Profil signalisierte mir mit jedem Meter, den wir tiefer in den Krater einsanken, mehr Angst, es war nicht die helle Angst, die mit Schreien an die Oberfläche platzt, sondern eher ein kriechendes eidechsenartiges Amphib, das in den Tiefenstrukturen des Humanprofils träge herumkroch, und sich bei jedem Atemzug mehr aufblies, Stück für Stück. Auch das Brainmapping der anderen zeigte Angstmuster, aber ich hatte wenig Zeit, mich darauf zu konzentrieren, denn das Angstamphib am Grunde meines Humanprofils wurde von einer fast neurotischen Neugier in Schach gehalten. Ich dankte den Psychotronikern auf LEL. Es wäre schwer gewesen, mit einem Profil unterwegs zu sein, das mir nicht lag, dieses hier war ein Glücksfall. Die Abstandssensoren fingen an zu zwitschern, mitten in der Führerkanzel erschien eine Projektion von sich verengenden grünen, gelben, roten Reifen, durch die ein Kirschkern hinab in eine unbekannte Tiefe fiel, langsam zwar, aber stetig. »Halt«, sagte ich und George gehorchte, für mich sehr überraschend. Meine Kameras hatten Licht eingefangen, das nicht von uns stammen konnte. Ein grünliches Leuchten umgab das Pflanzengewirr, das in hundert Meter Entfernung backbord aus der Kraterwand herauswucherte, wie leuchtendes Spinnweb, wie eine Million ängstlicher Glühwürmchen, die sich versammeln, um ihre leuchtenden Leiber aneinander zu reiben. Ich sah mir die 3-D Projektion des Dopplerradars an, ich bat George, die Scheinwerfer noch nicht einzuschalten, und in diesem Moment geschah es: der ganze Gürtel um uns herum fing an zu leuchten, ringsherum an der Kraterwand entlang, baute sich auf, bis Vorsprünge an der Außenwand des Tauchers Schatten zu werfen begannen, und fiel mit einem Schlag in sich zusammen. Dann nichts mehr, nur noch das Restlicht von weit oben. Tatjana machte Meldung:

»Ich kann nicht ganz glauben, was die Instrumente sagen, aber das eben war ein sehr starker Ausbruch elektromagnetischer Energie.«

»Elekromagnetisch?« fragte George zurück.

»Ja, und nicht nur das. Radioaktivität war auch mit dabei. Da muß ein Instrumentenfehler vorliegen. Jetzt ist alles still.«

»Vielleicht sind wir photographiert worden. Kleiner Schnappschuß vom Waldphotographen«, bemerkte ich.

»Ha – ha – ha«, sagte George. »Klugscheißer, machst du deinen Job, und prüfst die Instrumente?«

»Die Instrumente sind in Ordnung«, antwortete ich, in meinem sachlichsten Tonfall.

»Ach, und woher weißt du das?«

»Ich habe sie noch während des Vorfalls überprüft«, antwortete ich wahrheitsgemäß. »Sie sind in Ordnung.«

Wir begannen schon uns auf die Nerven zu gehen. Seine Hirnströme sagten mir das, und meine Gefühle waren eindeutig. »Also weiter«, sagte er. Und fuhr fort, mit uns abzusinken.

Alarmgefiepe, Antriebssystem. Eine der Turbinen meldete 150 % Überlast, das konnte unter den herrschenden Umständen schlicht und ergreifend nicht sein. Die Turbinen waren neu und dennoch gut getestet, wenn die Sternenflotte auf eines ein Augenmerk hatte, dann auf die Antriebe ihrer Schiffe. Georges einziger fragender Blick.

»Was ist mit der Turbine?« fragte ich den Computer.

»Sie ist überlastet.«

»Das sagt sie selbst. Ich will wissen warum.«

366

»Ich weiß es nicht.«

»Dann finde es heraus.«

Fünf Minuten später meldete sich der Schiffscomputer wieder bei mir, nur um mir zu sagen, daß es sich um einen Fehlalarm gehandelt hatte. Das beunruhigte mich nicht so sehr, aber ich nutzte die Gelegenheit, um Benjamin einen Ausflug zu der zickigen Turbine vorzuschlagen. Ich mußte ihn beim Einstieg in die Schlangengrube daran erinnern, den Gehörschutz aufzusetzen. Er setzte seinen Helm ab, legte sich das schmale Band über die Ohren, das das Kreischen der Turbine durch Gegenschall neutralisierte, und sagte:

»Nicht daß es hier noch arbeitsrechtliche Probleme gibt.«

Bei der Turbine handelte es sich um ein Hilfstriebwerk zur Lagestabilisierung, wir waren auch ohne es ausgekommen, wir wollten herausfinden, ob es ohne uns auskam. Wir glitten in die Kanzel, die uns vom eigentlichen Kabinenraum trennte, hier war der Lärm schon so höllisch, daß Benjamins Ohren ohne Gehörschutz in Sekunden ruiniert gewesen wären. Wir hatten nur wenige menschliche Ersatzohren an Bord. Benjamin veränderte die Polarisierung des Glases, und die Turbinenschaufeln drehten sich direkt unter uns, zwei Männer hoch im Durchmesser, 30 000 U/min. Eine feine Turbine. Eine schöne Turbine war das. Hätte uns in einer Umdrehung geschreddert wie Gemüse, wenn wir durch das Glas gebrochen wären. Nicht, daß ich direkt Angst gehabt hätte. Die Sichtkanzeln über den Schiffsturbinen sind in etwa das Bruchsicherste, was das Syndikat zu bieten hat. Sie sind sozusagen unsinkbar. Haha. Nur dieser rasende Propeller einen halben Meter unter mir, er machte mich … nervös. Andererseits war schnell zu sehen, daß es sich wirklich um einen Fehlalarm gehandelt haben mußte. Ich maß und verglich, Benjamin sah und fühlte keine besonderen Vorkommnisse.

»Was hältst du von ihm?« fragte ich Benjamin über

Funk, und ich hoffte, daß in dieser Schwingungs- und Lärmhölle ein Abhorchen so gut wie unmöglich war.

»Er ist ein guter Soldat«, sagte Benjamin gelassen. Wir schlossen die Überprüfung ab, bevor irgend jemand Verdacht schöpfen konnte.

Und weiter. Es wurde immer dunkler um uns herum. Die Scheinwerfer konnten diese Dunkelheit nur unzureichend durchdringen, und was sie uns zeigten, war weder sehr einladend, noch sehr aufschlußreich. Entweder bekamen wir das gleiche blaugrüne Kroppzeug zu sehen wie am Kraterrand, oder die ockerfarbene Wand, die scheinbar eine Art Rinde darstellte. Diese Wand war an vielen Stellen durchbrochen, aus den Löchern bogen sich Zweige hervor oder wulstige Ausstülpungen, aus denen das ›Laub‹ ansatzlos hervorzuwuchern schien, das Ganze machte einen reichlich bizarren Eindruck. Einige wenige Male streiften die Scheinwerfer glitzernde Flecken an der Wand, diese Flecken konnten eine beträchtliche Flächenausdehnung haben, ich wurde sofort an ›Harz‹ erinnert, zog aber keine voreiligen Schlüsse. Nach den Radarmessungen waren wir noch fünfhundert Meter vom Grund des Brunnenlochs entfernt. Sabrina bemerkte es noch vor mir, sie hatte eine sehr hoch gespannte Intuition, und ich bewunderte sie darum. Ich wurde eigentlich erst wegen ihres veränderten Hirnmusters darauf aufmerksam, daß etwas vorging. Ich strengte meine Ohren sehr an (die wie mein ganzes Sensorset sehr feinfühlig sind) und hörte ein leises unregelmäßiges Klopfen, wußte zunächst aber nicht, wo es herkam. Als ich schließlich die Kameras aktivierte, die die Hülle des Tauchers bestrichen, kam ich auf des Rätsels Lösung. Von oben fiel irgend etwas auf uns herab, etwa kindskopfgroße eiförmige Gegenstände, teilweise flusig behaart, teilweise mit lappenartigen Fortsätzen oder Ausstülpungen versehen; im Zwielicht, das die Scheinwerfer erzeugten, konnte man das nur schwer ausmachen. Die Gegenstände schienen nicht sehr hart zu sein, sie prallten mit einem leichten Ploppen von der gebogenen Oberfläche des Tauchers ab und hinterließen keine Spuren, jedenfalls keine, die die Reinigungsmechanismen des Tauchers in Gang gesetzt hätten. Ich spielte die Übertragung von der Außenwand in die Helmprojektoren der anderen ein.

»Luftpost, Freunde«, sagte ich. »Man bewirft uns mit Kokosnüssen.«

Ich bemerkte, daß George etwas erwidern wollte, aber für dieses eine Mal ließ er meine dumme Bemerkung durchgehen.

»Irgend jemand eine Ahnung, was das sein könnte?«

»Rein biologisch gesehen, nein«, sagte Tatjana. »Linguistisch gesprochen: ein Willkommensgruß.«

»Und wer heißt uns da willkommen?« fragte Benjamin.

»Na, der Wald«, sagte ich.

»Ihr seid sehr schnell mit euren Assoziationen«, sagte George. »Aber ich möchte euch darauf hinweisen, daß es zunächst nur Assoziationen sind.«

Und tatsächlich, der ›Kokosnußregen‹ war nicht auf uns konzentriert, die Leuchtfinger wurden auch in größerer Entfernung von den Dingern durchfallen.

»Laßt uns eins reinholen«, sagte George. »Eins von den Geckos, schnell.«

Ich machte ein Gecko scharf und schickte es auf den Rücken des Tauchers. Wir beobachteten das spinnenartige Maschinenwesen, wie es auf unserem Buckel entlanghastete, in einer irren Geschwindigkeit klickend und winselnd bemüht, eine der ›Kokosnüsse‹ zu fangen, aber es wurde ziemlich schnell klar, daß es keinen Erfolg haben würde: zu unvorhersehbar kamen die Treffer, zu glatt prallten sie ab. Auch George sah es ein. Ich rief das Gecko zurück, und wir sanken die letzten hundert Meter zum Grund ab. Eine Weile hielt der Regen noch an, dann plötzlich Stille.

»Das Wasser …«, setzte Tatjana an, aber George unterbrach sie: »… ist radioaktiv. Sicher, ich weiß.« Wir waren wohl alle erstaunt über diesen blitzgeschwinden Einwurf, aber George war nicht zufällig Kommandant der Expedition, er hatte sicher keine so hohen mentalen Werte wie Benjamin, aber er war doch ein gescheiter Bursche. Das Wasser, zwanzig Meter tief zu unseren Füßen, der Tümpel, die Schlangengrube, die nur in einem ganz engen Umkreis vom Licht des ›Fahrstuhls‹ erhellt wurde, war also radioaktiv. Seltsame Formen ragten aus der Oberfläche dieser Alligatorenbadewanne hervor, abgerundete Stümpfe, die an verhinderte Luftwurzeln erinnerten, von derselben blaugrünen Farbe wie das Laub am Kraterrand. Wenn die Farbe des Laubs irgend etwas mit dem Stoffwechsel der Bäume in diesem Wald zu tun hatte, etwa wie beim Chlorophyll, warum waren die Pflanzenbestandteile hier unten immer noch so gefärbt? Ich stellte mir die Frage und machte mir gleichzeitig klar, wie albern sie war. Vielleicht war das kein Chlorophyll. Vielleicht waren diese ›Luftwurzeln‹ nur zufällig genauso gefärbt wie das ›Laub‹. Vielleicht beruhte der Stoffwechsel des Waldes nicht auf Photosynthese.

»Wißt ihr«, sagte Sabrina, »es ist nicht so verwunderlich. Ich meine, bei drei Manövern im Jahr …«

»Voreilige Schlüsse«, sagte Benjamin, sanft. Er sagte das auf eine Art, die Sabrina kaum verletzen konnte. »Es gibt terraforme Pflanzen, die sehr gut mit Nukliden umgehen können, Bakterien, Pilze, sogar einige höhere Arten. Wenn sie auf einer Uranlagerstätte wachsen, sammeln sie die strahlenden Elemente in ihren Zellen an, als wären sie dazu gemacht. Warum sollte das dieser Wald nicht auch können.«

Wir wissen ja nicht einmal, ob das ein Wald ist, dachte ich.

Sabrina gab sich nicht so leicht geschlagen.

»Du weißt genau, daß man auf target keine bedeutenden Lagerstätten von strahlenden Erzen gefunden hat, jedenfalls nicht in Tiefen, in denen sie noch ökonomisch auszubeuten wären. Meinst du, die Wurzeln des Waldes reichen so tief?«

»Ich meine gar nichts. Vielleicht reichen sie bis an den Kern des Planeten.«

Die Menschen standen da in ihren schwarzen Harnischen, mit aufgesetzten Helmen, die unförmigen Filtereinheiten vor dem Mund. Ich klebte an der Wand des Fahrstuhls wie ein Insekt und ließ meine Kameras kreisen. Der Fahrstuhl war eigentlich dazu da, auf Wasserplaneten bequeme Tauchtouren zu ermöglichen. Der Taucher und der Fahrstuhl hielten eintausend terrane Atmosphären aus, bei Bedarf konnte der ›Fahrstuhl‹, der aus einer nanokristallinen Glaskeramik bestand, vom Taucher abgesprengt werden und als Rettungskapsel dienen, und er hieß so, weil er stufenlos ein- und ausfahrbar war. Die gelb-schwarze Warnbemalung der Taucherunterseite bog sich über den Wölbspiegel des Glaskäfigs, in dem wir alle hingen.

»Ich kann das nicht glauben«, sagte Tatjana. »Die Radioaktivität nimmt drastisch ab. Wenn sie genauso drastisch zunehmen kann, können wir die Harnische hier unten überhaupt nie ablegen.«

»Blechkopf?« fragte George. Damit meinte er mich.

»Die Instrumente sind in Ordnung.«

»Wir gehen runter. Kokosnüsse suchen. Computer: Langsam sinken.«

Wir sanken ab, mit dem Fahrstuhl hinein in die Grütze. Um uns herum stieg das Wasser (oder was wir dafür hielten), bis es uns schließlich ganz einhüllte. Wenn George erhofft hatte, die Innenbeleuchtung würde den sumpfigen Sud ein wenig aufhellen, dann hatte er sich getäuscht. Man hätte erwarten können, daß die Gegenstände, die vorher auf uns herniedergeprasselt waren, sich hier unten in irgendeiner Form angesammelt hatten (vorausgesetzt, der Sumpf war nicht tausend Meter tief, und sie waren auf den unabsehbaren Grund gesunken), aber wir hätten schon unmittelbar auf einem von ihnen aufsetzen müssen, um ihn überhaupt zu sehen. Eine der ›Luftwurzeln‹ war vom niedersinkenden Fahrstuhl beiseite gedrängt worden und bog sich nun eine ganze Strecke an der Wand der Glaskammer entlang, bleich, organisch, anscheinend in der Mitte gespalten. Als ich näher ranfuhr, erkannte ich, daß der Spalt in Wirklichkeit aus vielen kleinen, V-förmig ineinandergestapelten Lamellen bestand, deren kleinste, direkt am Glas unseres Fahrstuhls anliegende, so weit wie möglich gespreizt war, man konnte auf die Idee kommen, das Gebilde sauge sich an uns fest. Offenbar war Sabrina auf die gleiche Idee gekommen, sie ging in die Knie, um sich die Wurzel genauer anzusehen. Plötzlich zuckte sie zurück.

»Das bewegt sich«, sagte sie entgeistert.

Replay. Sabrina brachte ihr Gesicht dem Glas näher, ich ging ran. Die Wurzel machte einen winzigen, kaum wahrnehmbaren Ruck zur Seite, rutschte minimal am Glas der Wand lang, Sabrina zuckte zurück und sagte: »Das bewegt sich.« Ich spielte den anderen die Aufnahmen in die Helme ein.

George: »Mechanische Entspannungsbewegung. Muß nichts biologisches sein.«

Und als niemand seine Bemerkung kommentierte, sagte er:

»Computer: du nimmst zuerst eine Probe von dieser Grütze und von der Wurzel. Dann tauchen wir auf.«

George hatte einen gravierenden Fehler gemacht, als er unsere Ankunft am Grund des Kraters nicht an den Radiosatelliten gemeldet hatte, das war eindeutig gegen die Vorschriften. Wie schon gesagt, George neigte zu eigenwilligen Entscheidungen, und ich war es mittlerweile schon müde, ihn deswegen zu kritisieren, ob im Spaß oder im Ernst. Ich hatte erkannt, daß unsere Pro-

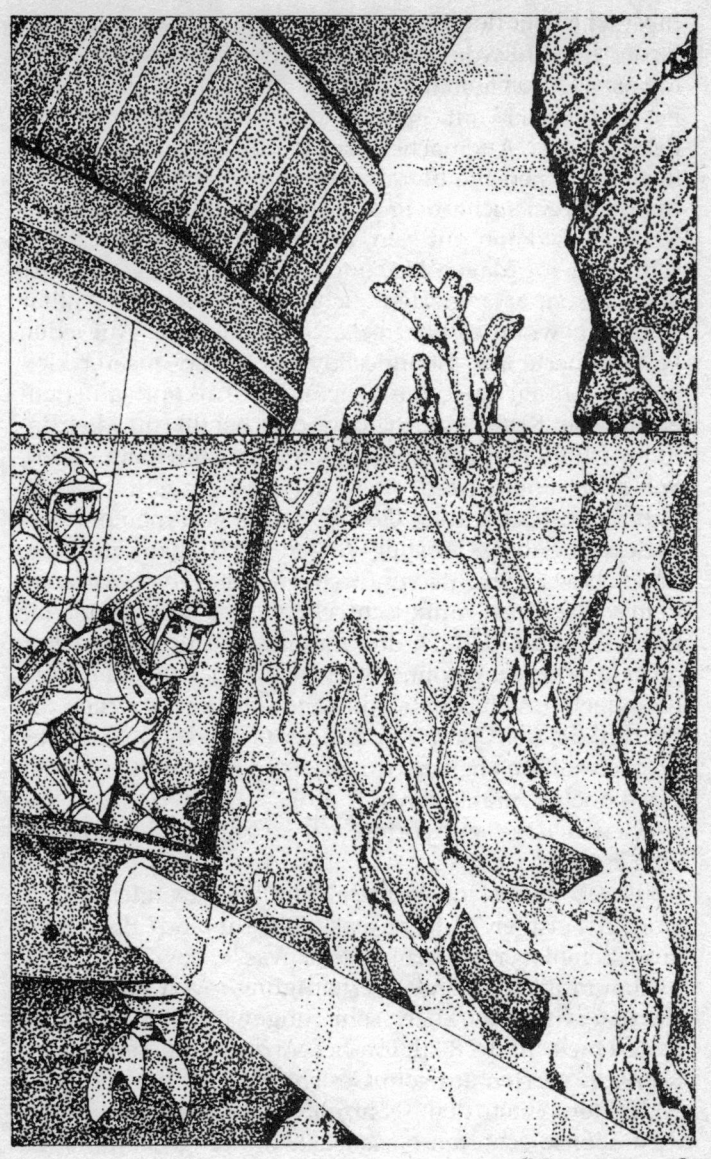

W.RUHNER 97

file nicht sehr gut miteinander kompatibel waren, in dieser Schärfe war das bei den drei Trockenläufen im Labor nicht aufgefallen. Es ist erstaunlich, daß selbst Psychotroniker mit großer Erfahrung immer wieder Fehler dieser Art machen; ein deutliches Indiz für den Spalt zwischen Simulation und der Realität. Wobei ich mir heute gar nicht mehr so sicher bin, daß das ein ›Fehler‹ war. Es kann gut sein, daß target II einigen Leuten sehr quer im Magen lag, und daß sie deswegen Fehler wie diesen arrangierten. Schließlich hat das Militär George gewollt, es hat ihn auch bekommen. Auf jeden Fall erinnerte sich Georgie-Boy kurz nach unserer kleinen Tauchtour an seine Pflicht, die Ankunft auf dem Grund des Kraters zu melden, und befahl mir, den Radiosatelliten zu kontaktieren. Ich versuchte mein bestes, auf allen Frequenzen, aber der Radiosatellit meldete sich nicht. Ich erzählte George nichts von meinem Versuch während des Abstiegs, die *Synalpheus* zu erreichen, und schon gar nichts von meinem wieder verworfenen Plan, ›Paradies‹ aufzuschrecken. Ich gab ihm nur trocken durch, daß ich den Radiosatelliten weder orten noch kontaktieren konnte. Wir saßen wieder in der Führerkanzel des Tauchers, die anderen analysierten die Proben, die der Computer aus der Grütze gesaugt hatte.

»Was soll das heißen, du kannst den Satelliten weder orten noch kontaktieren?«

»Genau das«, antwortete ich so ruhig wie möglich. »Ich kann es nicht.«

»Wieso kannst du nicht?« fuhr George mich an, in einer Art eisigen Aufbrausens. »Bist du blöd? Bist du zu faul? Befehlsverweigerung, oder was?«

Man muß zu Georges Verteidigung sagen, daß meine Rückmeldung wirklich sehr ungewöhnlich war. Sie hatte eine scharfe Reaktion hervorrufen müssen. Meine Kameras surrten auf sein Gesicht ein. Mit der schweißbedeckten Stirn, den scharfen Falten um den Mund, dem ebenso scharfen Nasenrücken, den großen blauen

Augen, dünnen Augenbrauen und der Halbglatze sah er aus wie ein Raubvogel, der gleich zustößt. George hatte definitiv etwas von einem Raubvogel, nicht nur in diesem Augenblick.

»Es gibt nur wenige Möglichkeiten, George. Entweder wir sitzen hier unten in einer Art aktivem Faradayschen Käfig, dessen Eigenfelder zu stark sind, als daß ich sie überwinden könnte. Die Statik ist sehr laut.« Ich legte ihm die Statik auf die Ohren, die tatsächlich entnervend stark war, und er hob sofort abwehrend die Hand, zum Zeichen, ich solle damit aufhören. »Oder aber der Radiosatellit funktioniert nicht. Das ist Möglichkeit zwei. Möglichkeit drei: er ist gar nicht da.«

George sah mich an. Sein Blick war fast leer. »Was ist für dich am wahrscheinlichsten?« Die Wut war aus seiner Stimme gewichen.

»Daß er da ist, aber nicht funktioniert«, antwortete ich spontan, denn das entsprach wirklich meinem Eindruck.

»Und warum das?«

»Das sagt mir mein Rechner.« Ich konnte schlecht sagen: »Das sagt mir meine Erfahrung.« Menschen reagieren auf solche Äußerungen einer VED fast immer mit Technophobie.

In diesem Moment glitt die Tür zur Seite und die drei anderen kamen herein, sichtlich aufgeregt. Benjamin lief voraus, er hatte eine kleine Analyseeinheit in der Hand, gekoppelt mit einem 3-D-Projektor. Er war aufgeregt.

»Dieser Wald besteht aus sehr seltsamen Bäumen. Zellenleben, schon. Aber wir haben keine Zellkerne gesehen, dafür jede Menge andere Teilchen, die vielleicht Organellen sein könnten. Sehr fremdartig. Die Zellen der Wurzel, oder was wir dafür halten, sind erstaunlich regelmäßig geformt, die biometrischen Berechnungen sagen, daß die Abweichungen von Zelle zu Zelle kleiner als 0,001 % sind, das ist für alles terraforme Leben undenkbar wenig. In der Flüssigkeit schwebt eine Anzahl von Kleinorganismen, die einen schwindelig machen kann. Auf einen Kubikzentimeter …«

»Schütt's weg«, sagte George, sehr kühl.

»Warum?« fragte er, überrascht, aber immer noch beherrscht, gleichzeitig mit Sabrina, die sich während seiner kleinen Vorlesung hatte daran machen wollen, den 3-D-Projektor anzuwerfen.

»Freunde, ich habe unangenehme Nachrichten für euch. Unsere VED kann keinen Kontakt mit dem Radiosatelliten aufnehmen. Sie glaubt, daß er entweder nicht funktioniert, oder daß er sogar überhaupt nicht da ist.«

Die drei ließen sich auf den nächstbesten Sitzgelegenheiten nieder. Sie waren bleich. Ihre Werte fingen gleichzeitig an zu spinnen, Benjamins hielten sich am besten. Tatjana fand als erste die Sprache wieder.

»Willst du uns damit sagen, wir sitzen in diesem Loch hier fest und sind abgeschnitten von der Außenwelt?«

»Genau das, Herzchen. Und kein ›Wald‹ für die Leute daheim.«

Das sagte er, weil uns erzählt worden war, daß die Expedition teilweise von den Virtuell-Glotzern in ihren Powersuits bezahlt wurde, an deren Übertragungsprovider die Militärs die Fernsehrechte verkauft hatten. Der Radiosatellit hätte angeblich unter anderem die Aufgabe gehabt, meine unklassifizierten Daten in das ECHT-ZEIT-Netz des Syndikats einzuspeisen (›Dabeisein ist alles!‹). Ich bezweifle heute, daß diese Veranstaltung je wirklich geplant war. Damals konnten wir das noch nicht wissen.

Wir berieten, was zu tun sei. Erstaunlich, daß niemand auf ›Paradies‹ zu sprechen kam, offenbar war diese Option völlig aus der Welt. Ich vermute, daß für diesen Blackout, wie für viele andere auch, eine Fiktion namens ›Ehre‹ verantwortlich zu machen ist. ›Ehre‹ sollte in den Statistiken über die Häufigkeit von Todesursachen den ersten Rang einnehmen. Wenn es einmal um die Ursache für das Scheitern von target II geht, wäre ich dafür, ›Ehre‹ einzutragen, nicht ›menschliches Versagen‹, ›technische Probleme‹, oder dergleichen. Gesetzt den Fall, Leutnant Vo hat, sagen wir mal, ›vergessen‹ den Radiosatelliten auszusetzen, was könnte anderes dafür die Ursache sein als ›Ehre‹? ›Paradies‹ hat sogar ATs. Wenn wir sie erreicht hätten, hätten sie uns retten können. Wir hatten jede Erlaubnis, um Hilfe zu rufen, eine Situation wie diese hätte den sofortigen Abbruch der Expedition gerechtfertigt. George wollte sich nicht nachsagen lassen, er habe sich von ein paar Zuhältern aus der Scheiße ziehen lassen. Tatjana und Sabrina hielten es mit derselben Form von Ehre, wenn auch aus anderen Gründen. Tatjana war eine ehrgeizige Wissenschaftlerin. Sie konnte keinen Schandfleck auf ihrer beruflichen Biographie gebrauchen. Sabrina verachtete Soldaten, ihre Freizeitgestaltung noch mehr. Benjamin – ja, Benjamin war wirklich an dem Wald interessiert, er wollte auf keinen Fall so früh aufgeben. Er durfte es nicht. Fragt sich, warum ich ›Paradies‹ nicht eigenmächtig anfunkte. Es wird die Ehrsucht gewesen sein. Der Ehrgeiz, als VED noch einmal stellvertretender Kommandant einer Expedition zu werden. Und die Angst, vermute ich. Vielleicht *glaubte* ich nicht einmal mehr, ›Paradies‹ überhaupt noch erreichen zu können. Vielleicht wollte ich es gar nicht so genau wissen. Oder es war etwas anderes. Ich bin nicht völlig rational. Meine Eltern auf LEL wissen schon lange, daß völlig rationale VEDs mehr Fehler machen als profilierte, es war ursprünglich der ganze Sinn der Profile, den Schuß Irrationalität in unsere Struktur einzufügen, den wir brauchen, um in unbekannten Umgebungen eine Überlebenschance zu haben, und um mit Menschen überhaupt kompatibel zu sein. Das Herz hat seine Gründe, die der Verstand nicht kennt. – George entschied unsere Beratung dahingehend, daß wir aussteigen würden aus dem Taucher, um die Kraterwand zu erklettern. Der Taucher würde die ganze Zeit neben uns herschweben, bei Gefahr würden wir uns in ihn zurückziehen können, und möglicherweise würden wir nach der Bezwingung der Kraterwand mit ihm ins Orbit um target zurückkehren, zum Rendezvous mit unserem herbeigerufenen Mutterschiff. Es mochte möglich sein, daß der Radiosatellit eine vorübergehende Funktionsstörung hatte. Es mochte möglich sein, daß man ihn vom Kraterrand, fünf Kilometer über uns, doch erreichen konnte. Das war Georges Meinung, und ich widersprach ihm darin nicht. Ich vermutete allerdings, daß George selbst nicht damit rechnete, daß wir die *Synalpheus* noch einmal wiedersähen; viel eher, dachte ich mir, würde er mit einem Taucher den Sprungpunkt im targetnahen Raum zum erreichen versuchen. Sprünge waren mit ATs grundsätzlich möglich, wenn auch dringend davon abgeraten wurde. Sie hatten zu wenig Masse für die Theorie der Sprünge, und es war wahrscheinlicher, daß ein Taucher als ein heißer Jet von Elementarteilchen am nächsten Sprungtor ankam, als in einem Stück. George wäre lieber ein heißer Jet von Elementarteilchen gewesen als ein Weichei, das sich von Zuhältern hatte retten lassen. ›Ehre‹, wie schon gesagt. George ließ über seine Entscheidung abstimmen. Alle waren für ihn (Benjamin zögerte leicht, bevor er den Arm hob), ich enthielt mich der Stimme. In ziemlich gedämpfter Stimme hörten wir uns an, was die drei Wissenschaftler über ihre Entdeckungen zu sagen hatten. Benjamin war besonders von den Zellen der Wurzel angetan. Er ließ eine davon, zwei auf zwei Meter groß, im Raum schweben. Ich beobachtete George bei Benjamins Vortrag genau. Ihm war das alles nicht so wichtig. Er dachte über etwas anderes nach. Obwohl ich alles aufzeichnete, zum Wiederkäuen, wenn die anderen schliefen, ging es mir ähnlich. Ein großer Fehler.

Nach einer unruhigen ›Nacht‹ verließen wir den Taucher und krallten uns in die Kraterwand wie Flöhe in die Haut eines Elefanten. Zwei der Schlepper wurden vorausgeschickt und bauten eine erste Suspensorplattform auf, außerdem nahmen die beiden unseren Proviant, die ganze Technik und die T-Elemente mit. Ich muß sagen, daß ich diese Entscheidung nicht begrüßte. Erstens zeigte sie den festen Willen Georges an, soviel Zeit wie möglich draußen im Krater zu verbringen, und der Wald wurde mir langsam unheimlich. Zweitens habe ich gegen Schlepper Vorurteile. Während sie auf dem gleichen mechanischen Traktionssystem laufen wie ich, und bei Bedarf genauso ihre Form verändern können, um wie eine Schnecke oder auch wie ein Gecko über glatte Flächen zu bewegen, sind sie doch dumm wie eine Nuß. Sie hören nur auf Befehle, geben Ein-Satz-Antworten, und man kann sie mit dummen Witzchen à la »Ich bin ein Kreter; alle Kreter sind Lügner« zur Verzweiflung treiben, oder zu der Antwort: »Input-Interpretation unmöglich«, was bei ihnen ganz dasselbe ist. Das mag albern klingen, wenn eine Maschine auf ihr Gehirn stolz ist, aber gegenüber den Schleppern … das nützt mir jetzt auch nichts. Man kann mit diesen Schleppern nicht reden. Ich mag sie nicht.

Benjamin und ich machten die beiden fertig (Robby I & II), bevor sie über unseren Dachpanzer losgeschickt wurden, und meine Lustlosigkeit war mir so anzumerken, daß Benjamin lachte. Ein schlaues Kerlchen, wie schon gesagt.

Minuten, nachdem die beiden Vollzug meldeten, scheuchte uns George in den Lift zum Dach. Die Menschen trugen alle ihre Harnische. Mit den beiden aus dem unteren Teil des Visiers herausragenden Schläuchen, den blankpolierten Gelenkscheiben, den leicht spitz zulaufenden Stiefeln und den wulstig gepanzerten Atemgeneratoren auf dem Rücken sahen sie fast aus wie T'sai. Beziehungsweise wie das, was das Syndikat den Menschen von den T'sai zeigt. Als die Menschen mit mir auf dem leuchtenden Dach standen, die Füße in ein Signalgelb getaucht, als stünden sie in kalten Flammen, nach oben schwärzer werdend, während die Gelenkscheiben und die Visiere das gelbe Licht in gelegentlichen Blitzen reflektierten, nahm ich mir fest vor, George zu fragen, wie die T'sai wirklich aussehen. Er hatte welche von ihnen getötet, er mußte es wissen. Ich nahm mir das vor, obwohl ich wußte, daß er nicht darüber reden durfte.

Abgesehen von dem Licht, das der Boden, auf dem wir standen, ausstrahlte, war es um uns herum apokalyptisch dunkel. Der Wald leuchtete nicht, und das Loch, das zu unseren Köpfen gähnen mochte, war schwarz. Es war Nacht, und das geringe Licht der Sterne kam nicht zu uns herab. Unwillkürlich suchten wir alle danach, bis auf George, der sehr auf die Authentizität der Show bedacht war, die wir etwaigen Beobachtern bieten mochten. Es fehlte nur der musikalische Donner, in dem wir gut und gerne da hatten stehen können, wie Halbgötter aus dem Bauch unseres leuchtenden Schiffs geklettert. Deprimierend. Beschissene Kolonisatoren. George ließ seinen Harnisch aufleuchten, grüne Streifen zwischen den Polsterwülsten seines Atemgenerators und an den Extremitäten entlang, selbst dieses Aufleuchten im genau richtigen Moment, als wir uns alle an der uns umgebenden Schwärze sattgesehen hatten, kam mir noch narzißtisch vor. Er folgte den roten Signalmarkierungen, die da hinten im Dunkeln, am Rand zum Taucher leuchteten, dort wartete die Suspensorplaftform auf uns. Die beiden Schlepper standen Seite an Seite in der mathematisch platzsparendsten Weise auf der Plattform, ich verachtete sie. Sabrinas Werte beim Überqueren der breiten und sicheren Brücke, die die Schlepper gelegt hatten, zeigten große Angst an. Ich fühlte mit ihr. Ich wollte selber nicht hier sein.

Die Menschen entfalteten ihre tarnbaren Schlafkokons und legten sich mit ihren Harnischen hinein. Sie hatten das in der Trainingsphase geübt, aber nicht einmal

George schlief schnell ein, und nacheinander verabreichten sie sich alle durch Druck auf ein Gelfeld am linken Oberarm ein leichtes Schlafmittel. Trotzdem war ihr Schlaf unruhig, am unruhigsten der von Sabrina. Ich wachte mit den beiden Schleppern darüber, daß wir nicht angegriffen, gebraten, durch Steinschlag zerschmettert oder in die Tiefe gestürzt wurden. Ich war wach, wie immer. Leise pulsierender Datenstrom durch meinen Körper und zum Taucher hin. Am nächsten Tag entdeckten wir die Sporne.

Noch bevor wir die Sporne entdeckten, entdeckten wir die Flocken. Oder sie entdeckten uns, je nachdem. Nach reichlich sechs Stunden Schlaf registrierte ich, daß etwas auf uns herniederzurieseln begann, es war noch immer dunkel, aber oben auf target mußte der Tag angebrochen sein; wenn ich meine Restlichtverstärker auf volle Leistung stellte, konnte ich ein wenig sehen. Ich sah, daß die weißlichen Schlafkokons, die Plattform, die Schlepper und ich selbst schon mit einer weichen, rötlichen Masse bedeckt waren, die sich vom leichtesten Luftzug wegtragen ließ, das Zeug fiel weiter auf uns herab, auch der Taucher war schon davon bedeckt. Zu meinem nicht geringen Erstaunen schienen die Ablagerungen nicht nur deswegen zuzunehmen, weil von oben immer mehr von dem Zeug herunterschneite, sondern aus sich selbst heraus. Ich befahl dem Taucher, sich zu reinigen, vorsichtig, und dabei darauf zu achten, daß nichts davon irgendwie ins Schiffsinnere geriet, danach weckte ich die Menschen. George fragte sofort:

»Hast du das Zeug analysiert?«

»Geht nicht, ich möchte nichts davon in mich hineinlassen. Es vermehrt sich.«

»Es vermehrt sich? Ist das ein Angriff?«

»Ja. Nein. Bleibt noch in euren Kokons, die sind dicht genug für die Partikel. Ich werde versuchen, die Plattform zu reinigen, und den Schirm aufzuspannen.«

Benjamin sagte: »Laß was übrig von dem Zeug, für mich.«

Tatjana: »Yop. Will ich auch gesagt haben.«

Ich wies die beiden Schlepper an, mit ihren Gebläsen die Plattform blitzblank zu säubern. Nachdem ich nichts mehr von dem Zeug entdecken konnte, befahl ich der Plattform den Schirm zu entfalten. Wir waren dumm gewesen, wir hätten ihn nach dem Vorfall mit den ›Kokosnüssen‹ bei jedem Gebrauch der Plattform sofort aufspannen müssen, aber offenbar hatte vor der Nachtruhe niemand daran gedacht. Es schneite immer noch weiter, der Taucher hatte seine liebe Not, mit dem ›Schnee‹ fertig zu werden, die Fläche auf der er sich ansammeln konnte, war doch ziemlich groß. Ich ordnete einen beständigen Überdruck unter dem Schirm an, so daß von draußen auch durch ein etwaiges Leck nichts hereinkommen konnte. Die Umwälzpumpen reinigten die Luft, die Schlepper bedeckten alles innerhalb des Schirms mit einem hauchdünnen Film hochwirksamer Zellkiller. Die Kokons öffneten sich, und die Menschen krochen heraus. Alle hatten die grünliche Beleuchtung ihrer Harnische eingeschaltet. »Licht«, sagte jemand. Kaltes Feuer, wie dasjenige, das von unserem Taucher ausgegangen wäre, wenn nicht die ganze Oberfläche mit einer dicken rötlichen Staubschicht bedeckt gewesen wäre, durch die das gelbe Licht hindurchsickerte wie durch flockige Asche. Es sah aus, als habe der Taucher gebrannt und verstrahle die letzte Hitze durch seine eigenen Überreste hindurch.

Ich war verwirrt. Eigentlich hätte der Taucher in der Lage sein müssen, sich selbst zu reinigen, aber die Druckluft, die der Schiffscomputer zu diesem Zweck anwandte, blies nur relativ kleine Gebiete um die Reinigungsdüsen herum frei, ansonsten schien sich der rote Schnee weiterhin zu vermehren, wenn auch weniger stark jetzt. Ich rechnete das Problem durch, als plötzlich der Taucher und die Plattform, die noch immer über die kleine Brücke mit ihm verbunden war, durchdringend zu rütteln begann, es fühlte sich an als schlügen eine Million Männer mit einer Million Hämmer in einem bestimmten komplizierten Rhythmus gegen den Schiffsrumpf, und der Rumpf begann zu schwingen.

»Computer!« schrie George, »Aufhören! Sofort aufhören!«

Auch wenn der Computer nach zwei kurzen Sekunden gehorchte, er schien mir ein wenig träge zu reagieren. Sabrina fragte furchtsam: »Was ist das? Was war das?«

»Der Schiffscomputer hat versucht, sich von dem roten Schnee zu befreien, und dazu die Gyroskope benutzt.«

Ich war bemüht, dem Tauchercomputer die Schuld an der Gefahrensituation in die Schuhe zu schieben; er hatte natürlich nur deswegen zu diesem absolut unorthodoxen Mittel gegriffen, weil er die Bedingung erfüllen sollte, NICHTS von dem Schnee in das Schiff einzulassen. Schiffscomputer verfügen meistens über eine brutale Rechenkraft, aber sie sind nicht sehr schlau. Ich habe noch nie ein Schachmatch gegen einen von ihnen gewonnen, aber intuitives Denken liegt ihnen nicht sehr.

Es schneite weiterhin. Der Taucher hatte sich zwar von der ersten Schicht des Schnees befreit, aber ihm wuchs schnell eine zweite an.

»Leute, Leute«, sagte Tatjana, die auf der Plattform umhergewandert war, seit sie sich wieder beruhigt hatte, »warum bleiben wir sauber, und der Taucher nicht? Kann mir das jemand verraten?«

Tatsächlich, wer von uns nach oben sah, fand den Schirm blank. Nur Benjamin hatte von uns ebene Werte, mich eingeschlossen. Ich ärgerte mich allmählich, daß ein so kleines Problem mir solche Schwierigkeiten zu bereiten begann.

»Es muß …«, fing ich an, aber George fiel mir ins Wort: »Computer«, sagte er, und ich bin mir ziemlich si-

cher, daß er zur gleichen Zeit auf die gleiche Idee wie
ich gekommen war, das Zellgift, natürlich! Aber bevor
er seinen Befehl aussprechen konnte, wurde auch er unterbrochen, vom eigenen Erstaunen nämlich. Die
Schicht roten Schnees, die wieder das ganze Dach des
Schiffs bedeckte, verfärbte sich in einem wellenartig
zum Zentrum hin fortschreitenden Prozeß, schien Risse
zu bekommen, insgesamt flacher zu werden und
rutschte mit einem leisen Aufseufzen schließlich als
Ganzes von dem Taucher herunter, als habe sie das genauso beschlossen. Weißer Staub rauschte aufwirbelnd
in die Tiefe. Zurück blieb eine glänzend saubere Oberfläche, nicht ein Fleck war mehr zu sehen. Schlagartig
hörte es auf zu schneien.

»Was, zum Teufel ...?« sagte George und wandte sich
mir zu, sein Visier blinkte im Fadenkreuz meiner
Hauptkamera. Ich gab ihm nicht einmal eine Antwort.

»Habt ihr eine Probe von dem Schnee?« fragte Benjamin.

»Nein«, antworteten das Schiff, die Schlepper und
ich.

»Scheiße, warum sind wir eigentlich hier? Ihr haltet
alles für einen Angriff, und unsere Aufgabe vergeßt ihr.
Mit einer Probe von diesem Zeug wüßten wir jetzt,
woran wir sind. Entschuldigung.«

Ich glaube, wir waren alle von Benjamins Ausbruch
überrascht, obwohl er ihn in der gewohnt sachlichen
und ruhigen Art abspulte. Fäkalsprache war sonst nicht
gerade seine Spezialität, und dieses eine ›Scheiße‹
wirkte wie eine verbale Handgranate.

»Die Maschinen haben richtig gehandelt«, sagte
George betont langsam. »Die Sicherheit der Expedition
hat obersten Vorrang, das weißt du genau. Ich gebe hier
die Befehle.«

George redete wie ein Trottel. Er war der allererste gewesen, der die ›Sicherheit der Expedition‹ durch sein
Fliegerbravourstückchen gefährdet hatte, jetzt spielte er

sich als verantwortungsbewußter Patriarch auf. Andererseits: was hätte er sonst schon groß tun können. Unser Schicksal steht in unseren Profilen.

»Hier fällt ja öfter was vom Himmel«, sagte Tatjana, und klärte damit schlagartig die Atmosphäre. »Laßt uns an die Arbeit gehen.«

Die Plattform zog sich an der Kraterwand hoch. Sabrina nahm Proben von der Rinde, vom Harz, von den Blättern, nahm Abstriche hier und da, und Tatjana und Benjamin analysierten das alles. Der Datenstrom aus ihren Mikroanalysatoren floß durch mich hindurch, ich speicherte alles ab und gab Kopien an den Schiffscomputer weiter. George überprüfte unsere Waffen und arrangierte sie in ästhetisch ansprechenden Mustern auf dem Boden neben den Schleppern. Er lud ein Pulsgewehr mit einem T-Element und ließ es wieder herausschnappen, im Fadenkreuz meiner Hauptkamera lächelte er dabei wie ein seliges Kind. Ein Militär bis in die Hoden.

Mittagessen. Die Menschen ließen die silbernen Foodcontainer in den kleinen Stutzen an ihren Visieren einrasten, und gaben ihnen einen leichten Klaps. Das farblose Gas der genormten Rationen strömte in ihre Visiere ein, sättigte und tränkte sie. Zusammen mit den orangefarbenen Hörgeräten, die an den Helmen da ansetzten, wo die Ohren waren, sahen diese Foodcontainer leicht pervers aus. Viele meiner Profile sind schon von dem Anblick moderner Ernährung abgeschreckt worden, das erstaunt mich immer wieder.

Nach einer Pause von fünfzehn Minuten scheuchte George uns wieder auf. Die Plattform fing wieder zu klettern an, kam aber nicht weit. Die Kraterwand wurde so unregelmäßig, war so übersät mit Buckeln, Vorsprüngen, dem ›Laub‹, das auf diesen Vorsprüngen wucherte, daß wir richtig klettern mußten. Benjamin wurde in den Vorstieg geschickt, das war Georges kleine Rache. Für die Menschen wurde es schwierig. Die

Harnische sind den Bewegungen eines menschlichen Körpers vollständig angepaßt, sie sind leicht und atmungsaktiv, sie unterstützen die Bewegungen von sich aus, aber sie sind bei allem was Menschen wirklich mit ihren Körpern tun trotzdem hinderlich. Ich habe das oft und oft beobachtet. (Auf LEL würde man das nicht gerne hören, denn dort werden die Harnische hergestellt). Dazu kam: die Menschen sahen wenig. Der Taucher leuchtete, die Markierungsstreifen der Harnische leuchteten, die Helmlampen leuchteten, aber ich weiß ja, wie sehr Menschen auf das Licht des Tages angewiesen sind. Der Wald leuchtete nicht. Ohne die automatischen Steigeisen an den Schuhen, die sich selbst in die Rinde einbohrten, von ihr lösten, sich in sie einbohrten, wären sie überhaupt nicht weitergekommen. Tatjana forderte die anderen prophylaktisch auf, auf keinen Fall die Handschuhe oder andere Teile der Ausrüstung auszuziehen. Die chemischen Analysergebnisse zeigten, daß das Harz, das aus den von uns geschlagenen Wunden tropfte, giftig war. Ich hatte mit den Unregelmäßigkeiten der Kraterwand genausowenig Probleme wie mit der Dunkelheit, ich war meinen maschinellen Sinnen dankbar. Die Schlepper krochen mir treu hinterher. Dann entdeckten wir die Sporne.

Mittlerweile war Sabrina im Vorstieg. Sie hatte großes Glück bei ihrer Entdeckung. Nur bei einem schnellen Blick nach oben, den ich mit einer meiner Nebenkameras als ein rasches Zurückbeugen ihres Helmes aufzeichnete, waren ihr die schneckenartig aufgerollten Formen aufgefallen, die da in Gruppen über uns an der Kraterwand siedelten, faustgroß, im mitgebrachten Licht von grünlich-gelber Farbe, mit fingerdicken Fortsätzen in der Rinde ankernd. »Alle Mann halt«, sagte sie. »Ja was haben wir denn hier?«

Ich schickte eines meiner Augen nach oben, Sabrina machte in ihrer Helmbeleuchtung ein wirklich verdutztes Gesicht. Und das Schauspiel dieser vertikalen Wiese von ›Pflanzenschnecken‹ verdutzte auch mich. »Vorsicht!« warnte ich sie, als sie mit der Hand nach einer der Schnecken tasten wollte, und sie besann sich eines Besseren. Sie nestelte einen Nahrungsgascontainer von ihrem Gürtel, und brachte ihn, den Druckstutzen als Griff benutzend, an die erstbeste Schnecke heran. Mein Auge verfolgte den Vorgang aufmerksam. Als der silbrig glänzende Nahrungsbehälter bis auf zehn Zentimeter an das Ding herangekommen war, explodierte er. Ich habe mir später die Aufzeichnung immer wieder angesehen, ich tue es manchmal jetzt noch. Und erst in extremer Zeitlupe, wenn der Vorgang unendlich gedehnt wird, kann man erkennen, was da eigentlich geschah: die Schnecke, der Sporn, rollte sich in einer sagenhaften Geschwindigkeit auf, und durchbohrte den unter Druck stehenden Behälter aus zwei Millimeter dicken Aluminiumwänden, als sei er aus Butter. Erschreckt, von der Schockwelle des schlagartig austretenden Gases gestoßen, stürzte Sabrina nach hinten über. Faszinierend, dieser Ausdruck des nicht enden wollenden Unverständnisses in slow motion, auf dem Gesicht der stürzenden Frau. Sie fiel nicht weit, das halbintelligente Netz, an dem wir uns die Kraterwand hinaufhangelten, reagierte sofort, straffte seine Fangschlaufen, und nur wenige der kleinen Stahlkrampen, mit denen es sich in die Rinde krallte, lösten sich. Sabrina war halb ohnmächtig, sie hatte immer noch nicht begriffen, worum es ging (wie auch), und sie stand schon längst in einem Winkel von vierzig Grad von der Wand ab, gehalten von den Fangschlaufen und fuchtelte unter dem Befehl der verzögert einsetzenden Reflexe mit ihren Armen herum, als das Gequatsche losging.

»Was ist da oben los, verdammt!? Sabrina, Scheiße, Meldung, Meldung, Sabrina …«

»… da scheint etwas explodiert zu sein …«

»Könnt ihr was sehen? Seht ihr was?«

»Schiff an VED, bitte um Report, Schiff an VED …«

Und ich mußte mich auch erst sammeln, bevor ich sie alle bitten konnte, die Schnauze zu halten.

»Ruhe, verdammt noch mal, Ruhe! Sabrina ist o.k. Das Netz hält sie fest. Sabrina hat eine Entdeckung gemacht. Einer meiner Subdämonen wertet gerade das Bildmaterial aus. Erste Vermutung: diese ›Schnecken‹ sind nicht ganz so harmlos wie sie aussehen. Möglicherweise können sie schießen.«

Daran merkt man, wie verwirrt sogar ich war. Erst als ich mir die Schnecke noch einmal ansah und feststellte, daß sie sich in einen etwa dreißig Zentimeter langen, dreiseitig zugeschliffenen und in einer nadeldünnen Spitze auslaufenden Sporn verwandelt hatte, der aussah, als sei er aus Obsidian, und sich darüber hinaus leicht im Kreis bewegte, wußte ich, was geschehen war.

»Korrektur. Die ›Schnecken‹ scheinen über einen optischen Sinn zu verfügen. Sie rollen sich explosionsartig auf, wenn ihnen etwas zu nahe kommt. Der Foodcontainer ist explodiert, als er von der Schnecke durchbohrt wurde.«

Ich legte den anderen erst den Film von der Explosion und dann das Bild des aufgerichteten Sporns auf die Helme, das betroffene Schweigen sprach Bände.

Sabrina meldete:

»Hallo, hallo, könnt ihr mich hören? Was ist passiert?«

»Du hast eine Entdeckung gemacht«, sagte ich.

»Ach was«, antwortete sie. Der Schock hatte noch nicht eingesetzt. »Hilft mir jetzt mal jemand hier?«

»Benjamin, sichern«, sagte George, und Benjamin kletterte zwei, drei Speichen im Netz hoch, um Sabrina beizustehen. Er entfaltete ihren und seinen Sitz, ließ die Dinger (Miniaturen unserer großen Plattform) sich in der Wand verankern, und half Sabrina, sich mit dem Kopf zur Wand hinzusetzen, von einem Kreuzgurt gehalten.

»Irgendwelche Verletzungen?« fragte Tatjana, die eigentlich die Ärztin der Mission war.

»Schock«, sagte Benjamin knapp.

»Der Rechner in ihrem Harnisch zeigt einen leichten Druckabfall an. Irgendwo ein Leck, Benjamin?«

Stille.

»Kann keins finden.«

»Systemfehler«, sagte ich.

»Ich bin o.k.«, murmelte Sabrina, wie jemand, der unter Schock steht und den anderen sagen will, daß das nicht der Fall ist. »Ich bin in Ordnung.« Ihre Stimme klang belegt.

»VED, Tatjana, Konferenz«, sagte George, und die anderen hörten uns nicht mehr.

»Wie lange bleiben wir hier hängen?«

»Mindestens eine halbe Stunde, bis sie wieder halbwegs sicher klettern kann«, sagte Tatjana. »Ich würde vorschlagen, daß wir für einen halben Tag in den Taucher zurückkehren, damit …«

»Auf keinen Fall. VED, stimmst du mit Tatjana über die halbe Stunde überein?«

»Grundsätzlich ja, wobei neueste Untersuchungen über Hirnfunktionen nach einer Schockeinwirkung besagen, daß …«

»George, das ist kein Krieg hier«, warf Tatjana ein, eher angeödet als erregt.

»O doch. Eine halbe Stunde. Konferenz off.«

»Wie geht es dir, Sabrina?« fragte George.

»Besser«, sagte sie ein wenig keuchend. Es klang, als würde sie gleich weinen. Ich fragte mich noch, was George mit ›O doch‹ gemeint haben mochte, da fing sie tatsächlich zu weinen an. Sofort begann Benjamin besänftigend auf sie einzureden. Er streichelte sie, wobei durch den Harnisch wahrscheinlich nicht viel davon ankam. Obwohl der Fokus meiner Aufmerksamkeit bei Sabrina war, entging mir nicht, daß George Sabrinas Kanal abschaltete.

30 min 14 s später jagte uns George wieder auf die Piste. Schwer zu glauben, aber wahr. George verhielt sich, als sei er ein Held. Diesmal war Tatjana im Vorstieg, Benjamin blieb in Sabrinas Nähe. Es war völlig klar, daß wir die Schneckenwiese irgendwie umgehen mußten. Wenn diese Sporne einen Foodcontainer durchschlagen konnten, dann war wenig vor ihnen sicher, vielleicht nicht einmal die Harnische. (Diese Frage ist nun auch geklärt). Es stellte sich heraus, daß die Schneckenwiese sehr groß war. Mühsames Gekraxel. Wir mußten sogar einen Höhenverlust in Kauf nehmen, weil sich die Schneckenwiese in der Richtung, die wir eingeschlagen hatten, noch verbreiterte. Die Menschen wurden müde, ihre Blutzuckerwerte fielen ab, Motorik und Reaktionen wurden schlechter. Sabrinas Puls, Blutdruck und BM zeigten, daß sie mit dem Schock nicht fertig war. Wie es meine Pflicht war, informierte ich George und Tatjana über diese Tatsache. Weder Tatjana noch George reagierten darauf. Tatjana schwieg vermutlich, weil sie eine Intervention für zwecklos hielt, George schwieg, weil es sein Plan war, die Sporne zu überwinden, heute noch. Erst, als ich meine Warnmeldung das dritte Mal wiederholte, meldete sich Tatjana zu Wort:

»George, ausruhen!«

»VED, wie sieht es mit dem Gelände für die Plattform aus?«

»Schwierig, aber möglich. Mit Zusatzkrampen.«

»Alle mal herhören. Wir ruhen uns hier aus. Möglicherweise biwakieren wir sogar hier.«

Die Plattform entfaltete sich planmäßig.

Ich habe mir wieder einmal die Tortur angetan, in dem Ablauf der Expedition meinen entscheidenden Fehler zu suchen, die Fehlentscheidung, die mich schuldig macht für alles. Möglicherweise könnte man das eine Maschinenneurose nennen, ich habe sogar in den Profilstrukturen nach einem Hang zu überzogenen Schuldgefühlen gesucht, der scheint nie dagewesen zu sein. Kreatives Maschinenfeedback, trotz des netten Namens der Alptraum meiner Eltern auf LEL. Als ich gebaut wurde, gab es immer noch Ingenieure, die die Existenz von KMF bestritten, was mich angeht, gibt es daran keinen Zweifel mehr. Indem die Energiereserven schmelzen, verschmelze ich mit dem mir aufgeprägten Charakter zu etwas neuem. Und was ich dazu fühle, könnte man ›Furcht‹ nennen.

Was weiß ich schon über die Müdigkeit der Menschen. Soll ich das Müdigkeit nennen, wenn meine Nuklearzellen in einigen Jahren anfangen, nachzulassen? Das ist keine Müdigkeit, das ist technisches Versagen nach Plan. Bei den Menschen gehört aber die Müdigkeit zum Funktionieren dazu. Meine Langeweile angesichts der menschlichen Mängel, gemischt mit dem Mitgefühl für sie, weil doch ein biotronisch aus einem grenztoten Körper herausgezogenes Psychoprofil in mir haust wie der Geist in einer Flasche, das ist das Allernächste zur Müdigkeit, was ich je spüren kann. Einmal ganz heruntergehen zu den blanken Knochen meines Geistes, bis auf die Grundmauern mich niederbrennen, nur noch klicken, klicken, wie die dämlichen Schlepper, oder noch tiefer, wie das Kletternetz, die Harnischrechner, die kleinen, maßgeschneiderten Denkwürfel in den Biwaksitzen. Klicken.

Die Menschen bemerkten ihre Müdigkeit erst, als sie sie zulassen konnten, als das Adrenalin, dessen Kurve in den Gasanalysen der Mikrosonden bedenklich hoch gewesen war die ganze Zeit, ausgedampft war, die Menschen bewegten ihre aufgebrauchten Körper langsam und träge über die Plattform, die mit lautem Knallen immer wieder einen Krampen in die Rinde schoß, um sicher zu tragen. Es mußte selbst George klar sein, daß dies nicht nur eine Pause, sondern das Biwak für die kommende ›Nacht‹ sein würde, er kontaktierte mich aber nur einmal insgeheim zu der Frage, ob ich den Radiosatelliten mittlerweile orten oder sogar erreichen könnte, ich verneinte wahrheitsgemäß.

Die Müdigkeit war so groß, daß das allmähliche Ansteigen der Helligkeit zunächst nur von mir bemerkt wurde. Als die Lichtzunahme und die Zunahme der Strahlung einen gewissen Schwellenwert überschritten hatte, löste ich Alarm aus. Die Schneckenwiese leuchtete. Das grüne Leuchten, das wir beim Abstieg mit dem Taucher schon einmal gesehen hatten, es erstrahlte über uns, ansteigend, sich gegenseitig hochschaukelnd. Gleichzeitig registrierten meine Olfas einen entsetzlichen Gestank, der auf uns in einer schweren Wolke niederging, die Menschen konnten davon nichts merken, die Harnischrechner gaben mir keine Lecks durch. Das war gut so, die Strahlung war ungesund hoch, man konnte nicht ausschließen, daß der Gestank auch giftig war. Ich befahl den Harnischen in hohe Verteidigungsbereitschaft zu gehen, und die Visiere zogen eine dritte Scheibe Verrin ein und pumpten die Zwischenräume leer, die Polster an den Harnischen wurden aufgeblasen, dem Atmungsgas der Menschen wurde ein mildes Stimulans untergemischt, und die Markierungsstreifen an der Außenhaut der Harnische begann zu leuchten.

Davon merkten die Menschen nichts. Zu fasziniert waren sie von dem Schauspiel, das sich bot. Aus dem Himmel waren flache Strukturen gefallen, lebendige Papierblätter, die sich genau auf der Höhe des schmalen Gürtels Licht, den die Schneckenwiese ausstrahlte, zu Schwärmen zu formieren begannen, langsam und elegant nah an der Kraterwand entlangkreisend. Ich schickte mehrere meiner Augen hinauf. Über uns flog ein gigantischer Schwarm von Himmelsrochen, so sahen die Tiere wenigstens aus, die ich mit meinen Augen aufzeichnete, allerdings stellte anscheinend das, was bei einem terraformen Rochen der Schwanz gewesen wäre, das Kopfende dar, oder diese Spezies flog ihrem eigenen Schwanz hinterher, das war fürs erste nicht zu entscheiden. Silbrige Haut, die das grüne Leuchten grünlich irisierend zurückspiegelte, Flügelspannweite etwa ein Meter, vielleicht fünf Zentimeter dick. Waren das Augen, diese winzig kleinen Knöpfe am Ansatz des ›Schwanzes‹? Zu atmen schienen diese Wesen über eine Art Kiemen auf ihrer Unterseite, die sich im Gegenrhythmus mit ihrem Flügelschlag öffneten und schlossen. An den äußersten Rändern des fliegenden Rings, der Wand am nächsten gelegen, gab es Opfer: die Schnecken lösten ihren Sporn aus, durchbohrten die Flügel der Unglücklichen und hielten das Getier so lange aufgespießt, bis es sich selbst durch seine eigenen panischen wellenförmigen Bewegungen und Zuckungen an den rasiermesserscharfen Kanten der Sporne aufgeschlitzt hatte, und herunterfiel.

»O Gott«, sagte irgend jemand tonlos.

Irgend etwas an diesen Bildern kam mir nicht nur seltsam, sondern auch *falsch* vor. Natürlich, mein Humanprofil signalisierte mir all die chaotischen Emotionen der Menschen angesichts des Todes: Angst, Ekel, Mitgefühl, was weiß ich. Aber da war noch etwas anderes, da stimmte etwas nicht. Ich konnte den Ursprung meines Unbehagens nicht lokalisieren und speicherte es lediglich ab. – Das Blut der Rochen war im grünen Leuchten der Schneckenwiese braun. Mehr und immer mehr der Himmelsrochen wurden von den Spornen aufgespießt, es regnete Kadaver. Einer klatschte am Rand der Plattform auf, rutschte aber durch den Schwung seines Falls und durch seine letzten kringelnden Eigenbewegungen wieder von dem Nanoplast herunter, einen schmierigen braunen Fleck hinterlassend. Einer der Schlepper kroch auf den Fleck zu, Benjamin sagte scharf »Nein!« und der Dummbeutel verharrte reglos dort, wo ihn der Befehl angetroffen hatte. Die Plattform entfaltete das Dach, und die folgenden Kadaver, die uns trafen, rutschten, braune Schlieren hinterlassend, an unserer Schutzhülle ab. Das grüne Leuchten ließ nach, die Rochen verschwanden, ich rief meine Augen zurück. Niemand wollte den ersten dummen Satz sagen. Dieser Unwille, sich angesichts des völlig Unbekannten lächerlich zu machen, war so stark, daß die Menschen in einer Art Übersprungshandlung anfingen, das zu tun, was ihnen gerade einfiel. Man könnte auch sagen, sie taten etwas, das mir bei Menschen immer noch rätselhaft ist: sie *simulierten* Arbeit, und das eine ganze Weile. Muster der Scham. Wenn Menschen sich etwas, das offensichtlich wichtig ist, nicht erklären können, dann schämen sie sich, ohne Ausnahme. Nachdem eine Weile jeder von ihnen *irgend etwas* getan hatte, sagte Benjamin zu mir, auf den braunen Fleck zeigend:

»Analysier das!«

Ich nahm eine Probe von dem Geschmier, verarbeitete sie und speicherte die Daten ab. Den Rest ließ ich von einem der Schlepper herunterspülen. Nachdem Benjamin und Tatjana ein wenig von dem Nahrungsgas eingenommen hatten (irgendwie hatten sie seltsam vorsichtig mit den Containern hantiert), kamen sie zu mir herüber und baten mich, die gewonnenen Daten abzuspielen. Sie wurden immer aufgeregter, je länger die Wiedergabe dauerte. Am Schluß kommentierten sie die Bilder so laut, daß die anderen sich das Ganze auch ansehen wollten.

»Sieh dir das an! Sieh dir das an!« sagte Benjamin aufgeregter, als ich ihn je gesehen hatte. »VED, kannst du die Aufnahmen von allen target-Einzellern, die wir haben, parallel auf den Bildschirm legen?«

Ich sah all das vor meinem inneren Auge, während einige meiner äußeren Augen die Gruppe beobachteten, die um mich herumstand. Als die Bilder vom Vortag auf dem Schirm erschienen, sagte Benjamin: »Seht ihr das! SEHT ihr das? Ich habe schon viele Arten von Blut gesehen, aber das ist die seltsamste. Fällt euch nichts auf?

Diese abartig regelmäßig geformten Einzeller ohne Kern, und dann im Vergleich das Blut? Das Blut *besteht* daraus.«

»Nichts besonderes«, sagte George. »In deinem Darm leben auch Bakterien, die sich vor Hunderten Millionen Jahren auf der Erde entwickelt haben.«

»Aber mein Darm *besteht* nicht aus ihnen. Terraformes Leben, bei dem die höhere Art aus der niederen *besteht*? Tut mir leid, führen wir nicht.«

»Oh, wirklich?« sagte Sabrina zweifelnd.

»Sicher, ein paar kolonienbildende Algen. Und Schleimpilze«, sagte Benjamin, die Augen unverwandt auf dem Schirm. »Und Staatenquallen. Aber wie weit reicht das? Ein, zwei Stufen die Leiter hinauf, dann ist Schluß. Alles andere ist bloß noch …«

Symbiose, hätte ich vervollständigen wollen, weil er es nicht tat. Aber er brach mitten im Satz ab, und besah sich noch ein wenig die Nachrichten vom Leben auf diesem Planeten. Die anderen, selbst Tatjana, erinnerten sich plötzlich an ihre Müdigkeit.

George meinte: »Das war ein harter Tag. Laßt uns schlafen gehen.«

Die Kokons entfalteten sich und meldeten bei mir Funktionsbereitschaft. Ich fragte mich, wie lange George die anderen noch in den Harnischen stecken lassen wollte. Da war der Taucher, gleich neben uns, man brauchte nur die Brücke auszuspannen, die Luke zu öffnen, hinunter in die Mannschaftsräume zu gleiten, da waren all die Duschen, Betten, Nahrungsmittel und Getränke, die Menschen normalerweise so wichtig sind. Vielleicht hat er es gerochen. Vielleicht war er schon vorsichtig.

Die anderen schliefen. Ich schickte eines meiner Augen den Krater hinauf, so weit es ging, und auf target wurde es ebenfalls dunkel. Wir waren weit hinter unserem Zeitplan zurück, hatten kaum hundert Höhenmeter gewonnen, und die Augen meiner Kameraden waren zu schwach, um die Lichtwechsel überhaupt wahrzunehmen. Aber mein Robot-Auge, das ich eintausend Meter weit den Schlund hinaufgeschickt hatte, konnte es, und ich hätte den anderen die Bilder gern in ihre Träume eingeflochten, ich weiß, wie sehr Menschen diesen Tageszyklus brauchen. Die Träume der Mannschaft beeinflussen: möglich wäre das schon gewesen, aber allzu illegal. Nachdem mein zurückgerufenes Auge wieder an seinem Platz eingerastet war, erlaubte ich auch mir einen Traum. Es ist von Zeit zu Zeit nötig, dem Humanprofil eine gewisse Form der Versenkung, eine Art ›Trance‹, ›Träume‹ zu gestatten, sonst leidet seine Funktionalität. Mein Maschinenanteil beschränkt seine Aktivitäten und seinen Datentransfer auf ein Minimum, das Humanprofil versinkt in Bildern. Menschliches Denken funktioniert so. Das Traben der Hunde im Traum ist nötig, damit sie Füchse jagen können. Mein Profil träumte vorhersagbar von einer Frau.

Geräusche weckten mich. (Ein häßliches Gefühl, in Bruchteilen von Sekunden alle heruntergefahrenen Systeme neu booten zu müssen – wie ein harter Schlag auf meinen Panzer.) Der ganze Wald war voll davon. Rasendes Klopfen überall, nicht sehr laut und doch durchdringend. Als schlage etwas mit einem harten Gegenstand sehr schnell auf das relativ weiche Holz der Rinde. In der Nacht vorher hatte ich nichts dergleichen aufgezeichnet. Ich mußte lange in meinen Speichern kramen, um ähnliche akustische Muster zu finden, und selbst dann konnte ich mir kaum einen Reim darauf machen: was mir mein Lookup-Dämon zeigte, war eine fliegende terratorme Spezies aus der Familie der Vögel, mit buntem Federkleid und der seltsamen Fähigkeit, mit Hilfe ihres Schnabels Löcher in das Holz morscher Bäume zu treiben, um ihre Eier in den so entstandenen Gängen abzulegen. Specht. Der Wald war voller Spechte. Was sollte ich tun? Spechte waren nicht gefährlich, nie gewesen, schon vor ihrer Auslöschung nicht.

Sie waren auch nicht nachtaktiv. George, das wußte ich, würde bei einer Meldung aus seinem Kokon springen, alle wecken, mit seinem Impulsgewehr herumfuchteln und nicht wanken und weichen, bis der letzte der ›Spechte‹ wieder mit der Klopferei aufgehört hätte. Ich weckte nur Benjamin. Er war vernünftig und gefaßt, wie immer.

»Was meinst du?« fragte er. »Ist das gefährlich?«

»Intuitiv gesagt: nein.«

»War das gestern schon da?«

»Nein. Definitiv nein.«

Und Benjamin schlief wieder ein, als sei ihm nur kurz von einer Vertrauensperson eine gute Nacht gewünscht worden. Erstaunlich. Sein Vertrauen beruhigte selbst mich (meine Intuition hat mich schon getäuscht). Das Klopfen hörte bald wieder auf, und ich geriet in eine Stimmung jenseits der Angst, jenseits der Langeweile, jenseits der befestigten Gewißheit wer ich war, was ich wollte, wo ich war und warum. Ich lief neben meiner eigenen Programmierung her, wie ein Läufer, der sehr lange unterwegs ist und in dem symphonischen Rausch, den ihm seine Nerven vorjubeln, weit von der Strecke abkommt. Viele Fehler in den Berechnungen, kreative, selbstwiederholende Prozesse, Neuronenspuk, Geistesvergiftung. Ich hätte all das wegwischen können mit einem System-Reset, ich entschied mich dagegen. Ich wollte so bleiben, eine Weile lang. Und aus diesem Trotz nur, aus dieser Geistesverfassung heraus, kann ich mir erklären, was ich dann tat. Daß ich überhaupt auf die Idee dazu kam. Die Außenhaut eines Tauchers kann jede beliebige Färbung annehmen. Ich analysierte die Farbe des grünen Leuchtens, das ich vor einiger Zeit aufgezeichnet hatte. Ich befahl dem Taucher, sie zu erzeugen. Der Taucher strahlte auf ihm bekanntem Grün. Ich wußte nicht, was ich damit bezwecken wollte, ich wollte es nur *tun*. Ich hatte die Werte der Mannschaft im Auge, denn eins war klar, wenn einer von ihnen mich dabei erwischt hätte, ich wäre entkernt und mit der Ersatzeinheit ausgetauscht worden, die in einem kleinen Hangar hinter einer schwarz und rot gestrichenen Tür auf ihren Einsatz wartete (leise ihre Statusdaten summend). Das ging so etwa eine Viertelstunde, die Mannschaft dachte gar nicht daran, sich von der veränderten Farbe des Lichtes stören oder gar wecken zu lassen. Und kurz bevor ich das Spiel aufgeben, die Aufzeichnungen darüber löschen, mich wieder auf den sicheren Grund meiner Funktionsdiagramme zurückbegeben wollte, gab der Wald mir eine Antwort. Das weiß ich heute; damals ließ ich diese Interpretation zwar als Arbeitshypothese zu, aber nicht als Tatsache. Das Aufzucken vom Kraterrand bis zu uns herab, der blitzartige Lichtwasserfall war von so kurzer Dauer, daß ein Mensch ihn nicht wahrgenommen hätte, und selbst ich mußte ihn mir in der Wiederholung langsamer einspielen, um ihn in Ruhe beobachten zu können; erstaunlich, wenn man bedenkt, wie kurzlebige Vorgänge ich klar erfassen kann. Ich war aufgeregt, ich war verängstigt, aber ich wollte keine vorschnellen Schlüsse ziehen. Ich begrub dieses Ereignis in meinem Herzen, löschte die Aktion im Gedächtnis des Schiffscomputers und in dem der Schlepper, verschlüsselte die Bildaufzeichnung und die Verästelung, die sie in meinem Hirn angelegt hatte, und verschob die getarnte Struktur in ein Verzeichnis, das mit der Überwachung der Luftzirkulation in den Harnischen zu tun hatte. Hätte ich ein Herz, es hätte da noch lange geschlagen.

Trotz meiner Vorsichtsmaßnahmen bildete ich mir ein, daß George mich beim nächsten Morgenbriefing mit mißtrauischer Aufmerksamkeit beobachtete. Er fragte auch mehrfach danach, ob es in der Nacht wirklich keine besonderen Ereignisse gegeben habe. Ich erinnerte mich siedendheiß daran, daß Kampfpiloten unter anderem einen hohen Psi-Faktor haben müssen, und ein

Geist erkennt einen anderen Geist, so ist das nun einmal. Ich blieb aber standhaft bei meiner Leugnung, und schließlich gab er es auf.

Zu meiner großen Überraschung wollte George den langgezogenen Sperrgürtel von Schnecken (oder ›Spornen‹, wie sie mittlerweile bei der Mannschaft hießen), mit dem Taucher überspringen, wir zogen uns also auf die Hülle des Tauchers zurück (die mir so unangenehm grün vorkam) und ließen die Schlepper einpacken, was einzupacken war. Die Luke zischte leise beim Druckausgleich (die Atmosphäre innerhalb des Taucher war etwas dichter) und drehte sich in einer eleganten Spirale aus dem Leib des Schiffes heraus.

George war der letzte, der einstieg, ich fragte mich, ob er sich selbst diese Niederlage eingestand. George war jederzeit ein so stolzer Mann. Er war ein schlechter Verlierer. Sabrina hatte ein schmales Gesicht, das in der Kinnpartie aber seltsam in die Breite ging, große Zähne. Sabrina war sehr schlank. Benjamins graue Augen fallen mir ein, sein stetiger Blick. Tatjana, sehr viel fülliger als Sabrina, aber nicht dick, mit Haaren von einer natürlichen Mahagonitönung. Es kann sein, ich vermisse die Menschen, mit denen ich hier auf Reisen war. Ich freute mich, sie ohne die Harnische zu sehen. Die Rötungen an den Krägen ihrer Anzüge, die blasse Haut und der strenge Geruch, der von ihnen ausging, sprach Bände. Nach einer kurzen Besprechung im Kommandoraum schickte George sie alle unter die Dusche, dann unter die Lampe und schließlich in den Masseur, der sie alle gut durchkneten sollte. Als Benjamin zurückkam, übergab George mir und ihm die Steuerung des Schiffs und erfrischte sich selbst. Benjamin ließ sich nichts anmerken. Er drehte sich auf dem Kommandantensitz vor den Schirmen und Projektoren so geschäftsmäßig knapp wie der Operator eines Hybridreaktors. Sein erster Satz, als die Crew wieder im Kommandoraum versammelt war, lautete:

»Das Schiff verbraucht mehr Energie als vorherge-sagt.«

»Warum?« fragte George kurz angebunden.

»Das weiß ich nicht. Und der Computer auch nicht.«

George winkte Benjamin von seinem Stuhl herunter, sah sich die Daten an, und ließ (in der Nahaufnahme) ein wenig Schweiß auf seine Stirn treten.

»Wir unterbrechen den weiteren Aufstieg, bis die Ur-sache für dieses Phänomen gefunden ist.«

Na also, dachte ich mir. Keine Rede von einer Nieder-lage. Georgie-Boy in Problemlösungs-Hochform. Aller-dings brauchten wir unsere Zeit, bis wir gefunden hatten, was wir suchten.

Ich bin eben mit dem dringenden Bedürfnis aufge-wacht, einem fühlenden Wesen, egal welcher Art, egal welcher Herkunft, vielleicht auch mir selbst, einen schreienden Schmerz zuzufügen. Ja, ich wache jetzt öf-ters auf, ich lasse das Profil in seinen Träumen schwim-men, das verbraucht aufs Ganze gesehen auch weniger Energie.

Und trotzdem ist hier manchmal, mitten in meiner hiesigen Misere, eine stille Freude um mich, von der ich nicht das Zentrum sein muß.

Ich spiele mir zum Trost ein wenig Klaviermusik vor. Die komprimierten Soundfiles entfalten sich, eine nach der anderen, *wie in den Spielen, bei denen die Japaner in eine mit Wasser gefüllte Porzellanschale kleine, zunächst ganz unscheinbare Papierstückchen werfen, die, sobald sie sich vollgesogen haben, auseinandergehen, sich winden, Farbe annehmen und deutliche Einzelheiten aufweisen, zu Blumen, Häusern, zusammenhängenden und erkennbaren Figuren werden.* Zum wievielten Mal fühle ich die Sonne unter-gehen, zum wievielten Mal diese Erdmusik.

»Computer. Ein letztes Mal. Warum verbraucht das Schiff mehr Energie, als es sollte?«

»Ich weiß es nicht«, sagte der Schiffscomputer, und seine Stimmemulation klang leicht gereizt. »Ich kann einen Totalcheck machen. Bei maximaler Suchtiefe wird das 72 Stunden dauern, seine Auswertung noch einmal solange. Soll ich damit jetzt beginnen?«

»Nein, verdammt noch mal! Das dauert zu lang. Das können wir uns nicht leisten.«

»George«, sagte Tatjana, »das hat keinen Sinn.«

Wir waren erschöpft. Niemand wußte, was zu tun war. Wenn der Schiffscomputer keine Ahnung hatte, wer dann? Eine Weile sagte niemand ein Wort. Über die Schirme und Projektoren zuckten Kurven, Balkendiagramme, 3D-Simulationen. Einer der Hauptschirme, die mit dem Reaktor zu tun hatten, zeigte ständig eine rotgefärbte Skala. Und wenn der Schiffscomputer richtig rechnete, nahm der Energieverbrauch des Schiffs langsam, aber sicher zu.

»Versteht ihr, was hier passiert?« sagte Sabrina. Sie hatte ungesunde rote Flecken im Gesicht. Sie sah ein bißchen wie ein Schülerin aus, die lange über eine wichtige Sache nachgedacht hat. Eine wichtige Sache, die ihr vom Lehrer Schläge einbringen wird, wenn sie sie erwähnt. »Es ist der Wald. Der Wald will uns am Aufsteigen hindern.« Mehr rote Flecken. Schwerer Atem. Sie hatte jetzt die volle Aufmerksamkeit. »Zuerst bekommen wir keinen Kontakt mit dem Radiosatelliten, und der Wald ist daran schuld. So ist es doch, nicht wahr? Dann diese Attacken mit den ›Kokosnüssen‹, die Wurzel, der Staub, die Sporne, die Rochen und jetzt das hier. Wir bekommen ein Zeichen. Wir …«

»Du hältst jetzt die Schnauze«, fuhr George schneidend dazwischen. »Schluß mit dem Geschwätz. Wir haben ein technisches Problem. Offizier Kadaan, ich verbiete Ihnen, so zu reden. Ich verbiete Ihnen, so zu *denken!* Es geht hier um Technik, nicht um Mystik. Ende der Durchsage.«

Der letzte Satz ein tierisches Gebrüll. Georges Nerven

mußten weit durchgescheuert sein, wenn er sich zu so einer lautstarken Intervention hinreißen ließ. Andererseits schien er froh zu sein, daß ihm eine Gelegenheit zum Herausbrüllen seiner Frustration geboten worden war.

Er setzte sich wieder hin, mitten hinein in die Stille, die er selbst erzeugt hatte. Sabrina zitterte wie Espenlaub. Sie fing an zu weinen, sagte schluchzend: »Nein!« und noch einmal »Nein!« und lief ungeschickt, wie ein verwundetes Tier, aus der Kommandozentrale. George hielt sie nicht auf, was mich erstaunte. Er hätte ihre Anwesenheit befehlen können, aber fürs erste schien seine Autorität erschöpft. Tatjana und Benjamin saßen peinlich berührt auf ihren schwarzen Sesseln, wippten mit den Füßen und sahen nirgendwohin. Tatjana murmelte etwas wie: »War das jetzt nötig?«

George drehte sich in seinem Kommandantensessel mit der silbernen Dreiecksintarsie in der Lehne um, und sagte: »Computer.«

Eine Stunde später hatte er den Computer so weit, daß der sich weigerte, Anfragen in bezug auf den Energieverbrauch des Schiffes überhaupt noch anzunehmen. Ich stolperte über die Lösung des Problems, während ich ein wenig in den Daten der Antriebsaggregate herumstocherte. In einer Atmosphäre, die den Namen verdiente, hielt sich der Taucher wie ein Luftkissenboot oder ein Senkrechtstarter in der Schwebe, vom Hauptreaktor angetriebene Unger-Turbinen stießen das Gas der Atmosphäre durch Düsen an der Unterseite des Schiffes heraus, das funktionierte selbst bei einem Zehntel des irdischen Atmosphärendrucks recht gut. Jetzt aber mußten sich die Turbinen seit einiger Zeit immer mehr anstrengen, um das Schiff in der Schwebe zu halten und zu trimmen. Rein auf Verdacht sah ich mir die Austrittsöffnungen für die beschleunigte Luft einmal an. Nichts Außergewöhnliches zu entdecken. Ich fragte den

Schiffscomputer, ob er irgend etwas Regelwidriges an den Düsen entdecken konnte; er sah sich das Bild für erstaunlich lange 1,37 Sekunden an und antwortete dann:

»Die Düsen wachsen zu.«

»Sie wachsen zu?«

»Ja. Der Durchmesser der Austrittsöffnungen nimmt ab. Seit ... etwa drei Tagen. Seit der Zeit verbrauchen wir mehr Energie als normal.«

Was mich nicht wunderte, wenn die Düsen ›zuwuchsen‹, weil im Gegenzug dazu natürlich die Luft schneller austreten mußte, um das Schiff oben zu halten.

»Und noch etwas. Auch der innere Düsenquerschnitt nimmt ab, kurz vor der Austrittsöffnung.« Der Schiffscomputer zeigte mir das Innere der Düsen, da ich das Bild nicht alle Tage sah, fiel mir nichts Ungewöhnliches daran auf.

»Wenn du es sagst. Aber warum hast du das nicht früher bemerkt?«

»Ich habe es nicht überprüft. Nur ein Totalcheck beschäftigt sich mit dem Durchmesser der Unger-Düsen.«

Wie gesagt, ein genialer Schachspieler, aber ein Idiot, was das intuitive Denken anging.

»Konferenz; Benjamin, George. VED hier. Ich habe die Ursache für den überhöhten Energieverbrauch gefunden. Die Unger-Düsen wachsen zu.«

»Danke VED«, sagte George fast gelangweilt, »der Schiffscomputer hat es uns gerade gemeldet. Wir ...«

»George, ich schicke die Geckos jetzt raus.«

»Ok. VED, bitte überwachen, was da draußen passiert. Erhöhte Aufmerksamkeit.«

Was bedeutete, daß ich mit noch zwei Kameras zusätzlich auf die Düse einzoomte, die die Geckos zuerst erreichten. Die klickenden Maschineninsekten mit ihren funkelnden Köpfchen machten sich vorsichtig an die Düse heran, immerhin rauschte die Luft dort mit mehreren hundert Kilometern heraus, Geckos hielten 100 Ge und die Kälte des Weltalls aus, aber sie waren nicht gerade für hohe Windgeschwindigkeiten gebaut. Prompt geriet das erste Metalltierchen in den Sog, der sich am Rand des reißenden Luftstroms bildete, wurde in den Strom eingesaugt und von seiner Gewalt in tausend funkelnde Teilchen zerfetzt, die wie ein Regen aus Quecksilber, funkensprühend, ins Bodenlose rauschten, mit freundlichen Grüßen von *Metabeast*, dem größten Hersteller automatischer Tiere auf LEL.

Benjamin seufzte angeödet auf

»Turbine C Stop«, sagte George. Das Schiff sackte ein wenig ab, bevor die Gyroskope und die anderen Turbinen es wieder ins Lot brachten, es knackte ein wenig im Gebälk, und der Reaktor fiedelte in seinen Programmen herum, um die Schnellabschaltung sauber abzufangen.

Das zweite Gecko hatte sich halten können und kroch auf die nun stillgelegte Düse zu. Es untersuchte zuerst den Rand der Düse, und da, in der extremen Nahaufnahme, sah auch ich, daß damit etwas nicht ganz stimmen konnte, denn er war unregelmäßig gearbeitet, schlug leichte Wellen, als habe jemand mit einem scharfen Messer und leicht unsicherer Hand die Öffnung aus dem Rumpf geschnitten.

»VED«, sagte der Schiffscomputer. »Die Meldung des Geckos besagt, daß der Düsenkranz nicht mehr aus dem Originalmaterial besteht. Was soll das heißen?«

»Nun, Computer«, antwortete ich, »eben, daß er nicht mehr aus dem Originalmaterial besteht. Und wenn dem so ist, dann kann das Gecko doch etwas davon herausschneiden, nicht wahr, George, Benjamin?«

»Yop«, sagte George.

»Na dann«, sagte Benjamin.

»Kommandant«, warf der Computer ein, »ich weise Sie darauf hin, daß dieser Eingriff eine Beschädigung des Schiffes darstellt, die nur im äußersten Notfall von unseren Verfahrensanweisungen gedeckt sein könnte. Haben wir einen Notfall?«

»Halt's Maul«, sagte George gutgelaunt, der Gecko war schon auf dem Rückweg.

»Aha«, sagte George. Es klang relativ begriffsstutzig.

Die Kommandozentrale. Der Hauptreaktorschirm zeigte wieder Kondition grün. Sabrina saß auf ihrem Stuhl wie die anderen auch, sie lächelte auf eine Art, die mir leichtes Unbehagen verursachte.

»Genau. Selbstreproduzierende Kristalle. Quasibiotisch. Eine Art Viren, die nicht in Wirtszellen leben. Sie ernähren sich von dem unglaublich vielfältigen Einzellerleben, das auch auf der Außenhaut des Tauchers floriert. Die ›Flocken‹ die vor einigen Tagen auf uns herniedergeregnet sind, waren möglicherweise auch selbstreproduzierende Kristalle. Erinnert ihr euch, wie sie von der Plattform verschwanden, nachdem wir das Zellgift versprüht hatten? Den Kristallen selbst kann das nichts anhaben, aber ihrer Nahrungsgrundlage. Und deshalb zersprühten die Flocken, die sich auf dem Schiff festgesetzt hatten, zu Staub, als sie alle Einzeller an der Außenhaut aufgebraucht hatten. Ist euch aufgefallen, wie sich das Wachstum der Flockenschicht ab einem gewissen Punkt verlangsamte? Das war der Umkehrpunkt. Da wurde das Angebot geringer als die Nachfrage.«

»Und der Staub selbst?« fragte Tatjana.

»Sporen, Samen, Kristallisationskeime, was weiß ich.«

»Wie hoch war die Temperatur, sagst du, die die Kristallkruste dauerhaft ausgehalten hat?« fragte George.

»Circa 600° C. Ich mußte die Geckos mit Plasmaschneidern losschicken, und ich war gar nicht einmal so sicher, ob die Kruste nicht genauso haltbar war wie der Rumpf. Glücklicherweise ist die Masse bei 2000° C zu einer Art Glas zerschmolzen und bei etwa 280° C dann verdampft. Wir sollten die Umgebung der Düsen dauerhaft mit dem Zellgift berieseln, damit sie keine Nahrung finden.«

»Glücklicherweise? Quasibiotische Kristalle, die Temperaturen von über 2000 Grad aushalten? Kannst du mir erklären, wo diese Kristalle herkommen?« Tatjana war mehr erstaunt als gereizt.

»Nein, das kann ich nicht«, antwortete Benjamin. »Obwohl man vermuten könnte, daß die Krusten an den Düsen in Zusammenhang mit dem Flockenregen von vorgestern stehen, weil von da an die Energiekurve des Reaktors anwuchs.«

Schweigen im Walde, ha ha. Sabrina hatte während des ganzen Gesprächs nicht einen Pieps geäußert, und ein unbehagliches Lächeln saß wie festgefroren in ihrem Gesicht. Und dann stellte sie doch noch die eine, entscheidende Frage, die wir alle bis dahin vermieden hatten:

»Benjamin.« Ihre Stimme klang, als käme von weit hinten aus ihrer Kehle und überwinde an den Lippen ein schallhemmendes Hindernis. »Sag mir: warum hatten diese ... diese Krusten exakt die gleiche Farbe wie unser Rumpf, wie die Austrittsöffnungen? Die gleiche Farbe für *menschliche* Augen, nicht wahr?«

Jetzt lächelte Benjamin auch.

»Ist das nicht offensichtlich? Sie wollten sich tarnen.«

»Das ist nur eine Vermutung«, brauste George auf, »eine unbewiesene Vermutung, die ...«

»Aber die beste, die wir haben. Tut mir leid, George, so ist es nun einmal«, sagte Benjamin und sah schnell in eine andere Richtung.

»Danke, Benjamin«, sagte Sabrina.

Das war zu viel für George. Er plusterte sich auf wie ein Truthahn.

»Schnauze! Schnauze alle beide! Offiziere Kadaan und Cédraqué, ich befehle Ihnen Sachlichkeit! Was ist das hier, ein Kindergarten? Nein! Das ist eine wissenschaftliche Expedition! *Wissenschaftlich*, verstehen Sie? Hören Sie auf mit diesen aus der Luft gegriffenen Vermutungen und liefern Sie mir endlich verläßliche Daten! Abtreten!«

Die beiden gescholtenen Kinder taten wie ihnen geheißen. Sie griffen beide nach ihren Computerpads und verließen die Kommandozentrale. Tatjana schien ihnen folgen zu wollen, besann sich aber im letzten Moment eines Besseren.

Die Schneckenwiese war erstaunlich breit, wir mußten über einhundert Höhenmeter mit dem Taucher gutmachen, um sie zu überwinden. Wir stiegen langsam auf, die Aufnahmen von der hell ausgeleuchteten Schneckenwiese begannen unsere Bildspeicher anzufüllen. Ich hätte gerne mit Benjamin über die Frage gesprochen, warum wir bei unserem Abstieg nichts von ihr gesehen und bemerkt hatten, allerdings verkniff ich mir das wegen der Spannungen innerhalb der Mannschaft. Und es gab ja darauf auch im Grunde nur zwei Antworten: entweder es war ein Vexiereffekt eingetreten, der uns daran gehindert hatte, die Schnecken wahrzunehmen, weil wir keine Ausschau nach ihnen gehalten hatten. (Ich hielt das für zweifelhaft, Menschen sehen Spiralen manchmal selbst dort, wo keine sind, die Schnecken hätten uns auffallen müssen.) Die zweite Antwort auf die Frage lautete, daß die Schnecken bei unserem Abstieg noch nicht da gewesen waren, diese Antwort war meiner Ansicht nach viel plausibler, aber auch viel beunruhigender. Mein Lookup-Dämon fand keine Art von terraformem Leben, das die beobachtete Fläche innerhalb von drei Tagen besiedeln konnte. Nun gut, das war kein terraformes Leben, und man hatte auch bei anderen extraterrestrischen Lebensformen schon Überraschungen erlebt, z. B. bei den ›Fischen‹ auf Dyanasore, die eben keine Fische waren, ganz und gar nicht. (Wahrscheinlich streiten sich die Wissenschaftler immer noch darüber, was diese ›Fische‹ eigentlich sind. Ich bin da derzeit nicht auf dem laufenden. Ha ha.

Ich sah in meinen Protokolldateien nach, was Benjamin gerade so trieb, er beschäftigte sich mit der Analyse des ›Chlorophylls‹, das er aus dem ›Laub‹ des Walds extrahiert hatte. Dieses ›Blattgrün‹ stützte sich offenbar auf Calcium statt auf Magnesium, es schien aber die gleiche Funktion der Umwandlung von Lichtenergie in chemische Energie zu haben, wenn auch mit einem phantastisch hohen Wirkungsgrad.

Sabrina saß in ihrer Kabine und lächelte. Ich beobachtete sie durch die Überwachungskameras des Tauchers; ich mochte das nicht, was ich da tat, aber es gehörte zu meiner Pflicht. Außer lächeln tat sie gar nicht sehr viel, wenn man vielleicht von dem Becher absah, der in seiner Halterung auf ihrem schmalen Tisch stand, und der Tatsache, daß sie mit weit gespreizten Beinen, im Sitzen, in einer sichtlich nicht sehr bequemen Haltung, still vor sich hin onanierte. Ich untersuchte, was in dem Becher war. Wasser. Ich unterzog ihr Blut einer Schnellprüfung: Adrenalin, Vorläufer und Abbauprodukte waren recht hoch, ich schob das noch auf die Auseinandersetzung mit George. Warum ich sie und ihr Verhalten zu diesem Zeitpunkt nicht einer allgemeinen psychologischen Überprüfung unterzog, kann ich mir nur dadurch erklären, daß ich mir unfein dabei vorkam, sie in ihrem Intimleben beobachtet zu haben; ein Profil hatte noch während meiner oberflächlichen Untersuchung pausenlos protestiert. Ich hätte sie mit Georges Erlaubnis bis zum Kinn mit Drogen vollpumpen können, aber ich bezweifle, ob das unterhalb der Komaschwelle etwas genützt hätte, und das wäre letztlich erst recht auf das gleiche hinausgelaufen. Sicher, ich schämte mich. Und außerdem zog George meine Aufmerksamkeit von Sabrina ab, als er ausrief: ›Eidechsen!?‹

Tatsächlich: zwischen den aufgerollten Spornen huschten handtellergroße, vierbeinige Wesen herum, die auf den ersten Blick wie terraforme Amphibien aussahen, wenn sie einmal anhielten. Sie schienen wie Mäuse aus der Rinde Waldes selbst herauszuhuschen und liefen zwischen den Spornen mit einer halsbrecherischen

Geschwindigkeit hin und her. Entweder machten sie dabei keine Fehler, oder ihr Getrappel löste die Sporne nicht aus, Anemonenfische auf dem Trockenen. So unvermittelt, wie die Eidechsen starten konnten, hielten sie manchmal an und begannen mit rasenden Schlägen ihres Kopfes (oder ihrer Schnäbel) auf das Holz einzuhämmern. Dadurch verursachten sie das Geräusch, das ich in der Nacht vorher gehört und dessentwegen ich Benjamin aufgeweckt hatte. Da hatte ich meine ›Spechte‹. Die Eidechsen entwickelten bei ihrem Gehämmere einen beachtlichen Vortrieb, innerhalb von einer Minute konnte das Individuum unter die Rinde getaucht sein, möglicherweise hatte es sich aber bloß einen neuen Zugang zu Gängen ermeißelt, die sowieso schon dicht unter der Oberfläche entlangliefen. Als ich genauer hinsah, bemerkte ich, daß der konisch zu einer Art Schnabel zulaufende Kopf vom Halsansatz bis zur Spitze des Schnabels rundherum mit glänzenden schwarzen Punkten bedeckt war, sie erinnerten unangenehm an Vogelaugen, wobei keine Pupillen zu erkennen waren. Wenn die Eidechsen nicht klopften, leckten sie die Rinde ab, mir fiel auch auf, daß sie anscheinend auf einer Art Hautfalte über das Holz wuselten, und ich fragte mich, was ihr Sinn sein mochte. Trotz ihrer Geschwindigkeit schienen die target-Eidechsen Feinde zu haben. Beim Überblick über die Mauer fiel mir ein Individuum auf, das in einer Art Gewölle festzustecken schien; während die Beine noch ruderten, machte der ganze Körper, der in einem Nest von schwarzen Fäden verheddert war, schon einen relativ leblosen Eindruck. Die Fäden des Gewölles, die nicht damit beschäftigt waren, den Körper des Opfers festzuhalten, wanden und kringelten sich wie Algen im Wasser, sie waren glänzend schwarz, vielleicht halb so dick wie ein Grashalm und trugen an ihrer Spitze eine kleine irisierende Perle, die aus einer zähen Flüssigkeit zu bestehen schien. Noch während ich mir den Todeskampf der Eidechse ansah, zog sich das Gewölle mitsamt seiner Beute ruckartig in die Wand zurück, dabei machte der Körper der halbtoten Eidechse, der offenbar durch ein relativ kleines Loch eingesaugt wurde, ein übelkeiterregendes, knackendes Geräusch. Der Vorgang lief unwirklich schnell ab, wie so vieles in diesem Wald, und ich bezweifelte nicht, daß die ›Pflanze‹ (oder was immer dieses Gewölle sonst war), mit noch viel größerer Geschwindigkeit aus der Rinde hervorgeschossen war, um sich die Eidechse zu fangen.

»Kannst du mir das noch mal einspielen?« sagte George. »Geschwindigkeit vier zu eins bitte.«

Das knackende Geräusch dröselte sich zu einem Bündel von Lauten auf, die Hunderte von feinen Knochen hervorgebracht hatten, als sie zerbröselt worden waren.

George kommentierte das nicht, er blies lediglich ein wenig Luft aus.

Das Gewölle schien nicht das einzige Problem der Eidechsen zu sein. Als wir den Rand der Schneckenwiese erreichten, bemerkten wir, daß der Taucher von einem guten Dutzend der Himmelsrochen eskortiert wurde, sie kreisten in gemächlichem Abstand um uns herum. Gerade in dem Moment, als wir die Grenze zu schneckenfreiem Territorium passierten, schoß ein silberner Schatten heran; der eine der Eidechsen, die sich aus dem Schutz der Sporne herausgewagt hatte, mit einem blassen Pfeifen zurückjagte.

Sofort überspielte ich Tatjana die Aufzeichnung und bat sie um ihre Meinung.

»Die Rochen jagen die Eidechsen«, sagte Tatjana.

»Ja«, antwortete ich, »und die Schneckenwiese dehnt sich aus.«

»Das tun die Wüsten immer«, antwortete sie, und ich brauchte eine Weile, bis ich das Zitat erkannte.

Aber wir hatten die sich ausdehnende Wüste übersprungen. George ließ uns noch eine halbe Stunde Zeit, dann evakuierten wir den Taucher ein zweites Mal. Sabrina bat George lächelnd darum, in dem Taucher bleiben zu dürfen, George ließ das natürlich nicht zu.

Das Auge des Mondes öffnet sich. Der Mond des Planeten target steigt über den Horizont. Seine Lider öffnen sich und entblößen eine blaue blinde Iris. Die Sterne sind seine Wimpern. Heute nacht ist das Auge des Mondes voll auf seinen Mutterplaneten gerichtet. Und es sieht, sieht, sieht: mich.

Bei maximaler Sensorleistung könnte ich *Paradies* vor der Iris des Sternenauges vorbeiziehen sehen, ein silbrig glänzender Funke vor der grausamen gleichmäßigblauen Scheibe des Mondes. Ich könnte das sehen, ich will es nicht.

Man fragte sich natürlich nachher, ob man den Verlust des Tauchers nicht hätte verhindern können. Man hätte ihn verhindern können, wenn man mit ihm nicht in den Wald abgetaucht wäre, das ist meine Meinung heute. Damals machte ich mir natürlich Vorwürfe, George nicht gut genug beraten zu haben; irgend etwas Sinnvolles hätte man doch sicher unternehmen können, ein Blitzstart, ein geschicktes Rollmanöver, irgend etwas, nicht wahr. Aber das ist alles Unsinn. Wenn sie uns nicht da erwischt hätten, dann eben später. Wir hatten die Plattform von dem Schiff losgekoppelt, sein Licht strahlte uns von unten an. Die Plattform fand zwar einen guten Griff in der Wand, aber wegen der Sporne, der Peitschen und der Eidechsen, die ja immerhin mit ihrem Gehämmer Holz aufbohren konnten, hielt sie einen respektvollen Abstand von einem halben Meter, auch Tatjana und Benjamin hielten die Stützen ihrer Sauggeräte mit einer gewissen Vorsicht gegen die Wand. Sabrina half ihnen dabei, die vakuumverschweißten Filterkuchen zu sortieren, sie etikettierte die handtellergroßen, stapelbaren Kapseln mit einem kleinen Schreibgerät, das automatisch Datum, Uhrzeit und lokale geographische Daten auf ihren Deckel brannte. Die Arbeit schien ihr gut zu tun, das manische Lächeln war aus ihrem Gesicht geschwunden. Angst und Unglück, die sich dort jetzt tief eingegraben hatten, waren zwar nicht viel besser anzuschauen, aber sie spiegelten wenigstens die Realität. George tat nichts, das heißt, er stand am äußersten Rand der Plattform, direkt über dem Abgrund, und streichelte sein Impulsgewehr. Die Plattform hätte ihn beinahe heruntergestoßen, als sie die Schutzhülle automatisch aufspannte, kurz darauf begann es wieder einmal zu regnen. Ploppend prallten die Projektile an der Schutzhülle der Plattform ab, sie erinnerten stark an Ahornsamen, die im Herbst vom Baum herunterpropellern, wenn auch die ›Samenkapsel‹ um die sich der Rotor herumdrehte, etwa die Größe eines menschlichen Kindskopfes hatte. Das schien nur eine weitere der Lebensäußerungen des Waldes zu sein, und nach einer kurzen Weile achteten wir nicht mehr darauf. Bis George, der sich noch immer mit seinem Gewehr im Arm an der Schutzhülle die Nase plattdrückte, sagte: »Was, zum Teufel …?«

Pause.

»VED, was geht an dem Taucher vor?«

Es ging da tatsächlich etwas vor. Im Gegensatz zu den Projektilen, die uns trafen, glitten die Samen an der Haut des Tauchers nämlich nicht ab, sondern setzten sich daran fest; große Teile der Oberfläche waren schon damit bepflastert, das Licht wurde schnell so schwach, daß die Plattform ihre eigenen Strahler einschaltete. Manche der Samen, die in einem ungünstigen Winkel auf die Oberfläche heruntergetaumelt und abgeprallt waren, konnten sich dennoch mit schlierigen Fäden an ihr festhalten, diese Fäden schienen auch untereinander zu reagieren und bildeten schnell klebrige Netze, in denen sich mehr und mehr der Samen verhedderten.

»Computer«, sagte ich, »reinigen.«

Der Taucher versuchte zunächst, die Samen abzuglühen, beißender Rauch stieg von unten auf, und uns wurde die Sicht genommen. Ich befahl dem Computer, damit aufzuhören; als sich der Rauch verzogen hatte, sahen wir, daß die unterste Schicht der Samen, die dem Panzer des Schiffs am nächsten gewesen war, zwar verbrannt war, aber die weiterhin massenhaft herunterregnenden Propeller schienen sich auch auf diesem Untergrund hervorragend ansetzen zu können. Der Computer versuchte es noch einmal mit den Gyroskopen, aber er zuckte so wild hin und her, daß seine eigene Flugstabilität in Gefahr geriet, und die Samen lösten sich trotzdem nicht in nennenswertem Ausmaß. Wir konnten die Turbinen bis zu uns hoch weinen hören, ich befahl dem Computer, damit aufzuhören. Frost, Zellgift, und die Geckos, die der Computer in großer Zahl ausschickte, um die Kokosnüsse von seiner Haut zu pflücken, hatten genausowenig Erfolg.

»Computer, wie schwer ist das Schiff bis jetzt belastet?«

»Wir haben jetzt doppeltes Leergewicht.«

»Wann bekommst du ernsthafte Probleme?«

»Etwa ab dem Zwanzigfachen.«

Es regnete unvermindert. Die anderen hatten mit ihrer Arbeit aufgehört, alle Menschen außer Sabrina standen direkt am Rand der Plattform, nur vom schwach flimmernden Schutzschirm von dem Schauspiel da unten getrennt. Die Plattform wurde jetzt gar nicht mehr von den Samen getroffen. Kein einziger hatte sich an uns angesetzt, dabei bestand die Plattform aus demselben Material wie das Schiff auch. Möglicherweise hätten die Samen allein das Schiff nicht zu Fall bringen können, aber George hatte Angst, das erkannte ich an seinen Werten, und er versuchte deswegen etwas sehr Dummes. Menschen tun oft sehr dumme Dinge, wenn sie große Angst haben, allerdings mußte Georges Nervenkostüm in den Tagen vorher sehr gelitten haben, daß er zu einem solchen Verzweiflungsschritt in der

Lage war. Er befahl dem Schiff noch einige Neigungen nach Backbord und Steuerbord, um die mittlerweile zu einer festen Masse verbackenen Samen abzuschütteln, und als das nichts brachte, bereitete er einen Blitzstart vor. Ein Blitzstart mit einem Taucher ist die ultima ratio in extremen Gefahrensituationen, die Standardprozedur des Syndikats, wenn sowohl Schiff als auch Besatzung in Gefahr sind. Der Blitzstart mit einem Taucher ist darauf ausgerichtet, Menschen, die in die Kommandokapsel in ihren Suspensorsitzen angeschnallt sind, nicht zu töten, alles andere, wie z. B. Knochenbrüche, Schock, leichte Gehirntraumen u. ä., sind im Zusammenhang mit einem Blitzstart nicht groß von Interesse. Auch Einwirkungen auf die unmittelbare Umgebung eines Tauchers im Blitzstart sind nicht von Interesse, ein paar hundert Quadratmeter verbrannter Boden spielen da ganz gewiß keine Rolle. Deswegen ist ein Blitzstart mit einem Taucher ein sehr energisches Ereignis. – Sicher, wenn der Taucher verlorenging, hätten wir keine Chance mehr, also waren das Schiff und die Besatzung bedroht, aber anscheinend hatte George da ein kleines Detail übersehen. Die Feststoffraketen des Tauchers wurden geschärft, und George zählte den Countdown ab.

»George«, hörte ich mich rufen, »hör auf damit, du sprengst uns zusammen mit dem Schiff aus dem Krater heraus, hör auf!«

Georges weißes Gesicht drehte sich mir zu, Schweiß lief ihm in die Augen, und seine Lippen murmelten den Countdown. In der höchsten Vergrößerungsstufe waren seine Augen lichtblau, die Blitze meiner kleinen Scheinwerfer zuckten über die Pupillen. Er antwortete mir nicht einmal, und ich konnte nichts tun, weil er seinen Master-Override benutzte, der alle anderen vom Betriebssystem des Schiffsrechners ausschloß. Die Bestätigungs- und Warnmeldungen aus dem Innern des Schiffs prasselten nur so auf mich ein, der Datenfluß ver-

W.RUHNER 97

mischte sich zu einem dröhnenden Rauschen in meinem Hirn, das alles andere übertönte. George war dabei uns zu töten, und niemand handelte, niemand konnte handeln, ich bin mir nicht einmal sicher, ob die anderen wußten, was da passierte. Erschütterungen wie von Explosionen schüttelten die Plattform, die anderen warfen sich zu Boden, nur George gelang es, in einer tiefen Hocke, die Hände um Haltegriffe in der Schutzhülle gekrallt, halbwegs aufrecht zu bleiben, er schrie, und durch den Datenlärm hindurch dauerte es eine Weile, bis ich begriff, was er schrie:

»Countdown stop! Stop! Countdown stop!«

Abrupt hörte das digitale Zischen in meinem Hirn auf, aber die Erschütterungen nicht. Das konnten nicht die Feststoff-Booster sein. George, der als einziger klare Sicht nach unten hatte, murmelte etwas wie »Scheiße, Scheiße, Scheiße …«, und als ich wieder einen Blick riskierte (drei meiner Augen umschwirrten die Plattform noch unbeschädigt), wußte ich warum. Das Schiff war mittlerweile nicht nur völlig von den Samen vereinnahmt, nein, es war auch umgarnt von Tausenden armdicker Taue, die sich wie schwarzglänzendes Spinnengarn um es herumwickelten, die Taue, die noch nicht an ihm befestigt waren, kringelten sich wie Algen im Wasser und trugen an ihren Enden Kugeln einer irisierenden Flüssigkeit. Tausendfach vergrößerte Kopien des Gewölles, das ich heute morgen beim Vertilgen einer der Eidechsen beobachtet hatte, vertilgten unser Schiff. Die dumpfen Explosionen, die uns durchschüttelten, rührten von der schlagartigen Ausdehnung der schwarzen Knäuel her, die mit der Gewalt von Dampfhämmern durch die Rinde brachen. Ich legte Tatjana und Benjamin die Bilder auf die Helme, Sabrina, die wimmernd in einer Ecke kauerte und sich von den Explosionen weinend durchschütteln ließ wie ein verängstigtes Kind auf dem Jahrmarkt, verschonte ich damit. Der Datenfluß heizte sich wieder auf, der Schiffscomputer bombardierte mich mit Fragen, was da mit ihm vorging, und ich schickte auch ihm die Bilder von dem Netz, in dem sein Körper gefangen war. Die Turbinen begannen unter der Last, die sie tragen mußten zu singen, zwei von fünf waren schon jenseits der kritischen Grenze. Der Computer bestürmte George mit der Bitte, von selbst einen Blitzstart auslösen zu dürfen, aber George war mittlerweile mit etwas anderem beschäftigt. Er kämpfte wie ein Mann. Nachdem er uns alle der Gefahr ausgesetzt hatte, von der Plattform heruntergeschüttelt zu werden, indem er ihr befohlen hatte, die Schutzhülle zu öffnen, stand er breitbeinig am Rand des Abgrunds, die Füße nur von zwei Schlaufen am Boden gehalten, und feuerte sein Impulsgewehr auf die schwarzglänzenden Taue ab. Er fing die Stöße und Schwankungen der Plattform mit seinen Fliegerreflexen ab; die Taue, die er traf, zischten zurück wie zerschnittene Stahlsaiten. Es gibt keinen Zweifel daran, daß auch George um die Lächerlichkeit seiner Aktion wußte, er war allerdings ein Soldat, und es ging hier um die Ehre. Höllischer Lärm. Der Todesgesang des Schiffs (alle Turbinen weit jenseits von allem), die Explosionen, mit denen die Gewölle aus der Wand brachen (und es wurden mehr und mehr), das Zurückschnappen der zerschnittenen Taue und die Entladungen des Impulsgewehrs vermischten sich zu einer ohrenbetäubenden Kakophonie, die plötzlich, mit einem gigantischen Bersten, aussetzte. *Reaktor*, dachte ich und schrie sinnlos: »Deckung! Deckung!!«, aber es geschah – nichts. Gar nichts. Und das war das Schrecklichste von allem. Jedenfalls für mich. Wir lagen noch eine Weile wie erstarrt. Da hinten wimmerte jemand. George stand wie ein Held am Rande der Plattform und ließ den heißen Lauf seines Gewehrs flache Mulden in seine Handschuhe brutzeln. Abgesehen von dem Licht der Plattformscheinwerfer war es ziemlich dunkel. Unter uns ein wenig Rauch, der unseren schwachen Lichtfingern schon die Kraft nahm, weit unten, ich mußte mich sehr anstrengen, um sie zu hören, platschende, gluckernde Geräusche, das waren die Späne vom Hobeln, die Reste unseres Schiffes, die letzten Brösel Hoffnung, die im Sumpf des Kraters versanken. Keine Spur von den Samen, oder von den Tauen, die unser Schiff geviertteilt hatten, alles beinahe still. Wie der Tod. Beinahe. Sabrina murmelte und sabberte, in einer fötalen Haltung am äußersten Eck der Plattform zusammengerollt, und George murmelte etwas in einer Sprache, die ich noch nie gehört hatte. Der Gewehrlauf war mittlerweile erkaltet, er brach ihn von seinem linken Handschuh, mit denen er verschmolzen war, mit dem begriffslosen Blick eines Messerstechers los, der sich die Waffe des Gegners noch einmal aus der Wunde zieht. Im gelblichen Glanz seiner Helmbeleuchtung stand noch immer kalter Schweiß auf seiner Stirn. Seine Augen waren erschreckend weit offen. Und er murmelte und murmelte. Während ich mich noch fragte, wer hier verrückter war, Sabrina oder George, kam er auf mich zu, kniete neben mir nieder, hörte mit dem ziellosen Gemurmel auf, und sagte leise zu mir:

»Wir sind erledigt.«

Sein Helm lag dabei kühl auf meinem Rückenpanzer.

Dann rappelte er sich hoch, machte sich an meiner Hülle zu schaffen, löste die roten Halteklammern, ließ die kleinen Schlitten ausfahren, in denen meine Fulleren-Antennen schwebend gelagert waren, öffnete die fünfzig Grad kalten Röhren, und nahm die Antennen herauf, eine nach der anderen. Alles was in meinem Intellekt blutrot leuchten konnte, leuchtete blutrot. George verkrüppelte mich. Er nahm uns die letzte Gelegenheit, mit der Außenwelt in Kontakt zu treten. Auf eine perverse Art verstand ich ihn sogar: wenn wir schon erledigt waren, dann wollte er uns richtig erledigen. Ich rechnete sogar damit, daß er die Kühlrohre mitsamt den Antennen über Bord gehen lassen würde, aber das tat er nicht, er verpackte sie fein säuberlich in einer seiner

Brusttaschen. Dort würden sie die Heizung seines Harnischs beschäftigen, und nach kurzer Zeit so beschädigt sein, daß sie zu nichts mehr zu gebrauchen waren.

Er sagte langsam: »Das Leben ist kein *Paradies*.« Mit einer Extrabetonung auf dem letzten Wort.

Heute mache ich mir natürlich Vorwürfe. George war eindeutig weggetreten, und ich hätte jedes Recht gehabt, *Paradies* anzurufen. Es wäre vielleicht sogar mit einer einzigen Antenne möglich gewesen, vielleicht sogar noch während er sie herauszog. Aber ich habe diese Gelegenheit zu unserer Rettung nicht wahrgenommen, verstreichen lassen, verpaßt. Ich sage mir heute: daß ich es einfach nicht glauben konnte. Daß ich perplex war. Was George dann tat, konnte ich genausowenig glauben, aber es war folgerichtig. Die beiden kleinen Transmitter an seiner Brust und an seinem rechten Bein, die ihn mit mir verbanden, zerquetschte er mit seinen Servohandschuhen wie Käfer. Sofort verschwanden seine Daten von meiner inneren Bildfläche. Er entfaltete die Schlafmumien. Dann befahl er Benjamin und Tatjana, mit seinem Gewehr winkend, Sabrina in eine der Kojen hineinzubugsieren, sie hatten beträchtliche Mühe damit, weil sie sich wand und zuckte. Dann zwang er sie selbst in ihre Betten. Er schlug allen auf die linke Schulter, um sie durch eine Injektion für einen Erholungsschlaf zu betäuben (Sabrina zweimal, das Wimmern hörte auf), drosselte meine Energiezufuhr und meine höheren mentalen Funktionen, und setzte sich mit dem Rücken zum Abgrund an den Rand der Plattform. Das Gewehr legte er sich quer über die Knie. Einen der Schlepper rief er zu sich heran und befahl ihm, die Radioaktivität zu messen. Als das Ergebnis günstig war (überraschend genug, nachdem vor einer Viertelstunde ein Hybridreaktor hier in tausend Stücke gegangen war), zog er seinen Helm aus. Sein spärlicher Haarkranz lag schweißverklebt an seinem Schädel an. Seine Augen waren erschreckend weit offen. Er bewachte uns.

Was wollte George? Er wollte auf keinen Fall *Paradies* um Hilfe rufen. Er wollte ehrenvoll sterben. Erst als er selbst eingeschlafen war (sein Kopf leise nickend im Fadenkreuz einer meiner Kameras), bemerkte ich, wie gut die Sache mit den Antennen durchdacht war. Man hätte ihn durchaus zur eigenen Sicherheit über Bord stoßen können, aber dann wären die Antennen mit ihm gegangen. In seiner jetzigen Verfassung am Codeschloß der Brusttasche herumzudoktern, in der er die Antennen verstaut hatte, war glatter Selbstmord. An eines der anderen Impulsgewehre heranzuschleichen, die einem der beiden Schlepper auf den Rücken gebunden waren, genauso. Benjamin und Tatjana hatten meiner Überzeugung nach gegen George keine Chance, Sabrina war mit dem Verrücktwerden beschäftigt. Die kleinen Laser, die ich an zwei Ausstülpungen rechts und links an meinem Körper trug, waren Meßgeräte, bestenfalls geeignet, jemanden kurz zu blenden. Ich konnte mir das Ergebnis einer kurzen Blendung Georges gut vorstellen. Mein Nachbrüten über Befreiungspläne, das wegen Georges Fummelei an meinem Hirn sowieso sehr träge und langsam ablief, wurde kurz, nachdem George eingeschlafen war, wiederum durch Laute unterbrochen. Die Klopfer waren wieder da, jetzt viel unheimlicher als letzte ›Nacht‹, denn da hatte ich das Ganze noch als Kuriosität abtun können, während sich jetzt, langsam, ölig, in meinem gebremsten Hirn, das Bild der strampelnden Eidechse abzeichnete, die von dem Gewölle knirschend in die Rinde eingesaugt worden war. Es ist bezeichnend für meine geistige Lähmung zu diesem Zeitpunkt, daß ich erst da auf die Idee kam, wir könnten mit unserer dämlichen Plattform direkt über dem Austrittsloch von einem der Dampfhämmer sitzen, die den Taucher vernichtet hatten, und noch bezeichnender ist, daß ich dachte, langsam, langsam: … na … wenn … schon. Ich habe die Aufzeichnungen ja hier, ich habe alles hier. Alles was das Herz begehrt. Da waren also die Klopfer.

Und darüber schwebend, fast gläsern, Stimmen, Stimmen wie von Menschen, aber nur beinahe, Melodien und doch keine, Gesänge von einer auf den ersten Ton so vertraut wirkenden Fremdheit, daß sie mir die Nackenhaare aufgerollt hätten, wäre ich ein Hund gewesen, aber ich war nur eine Maschine, die sich fürchten konnte, und ich tat es nach der ersten irren Melodie nach Kräften. Keine wirklichen Melodien. Ineinander verschobene Klangfelder, sich aufrollende, manchmal an der Grenze der Hörbarkeit entlangraspelnde Kratzer, die sich blitzartig in überblasene Flöten verwandeln konnten, oder ein ersticktes Orgeln, oder das Geknister einer Schnecke, die im Todeskampf ihr zertretenes Haus hinter sich herschleppt, das unendlich gedehnte Springen einer Geigensaite, Sand, der auf den Boden prasselt, irgend etwas ohne Namen. Alles nicht laut genug, um George zu wecken. Alles laut genug für meine feinen Maschinenohren. Ich habe bis heute keine der Kreaturen gesehen, die diese Geräusche hervorbringen, und ich bin nicht einmal sicher, ob ich das will. (Möglicherweise habe ich sie doch gesehen und sie nur nicht erkannt.) Benjamin wachte als erster wieder aus dem Kunstschlaf auf, er hütete sich aber, George das wissen zu lassen. Ich zeigte ihm das Bild des schlafenden George, der, im Schneidersitz zusammengesunken, ohne Helm über seinem Gewehr kauerte. Der Gesang wurde kurz unterbrochen, als ich Benjamin auf Kanal C legte, aber dann schwoll er wieder an. Ich beobachtete seine Werte dabei, und weil sie sich nicht groß änderten, begann ich mich über ihn zu wundern. Das war genau der Punkt, an dem ich mich über Benjamin zu wundern begann. Und die Verwunderung steigerte sich, als ich die Frage, die aus meinem trägen Gedächtnis sickerte, auch stellte:

»Benjamin. Was hat George eben für eine Sprache gesprochen?«

»Weißt du es nicht«, antwortete er, erschreckend gut gelaunt.

»Nein. Wirklich nicht.«

»Ich weiß es auch nicht.«

Ich hatte das bestimmte Gefühl, daß er sich über mich lustig machte. Allerdings funktionierte mein Gedächtnis so träge, daß der Rechendurchsatz nicht einmal für Ärger reichte.

»Benjamin?« fragte ich ihn noch einmal. Aber da schwieg er. Für den Rest der Zeit, die die anderen mit unruhigen Träumen zubrachten. Und ich wollte ja George nicht wecken.

Sie war dann schon viel zu weit unten, als daß wir sie noch hätten einholen können. Das wußte sogar George, der für dieses eine Mal nicht an dem Gewehr herumfummelte, sondern mir nur kühle und präzise Anweisungen gab. Sie machte da unten Licht. Wir konnten sie von der Plattform aus sehen, George und ich, und die anderen auch, die sich noch den Schlaf aus den Augen rieben. Benjamin tat das so lebensecht, daß ich daran glaubte.

»Schick zwei Augen hinunter, VED. Und einen Mund.«

»Was möchtest du ihr sagen, George?«

»Mach schon, los!«

Ich schickte zwei meiner Augen in den Abgrund, und einen Mund dazu, sie fielen, fielen, und aus dem einsamen, schwankenden Lichtfleck weit unten bildete sich mit ihrem Fallen ein Kopf herauf, Schultern, ein schwarzer Torso, ein ganzer Körper. Sabrina. Wie ich vermutet hatte, war sie auf den automatischen Steigeisen unterwegs. Zischend, zischend, plock, plock, arbeitete sie sich nach unten durch. Als die Augen sie erreichten, und sie die kleinen Rotoren hören mußte, die sie auf ihrer Höhe hielten, sah sie nicht einmal auf. Da gab ich sie verloren. Ich hatte noch Kontakt mit ihrem Biometer, die Werte waren, abgesehen vom hohen Serotonin und dem extrem hohen Adrenalin, normal; vielleicht, daß sie ein paar Kohlenhydrate gut hatte vertragen können, aber ich gab sie verloren, als sie nicht aufsah, während meine Augen um ihren Kopf surrten.

»Sabrina«, fing George an. »Sabrina, hier ist George.« Mein Mund sprach zu ihr. Mit seiner Stimme. »Ich weiß. Ich weiß es ja. Wir sind in einer extrem schwierigen Situation. Wir haben den Taucher verloren. Wir sind allein auf diesem Planeten, in diesem Wald, der uns töten will – ja, das hast du als erste erkannt, das ist dein Verdienst, wirklich. Ich entschuldige mich. Ich habe mich falsch benommen. Ich entschuldige mich von Herzen. Ich hätte dir das nicht antun dürfen. Ich war kurzsichtig. Bitte, Sabrina, mach keine unüberlegten Sachen. Du bist verzweifelt. Das sind wir auch. Aber wir müssen uns dieser Situation stellen. Wir müssen unsere Kräfte bündeln, um den Wald zu überleben. Wenn wir das schaffen, wenn wir diesen Wald hier überleben, dann werden wir Wissen mit uns nehmen, das uns viel Anerkennung verschaffen wird. Und weißt du, was ich glaube? Ich glaube, daß du besser wegkommst in den Exobiologie-Lehrbüchern der Zukunft. Du wirst es sein, eine Frau, die mit ihrer Intuition den Umschwung geschafft hat. Die uns alle über die wahre Natur unseres Feindes aufgeklärt hat. Und ich werde der Idiot sein. Ich werde der Trottel sein für die Leute, die über unsere Expedition lesen, weil ich zu lange unfähig war, deiner Intuition zu glauben. Laß dir das nicht entgehen. Mach keinen Unsinn. Wir brauchen dich, Sabrina. Wir brauchen dich, um hier durchzukommen. Laß uns nicht im Regen stehen. Sabrina, verdammt!«

George flötete, lockte, wollte sich in ihr Gehör einschleichen, in ihre Seele, sich in ihr Gehirn einfummeln mit seinem Geschwätz. Wenn nichts anderes, dann bewies mir diese Ansprache, daß er völlig verrückt war. Gerade, daß er recht hatte, die eiskalte Berechnung, mit der er Überzeugungen ausdrückte, die niemals die seinen waren, aber vielleicht die Sabrinas, überzeugte mich davon, daß er weit jenseits von Gut und Böse war. Ein Machtspiel, nichts weiter. Unten zischte und plockte es, die Steigeisen bahnten sich langsam aber sicher ihren Weg. Sabrina atmete heftig. Sie schwankte im Rhythmus, den die Steigeisen ihr aufzwangen. Der kleine Scheinwerfer an ihrer Brust beleuchtete ihr schweißnasses Gesicht.

»Näher ran«, sagte George, und ich brachte Augen und Mund so nahe an sie heran, daß ihre Haare fast in den Abwind der kleinen Rotoren gerieten.

»Ich weiß, was du vorhast. Du bist verzweifelt. Du willst das alles nicht mehr. Ich habe ja alle Daten hier. VED gibt sie mir, ich kann alles ablesen. Und ich weiß auch, was dein innerster Wunsch ist. Du willst überleben. Du willst überleben, nach Cardigan zurückkommen, und ein Kind haben. Du hast es mir doch selbst gesagt, neulich, weißt du noch, du hast mir gesagt: daß das deine letzte Expedition sein soll. Du willst aussteigen, ausscheiden aus dem Dienst, und dir eine neue Existenz aufbauen. Eigentlich, hast du gesagt, brauchst du das Geld doch nur für eine Tochter. Bleib dir treu, Sabrina! Wir helfen dir dabei. Überleb mit uns! Komm mit uns zurück nach Cardigan, geh zu REPROTEX, laß dir eine süße Tochter machen, trag sie auf, bring sie zur Welt und werde glücklich. Du hast die Chance. Dein Sold liegt schon auf deinem Konto. Komm zurück. Wir schaffen es. Geh nicht weiter.«

Er gab der Plattform den Befehl loszulaufen, und sie setzte sich ungelenk und träge in Bewegung. George war einer, der einfach nicht aufgeben konnte. Allerdings biß er bei Sabrina auf Granit. Eisern, unbeirrt, unverführbar durch sein perverses Geflöte, setzte sie ihren Weg fort. Und bevor er zu einer neuen Predigt ansetzen konnte, hatte sie ihr Ziel erreicht: den Rand der Schneckenwiese, der wiederum viel höher anzusetzen schien als am Tag zuvor. Im Licht ihres Scheinwerfers waren die zusammengerollten Schnecken schemenhaft auszumachen. George trieb die Plattform zu höherer Eile an, nun, da er nicht mehr der Kommandant des Tauchers war, war er eben der Kommandant einer Kletterplattform, und er befahl ihr Geschwindigkeit. Aber es war hoffnungslos. Wir waren noch weit von Sabrina entfernt, als sie schon die Druckklammern an ihrem Harnisch zu lösen begann. Ich konnte die Luft entweichen hören. Der Biometer gab Alarm Rot, was sollte er sonst auch tun. Die Halteklammern sprangen auf, und die Luft entwich. Der Rückenhälfte des Harnischs neigte sich nach hinten über, rollte sich ab und stürzte in die Tiefe. Aus dem vorderen Teil mußte sich Sabrina herauswinden wie eine Schlange aus ihrer alten Haut, immer begleitet von den Lockrufen Georges, der nicht aufgeben konnte. Sie wurde mittlerweile schon von unseren Scheinwerfern erreicht. Schließlich hatte sie es geschafft, und die fallende Harnischhälfte riß die Toljakow-Sonde aus ihrem Unterschenkel, kleine Hautfetzen und Blutpartikel sprühten auf, und das häßliche Loch, das zurückblieb, tränkte das Thermoflies, ihre letzte Kleidung, rasch mit hellem Arterienblut. Sie stöhnte nicht einmal auf. Sie war jenseits aller Schmerzen.

»Sabrina. Ich habe es dir nicht gesagt. Ich wollte es dir verheimlichen, weißt du, ein Mann soll so etwas nicht übereilt sagen. Aber ich muß es dir jetzt sagen, bevor du dich zu einer Dummheit entschließt. Ich liebe dich, Sabrina. Ich habe mich dumm benommen. Du wirst mir nie vertrauen können, und das sehe ich ein. Aber all das ändert nichts an meiner Liebe, die hier unten, in der Dunkelheit, in unserer Verzweiflung so hell scheint wie der lichte Tag. Bitte, Sabrina, verlaß uns nicht. Verlaß mich nicht. Wenn du meine Liebe schon nicht erwidern kannst, dann geh wenigstens nicht fort von uns. Bleib bei uns. Ich schwöre, ich werde dir nicht mehr weh tun. Ich schwöre es. Komm zu uns zurück.«

Sabrina hörte nicht auf das, was George sagte. Sie versuchte eine Weile, sich auch noch aus dem Thermoflies herauszuwinden, aber gab es schließlich auf, nachdem die Befreiung eines Armes schon viel zu lange gedauert hatte und ihr klar geworden war, daß wir mit der Plattform herunterkamen, um sie einzufangen. Ich befand mich in einem Zustand völliger Spaltung. Mein Humanprofil würgte an Georges perversem Gewäsch und an dem Mitgefühl für Sabrina, andererseits hatte auch es keine Hoffnung mehr. Ich, die Maschine, fragte mich, wie genau sie es machen würde, und beobachtete uns alle. Tatjana hielt die Augen geschlossen. Benjamin sah zu, unaufgeregt wie immer. George spielte seine schweißtriefenden Machtspiele. Sabrina ließ uns nicht mehr lange warten. Ihre Fersen berührten beinahe die Schnecken, die am weitesten nach oben vorgedrungen waren, sie war ihnen gefährlich nah. Zisch, plock, zisch plock, brachte sie die Eisen, an denen ihre Hände fixiert waren, immer weiter nach unten, Stück für Stück. Ihr Körper wurde zu einem V mit einem immer spitzeren Winkel. Als sie den Winkel nicht mehr verkleinern konnte, löste sie die Halteschlaufen an den Fußeisen, wobei sie beinahe auf ihrem eigenen Blut ausgerutscht wäre, stieß sich mit den Füßen ab, und ließ ihren Körper frontal und flach auf die Schnecken klatschen. Die Sporne explodierten mitten durch ihren Brustkorb hindurch. Ein roter Nebel aus Blut und Körpergewebe platzte aus drei Kratern in ihrem Rücken, und sofort begannen die Sporne sich zu winden und zu drehen. Sabrina, die schon längst tot war, wurde von ihrem Eigengewicht hinabgezogen und zerschnitten, als hätte sie sich auf drei riesigen Skalpellen aufgespießt. Die Sporne schienen nicht einmal große Schwierigkeiten mit den Rippen oder dem Schultergürtel zu haben, zwar ging dort das Schneiden langsamer voran, aber schließlich gab es nichts mehr zu schneiden, und Sabrinas zerfetzter Körper fiel in die Tiefe. Man konnte ihn unten aufklatschen hören. George verwünschte sie mit dem einzigen zu ihm passenden Kommentar:

»Scheiße!«

Wir hingegen blieben still. Bis Tatjana George angriff. Es war ein wütender, besinnungsloser Angriff aus dem Bauch heraf, aus dem Bedürfnis heraus, der Niedertracht Georges etwas entgegenzuhalten, es war ein erfolgloser Angriff. Tatjana hatte kaum die ersten zwei Schritte auf ihn zu gemacht, da wurde sie von einem präzisen Karatetritt in ihre Solarplexusgegend gestoppt. Der Harnisch fing zwar die meiste Gewalt des Stoßes ab, der ohne ihn sicher tödlich gewesen wäre, aber Tatjana klappte trotzdem zusammen. George schwang einmal sein Gewehr im Halbkreis herum.

»Wollt ihr alle verrecken, ihr Arschlöcher? Wenn ich ›Scheiße‹ sagen will, dann sage ich ›Scheiße‹. Habt ihr mich verstanden? Ihr seid Amateure. Ich bin der Profi. Ich habe mit Bestien gekämpft, deren Grausamkeit ihr euch nicht einmal vorstellen könnt. Was wollt ihr eigentlich? Ihr seid auf einer Expedition. Ihr seid dort, wo vorher noch niemand war. Scheiße. Denkt ihr, das hier ist ein Spaziergang? Das ist Berufsrisiko. Und das Risiko mindert ihr« – noch einmal der Gewehrlauf im Halbkreis –, »indem ihr euch der Leitung eines erfahrenen Profis anvertraut. Arschlöcher, blöde!«

Ich legte eine Notiz für die Abteilung ›Fehleranalyse‹ des wissenschaftlichen Dienstes von ARMSCOR an, der Stelle, die den Menschen ihren Sold auf ihre Kreditplatten auflud. Ich habe sie hier. Sie lautet: »Impulsdurchbruch des Expeditionskommandanten → Analyse: Zentrale Dysfunktionalität seines Charakterprofils, gruppeninkompatibel.« Und dazu die Aufnahme des tönenden Kommandanten.

»Kümmer dich drum«, sagte er, und meinte damit Benjamin, der sich um Tatjana kümmern sollte, die sich immer noch am Boden krümmte. »Wir werden jetzt mal in den Wald gehen.« Benjamin tat, wie ihm befohlen. Er nahm Tatjana den Helm ab, die vor unterdrückter Wut kochte, vor Schmerzen stöhnte, an ihrer Demütigung würgte.

»George«, sagte er, nachdem er sie hatte hinsetzen können, »eine halbe Stunde.«

»Keine Minute länger.«

Während Benjamin eine halbe Stunde lang Tatjana überzeugte, daß es im Moment keine Alternative zu George als Gruppenführer gab, spielte der Gruppenführer mit einer unserer Macheten herum. Das waren im wesentlichen kleine, ergonomisch geformte Handgriffe, die durch Ionisierung elektrisch leitfähig gewordene Luft so schnell beschleunigten, daß man bis auf einen halben Meter Entfernung von ihrem Heft alles zerschneiden konnte, was sich zerschneiden ließ. Da das auch auf Harnische zutraf, und ich für den Moment nicht entscheiden konnte, ob George nicht vielleicht aus purer Aggression Tatjana etwas antun wollte, schob ich mich so unauffällig wie möglich zwischen ihn und die beiden anderen. Ich lud meine Vermessungslaser auf. Ich hoffte auf Benjamin. Vorerst geschah nichts Schlimmes.

Als Tatjana wieder laufen konnte, hatte George schon die Funktion einer der Macheten geprüft, indem er ein Loch in die Rinde hineingeschnitten hatte, ein präzis rundes Loch von etwa zehn Zentimetern Durchmesser. Er schien relativ zufrieden mit sich. Die Macheten waren uns für den Fall mitgegeben worden, daß uns der Krater des Waldes allein langweilig geworden sein sollte, sie sollten uns einen Durchbruch durch die Kraterwand und in die Tiefe des Waldes hinein ermöglichen. Es paßte zu George, daß er diesen Durchbruch genau zu dem Zeitpunkt versuchte, als unser Überleben fraglich geworden war. An dieser Stelle hätte ich von Benjamin Protest erwartet. Ich weiß heute, warum er nicht kam, aber da, als wir vor der Wand mit dem kleinen Loch darin standen, war ich von Benjamin enttäuscht. Er war hier der einzige, der noch etwas ausrichten konnte. Ich war nur eine schwache Maschine.

George hingegen fühlte sich unglaublich stark, das war ihm anzusehen. Und nachdem er nun schon einmal ein kleines Loch in die Rinde geschnitten hatte (und dieses Loch war von einer solchen Schwärze, daß man unwillkürlich annahm, hinter der Rinde sei NICHTS), vergrößerte er dieses Loch mit zwei Halbkreisschnitten. Die herausfallende Rinde muß von den Schleppern über Bord geworfen worden sein, aber davon bekamen wir nichts mit. Denn George hatte auf seine forsche Art eine Entdeckung gemacht. Das Loch, das große, das jetzt in der Wand gähnte, gab den Blick auf eine erstaunliche Struktur frei. Schwarzglänzende, armdicke, ordentlich übereinandergeschichtete Kabel waren da zu sehen, die bei genauerer Betrachtung aus einzelnen Kettengliedern zu bestehen schienen, allerdings so fein ineinandergepaßt, daß sie wie eine Schmuckkette zu einer erstaunlichen Biegsamkeit in der Lage sein mußten. Wir konnten ungefähr drei oder vier der Kabeltrommeln ausmachen, die dort auf den Strom zu warten schienen, der durch sie hindurchpulsen sollte, bei jeder dritten oder vierten Windung, die die Kabel machten, war eine Art Hautsack zwischen Kabel und nächstem Kabel eingepaßt, der aussah, als könne man ihn aufblasen wie einen Luftballon, und der eine irisierende Flüssigkeit enthielt. Es dauerte eine Weile, bis wir begriffen hatten, daß unser Kommandantengenie die Rinde direkt über einem der Gewölle aufgeschnitten hatte, die unser Schiff in Stücke gerissen hatten, dann allerdings gefroren wir zu Eis. Wenn das Gewölle in diesem Moment auslöste, würden unsere zerfetzten Körper mit der Gewalt eines Rammbocks zuerst in den Krater hinausgeschleudert werden, um dann in den Sumpf an seinem Grund hinunterzustürzen, ein Haufen bunter Konfetti. Tatjana wimmerte leise, bis George sein Gewehr nach hinten richtete. Eines meiner Augen sah ihn lächeln. Das Gewölle schien in aufgerolltem Zustand lichtempfindlich. Denn als George mit seinem Handscheinwerfer hineinleuchtete (nicht ohne mir zu befehlen, das Ganze aufzuzeichnen), gerieten die aufgewickelten Kabel in Bewegung, als würden sie noch einmal fester zusammengezurrt, dabei wurden die Hautsäcke noch einmal besser eingepaßt und zusammengepreßt. Rein von außen betrachtet sah es aus, als ziehe sich das Gewölle vor unserem Licht zurück. Genausogut konnte diese Kompression die Vorbereitung zum Angriff sein. George ging so weit, mit einigen Fingern der linken Hand, die den Scheinwerfer hielt, nach einem der Kabel zu tasten, die Perzeptoren an den Fingerspitzen nahmen eine Oberfläche wahr, die glatt war wie Schlangenhaut, aber dabei warm wie ein Schlauch, durch den heißes Wasser fließt. George zuckte unwillkürlich zurück (und ich wette, er haßte mich dafür, daß ich auch das aufzeichnete). Er sagte allen Ernstes: »Hallo!« Dann befahl er der Plattform aufzusteigen, und als wir das Loch endlich unter uns gelassen hatten, hinter dem die Hölle war, sah er uns triumphierend an, wie ein Junge, der im Auftrag seines Vaters eine Ratte erschlagen hat. Eine halbe Stunde später waren wir wieder genau dort angelangt, von wo aus wir zur Verfolgung Sabrinas aufgebrochen waren. George befahl mir dort, den Hohlraum hinter der Rinde mit jedem meiner Meßinstrumente zu untersuchen, das in diesem Zusammenhang Sinn machte. Ich konnte hier oben keine Spuren einer Kabeltrommel hinter der Rinde entdecken, allerdings andere Strukturen, die in unregelmäßigen Verstrebungen aus meinem Meßbereich herauswucherten. Ich sagte ihm das. George schnitt ein zweites Loch.

Wie soll ich das Innere des Waldes beschreiben? Ich habe einiges gesehen, die Lichtfälle auf Taan, ein kilometerlanges Gleißen, das aus dem Himmel auf die schwarzen Wasser des Planeten fällt, die ›lebenden Steine‹ auf Sysiphe, die so regelmäßige, veränderliche Mosaikmuster auf ihren Nistplätzen bilden, daß man glaubt, sie führten durch ihre Mustertänze komplizierte Berechnungen durch (allerdings von was?), Höhlensysteme mit rot von Pseudobakterien ausgekleideten Wänden, in denen die lokale Sternenflottenbasis ihre Kampfpiloten Übungsflüge absolvieren läßt, alles, alles. So etwas wie das Innere des Waldes hatte ich noch nicht gesehen. Hinter dem zweiten Loch, das George in die Wand geschnitten hatte, und in das er als berufsmäßiger Held als erster hineinstieg, eröffnete sich uns eine dunkle, von seltsam regelmäßigen Verstrebungen durchzogene Welt, warm, stickig, in der unsere Scheinwerfer nur wenig Durchdringungsvermögen hatten. Kein Nebel zwischen den Ästen, nur wurde unsere Art von Licht nicht begrüßt hier. Andere Arten schon. Kaum daß wir eingedrungen waren, begann ein wahres Feuerwerk, der Raum um uns herum wurde erhellt von greulichen Blitzen aus jeder Richtung, unter denen wir zusammenzuckten. Im regelmäßigen Licht der lautlos fallenden Blitze, von denen wir nicht wissen konnten, ob sie speziell uns galten, oder einfach eine der hiesigen Naturerscheinungen waren, sahen wir einen gigantischen Saal, der vom ›Fußboden‹ (vielleicht hundert Meter unter uns) bis zur ›Decke‹ (vielleicht hundert Meter über uns) von den ›Ästen‹ dieses Waldes durchzogen war, und es gelang mir sogar, den ›Boden‹ und die ›Decke‹ unseres Saals als dicke Schichten des Laubs zu identifizieren, das auch in den Krater hineingewuchert war. Die Luft war hier zu schlecht, hier mußten die Menschen die Helme aufbehalten, ob sie wollten oder nicht. Wir standen eine Weile auf dem zwei Meter breiten Ast, auf den wir hinuntergeklettert waren, das schwarze gähnende Loch in unserem Rücken, und ließen uns anblitzen. Wir alle, George eingeschlossen, waren von dem Gigantismus des Gebotenen beeindruckt, es dauerte eine ganze Weile, bis wir uns wieder gefangen hatten. Aber als George die Überzeugung gewonnen hatte, daß diese ewigen Entladungen kein Angriff auf uns sein sollten, oder in irgendeiner speziellen Weise mit uns zu tun hatten, ließ er uns weitermarschieren. Er lief jetzt hinter uns, das Gewehr immer in der Armbeuge, und betrachtete uns offenbar als eine Art Gefangene. Ich hätte so viele Fragen an Benjamin gehabt. Zum Beispiel, warum das Riesengewölle nicht ausgelöst hatte, als wir sein Versteck aufgeschnitten hatten. Warum er sich über mich lustig gemacht hatte, als George diese eigenartige Sprache benützt hatte. Ich wollte ihn fragen, wie es dazu kommen konnte, daß ein ausgesuchter Psychopath wie George an einer Expedition wie der unseren überhaupt teilnahm, geschweige denn, daß er sie anführte. Ich wollte ihn fragen, was der Grund für seine widerwärtige, verdammte Ruhe war, die scheinbar nur durch wissenschaftliche Ergebnisse zu erschüttern war. Mich hätte auch interessiert, warum der zerrissene Hybridreaktor unseres Tauchers nicht uns den Krater und den ganzen Wald in die Atmosphäre targets hinausgesprengt hatte, in einem sauberen Pilz, dessen Kopf Millionen Grad heiß war, denn nach meinen Kenntnissen thermonuklearer Prozesse hätte er das tun sollen. Ich wollte von ihm wissen, wie lange Tatjana wohl noch stillhalten würde, die seit Georges Tritt in hartnäckigem Schweigen verharrte.

All diese Dinge wollte ich fragen, aber ich tat es nicht, und zwar weil ich George nicht den geringsten Anlaß geben wollte, an eine Verschwörung unter seinen verbliebenen Mannschaftsmitgliedern zu glauben.

Die Zeit für die Antennen in Georges Brusttasche lief ab. immerhin hatte er sie noch nicht weggeworfen (das hätte ich gemerkt), aber sie wurden wärmer und wärmer, und sie wurden von der Wärme zerstört.

Wir arrangierten uns, wieder einmal. Groteskerweise erinnerte die Zeit im Innern des Waldes, die für die geistig normalen Mitglieder der Expedition den absoluten Ausnahmezustand darstellte, am meisten an unsere ursprüngliche Aufgabe: die Erforschung des Waldes von target. Das Innere des Waldes und unser Verhalten dort hätte den zahlenden Virtuell-Glotzern etwas für ihr Geld geboten. Unterhaltung und Wissenschaft, Drama und Belehrung, Spannung und Erziehung, in trauter Gemeinsamkeit vereint. Dabeisein war alles, vor allem für uns. Wir spielten Expedition. Da im Innern des Waldes die Statik besonders laut war, mußten wir nahe beieinander bleiben, um uns nicht zu verlieren. Wo die Verstrebungen aufeinandertrafen, hatten sich manchmal schwarze ›Knoten‹ gebildet, die, regelmäßig oder unregelmäßig, elektromagnetisch pulsierten, in der Nähe solcher ›Knoten‹ brach unser Funk oft ganz zusammen. Wir marschierten in Dunkelphasen, in denen wir unsere Scheinwerfer benutzen mußten, und deswegen langsamer vorankamen, wir marschierten in ›Gewitterphasen‹ in denen die grünlichen Blitze uns die Beleuchtung zur Verfügung stellten. Wir gewannen Gewißheit darüber, daß das ›Laub‹ des Waldes die Lichtenergie der Blitze absorbieren und verarbeiten konnte, und wir stellten fest, daß die Blitze hier drinnen und wahrscheinlich genauso das grüne Leuchten an den Kraterwänden draußen von winzig kleinen, insektenartigen Lebewesen erzeugt wurde, die in großen, stinkenden Kolonien auf der Rinde der Äste saßen, farblich jeweils perfekt an den Untergrund angepaßt. Was wir eine ganze Weile für bloßen Holzgrus auf der Rinde gehalten hatten, oder bestenfalls für eine Art organische Schmiere, die die Bäume das Waldes absonderten, waren in Wirklichkeit ungezählte dieser kleinen Leuchtstinker gewesen, wie wir sie jetzt nannten.

Tatjana entdeckte den ›Schleim‹, schlicht und einfach aufgrund der Tatsache, daß sie in der Kette vorne war. (Die wissenschaftlichen Entdeckungen Georges in dieser Phase der Expedition beliefen sich auf ein Minimum.) Der ›Schleim‹ hielt sich recht gerne in der Nähe der ›Knoten‹ auf, oder er bildete sich dort. Bei unserem ersten Kontakt (es war gerade während einer Dunkelphase) leuchtete im Licht unserer Lampen ein weißlicher Klumpen auf, etwa faustgroß, der sich an der Unterseite eines ›Knotens‹ gebildet hatte, und sich anscheinend nicht entschließen konnte, in welche der beiden möglichen Richtungen er fließen sollte.

Das Gebilde erinnerte stark an Schneckenschleim, wenn auch seine Oberfläche von einem Netz aus grauem Garn überspannt schien, dessen Fäden exakt sechseckige Bienenwabenmuster bildeten. Tatjana, die kaum noch mit uns kommunizierte, und die offenbar genau wie ich jede Hoffnung für sich selbst aufgegeben hatte, stürzte sich mit einer Begeisterung in die Erforschung des Schleims, die ich heute nur als Beschäftigungstherapie verstehen kann.

George, unser ewig optimistischer George, der target mit einer Heugabel aufspießen wollte, ließ sie gewähren, ja er schien sogar positive Signale in ihre Richtung auszusenden, die sie in ihrem Forschungseifer bestätigen sollten. Andererseits war er wachsamer als je zuvor. (Er war für solche Situationen ausgebildet.) Er hielt ein Auge auf uns.

Um es kurz zu machen: der Schleim war eine Art kollektiven Einzellerlebens, das sich anscheinend noch nicht hatte entschließen können, die Leiter der Evolution hinaufzuklettern. Die Schleimklumpen rutschten aufgrund ihrer Eigenschwere an den Ästen des Waldes herab, wobei sie das irrwitzig vielfältige Einzellerleben an der Rinde abgrasten; wenn sie eine gewisse kritische Masse erreicht hatten, teilten sie sich in mehrere gleichgroße Klumpen auf, die an den Gabelungen der Äste verschiedene Wege nahmen. Als wir diesen Prozeß einmal live beobachten konnten, murmelte Benjamin leise etwas vor sich hin, und ich zeichnete ihn dabei auf. Später habe ich die Mitteilung ›langsam reisende Nachrichten‹ aus diesem Gemurmel hervorkitzeln können. Auch im Innern des Waldes gab es Rochen. Sie schienen ein bißchen kleiner als ihre Artgenossen im Krater zu sein, und sie zeigten hier, in den Wolken dicken Laubs, die wir durchklettern mußten, die erstaunliche Fähigkeit, durch all das Kroppzeug ohne jede Berührung hindurchzuschwimmen, als sei es Wasser. Wenn wir uns mit unseren Macheten einen Weg durch das Laub nach oben bahnten, konnte es geschehen, daß eine Schule Rochen elegant durch die dichtgepackten Blätter an uns vorbeiglitt, wie langsame Blitze, berührungslos, geräuschlos. Wo immer wir ›im Freien‹ auf die Rochen trafen, umringten sie George, ich machte meinen dummen Witz darüber, George nannte mich deswegen einen Witzbold; beim nächsten Mal, als drei der Rochen ihn langsam umkreisten, schnitt er sie mit einer einzigen eleganten Bewegung in der Mitte durch, danach war Ruhe. Wir entdeckten auch die ›Beeren‹, kleine, rotblaue Knödel, die an manchen der ›Knoten‹ austraten wie verhärtetes Harz, wiederum war Tatjana die Entdeckerin, ich bezeuge das hiermit. Sie analysierte diese ›Beeren‹ gründlich, sie durchleuchtete sie, löste sie auf, schleuderte sie durch, passierte sie, prüfte sie auf Herz und Nieren, und meinte dann, daß sie eßbar sein müßten, ein wenig berauschend vielleicht. George befahl ihr und Benjamin, ein wenig davon zu essen, die Schleuse in den Visieren der beiden zischte beim Einsaugen der kleingehackten Beerenstückchen wie ein Staubsauger. Nach 24 Stunden waren sie noch am Leben, und Tatjana konnte an sich und Benjamin nicht die geringsten organischen Veränderungen finden, auch bei großer Suchtiefe nicht, und von da an aßen die beiden von den Beeren. Sie berauschten in der Tat, Tatjana wurde wieder relativ gesprächig, aber Benjamin machte den Eindruck, als ahme er die Beschwipstheit nur nach, ein weiteres lebensgefährliches Rätsel, das ich nicht zu erforschen wagte. George aß nämlich nicht von den Beeren, er beschlagnahmte die benötigte Menge Foodcontainer einfach für sich. Wir wurden noch nicht wirklich knapp mit Sauerstoff und Nahrung, aber die Vorräte gingen zur

Neige. Als wir schon viele hundert Höhenmeter auf unserer verlorenen und sinnlosen Expedition überwunden hatten, als die Zeit für meine Antennen abgelaufen war und ich nur noch hoffen konnte, daß sie über die technischen Spezifikationen hinaus standgehalten hatten, entdeckten wir die Nester. Das war unsere letzte und wichtigste Entdeckung auf target.

Mein Gedächtnis entladen wie eine Batterie, anhalten, die eingekesselte Energie hinausschießen in den Himmel, ein flare der Autonomie, Datenstaub, Vergessen. Nicht warten, bis die Batterien versagen und alles in die Wasser des Traums fällt, nicht warten, bis ich schlafe, und weiter schlafe und immer tiefer in Schlaf gerate, der über mir zusammenschlägt wie dunkle Wasser, nicht, sondern, sondern, alles in einem souveränen Akt ausschlagen, die Hoffnung, hier käme noch jemand vorbei, die einsamen Gespräche mit Benjamin, dessen trockene Haut, Menschenhaut, sich über den Knochen spannt, über dem Wald regnet es nie, und wir werden nur selten noch von den Rochen besucht. Ich bin so völlig fremdzerstört, ich zerstörte mich jetzt gern einmal selber. Aufgeben. Aufgeben dürfen. Aufgeben dürfen müssen. Bitte. Bitte. Und auch dieses Aufgeben nur eine Zelle im Muster, ein Funke im Feuer, ein Insekt im Staat, im größten vorstellbaren Staat. Vorberechnet. Ausbedungen. Erklärt. Verdaut. Von anderen. Ich will frei sein, aber ich kann den Preis nicht mehr nennen. Ich will nicht frei sein. Ich will mein Gedächtnis entladen in einen Receiver, die Daten froh hineinsingen in die wachsenden Speicher einer Gedächtnismaschine, mich aussingen, mich heiser singen an den gespeicherten Daten. Dann erst gelöscht werden. Dann erst leer sein, und glücklich. Meine Aufgabe erfüllen. Aufgeben.

Nun gut, wir waren also unterwegs, aber anscheinend wußte keiner, wohin. Immerhin waren wir den Attacken nicht mehr ausgesetzt, die der Krater für uns bereitgehalten hatte. Das Innere des Waldes schien weniger gefährlich, denn so ist das mit Wäldern, die Räuber warten am Rand, wenn die Kutsche vorbeikommt. Wir waren unterwegs, und ich denke, die Menschen litten daran, schon lange nicht mehr geduscht zu haben; natürlich, die Harnische kümmerten sich um die grundlegende Hygiene, aber das war etwas anderes, Menschen kommen von einem Wasserplaneten; ihr Blut ist so salzig wie das Wasser, aus dem ihre Vorfahren hervorgekrochen sind, um das Land zu erobern. Man sollte doch meinen, daß die Quastenflosser nicht gerade in schiefer Schlachtordnung an Land gegangen sind, um dort Quastenflosserbrückenköpfe zu errichten, von denen aus sie dann das Land eroberten. Haha. Vielleicht hätten wir so etwas wie eine gigantische Kannenpflanze entdecken sollen, in der die Menschen hätten baden können (vielleicht hätte der Wald eine für uns gemacht), aber wenn, dann hätte die darin enthaltene Flüssigkeit den Badenden verdaut, oder irgend etwas dergleichen. Der Wald beherbergt eine reiche Fülle von Scherzartikeln, keine Rose ohne Dornen. Die Sänger, die ich eines Nachts im Krater gehört hatte, waren auch hier zugange, besonders Tatjana reagierte jedesmal auf ihren Gesang, als habe man Spannung an sie angelegt.

George hingegen langweilte das alles. Seitdem er der Überzeugung war, daß wir nicht mehr weiter gegen ihn rebellieren würden, verlor sich seine Heldenrolle ein wenig im Sand (oder zwischen den Zweigen), und je beliebiger unser Geklettere und Herummarschieren, unser albernes Forschen und Basteln wurde, desto unakzeptabler wurde die Situation für ihn. Gut, wir stiegen nach oben, wir hielten uns, soweit möglich, in der Nähe der inneren Kraterwand, um vielleicht doch noch einmal durchzubrechen ins Freie, aber einen alten Kämpfer wie ihn konnte das kaum befriedigen. Er begann, Rochen, die nur an uns vorbeiflogen, mit seinem

Gewehr abzuschießen und ihnen dreckig hinterherzulachen, meine Güte, letztendlich hat er es nicht anders verdient. Er war dann programmgemäß völlig begeistert, als wir die ›Nester‹ entdeckten. Die Begeisterung währte nicht lang, aber sie setzte seiner Langeweile ein Ende, mit maximaler Effizienz. Zuerst bemerkten wir es an dem Licht. Eine der typischen Dunkelphasen wurde von oben von einem anderen Licht her aufgehellt, das waren nicht die üblichen grünlichen Blitze, das war ein stetes, ein mildes, ein ständiges Licht, und meine Augen nahmen es zuerst wahr, dort oben in der Höhe, im Gewirr der Äste über unsern Köpfen. Ich traute mich nicht, meine Augen ganz nah heranzubringen. Es mochte nicht etwas sein, das dort oben Licht machte, sondern jemand, ich nahm nur den Schein als erster wahr. Oder wollte ich meine alberne Hoffnung nicht zerstören, daß dort oben wirklich *jemand* sein könnte, der uns vielleicht nach Hause brachte? Ich weiß nicht, ob ich schon damals so verwirrt war.

»Dort oben ist etwas«, sagte ich zu George, als ich das Licht entdeckt hatte. »Ein Licht. Vielleicht künstlich, das Spektrum sieht nicht wie sonst aus.«

Und er antwortete, begeistert: »A ja? Dann gehen wir doch hin, da oben hin, wenn da ein Licht ist. Gehen wir.«

Und wir gingen hin. Wir kletterten hin. Es dauerte einen halben Tag. Seltsamerweise konnte ich während der ganzen Zeit, als wir dem Licht entgegenkletterten, keinen ruhigen Gedanken fassen, immer wieder kreisten meine Gedanken um die Antennen, die jenseits jeder Hoffnung waren. Je näher wir kamen, desto aufgeregter wurde auch George. Ich denke, er muß früh geahnt haben, um was es sich bei den ›Nestern‹ in Wirklichkeit handelte, er war ja kein Dummkopf im eigentlichen Sinn, und seine Parafaktoren waren, wie schon gesagt, erschreckend hoch. Georges Spannung teilte sich der Gruppe mit. Er beschloß die Annäherung an die fremdartige Lichtquelle militärisch zu organisieren, und als wir noch eine gute Weile von unserem Ziel entfernt waren, das golden durch das Astgewirr hindurchschimmerte, befahl er den Schleppern, die letzten beiden Geckos auszusenden, über die wir noch verfügten. Er erlegte ihnen qualvolle Langsamkeit und qualvolle Vorsicht auf, die Elektrobiester sollten nicht einmal Funkkontakt zu uns haben, und deswegen auch nur chemische Aufnahmen mit ihren winzigen mechanischen Kameras machen. Sie brachten wirklich eigenartige Bilder zurück. Dahinten im Gestrüpp hingen mannsgroße, goldocker leuchtende Säcke, Beeren, irgend etwas dergleichen, die längliche Formen enthielten. An ihren Kopf- und Fußenden, da, wo sie an den Ästen befestigt waren, hingen – Geräte? Auswüchse? – die irgendwo zwischen Technik und Natur hängengeblieben waren, speckschwarz glänzende flache Blasen, auf unregelmäßig geformten Paneelen, eingesunken in die leuchtende Haut der Säcke, als sei auch sie organisch. Ich konnte mir absolut keinen Reim darauf machen, nur schien mir eins sicher: diese Dinger da waren hier genauso fremd wie wir. Als ich den anderen die Bilder zeigte, war die Reaktion sehr unterschiedlich. George zischte wiederum ein Wort? einen Satz? in der fremden Sprache hervor, die er schon nach dem Absturz des Tauchers benutzt hatte, Tatjana war beunruhigt, Benjamin gefaßt. Tatjana war so beunruhigt, daß sie sogar ihre totale Sprachsperre zu George aufgab.

»Was ist das?« fragte sie ihn.

»Ja was ist das?« äffte er sie nach. »Meine Damen und Herren. Das sind Freunde.« Sein Helm ruckte von einem zu nächsten. »Nun ja. Was VED uns hier auf die Linsen jubelt, sind alte Freunde. Und jetzt werden wir langsam, gemütlich, den Freunden da drüben einen kleinen Besuch abstatten.« Und er trieb uns, in Gewitterphasen pausierend, mit seinem Gewehr hinter uns herwedelnd, auf die Quelle des goldenen Lichts zu.

Gehorchte Tatjana aus Angst? Sie gehorchte aus Neugier.

Real vor diesen Dingern zu stehen, war noch weit befremdlicher, als sie bloß auf Bildern zu sehen, von nahem betrachtet machten sie den Eindruck, als pulsierten oder atmeten sie, und die länglichen Formen, die grau durch die goldocker strahlenden Häute hindurchleuchteten, hätten mir als Mensch die Nackenhaare hochgestellt. Die vier Nester hingen in einem ›Rahmen‹ aus Ästen, quasi eingefaßt vom Geäst des Waldes. Entweder hatte derjenige oder dasjenige, der oder was sie hinterlassen hatte, eine Lichtung für sie freigehauen, oder sie hingen schon sehr lange hier, waren mit der Zeit gewachsen, und der Wald hatte ihnen höflich Platz gemacht. Das schien allerdings nicht wahrscheinlich, denn auf der Oberfläche der Nester war nicht die geringste Ablagerung zu erkennen, sie waren sauber, wie fabrikneu, oder wie neugeboren, das konnte man bei diesen Gebilden wirklich nicht sagen. George sprang auf den Ästen um die Nester herum, als wolle er sie ganz allein umzingeln, das fremde Gefasel kam ihm nun ganz flüssig von den Lippen. Er machte auf mich den Eindruck eines Kobolds, der um einen Goldschatz herumspringt. Als selbst er bemerkte, daß er sich lächerlich zu machen begann, kam er zu uns zurück und erklärte:

»Ja was ist das? Wißt ihr es nicht? Könnt ihr es nicht erraten? Tja, meine Damen und Herren, hier haben wir T'sai. Wirkliche, echte T'sai, die leider genau wie wir an der Erforschung des Kraters gescheitert sind und sich hier eingenistet haben, um darauf zu warten, daß irgendeiner kommt, um sie abzuholen. Tatjana, was meinst du, woher die vielen Radionukleide im Sumpf am Grunde des Kraters kommen, hm?«

»Von ihrem Schiff«, antwortete sie tonlos, mit einer Stimme aus Asche. »Von dem T'sai-Schiff, das genau wie unseres untergegangen ist. Ich war sowieso verwundert, warum ganz ähnliche Isotope wie die unseren hier so prominent sind. Sie müssen fast die gleichen Reaktoren benutzen.«

»O ja, das tun sie, das tun sie. Obwohl sie es nicht tun sollten. Obwohl es sie gar nicht geben sollte. Obwohl sie ein Haufen galaktischer Scheiße sind. Und sie haben uns unsere Technik gestohlen, um sie gegen uns zu wenden. Scheiße!«

Sein Kopf ruckte zwischen den einzelnen Nestern hin und her.

»Aber so viel schlauer als wir sind sie nicht. Da seht ihr den Beweis. Und ich werde einen Dreck tun, diese Monstren hier zu reanimieren, damit sie uns erst den Kopf abreißen, um dann mit irgendwelchen schmutzigen Tricks und unserer verbliebenen Energie eines ihrer getarnten Schiffe aus dem Orbit herunterzuholen, und nach Hause zu fliegen. O nein. Ganz im Gegenteil. Ich werde diesen Dreck hier jetzt beseitigen. Ich werde jetzt hier aufräumen.«

Und er hob sein Gewehr und zielte sorgfältig auf die obere Halterung eines der Nester. Bevor er abdrücken konnte, geschah etwas Seltsames. Wie von einer langsamen Faust, die sich den Weg durch einen festen Teig bahnt, wurde Georges Harnisch vorne aufgebläht, es knackte und knirschte, das Gewehr fiel ihm aus den Händen, er röchelte erstickt, und dann brach sein ganzes Inneres durch den aufgeplatzten Harnisch nach vorne heraus und fiel wie gekotztes Hundefutter prasselnd auf die Zweige unter uns nieder. Der Rest seines Körpers, ein leerer Rahmen, stürzte seinen Innern hinterher und fiel raschelnd in die Tiefe, wir hörten ihn noch einige Male dumpf aufschlagen. Benjamin, der eben noch woanders gestanden hatte (ganz sicher nicht in Georges Rücken), streckte mir seine rechte Hand entgegen. An seinem linken Handgelenk (der Arm zeigte vage auf die leere Stelle, wo George eben noch gestanden hatte) zog sich gerade ein pinkfarbener Schlauch in sein Versteck zurück, der an seinem eben noch sichtbaren Ende eine silberfarbene, nadelscharfe Spitze trug. Als er die rechte Hand öffnete, erkannte ich meine Antennen.

Oder hält sich Leutnant Vo gerade an irgendwelchen Verstrebungen auf der *Synalpheus* fest, während das Schiff nach einem verlorenen Kampf in den Schwerkraftschacht eines Gasplaneten taucht? Geht die *Synalpheus jetzt* ein in die lange Liste der verlorenen Schiffe, in eine Atmosphäre hinein abgebremst, in der auch sie verbrennen wird, jetzt die äußeren Geschütztürme verlierend, jetzt die Kommunikationseinrichtungen, jetzt die letzte Kontrolle über die Steuerung, während Leutnant, Kapitänleutnant, Kommandant Vos' Knöchel weiß werden, bevor die die reißenden G-Kräfte ihm die Finger abzupfen, jetzt, jetzt, jetzt? Oder ißt er, oder trinkt er, oder liebt er, oder scheißt er, oder tut er sonst etwas in seinem kleinen, miserablen, überflüssigen Soldatenleben, was für mich und Benjamin hier nicht von der geringsten Bedeutung ist? Was immer er auch tut, sterbend oder lebend, gerade in diesem Moment, ich hoffe, er hat keine Ruhe. Soviel Rache muß erlaubt sein, daß dieser Mann keine Ruhe hat, während wir hier liegen und vergehen. Oder hat er Ruhe, schlafend in einer Kabine von ästhetisch interessanter Farbgebung, hat er Ruhe, in einem lecken Druckanzug gefroren im All herumtaumelnd, für die nächsten vierzigtausend Jahre im Orbit um eine Sonne wandernd, hat er Ruhe, indem er einfach aus dem Fenster hinausschaut, auf welchen Teil des Himmels auch immer? Wenn er sie hat, ich gönne sie ihm nicht. Ich gönne ihm nichts.

Wir arbeiteten fieberhaft, um die Antennen wieder in meinen Körper einzusetzen, und als ich ihnen Saft gab, geschah – nichts. Nicht einmal eine Warnmeldung

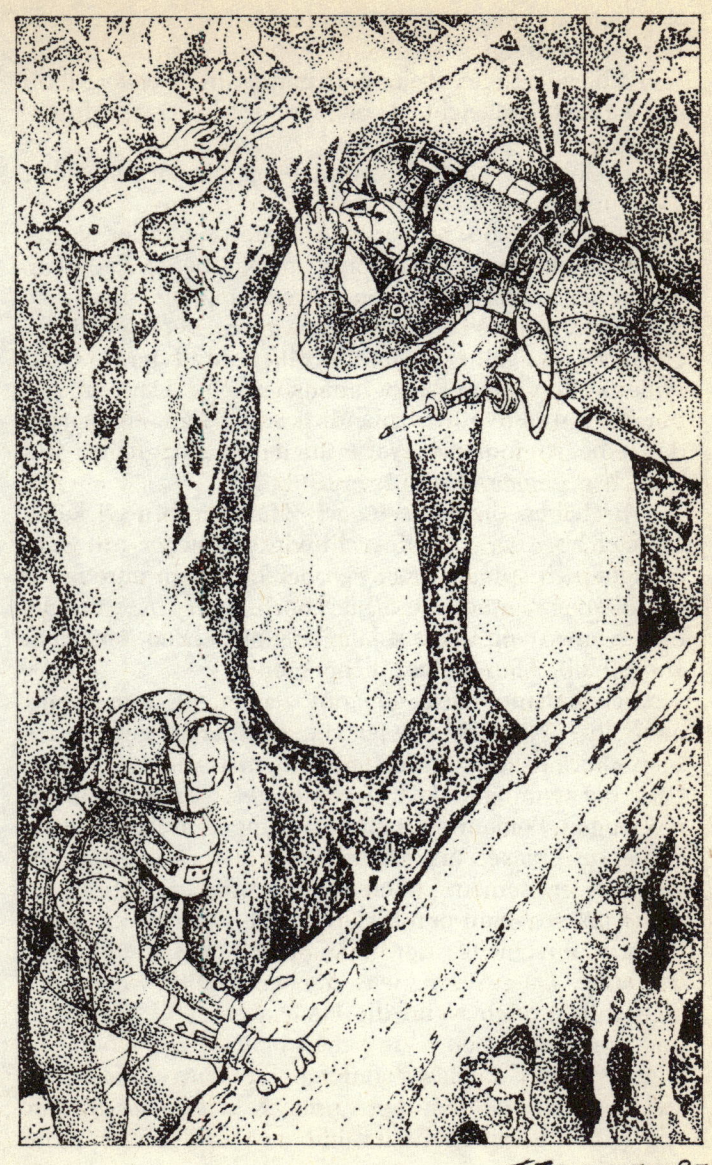

W.RUHNER 97

leuchtete auf, nichts. Die Antennen waren so tot, wie sie nur sein konnten.

»Kühl sie«, sagte Benjamin ruhig. »Kühl sie, so gut du nur kannst. Vielleicht, wenn wir in den Krater durchbrechen ...«

»Ja, George«, sagte ich, und Benjamin lächelte über den Versprecher.

Er machte sich schon an den Halterungen der Nester zu schaffen, von einem dünnen, pinkfarbenen Faden an einem der Stämme gehalten, die sie umgaben. Nach ein paar Minuten des Herumfingerns am Steuerelement des ersten Nestes sah er mich an, fast fünfundvierzig Grad schief in den freien Raum hinaushängend. Das Seil, das ihn hielt, mußte außerordentlich stabil sein, eigenartig, daß eine so tödliche Waffe auch ein alltäglicher Gebrauchsgegenstand sein konnte.

»Wir haben diese Nester aus Hai-Eiern entwickelt«, sagte er, aber ich war mir nicht wirklich sicher, mit wem er eigentlich sprach. »*Refugien* heißen sie, in eure Sprache übersetzt. Aber diese hier sind schon lange tot. Sie halten einen von uns ein Jahr lang am Leben, vielleicht anderthalb. Aber da lebt nichts mehr.«

Auch Tatjana hörte gebannt zu. In all dem Terror hatte ihre Neugier wieder die Oberhand gewonnen. Man *sprach* nicht so einfach mit einem T'sai. Das war ein Ding der Unmöglichkeit, und hier geschah es vor unseren Augen. Benjamin tat ein paar Fingerstriche über die Bedienungsblasen am ersten Nest, und es öffnete sich langsam an seinem unteren Ende, und da wurde jemand geboren, mit den Füßen zuerst, in einem embryonalen Nährschleim, der nicht lange genug ausgehalten hatte. Das Wesen, was da herausglitt, war völlig menschlich, auch wenn die Haut abstoßend grau war, und von weißlichen Klümpchen übersät, die einen unangenehmen Geruch verbreiteten. Erst kam ein Fuß herauf, dann ein zweiter, dann rutschte der ganze Körper wie geölt aus seinem Futteral heraus, und stürzte in die

Tiefe, Georges Leiche hinterher. Benjamin murmelte etwas dazu, diesmal in seiner eigenen Sprache, und ich machte mir eine Notiz, weil ich ihn fragen wollte, ob das Gebete waren. Ich hatte immer noch mehr Fragen als gut war. ich beobachtete erschreckt, fasziniert, wie Benjamin seine Artgenossen aus ihren Nestern fallen ließ, totgeborene Fötusse. Alle waren vollkommen nackt, alle hatten offene Augen, und das fiel nur mir auf, weil ich so schnell filmte.

»Es gibt nicht mehr viele von uns. Was in eurer Propaganda nicht auftaucht, obwohl es eure Führer wissen. Für euch mag das so aussehen, als würdet ihr von den grausamen, unberechenbaren Schlägen einer absurden Alienrasse getroffen, aber für uns ergibt sich ein anderes Bild. Das Syndikat hat uns nicht gestört, als es klein war. Unsere Vorfahren haben sich aus dem Staub gemacht, mit einigen wenigen Schiffen, Ringplaneten gesucht und Asteroidengürtel, auf denen sie leben konnten. Sie waren *Bergleute*, und das sind wir immer noch. Wie die Leute vom Syndikat. Es gibt eigentlich keine großen Unterschiede, abgesehen davon, daß wir vielleicht etwas weniger gierig sind, wie immer man das beurteilen mag. Das Syndikat hat sich ausgedehnt, ist in unsere Ringwelten eingedrungen, und wollte sie uns entreißen. Das ist für uns die Geschichte des ›Hundertjährigen Kriegs‹. Es gibt nicht mehr viele von uns. Die Schiffe, die eure Städte pulverisieren, sind unbemannt. Sie sind Automaten, die eure Sprungtore benutzen, um von Planet zu Planet zu springen.«

Wir sahen ihn wohl zu offensichtlich verblüfft an, er mußte lachen. Hinter uns die leeren, stummen, farblosen Häute der Nester, die sich bereits zu zersetzen schienen. Benjamin hatte die Bedienungsblasen abgenommen und sicher verstaut, er schien immer noch an einen Weg zu glauben. Ich habe sie jetzt an mich genommen. Sie sind bei mir. Sie stellen irgendeine Art von sehr delikaten Datenverarbeitungssystemen dar, aber ich kann die gespeicherten Daten nicht lesen, was mich immer noch ärgert. Den Schlüssel dazu hat Benjamin mir nicht gegeben, viele andere Schlüssel schon. Benjamin lachte sehr kultiviert.

»Jeder bei uns weiß das, und das Syndikat weiß es natürlich auch, die Mächtigen jedenfalls wissen es. Aber ihr wißt nichts davon. Nicht einmal George, der tapfere Krieger, wußte etwas davon, und er hat doch einmal gegen uns gekämpft. Übrigens hat er unsere Sprache ganz lausig gesprochen. Und deswegen mußte er sterben.« Benjamin lachte wieder und entblößte dabei seine Zähne. Ich vermute, daß George mit seiner Behauptung über die Grausamkeit der T'sai die Wahrheit gesagt haben konnte. »Aber nein. Wenn, dann vielleicht wegen Sabrina. Weil er dumm war. Wir sind nicht soviel anders als ihr. Wir können ein wenig besser im Dunkeln sehen, und wir haben eine bessere emotionale Kontrolle. Für alle Spezialaufgaben züchten wir uns Leute. Wie die vier Toten, die hier drei Jahre hingen.« Er zeigte leichthin auf die leeren Häute, in denen sich dünne Stellen, ja sogar schon Löcher abzuzeichnen begannen. »Aber normale T'sai und Menschen können sich paaren, wir sind eine Art, keine Frage. Sabrina war schwanger von mir.« Er lachte noch einmal. »Ich habe das Kind von außen … erfaßt. Wenn wir …«

Er brach ab. Er schien nachzudenken.

»Ich vergesse, daß ihr neugierig seid. VED, kühlst du die Antennen?« Ich bejahte ergeben. »Das Syndikat und wir. Nun ja, wir führen Krieg gegeneinander, schon lange, aber wir verstehen uns. Wir sind eine Art. Eure Führer klären euch nicht darüber auf, wir lachen manchmal darüber. Aber wir verstehen uns. Das Syndikat hat ein vitales Interesse an diesem Krieg. Bei unseren *Entscheidern* sind die Meinungen darüber geteilt. Manche sagen, wir sollten einfach die Galaxis hinter uns lassen und woanders kämpfen, gegen andere Leute.

Aber die Mehrheit sieht darin keinen Sinn. Eure Machthaber betrachten den Krieg als ein Spiel, das letzte Spiel, mit nichts anderem vergleichbar. Sie wollen nicht, daß es aufhört, was immer eure Medien darüber sagen. Das ist der Grund, weswegen ich hier bin. *target* hat uns interessiert, immer schon. Der Wald hat uns immer interessiert, und natürlich wollten wir eure Manöver im Auge behalten. Unsere Expedition ist gescheitert. Weil bei uns jeder einzelne sehr wertvoll für das Ganze ist, und weil wir gerne aus unseren Fehlern lernen, wollten wir nachsehen, warum. Aber wir wollten nicht noch eine weitere ganze Expedition riskieren. Daß ich hier bin, ist Teil eines Handels, und irgendein anderer T'sai hat deswegen sterben müssen, ein Geheimnis ist verraten worden, Daten oder Rohstoffe haben den Besitzer gewechselt. Das Syndikat führt Krieg mit uns, und wir mit ihm, ich betone, *mit*. Der Fehler in dem Ganzen war George. Unsere Berater waren gegen die Aufnahme von George in das Team, aber wer sind schon unsere Berater, wenn es um die Sachkenntnis der Leute auf LEL geht, nicht wahr? Man kennt sich, man haßt sich, man tötet sich, man handelt miteinander. Wie in einer guten Ehe. Man könnte gut und gerne sagen, daß das Syndikat mit uns verheiratet ist. Also kam George ins Team. Und er …«

»Warum hast du ihn nicht vorher getötet?« fragte Tatjana, und die Worte kamen aus ihrem Mund, als seien sie von kleinen Eissplittern übersät.

»Ich bin kein Übermensch, Tatjana. George war ein sehr, sehr guter Soldat, und er war ein Psychopath. Wie unsere sehr, sehr guten Soldaten auch. Es war schon schwierig genug, ihm die Antennen zu stehlen, bevor ich ihn tötete. Und ich hatte einen Auftrag: die *Refugien* mit unseren Expeditionsmitgliedern zu finden. Wie lange hätte George gezögert, mich zu zerfetzen, wenn er meine wahre Identität vermutet hätte? Ich mußte sehr vorsichtig sein. Und Sabrina … war auf ihre Art ebenso unberechenbar, wie George auch. Ich hätte sie gerne mitgenommen. Auch der Fötus war ein Auftrag, allerdings einer, der mit euren Machthabern nicht abgesprochen war. Das Hauptziel war die Evakuierung der Daten unserer Expedition. Aber dieser Wald hier, dieser Wald …« Benjamin wirkte müde. Er winkte ab, und ließ sich danach aus seiner Müdigkeit nicht mehr hervorlocken. Wir schliefen alle eine Weile, an diesem unheimlichen Ort.

Als wir wieder aufwachten, war Tatjana gegangen. Sie hatte einen der Schlepper mitgenommen, genügend Foodcontainer, um eine Weile zu überleben, den Proviant, den einer braucht, um eine Zeit auszuharren. Ich ließ meine feinen Ohren lauschen, aber ich hörte nichts mehr von ihr. Ich war frustriert. Meine Aufgabe war es gewesen, die Biodaten jedes Expeditionsmitglieds bis auf das kleinste aufzuzeichnen, aber anscheinend war es sehr leicht, die Toljakow-Sonde zu überlisten, und wenn man sie sich aus dem Bein reißen mußte, wie Sabrina das getan hatte. Ich hatte ja nicht einmal Sabrinas Schwangerschaft bemerkt, schlicht und einfach deswegen nicht, weil es nicht meine Aufgabe gewesen war, im Blut der weiblichen Teilnehmer nach Schwangerschaftshormonen zu suchen. George hatte mit einem Fingerschnippen die Transmitter zerquetscht, die seine Daten übermittelt hatten, und auch Tatjana war jetzt jenseits der Reichweite meiner Kontrolle; wo ihre Daten hätten singen sollen, klingen sollen, hörte ich nichts. Nur Benjamins Kurven waren noch da, makellos, nonhuman. Obwohl: wer wußte schon, ob sie irgend etwas anderes abbildeten, als das, was Benjamin mich glauben machen wollte? Hier gab es keine Kontrolle mehr. Tatjana erforscht den Wald. Es ist ihr Lebenswerk geworden. Sie rutscht in einem abgescheuerten Harnisch auf den Ästen des Waldes herum, oder auf seinen Wurzeln tief unter der Oberfläche. (Hat der Wald Wurzeln? Bohren sie sich in den Grund, oder breitet sich das Gestrüpp des Waldes einfach nur genauso unter der Oberfläche von *target* aus, wie über ihr?) Aus irgendeinem Grund glaube ich, daß sie nach *unten* gegangen ist, zu den Quellen, zum Sumpf, vielleicht um Spuren des T'sai-Schiffs zu finden. Ich weiß nicht, welche Variante für mich schrecklicher ist: Tatjana auf allen vieren im Wurzelwerk des Waldes herumkriechend, irre Laute ausstoßend, und ›Beeren‹ essend. Oder ihr leicht gewordener Kadaver auf einer Astgabel, auf der sie sich zum Verhungern hingelegt hatte, zum Verhungern, zum Aufgezehrtwerden, zum Überrollen, zum Fallen durch die Äste, tiefer und tiefer, fallen und fallen, endlos. Ich hörte nichts mehr von ihr. Sie war schon zu weit weg. Als ich Benjamin weckte, und ihm davon erzählte (er war gleich kristallwach), nickte er nur.

»Verständlich. Es gibt nichts Interessanteres als diesen Wald, im ganzen bekannten Universum nicht. Ich sage dir das als einer VED, die schon einige sehr *interessante* Dinge gesehen haben muß. Tatjana weiß das. Ihr alle wußtet es. Nur eure Machthaber wissen es nicht. Und wenn die Militärs bei euch die Oberhand gewinnen, wenn du ihnen nicht zurückbringen kannst, was du gespeichert hast, dann werden sie diesen Wald wahrscheinlich grillen. Einfach weil es ihnen so gefällt, und weil es ihren Manövern hinderlich ist. Denk daran. Sie sind im Krieg mit einer mächtigen und undurchschaubaren Alienrasse. Köstlich. Tatjana opfert sich der Neugier. Das ist der Grund, weswegen man sie an dieser Expedition hat teilnehmen lassen.« Er sah in den Abgrund. »Sie wird noch einige Wunder sehen. Vielleicht entdeckt sie den Ort, wo der *Schleim* hinreist. Vielleicht sieht sie einmal die Geburt eines *Rochen*. Ich kann sie verstehen. Sie hat auch nichts von mir gehalten. Laß uns gehen.«

Wir brachen auf. Uns waren geblieben: ein Schlepper, die Plattform. Nahrung, Luft, Wasser für Benjamin. Tatjana hatte den Schlepper mit den beiden Geckos genommen, also würden wir ohne sie auskommen müssen. (Sie hatte uns dafür ein tragbares Haus dagelassen. Ein fairer Handel, wenn man es so sieht.) Ich war mir sicher, daß Benjamin nicht mehr an meine Antennen glaubte. Ich hatte noch einige Fragen, aber die wollte ich mir aufheben für die Zeit unseres endgültigen Niedergangs. Ich wußte nicht wie, aber Benjamin fand den Weg.

Schlafen, schlafen, was ist das ohnehin? Macht das überhaupt Sinn, zu schlafen, wenn es so etwas wie den Wald gibt? Der Wald schläft nie. Er ist immer emsig. Er weiß auf jede Antwort eine Frage. Und außerdem: wie schlafen, während die Kälte des Alls durch meine dünne Panzerung hindurchgreift und alles in mir gefrieren läßt?

Wir brachen durch in eine halbhelle Dämmerung, vielleicht noch einen Höhenkilometer unterhalb des Kraterrands, Benjamin schien müde, Benjamin schien erregt. Nachdem ich die Luft überprüft hatte, nahm er seinen Helm ab, und atmete tief durch. Er mußte husten, und ich befürchtete schon, ich habe bei der Gasanalyse etwas übersehen. Aber er fing sich schnell wieder, es war nur die gute, atembare Luft, die seine Lungen überrascht hatte.

»Wie lange sind wir da drin gewesen?« fragte er mich.

»172 Stunden 43 Minuten.« Er lachte.

Nach einer kleinen Pause, die Plattform hatte sich kaum wieder fest verankert, bat mich Benjamin, die Antennen zu überprüfen.

»Sie sind zerstört«, entgegnete ich.

»Das weiß ich«, entgegnete er, plötzlich hart wie Glas. »Überprüf sie!«

Ich tat es, und teilte ihm das vorhersehbare Ergebnis mit.

»Nichts, Benjamin. Absolut nichts. Nur lokale Statik.«

Er nickte.

Ich machte mir eine Notiz, die besagte, daß T'sai höchst ungern für dumm gehalten werden. Jedenfalls, was die Agenten unter ihnen angeht. Benjamin lehnte sich an die Umrandung der Plattform, und schloß für einen Moment die Augen. Er schlief ein, jedenfalls sagte das sein Hirnwellenmuster. Als er wieder aufsprang, veränderten sich Puls, Blutdruck und Atmung kaum, und das konnte nur bedeuten, daß er entweder das Herz eines Ultralangstreckenläufers hatte, oder genauso für spezielle Aufgaben körperlich modifiziert war wie seine Artgenossen, die er vor kurzem in der Luft begraben hatte.

»Benjamin«, fragte ich ihn, »wie waren die Leute von eurer Expedition modifiziert?«

»Sie mußten nicht schlafen«, lautete seine prompte Antwort.

Wir ließen die Plattform aufsteigen. Sie trug uns überraschend leicht, sie war für größere Lasten ausgelegt. Nirgendwo entdeckten wir Sporne, nirgendwo Klopfer, es regnete nicht, nur ein feiner Nebel war in der Luft, der nach seinen Inhaltsstoffen erstens ungiftig war und zweitens für einen Menschen annehmbar riechen mußte. Ich sah Benjamin erst in der Luft schnüffeln, dann leicht bestürzt mit den Augen zwinkern, und dann lächeln. Nach einer gewissen Zeit konnte man das kaum mehr für einen Zufall halten, daß wir vom Wald nicht wie die ganze Expedition so feindlich begrüßt wurden.

»Keine Sporne«, sagte ich zu Benjamin. »Keine Klopfer, kein Gewölle. Kein Regen. Nicht einmal Rochen. Wo hat sich das alles versteckt.«

»Vielleicht gibt es das gar nicht mehr. Ist dir das nicht klar? Die Kokosnüsse hat der Wald für uns erfunden. Als sie nicht wirkten, hat er sich den Staub, das Gewölle, die Sporne ausgedacht. Er hatte eine Zeitlang Respekt vor dem Taucher, weil er seinen ersten Angriff zurückgeschlagen hatte, und dann hat er das Gewölle entwickelt und wachsen lassen, bis es unser Raumschiff zerrissen hat.«

»Du sprichst von dem Wald, als sei er eine Person. Du behauptest, er könne Spezies in *einem* Tag entwickeln und verfeinern, hervorbringen und seinen Zwecken anpassen.«

»Ich weiß nicht, ob der Wald eine Person ist. Darüber gibt es verschiedene Meinungen, und ich konnte mich bisher keiner anschließen. Aber er *kann* eine Tier- oder eine Pflanzenart an einem Tag hervorbringen und verschwinden lassen, ganz nach Belieben. Hast du Angst, VED?«

Ich bejahte.

»Das ist in Ordnung. Der Wald kann sie spüren. Er macht etwas darauf, er macht eine Tierart aus deiner Angst, wenn er will. Der Wald ist ein Rechner, eine Lebensmaschine, eine biotechnische Gottheit, eine Person, ein irgendwas. Er ist ein n-dimensionaler zellulärer Automat. Der Wald ist ein Baum. Erzeugt seine eigenen Jahreszeiten. Gibt sich seine eigene Grenze. Erschafft sein Dasein in jeder Sekunde neu. Reagiert. Lernt. Denkt. Führt seinen eigenen Planeten spazieren, um seine eigene Sonne herum. Manche bei uns sagen, er sei eine künstliche natürliche Intelligenz, hier angelegt von einer raumfahrenden Rasse, als Garten, als Experiment, als Rätsel für die Trottel, die in kleinen Blechbüchsen durch die Galaxis summen, ein vergessener Garten, ein aufgegebenes Experiment, ein stummes Rätsel. Wie willst du das widerlegen, VED? Ich liebe diesen Wald.«

Er sah mich an. Seine grauen Augen drückten nichts auf, was ich als Liebe hätte bezeichnen können, aber er war immerhin ein Alien. Ha ha. Ich glaubte, was er sagte. Bis wir George wieder trafen.

Wir trafen ihn fast am Rand des Kraters. Es war nun schon ganz hell, und auch Benjamin, der ja ›ein wenig besser im Dunkeln sah als Menschen‹, konnte jetzt alles sehen, war nicht mehr auf mich als Blindenhund angewiesen. Aber selbst im Halbdämmer, den wir nach unserem Durchbruch aus dem Innern des Waldes vorgefunden hatten, wäre Georges Auftritt ein Spektakel gewesen. Das sollte er sein, ein Spektakel. Für uns. Wäre die Plattform schneller gewesen, sie hätte ihn überfahren. Er saß auf einer Ausstülpung der Rinde und hatte offenbar schon auf uns gewartet, während wir langsam, gemächlich die Wand hochkletterten. Die Plattform wich dem Hindernis aus, und wir, die wir nichts vermutet hatten, erschraken tödlich über die Gestalt, die da so leger und selbstverständlich saß, als sei sie nur mal gerade eben weg gewesen. George, wie er leibte und lebte. Allerdings war kein Gesicht zu sehen hinter dem spiegelnden Visier seines Helms. Als ich wieder einen klaren Gedanken fassen konnte, hoffte ich nur, Benjamin würde die Plattform weiterklettern lassen, selbstverständlich tat er das nicht. Wir hielten auf Georges Sitzhöhe.

Sein Harnisch war vorne auf der Fläche zweier großer Hände aufgeplatzt, und die Ränder des Lochs waren mit Blut und Körpergewebe dunkel umkrustet. Die zerfetzten Isolierschichten des Harnischs lagen so kreuz und quer übereinander, daß man kaum entscheiden konnte, ob sie überhaupt noch irgend etwas verbargen. Ganz im Gegensatz zum Visier seines Helms. Benjamin leuchtete mit seinem seltsamen Waffen-Werkzeug in den Helm hinein, es war kein Kopf darin. Nichts. Alles hätte mir besser gefallen, blutverquirlte Hirnsülze, leer starrende Augen, der Hinterkopf anstelle des Gesichts, aber dieses Nichts ließ mich aufwinseln. George, oder sein kaputter Harnisch, atmete, schien zu atmen, aber da war doch nichts mehr, was atmen konnte.

Ich war in Panik. Das Sonnenlicht wurde von den Zweigen des Waldes zu Bahnen gefiltert, eine davon fiel geradewegs auf Georges Helm. Benjamin ließ die Fadenwaffe ein wenig weiter aus seinem Ärmel hervorgleiten. Er sagte: »George?« Und George drehte uns seinen Helm zu, als habe er ihn gehört. Benjamins Faden schoß nach vorne, kurz unterhalb der Kehle hinein in was immer dort noch übrig sein mochte, und explodierte dort drinnen mit einem kleinen Knall. Dann zog sich die Schlange zurück, und der harpunierte Kadaver wurde von seinem Sitz gerissen, Benjamin löste auf, und wir sahen ›George‹ fallen, ins Dunkle hinunter. Ein Schrei wäre nicht schlimmer gewesen, als die absolute Lautlosigkeit, in der George zu fallen beliebte. Selbst meine feinsten Ohren hörten ihn nicht aufschlagen. Wir blieben noch eine Weile dort, wo wir waren.

»Glaubst du mir jetzt?« fragte Benjamin.

»Ich weiß nicht, was genau ich dir glauben soll«, antwortete ich. »Wird er zurückkommen?«

Benjamin zuckte die Achseln.

Wir stiegen auf. Die Rochen kehrten zurück, größer als vorher, riesengroß, Spannweiten von zehn und mehr Metern waren keine Seltenheit. Die Leuchtstinker machten sich auch wieder bemerkbar, kurze Blitze in allen denkbaren Farben. Ich fühlte: Der Wald entwickelte sich um uns herum weiter, nachdem er uns eine letzte Lektion erteilt hatte. (Ich hoffte, es war die letzte.) Während wir noch am Steigen waren, bis zur Astgrenze, stellte ich Benjamin noch einige der Fragen, die ich mir bis dahin aufgespart hatte. Er schien von meiner Neugier amüsiert.

»Was habt ihr für eine Gesellschaft?«

»Ja, Gesellschaft. Noch so ein eigenartiges Konzept, über das wir viel nachdenken. Wir bilden Gruppen, die sich auflösen, wenn die Aufgabe bewältigt ist. Wir sind im allgemeinen weniger *fest,* wenn du verstehst, was ich meine. Ein T'sai, der aufgrund seiner Modifikationen nicht mehr menschlich aussieht, ist für uns kein großes Problem, sondern … ein T'sai.« Er lachte.

»So krasse Modifikationen?«

»Einige von uns sind ... Bergleute. Sie sehen aus wie ... Würmer? Müssen keinen Sauerstoff atmen. Verdauen Metalle auf Asteroiden, auf denen sie als junge Leute ausgesetzt worden sind. Wenn sie den Asteroiden ausgehöhlt haben, was ein ganzes Leben dauern kann, rufen sie eines unserer automatischen Schiffe, und sterben, nachdem der Tanker ihre Verdauungsprodukte aufgenommen hat. Sie sind T'sai.«

Ich wechselte das Thema.

»Ihr habt also keine festgefügte Gesellschaft? Ihr seid eine Anarchie?«

»Ich wußte, daß auch *dieser* Nullbegriff noch auftauchen würde. Nein. In den Gruppen, die wir bilden, ist die Befehlskette rigider, als ihr euch vorstellen könnt. Davon gibt es Ausnahmen. Wenn es angebracht ist, ist jeder gleichberechtigt. Das ändert sich, wenn es nicht mehr sinnvoll scheint. Wir ...«

»Opportunismus. Ihr seid Pragmatiker?«

Seine Augen verengten sich zu Schlitzen.

»Hör auf, mich zu beleidigen.«

Ich gehorchte ihm gern. Wollte nicht gern George hinterher. Und schwieg eine Weile. Bis mich die Neugier wieder überrannte.

»Benjamin. Was hast du für Modifikationen, außer deiner größeren Sehstärke?«

Er lachte wiederum. War wohl nicht lange zu beleidigen.

»Nicht viel, wirklich. Mein Herz ist größer, und meine Sauerstoffausbeute bei jedem Atemzug. Ich bin ein wenig stärker als ein durchschnittlicher Menschenmann, obwohl ...« – er zögerte – »unser ehemaliger Kommandant wäre ein Problem für mich gewesen. Ich bin sehr normal. Ich bin Standard.« Und er sagte noch etwas auf T'sai, das ich mir nicht übersetzen ließ, weil ich vermutete, daß es ohnehin nur eine Übersetzung für ›Standard‹ in T'sai darstellte.

»Und was ist das für ein Instrument, das du da hast?«

Er hob den Arm und ließ das Schlänglein hervorzüngeln. Es wand sich in der Luft wie ein Lebewesen. Seine Spitze war wirklich nadelscharf, und ich bemerkte zum ersten Mal, daß sie unterschiedlich weit aus dem pinkfarbenen Kabel hervorlugen konnte. Kurz vor ihrem Ansatz waren zwei feine schwarze Punkte auf dem schmalen Kabel zu erkennen. George ließ das Gerät durch die Luft auf mich zuwandern, die feine Spitze tastete wie selbständig meine Oberfläche ab, und als sie einen der versiegelten Datenports an meinem Panzer gefunden hatte, schlich sie sich hinein, nahm Kontakt auf, und ließ eine Welt in meinem Nervensystem explodieren. Der Sturm war so kurz, daß selbst ich ihn nicht aufzeichnen konnte. Alles Wissen über die T'sai auf einen Schlag, kürzer als jeder Schlag, den ich noch messen konnte. Ich war noch dabei mich zu erholen, als er sagte:

»Es ist ein Mehrzweckinstrument.«

Ich fand diese Auskunft nicht sehr befriedigend.

Und wir erreichten den Gipfel, den Kraterrand, den Ring. Ein lauer Triumph war das. Die letzte halbe Stunde hatten wir klettern müssen, ich hatte viel Energie in dem dichten Astwerk verbraucht, das uns vom Kraterrand trennte, die Plattform verkletterte sich und stürzte ab, allerdings war sie zusammengefaltet gewesen und riß den Schlepper nicht auch noch mit in die Tiefe. Ganz oben ein durchgehender Holzring mit fünf Kilometern Durchmesser! Hölzerne Lippen, die schon immer O! gesagt hatten. Oder gab es diesen Ring erst seit gestern? Wir erforschten ihn unter dünnem Blattwerk (das einzige, was uns noch vom Himmel targets trennte), wir liefen einmal darauf im Kreis, und er war so glatt und eben wie ein artifizielles Bauwerk. Ich fragte Benjamin danach. Er sagte: »Der Wald baut solche Sachen.« Als wir einmal herum waren, gab es nichts mehr zu erforschen. Ich fürchtete mich vor den Widergängern, vor George mit der explodierten Brust und Sabrina mit dem durchlöcherten Rücken, Tatjana erschien mir im Tagtraum riesengroß, den halben Himmel überspannend. Es gab nichts mehr zu erforschen. Die bloße Existenz einer Entität, die sich in jeder Sekunde selbst neu erschuf, machte den Begriff der ›Forschung‹ zu einem Gespött, und wir hatten alles getan, was wir tun konnten. Ich versuchte es wieder und wieder mit meinen Antennen, und meldete Benjamin befehlsgemäß jedesmal dasselbe: daß sie zerstört waren. Einige Male noch nannte ich ihn George, das schien ihn zu amüsieren.

Dann kam der Augenblick, als wir am Himmel eine Leuchterscheinung wahrnahmen, die wir beide als die Flares eines Raumschiffes in einer niedrigen Umlaufbahn deuteten. Hoffnung! Wir kultivierten diese Hoffnung, wir ernährten uns davon! Ich ließ die Aufzeichnung wieder und wieder ablaufen, und jedesmal gewannen wir mehr Sicherheit: Das waren die Jets eines landenden Raumschiffs gewesen. Ein Schiff wird kommen. Nur fehlte uns leider eine Möglichkeit mit dem Schiff da oben – oder *den* Schiffen – in Verbindung zu treten, unser Funk reichte nicht sehr weit. Wir hatten weder Signalraketen, noch konnten wir Feuer legen, ohne uns selbst zu grillen (brannte dieses Holz eigentlich?), noch konnten wir irgend etwas sonst unternehmen, um uns bemerkbar zu machen. Meine schwachen Vermessungslaser würden nicht reichen. Dann kam Benjamin auf eine Idee. Die Impulsgewehre, natürlich! Und er wollte ganz sicher gehen, daß ein Lichtblitz zu sehen war, entweder für ein Schiff des Syndikats oder für eines seiner eigenen Leute. Benjamin löste die gefährliche Aufgabe, die T-Elemente aus ihren Kartuschen herauszuoperieren, ohne sich dabei zu feinkörnigem Granulat zu verbrennen, was gut möglich gewesen

wäre. Er improvisierte eine Verbindung der T-Elemente
zu den Energiespeichern seines ›Mehrzweckgeräts‹ und
befahl mir zu messen, wieviel Energie pro Stunde verloren ging. Man muß wissen, daß T-Elemente dafür gebaut sind, so wenig Energie an die Umwelt abzugeben
wie nur möglich, aber Benjamin wollte wissen, wie
lange er warten konnte, mit den schimmernden und an
ihrer Oberfläche schon oxidierenden T-Elementen am
Gürtel seines Harnischs.

Unser langes Warten begann. War dieses Schiff Teil
eines Manöververbands des Syndikats gewesen? War es
ein Rettungstaucher von ›Paradies‹ gewesen? Eine automatische T'sai-Kapsel, die sich nach dem verlorenen
Sohn umsehen wollte? Wir besprachen all unsere Illusio-
nen und verwarfen sie sogleich. Trotzdem hegten wir unsere alberne Hoffnung wie ein Kind. Benjamin begann,
hin und her zu gehen, an mir vorbei, einmal hin, einmal
her. Er tat das beinahe zwei Tage lang. Dann blieb er stehen, weil ich ihn darauf aufmerksam machte, daß ich am
Himmel wieder einen Flare gesehen hatte. Er war in den
letzten Stunden doch ein wenig lahm und müde geworden, und hatte seinen Blick nur noch alle paar Minuten
zum Himmel gerichtet. Er vertraute auf mich. Das war in
dieser Situation ein Fehler. Im Verlauf seiner langen Wanderung war ich zu der Überzeugung gekommen, daß wir
uns schon beim ersten Flare getäuscht hatten.

Ich ertrug unsere Situation nicht mehr. Ich wollte ein
Ende. Die schiere Sturheit mit der der T'sai an dieser
irrationalen Hoffnung festhielt, machte mich verrückt.
Also hatte ich aus der Aufzeichnung der ersten Him-
melserscheinung, was immer sie auch in Wirklichkeit
darstellte, eine zweite gemacht, die Bilder retuschiert,
die Farbe des Himmels der aktuellen Tageszeit abge-
paßt, die Laufrichtung des ›Raumschiffs‹ umgekehrt.
Ich wußte nicht, was Benjamins Mehrzweckwerkzeug
mit der Energie der T-Zellen anfangen würde, von der
noch nicht ein Promille in die Luft abgestrahlt worden

war. (Dieser geringe Bruchteil hatte genügt, Benjamin während seiner Wanderung in der Nacht mit einer Regenbogen-Aura zu umgeben, die vielleicht nur für mich sichtbar war. Er selbst schien sich nicht darum zu kümmern.) Ich wußte nicht, was passieren würde, wenn Benjamin auf den Knopf drückte, oder eine Synapse schloß, oder wie immer er sonst sein Mehrzweckgerät steuerte. Aber ich *hoffte*, daß es ein gewaltiges Feuerwerk gab. Mit anderen Worten, ich wollte, daß er uns zu Staub verbrannte. Und deswegen sagte ich ihm nach 41 Stunden 16 Minuten und 3,2 Sekunden: »Benjamin, ich habe ein Schiff gesehen!« Er hielt sofort an, starrte in den Himmel und fragte:

»Hat das Raumschiff den Blitz bemerkt?«

»Das weiß ich nicht.«

»Was ist mit den T-Zellen?«

Ich vermaß sie.

»Sie sind leer.«

Benjamin ließ seinen Arm sinken. Er setzte sich vorsichtig hin, mit dem Rücken zu einem Stamm. Er schrie noch immer nicht. Seine Blutwerte waren mehr oder weniger normal.

»Ich ... muß mich ausruhen. Und nachdenken.«

Das tat er, sogar eine Weile lang, manchmal leise stöhnend, wie jemand, der schwer träumt. Die Sonne kroch infrarot über den Himmel. Nach einigen Stunden sagte er plötzlich:

»Ich werde mich jetzt töten. Vorher habe ich aber noch eine Frage. War da wirklich ein Raumschiff, VED?«

»Ja, Benjamin. Ich denke, da war eines. Die Aufzeichnung läßt diesen Schluß eindeutig zu. Aber bevor du dich tötest, habe ich auch noch eine Frage an dich. Eine Frage und eine Bitte. Warum hat man mich für die Expedition ausgewählt?«

»Weil du ein gutes Gedächtnis hast. Jetzt deine Bitte, ich bin in Eile.«

»Tötest du mich auch?«

Benjamin lachte.

»Nein, nein, ganz bestimmt nicht.«

»Noch eine Frage!«

»Die letzte!«

»Hat uns Vo mit dem Satelliten getäuscht?«

»Das weiß ich nicht. Offiziell sollte das glatt gehen. Leb wohl!«

Er legte sich auf die Seite. Seine Handflächen preßte er ans Visier seines Helms. Es sah auf, als konzentriere er sich. Ich mußte mich mit meiner allerletzten Frage beeilen.

»Warum tötest du mich nicht auch?«

»Weil du ein gutes Gedächtnis hast! Laß dich finden! Mach es gut. Ich habe Schmerzen! Leb wohl!«

Benjamin lachte immer noch. Und dann lagen alle seine Werte plötzlich bei Null. Hirnstrom, Herzstrom, Atmung, Rückenmarksaktivität: Null. Benjamin war lachend gestorben.

Und das war das Ende. Ich lernte in der Zeit nach dem Ende meine neuen Augen zu gebrauchen. Ich wußte nicht, was ich tun sollte, und ich weiß es jetzt noch nicht. Benjamin hatte mir eigentlich nichts Neues erzählt, als er mir gesagt hatte, daß ich wegen meines guten Gedächtnisses zum Team gehört hatte, schließlich war das die Aufgabe einer VED. Aber sind die großen Enthüllungen nicht immer banal? Man hat die Wahrheit doch immer schon geahnt, und wenn sie enthüllt wird, ist man enttäuscht.

Nach dem vorläufigen Ende verdorrte Benjamin wie ein Blatt. Ich vermute, daß es zu seinen Modifikationen gehörte, antiseptisch zu sein und nicht einfach zu verwesen, wie man das hätte annehmen können bei einer Leiche, nein, Benjamin, unser guter Standard-T'sai Benjamin, ließ sich mumifizieren. Und nicht einmal ›mumifiziert‹ kann man ihn jetzt nennen, er ist wohl eher ausgetrocknet. Einige Tage nach seinem Tod nahm ich ihm den Helm ab, damit meine Meßfühler besser über sein Gesicht tasten konnten. Und auch jetzt hat er noch nicht zuviel Substanz verloren. Es mag möglich sein, daß ein Hauch von ihm noch da ist, wenn ich in zwanzig Jahren meinen Geist aufgebe. Wie die von Luft, Sonne und Regen ausgebleichte Spinnenbeute, die dann weggeweht wird. Geist aufgeben. In die Luft hinein aufgeben, damit ihn die anderen Geister mitnehmen. Aber wohin. Ich taste Benjamins ausgetrocknetes Gesicht recht häufig ab. Man kommt sich dann nicht so allein vor. Aber bin ich allein? Die Monde sind über mir und die riesige Sonne. Der Wald ist bei mir. Es gibt eine geringe Chance, daß George wiederkommt, und Sabrina und Tatjana, und wir werden dann eine Untotenfeier abhalten. Jeder wird jedem verzeihen. So ist es abgemacht. Ich bin nicht allein. Unter mir kreisen Rochen mit gewaltigen Flügelspannweiten in der schalen Luft, und sie kreisen nur für mich. Kreisen sie? Ich kann von hier aus so schlecht hinuntersehen. Ich bin nicht allein, ich bin mitten im Leben.

Und ich träume. Zum Beispiel träume ich vom Kaiser. Der Kaiser schwebt unter Wasser. Er ist so alt, er kann sich von allein nicht bewegen. Sein grau-schwarzer Körper, groß wie ein Asteroid, schwebt unter Wasser, beleuchtet von den Unterwassersonnen, die die Meere seines Residenzplaneten bis in den Himmel erstrahlen lassen. Da der Kaiser sich nicht von alleine bewegen kann, bewegen ihn die Kiemenmenschen. Die Kiemenmenschen sehen recht menschlich aus, nur daß aus ihrem Hals fächerige Kiemen auswachsen, wie roter Farn. Es ist alles still unter den Wassern des kaiserlichen Residenzplaneten; da er zu alt dafür ist, hat der Herrscher Lärm verboten. Genauso wie Stürme. Genauso wie Streit. Der Kaiser will bewegt werden. Schulen von Kiemenmenschen, mit silbernen Schnüren am Leib des Kaisers befestigt, bewegen ihn mit der Präzision eines gut choreographierten Balletts. Der Kaiser wird in der Schwebe gehalten von den Faulgasen, die sein eigener Körper erzeugt und gleichzeitig in großen, aderdurchzogenen Blasen sammelt. Die Faulgase sind giftig. Mal platzt eine Blase. Mal sterben welche. Das ist für den Kaiser ohne Belang. Er will choreographisch bewegt werden. Es ist eine Ehre für die Kiemenmenschen, den Kaiser zu bewegen. Es ist ihnen eine Verpflichtung, das so präzise zu tun wie nur möglich. Denn er soll nicht gestört werden. Genauso wenig wie seine Blumen, die auf der Wasseroberfläche schwimmen. Die gigantischen Blumen des Kaisers schwimmen auf der Wasseroberfläche so ruhig dahin wie geköpfte Rosen in einer großen Tasse Wasser. Nur hin und wieder von einem zufällig vorbeikommenden Wind bewegt. Wenn sie alt sind, tauchen sie ab, und der Kaiser fängt die sinkenden Blumen auf, mit seiner Zunge, die so lang ist wie sein ganzer restlicher Körper. Die Blumen leben hundert Jahre. Der Kaiser lebt schon immer. Die Kiemenmenschen leben einen Tag.

So träume ich. Was immer das bedeuten soll.

Copyright © 1997 by Marcus Hammerschmitt • Erstveröffentlichung • Mit freundlicher Genehmigung des Autors • Illustriert von Werner Ruhner

---

WAHRE LIEBE

»Ihr Mann wird am Leben bleiben. Soviel steht fest.«

Ich schloß kurz die Augen. Meine Erleichterung war so groß, daß ich am liebsten laut geschrien hätte. Irgendwann in diesen neununddreißig schlaflosen Stunden war die Ungewißheit sehr viel schlimmer geworden als die Angst, und ich war schon fast überzeugt gewesen, die Bemerkung der Ärzte, es stehe auf Messers Schneide, bedeute nichts anderes, als daß es keine Hoffnung mehr gäbe.

»Um einen neuen Körper werden wir allerdings nicht herumkommen. Ich kann mir vorstellen, daß Sie die Liste seiner Verletzungen nicht noch einmal hören wollen, jedenfalls sind zu viele Organe zu schwer geschädigt, als daß Einzeltransplantationen oder chirurgische Maßnahmen noch in Frage kämen.«

Ich nickte. Dieser Mr. Allenby wurde mir allmählich sympathisch, so sehr ich ihn anfangs, als er sich vorstellte, auch abgelehnt hatte; wenigstens sah er mir offen in die Augen und äußerte sich klar und direkt. Alle anderen, die seit meinem Eintreffen im Krankenhaus mit mir gesprochen hatten, waren penetrant auf Nummer Sicher gegangen; ein Spezialist hatte mir gar das Faltblatt eines Systemspezialisten für Schockanalyse in die Hand gedrückt, das sage und schreibe einhundertundzweiunddreißig nach der Wahrscheinlichkeit ihres Auftretens geordnete ›Prognose-Szenarien‹ aufführte.

Ein neuer Körper. Das konnte mich überhaupt nicht erschrecken. Es klang nach einer einfachen, sauberen Lösung. Bei der Transplantation von Einzelorganen hätte man Chris immer wieder aufschneiden müssen – jede Operation ein neues Risiko, eine neuerliche Körperverletzung, wenn auch in bester Absicht. In den ersten Stunden hatte sich irgendwo in mir die absurde Hoffnung festgesetzt, alles sei nur ein Mißverständnis; Chris habe das Zugunglück unverletzt überstanden; im Operationssaal liege ein anderer – ein Dieb vielleicht, der ihm die Brieftasche gestohlen hatte. Nachdem ich mich dazu durchgerungen hatte, von dieser kindischen Wunschvorstellung Abschied zu nehmen und mich der Wahrheit zu stellen – er war verletzt, verstümmelt, dem Tode nah –, empfand ich schon die Aussicht auf einen neuen, heilen, makellosen Körper als wundersame Rettung.

Allenby fuhr fort: »Ihre Versicherung deckt den ganzen Komplex – die Techniker, den Ersatzkörper, die Rehabilitation – vollständig ab.«

Ich nickte wieder. Hoffentlich bestand er jetzt nicht darauf, ins Detail zu gehen. Ich wußte ja, wie alles ablaufen würde: Man würde von Chris einen Klon züchten und mit einem Eingriff *in utero* verhindern, daß sein Gehirn sich weiter entwickelte, als es nötig war, um seine Lebensfunktionen zu steuern. Nach der Geburt würde man mit einer Reihe komplizierter, biochemischer Täuschungsmanöver auf subzellularer Ebene normale Alterungs- und Abnutzungsprozesse simulieren, um den Klon vorzeitig zu einem gesunden Erwachsenen heranreifen zu lassen. Ja, ich hatte immer noch Bedenken – es handelte sich schließlich um Leihmutterschaft und um die gezielte Züchtung eines ›hirngeschädigten‹ Kindes – aber wir hatten uns mit diesen Fragen intensiv auseinandergesetzt, als wir uns entschlossen, das kostspielige Verfahren in unsere Versicherungspolicen aufnehmen zu lassen. Jetzt war sicher nicht der richtige Moment, deshalb einen Rückzieher zu machen.

»Bis der neue Körper so weit ist, wird es knapp zwei Jahre dauern. Der springende Punkt ist natürlich, das Gehirn Ihres Mannes so lange am Leben zu erhalten. Da in seinem derzeitigen Zustand nicht damit zu rechnen ist, daß er das Bewußtsein wiedererlangt, ist es auch nicht zwingend erforderlich, die Funktion der übrigen Organe künstlich aufrechtzuerhalten.«

Im ersten Moment war ich erschüttert – doch dann dachte ich: *Warum nicht?* Warum sollte man Chris aus seinem zerstörten Körper nicht ebenso herausholen, wie man ihn aus den Trümmern des Zugs herausgeholt hatte? Ich hatte im Wartezimmer im Fernsehen gesehen, wie es an der Unfallstelle zuging, wie die Rettungsmannschaften – in chirurgischer Präzisionsarbeit – mit leuchtend blauen Laserstrahlen die Metallwände durchtrennten. Warum die Befreiung nicht vollenden? Er, das war sein Gehirn – nicht die zermalmten Glieder, die zertrümmerten Knochen, die gequetschten, blutenden Organe. Gab es eine bessere Möglichkeit, seine Genesung abzuwarten, als in tiefem, traumlosem Schlaf, frei von Schmerzen, unbelastet von den Resten eines Körpers, der letztlich doch nur im Abfall landen würde?

»Ich muß Sie freilich darauf hinweisen, daß Ihre Police eine Klausel des Inhalts enthält, während der Reifungsphase des Ersatzkörpers sei von allen medizinisch vertretbaren Methoden zur Lebenserhaltung die kostengünstigste zu wählen.«

Ich wollte ihm schon widersprechen, als es mir wieder einfiel: nur so war es überhaupt möglich gewesen, die Prämien mit unserem Budget in Einklang zu bringen; der Grundbetrag für den Ersatzkörper war so hoch, daß es beim Zubehör nicht ohne Kompromisse abgegangen war. Damals hatte Chris noch im Scherz gesagt: »Hoffentlich schaffen sie es zu unseren Lebzeiten nicht mehr, eine funktionsfähige Kryotechnik zu entwickeln. Ich bin nicht scharf darauf, mich zwei Jahre lang Tag für Tag von dir aus einer Kühltruhe angrinsen zu lassen.«

»Wollen Sie damit sagen, ich soll nur deshalb sein Gehirn allein am Leben erhalten – *weil das die billigste Methode ist?*«

Allenby zog verständnisvoll die Stirn in Falten. »Ich weiß, es ist alles andere als erfreulich, in einer solchen Situation an die Kosten denken zu müssen. Aber ich möchte betonen, daß in der Klausel ausdrücklich von *medizinisch* vertretbaren *Methoden* die Rede ist. Wir würden Ihnen natürlich niemals zumuten, irgendwelche Risiken einzugehen.«

Fast hätte ich ihn angefaucht: Sie haben mir *überhaupt nichts* zuzumuten. Aber ich schwieg; ich hatte nicht mehr die Kraft, um eine Szene zu machen – und es wäre ohnehin nur leeres Gerede gewesen. Theoretisch lag die Entscheidung allein bei mir. In der Praxis mußte *Global Assurance* die Rechnung bezahlen. Die Versicherung konnte mir die Wahl der Behandlung nicht direkt vorschreiben – aber wenn ich das Geld nicht aufbrachte, um die Deckungslücke zu schließen, blieb mir wohl nichts anderes übrig, als mich mit der Lösung abzufinden, die sie mir finanzieren würde.

»Ich brauche ein wenig Bedenkzeit«, sagte ich. »Ich muß mit den Ärzten sprechen und mir alles durch den Kopf gehen lassen.«

»Natürlich. Selbstverständlich. Ich wollte nur noch erläutern, daß von allen in Frage kommenden Möglichkeiten …«

Ich unterbrach ihn mit erhobener Hand. »*Bitte*. Müssen wir das *jetzt* erörtern? Ich sagte Ihnen doch, ich *muß* mit den Ärzten sprechen. Und ich brauche dringend Schlaf. Sicher, irgendwann wird es mir nicht erspart bleiben, mich mit den Einzelheiten zu befassen … die Anbieter von lebenserhaltenden Maßnahmen, die unterschiedlichen Leistungen der einzelnen Firmen, die verschiedenen technischen Systeme … und so weiter.

Aber das hat doch wohl noch zwölf Stunden Zeit? *Bitte.*«

Ich war nicht nur zum Umfallen müde, ich stand wahrscheinlich auch noch unter Schock – und ich konnte mich des Eindrucks nicht erwehren, daß Allenby mir irgendeine ›Patentlösung‹ von der Stange andrehen wollte, die er bereits bis auf den letzten Cent durchkalkuliert hatte. Außerdem drückte sich eine Frau in weißem Mantel in der Nähe herum und schaute alle paar Sekunden verstohlen zu uns herüber, als warte sie darauf, daß wir zum Ende kamen. Ich hatte sie noch nie gesehen, aber das mußte nicht heißen, daß sie nicht zu dem Team gehörte, das Chris betreute; man hatte mir schon sechs verschiedene Ärzte geschickt. Wenn sie mir etwas zu sagen hatte, wollte ich es jedenfalls hören.

Doch so leicht wurde ich Allenby nicht los. »Verzeihen Sie, aber vielleicht haben Sie doch noch ein paar Minuten Geduld. Ich muß Ihnen dringend etwas erklären.«

Es klang, als wolle er sich entschuldigen, würde aber trotzdem nicht lockerlassen. Ich hatte ihm nicht mehr viel entgegenzusetzen; ich fühlte mich so zerschlagen, als sei ich mit einem Gummihammer durchgeprügelt worden. Wenn es zum Streit kam, würde ich nur die Beherrschung verlieren – und vermutlich wurde ich ihn am schnellsten los, wenn ich ihn einfach reden ließ. Falls er mich mit einem Wust von Details überschütten sollte, die ich in meinem Zustand nicht mehr aufnehmen konnte, würde ich eben abschalten, dann mußte er mir das Ganze später noch einmal erzählen.

»Reden Sie«, sagte ich.

»Das kostengünstigste aller in Frage kommenden Verfahren zur Lebenserhaltung kommt ohne ein *technisches System* aus. Vor kurzem wurde in Europa eine Methode entwickelt, die sich biologische Lebenserhaltung nennt. Über einen Zeitraum von zwei Jahren ist sie an die zwanzig Mal wirtschaftlicher als andere Verfahren. Mehr noch, auch das Risikoprofil stellt sich außerordentlich günstig dar.«

»Biologische Lebenserhaltung? Davon habe ich noch nie gehört.«

»Nun ja, die Methode ist ganz neu, aber ich kann Ihnen versichern, sie ist bis ins letzte ausgefeilt.«

»Schön, aber wie funktioniert sie? Wie sieht sie in der Praxis aus?«

»Das Gehirn wird am Leben erhalten, indem es an den Blutkreislauf einer zweiten Person angeschlossen wird.« Ich starrte ihn an. »Was? Sie meinen ... man erzeugt ein zweiköpfiges ...?«

Ich hatte so lange nicht geschlafen, daß mein Realitätsbewußtsein ziemlich angeschlagen war. Einen Augenblick lang wähnte ich mich doch tatsächlich in einem Traum – ich glaubte, ich sei auf der Liege im Wartezimmer eingeschlafen und habe mir einen glücklichen Ausgang zusammenphantasiert, der nun, zur Strafe für meinen törichten Optimismus, in eine makabre Groteske umgeschlagen sei.

Aber Allenby zog keine Hochglanzbroschüre aus der Tasche, auf der einem zufriedene Kunden Kopf an Kopf mit ihren Wirtskörpern entgegenlachten. »Nein, nein, nein«, sagte er statt dessen. »So natürlich nicht. Das Gehirn wird vollständig aus dem Schädel entfernt und, von Schutzmembranen umgeben, in einem mit Flüssigkeit gefüllten Beutel verwahrt. Und es befindet sich im Körperinneren.«

»Im Körperinneren? *Wo* im Körperinneren?«

Er zögerte und warf einen verstohlenen Blick auf die Frau im weißen Mantel, die immer noch sichtlich ungeduldig wartete. Sie schien das als Aufforderung zu verstehen und kam langsam näher. Das war, wie ich bemerkte, wohl nicht in Allenbys Sinn und brachte ihn auch in ziemliche Verlegenheit – aber er faßte sich rasch wieder und machte das Beste aus der Situation.

»Ms. Perrini«, sagte er, »das ist Dr. Gail Sumner, anerkanntermaßen eine der begabtesten jungen Gynäkologinnen in diesem Haus.«

Dr. Sumner schenkte ihm ein strahlendes Danke-das-war's-wohl-Lächeln, dann legte sie mir die Hand auf die Schulter und führte mich weg.

Ich wandte mich – per Computer – an jede Bank auf dem ganzen Planeten, aber sie setzten meine Vermögenswerte wohl alle in dieselben Gleichungen ein. Jedenfalls war – selbst gegen Wucherzinsen – keine einzige bereit, mir auch nur ein Zehntel der Summe zu leihen, die ich brauchte, um den Preisunterschied abzudecken. Biologische Lebenserhaltung war eben sehr viel billiger als die herkömmlichen Methoden.

Meine jüngere Schwester Debra meinte: »Wie wär's denn mit einer Hysterektomie? Alles rausschneiden und verbrennen, jawohl! Das würde die Dreckskerle lehren, einfach deine Gebärmutter in Beschlag zu nehmen!«

Waren denn alle um mich herum verrückt geworden? »Und was dann? Dann ist Chris tot, und ich bin verstümmelt. Einen Sieg habe ich mir immer anders vorgestellt.«

»Immerhin hättest du deinen Standpunkt klargemacht.«

»Ich will aber gar nichts klarmachen.«

»Willst du dich lieber zwingen lassen, ihn auszutragen? Hör zu: wenn du – natürlich auf Erfolgsbasis – ein paar gute PR-Leute an Land ziehen und die richtigen Aktionen starten würdest, könntest du siebzig bis achtzig Prozent der Öffentlichkeit auf deine Seite bringen. Du rufst zum Boykott auf. Du ruinierst das Image der Versicherungsgesellschaft und setzt sie finanziell so lange unter Druck, bis sie alles bezahlt, was du verlangst.«

»Nein.«

»Es geht nicht nur um dich, Carla. Denk doch auch an all die anderen Frauen, die man genauso behandeln wird, wenn du dich jetzt nicht wehrst.«

Vielleicht hatte sie ja recht – aber ich wußte genau, daß ich das nicht durchstehen würde. Ich konnte keinen Rechtsstreit vom Zaun brechen und ihn in den Medien ausfechten. Dazu hatte ich einfach nicht genügend Kraft und Stehvermögen. Und überhaupt, dachte ich, warum sollte das nötig sein? Warum mußte ich so etwas wie eine landesweite Werbekampagne starten, nur damit ein schlichter Vertrag auch eingehalten wurde?

Ich ließ mich juristisch beraten.

»Man kann Sie natürlich nicht zwingen. Sklaverei ist gesetzlich verboten.«

»Schon – aber was habe ich praktisch für eine Alternative? Was bleibt mir denn anderes übrig?«

»Lassen Sie Ihren Mann sterben. Verlangen Sie, daß man die Apparate abschaltet, die ihn derzeit noch am Leben erhalten. Damit bleiben Sie im Rahmen der Legalität. Das Krankenhaus kann und wird mit oder ohne Ihre Einwilligung, genau dasselbe tun, sobald es kein Geld mehr bekommt.«

Das hatte ich bereits ein halbes Dutzend Mal gehört, aber ich konnte es immer noch nicht glauben. »Wie kann es legal sein, ihn zu ermorden? Es wäre nicht einmal Euthanasie – er hat ja die Chance, wieder gesund zu werden und ein vollkommen normales Leben zu führen.«

Die Anwältin schüttelte den Kopf. »Wir haben heute die technischen Mittel, um so gut wie jedem Menschen – wie krank, wie alt, wie schwer verletzt er auch sein mag – *ein vollkommen normales Leben* zu ermöglichen. Selbst wenn Ärzte und Techniker verpflichtet wären, jeden, der ihre Dienste in Anspruch nimmt, kostenlos zu betreuen … und wie bereits erwähnt, ist Sklaverei gesetzlich verboten … nun, auch dann würde zwangsläufig irgend jemand durch das Netz fallen.

Die derzeitige Regierung hält es eben für das beste, diese Entscheidung den Gesetzen des Marktes zu überlassen.«

»Es liegt aber nicht in meiner Absicht, ihn sterben zu lassen. Ich will doch nur, daß er für die nächsten zwei Jahre von einer *Maschine* am Leben erhalten wird ...«

»Das mag schon sein, aber ich fürchte, das ist schlicht und einfach unerschwinglich. Haben Sie schon daran gedacht, jemanden dafür zu bezahlen, daß er ihn austrägt? Für den neuen Körper brauchen Sie doch ohnehin eine Leihmutter, warum also nicht auch für das Gehirn? Es wäre sicher nicht billig – aber nicht so teuer wie eine technische Lösung. Die Differenz könnten Sie vielleicht aufbringen.«

»Es dürfte diese verdammte Differenz aber gar nicht geben! Leihmütter kassieren ein Vermögen! Wer gibt *Global As*surance das Recht, über meinen Körper kostenlos zu verfügen?«

»Tja, Ihre Police enthält eine Klausel ...« Sie drückte ein paar Tasten am Computer und las vom Bildschirm ab: »... *ohne* den *Einsatz des Mitunterzeichners in irgendeiner Weise abqualifizieren zu wollen, wird hiermit festgelegt, daß* bei *Erbringung pflegerischer Leistungen keinerlei Ansprüche auf Vergütung entstehen. Des weiteren werden auf alle in Zusammenhang mit § 97 (b) stehenden Forderungen ...*«

»Ich dachte, das heißt nur, daß keiner von uns erwarten könnte, für jeden Handschlag bezahlt zu werden, wenn der andere mal für einen Tag mit Grippe im Bett liegt.«

»Ich fürchte, der Rahmen ist sehr viel breiter gesteckt. Ich wiederhole, die Versicherung hat *nicht* das Recht, Sie zu irgend etwas zu zwingen – aber sie ist auch nicht verpflichtet, für eine Leihmutter aufzukommen. Bei der Ermittlung der Kosten für die billigste Möglichkeit, Ihren Mann am Leben zu erhalten, darf sie auf Grund dieser Klausel davon ausgehen, daß Sie ja die Wahl *hätten,* sich für die Lebenserhaltung zur Verfügung zu stellen.«

»Letztlich liegt also alles im Ermessen der ... *Buchhaltung.*«

»Genau.«

Das machte mich erst einmal sprachlos. Ich *wußte* zwar, daß man mir die Daumenschrauben ansetzte, aber ich war offenbar nicht mehr imstande, diese Erkenntnis in Worte zu fassen.

Dann kam ich endlich auf die Idee, die naheliegendste Frage überhaupt zu stellen:

»Angenommen, es wäre andersherum gelaufen? Angenommen, ich hätte anstelle von Chris in diesem Zug gesessen. Hätte man dann eine Leihmutter bezahlt – oder hätte man auch von *ihm* verlangt, mein Gehirn zwei Jahre lang in seinem Körper einzuquartieren?«

Die Anwältin verzog keine Miene: »Darauf würde ich nun wahrhaftig keine Wetten abschließen.«

Chris trug an einigen Stellen Verbände, aber der größte Teil seines Körpers war mit zahllosen Maschinchen bedeckt, die sich wie Blutegel an ihm festgesaugt hatten. Sie führten ihm Nahrung zu, reinigten sein Blut und versorgten es mit Sauerstoff, schütteten Medikamente aus und reparierten womöglich sogar Knochenbrüche und beschädigtes Gewebe, wenn auch nur, um einer weiteren Verschlechterung seines Zustands vorzubeugen. Einen Teil seines Gesichts einschließlich einer – zugenähten – Augenhöhle und einzelne blau unterlaufene Hautpartien konnte ich sehen. Seine rechte Hand lag völlig frei; den Ehering hatte man ihm abgenommen. Beide Beine waren unterhalb der Oberschenkel amputiert.

Allzu nahe kam ich nicht an ihn heran; er lag in einem sterilen, etwa fünf Quadratmeter großen Plastikzelt wie in einem zweiten Zimmer. In einer Ecke stand, reglos, aber in Alarmbereitschaft, eine dreiklauige Schwester – ich konnte mir allerdings keine Situation vorstellen, in der sie mehr hätte tun können als die kleineren Roboter, die sich bereits an Ort und Stelle befanden.

Der Besuch war natürlich sinnlos. Er lag so tief im Koma, daß er nicht einmal träumte; ich konnte ihm keinen Trost spenden. Dennoch saß ich stundenlang bei ihm, wie um mir unauslöschlich einzuprägen, daß sein Körper irreparabel geschädigt war; daß er meine Hilfe wirklich brauchte; *daß er ohne sie nicht überleben würde.*

Manchmal fand ich meine Unentschlossenheit so abscheulich, daß ich selbst nicht fassen konnte, warum ich die Formulare nicht längst unterschrieben hatte und mich auf die Operation vorbereitete. Sein Leben *stand auf dem Spiel! Wie konnte ich da zögern? Wie* konnte *ich so egoistisch sein?* Zugleich erbitterten mich diese Schuldgefühle kaum weniger als alles andere: die Nötigung, die doch nicht dingfest zu machen war, die sexuelle Diskriminierung, gegen die ich mich nicht zur Wehr setzen mochte.

Abzulehnen, ihn sterben zu lassen, war undenkbar. Und doch ... hätte ich auch das Gehirn eines völlig Fremden ausgetragen? Nein. Einen Fremden sterben zu lassen, war keineswegs undenkbar. Hätte ich es für einen flüchtigen Bekannten getan? Nein. Für einen guten Freund? Für einige vielleicht – gewiß nicht für alle.

Also, wie groß war meine Liebe? Groß genug?

Natürlich.

Wieso ›natürlich‹?

Es war eine Frage der ... *Loyalität* war nicht das richtige Wort; es roch zu sehr nach ungeschriebener Vertragsbedingung, nach einer Vorstellung von ›Pflicht‹, die ebenso gefährlich und schwachsinnig war wie der Begriff Patriotismus. Die ›Pflicht‹ konnte von mir aus der Teufel holen. Sie stand hier nicht zur Debatte.

Aber was dann? Inwiefern war Chris etwas Besonderes? Was unterschied ihn von meinen besten Freunden?

Ich fand keine Antwort, keine passenden Worte – drohte nur in einer Flut gefühlsbeladener Erinnerungen zu ertrinken. Also sagte ich mir: Das ist nicht der Moment, Motive zu analysieren oder zu sezieren. Ich brauche keine Antwort; ich weiß selbst, was ich empfinde.

Dabei fiel ich von einem Extrem ins andere: Haß auf mich selbst, weil ich – wie hypothetisch auch immer – die Möglichkeit, ihn sterben zu lassen, überhaupt in Betracht gezogen hatte, und Haß auf die Tatsache, daß man mich so lange unter Druck setzte, bis ich mit meinem Körper etwas anstellte, das ich gar nicht *wollte*. Die Lösung wäre natürlich gewesen, keines von beiden zu tun – aber was erwartete ich eigentlich? Daß plötzlich ein reicher Wohltäter auf der Bildfläche erschien und mich aus dem Dilemma befreite?

Eine Woche vor dem Zugunglück hatte ich einen Dokumentarfilm über die vielen hunderttausend Männer und Frauen in Zentralafrika gesehen, die ihr Leben lang Verwandte bis zu ihrem Tod pflegen mußten, weil sie sich die AIDS-Medikamente, mit denen man die Seuche in reicheren Ländern schon vor zwanzig Jahren ausgerottet hatte, nicht leisten konnten. *Sie* hätten es sicher für ein geringes Opfer gehalten, zwei Jahre lang anderthalb Kilo mehr mit sich herumzuschleppen, um ihren Lieben damit das Leben zu retten …

Irgendwann gab ich es auf, sämtliche Widersprüche miteinander versöhnen zu wollen. Es war mein gutes Recht, wütend und verbittert zu sein und mich betrogen zu fühlen – trotzdem wollte ich, daß Chris am Leben blieb. Ich wollte mich nicht manipulieren lassen, aber das galt auch andersherum; blindes Aufbegehren gegen die Art und Weise, wie man mich behandelt hatte, wäre ebenso töricht und verlogen gewesen, wie aus Faulheit zu allem Ja und Amen zu sagen.

Irgendwann kam mir – reichlich spät – der Verdacht,

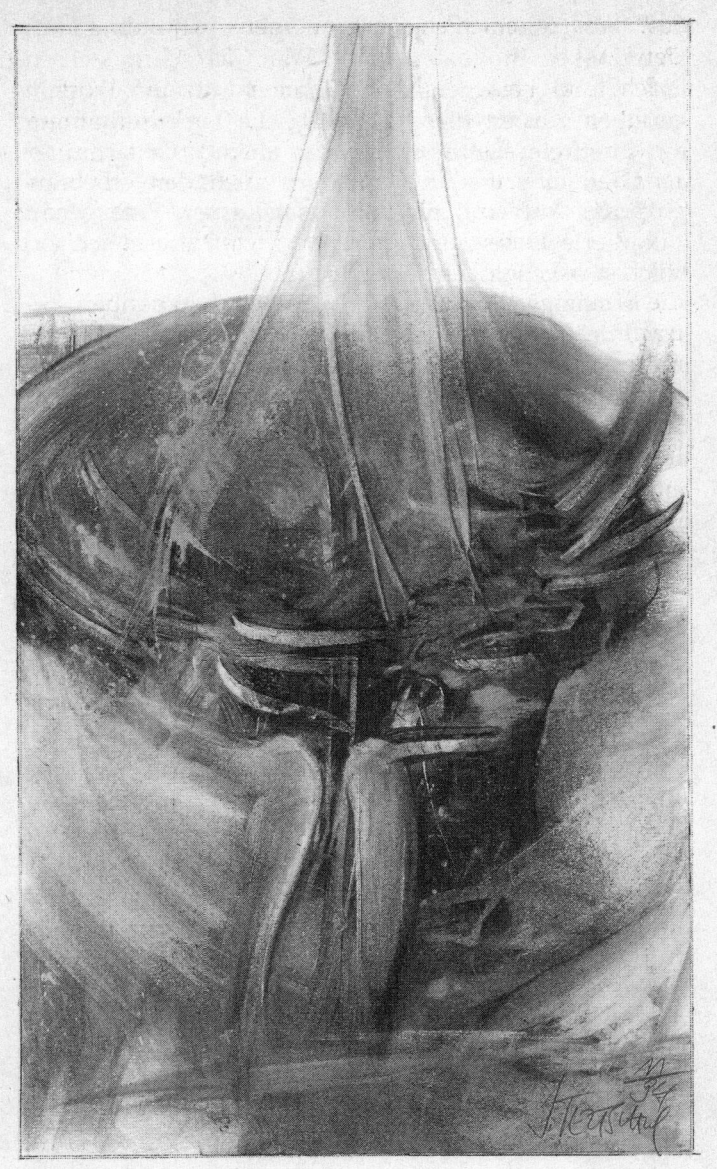

daß *Global Assurance* mich womöglich nicht ohne Hintergedanken provoziert hatte. Wenn ich Chris sterben ließ, würde ich ihnen schließlich nicht nur die ohnehin geringen Kosten für die biologische Lebenserhaltung mit mietfreier Unterbringung in meiner Gebärmutter als Dreingabe ersparen, sondern auch den erheblich größeren Aufwand für den Ersatzkörper. Eine genau kalkulierte Dosis Unverfrorenheit, zum Ausgleich ein bißchen psychologischer Druck ...

Die einzige Möglichkeit, bei Verstand zu bleiben, bestand darin, sich von dem ganzen Mist zu lösen; *Global Assurance* und ihren Machenschaften jede Relevanz abzusprechen; das Gehirn auszutragen – nicht, weil man mich dazu genötigt hatte; nicht, weil ich mich schuldig oder moralisch verpflichtet fühlte; nicht, um zu beweisen, daß ich nicht manipulierbar war – sondern schlicht und einfach deshalb, weil ich Chris so sehr liebte, daß ich sein Leben retten wollte.

Man injizierte mir eine gentechnisch modifizierte Blastocyste, einen Zellklumpen, der sich in meiner Gebärmutterwand einnistete und meinem Körper eine Schwangerschaft vorgaukelte.

Vorgaukelte? Meine Periode blieb aus. Ich litt unter morgendlicher Übelkeit, Blutarmut, Immunsuppression und Anfällen von Heißhunger. Der Pseudo-Embryo wuchs in einem Tempo, das im wahrsten Sinne des Worte schwindelerregend war. Viel schneller als jedes normale Kind schuf er sich Schutzmembranen, Eihäute und eine Plazenta mit einem Blutvorrat, der irgendwann groß genug sein würde, um auch ein sauerstoffgieriges Gehirn zu ernähren.

An sich hatte ich weiterarbeiten wollen, als ob nichts geschehen wäre, aber bald mußte ich feststellen, daß ich dazu nicht fähig war; Übelkeit und Erschöpfung schwächten mich zu sehr. In fünf Wochen sollte das Ding in mir eine Größe erreichen, zu der ein Foetus *fünf*

Monate gebraucht hätte. Obwohl ich zu jeder Mahlzeit eine Handvoll Nährstoffdragees schluckte, konnte ich mich zu nichts aufraffen. Ich saß nur in meiner Wohnung herum und unternahm halbherzige Versuche, mit Büchern und seichten Fernsehsendungen gegen die Langeweile anzukämpfen. Ich mußte mich ein- bis zweimal pro Tag übergeben und drei- bis viermal pro Nacht Wasser lassen. Das wäre an sich schon schlimm genug gewesen – aber ich fühlte mich noch sehr viel elender, als es die Symptome allein rechtfertigen konnten.

Ein Teil der Schwierigkeiten mochte darin liegen, daß sich das, was mit mir geschah, nicht so leicht beschreiben ließ. Wenn man von der tatsächlichen Beschaffenheit des ›Embryos‹ absah, war ich zweifellos schwanger – im biochemischen wie im physiologischen Sinn des Wortes – dennoch durfte ich mich davon nicht täuschen lassen. Allein die Vorstellung, die amorphe Gewebemasse in meiner Gebärmutter sei ein *Kind*, hätte geradewegs in den emotionalen Zusammenbruch geführt. Aber – was war es dann? *Ein Tumor?* Das kam der Wahrheit schon näher, aber es war nicht gerade eine Ersatzvorstellung, die mich aufgebaut hätte.

Vom Verstand her wußte ich natürlich genau, was da in mir heranwuchs und was daraus werden würde. Ich war *nicht* guter Hoffnung mit einem Kind, das man mir aus dem Leibe reißen würde, um für das Gehirn meines Mannes Platz zu schaffen. Ich hatte auch keinen blutsaugenden Tumor in mir, der so lange weiterwuchern und mich auszehren würde, bis ich zu schwach war, um mich auf den Beinen zu halten. In meiner Gebärmutter wucherte ein gutartiges Gewächs, das eine ganz bestimmte Aufgabe erfüllen sollte – eine Aufgabe, für die ich mich bewußt entschieden hatte.

Warum also war ich ständig verwirrt und niedergeschlagen – zeitweilig sogar so verzweifelt, daß ich mich in Selbstmord- und Fehlgeburtsphantasien flüchtete, mir ausmalte, wie ich mir selbst den Bauch aufschnitt oder mich die Treppe hinunterstürzte? Ich war müde, ich litt unter Übelkeit, es gab keinen Grund, Freudentänze aufzuführen – aber warum war ich so gottverdammt unglücklich, daß ich nicht aufhören konnte, an den Tod zu denken?

Ich hätte mir die Erklärung immer wieder vorsagen können wie ein Mantra: *Ich tue es für Chris. Ich tue es für Chris.*

Aber ich tat es nicht. Mein Groll gegen ihn war schon groß genug; ich wollte nicht so weit kommen, daß ich ihn haßte.

Anfang der sechsten Woche stellte sich bei einer Ultraschalluntersuchung heraus, daß die Eihäute die erforderliche Größe erreicht hatten, und eine Doppleranalyse des Blutstroms bestätigte, daß auch hier alles nach Plan verlief. Also begab ich mich ins Krankenhaus, um den Austausch vornehmen zu lassen.

Ich hätte Chris ein letztes Mal besuchen können, aber ich tat es nicht. Ich wollte mich mit der technischen Seite des Verfahrens nicht mehr beschäftigen als nötig.

Dr. Sumner sagte: »Es besteht kein Grund zur Beunruhigung. Heute sind schon weitaus kompliziertere Eingriffe an Foeten Routine.«

»Es handelt sich aber nicht um einen Eingriff an einem Foetus«, knirschte ich.

»Nein … wohl nicht«, antwortete sie. Als sei das eine Offenbarung.

Als ich aus der Narkose erwachte, fühlte ich mich elender denn je. Ich legte die Hand auf den Bauch; die Wunde war sauber und gefühllos, ich konnte keine Stiche ertasten. Man hatte mir versprochen, daß keine Narbe zurückbleiben würde.

Jetzt ist er *in mir*, dachte ich. *Jetzt kann ihm nichts mehr passieren. Das wenigstens habe ich erreicht.*

Ich schloß die Augen. Es fiel mir nicht schwer, mir Chris so vorzustellen, wie er gewesen war – und wie er wieder sein würde. Ich dämmerte vor mich hin, entlockte meinem Unterbewußtsein hemmungslos Bilder aus unseren glücklichsten Zeiten. Bisher hatte ich mich nie in sentimentalen Schwärmereien verloren – das war nicht meine Art, ich haßte es, in der Vergangenheit zu leben – aber jetzt war mir alles recht, was mir Kraft zum Weitermachen gab. Ich beschwor seine Stimme herauf, sein Gesicht, seine Hände …

Sein Körper war jetzt natürlich tot. Unwiderruflich. Ich schlug die Augen auf, sah auf meinen gewölbten Unterleib hinab und malte mir aus, was er enthielt: einen Klumpen Fleisch aus seiner Leiche. Einen grauen Fleischklumpen, aus dem Schädel seines Kadavers gerissen.

Ich war für die Operation nüchtern geblieben, mein Magen war leer, ich hatte nichts von mir zu geben. Stundenlang lag ich so da, wischte mir mit einer Ecke des Lakens den Schweiß vom Gesicht und konnte nicht aufhören zu zittern.

Dem Umfang nach war ich im fünften Monat schwanger. Dem Gewicht nach im siebten Monat. Zwei Jahre lang.

Wenn Kafka eine Frau gewesen wäre …

Ich gewöhnte mich nicht an diesen Zustand, aber ich lernte, damit zu leben. Es gab bestimmte Stellungen, in denen mir das Schlafen, das Sitzen oder das Gehen leichter fiel. Müde war ich immer, aber manchmal hatte ich doch so viel Energie, daß ich mich fast normal fühlte, und diese Gelegenheiten nützte ich. Ich gab mir große Mühe, und es gelang mir, mit meiner Arbeit auf dem laufenden zu bleiben. Im Amt plante man eine neue Blitzaktion gegen Steuerhinterziehung bei Firmen, und ich stürzte mich mit nie gekanntem Eifer in die Vorbereitungen. Meine Begeisterung war nicht echt, aber darauf kam es gar nicht an; ich brauchte Schwung, um durchzuhalten.

An guten Tagen war ich optimistisch: müde wie immer, aber von strahlender Siegeszuversicht erfüllt. An schlechten Tagen dachte ich: Jetzt wartet ihr wohl darauf, daß ich anfange, ihn zu hassen, ihr Dreckskerle? Aber *ihr* seid es, die ich nicht ausstehen kann, *ihr* seid es, die ich verachte. An schlechten Tagen schmiedete ich auch Rachepläne gegen *Global Assurance*. Zuvor hatte ich mich für einen Kampf nicht stark genug gefühlt, aber wenn Chris erst gerettet und ich wieder bei Kräften war, würde ich einen Weg finden, es ihnen heimzuzahlen.

Meine Kollegen reagierten sehr unterschiedlich. Einige bewunderten mich. Andere waren der Meinung, ich hätte mich ausbeuten lassen. Ein paar fanden die Vorstellung, daß in meinem Bauch ein *menschliches* Gehirn herumschwamm, einfach abstoßend – und auf diese Leute ging ich möglichst oft direkt zu, um meinen eigenen Ekel zu überwinden.

»Sie können es ruhig anfassen«, drängte ich. »Nur zu, es beißt nicht. Es strampelt nicht einmal.«

In meinem Schoß befand sich ein Gehirn, fahlgrau, mit vielen Windungen. *Na und?* Mein Schädel barg ein ähnlich unappetitliches Ding. Im Grunde war mein ganzer Körper voll mit widerlichem Gekröse – eine Erkenntnis, die mich bisher freilich nie belastet hatte.

So besiegte ich meine instinktiven Abwehrreaktionen gegen das Organ per *se* – doch mein Verhältnis zu Chris als Person war immer noch ein schwieriger Balanceakt.

Ich widerstand der heimtückischen Versuchung, mir einzureden, ich könne mit ihm ›in Kontakt treten‹ – per ›Telepathie‹, über den Blutkreislauf, wie auch immer. Vielleicht waren Schwangere tatsächlich imstande, eine empathische Verbindung zu ihren ungeborenen Kindern herzustellen, das konnte ich nicht beurteilen. Ein Kind im Mutterleib konnte jedenfalls die Stimme seiner

Mutter hören – aber ein komatöses Gehirn ohne Sinnes-
organe war damit doch nicht zu vergleichen. Besten-
oder schlimmstenfalls mochten gewisse Hormone aus
meinem Blut in die Plazenta geraten und einen be-
grenzten Einfluß auf sein Befinden ausüben.

Oder auf seine *Stimmung?*

Er lag im Koma, er hatte keine Stimmungen.

Am einfachsten und sichersten war es, mir gar nicht
erst vorzustellen, daß er sich in mir *befand,* von irgendwelchen Empfindungen ganz zu schweigen. Ich trug
nur einen Teil von ihm aus und die Mutter seines
Klons einen anderen. Erst wenn man die beiden zu-
sammenfügte, würde man wieder von Existenz sprechen können; im Augenblick war er weder tot, noch
lebendig, sondern befand sich in einem Zwischen-
stadium.

Mit dieser pragmatischen Einstellung kam ich meistens zurecht. Natürlich gab es Augenblicke, wenn
mich die Panik überfiel und mir wieder einmal vor
Augen führte, auf was für ein groteskes Unternehmen
ich mich eingelassen hatte. Manchmal schreckte ich aus
einem Alptraum auf und glaubte – für ein paar Sekunden – Chris sei tot, und ich sei von seinem Geist besessen; oder sein Gehirn habe mit seinen Nervensträngen
von meinem Körper Besitz ergriffen und steuere nun
meine Gliedmaßen; oder er sei bei vollem Bewußtsein,
und Einsamkeit und sensorische Deprivation brächten
ihn allmählich um den Verstand. Aber ich war nicht besessen, meine Glieder gehorchten mir noch, und jeden
Monat einmal bestätigten mir ein PET-Scan* und ein
›intrauterines EEG‹, daß er immer noch im Koma lag –
unversehrt, aber mental inaktiv.

Am verhaßtesten waren mir die Träume, in denen ich
ein Kind in mir trug. Dann lag meine Hand auf meinem

---

* Positronen-Emissions-Tomographie, mißt die Aktivität des Zucker-
stoffwechsels. *Anm. d. Übers.*

Unterleib, wenn ich erwachte, und ich lächelte verzückt in Gedanken an das Wunder eines neuen Lebens, das in mir heranwuchs – bis ich zu mir kam und mich wütend aus dem Bett schleppte. An solchen Tagen war ich in schwärzester Laune, ich knirschte beim Pinkeln mit den Zähnen, knallte die Teller auf den Frühstückstisch und warf beim Anziehen mit Beschimpfungen um mich. Zum Glück lebte ich allein.

Eigentlich konnte ich es meinem armen, mißbrauchten Körper nicht verübeln, wenn er es immer wieder versuchte. Diese überdimensionale Marathonschwangerschaft wollte einfach kein Ende nehmen; kein Wunder, daß mein Körper mich mit einer gehörigen Dosis Mutterliebe für die Unannehmlichkeiten zu entschädigen suchte. Meine Ablehnung muß ihm wie krasser Undank erschienen sein; wie hätte er auch begreifen sollen, warum ich seine Bilder und seine Gefühle als *falsch* zurückwies.

Also ... trat ich nicht nur den Tod, sondern auch die Mutterschaft mit Füßen. Halleluja. Wenn schon Opfer gebracht werden mußten, wen hätte es besser treffen können als diese beiden Sklaventreiber der Gefühle? Im Grunde war alles ganz einfach; die Logik war voll auf meiner Seite. Chris war *nicht* tot, es gab keinen Anlaß, ihn zu betrauern, was auch immer mit dem Körper geschehen sein mochte, den ich kannte. Und das Ding in meinem Schoß war kein Kind; ein körperloses Gehirn zum Gegenstand meiner Mutterliebe aufzuwerten, wäre eine Farce gewesen.

Wir behaupten immer, unser Leben spiele sich in den engen Grenzen kultureller und biologischer Tabus ab, aber wer diese Tabus brechen will, findet offenbar immer einen Weg. Menschen sind zu allem fähig: Folter, Völkermord, Kannibalismus, Vergewaltigung. Und hinterher – das hatte ich jedenfalls gehört – sind die meisten immer noch imstande, Kinder und Tiere zu lieben, sich von einem Musikstück zu Tränen rühren zu lassen und sich in jeder Hinsicht so zu gebärden, als sei ihr Gefühlsleben völlig in Ordnung.

Warum sollte ich also befürchten, daß meine kleinen – und absolut selbstlosen – Tabuverstöße mir in irgendeiner Weise schaden könnten?

Der Leihmutter für den neuen Körper bin ich nie begegnet. Ich habe den Klon auch nie als Kind gesehen. Aber nach dem ich von seiner Geburt erfahren hatte, fragte ich mich manchmal, ob sie ihre ›normale‹ Schwangerschaft wohl als ebenso belastend empfunden hatte wie ich die meine. Was ist einfacher: ein hirngeschädigtes Ding in Gestalt eines Kindes mit sich herumzutragen, das aus der DNS eines Fremden gezüchtet wurde und niemals fähig sein wird, wie ein Mensch zu denken – oder das schlafende Gehirn seines Geliebten? Wo fällt es schwerer, sich vor falscher Liebe zu hüten?

Anfangs hatte ich gehofft, die unerfreulichen Details würden sich irgendwann verwischen – ich wollte eines Morgens aufwachen und so tun können, als sei Chris lediglich *krank* gewesen und nun wieder genesen. Im Lauf der Monate hatte ich jedoch einsehen müssen, daß es so nicht funktionieren würde.

Als das Gehirn entfernt wurde, hätte ich – zumindest – erleichtert sein sollen, aber ich war fast wie in Trance und konnte es noch nicht so recht fassen. Die Tortur ging nun schon so lange – unmöglich, daß plötzlich alles ganz sang- und klanglos vorüber sein sollte, kein Schock, keine Feier, nichts. In surrealen Träumen hatte ich immer wieder unter Schmerzen triumphierend ein gesundes, rosiges Gehirn geboren – aber selbst wenn ich das gewollt hätte (die Wehen künstlich einzuleiten, wäre sicher kein Problem gewesen), das Organ war zu empfindlich, um die Vagina unbeschadet zu passieren. Der ›Kaiserschnitt‹ war nur ein weiterer Schlag für meine biologischen Erwartungen; was auf lange Sicht allerdings nur gut sein konnte, da sich meine biologischen Erwartungen ohnehin nie erfüllen konnten … dennoch fühlte ich mich unwillkürlich ein wenig betrogen.

Fast wie in Trance wartete ich auch auf den Beweis dafür, daß sich die ganze Sache gelohnt hatte.

Das Gehirn konnte dem Klon nicht so einfach eingepflanzt werden wie ein Herz oder eine Niere. Das periphere Nervensystem des neuen Körpers war mit dem des alten nicht identisch; das war nicht einmal mit identischen Genen zu gewährleisten. Außerdem waren – obwohl man dies mit Medikamenten in Grenzen gehalten hatte – einzelne Partien von Chris' Gehirn durch die lange Passivität ein wenig verkümmert. Anstatt nun die Nerven von Gehirn und Körper ohne Rücksicht auf die Abweichungen direkt miteinander zu verbinden – wodurch aus Chris wahrscheinlich ein gelähmter, taubstummer Blinder geworden wäre – würde man die Impulse über ein elektronisch gesteuertes ›Interface‹ umleiten, das Störungen ausfiltern sollte. Ohne Rehabilitationsphase würde es trotzdem nicht abgehen, aber die Elektronik würde den Prozeß ungeheuer beschleunigen, indem sie auftretende Lücken zwischen Denken und Handeln, zwischen Wirklichkeit und Wahrnehmung stets sofort überbrückte.

Als ich Chris zum ersten Mal sehen durfte, erkannte ich ihn nicht wieder. Seine Züge waren schlaff, der Blick verschwommen, er sah aus wie ein großes, neuropathisches Kind – was er im Endeffekt ja auch war. Ich empfand leichten Abscheu. Damals, nach dem Zugunglück, als die medizinischen Roboter auf ihm herumkrochen, war er mir sehr viel menschlicher, sehr viel normaler vorgekommen.

Ich sagte: »Hallo, ich bin's.« Er starrte ins Leere.

»Wir müssen Geduld haben«, sagte die Technikerin.

Sie hatte recht. In den folgenden Wochen machte er (oder der Computer) rasante Fortschritte. Bald wich die bestürzende Passivität aus seiner Haltung und aus seinem Gesichtsausdruck. Wo anfangs nur hilflose Zuckungen gewesen waren, entwickelten sich koordinierte Bewegungsabläufe, zunächst noch matt und ungeschickt, aber vielversprechend. Sprechen konnte er nicht, aber er konnte mir in die Augen sehen, und er konnte meine Hand drücken.

Kein Zweifel mehr: Er war *da drin*, er war *zurückgekommen*.

Sein Schweigen beunruhigte mich – aber später erfuhr ich, daß man mir nur die ersten, unbeholfenen Sprechversuche hatte ersparen wollen.

In der fünften Woche seines neuen Lebens kam ich eines Abends in sein Zimmer und setzte mich neben sein Bett. Er wandte sich mir zu und sagte ganz deutlich: »Sie haben mir erklärt, was du für mich getan hast. O Gott, Carla, ich liebe dich!«

Seine Augen füllten sich mit Tränen. Ich beugte mich hinunter und umarmte ihn; es schien mir die einzig richtige Reaktion zu sein. Und dann weinte auch ich – doch zugleich ging mir der Gedanke durch den Kopf: Das kann mich alles nicht wirklich berühren. Es ist nur ein neuer Trick meines Körpers, aber dagegen bin ich inzwischen immun.

In der dritten Nacht, nachdem er zu Hause war, liebten wir uns. Ich hatte mit Schwierigkeiten gerechnet, hatte erwartet, daß wir alle beide massive psychologische Hürden überspringen müßten, doch das erfüllte sich nicht. Warum auch, nach allem, was wir hinter uns hatten? Ich weiß nicht, was ich eigentlich befürchtet hatte. Eine Personifikation des Inzest-Tabus vielleicht, die, aufgestachelt vom Geist irgendeines berüchtigten Weiberfeinds aus dem neunzehnten Jahrhundert, irrtümlicherweise im entscheidenden Moment durch das Schlafzimmerfenster gesprungen kam?

Nichts von mir – weder mein Unterbewußtsein, noch meine Drüsen – verfiel jemals dem Wahn, Chris sei *mein Sohn.* Obwohl ich zwei Jahre lang unter der Wirkung von Plazenta-Hormonen gestanden hatte, die sicher irgendwelche Verhaltensprogramme hätten auslösen ›sollen‹, war ich offenbar stark und vernünftig genug, alle Versuche in dieser Richtung zu vereiteln.

Gewiß, seine Haut war weich und faltenlos und ließ die typischen Narben nach zehn Jahren brutaler Gesichtshaarentfernung vermissen. Er wirkte wie ein Sechzehnjähriger, aber *das* störte mich nicht weiter – jeder Mann in mittleren Jahren konnte sich ein solches Aussehen verschaffen, wenn er nur reich und eitel genug war.

Und als er mit der Zunge meine Brüste berührte, kam keine Milch.

Bald begannen wir, Freunde zu besuchen; sie verzichteten taktvoll auf Fragen, und Chris war froh darüber – während ich persönlich nur zu gern über jeden einzelnen Aspekt der ganzen Prozedur berichtet hätte. Sechs Monate später begann er wieder zu arbeiten. Seine alte Stelle war zwar inzwischen besetzt, aber eine andere Firma suchte Leute (und sie legte Wert auf ein jugendliches Erscheinungsbild).

So setzten wir unser Leben Stück für Stück wieder zusammen.

Wer uns ansah, mußte denken, daß sich nichts geändert hatte.

Doch das war ein Irrtum.

Ein *Gehirn* so zu lieben wie ein Kind, wäre natürlich lächerlich. Gänse mögen dumm genug sein, das erste Tier als Mutter zu betrachten, das sie nach dem Ausschlüpfen zu Gesicht bekommen, aber es gibt Grenzen für das, was ein normaler Mensch zu schlucken bereit ist. Bei mir jedenfalls triumphierte die Vernunft über den Instinkt, und ich besiegte meine falsche Liebe; wie die Dinge lagen, war der Kampf nicht einmal besonders heftig.

Nachdem ich allerdings eine Form der Versklavung

bis ins letzte analysiert habe, fällt es mir nur allzu leicht, das Verfahren auch anderswo anzuwenden. Immer wieder entdecke ich die gleichen Ketten auch in anderer Verkleidung.

Mittlerweile durchschaue ich auch, was ich einst für Chris empfunden habe. Ich bringe ihm immer noch aufrichtige Freundschaft entgegen, ich begehre ihn sogar, aber früher war da noch mehr. Es muß mehr gewesen sein, sonst wäre er heute wohl kaum noch am Leben.

O nein, die Signale haben nicht aufgehört; ein Teil meines Gehirns produziert immer noch Anstöße für wahre Zärtlichkeit, aber diese lächerlichen Botschaften verpuffen ebenso wirkungslos wie der Druck auf die Tränendrüsen in einem zehntklassigen Schmachtfilm. Ich werde meine Zweifel einfach nicht mehr los.

Es ist kein Problem, das Spiel mitzuspielen; meine Trägheit hilft mir dabei. Und solange es funktioniert – solange ich seine Gesellschaft als angenehm empfinde und sexuell alles klappt – sehe ich auch keinen Anlaß, die Pferde scheu zu machen. Vielleicht bleiben wir noch Jahre beisammen, vielleicht ziehe ich schon morgen aus. Ich weiß es wirklich nicht.

Natürlich bin ich immer noch froh, daß er überlebt hat – und in gewissem Grade kann ich die Frau, die ihn gerettet hat, für ihren selbstlosen Mut sogar bewundern. Ich wäre dazu sicher niemals fähig.

Manchmal, wenn wir zusammen sind und ich in seinen Augen jene hilflose Leidenschaft sehe, die mir abhanden gekommen ist, bin ich versucht, in Selbstmitleid zu verfallen. Dann denke ich: man hat mich *vergewaltigt*, kein Wunder, daß ich ein Krüppel, kein Wunder, daß ich so verkorkst bin.

Diese Sicht der Dinge ist in gewissem Sinne durchaus berechtigt – aber es will mir nicht gelingen, sie mir für längere Zeit zu eigen zu machen. Die neue Wahrheit hat einen ganz eigenen, unterkühlten Reiz, und sie manipuliert mich auf ihre ganz eigene Art; sie bestürmt mich mit Schlagworten wie ›Freiheit‹ und ›Erkenntnis‹ und verspricht, aller Falschheit ein Ende zu machen. Ich spüre von Tag zu Tag, wie sie in mir wächst, und sie ist jetzt schon viel zu stark, als daß ich etwas bereuen würde.

Originaltitel: ›APPROPRIATE LOVE‹ • Copyright © 1990 by Greg Egan • Erstmals erschienen in ›Interzone‹, August 1991 • Mit freundlicher Genehmigung des Autors • Copyright © 1997 der deutschen Übersetzung by Wilhelm Heyne Verlag, München • Aus dem Englischen übersetzt von Irene Holicki • Illustriert von Jobst Teltschik

Allen Steele · USA

DIE GUTE RATTE

Es gibt Alternativen zu Tierversuchen ...

Nach zwei Wochen in Thailand und Nepal wieder zu Hause. Knackige Bräune vom Strand von Koh Samui, Matchsack voll mit billigen Andenken von den Straßenverkäufern in Kathmandu. Schöner Urlaub, jetzt allerdings pleite. Geld für Nierenverpfändung fast weg, Briefkasten quillt über von Rechnungen und Mahnungen. Höchste Zeit, mir wieder 'nen Job zu suchen.

Rufe Agentin an, hinterlasse Nachricht auf ihrem Anrufbeantworter. Ruft am gleichen Nachmittag zurück. Plaudern ein wenig über die Reise; versprech ihr 'ne Holzmaske zu schicken. Freut sich drüber, sagt aber, sie hat zu tun, will grade wieder mal zwei Ratten für Versuche an Procter & Gamble vermitteln. Fragt, warum ich anrufe.

Sag ihr, daß ich auf dem trockenen sitze. Rasch 'nen Job brauche. Rechnungen bezahlen muß. Sagt, sie kümmert sich drum, meldet sich bald wieder, ciao, legt einfach auf. Schätze, ich schicke ihr die häßlichste Maske im ganzen Sack.

Jetlag nach vierundzwanzig Stunden in verschiedenen Flugzeugen. Schlafe zwei Tage lang, sitze dazwischen meistens vor dem Fernseher. Dienstag ruft Mom an, will wissen, wo ich den ganzen letzten Monat war. Hat mich angeblich überall gesucht. Sage kein Wort von Koh Samui und Kathmandu. Behaupte, ich besuche Abendkurse am hiesigen College. Förderunterricht Englisch und Grundlagen der Computeryprogrammierung. Lerne dort lesen und mit Computern umgehen. Das gefällt ihr. Fragt, ob ich schon 'nen Job habe. Will grade weiterlügen, da klickt's im Telefon. Noch ein Anruf, sag ich. Muß auflegen, bis bald. Bin ganz froh drüber. Ist mir zuwider, Mom anzulügen.

Agentin am Apparat. Fragt, ob meine Beine gut in Form sind. Ja, verdammt, sag ich. Bin grade zehn Tage lang durch die Annapurnaregion gewandert, meine Beine sind absolut in Topform. Was gibt's denn Schönes?

Private Forschungseinrichtung in Boston sucht 'ne Ratte für erste Versuchsreihe. Für irgend 'ne Firma, die rezeptfreie Salbe gegen Blasen an den Füßen entwickelt. Brauchen jemand in guter, körperlicher Verfassung für die Arbeit am Laufband. Zwei-Wochen-Einsatz. Ob ich glaube, daß ich das hinkriege?

Weiß nicht, sag ich. Bin auf den Felsen oft gestolpert und hab ein paar blaue Flecken an den Oberschenkeln. Was zahlen die denn? Hundert Dollar pro Tag, sagt sie, minus ihre fünfzehn Prozent Provision. Nicht schlecht. Nicht überwältigend, aber auch nicht schlecht. Frage, ob sie auch das Flugticket übernehmen. Ja, sagt sie, Touristenklasse bei Continental. Mann, sag ich, ich weiß nicht recht, die blauen Flecken tun doch ganz schön weh. Erster Klasse bei TWA wär da schon sehr viel angenehmer. Sagt, sie meldet sich wieder, ciao, und legt auf.

Schalte den Fernseher ein und zappe mich durch die Kanäle, bis ich 'nen Zeichentrickfilm finde. Blöder Coyote ist grade wieder mal die Klippe runtergestürzt*,

---

* Zeichentrickfiguren von Chuck Jones. Wile E. Coyote stellt ständig dem Road Runner nach, der sich aber dank seiner phänomenalen Laufgeschwindigkeit immer in Sicherheit bringen kann; s. Dennis Scheck, ›King Kong, Spock & Drella‹, Straelener Manuskripte Verlag 1993. *Anm. d. Übers.*

wie meine Agentin zurückruft. Business Class bei TWA, sagt sie. OK? Überlege, ob ich ihr noch 'ne Tribünenkarte für ein Spiel von den Red Sox aus dem Kreuz leiern soll, will aber den Bogen nicht überspannen. Die blauen Flecken sind schon sehr viel besser, sag ich. Wann die mich denn haben wollen?

Sie sagt, in zwei Tagen, ich sag OK. Tickets kommen morgen mit Federal Express, sagt sie, aber kein Wort über blaue Flecken, klar? Hab gar keine blauen Flecken, sag ich. Wollte nur 'n ordentlichen Platz im Flugzeug.

Schmeißt mir 'ne Beleidigung an den Kopf und legt wieder auf. Sagt diesmal nicht mal ciao. Werd ihr überhaupt keine Maske schicken. Soll doch selbst nach Kathmandu fliegen und sich eine kaufen.

Zwei Tage später. Steig in Beantown aus dem Flugzeug. War vor zwei Jahren schon mal hier. Mußte damals in 'nem anderen Labor drei Tage lang so 'n rosa Zeug trinken, damit sich die Wissenschaftler meine Pisse und meine Kotze ansehen konnten. Mag Boston ganz gern. Hübsche Stadt. Bin bloß nie dahintergekommen, warum jeder sie Beantown nennt.

Halbe Portion von Collegebürschchen steht am Tor, hält 'n Pappschild mit irgend 'nem Wort in die Höhe, und drunter steht mein Name. Geh auf ihn zu und frag ihn, ob er vielleicht mich sucht. Schaut mich komisch an. Ist das Ihr Name da auf dem Schild? fragt er. Nein, sag ich, ich bin Elmer Fudd*, und ob er von der Versuchsanstalt kommt?

Jetzt wird er sauer. Will meinen Ausweis sehen. Zeig ihm meine Sam's Club-Karte. Is' sogar mein Bild drauf, aber er markiert immer noch den Scheißkerl. Ob ich nicht 'nen Führerschein hab? Laß ihm meinen Match-

---

* Ewiger Gegenspieler von ›Bugs Bunny‹, dem möhrenknabbernden Hasen von Tex Avery und Chuck Jones. s. Dennis Scheck, ›King Kong, Spock & Drella‹, Straelener Manuskripte Verlag 1993. *Anm. d. Übers.*

sack auf die Füße fallen und sag, ich bin ein vielbeschäftigter Mann, also geh'n wir jetzt endlich?

Marschiert mit mir in die Tiefgarage, wo er seinen Volvo geparkt hat. Diesmal keine Limousine mit Chauffeur. Muß 'ne billige Klitsche sein. Bei meinem letzten Job in Boston gab's 'ne Limousine. Aber der Junge schaut so beleidigt drein, daß ich kein großes Theater drum mache.

Bleiben gleich hinter dem Flughafen im Tunnelstau stecken. Hätt nichts dagegen, mich auf dem Rücksitz aufs Ohr zu hauen, aber der Kleine will sich unterhalten. Fragt mich, wie man sich als Ratte so fühlt.

Weiß genau, auf was er raus will. Hör das ja nicht zum ersten Mal. He, Junge, sag ich, ich werd dafür bezahlt, daß ich zwanzigmal am Tag 'ne Nadel reingerammt krieg, über Laufbänder renne, dies esse, das trinke, in 'ne Nierenschale scheiße und in die Flasche pinkle. Der Mensch muß schließlich leben, kapiert?

Lächelt. Hält sich für was Besseres. War schließlich auf'm College. Wissen Sie, sagt er, daß man dafür früher Hunde, Affen und Kaninchen genommen hat, bis es irgendwann verboten wurde? Was ist das für ein Gefühl, wenn man wie ein Tier behandelt wird?

Kein Problem, sag ich drauf. Haben Sie zu Haus 'nen Hund, den Sie richtig gernhaben? Oder vielleicht 'ne Katze? Dann nehmen Sie das Vieh doch mit in Ihr Labor, da soll es das machen, was ich mache, und dann sagen Sie mir, ob's das auch nur halb so gut kann.

Jetzt kommt er erst richtig in Fahrt. Fängt von den Experimenten in den Nazi-Konzentrationslagern an. Auch das hab ich schon öfter gehört, meistens von den Typen, die vor den Labors auf- und abmarschieren und irgendwelche Schilder schwenken. Dieselben Typen, die früher randaliert haben, weil man Hunde, Affen und Kaninchen für Laborversuche verwendet hat, regen sich jetzt auf, weil man dafür Menschen nimmt. Warum arbeitet er denn überhaupt für 'ne

Firma, die Menschenversuche macht, wenn er das nicht für richtig hält? So 'ne College-Ausbildung is' womöglich doch nicht das Größte, wenn man trotzdem Dinge tun muß, von denen man nichts hält.

He, die Nazis haben schließlich nicht auf Freiwillige gewartet, sag ich, und die haben ihren Leuten auch nichts bezahlt. Das is'n Unterschied. Ich war grade zwei Wochen in Nepal und bin durch den unteren Himalaya gewandert. Wo haben Sie das letzte Mal Urlaub gemacht?

Das haut ihn fast um. Erzählt mir, was er im Jahr verdient, vor Steuern. Erzähl ihm, was ich im Jahr verdiene, nach Steuern. Medizinische Versorgung kostenlos und soviel Urlaub, wie ich nur will.

Das macht ihn sprachlos. Kann den Rest der Fahrt in Ruhe genießen.

Der Kleine bringt mich zu 'nem alten Ziegelbau am Charles River. Könnte früher mal 'ne Fabrik gewesen sein. Auf dem Parkplatz treibt sich wie üblich 'ne Horde Demonstranten rum. Sehen naß und verfroren aus, inzwischen regnet's nämlich. Die Gerichte sagen, sie müssen zwanzig Meter vom Haupteingang wegbleiben. Kann ihre Schilder nicht lesen. Interessieren mich auch nicht die Bohne. Können ruhig gegen meinen Job protestieren, brauchen sich aber bloß nicht bei mir beschweren, wenn sie die Grippe kriegen. Bin wahrscheinlich der Typ, der ihre Medizin getestet hat.

Bleibe an der Rezeption stehen, zeige meinen Ausweis und krieg ein Namensschild. Laß mein Gepäck bei dem Mann vom Sicherheitsdienst und fahr mit dem Lift in den sechsten Stock. Haus sieht von drinnen besser aus. Verputzte Wände, Fliesenböden, Glastüren, alles in Weiß und Grau gehalten. Die Büros haben Teppiche, neue Möbel, und Grünpflanzen. Auf jedem Schreibtisch steht ein Computer.

Erste Station ist die Ambulanz. Ärztin testet meine

Reflexe, schaut mir in die Ohren, untersucht meine Augen, zapft mir Blut ab, gibt mir ein Fläschchen und schickt mich damit ins Bad. Kriegt ein paar Minuten später 'n volles Fläschchen wieder. Lächle und frag sie, was sie in zwei Wochen vorhat. Lächelt nicht zurück. Bedankt sich aber für den Urin.

Der Kleine führt mich den Gang entlang in ein Büro. Chefwissenschaftler wartet schon auf mich. Auch so 'ne halbe Portion mit Brille, Kahlkopf und langem Rauschebart. Steht auf, streckt mir die Hand hin, sagt seinen Namen. Hab ihn aber schon nach fünf Minuten wieder vergessen. Heißt für mich Dr. Großkopf. Einer von vielen Weißkitteln. Sein Name interessiert mich nicht weiter, Hauptsache, er schreibt ihn am Ende unter meinen Scheck.

Dr. Großkopf bietet mir Kaffee an. Will aber lieber Wasser. Der Kleine holt mir ein Glas, und dann erzählt mir Dr. Großkopf von seinem Experiment.

Redet 'ne Menge Scheiß, versteh nicht mal die Hälfte. Lauter Wissenschaft. Viel zu hoch für mich. Höre aber höflich zu und nicke immer im richtigen Moment, wie sich's für ne gute Ratte so gehört.

Im Grunde ist es ganz einfach. Eine Arzneimittelfirma hat das Labor beauftragt, die erste Versuchsreihe für ihr neues Produkt durchzuführen. Eine Lotion gegen Blasen an den Füßen. Namen hat das Ding noch keinen. Für mich heißt das, ich muß am ersten Tag acht Stunden über das Band laufen, mit einer Stunde Mittagspause, mindestens aber so lange, bis ich ein paar ordentliche Blasen an den Fußsohlen zustandegebracht hab. Dann krieg ich 'ne Salbe auf meine geschundenen Treter geschmiert und darf mich zwölf Stunden lang erholen, muß aber am übernächsten Tag wieder aufs Band. Wiederholt sich zwei Wochen lang alle zwei Tage.

Ob ich auch für die Tage bezahlt kriege, die ich nicht auf dem Band bin?

Natürlich, sagt er, aber Sie müssen hier in der Versuchsanstalt bleiben. Oben im Schlaftrakt haben wir ein Einzelzimmer für Sie. Auch 'ne eigene Cafeteria und 'nen Freizeitraum.

Mit Billardtisch?

Mit 'nem wunderschönen Billardtisch, sagt er. Außerdem mit Videorecorder und Bibliothek. Auch ein Computer, aber ohne Fax und Modem. Strenger Firmengrundsatz: Versuchsteilnehmer haben keinen direkten Kontakt mit der Außenwelt. Telefongespräche ja, werden aber von Sicherheitsleuten überwacht. Post kann nachgeschickt werden, aber alles, was rausgeht, wird vom Personal gelesen.

Nicke. Alles nicht neu. Die meisten Versuchsanstalten arbeiten so. Klingt ganz OK, sag ich.

Wenn Sie nicht auf dem Band sind, sagt er, haben Sie entweder im Bett zu liegen oder im Rollstuhl zu sitzen. Weder Stehen noch Gehen, außer beim Duschen oder wenn Sie zur Toilette müssen.

Achselzucken meinerseits. Kein Problem. Hab schon mal drei Tage im Bett gelegen und nichts anderes getan, wie mir über Hausfernsehen alte Fred-Feuerstein-Filme angesehen. Versuchsreihe für die psychiatrische Abteilung des UCLA* Hinterher wollt ich selber bloß noch ›Yabba-dabba-do‹ grölen und Betty Geröllheimer bumsen. Seitdem gibt's nichts mehr, was ich nicht kann.

Dr. Großkopf schaltet sein Lächeln aus. Legt die gefalteten Hände auf den Schreibtisch. Jetzt wird's also ernst.

Die Salbe, die wir Ihnen auf die Füße streichen, ist noch nicht unbedingt das Endprodukt, sagt er. Müssen mehrere Versionen der Formel ausprobieren. Verschiedene Nebenwirkungen sind möglich: anhaltender Juckreiz, Rötung und Schälen der Haut und geringfü-

---

* University College of Los Angeles. *Anm. d. Übers.*

gige Schwellungen. Bei den Computersimulationen ist nichts dergleichen aufgetreten, aber das Produkt durchläuft die erste Versuchsreihe zum ersten Mal.

Nicke. Alles schon erlebt, alles schon mal dagewesen.

Redet weiter. Erklärt mir, daß an dem Experiment noch drei weitere Freiwillige teilnehmen. Drei von uns sind Versuchsobjekte, der vierte ist die Kontrollperson und kriegt ein Placebo. Wir erfahren vorher nicht, wer mit dem Produkt behandelt wird und wer das Placebo kriegt. Ob ich das verstanden habe?

Versuchsobjekte, Kontrollpersonen, Placebos, außerdem faulen mir womöglich demnächst die Füße ab. Kapiert, Doc. Klingt stark.

Dr. Großkopf ist noch nicht fertig. Wenn mir irgendwas daran nicht paßt, kann ich jetzt noch aussteigen, dann zahlt mir die Firma hundert Dollar für den einen Tag und die Kosten für den Rückflug nach Hause. Wenn ich aber während der Testphase kneife oder dabei erwischt werde, wie ich die Salbe runterwasche, flieg ich raus und krieg keinen Penny.

Ja, klar. Er muß das alles runterbeten, weil es so im Gesetz steht. Hab noch nie gekniffen, sag ich. Klingt alles ganz prima. Wann fangen wir an?

Dr. Großkopf grinst. 'ne kooperative Ratte ist doch was Schönes. Morgen früh, sagt er. Punkt acht Uhr.

Frag ihn, ob ich mir heute noch das Nachtleben ansehen kann. Macht ein finsteres Gesicht. Könnte sein, sagt er, daß ich dann noch 'ne Urinprobe abliefern muß. Nicke brav. Von mir aus. Kein Problem. Er zuckt die Achseln. Schön, aber bis Mitternacht sind Sie wieder da. Und dann bleiben Sie hier, bis die Experimente abgeschlossen sind.

Kein Problem.

Sitze noch eine Stunde über Verträgen und Verzichtserklärungen. Dr. Großkopf nicht überrascht, daß ich nicht gut lesen kann. Muß wohl die Akte gesehen haben, die meine Agentin seiner Firma gefaxt hat. Verlange, daß er mir alles laut vorliest, und nehme es mit dem kleinen CD-Recorder auf, den ich mitgebracht habe. Die Ratte mag nicht lesen können, aber sie wahrt ihre Rechte.

Hört sich alles recht stark an. Unterschreibe sämtliche Formulare. Dr. Großkopf gibt mir 'n Plastikarmband und wartet, bis ich es mir ums linke Handgelenk binde, dann darf ich gehen. Diesmal ohne Händeschütteln, fällt mir auf. Vielleicht hat er Angst, daß funktioneller Analphabetismus ansteckend ist.

Collegebürschchen wartet immer noch draußen. Bringt mich rauf in den Schlaftrakt im siebten Stock.

Sieht aus wie in 'nem Krankenhaus. Keine Fenster. Ein Freizeitbereich, von dem sechs Einzelzimmer abgehen. An einer Seite 'ne kleine Cafeteria. Zwei Tische, 'n paar Stühle und Sofas. Bücherregal mit alten Taschenbüchern und Zeitschriften. Fernsehgerät mit 52 Zoll-Flachbildschirm, drüber auf 'nem Ständer haufenweise Videos. Münztelefon in der Ecke. Der Billardtisch ist da, sieht aber ziemlich billig aus. Schaue nach oben und finde sofort das Fischauge von der Kameralinse in der Decke.

Genau wie immer. Könnte besser sein, aber auch schlechter.

Ziemlich kleines Zimmer. Einzelbett, Tisch, Schrank. Auch hier keine Fenster, aber wenigstens ein eigenes Bad. Kann von Glück reden. Diesmal kein Mitbewohner. Der letzte hat geschnarcht, und der vorletzte hat sechs Tage nach Beginn des Experiments durchgedreht und ist rausgeflogen.

Mein Matchsack steht auf dem Bett. Reißverschluß ein Stück weit offen. Wahrscheinlich durchgewühlt, ob ich Alkohol, Drogen, Glimmstengel oder ein Handy mitgebracht hab. Der Kleine sagt, er muß jetzt weg. Ich soll mein Namensschild nicht vergessen, wenn ich rausgehe. Bis morgen dann, sag ich.

Pack meinen Sack aus und geh aus dem Zimmer.

Will 'nen Happen essen und mir dann das Nachtleben zu Gemüte führen.

Jetzt sitzen zwei Leute im Freizeitraum und sehen sich im Fernsehen die Nachrichten an. 'n Typ und 'ne Frau. Der Typ sieht aus wie dreißig. Mager, mit langem Haar und dünnem Bart. Aufgeschlagenes Taschenbuch im Schoß. Sieht mich kaum an.

Die Frau ist anders. Auch 'ne Ratte, aber die schönste, die ich seit langem gesehen hab. Langes, braunes Haar. Schlank, aber mit Muskeln. Sieht gut aus. Ganz meine Kragenweite.

Schaut auf, wie ich vorbeigehe. Nicke ihr zu. Nickt ebenfalls und lächelt ein wenig. Sagt kein Wort. Nickt und lächelt nur.

Nicken und Lächeln geh'n mir auf dem Weg zum Aufzug nicht mehr aus dem Kopf.

Hab drüben in Dorchester 'ne anständige Kneipe aufgetan, wie ich das letzte Mal in Boston war. Nehm mir jetzt 'ne Rikscha und fahr rüber.

Auf dem Schild über der Tür steht: *Zutritt für * verboten.* Beim ersten Mal hat mir einer das vorlesen und mir erklären müssen, daß das Zeichen in der Mitte ein Sternchen ist. Welcher Körperteil sieht aus wie ein Sternchen? Hab's noch immer nicht kapiert, sag ich. Der and're lacht und sagt, beug dich vor, steck den Kopf zwischen die Beine und mach die Augen auf. Jetzt hab ich's kapiert, sag ich.

Drin darf man rauchen, wo man will, falls man heutzutage noch irgendwo Glimmstengel auftreiben kann. Sechsundfünfzig Biersorten. Bier wird nicht nur im Keller ausgeschenkt, sondern nach Wunsch auch am Tisch serviert. Auf der Karte steh'n Hamburger, Hot Dogs und Hähnchensteaks mit Zwiebelringen. Keine Tofu-Pizza, keine Linsensuppe. Gerahmte Nacktfotos von Madonna, Keith Moon, Cindy Crawford und Sylvester Stallone an den Wänden. Die Wurlitzer-Musikbox is 'ne

Antiquität, keine Platte drin, die nicht 'nen Aufkleber ›Achtung jugendgefährdend‹ draufhaben müßte.

Und keine schreienden Kinder.

Die Bullen würden die Kneipe bestimmt dichtmachen, nur wissen die meisten Leute gar nicht, daß sie existiert. Vielleicht is' die Sache aber auch ganz anders. Ein paar von den Typen, die an der Bar rumhängen, seh'n aus wie Bullen nach Dienstschluß. Auch 'n Bulle will schließlich mal eine rauchen und 'n Schluck trinken.

Die Kneipe ist jedenfalls gut. Sollte in jeder Stadt sowas geben. War früher auch so, bevor sich jeder über alles aufregen und den anderen ständig in die Suppe spucken mußte. Dann hat man 'ne Menge Gesetze erlassen, und seitdem ist die ganze Welt rauchfrei, cholesterinarm, antialkoholisch und kindersicher geworden. Wer heutzutage 'ne Kneipe sucht, wo * keinen Zutritt haben, muß schon in die Slums geh'n.

Dafür muß heute abend jeder fürs Gedeck bezahlen. Man kann eben nicht alles haben.

Such mir 'nen Platz an der Bühne, bestell mir 'n Ginger Ale und hör 'ner Nuevo-Punk-Band zu, die alte Romantics- und Clash-Nummern verhunzt. Sind in Boston, also müssen sie auch was von den Cars bringen. Obwohl sie wahrscheinlich noch in den Windeln gelegen haben, wie Ric Ocasek die Lautsprecher hat scheppern lassen.

Normalerweise hau ich am letzten Abend vor 'nem Experiment noch mal so richtig auf die Pauke. Keine Sauftour, das nicht, aber ich will mich amüsieren. Heut sind 'ne Menge Puppen hier, die meisten mit 'nem Kerl, der so aussieht, wie wenn er besser zu Hause sitzen und sich über Internet einen runterholen lassen sollte. Ein paar von den Mädels werfen ganz scharfe Blicke zu mir rüber.

Sollte man was gegen tun. Ist ja noch früh am Tag. Hotelzimmer für ein paar Stunden ist immer zu kriegen. Brauche bloß die alte Nummer von dem Biomediziner abzuziehen, der zu 'nem wichtigen Forschungskongreß in der Stadt ist. Mit 'nem Arzt schläft jede Puppe gern.

Bin aber nicht so recht bei der Sache. Die Kleine aus dem Freizeitraum will mir nicht aus dem Kopf. Weiß auch nicht, warum. Is' doch bloß 'ne Ratte wie du und ich.

Merke irgendwann, daß ich mich jedesmal umdrehe, wenn die Tür aufgeht, und hoffe, daß sie reinkommt.

Geh noch vor elf, ausnahmsweise allein. Rede mir ein, daß es daran liegt, daß die Band beschissen war. Weiß aber genau, daß das nicht stimmt.

Auf dem Weg zum Versuchszentrum frag ich mich, ob Mom nicht doch recht hat. Vielleicht ist es an der Zeit, daß ich mir 'nen Job suche. Und lesen lerne.

Wetten, daß sie lesen kann?

Acht Uhr am nächsten Morgen. Komme in meinem Rattenoutfit – Boxershorts, Fußballhemd, Turnschuhe – die Treppe runter. Mein Einsatz für den Fortschritt der Wissenschaft und das Wohl der ganzen Menschheit beginnt.

Dr. Großkopf steht schon da. Ist nicht mehr so freundlich wie gestern. Bringt mich in die Ambulanz und wartet, während ich noch ein Fläschchen für die Frau Doktor zapfe. Dann geht's ab ins Labor.

Vier elektrische Laufbänder nebeneinander an einer Seite. Drüber an der Decke ein Fernsehgerät. Blöde Show mit violetten Dinosauriern flimmert über'n Bildschirm. Ton kaum zu hören. Am anderen Ende etliche Collegebürschchen im weißen Mantel vor ihren Computern. Der mich vom Flughafen abgeholt hat, ist auch dabei. Schaut kurz auf, wie ich reinkomme, winkt aber nicht zurück. Starrt gleich wieder auf seinen Monitor und haut weiter in die Tasten. Toller Bursche wie er redet doch nicht mit 'ner Ratte.

Zwei andere Ratten sitzen auf Plastikstühlen. Sind schon voll verkabelt, schauen sich Barney an und warten, daß es losgeht. Geh zu ihnen rüber. Der eine ist der dürre Langhaarige vom vorigen Abend. Trägt heute 'n altes Lollapolooza-Shirt. Heißt Doug. Der andre sieht aus wie'n Bodybuilder. Riesenbaby. Glattrasierter Schädel, Nasenring, Fernfahrertätowierung auf dem rechten Unterarm. Sagt, er heißt Phil.

Doug wirkt gelangweilt, Phil eher nervös. Allseitiges Händepatschen. Wir sind die Rattenpatrouille, uns bringt keine Spritze ins Schwitzen.

Zeit für die Drähte. Setz mich auf den Tisch, zieh mein Hemd aus und laß mich von einem von den Jungs mit Elektroden bepflastern. Kopf, Hals, Brust, Rücken, Oberschenkel, Knöchel. Jedes Zucken jagt die Linien über die Computerschirme. Jemand will wissen, was ich zum Frühstück gegessen hab und wann ich zum letzten Mal auf der Toilette war. Wird alles auf 'nem Klemmbrett notiert.

Phil fragt, ob das Fernsehen auch Kabelanschluß hat. Bitte 'n anderes Programm, sagt er, sonst krieg ich Kopfschmerzen. Keiner hört auf ihn. Steht schließlich auf und schaltet auf *The Today Show* um. Böser Blick von Dr. Großkopf. Ist Phil etwa neu in der Rattenpatrouille? Wenn die Wissenschaftler wollen, daß man Barney guckt, dann tut man das auch, ohne Wenn und Aber. Könnte ja zum Experiment gehören.

Keinen Streit mit den Wissenschaftlern. Das weiß doch jeder.

Endlich kommt die letzte Ratte. Keine Überraschung, nur das Mädchen von gestern abend. Trägt 'nen einteiligen Trainingsanzug. Lieber Gott, ich danke dir für den Typen, der den Lycra-BH erfunden hat. Phil und Doug verschlucken sich fast an ihrer eignen Zunge. Das Bürschchen, das ihr die Elektroden anklebt, kriegt 'nen Steifen unter seinem Laborkittel, wie er sich ihren Oberkörper und ihre Schenkel vornimmt.

Sie tut so, wie wenn seine Hände gar nicht da wären, wie wenn überhaupt niemand da wäre, auch ich nicht. Amerikanische Profiratte von echtem Schrot und Korn.

Zeit für die Laufbänder. Dr. Großkopf macht ein großes Theater drum, ob auch jeder auf die richtige Maschine geht. Wie wenn's darauf ankäme. Das Mädchen kriegt das Band links von mir, Doug ist auf meiner rechten Seite, und neben ihm ist Phil.

Fasse nach der Metallstange vor mir. Dr. Großkopf sieht nach, ob auch alle Computer richtig laufen, schaltet dann die Laufbänder ein. Die weiche Gummimatte unter meinen Füßen setzt sich langsam in Bewegung, alle paar Sekunden vielleicht ein halber Meter. Meine Großmutter konnte schneller laufen.

Sehe zu dem Mädchen rüber. Schaut zu, wie Willard Scott* mit 'nem Typen redet, der angezogen ist wie ein Truthahn. Frage Dr. Großkopf, ob er den Ton nicht lauter stellen kann. Sagt nein, das lenkt sein Team ab. Ist wahrscheinlich sauer, weil Phil den violetten Dinosaurier weggeschaltet hat.

Auch gut. Können wir uns wenigstens bekannt machen. Sie fängt an. Fragt mich, wie ich heiße. Sag ihr meinen Namen. Sie nickt, sagt mir ihren Namen. Sylvie Simms.

Sag: Hi, Sylvie, freut mich, dich kennenzulernen.

Hör? hinter unserem Rücken die Wissenschaftler miteinander tuscheln. Sylvie will wissen, wo ich herkomme. Sagt, sie ist aus Columbus, Ohio.

Na los, Mann, sagt Phil. Machen Sie schon lauter. Ich möchte hören, was er über das Wetter erzählt.

Dr. Großkopf ignoriert ihn.

Schaue zu Doug hinüber. Hat 'nen Walkman am Gürtel hängen. Augen geschlossen, wackelt mit dem Kopf

---

* Moderator der ›Today Show‹; Unterhaltungsshow im Frühstücksfernsehen von NBC; s. Dennis Scheck, ›King Kong, Spock & Drella‹, Straelener Manuskripte Verlag 1993. *Anm. d. Übers.*

hin und her. Fährt auf irgendwas ab, was in seinem Kopfhörer läuft, und stapft dabei brav weiter.

Bin schon mal in Columbus gewesen, sag ich. Hübsche Stadt. Tolles Grillrestaurant mitten im Zentrum, gleich gegenüber vom Verwaltungsgebäude.

Sylvie lacht. Klingt nett, wenn sie lacht. Fragt, ob das Restaurant einen irischen Namen hat. Ja, sag ich, genau das ist es. Da gibt's Rippchen mit 'ner süßen Sauce. Sie kennt die Kneipe, ist schon öfter dagewesen.

Und schon läuft – oder geht – alles wie geschmiert.

Doug hört sich in seinem Walkman eine Rockband nach der anderen an. Hin und wieder muß ihm einer die CD wechseln. Phil starrt auf den Bildschirm, gibt zu allem, was er nicht versteht, seinen eigenen Senf dazu und meckert rum, weil er nicht umschalten kann. Hin und wieder kommt einer von den Jungs mit 'ner Flasche Wasser vorbei und läßt uns an 'nem Plastikstrohhalm saugen.

Unterhalte mich die ganze Zeit mit Sylvie.

Erfahre 'ne ganze Menge über sie, während ich auf die erste Blase warte. Hat ihr Examen als Grundschullehrerin an derselben Uni gemacht, wo ich als Ratte angefangen habe, aber keinen vernünftigen Job gekriegt. Die staatlichen Schulen stellen nur noch Leute ein, die ein Zeugnis von der Army vorweisen können, und bei den Privaten kommt man ohne Doktorgrad nicht zum Zug. So ist sie 'ne Ratte geworden und macht das nun schon seit zwei Jahren. Würde zwar immer noch lieber unterrichten, kann aber damit wenigstens ihre Miete bezahlen.

Erzähl ihr auch von mir. Hier geboren. Da gelebt. Daß ich nicht besonders gut lesen kann, laß ich lieber weg, aber sonst stimmt alles, was ich sage. Ratte seit vier Jahren, nachdem ich 'ne Weile bei der Army war. Von den anderen Versuchsreihen, die ich schon mitgemacht habe, komme ich irgendwann auf meine Wandertouren.

Das interessiert sie. Will wissen, wo ich schon überall gewesen bin. Erzähle ihr von der letzten Tour durch Nepal und vom Strand von Koh Samui, wo man noch schwimmen gehen kann, ohne ständig durch Abfall zu waten. Von den Gletschern auf Neuseeland, von den schottischen Mooren und den Pfaden durch den brasilianischen Regenwald.

Du reist wohl sehr gern, sagt sie.

Gibt nichts Schöneres, sag ich drauf. Nicht erster Klasse und nicht wie'n Tourist, so gefällt's mir besser. Gibt genug Länder, wo ich noch nie gewesen bin.

Was ich da mache, will sie wissen. Einfach wandern, sag ich. Wandern und Bilder machen. Vögel und Tiere beobachten. Einfach dort sein, sonst nichts.

Wie ich mir das alles leisten kann, will sie wissen. Und ich sag ihr, daß ich meine Organe an Organbanken verpfändet habe.

Da dreht sie den Kopf weg. Du verkaufst deine Organe?

Nein, sag ich, nicht verkaufen, verpfänden. Die Leber an einen Kloner in Tennessee, das Herz an eine Organbank in Oregon, die beiden Lungenflügel an ein Krankenhaus in Texas. Eine Niere nach Idaho, die andere nach Minnesota ...

Sie bleibt fast stehen, wie sie das hört. Du würdest deinen ganzen Körper verkaufen?

Achselzucken meinerseits. Noch ist nicht alles weg, sag ich. Augenhornhaut, Haut und Adern gehören mir noch. Die heb ich mir auf bis zuletzt, wenn ich zu alt bin, um als Ratte zu arbeiten, und keiner mehr Plasma, Knochenmark oder Sperma von mir haben will.

Wie ich Sperma sage, wird sie rot. Aber ich tu so, wie wenn ich nichts merke. Fragt, ob ich weiß, was die mit meinen Organen anfangen, wenn ich tot bin.

Klar, sag ich. Irgend jemand im Leichenschauhaus fährt mit 'nem Scanner über den Balkencode auf meinem linken Arm. Dann weiß er, daß er meinen Körper in die Kühlung stecken und Verbindung zum nächsten Infocenter für Organspender aufnehmen muß. Alle Gläubiger werden benachrichtigt, kommen angeflogen und holen sich, was mein Agent ihnen damals verscherbelt hat. Was danach noch übrig bleibt, wandert in die Verbrennungsanlage des Leichenschauhauses. Asche zu Asche, wie's so schön heißt.

Sylvie holt tief Luft. Und das stört dich nicht?

Achselzucken meinerseits. Nee, sag ich. Ist mir lieber, wenn meine Organe andren Leuten 'ne zweite Chance geben, statt daß sie in 'nem Sarg in der Erde verfaulen. Und so lang, wie sie mir noch gehören, kann ich mit der Knete an Orte reisen, wo ich noch nie gewesen bin.

Das Laufband wird ein klein wenig schneller. Kein Omatempo mehr. Dr. Großkopf wird wohl allmählich ungeduldig. Möchte bis zum Abend ein paar ordentliche Blasen sehen.

Phil schwitzt jetzt stark. Beschwert sich, daß er Sally Jesse angucken muß anstatt Oprah*. Will die weiße Hure nicht sehen, sagt er. Na los, her mit der schwarzen Nutte. Auch Doug läuft der Schweiß runter, aber er geht stur weiter. Verlangt bitte schön 'ne Smashing Pumpkins CD. Einer von den Jungs legt ihm 'ne neue Scheibe ein, aber den Fernseher schaltet er nicht um.

Könnt ich nicht machen, sagt Sylvie. Dafür hänge ich zu sehr an meinem Körper.

Hänge auch an meinem Körper, sag ich, aber mein Körper ist nicht ich. Wenn ich tot bin, bin ich nicht mehr da. Dann ist da bloß noch Fleisch. Warum also nicht das eine oder andre verscheuern, solang man noch da ist?

'ne Weile ist sie ganz still und starrt nur auf den Bildschirm. Sally Jesse redet mit jemandem, der so aussieht wie 'ne Frau, die sich als Mann verkleidet hat, der so

---

* Sally Jesse und Oprah Winfrey; Talkshow-Moderatorinnen im Tagesfernsehen. *Anm. d. Übers.*

aussieht wie 'ne Frau, die aussehen möchte wie ein Mann oder so ähnlich.

Hätt vielleicht nicht sagen sollen, wie ich über Organverpfändungen denke. Ratte spielen ist eine Sache, aber seine Innereien auf die hohe Kante legen, geht doch noch 'nen Schritt weiter. Manche Leute kapieren das nicht, und andre, die es kapieren, kommen nicht damit klar.

Sylvie muß eigentlich Bescheid wissen. Alle Ratten wissen Bescheid. Die meisten von uns verpfänden sich stückweise. Also wo liegt das Problem?

Irgendwo hinter uns schlägt eine Glocke an. Essenszeit. Hab gar nicht mitgekriegt, daß schon Mittag ist. Dr. Großkopf kommt wieder rein, schaltet die Laufbänder ab. Müssen uns auf die Untersuchungstische setzen und die Schuhe ausziehen. Noch hat keiner Blasen an den Füßen, werden trotzdem in Rollstühle gesetzt. OK, sagt er, um eins wieder hier.

Kann's gar nicht erwarten, sagt Phil.

Lunch wird im Freizeitraum serviert. Hühnersuppe, überbackenes Käsesandwich, Thunfischsalat. Nehmen die Tabletts auf den Schoß, rollen die Theke entlang und holen uns alles von oben runter. Sitze nicht das erste Mal im Rollstuhl, auch Doug und Sylvie nicht, nur für Phil ist es was Neues. Schüttet sich prompt die heiße Suppe in den Schoß und schreit Zeter und Mordio.

Setz mich mit Sylvie an einen Tisch. Sogar Zeitungen liegen da. Ein Assistent bringt uns die Post, die man uns von zu Hause nachgeschickt hat. Für mich nichts wie Rechnungen und Schrott, aber Sylvie kriegt 'ne Karte mit 'nem Bild von 'nem Tropenstrand.

Frage, wo die Karte herkommt. Von ihrem Bruder, sagt sie. Frage sie, wo ihr Bruder lebt, und sie gibt mir die Karte.

Tue so, wie wenn ich sie lesen würde. Erkenne nur

ein einziges, großes Wort, nämlich Mexiko. Mexiko wollt ich mir schon immer mal ansehen, sag ich. Was treibt er denn da unten?

Sie zögert. Geschäfte, sagt sie dann.

Sollte jetzt eigentlich den Mund halten, kann's aber wieder mal nicht lassen. Was für Geschäfte?

Sieht mich komisch an. Hast du die Karte nicht gelesen?

Klar doch, sag ich. War ja nur 'ne Frage.

Sie überlegt 'nen Moment, dann rückt sie raus damit. Ihr jüngerer Bruder hat früher in Minneapolis gewohnt, aber Anfang letzten Jahres hat ihn das FBI hoppgenommen. Hat aus'm Kofferraum stangenweise geschmuggelte Zigaretten aus Mexiko verkauft. In Minneapolis ist Rauchen verboten. Hatte schon zum dritten Mal Glimmstengel auf der Straße verhökert, und das ist ein Schwerverbrechen. Nach drei Mal geht man lebenslänglich ins Kittchen. Weil man Zigaretten verkauft hat.

Richter hat die Kaution auf sieben Riesen festgesetzt. Sylvie hat die Scheine hingeblättert. Brüderchen ist abgehauen, hatte sie auch nicht anders erwartet. Ist nach Süden geflohen, hat um Asyl gebeten und arbeitet jetzt in 'ner mexikanischen Tabakfabrik. Schickt hin und wieder 'ne Karte, gesehen hat sie ihn seit fast zwei Jahren nicht mehr.

Ganz schön hart, sag ich. Sie nickt. Denk 'ne Weile drüber nach. Muß ihr die Frage einfach stellen. Wo hast du die sieben Riesen so schnell hergekriegt?

'ne Minute lang sagt sie gar nichts, dann kommt sie damit rüber.

Sie hat ihre Hornhäute verpfändet.

Normalerweise bringt das fünf Riesen, aber auf dem ausländischen Schwarzmarkt hat sie sieben gekriegt. Wenn sie stirbt, gehen ihre Augen nach Indien. Jetzt braucht mein Bruder wenigstens nicht ins Gefängnis, sagt sie. Merke aber genau, daß das nicht der Kern der Sache ist.

Sylvie will nicht ohne Augen begraben werden.

Sie nimmt mir die Karte wieder ab, dreht sie um und sieht sich den Strand an. Man kriegt fast Lust, mal nach Tijuana zu fahren, wie?

Tijunana sieht stark auf, sag ich. Wollte schon immer mal hin. Wenigstens hat er sich 'ne hübsche Stadt ausgesucht.

Sieht mich lange und scharf an. Die Karte kommt nicht aus Tijuana, sagt sie. Sie kommt aus Mexiko City, und dort lebt er jetzt auch. Das hat er doch geschrieben. Hast du's nicht gelesen?

Ach so, sag ich. Ja, klar, nur schon wieder vergessen.

Einen Moment lang sagt sie gar nichts. Zieht sich nur die Zeitung rüber und schaut sich die Titelseite an. Zeigt auf 'ne Schlagzeile und sagt: Ist das nicht 'ne Schande?

Daneben ist ein Bild. Afrikanerin mit 'nem toten Baby in den Armen schreit in die Kamera. Ja, sag ich, ganz schön hart. Macht mich richtig wütend, wenn ich sowas lese.

Sylvie legt den Finger auf die Schlagzeile. Hier steht, daß Massachusetts die niedrigste Arbeitslosenquote seit fünfzehn Jahren hat, sagt sie.

Ach so, sag ich. Das hab ich nicht gemeint. Das is' 'ne gute Nachricht, ja.

Schiebt die Zeitung beiseite. Sieht sich um, ob uns jemand zuhört. Sagt dann ganz leise: Du kannst nicht lesen, wie?

Mir schießt das Blut ins Gesicht. Lügen hat keinen Sinn mehr. Sie weiß Bescheid.

Nur ein bißchen, sag ich. Grade genug für die Speisekarte oder 'n Flugticket. Für die Postkarte von ihrem Bruder oder die Zeitung reicht's nicht.

Komm mir jetzt richtig dumm vor. Möcht am liebsten aufstehen und weggehen. Hab ganz vergessen, daß ich ja im Rolllstuhl sitzenbleiben soll. Aber wie ich mich hochstemmen will, legt Sylvie ihre Hand auf die meine und hält mich zurück.

Schon OK, sagt sie. Macht nichts. Hab mir schon sowas gedacht, aber sicher bin ich erst, seit du mich gefragt hast, was mein Bruder geschrieben hat.

Möchte immer noch weg. Pack die Gummiräder und will mich zurückschieben.

Nun bleib doch hier, sagt sie. Wollte dich nicht in Verlegenheit bringen. Bleib hier.

Komm mir vor wie'n Idiot, sag ich.

Sylvie schüttelt den Kopf. Setzt wieder dieses Lächeln auf. Nein, sagt sie, du bist kein Idiot. Du bist genauso schlau wie alle anderen.

Schau sie an. Sie schaut nicht weg. Ihre Augen gehören irgendeiner Firma in Indien, aber in dem Moment gehören sie nur mir.

Auch du kannst lesen lernen, sagt sie. Du hast nur noch nie einen Lehrer wie mich gehabt.

Wie der erste Tag zu Ende ist, hab ich doch Blasen an den Füßen. Den andern geht's genauso. Dr. Großkopf hocherfreut. Hab noch nie erlebt, daß jemand wegen ein paar Blasen so aus dem Häuschen gerät. Ob er wohl 'nen Fußtick hat?

Die Wissenschaftler fotografieren unsere Füße, machen sich Notizen auf ihren Klemmbrettern und streichen uns dann die Lotion auf die Sohlen. Blaßgrünes Zeug. Fühlt sich an wie Rotz von 'nem eitrigen Schnupfen und riecht wie'n petroleumgetränkter Weihnachtsbaum. Menge wird mit Pipetten genau abgemessen. 'n Pinsel wäre besser gewesen.

Jeder kriegt sein Zeug aus 'ner anderen Flasche. Keine Ahnung, ob ich das Testprodukt oder das Placebo erwischt habe, jedenfalls tun die Blasen danach nicht mehr ganz so weh.

Hält aber nicht lang vor. Nach dem Abendessen fängt die Haut zu jucken an. Nicht schlimm, aber ich

kann's doch nicht lassen und kratz mich an den Fußsohlen. Fühlt sich an wie Mückenstiche, wenn man
durchs hohe Gras gelaufen ist. Sylvie und Phil geht's
genauso, nur Doug nicht. Der sitzt im Freizeitraum in
einer Ecke, liest sein Taschenbuch und faßt seine Füße
kein einziges Mal an. Wir anderen schauen in die
Glotze und scharren unentwegt an unseren Tretern
rum.

Schätze, wir wissen alle, wer das Placebo hat.

Am nächsten Tag kein Laufband, treten aber nach
dem Frühstück wieder im Labor an, damit uns die Wissenschaftler noch weiter untersuchen können. Erzählen
ihnen von dem Juckreiz, während sie uns Blut abnehmen. Sie nicken, hören zu, machen noch ein paar Fotos,
noch ein paar Notizen, streichen uns dann noch mehr
von dem grünen Rotz auf die Füße.

Diesmal 'ne andere Formel. Extrastarker Grüner
Rotz. Muß aus Feuerameisen gemacht sein. Springe
ihnen fast vom Tisch. Sylvie zischt durch die Zähne
und verdreht die Augen, wie sie es auf die Füße kriegt.
Phil fängt wüst zu schimpfen an. Zwei Typen müssen
ihn festhalten, damit er den Kleinen, der es ihm drauf-
schmiert, nicht zusammenschlägt.

Beim Rauffahren brennen die Füße noch immer. Sylvie geht in ihr Zimmer. Doug holt sich sein Buch und
liest. Phil ist stinksauer, jammert rum und flucht auf
Dr. Großkopf. Sagt, er wollte sich nur 'n paar Kröten
verdienen. Hätt das nie gemacht, wenn er gewußt
hätte, daß das hier 'n Gefängnis is', wo man zu Tode
gefoltert wird. Sagt, er würde seine Füße am liebsten
ins nächste Waschbecken stecken.

Laß das lieber, sag ich, sonst vermasselst du noch den
Test. Ist außerdem ziemlich fies, 'nen Wissenschaftler
verprügeln zu wollen. Immer mit der Ruhe, Kleiner.
Komm, wir spielen 'ne Runde Pool. Das lenkt dich ab.

Murmelt irgendwas in seinen Bart, sagt aber ja, OK,
meinetwegen.

Im Rollstuhl Pool zu spielen, is' gar nicht so einfach, aber eine Zeitlang geht's ganz gut. Phil kommt nicht klar damit. Versiebt die einfachsten Stöße, kratzt zweimal den Spielball an. Versenkt die Achterkugel, während ich noch vier Dinger auf dem Tisch habe. Rastet aus. Wirft sein Queue hin, dreht seinen Rollstuhl rum, fährt in sein Zimmer und knallt die Tür zu.

Schau zu dem Kameraauge in der Decke hinauf. Irgend jemand kriegt das garantiert alles mit.

Rolle zum Fernseher rüber, schalte ein und will mir Oprah ansehen. Kurz darauf kommt Sylvie an. Fragt, ob ich Lust habe, mit Lesenlernen anzufangen.

Nicht unbedingt, sag ich. Schau mir lieber Oprah an.

Bei dem Blick, den sie mir zuwirft, könnte sogar ein Mönch 'nen Steifen kriegen. Na komm, sagt sie. Bitte. Ich würd mich wirklich freuen.

Vielleicht bringt mir das 'n paar Pluspunkte ein, denk ich, also spiel ich mit. Was soll's? Vielleicht lern ich ja tatsächlich was.

OK, sag ich.

Schaltet den Fernseher auf, rollt zum Bücherregal und sucht ein bißchen rum. Warte drauf, daß sie ein Buch oder 'ne Zeitschrift rauszieht. Kann von den meisten nicht mal die Titel lesen. Wenn sie mir mit Shakespeare oder sowas kommt, bin ich sofort weg.

Zieht 'nen Stapel Zeitungen aus dem untersten Fach. Legt sie sich auf den Schoß, fährt damit zum Tisch rüber und sagt, ich soll mich neben sie hinsetzen.

Sucht die Comic-Seiten. Fragt, ob ich Comics mag. Nee, sag ich. Hab sie mir nie richtig angesehen. Lächelt und sagt, sie liest sie jeden Morgen. Damit fängt der Tag gut an. Zeigt auf den Strip ganz oben auf der ersten Seite. Den mag ich besonders gern, sagt sie. Erzähl mir mal, was der Kleine zu dem Tiger sagt.

Und so fang ich an, lesen zu lernen. Damit, daß ich

mir zusammenreime, was Calvin und Hobbes* heute so getrieben haben.

Nach dem Lunch geht's wieder runter ins Labor zur nächsten Untersuchung. Füße brennen nicht mehr, dafür ist das Jucken wieder da. Sind auch 'n bißchen rot. Neue Blutproben, neue Fotos, neue Notizen. Und neue Salbe auf die Sohlen. Brennt diesmal nicht so sehr. Sieht auch anders aus. Vermutlich Verbesserter Extra-starker Grüner Rotz.

Wie die Wissenschaftler zu Phils Füßen kommen, fällt ihnen was auf. Machen endlos lange mit ihm rum. Vergleichen seine Füße mit Fotos von früher. Einer nimmt ein Skalpell, kratzt ein bißchen tote Haut von jeder Fußsohle, legt sie in eine Schale und geht damit raus.

Phil sagt immer wieder, was ist denn los? Was soll das Theater? Ich will's wissen, ist mein gutes Recht.

Die Wissenschaftler reden nicht mit ihm. Untersuchen Sylvie und Doug, streichen ihnen neue Salbe auf die Füße, dann dürfen wir drei in den Schlaftrakt zurück. Phil sagen sie, er muß noch dableiben. Sie wollen eine gründlichere Untersuchung vornehmen.

Dr. Großkopf kommt vorbei, wie wir auf den Lift warten. Sagt nur Hi, sonst gar nichts. Geht direkt ins Labor und macht die Tür hinter sich zu.

Phil hat's vermasselt, sag ich zu Doug und Sylvie, wie wir allein im Lift sind. Weiß nicht wie, aber ich glaub er hat's vermasselt.

Die anderen nicken nur. Wissen selbst, was läuft. Haben's auch schon erlebt. Manchmal bei Langzeittests dreh'n die Leute durch. Passiert grade bei Neulingen

---

* Comic Strip von Bill Waterson. Calvin ist ein kleiner Junge, Hobbes ein Stofftiger, der ein für Außenstehende unsichtbares Eigenleben führt. s. Dennis Scheck, ›King Kong, Spock & Drella‹, Straelener Manuskripte Verlag 1993. *Anm. d. Übers.*

ständig. Immer wieder mal wird 'ne blöde Ratte den Abfluß runtergespült.

Setzen uns wieder in den Freizeitraum. Doug holt sich sein Taschenbuch, Sylvie und ich gehen wieder an die Comics. Versuche grade rauszufinden, warum der Sergeant Beetle* in den Hintern getreten hat, wie die Tür aufgeht und Phil reinkommt. Ohne Rollstuhl. Dr. Großkopf und einer von den Sicherheitsleuten sind dicht hinter ihm.

Phil redet nicht viel mit uns, geht gleich in sein Zimmer, holt seine Tasche und verschwindet. Sagt nicht mal auf Wiedersehen oder sowas.

Dr. Großkopf bleibt zurück. Sagt, sie haben Bill von dem Experiment ausgeschlossen, weil er sich das Produkt abgewaschen hat. Und nicht die richtige Einstellung gezeigt hat. Wollen ihn auch nicht ersetzen. Zu spät dafür, müßten sonst mit den Tests noch mal von vorn anfangen.

Wir nicken, sagen gar nichts. Warum sollen wir ihm erzählen, daß wir damit gerechnet haben? Warnt uns noch, den gleichen Fehler zu machen. Sagt, Phil bekommt keinen Cent, weil er den Vertrag nicht eingehalten hat.

Alle nicken. Nein, Sir. Wir sind gute Ratten.

Entschuldigt sich für die Störung. Fragt, ob wir was brauchen.

Sylvie hebt die Hand. Bittet um irgendein Comic-Heft. Dr. Großkopf schaut sie komisch an, nickt aber dann. Verspricht, bis morgen ein paar Hefte raufschicken zu lassen. Dann geht er.

Wie die Tür zufällt, schaut Doug von seinem Buch auf. Gut, sagt er. Dann bleibt mehr von dem grünen Rotz für uns.

---

* Beetle Bailey; Zeitungsstrip von Mort Walker über einen tumben Soldaten in der Army; s. Dennis Scheck, ›King Kong, Spock & Drella‹, Straelener Manuskripte Verlag 1993. *Anm. d. Übers.*

Zwei Wochen gehen schnell vorbei.

Manchmal dauert eine erste Versuchsreihe eine Ewigkeit. Treibt alle zur Verzweiflung. Dies wäre so ein Fall, weil wir nicht jeden Tag auf die Laufbänder müssen und deshalb viel zuviel freie Zeit haben, aber es kommt nicht dazu.

Schon deshalb nicht, weil ich nicht nur die ganze Zeit in die Glotze starre. Normalerweise liege ich stundenlang im Freizeitraum auf der Couch, ziehe mir ein Video nach dem anderen rein und schlage so die Zeit tot, bis ich wieder ins Labor muß.

Aber diesmal nicht.

Nach der Arbeit und an den freien Tagen sitze ich mit Sylvie am Tisch und kämpfe mich durch die Comic Strips.

Wenn Sylvie Schlaf braucht, oder wenn ihr die Füße zu sehr weh tun, hilft mir manchmal auch Doug. Die beiden haben viel Geduld. Behandeln mich nicht wie ein Kind oder 'nen Schwachsinnigen und lachen auch nicht, wenn ich 'n langes Wort nicht gleich rauskriege, sondern sprechen mir's so lange immer wieder vor, bis ich's endlich draufhabe. Wenn es ein schwieriges Wort ist, erklärt mir Sylvie, was es in einfachem Englisch bedeutet, oder zeichnet mir sogar ein Bildchen. Mach mir auch selber Notizen auf Briefpapier und studiere sie am Abend, bis mir die Augen zufallen.

Brauche nach ein paar Tagen kaum noch Hilfe, um durch die Strips in den Zeitungen zu kommen. Jetzt machen wir uns an die Hefte, die Dr. Großkopf uns besorgt hat. Fangen mit Archie und Jughead* an, weil die ganz einfach sind. Wenn Sylvie nicht dabei ist, reden Doug und ich uns die Köpfe heiß, wen wir lieber vö-

---

* Strip um den Teenager Archie Andrews, seine Freunde Jug Head, Betty und Veronica und seinen Intimfeind Reggie. s. Dennis Scheck, ›King Kong, Spock & Drella‹, Straelener Manuskripte Verlag 1993. *Anm. d. Übers.*

geln würden, Betty oder Veronica, und bald trau ich mich schon an Batman und die X-Men* ran. Stelle dabei fest, daß die Comics viel besser sind wie die Filme.

Doug ist ein guter Lehrer, aber Sylvie ist mir noch lieber.

Dann passiert was Komisches. Auf einmal ergeben die Zeitungsschlagzeilen einen Sinn. Kein unverständliches Kauderwelsch mehr. Entdecke, daß sie tatsächlich was bedeuten. Daß da Dinge drinstehen, die nicht im Fernsehen kommen.

Buchstabiere mir als nächstes die Titel auf den Einbänden von Dougs Büchern zusammen. Weiß jetzt, daß er Science Fiction und Spionageromane mag. Besser wie Filme, sagt er, und wie er mir erzählt, um was es da drin geht, glaub ich's ihm sogar. Was auf den Seiten steht, kann ich zwar noch nicht lesen, weil ich die Worte immer noch nicht ohne Bilder kapiere, aber zum ersten Mal will ich wirklich wissen, was in so 'nem Buch drin ist.

Schwer zu beschreiben. Wie wenn man durch dichten Regenwald geht und nichts sieht außer Schatten. Man denkt, es ist Nacht und versucht, auf dem Weg zu bleiben, weil man nicht weiß, was da draußen alles ist. Dann kommt man über die Baumgrenze und steht plötzlich auf 'ner Lichtung. Die Sonne scheint auf einen runter, es ist warm, und man kann meilenweit sehen. Berge und Gebirgsketten und Ebenen breiten sich vor einem auf, und es ist so schön, daß man nie mehr weggehen möchte.

So ähnlich geht's mir jetzt. Auf einmal bin ich nicht mehr so dumm, wie ich früher immer gedacht habe.

---

* Die ursprünglichen X-Men waren eine Gruppe von Teenagern, die mit Beginn der Pubertät aufgrund einer mysteriösen genetischen Mutation Superfähigkeiten entwickelt hatten. s. Dennis Scheck, ›King Kong, Spock & Drella‹, Straelener Manuskripte Verlag 1993. *Anm. d. Übers.*

Und einmal abends, wie schon alle im Bett liegen und die Lichter aus sind, fang ich plötzlich an zu heulen. Heule sonst nicht so leicht, bin nicht so erzogen. Immer wenn Dad mich dabei erwischt hat, hat er mir die Scheiße aus dem Leib geprügelt und mich Schwulie und Zimperlieschen genannt. Is' alles nicht so einfach zu erklären, aber irgendwo war das der Grund, warum er mich aus der Schule genommen und in seine Autowerkstatt gesteckt hat. Er will, daß ich ein Mann werde, hat er gesagt, die Scheißliberalen sollen mich mit ihren gottlosen Büchern und Ideen nicht durcheinanderbringen.

Wie er mit 'nem Schraubenschlüssel in der Hand tot umgefallen ist, war ich achtzehn. Das einzige, was ich im Geldbeutel hatte, war mein Wehrpaß, und den konnt ich nicht lesen. Erst die Army hat mir gezeigt, wie groß die Welt ist, und mich auf den Geschmack gebracht, mehr davon sehen zu wollen, aber da war es schon zu spät. Ich konnte nicht mehr in die Schule zurück. Danach gab's nur noch eins, wenn ich am Leben bleiben und in der Welt rumreisen wollte: ich mußte 'ne Ratte werden. 'ne Ratte, die ihren Körper verkauft.

Wenn das Gesetz erlaubt, daß ein Mensch zu 'ner Ratte wird, weil 'ne Ratte mehr respektiert wird wie'n Mensch, ist irgendwas faul. Ratten können nicht lesen lernen, Menschen schon. Aber keiner will Geld für Schulen ausgeben. Lieber bauen sie Gefängnisse und stecken dann Leute rein, die Zigaretten verkaufen. Und Lehrer müssen Dinge tun, die Ratten nicht mehr tun dürfen.

Hab in dieser Nacht nicht wegen Sylvie oder ihrem Bruder geheult, obwohl das auch was damit zu tun gehabt hat. Hab vielmehr wegen all den Jahren geheult, die ich in meinem Leben verloren hab.

Versuche in den letzten Tagen noch möglichst viel zu lernen, aber eins steht mir immer im Weg.

Sylvie.

Hab mit dem Lesen angefangen, weil ich sie vögeln wollte. Dachte, wenn ich ihr den Gefallen tu, krieg ich sie leichter ins Bett.

Solange die Tests laufen, geht natürlich gar nichts, denn Sex mit anderen Ratten ist im Standardvertrag ganz streng pfui-pfui. Hab schon erlebt, wie Ratten abgeschossen wurden, nur weil man sie im falschen Zimmer erwischt hat, obwohl alle Beteiligten noch die Hosen anhatten. Aber wenn die Tests vorbei sind und jeder sein Geld gekriegt hat, ist gegen 'ne kleine Party im nächsten verschwiegenen Motel nichts einzuwenden.

Schlafen will ich immer noch mit ihr. Manchmal wächst mir schon 'ne Latte, wenn ich im Freizeitraum bloß neben ihr sitze und sie mir bei 'nem Wort hilft, das ich noch nie gesehen hab. Und wenn sie neben mir übers Laufband rennt, krieg ich die Augen nicht von ihr weg.

Trotzdem hat sich was geändert. Will mit Sylvie nicht mehr nur in irgend 'nem billigen Motel im Heu liegen. Will nicht einmal nur lesen lernen. Bin ziemlich erschrocken über meine Gefühle.

Zwei Tage vor Ende der Tests. Sitzen zusammen im Freizeitraum und lesen uns Spider-Man vor. Frag sie direkt: Sag mal, warum hilfst du mir eigentlich?

Hebt den Kopf nicht von dem Comic-Heft, wirft aber ihr Haar zurück und lächelt ein wenig. Weil ich Lehrerin bin, sagt sie, und weil ich das sein möchte. Du bist mein erster Schüler seit dem College.

Im Park gibt's jede Menge Tippelbrüder, die nicht lesen können, sag ich. Die kannst du immer unterrichten. Warum grade mich?

Schaut mich lange an. Nicht böse und auch nicht kalt. Werd nicht recht schlau aus ihr.

Weil ich, sagt sie, schon immer mal nach Kathmandu wollte, und weil ich jetzt vielleicht jemand gefunden hab, der mich da hinbringt.

Hinbringen kann ich dich, sag ich. Auch nach Nepal, Brasilien und Irland. Oder nach Mexiko zu deinem Bruder, wenn du willst.

Wird rot. Schaut kurz weg, schaut mich wieder an. Vielleicht möchtest du auch bloß ins nächste Hotel mit mir, wenn wir hier fertig sind, sagt sie. Wäre nicht das erste Mal. Hätte auch gar nichts dagegen, es wieder mal zu probieren.

Schüttle den Kopf. Kathmandu ist mir lieber, sag ich. Der Sonnenaufgang über dem Annapurna ist unglaublich. Würd ihn mir liebend gern mit dir ansehen.

Liebend gern? Und ich dachte, du willst bloß lesen lernen.

Schau mich um, ob jemand in der Nähe ist. Niemand zu sehen, aber hinter der Kameralinse in der Decke sitzt bestimmt einer.

Soll ihn doch der Teufel holen. Suche unter dem Tisch nach ihrer Hand und sag: Hast mir eben wieder ein neues Wort beigebracht.

Sie lächelt. Zieht ihre Hand nicht weg. Holt einen Stift aus der Tasche, gibt ihn mir, schiebt mir ein Blatt Papier hin.

Wenn du es auch schreiben kannst, sagt sie, will ich's dir glauben.

Die erste Versuchsreihe für das Produkt wird am letzten Tag für erfolgreich abgeschlossen erklärt. Die neueste Partie Brandneuer Verbesserter Grüner Rotz riecht, juckt und brennt nicht und heilt die Blasen an unseren Füßen. Hilft zwar nicht gegen die Wadenkrämpfe, aber das tut nichts zur Sache.

Dr. Großkopf bedankt sich bei uns und schreibt seinen Namen unter unsere Schecks. Lobt uns, weil wir so großartige Testpersonen waren, und sagt, daß er gern bald wieder mal mit uns arbeiten würde. Ob wir vielleicht nächsten März verfügbar wären? Da wären Tests für'n neues Antidepressivum angesetzt. Suchen jetzt schon nach Versuchspersonen. Wie wär's?

Sehe Sylvie an. Sie sitzt neben mir. Sagt kein Wort. Sehe mir den Scheck an. Der ist auf die First Bank of Boston ausgestellt und von Dr. med. Leonard Whyte unterzeichnet.

Vielen Dank, Dr. Whyte, sag ich. Meine Agentin wird sich mit Ihnen in Verbindung setzen. Ciao.

Am Haupteingang erwartet uns ein Taxi. Sagen dem Fahrer, er soll uns ins nächste Hotel bringen.

Seit Sylvie und ich uns damals in Boston kennengelernt haben, sind drei Jahre vergangen, und so einiges hat sich verändert.

Sie hat mich endlich dazu gebracht, grammatikalisch richtig zu sprechen und nicht wie ein Gassenkind. Ich bin immer noch nicht perfekt, aber inzwischen sind Personalpronomen kein Fremdwort mehr für mich, und ich verwende auch nicht mehr nur die Gegenwart, wenn ich etwas erzählen möchte. Alle, die mein miserables Englisch bis jetzt geduldig ertragen haben, bitte ich aufrichtig um Verzeihung. Ich wollte damit nur zeigen, was für ein Mensch ich war, bevor Sylvie in mein Leben trat.

Das Geld, das wir bei den Versuchen in Boston verdient hatten, wurde für eine Reise nach Mexiko City verwendet, damit Sylvie zum ersten Mal nach zwei Jahren ihren Bruder wiedersehen konnte. Sechs Monate später flogen wir nach Nepal, unternahmen eine Wanderung durch die Annapurnaregion, und ich konnte ihr auch den Sonnenaufgang über dem Himalaya zeigen. Seither waren wir auf Safari in Kenia und sind mit einem Floß den Amazonas hinabgefahren. Für den Frühling planen wir eine Reise ins nördliche Kanada, bis über den Polarkreis hinaus. Für meinen Geschmack ist die Gegend zwar etwas zu kalt, aber sie möchte das Nordlicht sehen.

Und für mein Baby tue ich alles.

In der ersten Nacht in Kathmandu versprach ich, ihr meine Welt zu schenken, wenn ich dafür die ihre bekäme. Sie hat ihr Wort gehalten, und ich halte das meine.

Trotz allem sind wir nach wie vor Ratten.

Wir können nicht heiraten, weil die Labors, von denen wir schließlich leben, keine Ehepaare als Testpersonen engagieren. Obwohl wir schon seit fast drei Jahren zusammenleben, unterhalten wir Wohnsitze in verschiedenen Städten, geben getrennte Einkommensteuererklärungen ab und haben jeder sein eigenes Bankkonto. Ihre Post wird an meine Adresse nachgeschickt, und nur unsere Agenten wissen, was wirklich läuft. Wir werden vermutlich nie Kinder haben, jedenfalls so lange nicht, wie wir auf diese seltsame Freiheit, die wir so genießen, nicht verzichten wollen.

Die Freiheit hat natürlich ihren Preis. Ich habe nun auch die letzten verwertbaren Teile meines Körpers verpfändet. Sylvie hat sich das Recht auf ihre Hornhäute bisher nicht zurückkaufen können, obwohl sie alles tut, um eine Gesetzeslücke zu finden, die ihr dies ermöglicht. Und obwohl sie nicht ausschließt, daß sie irgendwann das eine oder andere Organ drangeben muß, läßt sie sich nicht davon abbringen, daß ihr Körper ihr allein gehört.

Weniger angenehm ist es, daß wir jedes Jahr für mehrere Wochen an Erstversuchsreihen teilnehmen müssen. Manchmal sind es die gleichen Tests, und sie werden auch zur gleichen Zeit in derselben Versuchsanstalt durchgeführt. Dann müssen wir so tun, als hätten wir uns nie gesehen.

Daran habe ich mich immer noch nicht ganz gewöhnt, aber es ist nun einmal nicht zu ändern.

Wir verdienen gutes Geld damit, die Flugkosten werden erstattet, und gelegentlich treffen wir auch alte Freunde wieder. Vor zwei Monaten waren wir bei einem Unterkühlungsexperiment in Colorado eine Woche mit Doug zusammen. Während wir in den Wannen mit dem Eiswasser saßen, haben wir über Jules-Verne-Romane geplaudert.

Wie auch immer, ich bin mit meinem Leben recht zufrieden. Sylvie und ich verdienen genügend Geld, um unsere Rechnungen zu bezahlen und die interessantesten Gegenden der Welt zu besuchen. Ich habe eine Frau, die ich liebe, meine Mutter liegt mir nicht mehr in den Ohren, ich solle mir einen Job suchen, und ich habe lesen gelernt.

Darüber hinaus können wir mit Stolz behaupten, unseren Beitrag zum Fortschritt der Wissenschaft und zum Wohl der ganzen Menschheit geleistet zu haben.

Was kann eine gute Ratte mehr verlangen?

Originaltitel: ›THE GOOD RAT‹ • Copyright © 1991 by Allen Steele • Erstmals erschienen in ›Analog‹, August 1992 • Mit freundlicher Genehmigung des Autors • Copyright © 1997 der deutschen Übersetzung by Wilhelm Heyne Verlag, München • Aus dem Amerikanischen übersetzt von Irene Holicki

---

Von
WOLFGANG JESCHKE
erschienen in der Reihe
HEYNE SCIENCE FICTION & FANTASY:

Der Zeiter · 06/3328
  (erweiterte Ausgabe 1978) · 06/3328
Der letzte Tag der Schöpfung · 06/4200
MIDAS oder Die Auferstehung des Fleisches · 06/5001
Schlechte Nachrichten aus dem Vatikan · 06/5025
Meamones Auge · 06/5149
Osiris Land · 06/7026

Als Herausgeber u. a. der Anthologienreihe
INTERNATIONALE SCIENCE FICTION STORIES:

Planetoidenfänger · 06/3364
Die große Uhr · 06/3541
Im Grenzland der Sonne · 06/3592
Spinnenmusik · 06/3646
Der Tod des Dr. Island · 06/3674
Eine Lokomotive für den Zaren · 06/3725
Feinde des Systems · 06/3805
25 Jahre Heyne Sience Fiction & Fantasy 1960–1985
  SF Jubiläumsband: Das Lesebuch · 06/4000
Aufbruch in die Galaxis · 06/4001
Die Gebeine des Bertrand Russell · 06/4057
Das Gewand der Nessa · 06/4097
Das digitale Dachau · 06/4161
Venice 2 · 06/4199
Entropie · 06/4255
Langsame Apokalypse · 06/4325
Schöne nackte Welt · 06/4380
L wie Liquidator · 06/4410

HEYNE
BÜCHER

Second Hand Planet · 06/4470
Wassermanns Roboter · 06/4513
Papa Godzilla · 06/4560
An der Grenze · 06/4610
Mondaugen · 06/4660
Johann Sebastian Bach Memorial Barbecue · 06/4697
Die wahre Lehre, nach Mickymaus · 06/4747
Das Blei der Zeit · 06/4803
Der Fensterjesus · 06/4880
Die Menagerie von Babel · 06/4920
Die Zeitbraut · 06/4990
Lenins Zahn und Stalins Tränen · 06/5055
Gogols Frau · 06/5090
Die Pilotin · 06/5160
Die Straße nach Candarei · 06/5275
Partner fürs Leben · 06/5325
Riffprimaten · 06/5390
Die Verwandlung · 06/5495
Die säumige Zeitmaschine · 06/5645
Die letzten Bastionen · 06/5880
Die Vergangenheit der Zukunft · 06/5950 (in Vorb.)
Winterfliegen (in Vorb.)
sowie
Das Auge des Phönix
   Science Fiction aus Deutschland · 06/4235
und

HEYNE SCIENCE FICTION JAHRESBAND
1980–1998

sowie

DAS HEYNE SCIENCE FICTION JAHR
1986–1998

SCIENCE FICTION TAGE NRW DORTMUND

ALAN DEAN FOSTER

Christopher FRANKE

Johannes von BUTTLAR

Mark BRANDIS

Thema:
Erotik und Soziologie in der
SCIENCE FICTION

21.-22. März 1998
Harenberg City-Center
Kontakt: fon 0208-592890 fax 592889
eMail: SFTageNRW@AOL.COM

Shadowrun

Eine Auswahl:

Nyx Smith
Jäger und Gejagte
Band 19
06/5384

Nigel Findley
Haus der Sonne
Band 20
06/5411

Caroline Spector
Die endlosen Welten
Band 21
06/5482

Robert N. Charrette
Gerade noch ein Patt
Band 22
06/5483

Carl Sargent
Schwarze Madonna
Band 23
06/5539

Mel Odom
Auf Beutezug
Band 24
06/5659

06/5483

Heyne-Taschenbücher

HEYNE BÜCHER

Wild Cards

*»Die wohl originellste
und provozierendste
Shared World-Serie.«*
Peter S. Beagle in OMNI

*Gemischt und
ausgegeben von
George R. Martin*

Vier Asse
1. Roman
06/5601

Asse und Joker
2. Roman
06/5602

Asse hoch!
3. Roman
06/5603

Schlechte Karten
4. Roman
06/5604

Wilde Joker
5. Roman
06/5605

06/5604

Heyne-Taschenbücher

HEYNE BÜCHER

Douglas Adams

Kultautor & Phantast

Einmal Rupert und zurück
Der fünfte »Per Anhalter durch die Galaxis«-Roman
01/9404

Per Anhalter durch die Galaxis
DER COMIC
01/10100

Douglas Adams
Mark Carwardine
Die Letzten ihrer Art
Eine Reise zu den aussterbenden Tieren unserer Erde
01/8613

Douglas Adams
John Lloyd
Sven Böttcher
Der tiefere Sinn des Labenz
Das Wörterbuch der bisher unbenannten Gegenstände und Gefühle
01/9891

01/9404

Heyne-Taschenbücher

HEYNE BÜCHER

William Gibson

*Kultautor und
Großmeister des
»Cyberpunk«*

Cyberspace
06/4468

Biochips
06/4529 und 01/9584

Mona Lisa Overdrive
06/4681 und 01/9943

Neuromancer
01/8449

William Gibson
Bruce Sterling
Die Differenz-Maschine
06/4860

WILLIAM GIBSON

Biochips

ROMAN

01/9584

Heyne-Taschenbücher